# 蕭紅研究
――その生涯と作品世界

平石 淑子著

汲古書院

# まえがき

　蕭紅（1911～1942）は、中国黒龍江省哈爾濱(ハルビン)近郊の古都、呼蘭に生まれ、魯迅に見出されて頭角を現した女性作家である。その創作生涯は僅か十年にすぎなかったが、鋭い観察力と独特の細やかな描写は、現在もなお多くの読者に愛されている。が、蕭紅が人々に愛され続けている理由はそれだけではない。
　蕭紅の生涯は苦難に満ちたものであった。
　抗日戦争（日中戦争）に先立って東北（関外）に出現した「満洲国」は彼女の民族的自覚を高め、創作へと導いたが、その活動の故に彼女は故郷である東北を追われ、続く抗日の砲火の中で中国本土（関内）を流浪しなければならなかった。また彼女はいわゆる伝統的な封建的家父長制の束縛を嫌って家を出たことにより、当時精神的自立を獲得し得た女性の稀有なモデルとして、女性の先鋒となり得たのであったが、先鋒であるが故の困難と試練から生涯解放されることがなかった。およそ十年の間に三人の男性と同居し、うち二人との生活に破綻を迎え、最後の一人との生活も必ずしも幸福ではなかったと伝えられる、などといったことが、彼女の困難と試練がどれほどのものであったかを象徴的に表している。しかし彼女に与えられた苦難の深刻さは、却って彼女の感性を鋭敏に磨き上げ、独特の作品世界を創り上げた。また彼女の苦難の背景として、抗日という歴史的な、また中国の旧体質（封建的家父長制）という社会的な淵源が厳然と存在していたことにより、彼女の作品とその生涯は時間だけでなく、空間をも超越した普遍性を獲得したといえよう。世界のジェンダー研究者たちが今改めて蕭紅に注目する所以である。が、まさしくその普遍性の故に、今日に至るまでの蕭紅の評価に対して、筆者にはどうにも居心地の悪い違和感がある。
　呼蘭の蕭紅の生家を改装した蕭紅記念館の前に、遠くを見つめながら静かに物思いにふける白亜の蕭紅座像が築かれている（p.ii **写真１**）。その座像がいつ、どのような経緯で、誰によって築かれたものかは知らないが、この座像の出現は、蕭紅研究のありようを極めて象徴的に表している。現存する蕭紅の写真の中に全く見かけないそのポーズ、しかも筆者には別人としか思えないその顔は、人々の脳裏に長い時間をかけて創り上げられた蕭紅という女性に対するイメージの一つの表象である。それはいうまでもなく中国の人々の歴史的、社会的背景に強く裏打ちされているが故に、座像を作った人々、また座像を良しとする人々と歴史的、社会的背景を共有しない筆者にとって、違和感があるのは当然といえば当然である。だが問題は、座像がこれまでの蕭紅に関するある種特殊な言論の集大成と

**写真1** 蕭紅記念館（生家）前の蕭紅座像

しての意味を持っていることが疑われ、そのためにこの座像が今後、蕭紅の作品の読み方をこれまで以上にある一定の方向に牽引する役割を果たすのではないか、と危惧されるところにある。即ちこの座像によって蕭紅のイメージは絶対化され、蕭紅の創作態度や思想、生き方そのものに対する理解が一元化され、像は単なる記念碑の域を超え、聖なる偶像として蕭紅の読者たちの上に君臨するのではないか。

蕭紅座像の出現は、蕭紅がどれほど人々に愛されてきたかという証明でもあるのだが、それには蕭紅が女性であるということが大きく影響している。それが実は筆者が抱いている違和感のかなり重要な部分である。蕭紅の苦難が、女性という性と密接な関係を持っていたことを否定する意図は全くない。彼女が女性であればこそ引き受けなければならなかった苦難がどのようなものであったのか、後進としての我々はそれを十分に分析し、理解した上で、先に進んでいかねばならない。だが封建的家父長制を打倒するという目的のために、蕭紅はあまりにも適切なツールとして使われすぎていないだろうか。即ち封建的家父長制の罪悪を強調しようとするあまり、蕭紅はか弱き被害者としての面をあまりにも強調されすぎてきた。そしてその背景にはなお、男女を問わぬ人々の女性に対する様々な思い、女性はかくあるべしという旧来の観念に強く影響された規範、あるいはかくありたしという願望が見え隠れする。それは封建的家父長制という社会的、歴史的権力がどれほど強大で根深いものかを示すものでもあるのだが、そのツールとするために蕭紅という一人の生身の女性を白亜の座像に閉じこめてしまっていいものだろうか。筆者は蕭紅を、自分たちと同じ、血の通った女性として、善行も施すけれども間違いも犯す

一人の人間として理解したいと思っている。それはあるいは中国の人々と歴史的、社会的背景を異とする海外の読者であればこそできることなのかもしれない。中国語という外国語を通した自分の読み方が、果たして蕭紅の本意なのか、とんでもない誤読をしているのではないかという不安もそこにはあることを否定はしないけれども、蕭紅という作家の歩みを尊いと思えばこそ、様々な読み方が許容され、そして広く、長く読み継がれていって欲しいと願えばこそである。

　歴史や社会的背景の異なる海外の読者にとって、作家ないし作品を理解するために特に有力な手がかりとなるのは、歴史的、社会的背景はもちろん、作家自身の人生の軌跡を具体的に知ることであろう。海外の研究者によるまとまった蕭紅論としては H. Goldblatt の "Hsiao Hung"（1976年）が現在唯一のものである。丹念に集めた資料と作品論を軸として書かれたこの蕭紅の伝記は、中国におけるその後の盛んな蕭紅研究の先鞭となったものとして高く評価できるが、発表されてからすでに三十年近い年月が経過しており、その間に発見された資料や、新しい研究成果も数多い。筆者はまずそれらを収集、整理し、資料と作品の分析を通じて、現実の蕭紅の歩みを可能な限り客観的に知ろうと努めた。

　序章「蕭紅評価の変遷」では蕭紅に関する先行研究を整理し、人々の中に創造されていった蕭紅像がどういうものであったか、その像はどのような過程を経て創られていったのか、そこにどのような問題があるのかを明らかにしようとした。第一章以降では蕭紅の生涯を初期、中期、後期に分け、事実と重ね合わせながら、蕭紅の精神的な足跡を知るために各時期における重要な作品の分析を行った。そして終章「蕭紅の作品世界――"抵抗から遠い現実"を見つめる目」において、蕭紅の十年間の創作活動の全体を見通し、本書のまとめとし、更に蕭紅の死と死後の改葬問題についてを付章としてつけ加えた。

　本書執筆のために使用した資料のうち、蕭紅に直接関係するものは『蕭紅作品及び関係資料目録』（2003年、汲古書院）に収録している。併せて参照いただければ幸甚である。


　凡例
（1）　本文中、『　』は単行本を、「　」は作品、あるいは引用文を、〈　〉は雑誌・新聞等の刊行物を示す。
（2）　『蕭紅作品及び関係資料目録』に収録した文献に関しては、発表年月日、出版社などのデータを原則として記載していない。ただし、論を進める上で必要と思われる場合はこの限りでない。この場合、文献の発表年月日は基本的に執筆年月日とし、執筆年月日が明らかでない場合は発表年月日を示している。

## 蕭紅年譜

| 西暦 | 年齢 | 蕭紅事跡 | 関連人物事跡 | 社会 |
|---|---|---|---|---|
| (乾隆) | | | 張岱之東北に移住 | |
| (嘉慶) | | | 張岱之の息子、張明福・張明貴、阿城に移住 | |
| 1875 | | | 張維禎、分家して呼蘭で独立 | |
| 1899 | | | 十二歳の張庭挙、この頃張維禎の養子となる | |
| 1909 | | | 張庭挙・姜玉蘭結婚（8） | |
| 1910 | | | 張庭挙父張維岳死（1861〜） | |
| 1911 | 0 | 蕭紅生まれる（旧5） | | |
| 1916 | | | 弟張秀珂生まれる | |
| 1917 | | | 張維禎妻范氏死（1845〜） | |
| 1919 | 8 | | 蕭紅生母姜玉蘭死（1885〜）（旧7） 張庭挙、梁亜蘭と再婚（旧10） | 五・四運動 |
| 1920 | 9 | 呼蘭県立第二小学女子部入学 | | |
| 1921 | | | | 中国共産党成立（7） |
| 1924 | 13 | 高級小学校入学 王恩甲と婚約 | | |
| 1925 | 14 | 五・三〇事件支援活動に参加 | | 中共哈爾濱特別支部成立（5） 五・三〇事件 |
| 1926 | 15 | 高級小学校卒業 | | 中共北満地方委員会成立（4） 中共北満地方委員会〈哈爾濱日報〉創刊（6） 東省特別区警察総管理所「検査宣伝赤化書籍暫行弁法」制定、東省特別区警察総管理所便衣隊組織（11） |
| 1927 | 16 | 東省特別区第一女子中学入学 | | |
| 1928 | 17 | 満蒙五路建設反対運動に参加（11） | 張庭挙呼蘭県教育局長（7） | 東北で満蒙五路建設運動反対運動起こる 国民党当局「著作権法」 |

蕭紅年譜　v

| | | | | |
|---|---|---|---|---|
| | | | | 制定、党義に反する出版物を規制 |
| 1929 | 18 | | 張維禎死（1849～）<br>羅烽入党、支部宣伝委員となる。また白朗と結婚 | |
| 1930 | 19 | 北京に行き、師範大学女子付属中学入学（9？） | 金剣嘯上海新華芸術大学に学ぶ（春） | 国民党当局「出版法」公布 |
| 1931 | 20 | 呼蘭に帰り、阿城で軟禁状態に置かれる（1）<br>再び北京へ（2）<br>王恩甲と共に哈爾濱へ（3 or 4） | 蕭軍哈爾濱で創作活動開始（冬） | 中共中央羅登賢を東北に派遣<br>九・一八（満洲事変）<br>中共中央「日本帝国主義の中国侵略に反対する宣言」（9.20）<br>東北民衆自衛軍成立（10） |
| 1932 | 21 | 〈国際協報〉編集部に詩と手紙を送る<br>蕭軍が東興順旅館に蕭紅を訪ねる（7.12）<br>「幻覚」（詩）（7.30）<br>出産（8 or 9）<br>商市街25号で蕭軍との生活が始まる（冬） | 明月飯店開設（冬）<br>この頃、満洲省委書記兼組織部長羅登賢、哈爾濱市委書記楊靖宇、哈爾濱市西区（道里）委員金剣嘯、同東区（道外）委員羅烽<br>舒群、コミンテルン情報員になる（3）<br>蕭軍と舒群が知り合う（3 or 4）<br>舒群入党（9）<br>秋頃、蕭軍と金剣嘯が知り合う<br>端木蕻良、北京で北方左連に参加 | 第一次上海事件（1.28）<br>松花江大洪水（7～8）<br>中共満洲省委「告満洲災民書」（8.10）<br>国民党当局「宣伝品審査標準」制定（11） |
| 1933 | 22 | 「棄児」（4.18）<br>「王阿嫂的死」（5.21）<br>「看風箏」<br>金剣嘯星星劇団を組織、メンバーとなる（7）<br>長春〈大同報〉副刊に〈夜哨〉と命名（7）<br>「小黒狗」（8.1）<br>「両個青蛙」（8.6）<br>「夜風」（8.27）<br>「葉子」（9.20）<br>『跋渉』（10）<br>発隆百貨店で開かれた威納斯助賑画展に参加<br>〈夜哨〉停刊（12.24） | 〈哈爾濱画報〉創刊（8.25） | 国民党当局「査禁普羅文芸密令」公布<br>羅登賢死（1905～） |

| | | | | | |
|---|---|---|---|---|---|
| | | | この年金剣嘯が起こした「天馬広告社」で働いたことがある | | |
| 1934 | 23 | 「蹲在洋車上」（3.16）<br>商市街から天馬広告社に移る（6.10）<br>哈爾濱を離れ（6.11）、大連に到着（6.12）、「大連丸」に乗り（6.14）、青島に到着（6.15）<br>蕭軍、舒群と共に上海へ行き、また青島に戻る（7）<br>蕭軍青島で〈青島晨報〉副刊編集<br>「進城」を〈青島晨報〉に発表？（夏）<br>「生死場」脱稿（9.9）<br>手紙が魯迅の元に届き、その日のうちに返事が書かれる（10.9）<br>「生死場」の原稿、『跋渉』、写真を魯迅に送る（10）<br>青島を離れ上海へ行く（11.1）<br>魯迅と面会し、「八月的郷村」の原稿を渡す（11.30）<br>魯迅、梁園豫菜館で宴会を主催、茅盾、聶紺弩、葉紫等と知り合う（12.19）<br>福顕坊22号に引っ越す（年末〜1935年初） | 舒群、青島へ脱出（3）<br>羅烽逮捕される（6）<br>青島の党組織が破壊され、舒群逮捕される（旧8.15）<br>蕭軍「八月的郷村」脱稿（10.22） | 国民党当局「図書雑誌審査弁法」公布（6）<br>中共満洲省委が大破壊を受ける |
| 1935 | 24 | 魯迅の宴会と新しい「礼服」を記念して二人で写真を撮る（春）<br>魯迅の招待の席で黄源と曹聚仁に会う（3.5）<br>拉都路351号に引っ越す（3末）<br>魯迅・許広平・海嬰の訪問を受ける（5.2）<br>新租界薩坡塞路190号に引っ越す（5.6）<br>『商市街』脱稿（5.15）<br>『生死場』（12） | 葉紫『豊収』（3）<br>舒群釈放（春）<br>羅烽釈放され（6.5）、直ちに白朗と東北を脱出、上海へ<br>舒群上海へ（6 or 7）<br>蕭軍『八月的郷村』（7）<br>張庭挙・張庭恵「東昌張氏宗家譜」編纂（8）<br>端木蕻良北京で一二・九運動に参加した後上海へ<br>「天馬広告社」閉鎖 | |
| 1936 | 25 | 北四川路永楽里に引っ越し（年初）、これ以後毎日のように魯迅の家に通う<br>魯迅宅で蕭紅の送別会（7.15）<br>黄源が送別会を開く（7.16）<br>日本へ出発（7.17）、長崎を経 | 蕭軍『羊』（1）<br>張秀珂日本より帰国（7.16）<br>金剣嘯死（1910〜）（8.15）<br>蕭軍、北京、天津などを | |

| | | | | |
|---|---|---|---|---|
| | | て（7.18）、東京到着（7.20）、下宿を決める（7.21）<br>『商市街』（8）<br>「孤独的生活」（8.9）<br>「異国」（詩）（8.14）<br>「家族以外的人」（9.4）<br>東亜学校に通い始める（9.14）<br>「紅的果樹園」（9）<br>中国の新聞で魯迅の死を確認（10.22）<br>「海外的悲悼」（10.24）<br>「永久的憧憬和追求」（12.12）<br>「橋」 | 旅行（9末〜10.13）<br>蕭軍、黄源と共に魯迅を見舞い『江上』と『商市街』を送る（10.14）<br>魯迅死（1881〜）（10.19） | |
| 1937 | 26 | 「砂粒」（詩）（1.3）<br>東京を離れ（1.9）、帰国<br>『牛車上』（5）<br>「失眠之夜」（8.22）<br>東北作家たちの集まりで、張琳と会う（9？）<br>蕭軍と共に上海を離れ（9初）、武昌に行く（10.10）<br>蕭軍と共に国民党特務に逮捕され（12.10）、董必武によって救出される | 〈七月〉漢口で創刊（10.16）<br>丁玲の西北戦地服務団、大寧から臨汾へ（年末） | 蘆溝橋事件（7.7）<br>八・一三 |
| 1938 | 27 | 〈七月〉の座談会に参加（年初）<br>蕭軍・端木蕻良等と漢口を離れ（1.27）臨汾の民族革命大学へ（2.6）<br>端木等と西北戦地服務団に加わって西安へ（3初）<br>蕭軍と別れ、端木蕻良と武漢へ行き（4）、結婚<br>馮乃超夫人李声韻と漢口から宜昌に行き、そこから一人で重慶へ（9）<br>緑川英子と重慶で再会、交流を深める（年末） | 蕭軍五台山の抗日遊撃隊に参加するため、臨汾を離れる（2.27）<br>蕭軍、延安に入る（3.18）<br>蕭軍、丁玲の西北戦地服務団と出会い、共に西安へ（4初）<br>靳以重慶に移り、復旦大学国文系教授となる（10）<br>池田幸子重慶へ（年末） | 傅天飛死（1909〜）<br>武漢大空襲（8）<br>日本軍漢口を占領（10.26） |
| 1939 | 28 | 「牙粉医病法」（1.9）<br>「曠野的呼喚」（1.30）<br>男子を出産するもすぐに死亡（春）<br>「滑竿」、「林小二」（春）<br>「長安寺」（4）<br>端木が復旦大学の教員となり、 | 葉紫死（1910〜） | |

| | | | | |
|---|---|---|---|---|
| | | 大学の宿舎に住む（夏）<br>「回憶魯迅先生」（10） | | |
| 1940 | 29 | 端木蕻良と香港へ（1.19）<br>「馬伯楽」を書き始める（春）<br>「呼蘭河伝」（12.20） | 蕭軍、延安へ<br>香港で魯迅六十誕辰紀念会（8.3？） | 楊靖宇死（1905～） |
| 1941 | 30 | 『馬伯楽』（第一部）（1）<br>「民族魂魯迅」（無言劇）（6）<br>香港を訪れた胡風が蕭紅を訪ねる（6.6）<br>「小城三月」 | | 皖南事変（1） |
| 1942 | 31 | 蕭紅死（1.22） | 胡風香港から桂林へ（3.7）<br>茅盾香港から桂林へ（3.9）<br>延安文抗作家倶楽部で蕭紅追悼会開催（5.1）<br>〈文芸月報〉第15期「蕭紅記念特集号」（6.15） | |

# 目　次

まえがき ……………………………………………………… i
　　蕭紅年譜 ……………………………………… iv
　　写真・図版一覧 ……………………………… xi

序章　蕭紅に対する評価の変遷 ……………………………… 3

第一章　蕭紅の生い立ち ……………………………………… 29
　　一　幼年時代 ……………………………………… 29
　　二　学生時代 ……………………………………… 37
　　小　結 …………………………………………… 56

第二章　初期文学活動 ………………………………………… 59
　　一　東北作家たちとの出会い
　　　　――創作活動の開始 ……………………… 59
　　二　『跋渉』の世界 ……………………………… 80
　　小　結 …………………………………………… 97

第三章　中期文学活動 ………………………………………… 99
　　一　魯迅との交流
　　　　――魯迅の両蕭あて書簡 ………………… 99
　　二　「生死場」の世界 …………………………… 131
　　三　作品世界の形成――『商市街』を中心に ……… 153
　　四　東京時代
　　　　――蕭紅の蕭軍あて書簡を中心に ………… 173
　　小　結 …………………………………………… 210

第四章　後期文学活動 ………………………………………… 213

一　抗戦期の文学活動 ……………… 213
　　二　「呼蘭河伝」の世界 ……………… 236
　　三　「馬伯楽」の世界 ……………… 268

終章　蕭紅の作品世界──「抵抗から遠い現実」を見つめる目 …… 291

付章　蕭紅の死とその後 ……………………………… 315


　　主要参考文献 ……………………… 323
　　あとがき ………………………… 329

　　索　　引 ………………………… 333

## 写真・図版一覧

| | | |
|---|---|---|
| 写真1 | 蕭紅記念館（生家）前の蕭紅座像 | ii |
| 写真2 | 修復前の蕭紅生家　(1)全景 | 30 |
| | (2)「前庭」から中へ | 30 |
| 写真3 | 蕭紅（三歳）と生母姜玉蘭 | 33 |
| 写真4 | 蕭紅の父張庭挙 | 33 |
| 写真5 | 蕭紅の継母梁亜蘭 | 33 |
| 写真6 | 「東昌張氏家譜」 | 35 |
| 写真7 | 『生死場』と『馬伯楽』の表紙 | 42 |
| 写真8 | 東省特別区女子第一中学校 | 45 |
| 写真9 | 牽牛房と馮咏秋 | 73 |
| 写真10 | 『跋渉』の表紙 | 82 |
| 写真11 | 青島で二人が住んだ家、観象台一路一号 | 100 |
| 写真12 | 魯迅に送った二人の写真 | 101 |
| 写真13 | 「礼服」を記念して | 107 |
| 写真14 | 魯迅故居（上海、大陸新邨9号）の外観と一階客間 | 120 |
| 写真15 | 左から黄源、蕭軍、蕭紅 | 124 |
| 写真16 | (1)欧羅巴旅館の外観 | 154 |
| | (2)二人が住んでいたという部屋 | 154 |
| 写真17 | (左)商市街で二人が住んだ「家」の入り口 | 157 |
| | (右)部屋の中に座って当時を語る蕭軍 | 157 |
| 写真18 | 蕭紅の描いた部屋の見取り図 | 182 |
| 写真19 | (1)蕭紅の弟　張秀珂 | 183 |
| | (2)東亜学校留日学生名簿 | 183 |
| 写真20 | 許広平が蕭紅に勧めた「白鳳丸」 | 220 |
| 写真21 | (1)呼蘭の商店街 | 241 |
| | (2)独特の看板 | 241 |
| 写真22 | (上左)蕭紅生家の東門 | 246 |
| | (上右)東側の蕭紅が生まれた部屋 | 246 |
| | (下左)裏庭から見た母屋 | 246 |
| | (下右)祖父母の部屋 | 246 |
| 写真23 | 浅水湾の蕭紅の墓 | 317 |
| 写真24 | 広州銀河公墓の蕭紅の墓 | 318 |

| | | |
|---|---|---|
| 図1 | 呼蘭市街 | 34 |
| 図2 | 哈爾濱市街図 | 60 |
| 図3 | 哈爾濱商市街25号付近 | 61 |
| 図4 | 東興順旅館付近 | 61 |
| 図5 | 青島 | 100 |
| 図6 | 上海における蕭軍・蕭紅の足跡 | 108 |
| 図7 | (1)蕭紅が住んだ頃の麹町区 | 180 |
| | (2)麹町区富士見町2丁目 | 181 |
| 図8 | 武漢（武昌） | 215 |
| 図9 | 重慶 | 222 |
| 図10 | 香港における蕭紅の足跡 | 316 |

# 蕭 紅 研 究
その生涯と作品世界

# 序章　蕭紅に対する評価の変遷

　蕭紅に対する評価の歴史は、中国国内の歴史的、政治的背景と関わって以下の四つの時期に分けられる。

（一）　確立期（1935年〜1942年）
　　　　蕭紅が『生死場』（1935年12月）で上海の文壇に鮮烈なデビューを果たしてからその生涯を終えるまで
（二）　回想期、及び文学史的評価の開始期（1942年〜1976年）
　　　　蕭紅の死後、文化大革命が終結するまで
（三）　実証、及び第一展開期（1976年〜1980年代中期）
　　　　文化大革命終結後、実証的研究が盛んに展開された時期
（四）　第二展開期（1980年代中期以降）
　　　　実証的研究が一段落し、作品論が展開されるようになった時期

以下、各時期について詳しく述べていくことにする。

## （一）　確　立　期

　この時期に中心的な役割を担ったのは魯迅（1881〜1936）と胡風（1904/02〜85）である。二人は『生死場』の出版に深く関わり、それぞれ序文と後記を書いているが、そこに表わされた彼等の感想、及び評価は、現在に至るまで蕭紅評価の不動の基礎であるといっても過言ではない。

　　これはもちろん略図にすぎない。叙事と風景描写は人物の描写にまさる。だが、北方の人々の生に対する頑強さ、死に対する抗争は往々にして力強く紙背を貫く。女性作家の細やかな観察と個性的な文調は、更に明るさと新鮮さを与えている。精神は健全で、文芸を憎み功利を追及する人がこれを読むことがあれば、不幸なことにその人もやはり、何も得ずにいられるというようなことはあり得まい。

（中略）

　今、1935年11月14日の夜、私は明かりの下で再度「生死場」を読み終えた。周囲は死んだように静まりかえっている。聞き慣れた隣人の話し声も、食べ物を売り歩く声もない。だが時折遠くに聞こえる犬の声に、ふと気づかされる。イギリスやフランスの租界は、物語の世界とは全く状況が異なっているし、哈爾濱でさえも同じではない。私と隣人は、互いに異なる心を抱きながら、異なる世界に住んでいる。だが私の心は今、あたかも古井戸の水のように、微波も立てず、麻痺したままこれらの文字を書きつけたのだ。これこそ奴隷の心ではないか！――しかし、もしまだ読者の心が乱されるのであれば、それなら、我々はまだ決して奴隷ではない。

　だが私の安穏と座したままの繰言を聞くより、一刻も早く「生死場」を読みたまえ。彼女は君たちに粘り強さと抵抗の力を与えてくれるはずだ。

（魯迅「蕭紅作『生死場』序」1935年12月）

　彼女の描く、農民たちの家畜（羊、馬、牛）に対する愛着は、偽りのない、また素朴なものである。我々が既に有していた農民文学の中に、このように人を感動させる詩を見たことがあるだろうか。

　もちろん、ここに描かれた農民たちの運命は、地上の楽園を歩いているソ連の農民たちと比較などできない。蟻のように生き続け、やみくもに生殖し、わけのわからないまま死んでいく、自分の血と汗、自分の命で大地を肥やし、穀物を育て、家畜を養い、自然の暴君と二本足の暴君の威力の下で、粉骨砕身もがいている。

　しかしこのような混沌とした生活も長く続きはしない。（中略）日本人はなぜ奪ったのか？　中国の統治者たちはなぜ彼らに奪わせたのか？

　（中略）

　読む者を興奮させるのは、この作品が、愚かな男女の哀しみや喜び、苦しみを描き出しているのみならず、青空の下の血の痕跡もおぼろになっている大地と、その血だか土だかわからなくなっている上に流れる鉄のように重い戦闘の意志を描き出していることだ。しかも一人の若い女性作家によって。この中に我々は女性の繊細な感覚を発見すると同時に、女性らしからぬ雄々しい心を見出すことができる。

　（中略）

　だが、私は作者に短所や弱点がないというのではない。第一に、題材に対する組織力が足りない。全篇に現われているのは散漫な素描で、中心に向かって発展していくようには感じられない。読者に緊迫した迫力を感じさせることができない。第二に、

人物の描写の中に、総合的なイメージの加工が非常に不足している。個別に見れば、作品の中の人物は生きているのだが、それぞれの性格にはどれも突出した所がなく、あまり普遍的でもない。読者の目の前に明確な姿で躍動することができない。第三に、文法的にたいへん特殊である。作者が表現しようとする新鮮な境地によるものもあり、採用されている方言による所もある。だがそのほとんどは修辞的な推敲が不充分であるに過ぎない。一方、このいくつかの弱点がなかったなら、この作品は精緻なことに優れた叙事詩として読者により親近感のある、より強い感動を与えることはなかっただろうと思うのだ。　　　　　　　（胡風「『生死場』読後記」1935 年 11 月 22 日）

　作品の未成熟な部分を冷静に認めながら、そこに描かれた北方の農民たちの生きる「異なる世界」と生命のエネルギーに対する二人の率直な感動は、当時の上海の多くの読者を代表するものといえよう。この「異なる世界」は、自分たちが足を踏み入れたことのない未知の世界であるというだけではない。その土地はほかでもなく、侵略された自分たちの国土なのだ。侵略という行為の下に人々の日常がどのように変えられていくかという現実と、その現実に屈服しない人々の生命のエネルギーを、不十分ながらもある程度具体的に示したことが、彼等の感慨をより深刻なものとし、この作品に対して少なくとも一定の評価を下さねばならないという民族的使命感を喚起したといえるだろう。『生死場』とほぼ同時期に世に出た、蕭紅の夫蕭軍（1907～88）の、抗日パルチザンを描いた『八月的郷村（八月の村）』に対する魯迅の、「（それは）中国の一部と全体、現在と未来、死路と活路を明らかに示している」（「『八月的郷村』序」1935 年 3 月 28 日[1]）という言葉は「生死場」にもあてはまるものである。

　また彼等は「女性作者としての視点」に注目し、特に自然描写に関する表現の豊かさに対して賞賛を惜しまないと同時に、名もない農民たちの大地からわきおこるような力強いこの抵抗の物語が、一人の無名の若い女性作家によって生み出されたことへの素直な驚きを隠さない。蕭紅の独特の筆致もさることながら、それまでの作家たち、特にそれまでの女性作家を、彼女は題材において大きく逸脱していたのである。

　しかし一方で、この二人の批評者が当時上海の文壇に大きな影響力を持っていたことを考えると、彼らの評価は多くの読者を代表すると同時に、この作品に対する社会的評価を決定する力も有していたに違いない。彼らの評価によって、誕生したばかりの作家蕭紅は、彼等によって有無をいわさず進むべき方向を指し示されたといえよう。

## （二）回　想　期

　蕭紅逝去（1942年1月22日）の報は、多くの友人、知人たちに大きな衝撃を与えた。人々は蕭紅の作家としての才能を惜しむと同時に、戦火に追われ、また愛情面においても穏やかな幸福とは縁遠く見えた彼女の人生に対して篤い同情を寄せた。特に彼女がなぜ、故郷や親しい人々から遠く離れた香港で、孤独な死を迎えなければならなかったかということが、それぞれの憶測を交えながら口々に語られ、蕭紅は歴史と社会の尊い犠牲者として再度脚光を浴びることになったが、蕭紅の追悼に関しては些か複雑な事情があったらしい。
　青島時代の友人で、上海での当初の苦楽も共にした梅林（1908～86）はこう書いている。

　　この女性作家の死に対し、銃後では追悼の文章が何篇か書かれたほか、某所で追悼会が開かれただけであった。桂林から来た友人の話では、桂林の作家たちは蕭紅のために記念会を開こうとしていたが、ある人のところにほとんど「縁日の出し物」のような、ひどく仰々しく胡散臭い「蕭紅記念委員会」の草稿が送られてきた。皆はそれを回覧してすっかり気勢をそがれてしまったということだ。

（梅林「憶蕭紅」1942年）

　その頃桂林には陥落した香港を脱出してきた文化人が次々と到着しているが、蕭紅と親交の深かった人々も多くその中に含まれている。例えば胡風は3月7日に、魯迅を通じて知り合い、後に『呼蘭河伝』序」を書く茅盾（1896～1981）は9日に桂林に到着している。また4月5日に行われた田漢（1898～1968）の四十四歳の誕生祝賀会の出席者の中には、香港〈大公報〉副刊主編として交流のあった楊剛（1905～57）の名前も見える。蕭紅の最期を知る駱賓基（1917～94）や夫の端木蕻良（1912～96）も含め、蕭紅とゆかりの深かった人々がこれだけ集結していたにもかかわらず、桂林では結局何の活動もなかった。
　ところで梅林がいう「某所」とは恐らく延安を指している。延安文芸座談会開催前夜の5月1日午後二時、延安の文抗作家倶楽部で蕭紅追悼会が開催された。延安の各文化団体及び主な作家たちおよそ五十名が参加した。会場には蕭紅の画像が掲げられ、まず司会の丁玲（1904～86）が開会の辞を、続いてかつての夫蕭軍が蕭紅の生涯と著作を紹介し、その後何人かが発言した。哈爾濱時代からの古い友人である舒群（1913～89）は、「蕭紅はわずか三十二歳、まさに若くこれからという時期であったのに、我々から永遠に離れてしまった」とその悲しみを述べ、また周文（1907～52）は、「人は生きているときには常に多くの

わだかまりがあるが、死んで初めて全てよくなるような、生前と死後とで異なる扱いは、まず文芸界から排除すべきだ」と、意味ありげな発言をしている[2]。

丁玲はこの会に先立ち、追悼文を書いている。

　現在のこの世に生まれ、生前はもちろん全ての仕事に対してその力を発揮し得ていても、死は本人にとってやはり莫大な損失だ。なぜならこの世には死者を辱めるというならいがあるから。これよりあなたの言葉や作品は更に歪曲され、貶められることになろう。まだ死んでもいない胡風ですら誰かに裏切り者だと証明されたらしい。とすれば死んでしまった人に対しては、当然、賄賂を贈ってまでこういった恥知らずの人々に証明してもらう必要もない。魯迅先生の阿Qはすでにあの御用文人たちに歪曲した解釈をされている。ならば「生死場」の運命にも、そういった災難を幸いにも免れ得るという保証があるわけではない。生前、あなたは香港へ追われて行かざるを得なかった。しかし死後に更に様々の、振り払うことのできない蔑みが待っていることを、あなたには知る由もないのだ。あなたと一緒だった友人たちにも、危険を脱して帰国した後もまだ監視され、あるいは処分を受けるという前途が待っている。こういったやからは一体どこまで追い詰めたら気が済むのか、私にはさっぱりわからない。猫は鼠を食べる前に、必ずそれを弄んで自分の慰みにするが、このような残酷さはあらゆる殺戮に比しても更に憎むべきであり、壊滅させなければならない。

（「風雨中憶蕭紅」1942年4月25日）

丁玲のこの文章の調子から、桂林で追悼会が開かれなかった理由は「縁日の出し物」のような「蕭紅記念委員会」のほかにあったようにも推察され、上記の文にもあるように、蕭紅とも親しかった胡風の解放区の文芸理論に反発する態度も影響していたかもしれない。

この追悼会の後、丁玲、蕭軍、舒群が発起人に名を連ねる文芸団体、文芸月会は、その会報〈文芸月報〉第十五期（1942年6月15日）を「蕭紅記念特集号」とし、蕭紅の短編「手」、及び何人かの友人たちの文章を掲載している。その中にやはり蕭紅の古い友人、白朗（1912〜94）の文章がある。白朗は、上海に出てきて以降の蕭紅が、その名声の高まりに反比例するように憂鬱の度合いを深めていったことを指摘し、戦火は確かに彼女の死を早めた要因の一つかもしれないが、その主たる原因ではない、とする。白朗はいう、「なぜなら、彼女の病気は、憂鬱の蓄積の結果であると思うから」。

　私が（蕭）紅と知り合ったのは、彼女が（蕭）軍と結ばれて間もなくか、あるいは

恋に落ちた頃だった。あの日の射さない小さな部屋に行くといつも、和やかな幸せを感じたものだ。彼等がひからびたパンをかじっている姿しか見たことはないが、彼等の表情には貧困に打ちのめされた苦しみや憂いはなかった。……私は次第に彼等の幸福や楽しみは、共同の事業と真摯な愛情の上に成り立ったもので、貧困によって左右されるようなものでは決してないのだという結論に達した。
　（中略）
　一年後、私たちは幸いにも上海で再会し、生活を共にすることができた。全ては変わっていないように見えた。（中略）
　この頃の紅は、顔は青白く、病的だった。精神的にも昔のように楽しくはなさそうで、憂鬱の芽が一本、彼女の心に芽生え始めたように見えた。二ヶ月の共同生活の中で、私は紅の幸福で満たされたあの杯がすでに傾き始めていると感じた。
　（中略）
　予想した不幸がとうとう起こってしまった。幸福の杯は打ち砕かれ、紅と軍は決然と袂を分かった。伝わる所では、紅は結局それまであまり好いてはいなかった人物を愛するようになったということだ。

（白朗「遙祭」1942年4月10日）

「それまであまり好いてはいなかった人物」とは、最後に蕭紅の夫となった端木蕻良を指す。白朗はまた蕭紅が蕭軍との別離（1938年）の後、予定外に身ごもってしまった蕭軍の子を産むためにしばらく重慶の自分たちの家に身を寄せていたときのことを回想する。このときの蕭紅は自分の殻に閉じこもり、イライラして怒りっぽくなっていたという。

　あるとき、彼女はそんな様子のままで、私にこういった。
　「貧しい生活にはうんざりしたわ、私はできるだけ楽しみを追求する」
　こういったこと全てが、私には普通でないように見えた。私はいぶかしく思った。なぜ彼女はあらゆることに報復したいという気持ちを持つようになってしまったのだろう？　彼女の新しい生活が幸せでなかったからかもしれない。それならば間違いなく、彼女と軍との別離は、彼女にとって薬では癒せない傷になっていたということだ。
　彼女は語りたがらなかったし、私も彼女の隠された悲しみに触れるのは辛かった。最後の別れの握手をしたとき、彼女は初めて寂しそうにこういった。
　「莉（白朗の本名）、あなたがずっと幸せでありますように」
　「私もあなたがずっと幸せであるよう祈っている」

「私が?」彼女は驚いたように聞き返し、それから苦笑いを浮かべた。
「私が幸せになるですって? 莉、遠い未来の光景はもう私の目の前に見えているわ。私は孤独で憂鬱なまま一生を終わるのよ!」
この言葉は今でもまだ寂しく私の耳に残り、悲しい記憶となっている。今、紅はすでに地下に眠っている。彼女が生と決別したときは、果たして彼女の予言通りだったのだろうか? 私は知る由もないし、聞きたくても術がない! (「遙祭」)

蕭紅をよく知る白朗が、彼女の夭逝の要因の一つとして、抗日戦争によって余儀なくされた苦難の放浪生活のほかにその結婚生活における不幸をあげたことは、後の蕭紅の生涯、あるいは蕭紅の作品に対する人々の印象、あるいは理解に大きな影響力を持つこととなる。
次いで、重慶でやはり蕭紅と共同生活の経験を持つ緑川英子(長谷川テル、1912~47)は、白朗よりも更に明確に、蕭紅の憂鬱の原因を「男性上位の封建的遺産」と断言する。

　　彼女と蕭軍の結婚は、当初は彼女を導き、励まして創作の道を歩み始める契機を与えたのかもしれない。そもそも、それぞれにすべきことを持った男女の結合は、単に一足す一は二になるというようなものではない。一足す一が三か四になるように発展していくことこそが理想に違いない。ところが彼等の場合は、一足す一が次第に二以下になっていった。しかもその負の部分は、常に蕭紅だけが負わされた。それはもちろんそれぞれが性格的に持っていた矛盾と食い違いによるものであったのだろうけれど、火に油を注いだのはやはり男性上位の封建的遺産だった。
　　　　　　　　　　　　　　　(緑川英子「憶蕭紅」1942年7月6日)

一方同じ頃、蕭紅と交流のあった男性作家の羅蓀(孔、1912~96)と駱賓基も、それぞれ文章を書いている。羅蓀は武昌大爆撃の翌日、蕭紅が馮乃超夫人と共に彼の家に避難してきたときのことを回想する。蕭紅は煙草を手に、将来の計画や夢について生き生きと話す。が、その興奮の中に疲労の色が隠されていることを、彼は見逃さない。

　　間もなく彼女はT君(端木)と一緒に香港に行ってしまった。
　　太平洋戦争勃発後、蕭紅は香港で病死した。彼女の才能は十分に発揮されることはなく、しかも彼女の理想は実現を見なかった。詩人の魂、崇高で清らかな心は、戦乱という時代と苦難のために埋没させられてしまったのだ。
　　　　　　　　　　　　　　　　　　　(羅蓀「憶蕭紅」1942年)

そして駱賓基は、蕭紅の生涯を通じた孤独と寂寞を強調しつつ、彼女が文学界に果たした貢献の大きさを称えている。

　　彼女は孤独な生活の中から、中国の文学に一筋の春の光をもたらした——青草が芽吹き、緑陰が道を覆い、大地は生命の愛に満ち、喜びがあふれ、中国の文学は、空を覆った黒雲の間に覗く青空の、その隙間から差し込む一筋の朝日の温もりを浴びた向日葵のようだった。
　　（中略）
　　だが蕭紅自身は、山腹に湧き出す渓流のようだ。底が見えるほどに澄んで、両岸の初春の緑を映し出している。雲の影も一つ二つ、青い空や田野には太陽の光があふれている。だが渓流はそのほとんどを緑陰に隠し、寂しく流れ、流れてゆく……物音一つ聞こえはしない。実際、水面にそよ風が立てる波紋のほかには何もない。
　　蕭紅はこんなふうに命の流れに身を任せ、寂しく流れていったが、彼女が人々に与えたものは温もりだった。渓流が人類に美を与えてくれるように。
　　　　　　　　　　　　　　　　　　　　　　（「蕭紅逝世四月感」1942年5月）

　二人の女性作家と同時期に書かれた二人の男性作家の追悼文には、「男性上位の封建的遺産」という観点はなく、また後の駱賓基の「T君（端木蕻良）」に対する激しい非難も、この段階ではまだ現れていない。
　やや時間を置いて、上海時代からの友人で、重慶では端木と共に復旦大学で教鞭をとり、宿舎も隣同士だったという靳以（章、1909～59）が、蕭紅の二度の結婚生活について次のように書いている。

　　だが私の知っている彼女の生活は、一向によくなることはなかった。（中略）
　　ある時期、彼女はあのDという人（端木蕻良）と小さな家に住んでいたことがあった。窓はみな（中が見えないように）紙が貼られていた。そのDという人は、何から何まで芸術家風だった。髪を長くのばし、暗くなるとすぐに床に入り、朝は十二時に起きてきて、食事をするとまた一眠りする。炎天下を走り回るのは彼女、あの起伏のある山の中の街を上ったり下ったりして友人を訪ねるのも彼女だった。食事の仕度をするのも服を縫うのも彼女。朝は彼が起きてこないので、腹をすかせたまま待っているのも彼女だ。また彼は四川の向こう気の強い女中を殴っていざこざを起こしたことがあったが、それをおさめたのも彼女だった[3]。

（中略）

彼女とＤが同居していたのは、人生の途上で歩くことに疲れ果て、休みたいと思った時期だったのだろう、安らかな生活が欲しかったのだろう。こんな自己中心的な人に出会うなど思ってもいなかったに違いない。……彼は彼女を見下していた。女性を男性の付属物だと思っているようだった。彼女がどうして安らかに過ごせるだろう。どうして病を体から引き離すことができるだろう。以前Ｓという人（蕭軍）は、絶えず彼女に身体的な苦しみを与えた。教養のない人たちと同じように、妻を殴ったのだ。

あるときのこと、皆は蕭紅の目が青く腫れているのに気づいたが、彼女はこういい訳をした。

「私の不注意なの、昨日転んでしまったの」

「転んだだって、恥知らずめ」そのとき彼女の傍に座っていたＳ（蕭軍）が得意気にいった。「俺が昨日酒を飲んで、酒の勢いで一発お見舞いして、目に青あざを作ってやったんだ！」

彼はそういいながら、堅く握った拳を降りまわして威張って見せた。私たちは誰も何もいわなかった。この恥は我々男性がそれぞれに負わなければならないと思っていた。（中略）

私が知っている彼女の生涯は、こういった苦痛で満ちていた。今彼女はその苦痛をこの世に残し、自分はそっと行ってしまった。この苦しみはより重くあの二人の男性に残されねばなるまい。だが彼等は、彼女のために心から泣くだろうか。

（「悼蕭紅和満江」1944年4月15日）

この頃から、蕭紅の不幸の原因、死の要因の一つが彼女の結婚生活にあったという見方が、徐々にクローズアップされていく。

蕭紅の死から四年後の1946年1月22日、国民党統治区域（国統区）の中心重慶で、ようやく大々的に蕭紅の追悼集会が開かれた。主催は東北文化協会で、駱賓基によれば当時国統区唯一の盛大な規模の記念会であったという。参加したのは郭沫若（1892～78）、茅盾、馮雪峰（1903～76）、胡風ら、八十名から九十名で（張小欣「駱賓基年表」によれば、参加者およそ五十名）[4]、周鯨文が「蕭紅の一生は、暗黒の勢力に反抗する一生であった。彼女はまず封建的な家庭から逃げ出し、それから作品の中で、日本帝国主義の中国侵略に反対した」と述べ、また郭沫若が「旧社会に妥協しなかった蕭紅女史は人民の作家である」と述べ、更に茅盾が「蕭紅女史の死は病気によるものといわれるが、むしろ現在の社会に生きるあらゆる作家が共通して遭遇している困難さと不自由さの中で死んだといってよい」と

述べた[5]。

　これを期に、親しい友人たちによって再びいくつかの回想が書かれた。中でも注目されるのは聶紺弩（1903〜86）の「在西安」（1946年1月20日）である。蕭軍と蕭紅の別離のいきさつを記したこの文章は、以後多くの人々に引用され、蕭紅の不幸の重要な裏づけとされた。「飛ぶんだ、蕭紅！　金色の翼を持つ大鵬のように、高く、遠くへ、空を翔けて行け」という聶紺弩の言葉に蕭紅はこう答えたとそこには書かれている。「女性の空は低い、翼は弱い、それに持っている荷物の何て重いこと！（中略）私は飛ぼうとして、でもそのときわかるの……落ちるだろうって」。

　こういった蕭紅の不幸の確認に関してこの時期影響力を持った一人が駱賓基である。駱賓基は蕭紅が地主であった生家を嫌って飛び出したことを「封建勢力への反抗」と位置づけ、彼女はその闘争に「勝利」をおさめたとする。そして蕭軍との出会いを「頑強な旧社会に対して戦いを挑む二つの戦闘力の結合」であり、「彼らの闘争の力は、たちまち融合して一体とな」り、「輝かしい共同戦線」が成立した、とする。間もなく二人は哈爾濱からの「撤退を余儀なくされた」が、しかしその結果彼らが「祖国の革命の大本営である上海」に至り魯迅と出会ったことは、「孤立した戦闘力が主力と合流したということであり、またそれは必ず合流しなければならなかった」ものであると評価する。だが結合して主力と合流したはずのこの二つの戦闘力は間もなく分裂の日を迎えたのだ。

　　このとき、作家蕭紅は社会における別の力の脅威を感じていた。それは男性を中心とみなす力だったが、これはすでに存在していたものが、このときになってはじめて正体を現してきたのである。（中略）自分がその力の付属物とされていることに気づいたとき、作家蕭紅は、敢然と抵抗した。ただ頭で考えるだけでなく、歴史に挑戦しようとしたのだ。頭の硬い日和見主義者たちの、「社会が解放されてから、女性の解放を話し合おう」というような言説によって孤立しかけたが、蕭紅女史は耐えることも、待つこともできなかった。彼女はその行動において、勇敢にも抵抗を始めたのである。
　　（中略）
　　だがこの戦いに、作家蕭紅は敗北した。弱者はまさにその弱さのために。頑強な社会勢力に向き合ったとき、彼（蕭軍）も同様に弱者ではあったが、一方歴史的に彼は有利であり、しかも彼自身社会の封建性に立脚していたために、一人の孤立した女性に対して、弱者は一転強者として自らを認じたのである。
　　このように、作家蕭紅は過去を、歩いてきた道筋を振り返った。彼女は「回憶魯迅

先生（魯迅先生の思い出）」を書いた後に「呼蘭河伝」を書いたが、これは彼女の思想の突撃の力が転換期に来たことを示すものである。

（「蕭紅小論——紀念蕭紅逝世四周年」1946年1月22日）

これまで蕭紅の人となりや人生に関して、比較的抽象的な叙述に終始していた駱賓基の文調が変化し、蕭紅の不幸を封建制への果敢な抵抗の結果もたらされたものであるとしていること、かつての女性の友人たちによる「男性上位の封建的遺産」という見方に近づいていることが注目される。

蕭紅の不幸がクローズアップされたことは、彼女の後期の作品に関する評価に影響を与えた。胡風は、「蕭紅逝世四周年記念会」で「蕭紅は晩年、人民や生活から離脱する方向に歩み始めたが、それは即ち自分の創作の道を破壊してしまうことであり、我々はこれを沈痛な教訓とすべきだ」と発言している（「胡風回憶録」1984年2月～1990年8月）。彼は1941年に香港で蕭紅と再会したときの印象を以下のように記している。

> 彼女の暮らし向きも、その精神状態も、何もかもが生気のない病弱な白さとして私には映った。これから桂林かどこかよその土地へ行って、大きな家を借り、蕭軍に来てもらって一緒に住み、大きな雑誌を共同で作ろうという話になったときだけ、わずかながらもその顔に生気がよみがえった。私は思わず深いため息をつかずにはいられなかった。「北方の人々の生に対する頑強さと死に対する抗争」を描き、「読者に強靭さと格闘する力を与えることのできる」作者を、陳腐な勢力の代表者たちがこんな状態にまで突き落としてしまい、精神の「健全さ」──「明るさと新鮮さ」を完全にかき消し、しぼませてしまったのだ。　　　　　　　　　　　（「胡風回憶録」）

後期に書かれ、上記胡風の批判の対象にもなったと思われる長編小説「呼蘭河伝」（1940年）に対しては、茅盾が序文を書いている。茅盾は蕭紅の晩年（香港時代）を知る人物の一人であるが、彼は「寂寞」という言葉をキーワードとしてこの作品を評している。

> 生活に甘い希望を抱きながら幾度となく「幻滅」を味わわされた人は寂寞の人だ。自分の能力に自信を持ち、自分の仕事に対しても遠大な計画を持っていたのに、生活の苦い酒が彼女をふさぎこませてしまった。そしてそのために更に苦しみ焦燥感がつのれば、寂寞が倍加するのは当然のことだ。このような心に寂寞を抱く人が、自分の生命の灯火が今まさに燃え尽きようとしていることを、そのためにすべてが「挽回」

できなくなったと悟ったとき、その寂寞の悲哀は言語に尽くし難いものであったに違いない。このような寂寞の中の死は私の心の重荷ともなり、忘れたいと望みながらあっさり忘れてしまうことも忍びなく、またそうすることもできずにいる。だからこそ私は浅水湾[6]に行ってみようと思いつつ、本心に背いてついに何度もそれを回避してきたのだ。

蕭紅の墓は寂寞として香港の浅水湾に独りある。

海水浴の季節になると毎年浅水湾は多くの善男善女で賑わうことだろう。だがそこに横たわる蕭紅は寂寞の人だ。

1940年12月――それは蕭紅がこの世を去る二年前のことだ。彼女の健康がまださほど問題にもなっていない頃に、彼女はその最後の作品「呼蘭河伝」を書き上げた。だがそのときすでに蕭紅の心は寂寞を抱いていたのだ。

（茅盾「『呼蘭河伝』序」1946年8月[7]）

そして茅盾は最後をこう結ぶ。

蕭紅が「呼蘭河伝」を書いたとき、心には寂寞を抱えていた。

当時彼女は香港でほとんど「蟄居」生活を送っていたといっていい。1940年前後の大きな歴史のうねりの中で、蕭紅のように人生に理想を持ち暗黒の勢力と戦ってきた人が悄然として「蟄居」するということはいささか不可解である。彼女のある女友だちが以前彼女の「消極性」と苦しみの理由を分析し、「感情」の面で再三傷ついたことがこの理知に溢れた女性詩人を狭い私生活の枠の中に縛りつけてしまい（しかもこの枠は、彼女自身呪詛していたにもかかわらず、感情にがんじがらめになり、毅然として抜け出すことができなかったものである）、生と死がせめぎあいを繰り広げる広大な世界から完全に隔絶させてしまった、と語ったことがある。その結果、彼女は高邁な道理を展開し、自分の属する知識分子階級の様々な活動に満足できない事態を招く。すべてがつまらない、退屈なことだと思ってしまう。かといって労農大衆の中に身を投じることもできず、生活を根本から変えることもできない。これでどうして苦悶と寂寞を感じないでいられようか。このような心境が「呼蘭河伝」に暗い影として投影され、全体の雰囲気だけでなく、思想的な部分にもそれが影響しているのは残念なことだ。我々が蕭紅の夭逝を深く惜しむことと共に。

茅盾がいう「挽回できなくなったすべて」とは何を指すのだろうか。当時社会的影響力

の大きかった彼が、一生彼女につきまとったいわゆる寂莫が、彼女の「消極性」から生まれたものであること、その「消極性」が男性と同居する中で受けた「感情」面での深い傷に基づくものであり、結果として彼女を襲った様々の不幸の原因となったということを人々に強く印象づけた。

また、これにすぐ続いて発表された駱賓基の「蕭紅小伝」（1947年）[8]は、作者と蕭紅の親密度の深さから影響力は更に大きかった。駱賓基は「呼蘭河伝」を蕭紅の自伝であるとし、それに基づいて彼女の幼年期を再現して見せる。そして幼年期に家族の愛情を体験できなかったことが、後に愛情に対する強いトラウマとなって彼女を苛んだとし、蕭紅の孤独を強調する。

　　好意的な憐憫も、敵意のある軽蔑も、どちらも彼女にとっては自分が敵対している陣営に属する表現であった。彼女は正真正銘たった一人で社会と向き合っていたのだ。社会と接触するたびに、彼女は敵対する陣営の広大なること、自分を奇異の目で見つめているまなざしのすべてが、軽蔑や憐憫のすべてが自分を傷つけていること、そしてそれが同時に自分の孤立の証であることを感じた。
　　彼女は何に依ってこれらの敵対するまなざしに対抗しようとしたのか。どうやって憐憫の言葉に傷つかないよう、自分自身を守ったのだろうか。それは矜持だった。この矜持の源はたった一人で敵に立ち向かうという基盤の上に成り立つものであった。彼女は自身の内心の苦しみを吐露することはなかったし、敵に有利となるような真実の情況はわずかも明らかにしなかった。彼女は矜持を武器に、自身の誇りと尊厳を守ったのだ。
　　　　　　　　　　　　　　　　　　　　　　　　　　　　　　　（「蕭紅小伝」）

駱賓基は更にこういっている。

　　人が今まさに戦っているとき、それは我々が彼を強者と呼ぶときであり、それはまた彼が戦闘の主力と密接に結びついているときであり、戦闘の力の一部であると見なされているときであり、自身が戦闘の力の一部であるという確信を持ち、戦闘の主力の矛が指し示す方向を注視し、前進しているときである。そうであるなら、彼が軟弱であるときは、戦闘から退いたときであり、戦闘から脱落したときであり、戦闘の主力から振り向かれなくなり、自分もまた戦闘の主力の矛が指し示す方向に注意を払わなくなったときであることは明らかだ。
　　このことから、またこうもいえるだろう。強者は前方に注目するが、それは遠く遥

かな未来ではない。一方弱者は甘い過去を懐かしみ、あるいは（トルストイ「戦争と平和」の）アンドレのように地面に横たわり、空を漂う雲を静かに見つめ、虚しさを感じるのだ。

　（中略）

　蕭紅が強者として成長し、雄々しく進むその途上で軟弱になってしまったのは、戦闘の主力から脱落したことに原因がある。重い傷を負ったこと、それは彼女の作品から感じることができる。　　　　　　　　（駱賓基「『蕭紅小伝』自序」1949年12月14日）

　茅盾、駱賓基ら友人たちの以上の文章及び「呼蘭河伝」によって、「寂寞」にうちひしがれながら、しかし力をふりしぼってそれに立ち向かっていこうとする健気な薄幸の女性、蕭紅の物語は完成されたといってよい。そして彼女の悲劇と不幸の背景に、封建的な家庭環境と男女の力関係、そして外国人侵略者の影が見えたことで、彼女は作品だけでなく、その生涯に関しても普遍性を獲得した。

　友人、知人による回想文が一通り書かれてしまうと、蕭紅に関する言論はいったん下火になる。1950年代に中国で展開された一連の思想闘争により、胡風、蕭軍をはじめ、蕭紅に近しい人々の多くが、激しい批判にさらされ、沈黙せざるを得なかったことが主たる原因であったと思われる。その中で王瑤が人民共和国最初の新文学史である『中国新文学史稿』（1952年5月28日）に「東北作家群」の項目をたて、その役割に言及すると共に、「生死場」や「呼蘭河伝」にも触れていることは注目に値する[9]。しかし彼の論は、先の魯迅や胡風、茅盾の批評の域を出るものではない。

　1950年代後半、香港の文芸関係者を中心に、蕭紅の遺骨の改葬問題が持ち上がった。香港浅水湾の蕭紅の墓所が、リゾート施設建設により失われようとしたことが契機であった。結局香港と本土の協力により改葬は実現したものの、遺骨は故郷の呼蘭でも、哈爾濱でも、上海でも、北京でもない、蕭紅とは全く無縁の広州に改葬されたのである（改葬のいきさつ、経過については付章で詳しく述べる）。それは恐らく蕭紅と関係の深かった人々の当時の立場を反映した結果であろうが、香港では、この改葬問題を一つの契機として再び蕭紅が話題に上るようになった。だがそれはおおむね駱賓基「蕭紅小伝」の枠を越えるものではなく、墓地改葬によって再び蕭紅の孤独な死とその悲劇性がクローズアップされたためか、出所も明らかでない三面記事的なゴシップネタも多かった。

　その中で注目されるのが、同じ東北出身で、彼女たちより一足早く関内に出て文学活動を始めていた李輝英（1911〜91）の発言である。この頃から文学史の中に蕭紅の名前が頻繁に登場するようになるが、彼は自著の中で、特に「東北作家群」の項目を設け、次のよ

うに記述している。

> 東北作家の出現は、1931年の「九一八」事変の発生によって促されたものであろう。一夜のうちに（東北）三省は様変わりした。三千万の人民は奴隷の鎖に繋がれ、祖国を失った青年たちは、長く苦しい流亡の道を歩きながら、いつになったら再びあの愛すべき故郷に帰り、愛すべき父や母に会えるのかと、懐かしさを胸に流亡三部曲を歌い始めた。その心の痛みは想像に難くない。彼らは亡国奴となることに甘んじず、一本のペンを武器とし、敵である日本人の侵入に反抗し、様々な形式の作品を創造した。目的は反日にあったため、関内の人々の注目を集め、その方面で、東北作家たちは役割を果たした。
>
> （中略）
>
> 蕭軍と蕭紅の出現を待って、東北作家という名称が次第に世の人の知るところとなった。光明半月刊が1935年に特別に東北作家の作品を集めた小冊子を出したが、恐らくそれには蕭軍、蕭紅、羅烽、李輝英、舒群、端木蕻良、杜宇（劇作家）、駱賓基、孫陵、楊朔らの作品が含まれていたに違いない。
>
> （『中国現代文学史』1970年7月：東亜書局）

そして彼らの作品は「一般的にはそれぞれに荒削りという欠点が見られるが、それは文学的修養の制約を受けたことによるものであり、現実的な題材を把握し、描き出していることは評価に値する。それは人々の心を揺さぶり、団結して敵の侵略を防ごうとする上で、確実に大きな力を発揮した」（李輝英『中国小説史』1970年7月：東亜書局）と評価する。

蕭紅等東北作家と呼ばれる人々が反日を目的とし、関内の人々の注意を喚起するために東北の現実を描いたとするこのような評価は、70年代後半になってもほぼ変わらない。例えば周錦も『中国新文学史』（1976年4月：香港長歌出版社）の中で「東北作家群」の項目を立て、「東北作家群は社団でもなければ形のある団体でもない。また作家は地域で分けるべきでもない。だがこれらの人々はその特殊性を持ち、また傑出した成果を上げ、中国文学のこの時期の特徴を表現している」と評価している。そして「九一八後、上海の文人は抗日の文章を書いたが、東北作家だけが身をもって侵略を体験しており、当時の文壇では必要欠くべからざる存在となった」とし、その存在の意味を評価する。

しかし、蕭紅を「一本のペンを武器とし、敵である日本人の侵入に反抗」する、反日に主たる目的を置いた東北作家として位置づけようとすれば、その観点からは明らかに方向を転じている後期の作品、例えば「小城三月」や「呼蘭河伝」は評価しきれなくなる。し

かもやっかいなことに、これらは人々の心を強く捉える味わいの深い作品であった。そこで多くの人々は彼女が方向を転じた原因を、茅盾、駱賓基の意見を引き継ぎ、寂莫という蕭紅の個人的心情に求めたのである。

　　蕭紅は健康がすぐれなかったために、残された日々の少なさを知っていたのではないか。あまりにも多くの男性に虐げられたことで、郷土の回憶の中にしか暖かさを感じられなかったのではないか。
　　万里を流亡する東北人であれば、故郷を思う小説を書けば当然抗日作用を持つが、「呼蘭河伝」は全編が日本侵略前の状況で、抗日の雰囲気はない。
　　蕭紅は死ぬ一年前に教条を捨て、現実をそのままにして、自己を探求し、心の赴くままに作品を書いたのではないか。
　　　　　　　　　　　　（司馬長風『蕭紅夢還呼蘭河』1977 年 3 月 24 日）

　本土で文化大革命の嵐が吹き荒れていた 1970 年代、蕭紅に関しては香港における言論が相対的に盛んであったが、それは共産党の強力なイニシアティブに反感を抱く香港人の、アイデンティティ確認のための一つの反思行為であったようにも思われる。蕭紅が香港で発表し未完成のまま絶筆となった「馬伯楽」第二部の捜索には、アメリカの研究者ハワード・ゴールドブラット（Howard Goldblatt、中国名葛浩文）が深く関わったが、その発見は香港の人々の活動の成果の一つともいえ、またその頃本土ではほとんど話題に上ることのなかった蕭紅の夫端木蕻良の文学性をいち早く評価したのも香港の人々であった。
　総じていえば、「生死場」の持つ「反日」作用を高く評価したいという時代的希求が高まるほどに、それとは完全に風格の異なる後期の作品をどう解釈するかが最大の問題となった。それはいい換えれば、当時の中国において「生死場」が中国自身をふり返り、その歴史の正当性を主張する上でどれほど重要な作品であったかを意味している。蕭紅における「反日（抗日）」の意味を強調するあまり、それとは風格の異なる後期の作品の解釈を巡って愛情面における個人的な不幸の影響が強調され、結局蕭紅は、侵略者の暴力と男性の権力とに翻弄された悲劇のヒロインとして同情を集めることとなった。またそれと比例して、彼女と関わった男性がほぼ例外なく、それと相対的に貶められたことも記しておかねばならない。

## （三）　実証、及び第一展開期

　文革が終了すると、多くの文芸関係者、多くの作家が沈黙を破り、自分の歴史を語り始めた。多くの回想録が発表され、我々はその中から新たな多くの事実を知ることができた。
　東北文芸界でもいくつかの大きな事業が展開された。例えば〈東北現代文学史料〉等の創刊、「蕭紅生誕七十周年記念会」の開催、蕭紅の作品集の再編、また復刻などである[10]。そして蕭紅と生前のつながりを持たない次世代の研究者たちによって、新たな研究活動が展開された。その多くが実証的な調査に基づくものであったことは、文化大革命で破壊された自分たちの過去の記憶を取り戻そうとする一連の試みの中に位置づけられるものであろう。彼らは直接蕭紅を知り得なかったからこそ、蕭紅の歴史的事実を知ることに熱心であり、その過程で多くの新しい資料や証言が獲得されたことは蕭紅研究にとっては大きな収穫であった。
　それらの実証的調査、研究の成果として、これまで不必要なまでに増幅されてきた蕭紅の悲劇の物語に、次第に修正が加えられていく。それに伴い文学史の記述にも若干の表現の変化が見える。例えば唐弢は、「東北作家群」の呼称を継承しながら、彼らの現実的題材が関内の文学に健康で力強い影響をもたらしたとすると共に、彼らの活動が左翼文芸運動の影響下にあったことを強調する。

　　「九一八」事変以後、一群の文芸青年たちが、日本帝国主義占領下の東北から関内に陸続と流れてきた。その中の何人かはすでに創作経験を持ち、左翼文芸運動が推し進められる中で文学活動を開始している者もいた。彼らは敵に対する恨み、故郷の人々に対する想い、そして一日も早く国土を回復したいという願望を抱きつつ、東北人民の闘争の生活を反映した多くの作品を発表した。比較的名を知られた作家として、蕭軍、蕭紅、端木蕻良、舒群、白朗らがおり、「東北作家群」と呼ばれた。彼らの作品の中で最も影響力があったのは「八月的郷村」と「生死場」である。
　　（中略）
　　作品（「生死場」）には全体を貫く物語の柱がない。それは生活の様々なシーンの連続にしか過ぎないが、作者の深い観察と細やかな描写によって、明るい画面の中に人を揺り動かす力を秘めている。民族の矛盾が主要な矛盾へと駆け上がっていく歴史的条件の下で、階級間の矛盾をも軽視していない。そのため帝国主義及び封建主義の二重の重圧の下にある東北人民の深刻な災難をあるがままに描き出している。これがこ

の小説の特筆すべき点であり、この小説が同時期の多くの同じような作品の中でも突出している所以である。

（中略）総じていえば、葉紫から「東北作家群」の各作家の作品に至るまで、題材の広さ、健康的な思想、表現技巧の熟練、そのいずれにおいても早期の無産階級革命文学に比して顕著な進歩があった。特に階級闘争と民族闘争を、正面から壮大なスケールで描き、群衆の覚醒とエネルギーを描き出し、革命の勝利の未来図を提示したという面において、創作実践の中でいずれもすばらしい成果を獲得した。

（唐弢『中国現代文学史』1984年：人民文学出版社）

「生死場」に関しては魯迅及び胡風の評価を引き継ぎながら、この作品の価値を、東北人民の苦しみが民族矛盾と階級矛盾の二重の重圧によることに気づいている点に求める。これは後の「反封建」という評価、また「女権主義（フェミニズム）」的批評に先立つものとして注目したい。

中国人民大学編集の『中国現代文学史』（1980年5月、中国人民大学出版社）は、抗日戦前夜に東北作家をはじめとする大量の新人が出現したことについて、「これは左連が獲得した大きな成果の一つである」とした上でこう記述する。

これらの作家（葉紫、張天翼、丁玲、沙汀、艾蕪、呉組緗、蕭軍、蕭紅等）は様々な角度から二十年代、三十年代の中国における暗黒の社会生活と階級闘争を反映した。農村革命に対する深い理解を基盤に、多くの作家たちが、農民の苦しみや、彼等が反抗闘争に立ち上がるありさまに対し、強い関心を持って描き出した。労農大衆が文学作品の主要人物となったのである。知識分子や小資産階級の生活を題材にした作品もなおかなりの分量を占めてはいたが、その中のいくつかの比較的優秀な作品は、当時存在していた「革命＋恋愛」式の類型をすでに脱却しており、新たな革命が推進される中で彼等の思想が変化し、革命へと向かっていく過程を描いている。（中略）結局、「五四」時期に比べ、題材の点でより新しく、広がりが生まれたのである。東北人民の反帝国主義闘争から、西南の辺境の独特の景色、そして植民地における人民の苦しみや闘争に到るまで、またそのほかの、以前にはほとんど顧みられなかった社会生活などが小説の中に反映され、それゆえに読者の注目を集めたのである。

（中略）

「生死場」は人民の抗争を声高らかに歌い上げ、侵略者と統治者に対し怒りの告発をつきつけた。作品は1935年の中国の文壇に、新鮮で荒々しい健康な声をあげた。

題材の上では蕭軍等東北作家の作品と同様、新しい領域を切り開いた。

新しい作家たちの最大の貢献が新しい題材の提供にあるという評価は唐弢と変わりないが、その題材に対し、「二十年代、三十年代の暗黒の中国における社会生活と階級闘争を反映した」とより明確な評価を与えたために、1910年代の東北における一つの家族と市井の人々の平凡な生活を淡々と描いた「呼蘭河伝」は評価の対象から完全にはずされ、「本来の新鮮な生気と闘争の精神が減退し、『呼蘭河伝』では個人の寂寞と苦悶が全篇に影響を及ぼしているが、これは彼女が後に個人的に遭遇した不幸と関係がある」（同書）と評され、茅盾の「呼蘭河伝」評に更に明確な理論的説明を与えたものとなった。

一方、蕭紅の言語的特徴や文体について、前掲中国人民大学『中国現代文学史』が「ヨーロッパ的な傾向があり、難解で、多くの読者の理解を妨げている」と否定的に評価しているが、これに対し、林非は『中国現代散文史稿』（1981年4月、中国社会科学出版社）で、「三十年代以降、"左連"を指標とした革命的進歩的作家たちは、反帝反封建を掲げた"五四"の伝統を継承し、勇ましく前進を続けた。彼らは国民党反動派による文化の"包囲討伐"の強力な締め付けの下にありながらも、輝かしい成果を獲得し続けたのである」とし、中でも重要な作家として蕭紅の名をあげ、彼女の散文を「純朴で、明るく、しかも読者の琴線にいともたやすく触れてくる抒情詩のような雰囲気に溢れている」とした上で、彼女の小説の、散文との境界が明確でない独特の書き方についても、「現代文学史上非常にユニークなものである」と高く評価している。

このほかこの時期、アメリカのハワード・ゴールドブラットと中国の女性研究者蕭鳳によって、二冊の蕭紅伝が書かれた[11]。どちらも蕭紅の苦難の生涯に対する同情の念に影響される嫌いはあるものの、彼女の作品に基づきつつその人生を再構築しようとした試みは、駱賓基以来初めてのものであり、以後の蕭紅研究に大きな影響を与えたという意味で特筆しておかねばならない。

これに触発され、以後何種類もの蕭紅伝が書かれたが、その著者の多くが女性であったことは、後に述べる「女権主義」的批評の前触れともいうべきものであった[12]。彼女たちは蕭紅の生涯に自らの女性としての心情を寄り添わせ、それぞれの蕭紅の物語を紡いだ。そのため、男性を中心とする社会の中で、才能を持ちながらも理不尽な立場を強いられた女性の不条理が際だって描かれた。かつて反侵略闘争の中で、その作品と生涯において普遍性を獲得した蕭紅は、多くの女性たちの発言により、その女性としての立場に関しても普遍性を獲得することとなった。

## （四） 第二展開期

　実証的研究が一段落すると、次に盛んな作品研究の時期が訪れるが、この境界は明確ではない。
　思想、文芸界における改革開放は中国当代文学に多様な新しい作品と活気をもたらしたが、同時に蕭紅に関しても新たな評価をもたらした。また、文学史においては「東北作家群」と並んで、いわゆる満洲国時代の文学に対し、新たに「東北淪陥区文学」という概念が用いられるようになった。
　1984年に出版された孫中田等『中国現代文学史』（1984年5月、遼寧社会出版社）は、特に「東北淪陥区の文芸」という項目を立て、従来の上海中心の視点を用いず、淪陥区から見た東北作家群に言及している。これは1980年前後から始まった様々な調査活動により、淪陥時代の東北の姿が次第に明らかになってきたことと関わりがあるだろう。

　　内地に流亡した東北作家は「東北作家群」を形成し、淪陥区において自分たちが体験した苦難の生活経験と心境に基づき、多くの優れた現実主義の作品を創作した。これらの作品は（中略）東北にも次々と伝わり、新聞の特集として紹介されたものもある。内地の作家と「東北作家群」の作品は、帝国主義とその傀儡政権の罪悪を暴露し、東北人民の民族的反抗意識を喚起した。また封建ファシスト文化の専制下にあった淪陥区の進歩的作家の、過酷な現実社会を正面から見据え、それを反映するという現実主義の創作原則、及び「ごまかし騙す」文学に反対するという態度に影響を与え、大きな作用を生み出したのである。

　また、これとほぼ同時期の黄修己『中国現代文学簡史』（1984年6月、中国青年出版社）は、中国現代文学を発生期（1917～1920）、第一期発展期（1921～1927）、第二期発展期（1928～1937）、第三期発展期（抗戦期）（1937～1949）に分け、「民族的危機の中にある東北地区の生活を描写する」「東北作家群」を第二期発展期に位置づけ、彼らの作品を評するのに、「抗日文学」に代えて「国防文学」という概念を用いているところに特徴がある。そして蕭紅に関して「親の決めた結婚に反抗して封建家庭から逃げ出し、その生涯は不遇であった。そのため彼女は憂いに沈んだ筆致で人民の苦難を描いた」という評価を与えているのは、「抗日」よりも、むしろ「反封建」の面に関心が向くといえる。
　一方、「東北作家群」、「淪陥区」という概念に次いで、沈衛威は「東北流亡文学」とい

う概念を提出する。

　「十四年の東北流亡文学」は、1931年9月18日の日本帝国主義が発動した「沈陽事変（満洲事変）」及び東三省に対する武力占拠から、1945年9月8日、日本の侵略者が東北から退くまでの、その十四年間、関内を流亡した東北籍の作家、あるいは東北籍ではないが、長期にわたって東北で生活した「準東北籍」の作家たちが創作した、東北の生活を反映した文学を指す。期間が長いことと、作品そのものの性質から、それは関内の「左翼文学」や「抗戦文学」、また関外の日本統治下の「植民地文学」――一般に「淪陥区文学」と呼び慣わされているが、筆者は「植民地文学」の方がより実際に即していると考える。そうすることにより、それとその後の関内のそのほかの「淪陥区文学」とを分けて考えることができるはずだ――とは異なっており、相対的に独立した自身の構成と価値体系を有している。

（沈衛威「中国現代文学史上的"東北流亡文学"」1988年4月）

そして「東北流亡文学は左翼文学の旗の下に輝き、左翼文学は東北流亡文学があったために勢いを増した」とする。

　1990年代に入ると、「郷土文学」という概念で東北作家を評価しようとする動きが現れた。『中国新文学発展史』（1991年8月、高等院校教科書）は、葉紫、蕭軍、端木らの文学は、都会に住んで故郷の農村を懐かしむような「狭義の郷土文学」とは異なり、ソ連と左翼文学の影響を受けながら農村の深刻な現実を描いた真の郷土文学であると評価する。そういった観点に立つことにより、これまで蕭紅の「寂寞」と消極性の裏付けとして専ら読まれてきた「呼蘭河伝」を、王統照の「山雨」や沈従文の「辺城」と並立させ、「二十年代の郷土文学の審美的傾向を成熟した風格に発展させた」とし、蕭紅を、苦難の生涯であったとしながらも「東北作家群の中で最も詩人的体質を有した才女」で「魯迅と二十年代の抒情型の郷土作家の後を受け、その文学形式を新しい高みへと押し上げた」と高く評価する。「郷土文学」は決して新しい概念ではなかったが、ここにおいて初めて、「呼蘭河伝」の文学史上における肯定的評価が成立した。しかしこの評価は東北とは無関係の「馬伯楽」には適用されない。

　蘇光文・胡国強主編『20世紀中国文学発展史』（1996年8月、西南師範大学出版社）も、「呼蘭河伝」だけでなく、これまでほとんど評価の対象にもされて来なかった蕭紅の香港時代の作品に対し、肯定的に言及しようとしていることにおいて評価できる。そして特に蕭紅・蕭軍・端木蕻良の項目をたて、蕭紅についてはこのように述べている。

蕭紅は、その十年に満たない文学的生涯の中で、三十余篇の小説といくつかの散文や詩歌を残した。彼女の生涯と創作生活は一瞬のできごとであったが、彼女が振り撒いた光は目を奪うばかりで、非常に特徴的である。彼女の波瀾に富んだ人生と経歴、そして彼女の才能溢れる作品は、後人に不思議な「蕭紅現象」を残した。蕭紅の作品の意義は、一つには、自分自身の経歴及び生命に対する独特の体験から出発し、遙か遠い故郷に生き続ける生き生きとした古い文化や風俗に対する深い観察や考え方を自然な筆遣いをもって表現したことにあり、更にその深い観察及び考え方には母性的な色彩が濃厚であること、またもう一つには、彼女が20世紀の中国小説の散文化の傾向に弾みをつけ、散文の抒情的な素描的な部分と小説の細やかな心理描写とを巧みに結合させ、作品に複雑な味わいと独特の格調を与えたことにある。

　これは蕭紅の作品に対し、「郷土文学」の観点を含みながら、文体や風格に注目することにより、『中国新文学発展史』を更に一歩前進させ、より総合的な評価を与えることに一応の成功を収めてはいるが、これもまだ、「馬伯楽」に対する説明とはならない。

　1980年代後半から中国に起こった「女権主義」にも触れておかねばならない。女権主義の立場から最も早く蕭紅に光を当てたものが孟悦・戴錦華『浮出歴史地表』（1989年7月、河南人民出版社）である。同時代の女性作家、丁玲、白薇（1893～1987）に並んで、著者は蕭紅に一章を与えている。著者は蕭紅の生涯を分析した上で、家族の愛情の希薄さは、彼女に想像と現実という二重の世界の中で生きることを強いた、とし、蕭紅は想像の世界でのみ自由で快活で純粋であり得たとする。抗戦勃発後間もなく、彼女は「自分が民族、愛情、女性という三重の危機に陥っていること、主導的文化陣営と女性としての自我の間に緊迫した選択を迫られていること」に気づいた。前者を選択することが最も望まれ、また最も安全で平穏な生き方であったが、そのためには性的役割（ジェンダー）に従わなければならなかった。後者を選択することは冒険であり、孤軍奮闘が予測されたが、蕭紅は敢えて後者を選んだのだという。「今彼女は進歩的陣営の作家であるだけでなく、陣営に承認されていない女性でもあり、時代と歴史に承認されていない性の代表でもあった」という指摘は、特に同じ性に属する筆者には体験的に首肯できる点である。

　陣営に承認されていないことは、蕭紅の創作活動に大きな利点ともなった。「蕭軍が蕭紅に妻としての役割を求めなかったと何度弁明しても、蕭紅は彼と友人たちの関係の中では妻として存在」しており、「ある意味で蕭軍に養われる女性」であった。彼女が社会と直接交渉することを阻んだことにより、彼女は「中国三十年代のイデオロギーの周辺に位

置」することとなり、そのため彼女の創造力はマルクス主義理論を主導とする、当時の知識界共通の叙事パターンの制限を受けることを免れ、よってその作品は真実で原初的なままであり得た、とする。また「男性の従属物とされる屈辱を受けた」ことにより、彼女は中国の過去、現在、未来に対して男性たちのように楽観的にはなれず、むしろ抗日の激流の下を緩やかに流れている暗流に目を向けたとする指摘は、筆者が蕭紅に対して抱いているイメージと一致する。またこの指摘により、「生死場」から「呼蘭河伝」に至る蕭紅の一連の創作活動は初めて一連の意識的な営みとして理解される可能性を持ったといえる。

　しかしながら例えば蕭紅の幼年時代に関して、著者は蕭紅の「呼蘭河伝」や駱賓基「蕭紅小伝」などの記述を根拠に家族の愛情の希薄さを証明しようとしているが、それには資料的な面での問題が存在する。蕭紅の家族関係に関しては、本稿第一章で更に検証を加えていくこととする。また著者の、幼年期の蕭紅に対する、「想像の世界では蕭紅は自由でどこへでも行けたが、冷淡な、敵意に満ちた現実の中では、彼女はただ堪え忍び、監禁されるがままに、虐待されるがままになっていた」というような記述を見ると、新たな蕭紅偶像化の予兆を感じる。それはまた、レイ・チョウ（周蕾）『プリミティヴへの情熱』（1995年）[13]にも同様に感じられることである。

　チョウは、蕭紅の感性の豊かさと、それに裏打ちされた個性的な描写を評価する一方、文法的修辞の訓練が為されていないと批判された蕭紅の独特の表現を、「原初への情熱（Primitive Passions）」をキーワードとして評価しようと試みる。チョウは「蕭紅の作品における飛躍の多い文章や凝縮された描写」は、実は「短縮、カット、フォーカスといった手法で、映画的視覚の痕跡を内包している」と指摘し、そういった「主観的ヴィジョン」が読者の興味を誘い、「その興味を維持させ管理するために必要となるのが、新しい語りの技法」であるとし、以下のようにいう。

　　すべての力無き者の姿の中で、舞台の中央に居座っているのが子どもである。ここで、下層階級出身か上流階級出身かにかかわらず、子どもたちについての話ばかりでなく、中国作家たちが現在の文学生産の源泉として自分たちの子供時代を回顧する自伝的語りも含めて考える必要があるだろう。（こうした文脈での作家リストは長くなる。魯迅、巴金、冰心、丁玲、葉聖陶、郭沫若、蕭紅、沈従文、凌淑華、羅淑、朱自清、許地山、その他たくさん）。中国と中国人民について大人が考えるとき、書き手である自己が特定の「他者」を創造することによって――おそらくまだ文化に適応していない子供の姿を通して――文化全般と結びつくような記憶の回路がつねにたどられているのではないだろうか。

女性の営みを説明する際、「原初」という言葉は魅力的ではある。「原初」はほとんど説明不可能な（現存の言語をもってしては、というべきだろうか）、疑念を差し挟むことすら許さない強さを有する言葉であり、我々女性の、無意識的に行なわれる説明不可能な精神的営み（生存の強い意志に裏打ちされた直観といってもよい）の一端をある種的確にいい当てているようでもある。が、それ故にこの言葉は危うい。蕭紅の創作の動機やそのプロセスを、「原初」という言葉に閉じこめてしまうことは、彼女の無意識的な部分をむやみに拡大し、作家としての意識的な創作行為を軽んじる結果を招くのではないだろうか。そしてそれは結果として蕭紅の作家としての評価を貶めることにならないか。

女権主義は確かにこれまで多くの研究者たちが理解に苦しんだ「生死場」から「呼蘭河伝」までの歩みを、一人の女性作家の創作の歴史として、精神的営みの歴史として光を当て、一本の線上に置くことに成功したことにおいて高く評価できる。だが、それでもまだ「馬伯楽」をその線上に置くことができないことは、この方法も蕭紅の作品世界を読み解くための決定的な方法でないことを意味している。「生死場」から「馬伯楽」に到る蕭紅の全作品を、一人の作家の一連の意識的な創作活動として位置づけ、評価することが、本書の目的である。

注

1　魯迅『且介亭雑文二集』所収。
2　艾克思編『延安文芸運動紀盛』（1987年1月、文化芸術出版社）
3　これについては曹革成が異を唱えている。p.289、注13参照。
4　『駱賓基』（1994年12月、香港三聯書店）。張小欣は駱賓基の長女。
5　文天行編『国統区抗戦文芸運動大事記』（1985年6月、四川省社会科学院出版社）
6　蕭紅の遺骨は、「海辺に埋めて欲しい」という故人の遺志に従い、夫の端木蕻良によって浅水湾と最期の地である聖士堤反女校（セント・ステファン）の二ヶ所に埋葬された。
7　上海で書かれ、〈文芸報〉副刊に発表されたようである。その後、『呼蘭河伝』の多くの版本に序文として収められるようになった。「論蕭紅的《呼蘭河伝》」という題名が付されている場合もあり、当初は「呼蘭河伝」に対する評論として書かれたものなのであろう。
8　〈文萃〉（1946年11月14日〜1947年1月1日）に掲載された後、単行本として出版されている。本書は「大部分は蕭紅本人が作者（駱賓基）に、砲撃の脅威の下で、生死も予見できない状況の下で、その"砲撃の脅威"から逃れるために"自ら述べた"ことに基づいている」（「修訂版自序」1980年6月4日）という。

またこの作品は、〈文萃〉の連載が終了した直後、西南連合大学の一部の学生たちが、資金を集めて勝手に出版し、その売上を北上するための旅費に充てたが、彼らは律儀なことにあちこち

奔走して、国民党によって収監されていた作者のもとにその余剰を届けたという（修訂版自序）。
9 しかし王瑤は、この書物の出版が「名利を追求する思想の表れ」であるとされ、批判の対象とされた。（蘊如「無題」：『王瑤先生紀念集』1990 天津人出版社）
10 〈東北現代文学史料〉は1980年3月に第一輯が出版され、その後1984年6月の第九輯まで、遼寧省及び黒龍江省の社会科学院文学研究所により発行された。1984年8月以降は〈東北文学研究叢刊〉として、1986年9月からは〈東北文学研究史料〉として1987年12月まで、全六期発行されている。

「蕭紅生誕七十周年記念会」は1981年6月、哈爾濱で開催されている。

また蕭紅の全作品を集めたものとして、哈爾濱出版社より1991年5月（全二巻）と1998年10月（全三巻）に『蕭紅全集』が出版されている。この二種は付録、資料が異なるほか、作品の配列、また分類にも違いがある。

更に蕭軍と共著の初期短編集『跋渉』の復刻（1980年）、『馬伯楽』第一部に新に発見された第二部を加えての出版（1981年9月）などの事業がある。

11 Howard Goldblatt "Hsiao Hung"（1976年、Twaine Publishers）。1979年に香港文藝書屋より中国語版が出版されている。

蕭鳳『蕭紅伝』（1980年12月、百花文芸出版社）

12 蕭紅の評伝には、注11に示した以外に以下のようなものがある。（◎印は女性）

尾坂徳司『蕭紅伝──ある中国女性作家の挫折』（1983年1月、燎原書店）

◎劉慧心・松鷹『蕭紅蕭蕭』（1983年6月、四川人民出版社）

廬湘『蕭軍蕭紅外伝』（1986年11月、北方婦女児童出版社）

鉄峰『蕭紅文学之道』（1991年5月、哈爾濱出版社）

◎丁言昭『愛路跋渉　蕭紅伝』（1991年7月、業強出版社）

鉄峰『蕭紅伝』（1993年8月、北方文芸出版社）

◎丁言昭『蕭紅伝』（1993年9月、江蘇文芸出版社）

◎蕭鳳『蕭紅蕭軍』（1995年1月）

◎丁言昭『蕭蕭落紅情依依──蕭紅的情與愛』（1995年3月、四川人民出版社）

◎王小紬『人鳥低飛──蕭紅流離的一生』（1995年5月、長春出版社）

秋石『蕭紅與蕭軍』（1999年12月、学林出版社）

◎季紅真『蕭紅伝』（2000年9月、北京十月文芸出版社）

13 Ray Chow "PRIMITIVE PASSIONS──Visuality, Sexuality, Ethnography, and Contemporary Chinese Cinema"（1995、Columbia University Press）邦訳『プリミティヴへの情熱──中国・女性・映画──』（本橋哲也・吉原ゆかり訳、1999年7月　青土社）

# 第一章　蕭紅の生い立ち

## 一　幼年時代

一

　蕭紅の父親張庭挙（張廷挙とも、1888〜1959/60）が四番目の弟張庭恵と 1935 年 8 月に編纂した「東昌張氏宗家譜」（以後、「家譜」という）[1]によれば、張家はもともと山東省東昌府莘県長興社東十甲楊皮営村に居住していたが、清の乾隆年間に東北に移住したという。莘県は山東省西部の、河北、河南両省との県境に近く、現在は聊城県に属している。

　石方『黒龍江区域社会史研究』（2002 年 4 月、黒龍江人民出版社）によれば、1644 年に明が滅んだ後しばらくは、清により、戦乱などで荒廃した東北において漢民族に対する移民奨励策が実施され[2]、その結果、北方諸省の貧農たちが争って移住した。だが第四代康熙帝の 1668 年になってそれを禁止したのは、王朝の父祖の地である満洲固有の風俗を保護しようとしたことと、満洲旗人の生活基盤を守ろうとしたことの二点の理由によるという。そしてその禁を犯した者には厳罰を課したが、漢民族の流入は止まらなかったらしい。およそ百年後の乾隆年間（1736〜76 年）に「寧古塔等処厳禁流民条令」（1762 年）が発布されていることでそれがわかる。黒龍江地方でその禁が解かれたのは、清も末期の 1861 年であった。蕭紅の一族が「家譜」にいうように乾隆年間に東北に入ったものであるならば、何らかの手段によって非合法に東北地方に侵入し、そこに住みついた人々、ということになろう。

　「家譜」によれば、乾隆年間に蕭紅の祖父張維禎（1849〜1929）の曾祖父に当たる張岱之（曹革成は張岱とする）が「朝陽鳳凰城などの地に遊び、後に吉林省伯都納青山堡鎮東半截河子屯（現在の楡樹県に属す）に至って、当地が肥沃であることに注目し、そこを開墾した」。曹革成『我的嬸嬸蕭紅』（2005 年 1 月、時代文芸出版社、以後曹 2005）は、この時張岱之は妻の章氏を伴っていたとし、前後して朝陽及び鳳凰城で旗人に雇われ、後吉林に移住したとする。張岱之の二人の息子、張明福（長男）と張明貴（次男）が阿城に移り住んだのは嘉慶年間（1796〜1820 年）というから、張岱之は短くとも二十年以上を楡樹で送ったことになる。

**写真2** 修復前の蕭紅生家 (1)全景。1908年建造（曹2005より）

(2)「前庭」から中へ（1981年撮影）
1981年当時は他人の住居となっていた

　張岱之の二人の息子がなぜ二十年以上生活した土地を離れたのかは明らかでないが、曹2005によれば、同治6年（1862年）には張岱之も三男明義を伴って移り住み、荒地を開墾した結果、阿城、賓県、綏化、克山、巴彦、呼蘭などに数百ヘクタールの土地を持つ、漢民族の新興大地主となり、高粱酒の醸造所や製油工場、雑貨店などの商売も始めた。阿城の彼らの居住地一帯は彼らの開いた店の屋号をとって福昌屯と呼ばれるようになった。そして光緒初年（1875年）、明福あるいは明貴の息子の次男であった蕭紅の祖父張維禎が分家し、呼蘭の四十ヘクタール余りの土地と三十余りの部屋数のある家屋、及び醸造所一つをもらって独立した。

　現在は修復されて「蕭紅記念館」となっている蕭紅の生家（**写真1**及びp.246 **写真22**）について、『哈爾濱大観』（出版年月日不明、紅旗出版社）は次のように述べる。

　　（蕭紅が生まれた）当時、この宅地の総面積は七千二十九平方メートル、周囲は土の塀が築かれていた。宅地の真中は、板塀と粉挽き小屋で仕切られ、東西に分かれてい

た。東側に蕭紅の家族が住み、西側は人に貸していた。

　蕭紅の故居には五つ部屋のある瓦葺きの建物がある。真中は通りぬけになっており、東西にそれぞれ二部屋ずつ、そこに蕭紅の両親、祖父母、そして蕭紅がそれぞれ住んでいた。この五部屋の建物の正面が南大門、裏が後角門である。建物から南大門までの間に蕭紅が「呼蘭河伝」の中に描いている大きな楡の木があった。

　西側には五部屋の草葺きの建物がある。西側の土塀の西南の角から北に、偏廈子（片屋根の小さな建物、哈爾濱方言）、三つの粉房（粉を保存しておくための小屋か）、石臼、井戸、そして豚小屋が三つと続く。これらはみな東向きの廂房となっている。

　蕭紅の住んでいた家は七百九十二平方メートルを占め、1983年に修築が行われた。

　佟悦『関東旧風俗』（2001年1月、遼寧大学出版社）によれば、東北では北京とは異なった独特の四合院（時に三合院）が作られたらしい。中でも特徴的なのは大門（表門）の位置で、北京の場合は屋敷の東南の角に置かれ、中に入ると東側の建物の壁に作られた「影壁」があり、そこを西に曲がってようやく屋敷の中心線上に出ることができるのに対し、東北の場合は大門は大きく開かれ、真っ直ぐに正面に入ることができ、時には門の敷居をはずして馬車などが入れるようにしたものもあった。総じて、北京のそれが閉鎖的なのに対し、東北のそれは開放的な印象があるという。東北の場合、四合院には住む人間の経済状態などを反映していくつかのランクがあったが、王侯貴族、高官豪商が住む最も豪壮なものは、内部に門を設けたり影壁を設けたりして内外に分け、外院の両側には廂房が建てられている。主人は内院の五部屋の正房に住む。東西の廂房はそれぞれ三部屋ずつ、正房の北には物置や使用人の住む家があることもあり、一般にはこれも五部屋である。それよりもやや規模の小さな四合院では、院内にレンガか木の板で影壁が設けられていたらしい。更に村の富農などの家では、「胡子（土匪）」の攻撃に備えた、要塞式の四合院もあったという。蕭紅の生家は豪壮とまではいかないものの、比較的規模の大きな東北式の四合院であったようだ。

## 二

　蕭紅の祖父、張維禎と妻の范氏（1845～1917）との間には三人の娘が生まれたが、男子には恵まれなかったため、維禎の従弟、維岳（1861～1910）の三男庭挙を養子に迎えた。姜世忠等「蕭紅身世考」によれば、庭挙は字を選三といい、十二歳の時、阿城から呼蘭に来て学校に入学、その後、斉斉哈爾の黒龍江省立優級師範学堂に進み、そこを優秀な成績

で卒業したといわれる。曹2005は、庭挙は三歳の時に母を亡くし、十二歳で維禎の養子になったとする。維禎は庭挙に家業を任せるつもりでいたのだが、彼が学問好きであることを知り、それを断念させるに忍びないと考えた。その結果、庭挙は二十一歳で湯原県農業学堂の教員兼実業局勧業員になったのをはじめとして、呼蘭県通俗出版社社長、義務教育委員会委員長[3]、農業学堂教員、県立第一、第二小学校長、呼蘭県教育局長（1928年7月より）、巴彦県教育局督学、黒龍江省教育庁秘書など、主として教育関係の職を歴任する。張抗1982によれば、理財に疎かった庭挙は、維禎の死後、生活のために土地を売ったり、阿城の実家に援助を仰いだりしたらしい。曹2005は、蕭紅の弟の秀珂（1916～56）が空腹に堪えかねて登校途中によくツケで豆腐を食べていたというエピソードを紹介している。庭挙が蕭紅の母である姜玉蘭（1885～1919）と結婚したのは1909年8月のことだった。姜世忠等は庭挙と玉蘭との結婚に関して、玉蘭の妹、姜玉鳳にインタビューを行っている（「蕭紅身世考」）。それによれば、玉蘭は、呼蘭から二十五キロメートル離れた姜家窩堡に住む、呼蘭、巴彦、蘭西一帯では博学で知られ、私塾の教師でもあった大地主、姜文選の長女であった[4]。彼女が二十二歳のとき（1908年）、張庭挙の養母である范氏が姜家を訪ねて気に入り、すぐに媒酌人を立てて話を進めた。姜文選もそれに応じて張庭挙を訪ねるが、あいにく不在だったために、写真を見て結婚を承諾した。二人の結婚の日は大雨で、姜玉蘭の二十名余りの親族は二台の大きな車に乗って式に臨んだ。

　蕭紅が生まれたのは1911年旧暦の5月であった[5]。幼名は榮華、学名は張秀環であったが、母方の二番目の叔母姜玉環と「環」の字が重なるため、外祖父が張廼瑩と改名したといわれる（曹2005）。しかし張氏一族は男女共に輩行をきちんと守っており、蕭紅の世代はいずれも「秀」の字を使っていることから、この改名には他の理由があったのではないかと疑われる[6]。蕭紅が張庭挙の実の娘ではないのではないかという疑いが生じるのも、こういったところに原因があるのかもしれない。

　その後玉蘭は三人の男子を出産したが、蕭紅のすぐ下の弟富貴は二年ほどで夭逝、その後連貴（張秀珂）、連富が生まれたが、連富出産後間もなく玉蘭が胸を病んで没する（1919年旧暦7月2日）。生後間もない連富は阿城の親戚の家にもらわれていったが、彼も夭逝したらしい。玉蘭の死後しばらくして張庭挙は十歳年下の梁亜蘭（1898～1972）[7]と再婚（旧暦10月14日）、異母弟張秀琢を含め、三男二女が生まれている。梁亜蘭は初めて張家に入ったときのことを後に人にこう語ったという。

　　私が家に入ったとき、榮華（蕭紅）の鞋にはまだ（喪中を示す）白い布が縫いつけてありました。そばにいた人がそれはよくないと考え、布をとってから私の前につれ

てきてあいさつをさせました。秀珂は別の人が抱いてきてあいさつをさせました。そして連富を抱っこして、母親になったのです。

(曹 2005)

蕭紅と五歳違いの実弟張秀珂の回想によれば、残された姉弟の面倒を見てくれたのは主として祖父であった。

　母が死んだあと、我々の生活は餓えたり凍えたりすることこそなかったものの、条件は確かに悪くなった。母の愛を失い、気にかけてくれる人がなくなったことは、我々の身体と精神の大きな損失となった。ただ一人我々を気にかけ、慈しんでくれたのが、蕭紅が「呼蘭河伝」の中

写真3　蕭紅（三歳）と生母姜玉蘭
　　　（1914年）

に描いている祖父だった。確かに、蕭紅が食事中父や継母に勉強を続けたいといってそれを叱責されているとき、いつも祖父が出て行ってその場を収め、そこで漸く食事が終わるのだった。しかも私が食べたり飲んだり、排泄したり、寝たり、そういったことはほとんど皆祖父がやってくれた。しかしそのおかげで、祖父が一年中お菓子な

写真4
蕭紅の父
張庭挙
（曹 2005 より）

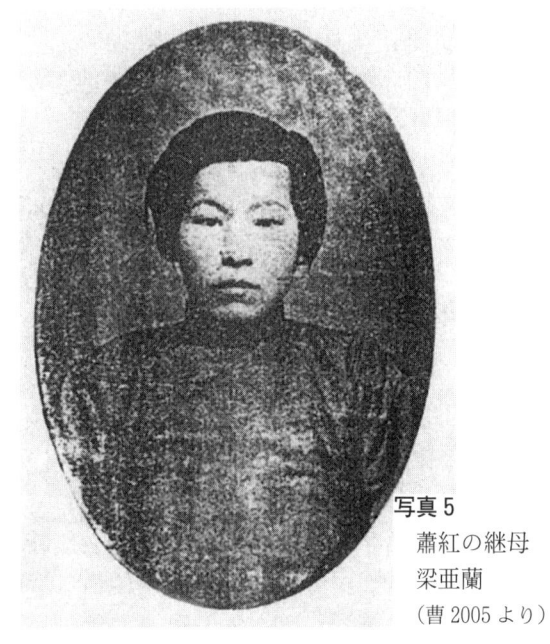

写真5
蕭紅の継母
梁亜蘭
（曹 2005 より）

どをたくさんくれるようになり、しょっちゅうお腹をこわしてもいた。

(張秀珂「回憶我的姐姐——蕭紅」1955年4月28日)

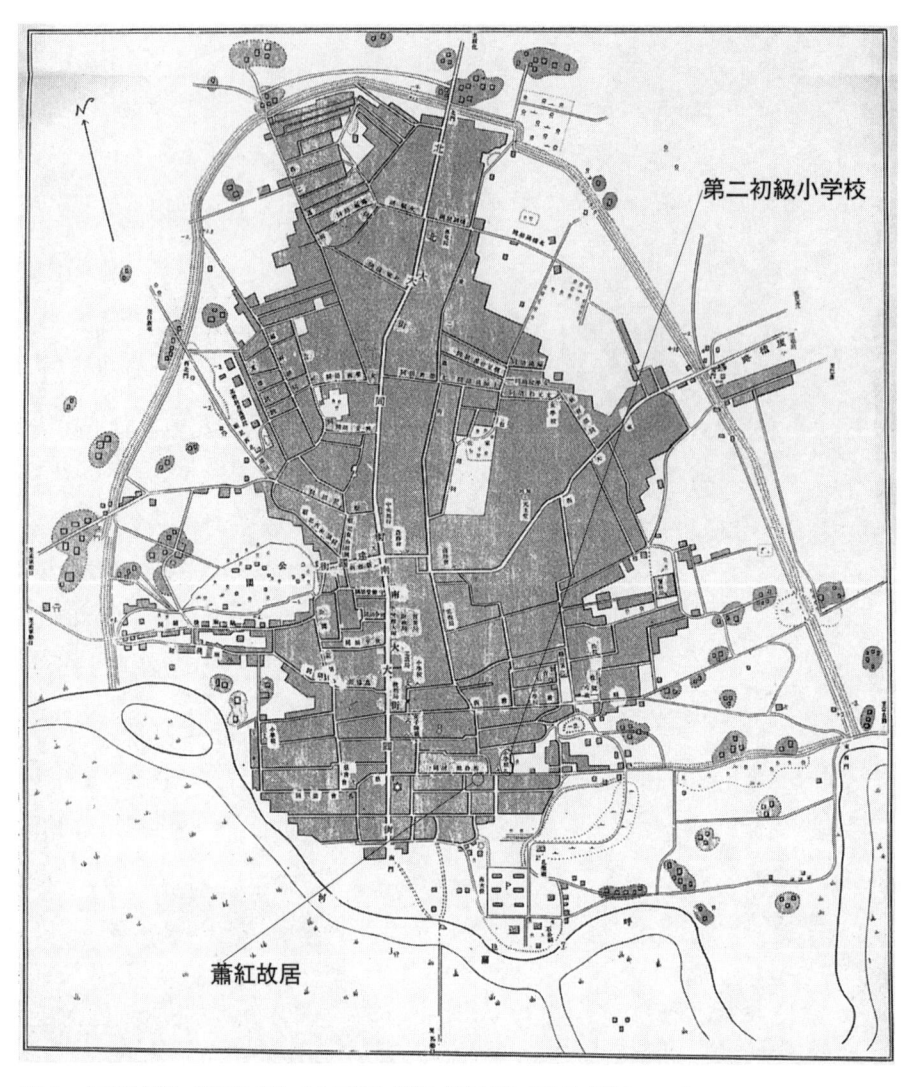

**図1** 呼蘭市街（1933年）（寺岡健次郎編『濱江省呼蘭県事情』より）

　張維禎としては幼くして母親を失った二人の孫を不憫に思う気持ちが強かったのだろう。張抗1982も、蕭紅が祖父に溺愛され、わがままないたずらっ子だったという一族の回想を紹介する。蕭紅は小さいとき、しょっちゅう木に昇って鳥の巣を取ったり、隣の家の子と悪さをしたりしていたが、それに対し、生母はひとしきりお小言をいっておしまいだった。だが継母は、それをいちいち父親に報告したので、生母の死後は父親に厳しく叱られることが多くなったらしい。ところで前記の張秀珂の回想の中で蕭紅が父や継母に迫っていたのは、高等小学校卒業後、哈爾濱の女子中学に進学したいという希望であったに違い

ない。

　蕭紅の生母はすでに述べたように父親からある程度の教育を受けており、家の切り盛りに才能を発揮したが、男尊女卑の考えを持っており、生前は蕭紅が学校に通うことを許さなかったらしい（張抗1982）。蕭紅が家のはす向かいの小学校に入学したのは実母の死後、一般の学齢より三年遅れた、九歳のときであった。

注
1　王連喜「蕭紅被開除族籍前後」によれば、「家譜」は五代に亘る系譜で、一族の者とその配偶者の写真も掲載した、総210頁に及ぶ大部のものであるが、そこに蕭紅（張廼瑩）の名は記載されていないという。

**写真6**　「東昌張氏家譜」（1935年）（曹2005より）
父張庭挙（上）、母姜玉蘭（下右）、継母梁亜蘭（下左）

　また蕭紅の実弟張秀珂の息子、張抗の「蕭紅家庭情況及其出走前後」（以後張抗1982）によれば、「家譜」は十六開本の銅版印刷で、各地に分布している一族を集め、成年男子とその配偶者の写真を付している（**写真6**）。この「家譜」は土地改革やその後のさまざまな社会変動の波の中で次々に失われ、遠方に住む一族がようやく一部を保管していたことが判明したが、そこには確かに蕭紅の記録はないという。このことから、蕭紅が張庭挙の実子ではないという説もある。例えば蕭紅が物心ついた頃に実父が原因不明の死をとげたため、母親が仕方なく張庭挙に嫁いだとか（陳隄「走向生活第一歩」）、実父の名は不明で、母親が張庭挙と再婚したため、張廼瑩と名乗った（蔣錫金「蕭紅和她的呼蘭河伝」）とか、蕭紅は実は張家の小作の子で、母親が張庭挙と関係を持ち、蕭紅の実父を謀殺し、庭挙の妻の座に坐った（陳隄「蕭紅評伝」）等である。結局親族の証言によって、蕭紅が張庭挙の実子であることは確認されている。

　「家譜」に蕭紅の記載がないことについて、姜世忠は、蕭紅が家を出たことによって社会的圧力を感じた張庭挙が、やむなく娘の名を「家譜」から削除したのではないかとする（「蕭紅父親自署門聯」：『黒土金沙録』1993年7月、上海書店出版社）。

　「家譜」について、筆者未見。引用はすべて王連喜「蕭紅被開除族籍前後」による。
2　1644年（順治元年）、1649年（順治6年）、1652年（順治9年）に地方官吏に対し、「流民を招来するのに、原籍は問題とせず、荒地を開墾させ、それを業とすることを許可する」という命令を発し、更に1653年（順治10年）、東北移民に対する税金の免除や資金の貸与などの優遇策を実施、移民を奨励している。

3　義務教育委員会は、1921年12月に新教育共進社、〈新教育〉雑誌社、実際教育調査社が連合して結成した新教育研究団体、中華教育改進社の組織の一部である。当時中国の教育界にはプラグマティズムの影響が次第に強まっており、1919年にはデューイが来華、彼の帰国と入れ違いにモンローが来華し、中華教育改進社はこれをきっかけに組織された。成立大会は北京で開かれ、モンローも参加したという。理事には蔡元培、黄炎培等が、名誉理事にはモンロー、デューイ、梁啓超等が選出された。これと、やや遅れて結成された中華平民教育促進会（1923年7月）には、北京軍閥政権下の教育学者や教育運動家たちがほぼ全員結集し、「その中核は、プラグマティストであり、改良主義者だった」という（王炳照主編『中国近代教育史』：1994年3月、五南図書出版有限公司）。なお、『中国現代教育史資料彙編──教育行政機構及教育団体』（1993年12月、上海教育出版社）には「中華教育改進社簡章」及び組織図が掲載されているが、1922年当時の「中華教育改進社委員会正副主任及書記一覧表」に張庭挙の名前はない。

4　姜世忠のインタビューによれば、玉蘭には三人の妹と一人の弟がいた。父、文選は教員の経験もあり、百ヘクタールの畑を持ち、小作二世帯に耕作させていた（「蕭紅身世考」）。

　姜文選は子供たちそれぞれに自ら教育をほどこしたが、特に長女の玉蘭に目をかけており、満足できる相手を探していた（曹2005）。

　また鉄峰によれば、文選の家は部屋数十余の大きなものであった（「蕭紅生平事蹟考」）。

5　蕭紅の生まれた日付については二説ある。鉄峰は、張庭挙の古い友人へのインタビューから、張庭挙自身が蕭紅の誕生の日を旧暦5月6日であると証言したとしている（「蕭紅生平事跡考」）。また姜世忠は、生まれたのは5日だったが、旧時の迷信では端陽節（5月5日）に生まれた子は不吉であると考えられていたため、三日後の8日生まれ（曹2005は6日とする）に改められ、蕭紅自身はこれにたいそう不満だったとしている（「蕭紅身世考」）。

6　蕭紅の弟は張秀珂、異母弟は張秀琢、従妹は張秀民であることが、各資料からわかる。このことについて蕭紅の弟張秀珂の息子、張抗は、女子は必ずしも輩行を守らなかったとした上で、蕭紅の異母妹は張瑞宝と名づけられたという。だが張瑞宝は蕭紅が家を出た後にやはり張秀玲と改名されている。（張抗1982）

7　梁亜蘭は呼蘭の人で、実家は豊かであった。（張抗1982）

　梁亜蘭はもとは秀蘭という名だったが、「秀」が張家の輩行の文字に定められており（注6参照）、名前の上で新たに息子となった張秀珂と同輩になってしまうため、庭挙が亜蘭と改めさせた（曹2005）。

## 二 学生時代

### 一

　蕭紅が呼蘭県立第二小学女子部に入学したのは五四運動の翌年の 1920 年春のことである。当時の制度（壬子癸丑学制[1]）からいえば六歳で初等小学校入学であるから、九歳の入学はやや遅い。前節に述べたように、1919 年に死亡した実母の養育方針が影響していたのかもしれない。この小学校は蕭紅の家の斜め前の龍王廟の境内にあり、現在は「蕭紅小学」と呼ばれている。大同学院『満洲国各県視察報告』（1933 年 11 月 30 日）によれば、この小学校は民国 9 年（1920 年）3 月に創設されており、蕭紅は創設直後の入学ということになる。以下の表に見えるように、この小学校は呼蘭では最初のものではなかったから、蕭紅の少し遅れた入学には、母親の養育方針のほかに、ちょうど近所に小学校ができた、というタイミングもあったかもしれない。

呼蘭城内各学校（『満洲国各県視察報告』「呼蘭県立学校一覧表」より抜粋）

| 名　　称 | 場　　所 | 教職員人数 | クラス数 | 学生総数 | 開設年月 |
|---|---|---|---|---|---|
| 第一中学校 | 本城前両翼庁旧址 | 11 | 2 | 100 | 1914. 3 |
| 女子郷村師範学校 | 本城府前街胡同路南 | 6 | 1 | 50 | 1930.10 |
| 第一模範初高両級小学校 | 本城前勧学所東院 | 9 | 6 | 326 | 1906. 5 |
| 第一初高両級小学校 | 本城北関 | 8 | 5 | 270 | 1908. 4 |
| 第六初高両級小学校 | 本城東街東順発路北 | 4 | 3 | 158 | 1914. 2 |
| 蘭清初高両級小学校 | 本城礼拝寺路東 | 3 | 2 | 90 | 1911. 9 |
| 第一初級小学校 | 本城西関 | 3 | 2 | 95 | 1913. 4 |
| 第二初級小学校[2] | 本城龍王廟東院 | 3 | 2 | 135 | 1920. 3 |
| 第一女子初高両級小学校 | 本城前勧学所旧址 | 8 | 5 | 358 | 1907. 9 |
| 第二女子初高両級小学校 | 本城北街西二道街 | 4 | 3 | 270 | 1908. 5 |
| 第三女子初高両級小学校 | 本城警察三所路北 | 4 | 3 | 165 | 1915. 6 |

※網かけは蕭紅が通った小学校。開設年は西暦に改めた

　上表の第一初高両級小学校は、四年後蕭紅が転校した学校である。表の教職員人数、クラス数、学生総数の数字は 1932 年ないし 33 年のものであるが、参考までにあげておく。なお、1930 年代初めの呼蘭県の教育状況に関して同書は、「学校の分布状態、県城にあま

り偏重することなく、相当に宜しきを得てゐるため、県全体としての教育程度は頗る良好」だといい、「学校数が相当に多い」にもかかわらず就学率が25％と低いのは「（満洲）事変による離散と水害のため」であるとしている。

　一方蔡元培等『晩清三十五年来之中国教育』（1931年9月、龍門書店）から京兆区を含む全国二十六省の女子学生の在籍状況を割り出して見ると、以下のような結果が得られる。

　　　　　　　　※各項目につき上位十省をあげる。小数点以下は四捨五入して表記している。

（1）　各省の初等小学に在籍する女子の割合
　　1．山西省　　18％　　　2．江蘇省　　10％
　　3．黒龍江省　9％　　　4．湖南省　　8％
　　5．吉林省　　8％　　　6．熱河省　　6％
　　7．安徽省　　6％　　　8．奉天省　　6％
　　9．四川省　　6％　　　10．浙江省　　5％　　　（全国平均は6％）

（2）　各省の高等小学に在籍する女子の割合
　　1．黒龍江省　24％　　　2．江蘇省　　17％
　　3．直隷省　　16％　　　4．吉林省　　16％
　　5．山西省　　15％　　　6．湖北省　　13％
　　7．浙江省　　13％　　　8．四川省　　12％
　　9．奉天省　　11％　　　10．山東省　　11％　　　（全国平均は9％）

（3）　各省の中学に在籍する女子の割合（女子中学を設置していない省は吉林省を含めて、全体の半数の十三省ある。ここでは上位五省を示す）
　　1．京兆区　　15％　　　2．江蘇省　　10％
　　3．黒龍江省　6％　　　4．雲南省　　5％
　　5．広東省　　5％　　　　　　　（全国平均は4％。奉天省は4％で第六位）

（4）　各省の師範学校に在籍する女子の割合（女子師範学校を設置していない省は五省）
　　1．黒龍江省　37％　　　2．京兆区　　33％
　　3．湖南省　　29％　　　4．四川省　　25％
　　5．山西省　　24％　　　6．安徽省　　23％
　　7．直隷省　　22％　　　8．浙江省　　18％
　　9．江蘇省　　17％　　　10．奉天省　　17％

　　　　　　　　　　　　　（全国平均は18％。吉林省は13％で第十六位）

これにより、1922年〜23年の黒龍江省の女子教育状況は全国の平均を上回っていたことがわかる。初等小学校に在籍する女子生徒数四千百六十一名（省全体の学生数比9％）、高等小学校に在籍する女子生徒数四千七百九十七名（省全体の学生数比16％）の中に、蕭紅は含まれていたことになる。

　当時の教科は修身、国文、算術、手工、図画、唱歌、体操、裁縫（手工、図画、唱歌、裁縫は他の教科に換えることも可とされた）で、一週間の授業時数は、一年生が二十一時間、二年生が二十四時間、三、四年生が二十七時間であった。四年後（学年の開始が春から秋に変わったため、実際は四年半後：曹2005）の1924年、彼女が高級小学校に入学したときにはすでに壬戌学制[3]が施行されており、小学校はこれまでの七年制から六年制となっていた。蕭紅が通っていた初級小学校にはその上に高級小学校が開かれていなかったため、学校を移ったのだという。彼女が転校してきたその日は、青い上着に黒いスカート、白い靴下に黒の布靴をはいており、それはごく普通の服装であった[4]。

　高級小学校に入学したとき、蕭紅は十三歳になっていた。彼女が高級小学に入学した翌年は、上海で五・三〇事件が起きている。李述笑『哈爾濱歴史編年』（2000年3月、哈爾濱出版社）によれば、6月8日には哈爾濱に救国会が成立し、14日には哈爾濱外交後援会などの団体が、上海の労働者、学生への支援を表明している。呼蘭でも青年学生、店員、労働者らによる五・三〇事件支援のための街頭デモ行進、講演会、募金活動などが行われたが、これに蕭紅も参加したらしい。すでに7月で各学校は夏休みに入っていたために、学生たちは愛国運動に全力を投入し、その活動は一ヶ月近く続き、デモ行進には毎回二、三百名が参加した。蕭紅も募金活動に参加し、西崗公園で行われた封建的婚姻に反対する芝居に出演したという[5]。以下の異母弟張秀珂の回想は、この時期前後の情況をいうものと思われる。

　　姉が若かった頃、封建思想の束縛はたいそう厳しく、深窓の令嬢とはその名の通り、家の中にいる女性を指した。即ち所謂大門（表門）より出でず、二門（裏門）より入らずという閨秀である。だが姉は調教を嫌う子馬のように、好き勝手に走り回り、封建礼教の束縛を受けなかった。姉は生まれながらに決まりというものを知らないかのようだった。当時娘たちはお下げを結び、くるぶしまで隠れる旗袍を着て、歩くときにもしゃなりしゃなりと歩かなければならなかった。それを守らないと決まりを知らない、しつけができていない、大逆非道とまでいわれることもあった。父は家のことには大変厳しく、ほかの人のように「女子は才無きを徳と為す」というような要求はしなかったものの、娘にはしとやかで分をわきまえた振る舞い、三従四徳[6]を求めた。

こういったことは姉からすればすべて容認しがたい精神的束縛だった。姉は果敢に現状を変えようとした。まずお下げを切り、短い断髪にして、女の同級生数人を引き連れて街を「デモ行進」した。人々が奇異の目でそれを見、あれこれ議論をしているのも全く意に介さなかった。家の者がそれをいさめると、姉はがんとしてこういった。「私は何も悪いことをしていないのだから、干渉はしないで」。翌日姉はそういった封建制度の守り手たちに故意に挑むかのように、白いブラウスに短い青のスカートをはき、南街から北街まで練り歩きながらこういって回った。「皆さん大いに議論しないの？　いいわ、皆さんに新しい問題を提供して、どうするか観察するわ」。

　姉の影響で、多くの娘たちが髪を短く切った。自分で切る者までいた。近所の何人かの娘たちもお下げを切って「デモ行進」に加わった。私たちの遠い親戚である王家の上の娘も、当時まだ十歳ちょっとだったが、姉にお下げを切ってもらった。

（「重読《呼蘭河伝》、回憶姐姐蕭紅」）

　当時の新聞報道によれば、6月29日〈盛京時報・東三省新聞〉に「学生のデモ行進が阻止される」との見出しで、「呼蘭県立中学校は、滬案（五・三〇事件）発生後、義憤が高まり、集団で授業をボイコット、連合してデモ行進し、講演会を開き、募金を行い、支援しようと計画したが、校長に阻止された。現在は授業は行われず、ビラが印刷され、それぞれ民衆に送付され、募金活動が行われている」と書かれており、7月17日には同じ〈盛京時報〉に「滬案支援のための演劇募金」と題する報道があり、また哈爾濱及び斉斉哈爾(チチハル)の各紙の報道によれば、五・三〇事件発生により、大学や中学校などで授業がボイコットされる事態が発生したため、黒龍江省教育庁は、7月15日から8月15日まで、各地の小学校を一律に夏休みとした、という[7]。同年12月、日本が南満への増兵を決定し、翌年1月には東北各省の留日学生三百余名がそれに抗議して帰国している。労働者や学生の間にも抗議のストライキや授業ボイコットなどが頻繁に起こることになるが、これには当時東北で活動を展開しつつあった中国共産党が大きく関わっていたと思われる。1926年3月16日には哈爾濱市内にあった吉林省立第六中学校長が学生たちに放逐されて辞職、11月には東省特別区第二中学の学生が教務主任の解任を要求、更にそれは低年齢化し、1927年5月には濱江第一小学で、教員と生徒が校長に反発するという事態ともなり、ついに6月2日、**警察及び教育局は**、「婦女の断髪を厳禁し、礼教を重んじ、良俗を維持すべし」との通達を発布する。更に当局は7月16日、夏季に帰省する学生に対し、集会結社に対しては警察が取り締まりに当たることを厳しく通達している。蕭紅が希望どおり哈爾濱市の中学に入学したのは、その通達が出された夏休みが明けたときであった。

## 二

　すでに述べたように、蕭紅の父親張庭挙は教育者として知られていたが、自分の娘が中学に進学したいといい出したときには猛烈な反対をしたらしい。その頃蕭紅にはすでに親の決めた婚約者がいた。婚約者は、当時呼蘭保衛団団長の職にあった王（または汪）廷蘭の息子、王恩甲（張抗 1982 は王殿甲とする）といわれる[8]。近い将来家庭に入り、恵まれた生活を送るものと決まっている娘が、当時まだほとんど進学者のなかった女子中学に行くことに、何ほどの意味も認めていなかったと思われるが、それは当時としてはごく常識的な考え方であったに違いない。一方曹 2005 は、張一族は皆、哈爾濱や北京で学んでいたし、経済的な条件にも問題はないが、皆は蕭紅の束縛を嫌う積極的な性格を心配したのではないかという。また曹 2005 は、進学を強く反対された蕭紅は、県教育局長の妾になることを嫌って修道女となった同窓生に倣い、進学できないなら自分も修道院に入るといい出す。このことが婚約者の父親に伝わり、対面を損なうことを恐れた庭挙がついに折れたのだという。いずれにしても蕭紅は初志を貫徹した。

　十八世紀初頭に城塞として建設されて以後、哈爾濱にその地位を譲るまでのおよそ一世紀半余、北満の経済の中心であった古城、呼蘭の旧家に生まれた一人の少女が、この古城の外に別の世界があることを知ったのも、新しい世界を知りたいという希求はかなえられるものであることを知ったのも、時代の流れが呼蘭にもひたひたと押し寄せ、彼女がそれを察知する素地を有していたからに違いない。

　1922 年～23 年の黒龍江省の女子中学校はわずか一校、生徒数はわずか三十五名であったが[9]、1924 年には従徳女子中学が開校し、父親を説得するため一年間のブランクを置いた 1927 年、蕭紅はここに入学する（p.45 **写真 8**）。蕭紅の散文「一条鉄路底完成（一本の鉄道の完成）」（1937 年 11 月 27 日）の記述が正しいとすれば、この女子中学校には 1928 年 11 月当時、全部で四百名の生徒がいたことになる。

　「一条鉄路底完成」、「手」（1936 年 3 月）などの作品から、蕭紅が経験したであろう当時の女学校の様子がわかる。

　低い板塀に囲まれたキャンパスには校舎と運動場があり、築山のある運動場では毎朝教員の笛が鳴り響き、体操が行われた。校舎の傍のポプラは夏に大きな陰を作り、また校門の脇のエゾノコリンゴは、夏休みが終わる頃にはたくさんの実をつけた。周囲には比較的裕福な外国人が住んでおり、気候がよくなると連れ立って学校の近くを散歩する姿が見られた。あたりは緑が多く、学校の方から見ると家々はまるで林の中にあるように見えた。

**写真7** 『生死場』と『馬伯楽』の表紙

校門を出ると石畳が続き、少し離れた所に学生宿舎があった。強風の日や雪の寒い日でも、生徒たちは毎日宿舎と校舎を往復しなければならなかった。宿舎では一列七台のベッドが部屋に置かれ、そこに九人から十人の生徒が家から持ってきた布団を敷いて寝ていた。部屋の外には長い廊下があり、長椅子が置かれていた。地下には貯蔵室があり、また生徒たちが自由に使える調理室もあったようだ。教室には暖炉があり、窓は二重ガラスになっていて、外の音を隔てている。壁には小さな換気扇があって、風に吹かれるとカラカラと音を立てた。毎時間ごとに小使いが鐘を鳴らして校舎内を回って歩く。校舎には教官室、校長室、新聞閲覧室などのほかに面会室があり、中にはお茶の準備もあった。校長と舎監は女性で、黒いエナメルの靴をはいた校長は市内から学校に通ってきている。蕭紅在学中は、馬夢熊（英語）、于嘉彬（公民）、王蔭芬（国文）、黄淑芳（体育）、高昆（仰山、美術）などの教員がいた（曹2005）。教員の中には男性もいた。中でも高仰山は1925年に上海の美術専門学校を卒業し、1926年からこの女子中学に勤務していたが、蕭紅に大きな影響を与えた人物である[10]。一時は画家になりたいという希望を抱いた蕭紅は何枚かのデッサンを残しているが、『生死場』及び『馬伯楽』初版の表紙のデザイン（**写真7**）は蕭紅自身によるものである。

1928年に補習班に入学し、半年後に蕭紅の一年下の学年に編入した楊範は、当時の学校の様子をこう回想している。

　　学校は哈爾濱市南崗の住宅地にあり、美しい環境だった（p.60 図2）[11]。運動場はとても広く、球技場とトラックに分かれていた。一人乗りや二人乗りのブランコ、昇り棒などの器具もあり、冬は水を播くと、天然のスケート場になった。運動場の周りは高いポプラの木に囲まれ、とても美しかった。「九一八」の後、運動場の半分は日本人の馬場になった。学生の中には通学生もいたが、寄宿生もいた。そのため学校には二百人分のベッドがあって、寄宿生が使えるようになっていた。（中略）食堂と雨天体操場は地下にあった。
　　（中略）当時、校歌があった。（中略）「従徳よ、松花江のほとり、広き家を開け放ち心も新たに、学子は励み、恩師は篤く……」[12]、作曲者は黄淑芳先生である。先生は

北京体育学院を卒業し、体育を教えていた。

（丁言昭「蕭紅的朋友和同学――訪陳涓和楊範同志」1980年2月24日）

徐微（当時は徐淑娟）は蕭軍の小説「涓涓」（1937年9月)[13]のモデルとなった人物である。彼女は蕭紅とは四歳年下の1915年生まれであったが、蕭紅とは同じ学年、同じクラス（第四班）であった。

　私は背が低かったので一番前の席でした。（中略）彼女（張廼瑩＝蕭紅）は一番後ろの列でした。それから、沈玉賢、彼女は六クラス全体で一番背が高く、やはり一番後ろの列でした。私たち三人はとてもいい友だちでした。張廼瑩の家は黒龍江省呼蘭県だったので、寄宿舎にいました。沈玉賢の家は市内で、学校には割合に近く、通ってきていました。私は通うこともありましたが、寄宿舎に泊まることもありました。三人の中では私が一番おてんばで、じゃじゃ馬でした。先生が授業をしているときも、つい後ろを向いて友だちの顔を見ては微笑みかけてしまうのです。夜の自習の時間には、何かと理由をつけて一番前から一番後ろへ行って、張廼瑩の隣に座り、彼女が字を書いたり絵を描いたりするのをながめたり、心の内を話し合うようなこともありました。こういったことは厳しい校則では許されなかったのですが、先生は私には寛容だったようです。多分私が特に年が若く、その割に成績が「よかった」ためではないでしょうか。
　私たち三人は影のように離れることはありませんでした。それは多分私たち三人の性格や気質が似ていたことと関係があるのだと思います。私たち三人の気質はちょっと変わっていて、とても頑固でした。三人とも学校が生徒の行動を束縛することに反感を持っていましたし、社会で人が人を欺いたり、人が人を抑圧したりするようなことに怒りを感じていました。家畜が虐待されることにも怒ったりしたのです。北の地方で、私が一番かわいそうに思ったのは馬でした。馬車夫が馬に鞭を当てるのを目にするたびに、その一振りごとに私の心は震え上がったものです。私たちは三人とも文学が好きで、人生の真理を議論するのが好きでした。特に魯迅の本が好きでした。当時私たちが一番よく読んだのが魯迅の『野草』です[14]。作品中のたくさんの素晴らしい言葉や文章を、私たちは暗誦したものです。交代で暗誦したり、一句ごと順繰りに暗誦していったり。そういった文章と併せて、人生の意義について語り合うこともありました。どのようにして武器を手にした戦士になるか。本当におかしいのですが、私たちはとてもあこがれていたのです。魯迅の『野草』を、理解できると思っていた

ようですね。私たちは、人として、魯迅の書いているようにならなければならないと思っていました。今考えてみると、それは沈黙している旧社会に対する一種の反抗で、追求していたのは個性の解放だったのですね。私は当時、こんなふうに考えていました。この動乱の時代に、私たちは自覚した革命者にならなければならない。張廼瑩や沈玉賢もそういっていました。（中略）私たち三人は自分たちのことを「自覚的革命者」と呼んでいましたが、それは多分私たち三人が親しく離れずにいた思想の基礎になっていたのだと思います。

（李丹・応守岩「蕭紅知友憶蕭紅――初訪徐微同志」1981年11月）

　蕭紅は当時から文章に秀で、学校の黒板によく張廼瑩と署名した散文を発表していたという。
　またもう一人の友人で、前掲の徐微の回想にも登場した、蕭紅の四歳年下の友人沈玉賢はこのように回想している。

　「労働者のめぐみ」、これは私たちのクラスが卒業する時の成績展覧会で、特別注目を集めた油絵である。下の方に「初中第四班張廼瑩」と署名がある。絵は、灰褐色の石が一つ、側に黒い柄の短いキセルと黒い布製のタバコの袋が置いてある。蕭紅は「労働者が働き疲れて、腰を下ろしてタバコをつけて一休みするの」と説明した。卒業を前にして、彼女は精神的にとても悩んでいたが、思想的には更に一歩飛躍しようとしていた。彼女はあらゆる不幸な人びと、特に労働者に心を寄せていた。当時、美術の高仰山先生が、私たちが卒業前の最後の絵をよりよく仕上げられるようにと、図画教室に何組かの静物を置いてくださった。野菜とか、果物とか、花とか、瓶とか、それから一束のバラの花としゃれこうべ一つ。クラスメートはその中から自分の好きなものを選んだ。（中略）ところが蕭紅は外で石を拾い、夜警からキセルと煙草の袋を借りて来て、独特の雰囲気のある作品を創造し、思想や感情が皆とは異なることを表現したのである。
　（中略）中学二年のときから、私たち二人は授業が終わるとしょっちゅう一緒に本を読んでいた。私たちは魯迅先生の短篇小説や雑文がとても好きだった。郭沫若の『女神』や『三個叛逆的女性』も片時も手放すことがなかった。私たちは互いに交換して読んではその後で語り合った。議論になるときもあった。そしていつからか、私たちは詩を好むようになり、詩を読むことが私たち二人の課外の主な活動になったのである。私たちは古今中外かまわずにとにかく読み漁った。「琵琶行」でも「長恨歌」

でも「孔雀東南飛」でも。プーシキンの『自由の歌』でも『シェリー詩選』でも『ハイネ歌集』でも。聞一多の『死水』でも焦菊隠の『夜哭』でも、とにかく買って来れば、借りて来れば、一緒に読んだ。
(「回憶蕭紅」)

## 三

1928年11月、哈爾濱で、日本による「満蒙新五路」建設[15]に反対する市民運動が起こった。11月3日、哈爾濱市の教育、商業、宗教など、各界代表百三十余名が集会を開き、哈爾濱市民抗路連合会を結成、4日には哈爾濱工業大学、法政大学、医学専門学校、一中、二中、三中、女子一中などの代表が集会を開き、哈爾濱学生維持路権連合会を結成している。そして5日、哈爾濱の各学校の学生二千余名が最初のデモ行進を行い、東省特別区行政長官公署に請願を行った。9日、哈爾濱の大学、中学と一部の小学校の学生五千余名が集会を開き、デモ行進を行った。八名が一列となり、第一中学の童子軍が先導し、哈爾濱学生維持路権連合会の旗を振りながら南崗から道外へ向かって行進、これを阻止しようとした軍警と衝突し、重傷八名、軽傷百四十名を出し、四十三名が入院するという事態となった[16]。この時の体験を記したのが散文「一条鉄路底完成」であるが、ここに彼女の女学校の女性校長が登場する。校長は孔煥章という名だったが[17]、恐らく彼女の歯が大きかったのだろう、生徒たちは皆「孔大牙」とあだ名した。

当時、私はある女子中学の学生で、冬も間近い頃だった。私たちは二階の、暖炉のある教室で英語の教科書を朗読していた。窓は二重のガラスになっていたので、初めは音も小さな通気口からしか入って来なかった。英語の先生がアルファベットを書きながら振り返って私たちを見たが、続けてまた書き始めた。しかしとうとう一つの文字を書き終わらないうちに外の音は大きくなり、窓ガラスは雨の中の雷鳴に震えているようにビリビリと鳴った。低い板塀の外の石畳では、たくさんの人が大きな声で叫んでいた。これまでそんな光

**写真8** 東省特別区女子第一中学校
1981年当時は哈爾濱七中、現在は蕭紅中学

景を見たことがなかったから、軍隊のようにも、馬の群れのようにも、波のようにも見えた……つまり、私は少し恐かったのだ。校門を長い棒を持った童子軍が走り抜け、教員室に突進し、校長室に飛び込んだ。私たち全員が下に降りて行くと、校長室の中で騒いでいた。（中略）

「あなたは学生を出さないのですか……（中略）」それから木の棒でドアや床を叩く音と靴音が乱雑に聞こえてきた。（中略）

「さあ、一緒に行こう」恐らくリーダーなのだろう、左の袖に白い布が巻かれていた。帽子はかぶっていなかった。彼は階段の下から見上げていた。彼らが拡声器に変わるかのように思えた。「さあ、一緒に行こう」。

それから校長の青ざめた顔が見えた。彼女の目は恐怖の中で星のように光っていた。

「一緒に行きなさい、秩序を守るんですよ」校長は鷹に捕まった鶏のように弱々しかった。彼女は大きな帽子をかぶった童子軍の腕に引きずられていた。

私たち四百人余りが運動場に整列したとき、彼らは学校中駆け回り、捜索していた。こそ泥を探すみたいで、侮辱的だった。彼らはトイレまで探したのだ。

あのどうしようもない女校長は童子軍の腕から抜け出すやいなや、女帝のような高慢な態度を取り戻した。「この人たちと一緒に行くに当たっては、秩序を守ること、羽目をはずしてはいけません……こんな男子学生たちのような教養もない、野蛮なことをしてはいけません……」。それから彼女は片手を挙げた。「あなたたちは女子学生でしょう。わかりましたか、女子学生なのですよ」。　　　　　　（「一条鉄路底完成」）

この女性校長の評判は、生徒たちにはよくなかったようだ。徐微はこのようにいう。

「孔大牙」はとても独裁的でした。学校の警備は厳重で、来た手紙は、婚約者のもの以外、全部開封して検査されました（学校では誰に婚約者がいるのか、誰の婚約者がどの人なのか、把握していました）。学校全体が「密封された缶詰」のようでした。
（「蕭紅知友憶蕭紅」）

そして徐微は続けて1928年11月9日のこの事件のことを回想する。

全市の大、中、小学校は皆授業をボイコットし、街へデモ行進に出かけました。私たち「哈女中」も同じようにしようとしていたのですが、校長の「孔大牙」はとてもひどい人でした。彼女は校門を閉めて、私たちが街に出るのを禁止したのです。後に

なってほかの学校の男子生徒の大きな一団が来て、殴るぞと脅したものだから恐くなって、おとなしく校門を開けたのです。私たちは街に出ました。皆気持ちがとても昂ぶっていました。これまで政治のことなんか考えなかった良家のお嬢さんたちも参加しました。私たちのクラスの、纏足しかけたことのあるお嬢さんは、おしとやかで、勉強ばかりしていましたし、身体にも劣った所があるので、これまで校門を出るときはいつも自家用車に乗っていたのですが、このときはやはり参加しました。背の高い張廼瑩と沈玉賢はもっと活発でした。デモに参加しただけでなく、群衆の中に入っていってビラを配り、演説していました。この闘争を指導するために、哈爾濱の大、中、小学校には学聯が成立し、各学校に代表を出すよう要求してきました。形勢に鑑み、「孔大牙」も代表を出さないわけにはいかなくなり、私を学聯に参加する学校の代表として指名したのです。彼女は私を行かせるに当たってこういいました。「学聯に行っても、何も話してはいけません。ただ聞くだけにしなさい。そして毎日私に報告しなさい」。 （「蕭紅知友憶蕭紅」）

ところが徐微は積極的に学聯の活動に参加し、校長を大いに失望させたらしい。校長は彼女の代表の資格を剥奪し、他の生徒を代表に指名した。そのとき、蕭紅は彼女にこういったという。「代表になるかどうかは関係ないわ、密封された缶詰を打ち破るのよ」。

しかし曹 2005 は、当時の教員構成や、女子一中がスポーツの面で全国レベルにあったこと、課外活動も盛んだったことなどを挙げ、教育者としての孔煥章を評価し、蕭紅の友人でもあった孔羅蓀の夫人、周玉屏の証言を引く。1928 年に入学した周は、この中学は市内唯一の女子中学で、厳しい校風があり、教育方針もしっかりしており、社会に名を知られた人々を排出したと語っている。

## 四

蕭紅が入学した 1927 年当時、四十人前後いた中学のクラスメートは、結婚などのために退学する者が多く、卒業時にはおよそ半分になっていたらしい[18]。この中学時代、蕭紅にとって最も重大な出来事は 1930 年春の祖父の死であったといえよう。そのときの哀しみを、蕭紅は「祖父死了的時候（祖父が死んだとき）」（1935 年 7 月 28 日）と題する散文に記している。

　　　食事のとき、私は酒を飲んだ。祖父の杯で飲んだ。食事の後、私は裏庭のバラの木

の所へ行って、仰向けに寝ころんだ。裏庭には蜂や蝶が飛び、緑の草のさわやかな香りは十年前と同じだった。だが十年前は母が死んだのだ。母が死んでから、私は相変わらず庭で蝶を捕まえていた。今度は祖父が死んだ。私は酒を飲んだ。

（中略）

これからは家を必要としない。広大な人の群れの中に入っていかなければならない。だが私はバラの木の下で怯えていた。人の群れの中に祖父はいないのだ。

蕭紅の最大の保護者であった張維禎の死は、蕭紅に対する父親の権力を強める結果となり、そしてその結果として、蕭紅の家に対する反発の力を増幅させたのである。

沈玉賢は卒業の前に吉林を旅行したとき、蕭紅は一人ふさぎ込んでおり、皆で「張廼瑩は変わった」といい合ったが、それは彼女の王恩甲との婚約と関わりがあったと証言する[19]。どうやらこの旅行の後、蕭紅は家を飛び出し、中国大学に入学した従兄の陸振舜[20]を追って北京に行く。この間のことは陸の三育中学時代の友人で燕京大学の学生だった李潔吾の証言（「蕭紅在北京的時候」1981 年）が詳しい。陸振舜から哈爾濱で勉強している従妹のことを聞かされていた李潔吾が初めて蕭紅に会ったのは、1930 年の夏休み、哈爾濱に帰省したときのことだった。

哈爾濱に着いて二、三日たったある日の昼、ちょうど食事をしている時に、突然外から一人の女学生くらいの年頃の娘が入ってきた。きちんと切りそろえた短い髪に、大きな目は生き生きとしていた。白いブラウスに青いスカート、白い靴下に青い靴、きびきびしていて、振る舞いには品があった。　　　　　　（「蕭紅在北京的時候」）

その後李潔吾たちは一緒に映画を見に行くが、蕭紅は映画そっちのけで彼を質問攻めにしたらしい。

その日上映されていたのは何だったのだろう？　どの国の映画だったのだろう？　ストーリーはどんなだったのだろう？　主演は誰だったのだろう？　……全く思い出せない。その日は昼食のときから、張廼瑩が私に北京の様子を質問し始めていたからだ。特に学校の中での学生の様子を。道を歩いている間も質問は続いた。映画館に入っても質問は続き、映画が終わるまで続いた。彼女の質問は多すぎていつまでも終わらなかった。私は自分が知っていることに基づいて、できる限り彼女に話してやった。例えば、北京にはどういった良い学校（特に中学）があるか、学生たちの一般的な思想

状況はどうか、どんなタイプの学生がいるか、どんな社会活動をしているか。当時私は「反帝大同盟」という進歩的愛国組織に参加し、常に社会運動に参加していたから、北京の学生たちの状況と動勢について、比較的明るかったのだ。こうして彼女が質問し、私が答えている間、映画はほとんど見なかったというわけだ。別れるとき、彼女が間もなく勉強のために北京に来ることを知った。　　　　　　（「蕭紅在北京的時候」）

　1930年9月の初め、李が北京に帰ると、蕭紅はすでに北京に来ており、師範大学女子附属中学に入学していた。初め、現在の民族文化宮の裏のアパートに住んだ陸と蕭紅は、しばらくして双方の学校に近い二龍坑の小さな一戸建てに引っ越した。

　　（二龍坑）西巷×号は、部屋が八つか九つしかない小さな一戸建てだった。通りに面して二つの南房があり、半分は門道で、半分は使用人の部屋だった。もう一つは独立した部屋で、客間にも納戸にもできた。その向かい側は平屋根の納戸だった。中に入ると一メートルくらいの高さの垣根があって、内と外を隔てていた。中庭に入ると西寄りに二間、平屋があり、その前に二本の棗の木があった。北側は三間の廊下付きの北房で、張廼瑩と従兄はその北房の両側に分かれて住んでいた。一人が一間を使っていた。
　　（中略）
　　恐らく倹約のために、張廼瑩たちは間もなく外院に引っ越した。張廼瑩はあの独立した南房に、陸振舜は平屋に住んだ。　　　　　　　　　　　　（「蕭紅在北京的時候」）

彼らの家にはほかに、二人の身の回りのことをする耿媽と呼ばれる当地の女性がいた。李は日曜日ごとに友人たちを伴って彼らを訪ね、「縦横無尽に自身の理想や関心を語り、生活を語り、希望を語った」。
　しかしそういった充実した楽しい日々も長くは続かない。その年の11月中旬、北京が少し涼しくなった頃に蕭紅の家から、早く帰って結婚しろ、という手紙が来る。制裁として12月になっても冬服を送ってもらえない蕭紅を見かねた李が二十元を工面し、漸く彼女は綿入れの服を買うことができた。

　　冬休みも間近になって、陸の家から警告の手紙が来た。もし二人が冬休みに東北に帰るのなら旅費を送るが、そうでなければ今後は何も送らない、と。……ほかに方法はなかった。陸は帰ることにした。旅支度を調えながら、陸が私にこうこぼした。廼

瑩が彼を「商人が利を重んじて別離を軽んじるようなものだ」と責めるのだと。私は廼瑩が帰りたくないのだと思ったが、我々のような貧乏学生は、誰も彼等を助けることはできなかった。　　　　　　　　　　　　　　　　　　　（「蕭紅在北京的時候」）

　翌年、1931年の1月、ついに蕭紅も呼蘭に帰るが、そのまま父親によって阿城県福昌屯の親戚の家で軟禁状態におかれたらしい。曹2005によれば、父親の庭挙は娘の所業のために教育庁秘書の職を解かれ、巴彦県の教育局督学に左遷されたという。鉄峰は軟禁は七ヶ月前後とし、この間に見聞きした農民たちに関することどもが、後の「生死場」の基盤になったとするが（「蕭紅生平事蹟考」）、李潔吾の回想では、蕭紅が父親の元を脱出して再び北京に来たのは一ヶ月後の1931年2月である。

　　それから続けて陸の二通目の手紙が来た。手紙にはこう書いてあった。もし廼瑩に五元の旅費があれば、呼蘭から汽車に乗って逃げ出せる。この知らせが私を奮い立たせた。すぐに策を講じて五元を「哈爾濱大洋」の紙幣に兌換し、それを用心深く戴望舒の詩集『我的記憶』の最後の硬い表紙の中に挟み込んで北京から送った。そして手紙にはそれをほのめかしてこう書いた。「君がこの本を読むときは、読み進むに従って仔細に読んでくれたまえ、よく注意して」。彼女にこの紙幣を発見させ、何とかして家から一刻も早く逃げ出せるようにという気持ちだった。
　　恐らく1931年の2月の末であったろう、突然陸から一通の電報が届いた。廼瑩がすでに汽車に乗って北京に向かったというのだ。私はその列車が着く時間を計算した。それがちょうどその日の昼ということがわかり、急いで駅に迎えに駆けつけたが、会うことはできなかった。私はそのまま西巷に引き返した。耿媽が戸を開け、私を見るとこういった。
　　「お嬢様が帰られましたよ。荷物を置いて学校へあなた様を訪ねて行かれました。」私が急いで学校に戻ると、廼瑩が宿舎で私を待っていた。　　（「蕭紅在北京的時候」）

しかし間もなく思いもかけない人物が蕭紅を訪ねてくる。

　　その人は部屋に入るとすぐに椅子に腰を下ろし、一言もいわなかった。廼瑩は彼の後から私に向かって舌を出し、おどけた表情をして見せた。（中略）廼瑩が私に彼を紹介した。「こちらは王さんよ。」（中略）
　　しばらくして彼はポケットからひとつかみの銀貨を取り出して机の上に放り出した。

それから右手で、何も聞こえていないかのように、その銀貨をいじり始めた。銀貨が一枚一枚彼の手からこぼれ、チャランチャランと乾いた金属性の音を立てた。それから彼はまたその銀貨をつかみ、同じ姿勢のまま、机の上三、四寸の所から一枚一枚落とし始めた……彼はまるでその銀貨がぶつかり合う音を楽しんでいるかのようだった。その時の張廼瑩の表情は、呆気にとられたような、またどうしていいかわからないような様子だった。私もそこに座っているのが気まずかった。空気が止まってしまったようだった。
(「蕭紅在北京的時候」)

訪ねてきたのは婚約者の王恩甲で、3月の末か4月の初め、蕭紅は彼と共に北京を離れる。哈爾濱に戻った二人は、埠頭区の東側の沼沢地に中国人労働者によって自然発生的に形成された、傅家甸と呼ばれる地域の、ロシア人の経営する東興順旅館の一室に住んだ（p.61 図4）。しかしまもなく王は身重の蕭紅を一人残して姿を消す。この間の経緯は明確ではないが、何宏は蕭紅の同級生で同じ寄宿生だった劉俊民が1981年2月8日に沈玉賢にあてた手紙を紹介する。

汪（王）は顧郷屯の家に帰りました。金を持って戻るつもりだったのですが、兄さんや母親、妹に拘束されたのです……。廼瑩は待ちかねて顧郷屯に訪ねていきました。すると汪の家では彼女を罵ったのです。汪の兄さんは、「弟と離婚しろ」といいました。汪は必死で家を逃げ出し、彼女と一緒に市内に戻ろうとしました。しかし彼の家族は大勢で、強引に彼を連れ戻したのです。廼瑩は一人で戻ってきて、弁護士に汪の兄が弟を離婚させようとしているという起訴状を書いてもらいました。裁判になり、兄の法律的処分がやむを得ないという状況を見た汪は、兄に離婚させられるのではなく、彼自身が離婚しようとしているのだということにして、その場で離婚せざるを得なくなったのです。裁判が終わり、汪は廼瑩に嘘の離婚だといったのですが、廼瑩は怒って、完全に縁を切ってしまったのです。
(「関於蕭紅的未婚夫汪恩甲其人」1993年9月)

劉俊民はまた、蕭紅は従兄の陸振舜に対する感情のために王を嫌うようになったともいうが、蕭紅が婚約解消に対し裁判まで起こして抵抗しようとしたのは、彼女自身のプライドのためか、それとも彼女の胎内に宿った新しい命のためだろうか。
ところで王とのこの一連のいきさつについて、曹2005はまた異なる情報を提供する。根拠は明らかではないが、参考までに紹介しておく。曹によれば、まず陸が帰省し、蕭紅

も家に帰らざるを得なくなった。北京を離れて一ヶ月後、蕭紅は王恩甲と共に北京の李潔吾の前に現れた。彼女は高価な毛皮を身にまとい、間もなく王と結婚するのだといった。ところが突然恩甲の兄が婚約解消を迫った。恐らく陸と北京に出奔した所業が問題とされたのだろうと曹は推測している。蕭紅はこれを裁判に訴え、法廷には庭挙夫妻と友人の劉俊民も出席した。恩甲が兄に遠慮して婚約を解消したことはたちまち呼蘭に知れ渡り、いたたまれなくなった継母の梁氏は、蕭紅と異母弟妹を連れて、阿城の本家に身を寄せた。1931年3月のことである。だが外祖母は張家の面目をつぶしたとして蕭紅に辛くあたり、孤立した蕭紅の心の中に再び恩甲への思いが甦り、彼を許す気持ちが芽生え、9月、彼女は哈爾濱の恩甲のもとに行き、東興順旅館で同棲を始めたという。そして従妹の援助を得て東省特別区第二女子中学に編入した。恩甲は大学に通い、蕭紅は家（旅館）で本を読んだりセーターを編んだりして、あたかも家庭婦人のような生活を送っていた。ところがそこへ九・一八（満洲事変）が起こり、翌年2月、哈爾濱が陥落、3月、満洲国が成立する。その頃二人は呼蘭の張家に現れるが、訪問の目的も明らかでないまま、また哈爾濱に戻っていったという。5月、蕭紅の腹が目立つようになったとき、旅館のツケは四百元を超えていた。そんな折、恩甲が突然姿を消す。実家に金の調達に行ったとも、親戚の王廷蘭の死を知り、そのことを探りに行ったともいわれるが、いずれにしても彼は二度と帰っては来なかった。

　王との生活、また出会いや別れについて、蕭紅は全く文章を残していない。同居中に起こった九・一八、満洲国建設という重大事件をどのように迎えたのだろうか。

　経緯はともかく、王は姿を消し、支払われないままの部屋代のためにあわや妓楼に売られようとしていた、その窮状を訴える蕭紅の手紙が〈国際協報〉社に届いた。そして蕭紅は蕭軍をはじめとする若い左翼作家たちと出会い、折しも起こった松花江の増水に乗じて窮地から救い出されるのである。東興順旅館は、一階部分が冠水し、彼女は閉じこめられていた二階の部屋から船で脱出したのであった。

　救出された蕭紅は埠頭区四道街の〈国際協報〉編集者、裴馨園の家に一時身を寄せ、まもなく松花江河岸近くの哈爾濱市立第一医院で女の子を出産、入院費の代わりにその子を人手に渡した後、八道街の角の欧羅巴旅館（p.154 **写真16**）で蕭軍と同居を始め、その年の秋、中央大街の西側の商市街二十五号に移り住む（p.61 **図3**及び**図4**）。蕭紅の作家としての生活はここからスタートするのである。

注

1　1912年1月1日南京に成立した中華民国臨時政府は、3日には蔡元培を教育総長に任命、9

日、教育部が成立する。19 日には初等小学校は男女共学にすること、小学校では経書講読をやめること、実学を重んじることなどが盛り込まれた「普通教育暫行辦法」十四条及び「普通教育暫行課程標準」十一条が公布された。

孫培青主編『中国教育史』（2000 年 9 月、華東師範大学出版社）によれば、教育部成立後、初めは欧米の教育制度を踏襲しようとして欧米留学経験者たちの意見を聞こうとしたが、欧米の実情が中国の国情に合わなかったことと、欧米留学経験者の中に教育専門の人材が少なかったことなどから、結局日本留学経験者の意見を取り入れて草案を作成し、1912 年（壬子）9 月初めに正式に公布したという。これは壬子学制と呼ばれている。続いて 1913 年（癸丑）8 月、教育部により「小学校令」、「中学校令」など、壬子学制の内容を具体的に示した一連の法令が発表され、前年の壬子学制と併せて壬子癸丑学制と呼ばれる。

2　曹 2005 によれば、当時校舎には十数個の部屋があり、教師は五人（『満洲国各県視察報告』では三人）、二クラスであった。当時、呼蘭も他の県城と同様、教育水準は低かったから、生徒の年齢もまちまちで、八、九歳の者から二十歳を超えた家族持ちまでいたという。

3　1913 年の壬子癸丑学制は、早くも 1915 年に改革の必要が叫ばれ始め、アメリカのプラグマティズム教育の影響下に、1922 年（壬戌）11 月に「学校系統改革案」が公布された。これは「新学制」あるいは「壬戌学制」と呼ばれた。

4　傅秀蘭口述・何宏整理「女作家蕭紅少年時代二三事」。傅秀蘭は蕭紅の小学校時代の同級生である。

5　「女作家蕭紅少年時代二三事」

6　「三従」は『儀礼・喪服』にいう「未嫁従父、既嫁従夫、夫死従子」、「四徳」は『周礼・天官・九嬪』にいう「婦徳、婦言、婦容、婦功」。後に蕭紅が入学する哈爾濱女子一中の旧名従徳中学はここから取られていた。

7　各新聞報道は鉄峰「蕭紅生平事蹟考」による。

張福山『哈爾濱史話』（1998 年 10 月、哈爾濱出版社）は、このときは哈爾濱市でも十歳に満たない小学生が毎日の食費を節約して上海の労働者、学生支援の募金に参加したというエピソードを紹介している。

また曹 2005 によれば、五・三〇の報せが哈爾濱に伝わったのが 6 月 4 日、各界に救国会、後援会などが成立し、やがて呼蘭にも県滬難後援会が成立したという。

8　曹 2005 は、1928 年の旧暦 2 月 2 日（鉄峰は 1929 年旧暦 2 月 5 日とする）に祖父の数え八十歳の祝いの会が開かれたが、張家では冬休みを利用して帰省した蕭紅をこのとき正式に婚約させたという。王家との間を取り持ったのは蕭紅の叔父の廷献であった。王恩甲は阿城の吉林省立第三師範学校卒業後、哈爾濱道外の三育小学の教員をしていたが、蕭紅と正式に婚約した後、職を辞して哈爾濱工科大学（または法政大学）予科に入学したという。なお曹は、王恩甲は長く王廷蘭の息子であるといわれてきたが、親戚関係にあっただけだという。

鉄峰「蕭紅生平事跡考」によれば、廷蘭は九・一八事変後、馬占山に従って日本に抵抗し、

1932年5月、リットン調査団が斉斉哈爾に至ったとき、馬占山の密命を受けて接触を試み、失敗。日本軍に囚われるが屈することがなかったため、口をふさがれ、麻袋に入れられ、建物の上から突き落とされて死んだ、という。また、張維禎の八十歳を祝う宴会に、馬占山と共に祝賀に訪れたともいう。

9 『晩清三十五年来之中国教育』

10 高仰山の経歴については鉄峰「蕭紅生平事蹟考」による。

11 南崗は、哈爾濱駅を中心として十九世紀末に建設された市の中心区域である。ロシア正教大本山の中央寺院、幅員四十三メートルの大直街を中心に官庁街が広がり、その裏手に東清鉄道関係者の住宅地が広がっていた。この区域は中国人の居住が禁止され、また建設当初は通行さえも制限された。（越沢明『哈爾濱の都市計画』1989年2月、総和社）

当時「南崗は天国、道里はこの世、道外は地獄」といわれていた（曹2005）。

12 この後は以下のように続く。「女の身をいうなかれ、また国家の民として、勤勉にして徳高きを養い、完璧な人間にまさにならん」（曹2005）

13 上海燎原書店。1937年6月21日づけの前言がある。〈東北現代文学史料〉第五輯に第一部のみ収録。蕭軍が蕭紅から聞いた彼女の学生時代を題材として書いた小説。

14 国文教師王蔭芬が魯迅の愛読者だった（曹2005）。

15 1928年5月、張作霖は日本と「満蒙新五路協約」を結ぶ。これは日本政府が北満及び蒙古における五本の鉄道に対し資金を貸与するというもので、事実上は日本が東北進出の礎とすることを狙ったものであった。6月に張作霖が爆殺されると、日本は機に乗じ、「中日民商合築五路条約」を締結する。

16 『哈爾濱史話』による。このときは陸軍兵士三十名、警官五十名が出動したともいう。また李述笑編著『哈爾濱歴史編年』によれば、5日、中共満洲執行委員会と共青団満洲執行委員会が共同で「時局に対する宣言——日本帝国主義の満洲路権侵略に反対するために全満洲の労働者、農民、兵士、学生、及び商人に告げる書」を発表、それに呼応した学生約二千名が「打倒日本帝国主義」などの旗を持ち、スローガンを叫び、ビラを撒きながらデモ行進を行ったという。

17 筆者は「二十世紀初頭の哈爾濱における女子教育に関する初期的考察——民国初期の女子教育に関するノート——」（2002年3月）において、当時の校長を徐雅志であるとしたが、『哈爾濱史話』によれば、彼女が校長であったことが確認されるのは1925年2月11日の時点であり、蕭紅が入学するまでにはなお二年半のインターバルがある。蕭紅の同級生たちの回想により訂正する。

また、楊範「蕭紅的朋友和同学」、曹2005では孔煥書である。

曹2005によれば、孔煥書は当時三十歳近く、独身であった。ずっと教育に従事した人で、関内の学校を卒業して当地に来たという。

18 劉俊民講述・何宏整理「我的同学蕭紅」（1993年9月）

19 「回憶蕭紅」。ただし曹2005は、蕭紅は王恩甲との婚約を嫌がっていたのではないとし、中学

時代二人の間には手紙のやりとりもあったし、蕭紅が王のためにセーターを編んだりしたこともあったという。曹は、中学卒業を目前にして、更に上級の学校に進学したいという気持ちが蕭紅の中に芽生えたのだとする。

20　沈玉賢は陸宗虞とする（「回憶蕭紅」）

## 小　結

　人々が、蕭紅の流転の一生と結婚生活の不幸に同情するあまり、「呼蘭河伝」を彼女の自伝とした上で、そこに書かれたエピソードの中から家族の冷淡さと、多感で孤独な幼女の姿を抽出し、それが彼女の一生を貫く「寂寞」の基盤であると考えるようになったことは、すでに序章で指摘したが、蕭紅の同級生や弟たちの回想をつなぎ合わせてみると、それとはやや異なる蕭紅の一面が浮かび上がる。

　蕭紅は小さい頃から社会の動きを敏感に察知し、周囲の目を気にすることなくそれに能動的に関わっていこうとする旺盛な好奇心と積極性を有していたようだ。むしろ周囲の目が保守的であるほど、彼女の反骨精神は大いに発揮されたであろうことは、第二節で紹介した張秀琢の回想（「重読《呼蘭河伝》、回憶姐姐蕭紅」）中の、お下げを切って町中を練り歩いたというエピソードからも充分推測される。

　蕭紅が父親の勧める結婚に反発して家を出たということに対しても、現在に至るまで「反封建」的行為として高い評価を与えられてきたが、李潔吾の回想（「蕭紅在北京的時候」）などから見れば、蕭紅は婚約者との生活を自ら選択したような節もある。婚約者との生活が破綻して窮地に陥ったのも、結局魯迅の指摘した、敢然と家を出たものの経済的基盤を持たぬが故に結局路頭に迷うことになったノラだといえなくもない。

　王との同居は張庭挙の意志でもあったはずだが、王が彼女のもとを去ったことについて、蕭紅の生家は何の対抗策も取らなかったのだろうか。この一方的な婚約解消に対し、張庭挙が王家に対して何の行動も起こさなかったとすれば、やはり当時の倫理観から見て、蕭紅の側に何らかの問題があったと考えざるを得ない。蕭紅の名前が「家譜」にないのも、その行いのために抹消されたのだとすれば納得がいく。

　妊娠していながら相手に去られたことは、蕭紅のプライドを大きく傷つけたに違いない。もしその非が自分の方にあるとされ、そのために彼女が望むかどうかは別として、実家の保護や援助を受けられないような事態を招いたのだとすれば、いよいよその傷は深いものとなったに違いない。だが彼女はこの結果は何としても自身で引き受けなければならないと思った。それも彼女のプライドであり、そのプライドが彼女を救った。

　もともと左翼文学に強く引かれていた蕭紅が、哈爾濱における中国共産党の地

下活動拠点の一つであった〈国際協報〉に救援を求める手紙を書くことを思いついたのは単なる偶然ではないにしても、当時の編集者が彼女の手紙に興味を持ったこと、彼女の力となるために東興順旅館に派遣された若い作家たちの中の一人蕭軍の、彼女が読者であり、そのことからたちまち意気投合したこと、折しも起こった松花江の大水害により、未納の宿泊代を踏み倒して脱出することが可能となったことなど、窮状からの脱出にはいくつかの幸運な偶然が重なり合っている。子供を産んだ後、蕭紅は蕭軍と同居するようになり、左翼文芸陣営の仲間を得て、作家としての出発を果たす。

# 第二章　初期文学活動

## 一　東北作家たちとの出会い——創作活動の開始

一

　ロシア（ソ連）と国境を接し、地理的にも歴史的にも関係の深かった哈爾濱は、比較的早期からロシア（ソ連）共産党の影響を受けていた。例えば十九世紀末、東清鉄道敷設作業が開始され、大量のロシア人労働者が住みついたが、1905年11月、彼らの中にボルシェヴィキの支部組織が作られ、更にロシア人と中国人労働者の団結のため、中国人労働者に対する宣伝工作などが行われるようになった[1]。ロシア二月革命後の1918年2月には哈爾濱最初の中国人労働者の組合、三十六棚工業維持会が成立している[2]。

　中国共産党が誕生したのは1921年7月、哈爾濱市における活動は1922年に始まっている。『哈爾濱歴史編年』によれば、1922年1月から建党準備に入った中国共産党北方局は、1923年9月に中国共産党哈爾濱独立組を設置、1925年5月には中共哈爾濱特別支部が成立、翌1926年4月、中共北満地方委員会が成立している。一方当局もこれを黙認していたわけではない。中共北満地方委員会が1926年6月に創刊した〈哈爾濱日報〉を10月24日に封鎖、11月には東省特別区警察総管理処「検査宣伝赤化書籍暫行弁法」を制定し、「便衣偵探単行規則」のもとに東省特別区警察総管理処便衣隊を組織している。これに対し1931年夏、中共中央は東北地区の活動を強化するため、羅登賢（1905〜33）を中共中央代表として東北に派遣した。九・一八（満州事変）が勃発したのはその直後である。

　九・一八後、中共中央は直ちに「日本帝国主義の中国侵略に反対する宣言」（9月20日）を出し、続いて群集の反帝運動を組織し、群衆闘争を発動し、日本帝国主義に反抗するという決議を提出、東北における遊撃戦争を指示した（9月22日）。それと前後して哈爾濱では党の北満高級幹部緊急会議が開かれ、中共満洲省委によって「日本帝国主義の満洲に対する武装占拠に反対する宣言と決議」が出される（9月19日、21日、10月5日）。当時東北では東満地区を中心に自然発生的な抗日ゲリラ闘争が展開されており、1931年10月に成立した二百名の東北民衆自衛軍は、一ヶ月余り後には二千余名に、翌年8月頃には一万五千名にまで膨れ上がったという（『哈爾濱歴史編年』）。

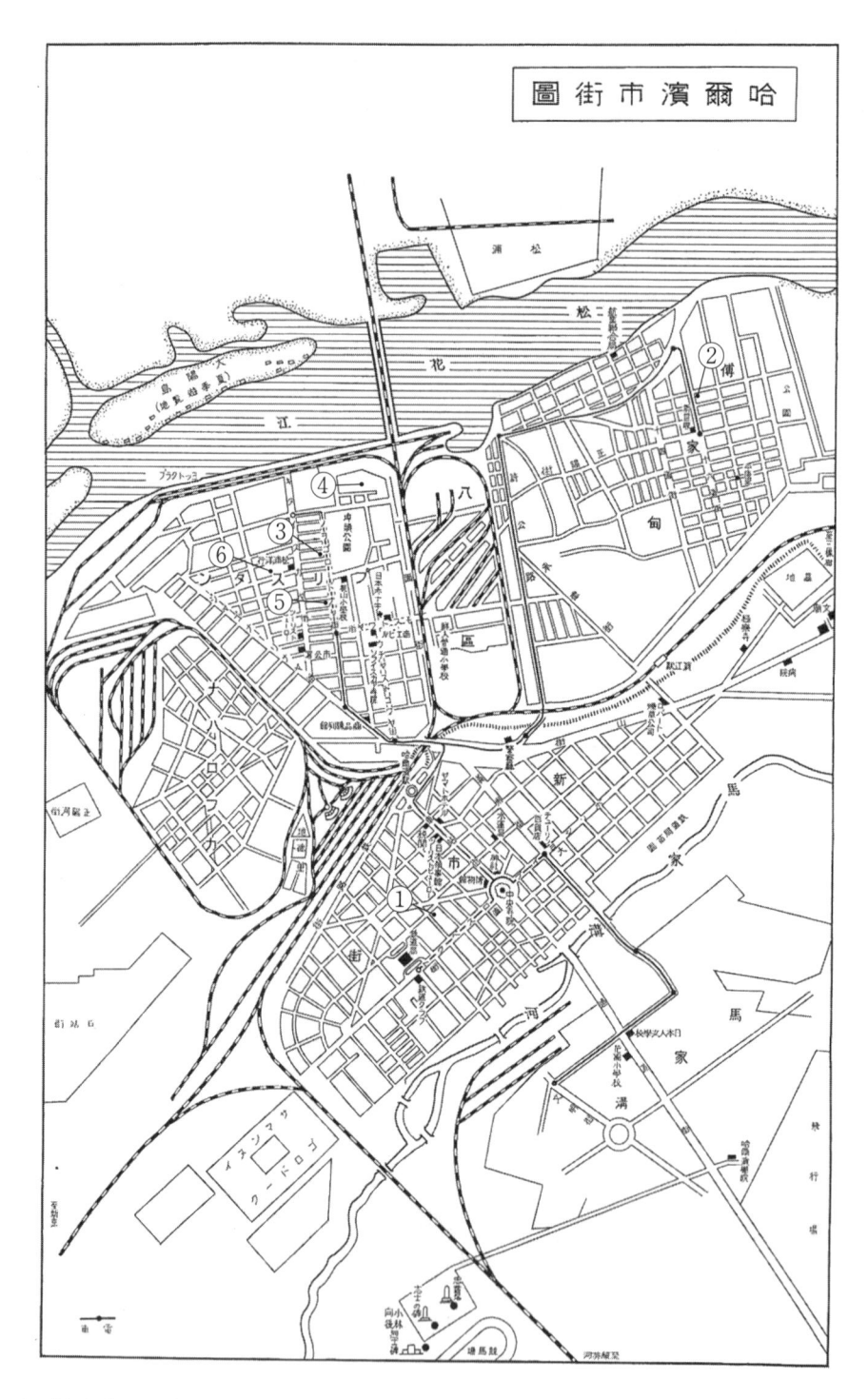

図2　哈爾濱市街図　①東省特別区立女子第一中学　②東興順旅館　③斐馨園の家　④哈爾濱市立第一医院　⑤欧羅巴旅館　⑥商市街二十五号

市街図は、松本豊三編『簡易満洲案内記』（1938年、南満洲鉄道株式会社）を元に作成

一 東北作家たちとの出会い　61

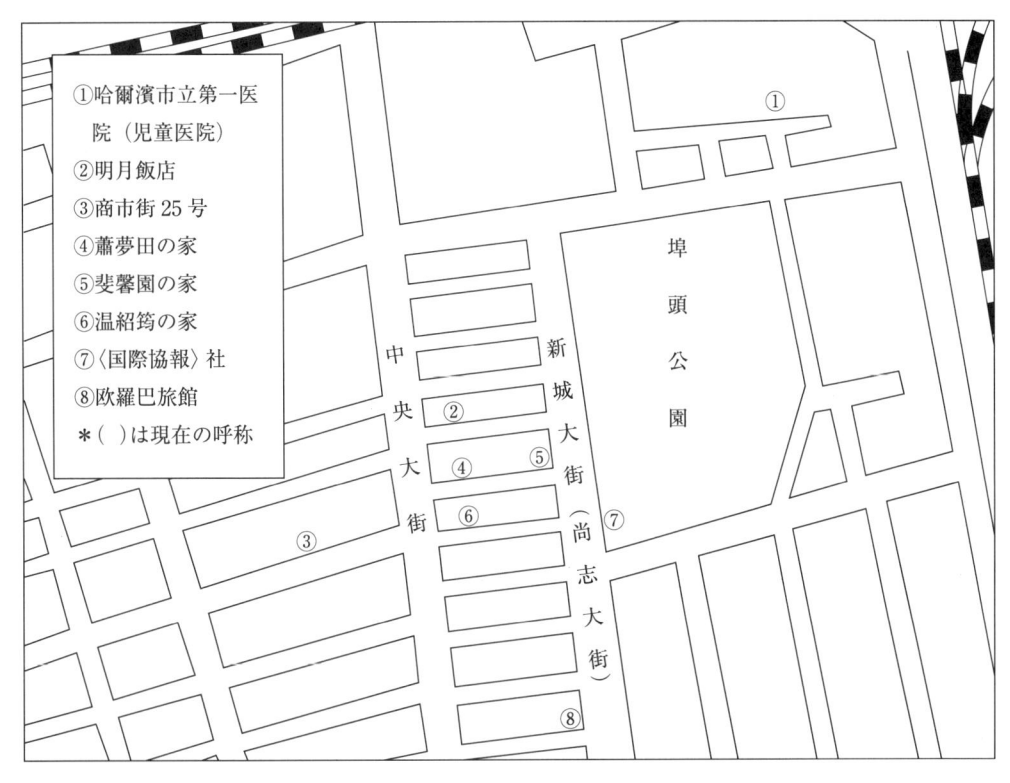

①哈爾濱市立第一医院（児童医院）
②明月飯店
③商市街25号
④蕭夢田の家
⑤斐馨園の家
⑥温紹筠の家
⑦〈国際協報〉社
⑧欧羅巴旅館
＊（　）は現在の呼称

中央大街
新城大街（尚志大街）
埠頭公園

図3　哈爾濱商市街25号付近

①〈商報〉社
②旅館（医院）
③東興順旅館

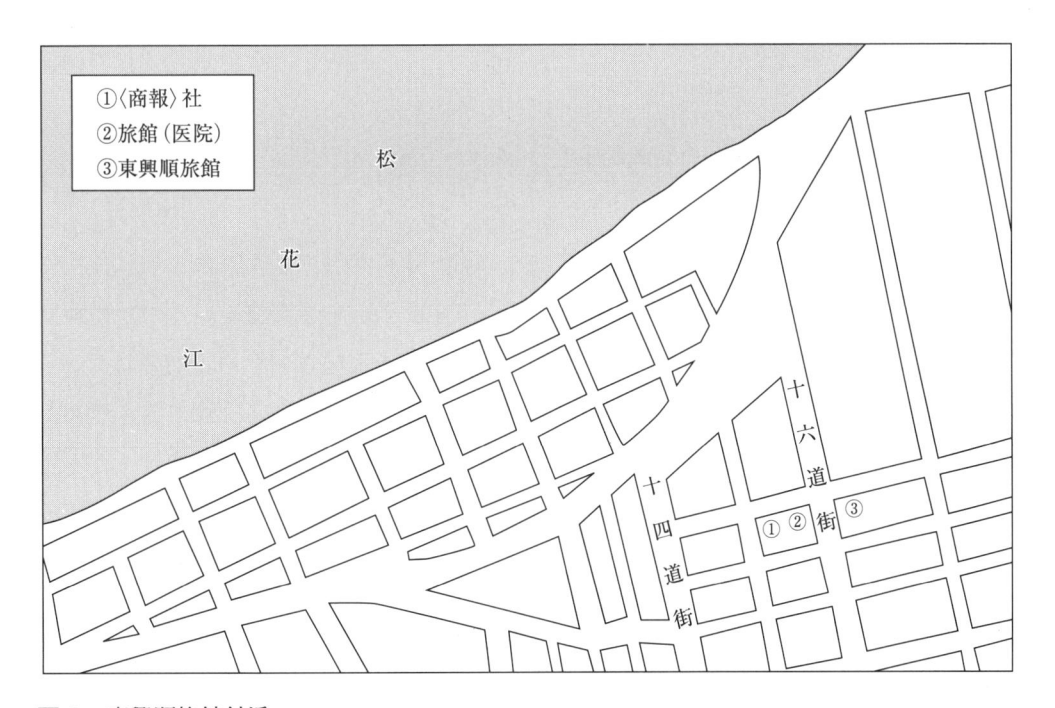

松花江
十四道街
十六道街

図4　東興順旅館付近

11月、沈陽の満洲省委機関が破壊され、翌年1月、機関は哈爾濱に移る。当時の省委書記兼組織部長は羅登賢、哈爾濱市委書記は楊靖宇（1905〜40）[3]であった。間もなく満洲省委による第三次武装宣言が出される（1月15日）。当時の哈爾濱における左翼文芸運動の中心的人物であり、蕭紅ら東北作家たちに対して演劇、絵画、音楽、文学など、文芸の広範なジャンルにおいて大きな影響力を持った金剣嘯（1910〜36）[4]が哈爾濱市西区（道里）委員となり、楊靖宇の指示によって東区（道外）委員の羅烽（1909〜91）[5]と共に反満抗日の新聞を発行した時期はこの前後に当たる。そのいきさつについては、羅烽の妻、白朗の記録（「獄外集」）[6]がある。それによれば、白朗も結婚当初は党員としての羅烽の活動を知らなかった。知るようになったきっかけは九・一八であったという。1931年10月1日の夜、羅烽の家で第一回反日大会が開かれた。参加者七名の中に「老張」と呼ばれる小商人がいた。精悍な風貌で、忘れ難い印象を残したその人が楊靖宇であると知ったのは後のことだった、と白朗はいう。大会の後、羅烽はたくさんの色とりどりの紙を買って帰り、老張からはガリ版印刷機が届けられた。

　　標語を書き、ビラを刷り……宣伝に関する一切の仕事はみな私たち二人が引き受けた。私たちは日が暮れるのを待って入り口に鍵をかけ、部屋の中で活躍を始めた。一つの仕事が終わるとまた新しい仕事が来て、私たちは休む間もなく、時には幾晩も休まず、眠らないこともあったが、疲れを感じることはなかった。
　　　　　　　　　　　　　　　　　　　　　　　　　　　　　　（白朗「獄外集」）

蕭軍[7]が金剣嘯や舒群[8]と知り合ったのもこの頃であった。

　　私が哈爾濱に来たとき、私に残されていたのは一丁の拳銃だけだった。銃は使いものにならない、私には筆しかなかった。だから1932年から哈爾濱のいくつかの新聞に投稿を始めたのだ。銃を筆に持ち替えて自分の任務を完成させたいと切望したからだが、その一方で生活の必要に迫られ、ほかに方法がなかったから文章を書き始めたのでもある。当時私は〈国際協報〉に投稿していた。たぶん1932年の秋だったと思う、ある食堂で私は偶然金剣嘯と知り合った。当時彼は外国人の公証人事務所で文書の作成をしていた。そのとき私は二十三、四歳、彼は十八、九歳だった。我々の年齢は今から考えればまだとても若かったが、若いからといって民族の解放や祖国の独立、人類の解放のために戦うという責任を放棄することはしなかった。我々は自分が大人だと確信していた。（中略）親しくなって、最初に彼がいった言葉を私は覚えている。

「君が負うべきたくさんの責任がある」。私は答えた、「どんな責任でも構わない」。その日は小雨が降っていて、彼はカッパを着ていた。私と彼は小雨の中を歩いた。私は彼を大通りまで送った。そして我々は別れ、我々の友情はこのようにして確立したのである。

（蕭軍「我所認識的金剣嘯同志」1982年6月:〈東北現代文学史料〉第五輯）

　舒群は哈爾濱市立男子第一中学（広益中学）時代、楊靖宇と共に磐石の抗日義勇軍を支えた傅天飛（1909～38）[9]に出会っている。当時傅天飛はすでに党員であった。また教師の中には「紅色老師」と呼ばれる人々もいて、そのうちの一人から1930年初夏、塞克を紹介され、その塞克の紹介で金剣嘯を、更に金剣嘯の紹介で1932年頃羅烽を知る。舒群が学生時代の友人の紹介でコミンテルンの情報員になったのが1932年3月、入党したのは同年9月である。その1932年の3月か4月頃、蕭軍と舒群は話をするようになる。

　舒群は当時、一中時代の同級生蕭夢田の家に住んでいた。西四道街に面した三階建ての二階が彼の住居だった。彼はよく、家の前に置かれた長椅子に腰を掛けて町を眺めていた。また向かいの友人温紹筠の家の二階の物干し台から下を見下ろしていることもあった。そのうち、彼の目に、毎日通りを往き来する貧しい若者の姿が留まるようになった。そしてその若者も、よく長椅子に座って町を眺めている貧しい若者に気づき始めた。ある日のこと、どちらからともなく言葉をかけ、長椅子に並んで腰を下ろし、話し始めたという（1981年筆者インタビュー）。

　蕭軍は、哈爾濱に来た当初、西四道街の一本北、西三道街に面した明月飯店（p.61 図3）に住んでいた。明月飯店は一毛銭飯店とも呼ばれた安宿で、九・一八の翌年の冬、左翼作家たちの生活の困窮を救済するため、中共満洲省委が劉昨非、王関石、白濤、馮咏秋、黄田（黄之明）、裴馨園等六人と連絡を取って資金を集め、コックを雇って開いたもので、地下党の連絡場所の一つであったという[10]。名前の通り何を食べても本当に一毛しか取らなかった明月飯店の主人は自分でも詩を書いたりする王関石、裴馨園は当時の〈国際協報〉副刊の編集者、馮咏秋は後に述べる牽牛房の主人、白濤はやはり後に述べる星星劇団のメンバー、香坊警察署長黄田は蕭紅と蕭軍が東北を脱出する際力になった人物である。

　蕭軍はしばらくこの明月飯店にいた後、裴馨園の家に移ったが、裴の家も西四道街の、蕭夢田の家の並びにあった。〈国際協報〉の事務所は、西四道街から新城大街（現在の尚志大街）に出て、少し南に下った所にあり、蕭軍は裴馨園の家に行くにも、〈国際協報〉の事務所に行くにも、必ず西四道街を通った[11]。こうして舒群と蕭軍は知り合ったのである。当時舒群は〈国際協報〉に詩をいくつか発表していたが、専ら投稿だったため、裴馨

園との面識はまだなかった。また白朗は〈哈爾濱公報〉主編となった裴の後任として後に〈国際協報〉副刊主編となっているが、裴との面識はなく、蕭紅が東興順旅館から救出された後しばらく裴の家にいた、といったようなことも後になって知ったという[12]。

　蕭紅と舒群がどのようにして知り合ったのかについては、蕭鳳『蕭紅伝』が舒群の回想を記録している。それによれば、蕭紅が〈国際協報〉文芸副刊に救済を求める手紙を出したことを最初に知ったのは舒群であった[13]。彼は行動を起こす前にまずコミンテルンの了承を得、組織が彼に支給する給料で蕭紅のために饅頭（マントウ）二つと煙草一包みを買い、それらを頭の上にくくりつけ、あふれた水の中を泳いで二階の彼女の部屋にたどり着いた。1932年、松花江大洪水のときのことである。水はすでに三階建ての東興順旅館[14]の一階をすっかり浸してしまっていた。身重の蕭紅は色褪せた青い旗袍を着ただけで、しかも腹が大きいためにボタンがほとんど掛からない状態であった。蕭紅に救済を懇願されたものの、彼自身の家も浸水し、南崗の難民収容所に避難していたところで為す術もなく、とうとう全身泥まみれのまま、その夜は彼女の部屋の床に蹲って過ごした。

　蕭紅と蕭軍が同居に至ったいきさつについても種々の説があり、舒群と蕭軍が彼女を奪い合ったとする説もあるが、舒群はこれを強く否定し、蕭軍と争ったのは二郎（方未艾）であると語った[15]。二郎は蕭軍の東北講武堂時代の友人で、当時哈爾濱で〈商報〉の編集に携わっていた。〈商報〉の事務所は、蕭紅が水害にあった東興順旅館の、十六道街を隔てた西側の並びにあった。舒群は蕭夢田の家を出た後、東興順旅館の向かいにあった〈商報〉の事務所に比較的長く住んだ。そこが彼の秘密工作の連絡場所の一つだったからである。二郎は道外で蕭軍と一緒に住んでいたことがあり、舒群は蕭軍を通じて二郎を知ったらしい。

　裴馨園は当時、〈国際協報〉の文芸副刊主編であると同時に、五日画報社などの刊行物の編集も兼務していた。裴の妻黄淑英の証言（「二蕭與裴馨園」[16]）によれば、1932年当時、黄淑英は二十二、三歳、裴馨園は彼女より十四歳年上であったというからすでに三十六、七歳か。家は哈爾濱市中国四道街三十七号にあり、二人の子供がいた。裴馨園は非常に物静かで、寡黙な人物であったらしい。背はさほど高くはなく、痩せて、どちらかというと弱々しく見えた。仕事から帰ると書斎にこもって文章を書いたり本を読んだりしていた。裴馨園は当時〈国際協報〉文芸副刊上で「老裴語」と題された三百字から五百字ほどのコラムを担当し、「筆戦」を繰り広げていた[17]。

　　彼は安静を大変好んでいました。彼の書斎には、普段誰も自由に出入りすることができなかったのです。子供たちもいつもそこから離れた所にいました。彼にはある習

慣がありました。ベッドの上だろうと、机の上だろうと、椅子の上だろうと、至る所に本だの新聞だの原稿だの校正だのを積んでおくのです。（中略）
　毎日午後になると、読者や友人、同僚たちが次々と彼を尋ねてきました。それが彼が家で「仕事」をする時間だったのですが、彼の方も邪魔をされるのをいやがっていましたので、私はドアをしっかり閉め、てんてこ舞いでした……
（「二蕭與裴馨園」）

　しかし彼のそういった生活に大きな変化が起こったのは、三郎（蕭軍）という前途ある若者を見出してからだった。一度会ってみたら、という黄淑英の言葉で家にやって来た蕭軍の印象はあまりよくなかったようだ。日に焼けて何色だかわからなくなっている学生服は、袖口や襟元がすりきれたまま、継ぎの当たったよれよれのズボンに泥だらけの革靴、伸ばしっぱなしのぼさぼさの髪、といった出で立ちは、とても「文人墨客」には見えなかった。彼には全く遠慮というものがなく、来るたびにまっすぐ裴馨園の書斎に入り、長いこと話をしていくのだった。そして次第に裴も彼に自分の仕事の一部を任せるようになり、蕭軍は裴の代わりに印刷所に行ったり原稿を見たりするようになった[18]。それにつれて裴の書斎の様相も一変した。蕭軍が来て以来、小声で静かに会話をすることが習いであったものが、急ににぎやかになった。若者たちが集うようになり、時には興が乗った蕭軍が京劇の一節を振りをつけながら歌ったりすることもあったという。そして蕭軍はついに裴の家に住みこむようになった。裴が蕭紅の手紙を受け取ったのはその後のことである。

　あれは松花江の大洪水の前、1932年の夏のことだったと思います。夫が私に、一人の女性の読者から手紙をもらったと話してくれました。その手紙の中で、その女性読者はまるで夫を責めるかのような調子で、しかも「私たちは皆中国人です」とか何とか書いていました。夫は大変面白がって、笑いながらこういったものです。「中国人の中で、こんな風に僕に挑戦してきた人は初めてだ。この女性は全くたいしたものだ！」
（「二蕭與裴馨園」）

　裴はすぐに蕭軍にこの女性読者の救出を命じた、と黄はいうが、当時〈国際協報〉の投稿者の一人だった孟希の回想（「蕭紅遇難得救」）はこれとは異なる。1932年の5月か6月頃、〈国際協報〉編集部に「悄吟」と署名のある詩が送られてきたのに続き、宿泊費が払えず、妓楼に売られそうになっていると助けを求める手紙が届いた[19]。その手紙を見た裴馨園、孟希、三郎（蕭軍）、琳郎（方未艾）の四人がそろって東興順旅館に蕭紅を訪ねた。

裴馨園が旅館の主人に身分を明かし、彼女に十分な食事を提供すること、費用は一切自分たちが持つことをいい渡した。この後、蕭軍が足繁く蕭紅のもとに通うようになり、洪水に乗じて彼女を救い出した。黄淑英の回想に付されたインタビュアーの蕭耘の注によれば、蕭軍が裴の「紹介状」と何冊かの本を手に蕭紅のもとを訪れたのは1932年7月12日のことであった[20]。

　一方舒群の回想[21]によれば、ある日彼は蕭紅が旅館を出て裴馨園の家に住むことになったということを聞いた。翌日彼は蕭軍と蕭紅が連れ立って裴の家を出る所を見ている。彼は二人が一緒になったと直感したという。蕭紅の腹はひどく大きくなっていた。それから何日か経ったある日の夕暮れ、舒群がいつものように蕭夢田の家の前の長椅子に腰を掛けて通りを眺めていると、慌てふためいた様子で蕭軍が走ってきた。蕭紅が産気づいたが病院まで連れて行く車代がないから強盗をしに行く、という。彼に舒群は工面した一元を渡した[22]。彼はその金ですぐ蕭紅を病院に連れて行ったという。

## 二

　折からの松花江の洪水に乗じた救出劇とその直後の自分の出産を題材にしているのが蕭紅の最初の短編「棄児（子捨て）」（1933年4月18日）である。およそ一万二千字ほどのこの作品は、新聞連載（〈大同報・大同倶楽部〉1933年5月6日〜17日）の関係からか十九章に細かく分けられている。主人公は芹と呼ばれる若い女性である[23]。彼女は雪のちらつく頃この旅館にやって来たが、今この雨の季節になって、日に日に膨らんでいく腹を抱え、途方にくれている。

　　私はどうしたらいいのだろう。家もないし、友だちもいない。どこへ行ったらいいのだろう。一人知り合ったばかりの人（蓓力）がいるけれど、彼にも家はない。

　彼女は松花江の堤が切れた三日後に、一人で馬車代わりに往来を行き交う小船に乗り、旅館を脱出する。そして訪ねた一軒の家。子供を抱いた主婦は彼女のことはすでに知っており、蓓力が一緒でないことを怪しむ。彼女が訪ねたその家は非という人物の家だった。蓓力はもともと堤が切れた翌日に芹を救出し、非の家に連れてこようと思っていたのだが、そのための資金を工面しようとしていて彼女と行き違ってしまったのだった。
　実際に蕭紅が裴馨園の家にやって来た経緯について、黄淑英は次のように回想している。

私たちが悄吟（蕭紅）をどうやって救出しようかと相談しているとき、松花江の水が溢れたのです。哈爾濱の道外は水浸しになり、渡し船に乗らなければ通れなくなってしまいました。道外の旅館で困窮している悄吟のことを思い、皆は焦るばかりでした。三郎は、自分は泳げるし高い所にも登れる、力もあるし悄吟を救い出せる、といいました……そこで彼にソーセージやパンを持たせ、泳いで悄吟の所へ行ってもらったのです。その日、悄吟が私の家に来てしばらくして三郎はようやく戻ってきました。（蕭軍によれば、彼が泳いで旅館にたどり着いたとき、悄吟はすでに薪を運ぶ船に乗り、蕭軍が何日か前に書き置いていった裴の家に向かっていた：蕭耘注）三郎の紹介で、悄吟と私たちは知り合いになり、私たちは旧くからの友人にするように温かく悄吟をもてなし、一緒に夕食を食べました……。そのとき悄吟は旧い藍染めの旗袍を着ていました。顔色は青白く、少し緊張している様子がよくわかりました。裸足の足に古い靴をはいていました[24]。恐らく皆が初対面だったせいでしょう、彼女はあまり話をしたがりませんでした。その夜は、彼女を私の家の客間に泊めるよう手配しました。老裴は何度も家の者に「静かにしておいておやり、ゆっくり休ませてあげよう……」といったものです。だから私もあまり客間には行きませんでしたし、悄吟と二人で長い時間話をすることもありませんでした。
　　　　　　　　　　　　　　　　　　　　　　　　　　（「二蕭與裴馨園」）

　一方、初めて裴（小説では「非」）の家に行ったときのことが、小説ではこのように描かれている。

　　ある家の階段の所にその女性は立っていた。中で子供を抱いた奥さんが探るように尋ねた。あなたは芹？
　　芹は主婦と話を始めた。肱掛椅子に座ると、彼女の冬の綿入れ靴が、その主婦の目にはっきりと見えてしまった。主婦は話し始めた。「蓓力があなたの所に行ったけれど会いませんでした？　それじゃあきっと行き違いね」。一本の視線が芹の全身にまっすぐに迫り、そして流れ落ちた。芹の全身の細胞から汗が噴き出した。緊張と苛立ちで、彼女は胸の奥で自分がどうしてもう少し後に出発しなかったのかと悔やんだ。そうすれば蓓力が向こうで自分に会えずに、虚しく戻って来るなんてこともなかったのに。

ここに描かれている主婦は「英」という名で呼ばれるが、「非」といい、この「英」といい、裴馨園とその妻黄淑英を連想させるに充分である。

行く当てのない蕭紅はしばらく裴馨園の家に身を寄せることとなったが、蕭軍は毎日のように彼女の様子を見にやって来、また裴馨園も彼女に大変に気を遣っていた様子が黄淑英の回想からは見て取れる。が黄淑英自身はそういったことをあまり快く思っていなかったようだ。

　このとき三郎はほとんど毎日彼女に会いにやってきました[25]。二人はいろいろと話しているようでしたが、三郎が帰ってしまうと、悄吟は部屋に閉じこもって本を読むのです。しかも毎日毎日部屋から出て歩き回ることもしない。自分からほかの人と話をしたり挨拶をしたりすることをしたがりませんでした。長いこと、家の者は（老裴は別として）始終私の耳元であれこれと悄吟が傲慢だとか、人情がわからないとか囁き、「全く何もしようとしないで、こんな人をただ家に置いて食べさせるなんて……」（当時悄吟は妊娠していました）と愚痴をこぼす者までいたくらいです。私は年も若く、精神的に幼かったので、こんな気持ちを揺さぶるような言葉を聞いた後はたいしてよく考えもせず、悄吟に対して不満の気持ちをふくらませていったのです。悄吟が病院で出産して戻って来て間もなく、もうどんなことだったか忘れてしまいましたが（たぶん私が三郎の前で悄吟に対する不満を口にしたのだと思います）、話すうちに三郎といい争いになってしまいました。若かった三郎の気性は火のように激しく頑固でした。私も若い頃は口では負けたくなかった。よくいうでしょう、「口喧嘩に長じた口は無し、喧嘩に長じた手は無し」って。いい合えばいい合うほど泥沼で、そうやって互いに気持ちが離れてしまい、次の日でした。三郎は悄吟を連れて私たちの家を出て行ったのです。
　　　　　　　　　　　　　　　　　　　　　　　　　　（「二蕭與裴馨園」）

このことについて、小説では重なる部分とすれ違う部分がある。

　小説では蓓力は自分の部屋を引き払い、芹と共に非の家に身を寄せている。夜、芹は奥の部屋のベッドで、蓓力はその隣室の藤椅子に海老のように身体を丸めて眠っている。日中は二人で当てもなく街をさまよい、「食事と寝床のためだけに」非の家に帰るという生活を続けていた。ある日、二人は哈爾濱の目抜き通り、中央大街で非にその姿を目撃される。非はそれについて、自分からはいわず、妻から芹にこういわせるのである。

　「あなた方は町に出てはだめ、家の中では好きになさい。でも街は人が多いわ、みっともないったらない。人様に何て思われるか。わからないの。街には私たちの友だちもたくさんいるの。皆にあなたたちが私の家にいることが知れてしまうわ。あなた

ちが私の家にいないのなら、みっともなかろうがどうだろうが関係ないのだけれど」。[26]

そしてそれから間もなく、非の一家は布団も何かも持って引っ越して行く。がらんとした家の中に芹と蓓力の二人が残されるのである。

実際は黄と喧嘩して出て行った後も蕭軍は相変わらず裴馨園の代理として仕事を続けていたらしい。裴馨園の方は蕭軍と蕭紅のことをずっと気にかけ、援助の手を差し伸べ続けていたらしく、蕭軍と黄の間にできた感情的な溝も、時間が経つに連れて埋まっていったという[27]。

1934年、蕭軍と蕭紅が哈爾濱を離れ、翌年二人が上海で成功を収めたという消息が届くころ、裴馨園は創作の意欲を失い、健康にも支障を来すようになっていた。そして「その他のいくつかの原因のために」（黄淑英）彼らも哈爾濱を離れ、北京に行く。彼が世を去ったのは1957年、裴と黄の間に生まれた四人の子供も全て世を去ったと回想にはある。

## 三

　　この「棄児」における芹が蕭紅自身でないとしたら、この世界に別のもう一人を見つけることはできるだろうか？　そもそも蕭紅の「棄児」は彼女の「商市街」と同様、彼女自身の生活の苦しさを赤裸々に人々に訴えたものであり、その率直なこと、真摯なことは読む者の心を打たずにはおかない。だが一部の人々は彼女の声を事実や感情の面から聞くことをしない。もともと実に単純な、完全に同一の事実であるにもかかわらず、それらは別々のことだとし、これが「荘厳な作り話」であると人々に思わせようとしている。こういった現象が現れる原因は他でもない、蕭紅の創作の風格に対する認識が不足しているか、または完全にそれを軽視しているのである。

（李重華「蕭紅創作体裁説」）

代表的な蕭紅研究者の一人である李重華は続けて、これまで小説として扱われてきた蕭紅の「広告副手」、「小黒狗（小さな黒犬）」、「出嫁（嫁入り）」、「訪問」、「離去（さよなら）」、「手」、「牛車上（牛車の上で）」、「家族以外的人（家族以外の人）」、「孤独的生活（孤独な生活）」、「亜麗」、「黄河」、「汾河的圓月（汾河の満月）」、「孩子的講演（子どもの演説）」、「小城三月」などは本来散文と考えるべきであるとし、「これらの作品に対する新たな角度からの研究を通して、我々は蕭紅の才能にあふれた魂の新しい軌跡を発掘することができる」と主張する。

確かに蕭紅の作品は小説と散文の境界が曖昧で、蕭紅の作品を集めた各作品集の間でも、編者によって作品の分類に多少の異動が見られる。李重華が挙げた作品についても、散文であることを否定する材料はないが、かといって小説でないと断定する材料もない。その作品が小説であるか散文であるかは、読者の読み方に任されているといってよい。まさにそこが、林非『中国現代散文史稿』が「現代文学史上非常にユニークなもの」と高く評価するところであり、またまさにそれが、人々の観念の中に美しくもはかない薄幸の女性の偶像を構築する要因でもあるのだ。だが本稿の目的である、作家としての蕭紅の仕事を客観的に評価するためには、既存の蕭紅像は一旦解体しなければならない。そのためには作品が散文であろうと小説であろうと、作者が意図的に作り上げた作品世界であることを前提として読むことが必要である。上記の文で李重華が攻撃している「一部の人々」が具体的に誰を指しているのかは不明だが、どうも筆者もその「一部の人々」に含まれるようだ。

「棄児」が蕭紅の実体験に基づくことは確かである。しかし、当時の事実を裏付ける黄淑英の回想と小説の内容の間に発見される明らかな食い違いは、黄淑英の記憶にたとえ不確かな所があったとしても、作品として組み立てる際に何らかの意図的な操作が加えられたとするのは自然なことである。むしろ我々は作品と回想との食い違いを、作者の意図を反映するものとして読み、作品として成功しているのか否かを問題とすべきである。

すでに述べたように、現在わかっている限り「棄児」は蕭紅の最初の小説である。従って人物設定やストーリー構成、また表現などに未熟さが目立つのは、ある意味では致し方ない。例えば小説では、家主一家が二人を自分たちの家に住まわせていることを周囲に恥じており、二人を追い出すのでなく自分たちが出ていってしまうのはさもそれが理由であるかのように書かれているが、この設定にはどう考えても無理があり、黄淑英の回想の方が自然である[28]。当時の一般的な倫理観から見て、すでに一目で妊婦とわかる、また一目で貧困のどん底にいるとわかる、しかもその腹の子に対して責任を持つべき男の姿が見えない、素性もわからない若い女性に対し、果たして旧知の友人のように、何のわだかまりもなく、温かく迎えることができるはずはあるまい。蕭紅は自分に対する周囲の蔑みの視線を痛いほど感じていた。いや、彼女を一番蔑んでいたのは実は彼女自身であったといえよう。彼女が部屋に閉じこもって本を読んだりしていたのは、自分が教養のないただの愚かな女でないことを周囲に知らしめようとする意図もあったように思える。

「あなた方は街に出てはだめ、家の中では好きになさい。でも街は人が多いわ、みっともないったらない。人様に何て思われるか。わからないの。街には私たちの友だちもたくさんいるの。皆にあなたたちが私の家にいることが知れてしまうわ。あなた

ちが私の家にいるのでなければ、みっともなかろうがどうだろうが関係ないのだけれど」。

小説の中のこの言葉は、恐らく蕭紅自身が内と外から同時に聞いた声である。その事実を正面から受け止め、蔑みをものともせずにいられるほど、周囲も、また彼女自身も前衛的ではなかったのである。

この作品には1933年4月18日という日付がある。「二蕭與裴馨園」によれば、蕭軍が初めて蕭紅のもとを訪れたのが1932年7月12日、その直後に松花江の堤が決壊、しばらく裴馨園の家に身を置いた蕭紅は、出産、退院を経て間もなく、直接的には蕭軍と黄淑英とのいさかいにより、出て行ったことになる。出産後しばらくの間蕭軍と欧羅巴旅館に宿泊し、秋に商市街に移っていることから[29]、蕭紅の出産時期は1932年8月から9月頃と推測され、「棄児」はそれから半年余のうちに構想され、書き上げられたことになる。心身共に出産の痛みが解消しきっていないと思われるその時期に、なぜ彼女は自らの屈辱的な体験を白日の下にさらそうとしたのか。

小説の中で作者は子どもの父親について、「王」(これも王恩甲を想起させる) という名前しか明かしていない。なぜ芹が妊娠したのかにも、なぜ一人で出産しなければならないのかにも、一切触れないまま、小説では断ち切りがたい母子の情が綿々と綴られる。

　　月の光が壁一面を照らしていた。壁に一つの影が見えた。影は震えていた。芹は引きずりおろされるようにベッドから下り、月の光に満ちた壁に顔を押しつけた——私の子、泣かないで。お母さんが抱っこしてくれないから？　こんなに寒いのですもの、私のかわいそうな子！

　　子供の咳をする声に、壁に押しつけた芹の顔が動いた。彼女はベッドに飛びのり、髪を引っ張りながら拳で力一杯自分の頭を殴った。この利己主義者、幾千万の子どもが泣いているのに、どうして聞こえないの？　幾千万の子どもが餓死しているのに、どうして見えないの？　子どもよりずっと役に立つ大人だって餓死している、自分だって餓死しそうなのに、何も見えないなんて、何て利己主義な人間なんだろう。

　　(中略)

　　秋の夜は寂しく流れていき、それぞれの部屋に雪のように白い月の光がこぼれていた。壁際の床には母親の体が横たわっていた。向こう側にいる子どもは母親を求めて泣いている。たった一枚の壁に、母子の情は永久に隔てられたままだった。

　　(中略)

産婦たちは皆子どもを抱き、車や馬車に乗って一人一人退院して行った。今芹も退院して行く。彼女には子どもも、車もなかった。ただ目の前の一本の大通りを歩いて行くしかなかった。荒れ果てた畑に出撃して行くように。
　　蓓力があたかも助手のように先導して行く。
　　彼らの二つの影が、一組の頑強な影が、また人の林の中へと突き進んで行くのだ。

　この最後の部分は、蕭軍との新しい生活を開始し、新しい仲間を得、作家として出発しようとしている作者の高揚した精神状態を表していると解釈できる。だがこの作品には一番肝心なことが書かれていない。問題は新しい恋ではない。妊娠、出産が芹の新しい出発点ではあるが、当時の倫理観から大きくはずれたその事態に至った理由、経過が示されなければ、これはただ自己弁護の、恋物語の域を出ない。蕭紅は婚約者王恩甲との関係について、自分からは一切語っていない。それは一時期王と生活したというその事実が彼女の生涯に深い傷となって残ったことを意味している。

## 四

　蕭軍と同居するようになった蕭紅は、彼に導かれて哈爾濱の若い左翼文芸運動家たちを知る。その頃彼らは哈爾濱道里水道街（現在の尚志大街）の、公園の近くのロシア式の平屋に集まるようになっていた。この家はもともと白ロシア人の工場であった所へ画家馮詠秋の父親が住むようになり、父親が引っ越した後、東側の部屋に馮詠秋が、西側の部屋に馮詠秋の学生時代の友人であった黄田が妻の袁時潔と住むようになったという。真ん中に共用の客間があり、庭にはたくさんの朝顔（牽牛花）が植えられ、夏になるとそれらが屋根の上にまで蔓を伸ばし、色とりどりの花を咲かせたので、皆はその家を「牽牛房」と呼んだ[30]。もともと馮詠秋が中心となって結成した文芸団体「冷星社」の同人が集まっていたのだが、そこには常に紙や筆が置いてあり、訪れた人々はそこで自由に文を書いたり絵を描いたりすることができたので、自分では紙や筆を工面することが困難な、若くて貧しい作家やその予備軍が集まって来るようになったのだろう。その中の一人羅烽は、「その集まりの中で何となく顔見知りになる人もいるし、どういう人かを知りたくて"牽牛坊"で待ち合わせることもあった」と語っている[31]。袁時潔の兄は古い共産党員で、ここに集まる人々は基本的に左翼活動家であったが、香坊警察署の署長であった黄田は、当局側の情報を皆に流すと同時に、牽牛房の活動が当局の注意を惹くことを警戒し、牽牛房へは集団でなく、必ず一人一人で出入りすること、という規律を作り、皆に厳格にそれを守らせた。

1932年から34年の間は牽牛房が最も活気にあふれていた時期で、毎週一回集会が開かれ、詩を作ったり絵を描いたり、歌を歌ったりダンスをしたり、朗読をしたり、またゴーリキーやゴーゴリ、プーシキンなど、ロシアの作家たちの作品について議論したりしたという。袁時潔夫妻の回想によれば、蕭軍は蕭紅にいい負かされるたびに、「俺は彼女に譲歩してるんだ」と負け惜しみをいっていたという。蕭紅の散文「幾個歓楽的日子（楽しかった日々）」（『商市街』1936年8月）はこの牽牛房での集まりを描いたものに違いない。金剣嘯が中心となって結成し、蕭紅も参加した「星星劇団」もここで生まれた。

写真9　牽牛坊と馮咏秋（1933年）（曹2005より）

　金剣嘯が「党の指導下の最初の半公開的性質を持った抗日演劇団体」[32]であるところの星星劇団を組織したのは1933年7月のことである。メンバーは蕭軍、蕭紅を初め羅烽、白朗、舒群、白涛、劉毓竹、徐志等、劇団名は「星星之火、可以燎原（小さな火花もやがて広野を焼き尽くすことができる）」から取られた。蕭軍が団歌を作詞し、金剣嘯が曲をつけた。

　　　我らの小さな身体、我らのかすかな光、
　　　我らの故郷は暗い空、
　　　夜明けを迎えるのが我らの任務、
　　　夜明けよ！　夜明けよ！　夜明けが来た、さあ行こう、
　　　偉大な赤い太陽が、友よ、君らを明るく照らすだろう、
　　　明るく！　明るく！　友よ、君らが幸福なら、
　　　我らは何の悲しむことがあろう！
　　　君らの幸福のために笑い続けよう、にこやかに、にこやかに、笑い続けよう！
　　　　　　　　　　　　　　　　　　　　　　　　　　　（「星星劇団之歌」[33]）

　また羅烽は「従星星劇団的出現説到哈爾濱戯劇的将来（星星劇団の出現から哈爾濱における演劇の将来を語る）」[34]を書き、星星劇団は暗黒の時代に、哈爾濱という醜悪なゴミための

中に突如として出現した、真に先鋒的な団体である、とその成立の意義を称えている。羅烽のこの文章が掲載された〈大同報〉副刊〈夜哨〉も、彼等によって運営されたものであった。王徳芬「蕭軍簡歴年表」によれば、星星劇団が誕生した同じ 1933 年 7 月に、長春〈大同報〉主編の陳華が哈爾濱を訪れ、沈陽時代の知り合いであった蕭軍に副刊の発行を約束した。〈夜哨〉という刊名を提案したのは蕭紅であった。暗い夜に歩哨に立つという意味を込めたという。8 月 6 日に週刊として創刊され、後に『跋渉』（1933 年 10 月）に収められた蕭紅の「夜風」（1933 年 8 月）などはここに発表された。この〈夜哨〉はおよそ半年後の 12 月 24 日、日本軍の農村における暴行を告発する李文光の文章を掲載したことにより、二十一期をもって停刊に追い込まれる。陳華は職を解かれる際、蕭軍に手紙で、日本の特務や憲兵が捜査に来るかもしれないから用心するようにと告げたという[35]。

さて、星星劇団の演出と舞台美術は金剣嘯が担当し、事務的な任には羅烽が当たった。金によりシンクレア「居住二楼的人（小偸）（二階の住人―こそ泥）」、白薇「姨娘」、張沫之「一代不如一代（工程師之子）（一代は一代に如かず―技術者の息子）」の三つの演目が選ばれ、民衆教育館（道里三道街）や牽牛房で練習が始まった。だが民衆教育館館長の満洲国承認記念日（9 月 15 日）における公演依頼を断ったため、以後そこを使用できなくなり、羅烽の奔走にもかかわらず、結局上演の機会はないまま、メンバーの一人徐志が突然失踪、成立から僅か数ヶ月で劇団は解散を余儀なくされた。星星劇団については、後に蕭軍が金剣嘯への追悼を込めて「未完成的構図（未完成の構図）」（1936 年 9 月）[36]に記録している。

哈爾濱の左翼文芸運動に関して、金剣嘯は非常に重要な役割を担っていた。

1932 年に起こった松花江の大洪水によって、蕭紅が閉じこめられていた東興順旅館を脱出できたことはすでに述べた。二十七日間降り続いた雨によって引き起こされたこの洪水により、8 月 5 日、松花江の中洲である太陽島が完全に水没、7 日、松花江の水位は海抜百三十三．五一メートルに達し、傅家甸（道外）の堤が百メートル余りに渡って決壊、翌日には道里も含め全市が水に浸かり、水深は数尺（一尺はおよそ三分の一メートル）に達したという。冠水面積は八百七十七．五万平方メートル（当時の哈爾濱特別市の面積は九百三十平方キロメートル）、被災民はおよそ二十余万人（当時の哈爾濱の人口三十八万人）に達し、およそ二万人が水害、飢餓、疫病などのために死亡したという[37]。

この水害に際し、中共満洲省委員会は 10 日に「告満洲災民書」を発表し、この度の水害は日本帝国主義と満洲政府の統治の結果であるとし、被災民に対し、部屋代や地租を含む一切の負債は返さなくてよい、と呼びかけた。更に満洲省委は楊靖宇、傅天飛等を被災地に派遣している。恐らくこれと連動して、金剣嘯は水害の被災者救済を掲げ、11 月、発隆百貨店で威納斯（ヴィーナス）助賑画展を開いている[38]。劉樹声・里棟「金剣嘯年譜」に

は出品者として白涛、馮咏秋、王関石、商誉民、蕭紅等の名があり、金剣嘯自身も多くの油絵や水彩、素描などを出品した[39]。蕭軍「未完成的構図」によれば、蕭紅の作品は大根と、蕭軍のボロ靴を描いた二点、金剣嘯の作品は上海時代に描いた多くの裸体画であったという。哈爾濱のいくつかの刊行物がそれを記事に取り上げ、〈五日画報〉には蕭軍、方未艾等が特集記事を書いた[40]。

また金剣嘯は1933年、道里中国十五道街路北三十三号の四階建ての建物の中に「天馬広告社」を起こす。『哈爾濱歴史編年』によれば、哈爾濱のいくつかの新聞が広告を載せ、倶楽部、映画館、外国商社、中国人商店などから多くの依頼があり、道里中央大街の両脇に置かれたベンチの背はすべて彼等の絵画で埋め尽くされたという。蕭紅は、後に日本の特務に殺害された侯小古という青年と共にこの広告社で働いたことがある。彼女はその経験をもとに「広告副手」（1933年10月）を書いている。広告社は1934年4月、中共満洲省委が大破壊を受けたことで活動が困難になり、1935年5月に閉鎖された。

注

1　張福山『哈爾濱史話』（1998年10月、哈爾濱出版社）
2　三十六棚はもともと東清鉄道建設のために帝政ロシアが雇用した中国人労働者の宿舎だった。哈爾濱車輛工廠廠史編写組・哈爾濱師範学院歴史系写作組「三十六棚工人的抗俄闘争――哈爾濱車輛工廠廠史片断」（〈歴史研究〉1976年3期、1976年6月）によれば、「総工場近くの木製の"人"型の大きな掘っ立て小屋」で、「そのような掘っ立て小屋が全部で三十六棟あったため、人々はそこを三十六棚（三十六の掘っ立て小屋）と呼ぶようになった」とし、更に次のようにいう。三十六棚は「冬は風をしのげないし、夏は雨を遮ることができない粗末な小屋で、両端に向き合って通行するためのドアがあったが、それが窓を兼ねていた。小屋は最大でも六、七十平米を超えなかったが、そこに七、八十名の独身の労働者が詰め込まれていた。狭いものは三、四十平米しかなかったが、少なくとも四、五十人が暮らしていた。三十六棚と呼ばれた住宅区は、雨が降るととたんに泥沼と化した。衛生条件もひどいもので、住宅区には公共便所すらなかった。春の末、夏の初めになるとあちこちから蚊や蝿がわき、伝染病が蔓延し、労働者やその家族の健康に重大な影響を与えた。三十六棚は当時の哈爾濱の最も悲惨な貧民窟であった」。
3　河南省鳩山県李湾村の農民の家庭に生まれる。本名馬尚徳。学生時代に革命思想に触れ、1925年に五・三〇事件が起こると、友人たちと共に上海の労働者を支援する闘争に参加。翌年夏、中国共産主義青年団に参加し、党の指示によって、農民運動に入り、1927年5月入党、1929年春満洲省委に派遣される。張貫一という偽名を持ち、羅烽や舒群ら、党の指導下にあった者たちですら彼の名前は「老張」としか知らなかった。羅烽は1981年の筆者のインタビューに答えて、「老張」が楊靖宇であることを知ったのは解放後のことだったと語った。1932年6月に組織された磐石の抗日義勇軍を指導し、1940年2月23日吉林省濛江県で日本軍に射殺される。（李剣白

編『東北抗日救亡人物伝』1991年12月、中国大百科全書出版社）

4 　本名金承栽、他に健碩、巴来などの筆名がある。満州族。1910年12月15日、沈陽の刻字職人の家に生まれ、1913年、家族と哈爾濱に移る。哈爾濱三育中学時代に革命思想に触れ、1926年に哈爾濱医科専門学校に入学して以後は、積極的に各種の反日、反封建闘争に参加している。十六、七歳の頃から詩や散文の投稿を始め、それを通じて当時〈晨光報〉副刊〈江辺〉の主編であった塞克（1906〜　）の知己を得た。塞克は後に南国社に参加し、左明らと摩登社を興した演劇人で、1930年春、美術にも関心が深かった金剣嘯は、彼の推薦により上海の新華芸術大学（後に新華芸専）の図工系第一期三年に編入し、絵画を学ぶ。中共地下党と接触したのはこの頃で、夏休み中に中国共産主義青年団に参加、また、塞克の紹介で、摩登社に加わり、ゴーリキーの「夜店」に出演している。友人たちの東北脱出後も当地に留まって活動を続け、斉斉哈爾で日本軍に捕らえられ、1936年8月15日、処刑される。

　　金剣嘯に関しては以下の資料がある。
　　　劉樹声・里棟「金剣嘯年譜」：〈東北現代文学史料〉第五輯（1982年8月）
　　　金倫「我的父親金剣嘯」：〈東北現代文学史料〉第一輯（1980年3月）
　　　鄧立「金剣嘯烈士生平事略」：〈東北現代文学史料〉第一輯（1980年3月）

5 　本名傅乃琦。1909年12月13日沈陽に生まれる。1929年入党し、支部宣伝委員となる。この年、白朗と結婚。1934年逮捕され、翌年釈放されるとすぐ、白朗と共に東北を脱出、上海へ行き、東北作家群の一人として知られるようになる。（里棟・金倫「羅烽伝略」：〈東北現代文学史料〉第二輯、1980年4月）

6 　『白朗文集』三・四（1986年4月、春風文芸出版社）所収。
　　白朗は本名劉東蘭。1912年8月2日、沈陽に生まれる。1929年、もともと姉の結婚相手だった羅烽と、姉の死により結婚。1945年入党。解放後は婦人運動に深く関わる（陳震文「白朗的生平和創作道路」：〈東北現代文学史料〉第五輯、1982年）。

7 　蕭軍の経歴に関しては、蕭軍自身が校閲した王徳芬「蕭軍簡歴年表」（梁山丁主編『蕭軍紀念集』：1990年10月、春風文芸出版社所収）がある。それによれば、1907年遼寧省義県に生まれる。学名は劉鴻霖。職人だった父親について長春に行き、そこで五四運動のうねりを体験する。十五歳の時に父親に勧められるままに一歳年上の農村の娘と結婚するが、妻は農村に残したまま、十八歳で吉林省の軍閥の部隊に入る。この頃から文学への愛好を深めたらしい。やがてその部隊の腐敗ぶりに嫌気がさし、張学良の経営する東北陸軍講武堂にはいる。1929年二十二歳のとき、沈陽〈盛京時報〉に最初の散文「懦」を発表する。九・一八事変後、抗日遊撃隊を結成するが失敗し、その年の冬、哈爾濱に来て創作活動を始める。

8 　1913年9月20日、哈爾濱出身。本名李書堂。李旭東と名乗ったこともあり、黒人という筆名も持つ。
　　舒群に関しては以下の資料がある。
　　　里棟・小石「舒群伝」（〈東北現代文学史料〉第二輯、1980年4月）

董興泉「舒群與蕭軍」(〈社会科学輯刊〉1981 年第二期、1981 年 3 月)

　　董興泉「舒群和他的一個老師」(〈東北現代文学史料〉第三輯、1981 年 8 月)

　　舒群「早年的影」(〈東北現代文学史料〉第三輯)

　　舒群「"没有祖国的孩子" 照片並簡略説明」(〈東北現代文学史料〉第三輯)

9　傅雲翼、傅世昌ともいう。1909 年 12 月 18 日、黒龍江省双城県に生まれる。1927 年哈爾濱商船学校に入学、ここで数学を教えていた馮仲雲と出会い、1930 年 5 月、共産主義青年団に参加する。その後共産党員となった彼は馮仲雲から楊靖宇を紹介され、1932 年には共青団満洲省委委員となる。1938 年 2 月 25 日に捕らえられ、3 月 5 日、ピストル自殺する (張福山『哈爾濱史話』1998 年 10 月、哈爾濱出版社)。なお董興泉「舒群與蕭軍」(〈社会科学輯刊〉1981 年第二期、1981 年 3 月 30 日) は、傅天飛は捕らえられた後、絶食して死んだとする。

　　舒群は傅天飛を偲んで「早年的影」(1980 年 8 月 27 日。11 月 23 日重改。〈東北現代文学史料〉第三輯、1981 年 4 月) を書いているが、それによれば舒群が傅天飛から聞いた「腹稿」が蕭軍「八月的郷村」の原案となったという。

10　支援「一毛銭飯館」(『黒土金沙録』1993 年 7 月、上海書店出版社)

11　この頃蕭軍は裴馨園を手伝って〈国際協報〉児童特刊の編集をしながら副刊に作品を発表していた。(閻純徳・白舒栄「記蕭軍」:〈中国現代文学叢刊〉1980 年二期)

　　この頃のことを蕭軍は「王研石 (公敢) 君」(〈七月〉1937 年 10 月 16 日) に書いている。

12　羅烽談 (1981 年 6 月筆者インタビュー)。

13　蕭紅救出の経緯については後に述べるように、人々の回想にかなり異同があり、確定はできない。

14　舒群の 1979 年の回想によれば、旅館の名は松花江大旅社、或いは哈爾濱大旅社である (蕭鳳「蕭紅伝」注釈) が、現在は東興順旅館が定説となっている。

15　「田軍蕭紅的滑稽故事」は蕭紅をめぐって舒群と蕭軍の対立があったとしており、H. Goldblatt：Hsiao Hung もこれをとっている。1981 年の筆者のインタビューの際、舒群はそれが非常に不満のようだった。

16　蕭耘整理。インタビュアーの蕭耘は、蕭軍が蕭紅と別れた後に結婚した王徳芬との間に生まれた娘である。

17　〈国際協報〉は四面構成で、最後の一面の半分が文芸欄となっていたらしい。(「二蕭與裴馨園」)

　　蕭軍「王研石 (公敢) 君」に「P 君」という、裴馨園を指すと思われる人物が描かれている。それによれば「P 君」は江南の出身で、背も低く弱々しかったので、蕭軍がやむなく臨時の「用心棒」を務めた、という。「P 君」は〈国際協報〉副刊に書いた二篇の文章によって当局にとがめられ、それがもとで〈国際協報〉をクビになる。彼の書いた「打針 (注射)」は、注射針を消毒もしないで予防注射を打ち続ける当局の人々を告発した作品、「鮑魚之市 (くさやの市)」は 1932 年の大水害の時の哈爾濱市長、鮑冠澄を公然と批判するものだった。

18　蕭軍「〈側面〉注釈」(1978 年 9 月 28 日)

19　曹 2005 はこの間の経緯について方未艾の回想を挙げる。それによれば、蕭紅はまず「春曲」（詩）を〈国際協報〉に送った。一方、東興順旅館に近い〈東三省商報〉副刊〈原野〉には手紙が送られてきた。方未艾は当時〈原野〉の編集者であったが、そこにはこう書かれていたという。

　　編集担当者様：
　　　私は旅館で難儀をしている家のない学生です。私は新詩を一首書きました。先生の編集されている〈原野〉に発表していただけたらと思います。このすばらしい春の光の中で、人々に私の心の声を聞いて欲しいのです。

20　曹 2005 によれば、裴が手紙を見たのが 7 月 10 日。裴は直ちに孟希を伴って東興順旅館に駆けつけ、蕭紅を励ました。翌 11 日、裴は道外の北京小飯店（明月飯店のことか）に友人たちを集め、対策を協議するが、その中に蕭軍がいた。7 月 12 日の昼、蕭紅から裴に立て続けに救出を求める電話があったが、あいにく裴は留守で、電話を受けた蕭軍も自分に彼女を救出するだけの力がないことをおもんばかり、行動を起こさなかった。結局仕事に忙しかった裴は舒群とその友人に彼女の様子を見に行ってもらう。そのさし迫った様子を知った裴が、励ましの手紙と何冊かの本を託したのが蕭軍で、従って蕭軍が蕭紅の元を訪れたのは 7 月 13 日のはずだとする。

21　1981 年 6 月筆者インタビュー

22　蕭軍は 1981 年 6 月 18 日、「蕭紅生誕七十周年記念会」の中で行われた「老作家座談会」上で、舒群に手渡されたのは五毛であったといっている（〈東北現代文学史料〉第四輯、1982 年 3 月）。

23　「棄児」に登場する若い二人の男女はそれぞれ「蓓力」、「芹」と名づけられているが、これはまた『跋渉』に収められた蕭紅自身の体験に基づく短篇「広告副手（看板描きの助手）」の登場人物の名としても使われている。王徳芬「蕭軍簡歴年表」によれば、蕭軍は哈爾濱で最初に書いた散文「暴風雨中的芭蕾（嵐の中のバレエ）」（〈国民日報〉副刊、1931 年）で、劉蓓力という筆名を使っている。また蕭軍「這是常有的事（これはいつものこと）」（1933 年 6 月 9 日）で、蕭紅をモデルにしたと思われる人物が「芹子」と呼ばれている。

24　この救出劇に先立ち、初めて蕭紅の部屋を訪れたときのことを、蕭軍はこう書いている。「長めの髪がばさりと肩の前や後ろにかかり、丸に近い、蒼白の顔が、その髪の真中にはめ込まれていた。（中略）彼女はもとの青い色がすっかり褪せた、ひとえの長衫（男物の丈の長い中国服）しか着ていなかった。息をすると膝頭の上まである裂け目が見え、膝から下がむき出しになっていた。形の崩れた女物の靴をはいていた」（「側面」注釈）。

　　また孟希はこう回想している。「蕭紅は色のあせた青い大衫（長衫）を着て、むき出しの足には皮の靴をはいていた」（「蕭紅遇難得救」）。

25　黄は回想の初めに、蕭軍は裴の家に住み込んでいるといっているが、この文章では、蕭軍は別の所にいるように見える。また曹 2005 は蕭軍は蕭紅救出の七、八日後に裴の家にひっこしてきたとする。

26　この救出劇の二、三ヶ月後、蕭軍と蕭紅が商市街に住むようになったときのこと、街で二人を見かけた友人が、当時の様子を次のように語っている。「蕭軍は首に黒い蝶ネクタイをつけ、手

にバラライカを持って、歩きながらそれを弾いていた。蕭紅は模様のある短い中国式の上着を着て、女子中学生が普通にはく黒いスカートをはいていたが、足には蕭軍の先の尖った革靴をはいて、とても目立っていた。彼らは歩きながら歌い、流浪の芸人のようだった」（丁言昭「蕭紅的朋友和同学」）。

27 「二蕭與裴馨園」

曹2005によれば蕭紅の出産後、それ以上裴の家を借りられなかったため、裴が都合してくれた五元を手に、水害後客の減っていた欧羅巴旅館に移ったという。

28 蕭軍「王研石（公敢）君」も、「P君（裴馨園）」が〈国際協報〉をクビになった後、「P君と我々の友情も継続することができなくなった」とし、自分たちが彼の家を出た、と書いている。注17参照。

29 鉄峰「蕭紅生平事蹟考」は、二人が商市街に移った時期を10月末か11月初めであろうとする。なお、鉄峰は蕭紅が王恩甲と同居を始めたのは1931年10月以降のことだとしている。

30 「牽牛房」に関しては以下の文献がある。

  金倫「"牽牛房"軼事」（〈東北現代文学史料〉第二輯）

  馮羽「哈爾濱牽牛坊」（〈東北文学研究史料〉第三輯）

  平石「"牽牛房"をめぐって──蕭紅『商市街』より──（〈中国東北文化研究の広場〉第1号、2007年9月、「満洲国」文学研究会）

31 1981年6月筆者インタビュー

32 里棟・金倫「金剣嘯與星星劇団」（〈東北現代文学史料〉第五輯）

33 王徳芬「蕭軍簡歴年表」所収

34 〈大同報・夜哨〉第一期。本文は未見。陳震文「白朗的生平和創作道路」（〈東北現代文学史料〉第五輯）に一部引用される。

35 〈大同報〉は満洲国の官方新聞であったが、副刊の編輯者陳華が蕭軍の小学校時代の同級生であったという関係を利用し、党員の姜椿芳、羅烽、金剣嘯らが相談して8月6日に〈夜哨〉を創刊したという（曹2005）。

なお〈大同報〉、特に〈夜哨〉に関しては、岡田英樹「『夜哨』の世界」（『〈外地〉日本語文学論』2007年3月、世界思想社）がある。

36 〈中流〉一巻一期（1936年11月）。蕭軍『十月十五日』（1937年6月、上海文化生活出版社）所収。

37 李述笑『哈爾濱歴史編年』、喬徳昌「壬申年哈爾濱大水」（『黒土金沙録』）

38 李述笑『哈爾濱歴史編年』

39 曹2005はこのほかに蕭紅の女子一中時代の美術教師高崑（仰山）の名をあげる。なお、曹2005によれば「商誉民」ではなく「高誉民」である。

40 蕭軍は絵が描けなかったので「一勺之水」と題した短文を書き、11月20日の〈五日画報〉威納斯助賑画展特集に掲載した。その後、画会が成立し、蕭軍も会員となった（「蕭軍簡歴年表」）。

## 二 『跋渉』の世界

### 一

　1933年10月、哈爾濱五日画報社[1]から、蕭軍（当時の筆名は三郎）と蕭紅（当時の筆名は悄吟）共著の短篇集、『跋渉』が出版されたが、この短篇集は出版後直ちに発禁となり、蕭紅、蕭軍の二人が東北を脱出せざるを得なくなった直接の原因となった。ここには蕭軍の1932年5月〜1933年8月までの作品六篇と、蕭紅の1933年5月〜8月までの作品五篇が収録されている。収録作品は以下のとおりである。

| | 作品名（目次順） | およその字数 | 執筆年月日 | 初出 |
|---|---|---|---|---|
| 三郎 | 桃色的線（桃色の糸） | 4200 | 1932. 5.12 | |
| | 燭心（燭芯） | 13400 | 1932.12.25 | |
| | 孤雛（一人ぼっちの雛） | 18000 | 1933. 6.20 | |
| | 這是常有的事（これはいつものこと） | 5200 | 1933. 6. 9 | 〈大同報〉1933.6.28〜7.2 |
| | 瘋人（狂人） | 3800 | 4. 7 | |
| | 下等人（下等な人） | 8400 | 1933. 8.11 | |
| 悄吟 | 王阿嫂的死（王阿嫂の死） | 6300 | 1933. 5.21 | |
| | 広告副手（看板描きの助手） | 3400 | | |
| | 小黒狗（小さな黒犬） | 2600 | 1933. 8. 1 | 〈大同報・大同倶楽部〉1933.8.13 |
| | 看風箏（凧を見る） | 3400 | 1933. 6. 9 | 〈哈爾濱公報・公田〉1933.6.30 |
| | 夜風（夜の風） | 6000 | 1933. 8.27 | 〈大同報・夜哨〉1933.9.24〜10.8 |

　蕭軍が東北の文芸副刊などに本格的に作品を発表するようになったのが1932年春、蕭紅が翌年の5月ということを考えると、これは二人の作家としての出発点を表す作品集といってよい。

　この冊子の出版に際しては、資金が最大の問題となったが、それには周囲の友人たちの献身的な協力があった。蕭軍は「『跋渉』第五版前記」（1981年12月3日）に次のように記録している。

思い返してみれば、この本の出版費用には、何人かの心ある友人たちが「株」として一人五元を出資してくれたのだ。最後に舒群が三十元（後に聞いたところでは、それは党が彼に支給した生活費であった）、陳幼寶兄が十元を出してくれ、残りの端数は哈爾濱五日画報社社長王岐山君が気前よくまけてくれた。——そこでようやく百五十元をかき集めることができたのである。本を売った金は、我々がすべて生活費として「食い尽くし」てしまい、誰にも一銭も返していない。これがつまり我々の当時の生活状況であった。これらの友人たちに対し、私は永遠にその厚情を忘れない！

　趙鳳翔「蕭紅與舒群」によれば、舒群が工面したのは四十元で、彼が出版元の五日画報社を紹介し、金剣嘯が〈国際協報〉に広告を出したという。当時百五十元は彼らにとってどれほどの金額であったのだろうか。蕭軍が〈大同報・大同倶楽部〉に発表した散文、「殺魚（魚を殺す）」（1933年3月29日～4月1日）に、ある新聞社から原稿料五元を受け取り、薪や米などの生活必需品を買い揃えた後になお五角が残った、という記述がある。また蕭紅の散文「小偸車夫和老頭（こそ泥車夫と老人）」（『商市街』）に、二人の老人に車いっぱいの薪を細かく挽いてもらった代金が七角五分という記述も見える。百五十元は、この二人の老人の一日の肉体労働の報酬のおよそ二百倍ということになる。

　蕭軍はまたこのようにいう。

　また思い返してみれば、この本の表紙はそもそもは金剣嘯に依頼したのだった。山と水がデフォルメされたもので、山は黒のピラミッドのような形、水は銀色の曲線、それらはすべて表紙の三分の二の所に横たわった五センチほどの幅の帯の中に描かれ、その下に「跋渉」という二文字と二人の署名がある。書名は初めは「青杏」だったが、最後に「跋渉」に決まった[2]。
　しかし、この表紙は作り始めてみるととても複雑だったのでやめてしまった。結局一枚の木の板を見つけて来て、植字室で、校正用の赤い付けペンで、その場で私がささっと前に述べたようないくつかの文字を書き、それを表紙としたのだ。
　またこういうこともあった。いよいよ装丁が始まり、いざ完成というときが、ちょうどその年の中秋節に当たっていた。労働者たちは三日間休みになる。我々は本の出来上がる日をただ首を伸ばして待ってはいられなかったので、ついに職人に手ほどきを受け、自分たちで装丁をして完成させた。それから、こんなこともあった。印刷所全体が薄暗く、がらんとした大きな部屋の中に私と蕭紅の二人だけだった。千枚通しを打ちながらページを数え、糊を塗り……とうとう、我々は百冊を装丁し終えた。

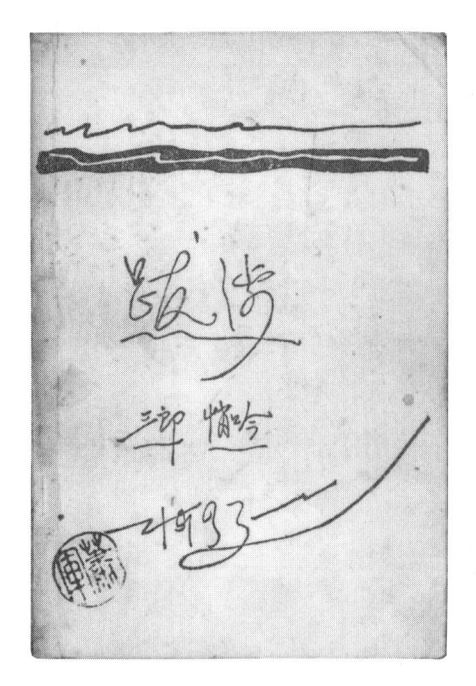

写真10　『跋渉』の表紙

「斗児車（旧時の馬車の一種）」を一台雇い、我々の二つの火のように熱い、勝ち誇った、若い心を乗せて家に戻った。その夜のうちに何人かの友人たちにできる限り送った。

（「『跋渉』第五版前記」）

『跋渉』に関して、『商市街』で「南方の娘」と呼ばれた陳涓の回想がある[3]。九・一八の後、従兄の友人と町を歩いているとき、偶然本屋で『跋渉』を見つけた。買おうとしたが、たまたまその友人が蕭軍、蕭紅の知り合いで、彼女を商市街の二人の家に連れて行ってくれたのだという。蕭軍と蕭紅は喜んで彼女に数冊を送った。陳涓によれば、初版は千冊で[4]、原稿の大部分は蕭紅が清書したものだという。『跋渉』出版について、蕭紅は散文「冊子（本）」（1936年6月、『商市街』所収）にこのように書いている。

　ちらちらし続けるランプの光のせいで、目は痛かった。書いて、また書いて……
「四、五千字になった？」
「まだ三千ちょっと」
「手が痛くないか？　ちょっと休めよ、目を悪くするぞ」郎華[5]はあくびをしながらベッドに行き、両手を頭の後ろに組んで、鉄のベッドの柵によりかかった。私はまだやめない。ペン先が紙の上で音を立てている……
　金網を張った窓の外でひとしきり犬が吠え、革靴が高く響いた。何人かの足音が表門から近づいてくる。抑えきれない恐怖が私の心を塞いだ。
「誰か来たわ、見てきて」
（中略）
　翌日、私も一緒に印刷所に行った。格別嬉しかったのは、きちんと折りたたまれた一冊一冊が皆出来上がろうとしている本だったことだ。子供のとき、母が新しい服を作ってくれたときよりももっと嬉しかった。私は植字職人の側に行って、その手の下にあるのがその題目であるのを見た。大きな、四角い活字に、何ともいえない感情がわき起こった。それは私のあの「夜風」だった。

嬉しくなった二人はその後、お祝いに「外国包子（ピロシキのことか）」を食べ、「伏特克酒（ヴォトカ）」を飲み、手元の二角のうちから一角五分を使ってボートを借り、松花江の中州に渡って素裸になって泳ぐのである。

　　8月14日、皆が祝日の準備をしていたその日、私たちは印刷所に行き、自分たちで装丁を始めた。一日中装丁していた。郎華は拳で背中を叩いていた。私も背中が痛かった。
　　それから郎華が斗車（蕭軍のいう"斗児車"に同じ）を呼んできて、百冊をそれに載せた。夕日の中を、馬の首に下げた鈴を響かせながら、家路についたのだった。
　　家では、床の上に本を並べ、友人たちはその本を手に取り、語り合うのもその本のことだった。だが時を同じくして本についての噂が聞こえてきた。没収される！ 日本の憲兵隊に逮捕される！
　　逮捕はされなかったが、没収は本当だった。本屋に送った分は、数日もたたないうちに発売を禁止された。　　　　　　　　　　　　　　　　　　　　　　　　（「冊子」）

　陳涓が町の本屋で『跋渉』を見つけ商市街に出向いたのは、まさにこの「数日もたたないうち」だったことになる。蕭軍が「売った金はすべて生活費として食い尽くした」（「『跋渉』第五版前記」）といっていることから、多少の売上金を受け取ることはできたのだろうが何冊売れたのかは明らかでない。この発禁処分とその後続いた戦乱や社会の混乱により『跋渉』は失われたと思われていた。それを我々が現在見ることができるのは、1946年に哈爾濱を訪れた蕭軍がたまたま古本屋の店先でこれを見つけ、その後の困難な時期もそれを保管し続けたことによる。蕭軍は1948年に〈文化報〉における言論を中共中央東北局から激しく批判され、また1950年代の反右派闘争や胡風批判、更に文化大革命期と、長く不本意な時期を過ごさなければならなかったのである。
　文革終結後の1979年10月、本書は黒龍江省文学研究所より、ほぼ完全なリプリント版として再版された[6]。これは日本や香港でも複製され、1983年11月、花城出版社（広州）より前掲の「『跋渉』第五版前記」を付して再出版されている[7]。花城出版社版は版の大きさは原本と変わらないが、中の体裁は現代の読者に読みやすいように整えられ、1982年1月17日付の蕭軍の「付記」があり、表紙は初版とは異なるが、初版の表紙を意識したのか、赤いインク壺が倒れ、インクがあたりに流れ出している様子がデザインされている。

## 二

蕭軍「『跋渉』第三版序言」[8]にはこう書かれている。

　この小説集は、私と蕭紅が哈爾濱で文学創作に関わるようになって最初の作品集である。当時書いた文章はこれだけではないが、若干の文章の中から自分でその一部を選んだ。それらが比較的よくできていると思ったからである。

『跋渉』に至るまでに、二人には現在わかっている限り、以下の作品がある。

| | 蕭　軍 | | | 蕭　紅 | |
|---|---|---|---|---|---|
| | 題　名 | 執筆年月日 | | 題　名 | 執筆年月日 |
| 1 | 懦（臆病者） | *1929. 5.11* | | 幻覚【詩】 | 1932. 7.30 |
| 2 | 束友（友へ）【旧詩】 | 1930 | | 棄児（子捨て） | 1933. 4.18 |
| 3 | 開除以後（除籍後）【旧詩】 | 1930 | | 王阿嫂的死（王阿嫂の死） | 1933. 5.21 |
| 4 | 暴風雨中的芭蕾（嵐の中のバレエ） | | | 看風箏（凧を見る） | 1933. 6. 9 |
| 5 | 馬振華哀史【戯曲】 | | | 腿上的繃帯（足の包帯） | *1933. 7.18* |
| 6 | 故巣的雲（古巣の雲） | *1931.11* | | 小黒狗（小さな黒犬） | 1933. 8. 1 |
| 7 | 白的羔羊（白い子羊）【詩】 | 1932 春 | | 太太與西瓜（奥様と西瓜） | *1933. 8. 4* |
| 8 | 飄落的桜花（舞い落ちる桜） | 1932. 4 | | 両個青蛙（二匹の蛙） | 1933. 8. 6 |
| 9 | 桃色的線（桃色の糸） | 1932. 5.12 | | 八月天（八月）【詩】 | *1933. 8.13* |
| 10 | 可憐的眼風（哀れなまなざし） | *1932. 5* | | 啞老人（口のきけない老人） | *1933. 8.27* |
| 11 | 留別（別れに）【詩】 | 1932. 6. 1 | | 夜風（夜の風） | 1933. 8.27 |
| 12 | 孤雛（一人ぼっちの雛） | 1932. 6.20 | | 葉子（葉子） | 9.20 |
| 13 | 将睡着的心児（眠ろうとする心）【詩】 | 1932. 6.22 | | 広告副手（看板描きの助手） | |
| 14 | 波頭底落葉（波頭の落ち葉）【詩】 | 1932. 7. 2 | | | |
| 15 | 愛之播種（愛の播種）【詩】 | 1932. 7.18 | | | |
| 16 | 蕉心（バショウの心）【詩】 | 1932. 7.24 | | | |
| 17 | 読詩（詩を読む）【詩】 | 1932 夏 | | | |

二 『跋渉』の世界　85

| | | | | |
|---|---|---|---|---|
| 18 | 寄病中悄悄（病の悄悄へ）【詩】 | 1932 中秋節 | | |
| 19 | 一勺之水（一匙の水） | *1932.11.20* | | |
| 20 | 燭心（燭芯） | 1932.12.25 | | |
| 21 | 世界的未来（世界の未来）【詩】 | 1932 冬 | | |
| 22 | 為了美麗（美しさのために）【詩】 | 1933. 2.19 | | |
| 23 | 可憐的舌頭（哀れな舌）【詩】 | 1933 春 | | |
| 24 | 薬 | 1933 春 | | |
| 25 | 涓涓 | 1933 春[9] | | |
| 26 | 瘋人（狂人） | 1933. 4. 7 | | |
| 27 | 読書漫記 | *1933. 5. 4* | | |
| 28 | 緑葉底故事（緑の葉の物語） | 1933. 5. 6 | | |
| 29 | 這是常有的事（これはいつものこと） | 1933. 6. 9 | | |
| 30 | 一封公開的手紙（公開された手紙） | *1933. 7.30* | | |
| 31 | 下等人（下等な人） | 1933. 8.11 | | |
| 32 | 説什麼－你愛？我愛？（何だって－君が愛しているの？僕が愛しているの？）【詩】 | *1933. 8.20* | | |
| 33 | 咬緊顎骨（歯を食いしばって）【詩】 | 1933. 9 | | |
| 34 | 全是虚假（すべては嘘だ）【詩】 | *1933. 9.17* | | |
| 35 | 関於詩人的話（詩人の言葉について）【詩】 | 1933 秋 | | |
| 36 | 碼頭夫（波止場人夫）【詩】 | 1933 秋 | | |
| 37 | 「無銭的猶太人」（「一文無しのユダヤ人」）【詩】 | 1933 秋 | | |
| 38 | 夜深時（夜更け）【詩】 | 1933 秋 | | |
| 39 | 暗啞了的三弦琴（音の出ない三弦琴）【詩】 | 1933 秋 | | |

（注）斜体は発表年月日。網掛けは『跋渉』収録作品

　当然のことながら作品数には圧倒的に差があるが、蕭軍の作品には詩が多く、上記の表で見る限りおよそ半数を占めている。むしろ蕭紅と出会って以後（上記表18以降）、1933年8月までのおよそ一年間に小説、散文が集中している（十二篇中十篇）ことは、生活の

ためという以外に、蕭紅と出会ったことによって彼の小説、散文に対する創作意欲が刺激されたという可能性も考えられる。蕭軍の作品には未見のものが多く、一概には論じられないが、少なくとも『跋渉』収録作品に限ってみると、初期の作品としては比較的よくまとまっており、蕭紅の作品に比べれば一日の長があるといってよい。

例えば「下等人」で、出世の野心にとりつかれた警官王国権が顔見知りの鉄鋼労働者于四を罠にはめていく過程は、荒削りではあるが臨場感があるし、「瘋人」の、大通りで訳のわからないことを大声でわめき立て、警官に捕まえられて「屠殺場に向かう豚のように」ぐるぐる巻きに縛られ路地に転がされている狂人の描写なども、彼の観察眼の確かさを証明するものである。

　　彼の一本しかない腕は背中に回され、二本のがに股の足と一緒にくくられていた。彼の頭は天を向き、二つの足の裏、そして一つしかない手のひらも天を向き、背中も天を向いていた。腹だけが地面に貼り付いていた。コンクリートの地面に。
　　両目は充血し、炎のような光を放っていた。顔も、それから……全身が充血していた。首の血管がそれを包んでいる皮膚を突き破って吹き出すのではないかと思われるほどふくれあがっていた……彼の一本の手と二本の足は、縛られていることに屈服せず、渾身の力でもがいていた。

総じていえば蕭軍は都市の下層階級の人々の運命に着目し、蕭紅は農村の下層階級の人々の運命に着目しているといえるが、それは二人がそれまで主として身を置いてきた生活環境が影響しているのだろう。木工職人を父に持つ蕭軍は一時軍隊に身を置いた後、1931年から哈爾濱で売文生活を送っていた。一方蕭紅が比較的裕福な地主の娘という立場から転落してから蕭軍に出会うまで、一年にも満たず、しかもその間彼女は東興順旅館にほぼ軟禁状態にあったのである。蕭紅の作品に都市の下層階級の人々が登場するのは、上海に出て以降のことである。

『跋渉』収録作品中突出して多いのは、下層の人々の理不尽な運命、または抵抗をテーマとする作品である。例えば蕭軍の「孤雛」、「這是常有的事」、「瘋人」、「下等人」がそれに当たるし、蕭紅は「小黒狗」以外はすべてそれに当たる作品といってよい。それは即ち、『跋渉』によって彼等がこれから目指す文学がいかなる種類のものであるかを社会に宣言しようとしたということを意味している。その姿勢は蕭紅においては「生死場」で一つの結実を見るのだが、そこに至る道筋を、『跋渉』収録のいくつかの作品によってたどることができる。

## 三

　「王阿嫂的死」は、貧しい農婦王阿嫂の身に執拗に降りかかる不幸を描く。彼女の夫、王大哥は三ヶ月前、屎尿車を引く労働者として地主に雇われるが、馬が足を折ったために仕事ができなくなり、クビになってからは酒浸りで家にも寄りつかない。とうとう頭もおかしくなり、ある日干草の中で寝ている所へ、地主の指図で火をかけられ、焼き殺されてしまう。王阿嫂は彼の子を身ごもっているが、地主に足蹴にされたのがもとで、子供を産み落とした直後、その子と相前後して落命する。王大哥の焼き殺される場面、また王阿嫂が苦しみの果てに死んで行く場面は、以下のように描かれる。

　　王大哥は炎の中でのたうった。張地主の炎の中でのたうちまわった。彼の舌は唇の外に伸び、人間のものとは思えない叫びを上げていた。（中略）王阿嫂が燃え盛る火の側にかけつけたとき、王大哥の骨はすでに燃え尽きていた！　四肢はばらばらになり、頭骸は半分に割ったふくべのようだった。火は消えても、王大哥の匂いは村中に漂っていた。

人の体がどのように燃えていくものか、人体が燃え尽きる匂いがどんなものかは知らなくても、この文章によって我々はそれを想像することができる。また、

　　村の女たちが押し合いへし合い王阿嫂の家の戸口をくぐったとき、王阿嫂自身は炕（カン）の上で最後の重苦しい叫び声を上げていた。彼女の体は自分の流した血に染まり、同じとき、血だまりの中には一個の小さな、新しい動物が同じようにもがいていた。
　　王阿嫂の目は輝く大粒の玉のように光を放っていたが微動もしなかった。彼女の口は恐ろしげに開かれ、猿のように、必死に歯をむき出していた。

すでに人は人ではなく、「猿のよう」な「動物」であり、こうして死んで行く王阿嫂とその子供は、誕生と死という、生きとし生けるものにとって最も厳粛なその瞬間に人としてあることを拒否されている。生臭い血だまりの中にうごめく生物の影が、我々の目の前に鮮明に浮かびあがる。
　そもそも「王阿嫂（王おばさん）」、「王大哥（王の兄貴）」といった呼び名は、群衆の中における個別認識の必要性から生まれた相対的なもので、独立した「個」を意味しない。ま

たここに見える人を動物に例える手法は「生死場」に至ってより顕著となり、作者の思想の一端を理解する手だてとなっているが、それについては次章で詳しく述べる。

さて、このような鬼気迫る描写が点在するにもかかわらず、物語全体にはけだるい虚脱感が漂う。それは恐らく、悲惨なストーリーの展開の中に挿入される日常の淡々とした風景の及ぼす作用に由来するのであろう。例えば王大哥が焼き殺されたときの村の様子は、このように描かれる。

　　王大哥は張の旦那に焼き殺された。このことを女たちは知らなかった。全く知らなかった。畑の麦は流れる水のように波打ち、煙突から吐き出された炊事の煙は人々の家の屋根の上で渦を巻いた。

また王阿嫂は七歳になる小環という女の子と一緒に暮らしているが、この子は彼女の実子ではない。父親とは早くに死に別れ、母親は彼女が五歳のときに地主の長男に強姦されて憤死し、孤児となって周囲の虐待を受けているさまに同情した王阿嫂が引き取ったのである。夫を殺された王阿嫂はいよいよ腹が大きくなり、仕事にも出られない。頭痛と腹痛を訴える王阿嫂のかたわらで小環はただ泣くしかない。心配して様子を見に来た雇農の頭格の禧三が帰った後、小環は安心したのか、窓の縁に腰をかけて髪を結おうとする。

　　小環は窓の縁にはい上がり、まだうまく髪も梳けないような小さな手で自分のぼさぼさの小さなお下げを直していた。隣の家の子猫が窓の縁に跳びあがり、小環の足の上にうずくまった。猫は暖を取っているかのように、のろのろと目を開けてはまた閉じた。
　　遠くの山は複雑な朝霞に彩られていた。山肌の羊や牛の群れは小さな黒い点のように、もやの中を移動していた。
　　小環はこれらのことには構わずに、ただ自分のぼさぼさのお下げをいじっていた。

こういった日常的な風景が作品の各所に点在することで、本来非日常的なものと思われる悲劇が、実は彼らの日常の一部として存在することが印象づけられていく。日常であることにより、人々はそれに慣らされ、抗うことを忘れていく。降りかかるものは降りかかるものとして受容することが彼らの「生」の軌跡となる。死ぬなら死ななくてはならないし、死なないなら死ぬまで生きていくしかない。それは人であってもなくても、東北の大地に生きるあらゆる生命に課せられた宿命ともいうべきものだ。そういった考え方は「生

死場」に受け継がれるだけでなく、「呼蘭河伝」に至るまでの蕭紅の作品全体を貫いている。後に「生死場」を読んだ胡風が「蟻のように生き続け、やみくもに生殖し、わけのわからないまま死んで行く、自分の血と自分の命で大地を肥やし、穀物を育て、家畜を養い、自然の暴君と二本足の暴君の威力の下で粉骨砕身もがいている」（『生死場』読後記）と評した農民たちの生涯は、実は自分自身のものでもあるということに、蕭紅自身気づき始めたのではないだろうか。没落しかけていたとはいえ、父親の経歴から見て、その地方ではまだ相当の力を有していたと思われる旧家の娘としての生活から、あっという間に商市街というスラムでのその日暮らしの生活に「転落」した経験は決して小さなものではあるまい。商市街は、彼女がまだ父親の庇護のもとにあった頃学生時代を過ごした南崗とは全くの異世界であった。またこの作品の山場が王阿嫂の出産に置かれていること、そして「生死場」にも出産に関する作者の強いこだわりが見えることは、作者自身の妊娠と出産が「転落」の契機となったことと否が応でも結びつく。しかもその「転落」が、当時を知る李潔吾の回想などからもわかるように、必ずしも強力な父権からの自立を目指した誇り高い自覚的な抵抗の結果とはいえないことが、蕭紅の心に大きな陰を残した可能性についてはすでに述べたとおりである。

## 五

　革命運動に加わり家を出た息子と、その息子を待ちつづける老いた父親を描く「看風箏」は、抵抗運動に身を投じた夫に取り残された五雲嫂の悲しみをテーマとする「牛車上」（1936年10月1日）や、活動のためにとらわれた一人息子を救おうと狂風の中に飛び出していく老人を描いた「曠野的呼喊（荒野の叫び）」（1939年1月30日）につながる作品である。「情熱が必要なときが来たら、むしろ冷静でなければならない。つまり冷静さこそが有効な情熱である」と信ずる息子、劉成は、無数の父親のために一人の父親を棄てるのだが、そういう冷徹な運動家の姿を現実に、例えば牽牛房に出入りするような人々の中に、蕭紅は見ていたのかもしれない。

　『跋渉』所収の蕭軍「燭心」は、蕭軍が蕭紅と出会ったときのことを題材にしていると思われるが、その中に、崎娜（蕭紅）が、馨君（裴馨園）の使いで本と手紙を届けに来た春星（蕭軍）を引き留めるシーンがある。

　　僕はすぐに帰ろうとした。——持って行った手紙と本を君に渡して——君が手紙の中の僕の名前を指さしてこういうなんて、思ってもいなかった。

「私はこの人が好きなんです、彼と話がしたいわ」
「どうして彼が好きなんです？ やくざな流れ者ですよ！」
僕の言葉に、君はただにっこりと笑って、「彼の《孤雛》には胸を打たれる言葉があったわ」。

「孤雛」の主人公君綺の軍隊時代の友人大嗩は、上官の理不尽な叱責に腹を立て、つるはしを振り上げた行為により軍隊を除隊になる。そのいきさつは、「蕭軍簡歴年表」に記録された蕭軍自身の除隊の経緯のほとんどそのままである。大嗩は四ヶ月前、身重の妻を残して姿を消した。子供が生まれたことによって仕事も失った妻は、自分自身病気の体で乳も出ず、街頭で粉ミルクを買う金を恵んでもらおうと、偶然通りかかった君綺に声を掛けた。大嗩とそれほど親しかったわけではなかったが、彼の行為に共感を覚えていた君綺は何とか力になりたいと、自分のできる唯一のこと、文章を書いて新聞社に売り込みに行く。それが失敗に終わり、虚しく帰ってきた彼の部屋に大嗩の妻の手紙がある。そこには、大嗩から便りがあり、自分にも来て欲しいといっていること、ついては子どもを置いていかねばならないことが切々と書かれていた。あなたに子どもを育てる余裕がないことはわかっているから、乳児院に入れるなり、人に渡すなりして欲しい、生みの両親が育てなくても、人類が彼を育ててくれればそれでいい、と。

蕭軍はこの手紙で物語を終えている。その後の子どもの運命は自明のことだから書くまでのこともなかったのだろうか。崇高な使命のために愛する者を棄てていく行為は一見美しい。だが蕭紅の目はやはり棄てて行かれた者を見ないではいられない。状況は異なるが、自分も棄てて行かれたという思いがあったかもしれない。「看風箏」の、息子の姿を求めて「母親に会おうとしている子どものように」街道をひた走る老人の姿があればこそ、正月の晴れ渡った空に舞う色とりどりの凧、その平和で美しい風景の中で息子の逮捕を知らされる老人のやり場のない哀しみの深さが思いやられる。

蕭軍をはじめとする若い左翼作家たちの影響のもとに創作活動を開始した蕭紅だが、彼女にとって民族の敵に対する抵抗は、まだ観念的である。「看風箏」の中で、劉成が父親を棄てていくことの正当性を具体的に語る言葉はないし、劉成の行動を支持する第三者（例えば「孤雛」における君綺のような）の姿もない。父親の哀しみがしんしんと物語の底に沈んで流れるのに対し、劉成には顔がない。

「王阿嫂的死」の十九日後に書かれたこの作品は、前作で権力に対する自身の立場を明らかにしなかった蕭紅の新たな作品世界の開拓、新たな挑戦であったのだろう。だがここでも、父親は自分に起こるすべてを日常のこととして受け入れ、淡々と生きている。とい

うより、それ以外の選択を彼は知らない。息子に関わる重大な報せが、日常のありふれた光景の中に突如挿入されることが、彼の深い哀しみとあきらめを予測させ、際だたせる。作品中、老人や死んだ娘には名がないのに対し、唯一息子に劉成という名を与えたのは、彼が一人の「人間」として自覚的に生き、行動していることを象徴しようとしたと思われるが、実際には名もない老人の方が一人の人間としてはるかに現実的に描かれている。

## 六

「夜風」は「看風箏」から二ヶ月半後に書かれた。×××（あるいは×軍）がやって来るという報せに戦々恐々とする地主一族とその使用人たちの物語である。この作品には、「王阿嫂的死」、「看風箏」という前二作で明確にしきれなかった主題をより鮮明にしようという意図が見える。原文で伏字になっている×××（あるいは×軍）は、共産党の指導下にあった東北抗日義勇軍を指すものであろう[10]。

　雪の積もる寒い日のこと、×××がやって来るというので、地主の張一家は小作たちをも総動員して警備に当たる。銃を渡された小作たちは、地主が自分たちを対等に扱ってくれたものと大感激し、日頃の恨みつらみも吹き飛んでしまう。羊飼いの少年、長青もその一人で、地主から常にいい聞かされていた「忠を尽し、孝を尽す」のはこのときをおいてほかにはないと、すでに安全と見た地主たちが室内に引き上げた後も凍てつく戸外で銃を構え続け、挙句の果てにすっかり体を壊してしまう。三年前に夫に死なれ、地主の家の洗濯女として働く長青の母親老李は胸を患っており、しばらくの休暇を願い出るが、それまで働いた分の報酬までも反古にされてしまう。長青も結局解雇され、母子の生活の手段は完全に断たれる。絶望して父親の墓の前で首を吊ろうという長青に、老李はこれまでになかった毅然とした態度でいう。「ばかなことをいうんじゃないよ、まだ手がある」。隣村が×××に吸収されて一連隊を成した、という消息が伝えられる。行進する隊列を見守る地主たちの目に映ったのは、彼らの小作たちの姿であった。

　　兵士たちは東側の塀から回りこみ、張二叔叔の家を包囲した。銃が放たれた！
　　夜ではなく、風もなく、明るく輝く朝日の中で、張二叔叔が最初に地に倒れた。一秒間の冴え渡ったときの中で、彼は長青と彼の母親の姿を見た——李婆子も橇の上に座り、拳を振り上げていた……

　張一家の滅亡の時を明るい朝の太陽の下に設定したこと、力強く立ち上がった長青、李

婆子母子の姿が、張二叔叔の僅か一秒の冴え渡った死の瞬間を選び、彼の目を通して描かれることなど、この幕切れもまた印象的であり、象徴的である。ここで初めて作者は、虐げられた人々がついに立ち上がるさまを、これからまさに大空に翔けあがらんとする、希望と力に満ちた朝の太陽に比し、その姿を滅び行く者の最期の記憶に焼きつける。すべてをありのままに受け入れることしか知らなかった人々が、初めて抵抗を知る。「王阿嫂的死」、「看風箏」と受け継がれ、育まれてきたテーマは、ここに至ってようやく方向を定め、「生死場」に向かって飛躍しようとする。絶望した息子を励まし、抵抗へと向かわせた老李婆子の姿は、娘を抵抗者として育て上げていこうとする「生死場」の王婆の形象へとつながっていく。

　しかし残念ながら、「夜風」でもまだ、虐げられた人々の服従から抵抗に転じるまでの心の軌跡が充分に描かれていない。それは恐らく作者自身の体験の不足に起因するのだろうが、それよりむしろこの作品では、×××を迎え撃とうとする息子たちの身を案じる張太太や、生まれたばかりのわが子を抱いていて、警備につく兄たちに遅れる末の息子、×××を目の前にしながらもその隊列が横にそれることを願って発砲をためらう地主たちの姿の方により鮮明な現実感がある。地主たちの願望が、他人の労力や奉仕の搾取の上に成り立ったこれまでの生活が未来永劫続いていくようにという極めて利己的なものであったにせよ、彼らも一方でまた人間味に溢れた、愚かで愛すべき人々なのではないか、といった印象があることは否めない。彼らが銃殺されていく場面では、権力闘争に敗れゆく者の哀感さえ漂っているように思われる。それはこの作品が書かれた目的から見れば失敗であり、作品の緊張感を損なっているといわざるを得ないのだが、しかしまたそれは、作者が主題を意識しながらも無視できなかった部分であるともいえる。

　ところで、蕭紅が蕭軍の原稿を清書していたことは、蕭軍をはじめとする周囲の人々の証言で明らかであるが、恐らくその行為を通して蕭紅は蕭軍から様々の影響を受けたであろうことは想像できる。それは題材として、テーマとして、表現として、蕭紅の作品中に再現されているのではないか。例えば「生死場」は蕭軍の「八月的郷村」に触発されて書かれたものであるし[11]、『跋渉』所収の蕭軍「這是常有的事」は『商市街』に収められた散文「小偸車夫和老頭」と題材が重なる。そして「夜風」の印象的なラストシーンは蕭軍の「下等人」のラストシーンに酷似する。

　　一振りの斧が、正確に国権の小さな頭蓋骨に食い込んだ。国権はその刹那の冴え渡った意識の中で、塀に寄りかかっている杖をついた男の姿を見たように思った。男はこういった。

「俺たちはみんな下等な人間さ——じゃあな！」　　　　　　　　　　（「下等人」）

下線部の原文と、「夜風」の該当部分の原文を対比させてみよう。

　　　在国権這一刹的清明中，他似乎看見倚在墻根，一个架了拐杖的人，　　（「下等人」）

　　　在他一秒鍾清醒的時候，他看見了長青和他的媽媽——李婆子，也坐在爬犁上，在揮動着拳頭……　　　　　　　　　　　　　　　　　　　　　　　　　　（「夜風」）

「下等人」は1933年8月11日に書き上げられ、一方「夜風」は同年8月27日に完成している。蕭紅がどれほど意識的にこの表現を使ったかわからないが、蕭軍が自分の表現を使われたことに気づかないはずはない。二人の初めての共著である『跋渉』にこの二作が並んで収録されているということは、蕭軍はこのことを認めて自分が保護すべきものに対して度量の大きい所を示し、蕭紅はそれに甘えたということだろうか。それとも「下等人」のラストシーンに蕭紅のアイデアが採用され、蕭紅自身も自分の作品にそれを使ったのだろうか。

## 七

最後に蕭軍、蕭紅の哈爾濱脱出について書いておくことにする。

『跋渉』発禁は、二人に大きな恐怖をもたらした。それがどれほどのものであったかは蕭紅『商市街』からうかがい知ることができる。

　　　皆が帰って行くと郎華（蕭軍）がベッドの下からトランクを引っ張り出した。蠟燭を床に立て、二人で片づけ始めた。床中に広げた紙切れの中に、犯罪に関わるようなものは何もなかった。でも確信が持てなかった。どこかの頁に「満洲国」を罵るものが挟んでありはしないか、そういったことが書かれていはしないか。だから一冊一冊全部頁をめくり、全部を片づけると、トランクの中は空っぽになった。ゴーリキーの写真も焼いた。暖炉の火が顔を痛いほどあぶった。私はせっせと焼いた。日本の憲兵が今にも捕まえに来るような気がして。
　　　（中略）
　　　私は一声もたてず、明かりを消して眠るまで、息もできないほどだった。暗闇の中

で目を大きく見開いた。庭で犬の声が騒がしくなった。表門が大きく音を立てた。つまり、音を立てるものが皆、いつもより大きな音を立て、いつもは音を立てないものにも、私は気づいたのだ。天井も音を立てている、屋根瓦も風に吹かれて、ほら、鳴っている……　　　　　　　　　　　　　　　　　　　　　　　　　　　（「劇団」）

恐怖を音に託した佳作である。
　星星劇団からも逮捕者が出た。

　　どうにもならなかった。逃げるにしても金がない。それにどこに逃げたらいいのだろう。不安定な生活がまた始まった。以前は飢えに悩まされ、やっと食べられるようになったら今度は恐怖だ。これまで無かったような悪い噂や事実が、いっぺんに押し寄せてきた。日本の憲兵隊が一昨日の晩誰を捕まえたとか、昨日の晩は誰を捕まえたとか……昨日捕まった人は劇団とも関係があった……　　（「白面孔（青ざめた顔）」）

　劇団は解散し、冬が来た。「私たちは決めた、祖国に戻らなければ（関内に脱出しなければ）だめだ」（「又是冬天（また冬が来た）」）。郎華はいう、「流れて行こう！　哈爾濱ももう家ではない、それなら流れて行こう！」（「決意」）。
　6月に出発することを決めた二人は家具を売る。何もなくなった部屋はがらんとしてとても広く見えた。

　　「行こう！」彼がドアを開けた。
　　それはちょうどこの家に引っ越してきた時郎華が「入ろう！」といったのと同じだったけれど、ドアを開けて私たちは出てきたのだ。私の足は震え、心は深く沈んだ。これまでこぼれ落ちなかった涙を、もう抑えられなかった。今こそ泣くときだ！　涙を流すべきときだ。
　　私は一度も振り返らずに表の門を出て、家に別れを告げた！　街を行く車、人、店、ポプラの並木道。角を曲がった！
　　さようなら、「商市街」！
　　小さな包みを手に提げ、私たちは中央大街を南に下った。
　　　　　　　　　　　　　　　　　　　　　　　（「最後的一星期（最後の一週間）」）

　王徳芬「蕭軍簡歴年表」では、1934年6月10日、二人は商市街から天馬広告社に移り、

翌11日に哈爾濱を離れ、12日に大連に到着、友人の家に二泊して14日、日本船「大連丸」に乗り、15日の午前、青島に上陸したという。これ以後蕭紅は二度と東北に戻ることはなかった。

注
1 〈哈爾濱五日画報〉の創刊は1933年8月25日（李述笑『哈爾濱歴史編年』）。
2 「青杏」という書名からは、蕭紅の詩「春曲」の第二首、「去年は北平にいた／それは青い杏を食べる頃／今年の私の運命は／青い杏よりなお酸っぱい！」が想起されるが、『跋渉』に収録されているのは「春曲」の第一首のみで、しかもなぜか目次には掲げられていない。この「春曲」は、蕭軍の回想などから、蕭軍が初めて蕭紅と出会ったとき、深い感銘を受け、二人をその後強く結びつけるきっかけとなった、ベッドの上に無造作に広げられていた作品であるようだ。鉄峰「蕭紅生平事蹟考」は、この詩は1932年に〈東北省商報〉か〈哈爾濱公報〉に発表されたものであるとしている。「春曲」は後に『蕭紅全集』（1991年5月）などで六首の組詩として見ることができるが、その中には『跋渉』所収の詩と酷似はするものの、全く同じ詩はない。
3 丁言昭「蕭紅的朋友和同学――訪陳涓和楊範同志」。曹2005によれば、陳涓は商市街25号の大家の娘で蕭紅と女子一中で同級だった汪林の友人であったという。また曹2005は、陳涓は蕭紅『商市街』に登場する「南方姑娘」で、蕭軍につきまとい、蕭紅を悩ませたという。
4 蕭軍「『跋渉』第三版序言」（1980年9月10日）でも初版を「千冊」とするが、「『跋渉』第五版前記」では「百冊」としている。
5 『商市街』収録の散文では蕭軍はこう呼ばれている。
6 巻末に黒龍江省文学研究所による、1979年10月1日付けの「『跋渉』複製本説明」が付されている。それによれば、原本は三十二折版の毛辺本（綴じたままでページの端を裁断していない本）で、今回の複製にあたり、文字を簡体字に改めはしたが、そのほかはすべて原本のままとし、全部で五千部を印刷したという。
7 日本版（1980年 横田書店）には、日中の仲立ちをした蕭軍・蕭紅研究家浦元里花氏あての、1979年11月27日付の蕭軍自身の筆跡がそのまま残されているほかは、黒龍江省文学研究所版と全く同じである。香港版（香港文学研究社）は、表紙に冬の松花江の風景と思われる写真を使い、内部の体裁も大きく変えている。香港版収録の蕭軍の「『跋渉』第三版序言」（1980年9月10日）によれば、『跋渉』が発禁処分を受けたのは「非合法」の出版物だったからで、再版に当たって内容には一切手を加えていない、と断言している。「私は自分の"童年の作"に恥じる所はない」とは、いかにも蕭軍らしい。また、「『跋渉』第五版前記」によれば、香港版出版に当たって、蕭紅研究者ハワード・ゴールドブラット氏の忠告を容れて、出版社と出版契約を結び、三百元の印税を受け取ったことが書かれている。
8 注7参照。
9 蕭紅の学生時代に題材を得た「涓涓」は1933年春から書き始められ、〈国際協報・国際公園〉

に連載されたが、数ヶ月経った時、編集者から面白くないといわれ、連載は打ち切られた。しかしその後青島で書き継がれ、1937年9月、上海燎原書店より、燎原文庫として出版されている。

10　岡田英樹氏は〈夜哨〉を詳細に調査し、『跋渉』で伏字になっている部分のいくつかに編集者の消し忘れがあることを発見している。それによれば「×××」は「共産党」である（『夜哨』の世界」）。

11　「青島で、私はある新聞社で副刊の編集をして生活を維持しながら、「八月的郷村」を書き続けた。この時、蕭紅も自分も比較的長い小説を書きたいといい出したので、私は彼女を励まし、そして彼女は書き始めた」（蕭軍「《生死場》重版前記」1978年12月26日）

## 小　結

　蕭紅は哈爾濱で蕭軍をはじめとする多くの若い左翼作家たちと出会ったことにより、作家としての道を歩み始めることになった。しかし蕭軍を通じて彼女が知り合った人々の多くは、恐らく彼女がこれまで友人として交わることのなかった階層の人々、あるいは多種多様の経歴を持った人々であったに違いない。蕭軍にしても、また金剣嘯や舒群にしても、いわゆる貧困層の出身であったし、楊靖宇や傅天飛など、身分を隠しながら抗日運動に身を投じていた人々もいた。また彼女より一歳年下の白朗は、すでに夫の羅烽の地下活動を手伝っていた。蕭紅の世界は一挙に広がった、というより百八十度転換したといっても過言ではあるまい。

　もちろん蕭紅は学生時代、すでに魯迅やシンクレア[1]など、当時の若者たちの先導者ともいえる人々の著作に接し、影響は受けていた。社会に対する一応の知識も持っていたに違いない。しかしそれが現実の生活の中で、一体どんな問題として自分の人生とリンクしてくるのか、ということに関して、彼女はまだほとんど無知であった。もちろん蕭軍と知り合う以前、彼女は自分が選択した男性との同居生活が破綻したこと、妊娠及び宿代の滞納を含む彼との生活の結果のすべてを自分一人が引き受けなければならなくなったこと、そのために自分の人としての尊厳も、誇りも、すべてが社会に踏みにじられ、押しつぶされ、果ては抹殺されようとしているという、それまでの人生の中での最大の危機に直面していた。しかもすでに父親の庇護を仰ぐことは不可能である以上、自分の行動とその結果としての現在を何としてでも正当化し、決着をつけなければならなかった。

　蕭軍「燭心」がどれほど事実に即しているかはわからないが、そこには、初めて蕭紅のもとを訪れた蕭軍が手渡そうとした馨君（裴馨園）の手紙を、彼女は友人の李潔吾からのものと勘違いしたと書かれている。馨君の手紙に蕭軍の名前があったこと、蕭紅がたまたま彼の「孤雛」を読んで印象に留めていたことなど、二人の出会いはほとんど偶然に近いものだった。彼女が作家として出発したのも、生活や自立のためというよりは、蕭紅がもともと文章を書くことへの嗜好と才能を持っていたことに加えて、蕭軍という才能ある若者と出会ったこと、そして彼の文章を清書する中で作品の書き方を会得していったことによるのだろう。蕭紅が社会の被抑圧者に目を向け、彼等の苦しみを作品のテーマに据えようとしたのは、もちろん自身が直面した危機の記憶が、彼等の人としての尊厳や存在の危機

に対して共感を持たせたことと無縁ではあり得ない。だがそれを文学の中でどう扱い、どう表現していくかに関しては、まず蕭軍の志向が大きく影響したに違いないし、蕭軍とつきあいのあった人々の活動、考えも少なからず影響を及ぼしたに違いない。蕭紅は創作活動と同時並行的に社会経験を積んでいった。創作が先行し社会経験がその後づけをしていくということもあり得ただろう。その結果、蕭軍たちには見えないものが彼女には見えた、ということもあったかもしれない。それが後々彼女自身の文学を色づけていったのではないか。

鉄峰「蕭紅小説簡論」は蕭紅の抗戦前期の小説を三種類に分類しているが、その中から哈爾濱時代の作品をピックアップすると以下のようになる（網掛けは『跋渉』収録作品）。

（A）　東北の農村の多くの農民たちが地主階級の抑圧や搾取の下で送っている、悲惨で苦しく、不幸な生活のありさま、及び日増しに強まる彼らの覚悟と反抗と闘争を描いたもの：「王阿嫂的死」、「夜風」

（B）　都市の最下層の労働者や貧民、乞食の侮辱され虐げられた悲惨な生活を描くもの：「啞老人（口のきけない老人）」

（C）　革命者の生活を描き、彼らが労働者農民の解放のために、個人を捨て、生死を顧みず、勇敢に戦う革命精神を描くもの：「看風箏」、「腿上的繃帯（足の繃帯）」、「両個青蛙（二匹の蛙）」

鉄峰の関心が専ら「生死場」につながるレジスタンスをテーマとした作品にあることは明らかだが、しかしここで鉄峰が全く触れていない作品の中にもその後の作品の初期的モチーフが見出されることを指摘しておかなければならない。たとえば若い男女の実らぬ恋をテーマとした「葉子」（1933年10月）は「小城三月」（1941年）の、貧しさに苦しむ都市の人々に、次々と、まるでかさに掛かったように襲いかかる大きな不幸をテーマとした「啞老人」（1933年8月）は「橋」（1936年）の、身辺雑記的な「小黒狗」と自身の体験に題材を取る「広告副手」は散文集『商市街』（1936年8月）にそれぞれ引き継がれており、こういった初期の作品にもまた、蕭紅の作品世界の片鱗はすでに見えている。

注
1　蕭紅は「手」及び「一九二九年的愚昧（1929年の愚昧）」の中でアプトン・シンクレア（1878～1968）の「ジャングル」（1906年）に触れている。

# 第三章　中期文学活動

## 一　魯迅との交流——魯迅の両蕭あて書簡[1]

### 一

　1934年6月12日、哈爾濱を脱出した蕭軍と蕭紅は、大連の友人の家で船を待って二泊し、14日に日本郵船の大連丸でまず青島に向かった。このとき日本の特務機関から厳しい審査を受け、かろうじて危機を脱した経緯は、蕭軍「大連丸上」（1935年5月2日）[2]に詳しい。このとき彼は抗日救亡小説として書いた「八月的郷村」の原稿を隠し持っていたが、かろうじて発見を免れた。青島到着は端午節の前日、6月15日の午前、そこでは一足先に哈爾濱を脱出した舒群が二人を待っていた[3]。

　7月、蕭軍は舒群と共に上海に行き、金剣嘯のメモを頼りに友人たちを訪問した[4]。だが友人たちにも仕事を紹介する算段はなく、路費も尽きたのでやむなくまた青島に戻って来た。そして舒群の紹介で、党とつながりのある〈青島晨報〉副刊[5]を編集することになり、自らも劉軍、劉均の筆名でいくつかの短い作品を発表する。更に彼は哈爾濱から携えてきた「八月的郷村」を、蕭紅は「生死場」を書き続けた。また蕭紅は1934年夏、〈青島晨報〉に「進城」と題する作品を発表したといわれるが、現在発見されていない。彼らと共に〈青島晨報〉で仕事をしていた梅林は、常に蕭軍、蕭紅と一緒に行動していた。当時の生活を梅林「憶蕭紅」からうかがうことができる。

　　三郎（蕭軍）は、縁の細いフェルト帽を、前を下ろし、後ろを折り曲げてかぶり、半ズボンにサンダル、クリーム色のロシア式シャツの上から革のベルトを締め、まるで人力車夫そのものだった。悄吟（蕭紅）の方は、スカイブルーの繻子を裂いた粗末な紐で髪を束ね、旗袍に西洋式のズボン、かかとの半分すり減ったくたびれた革靴を履き、野暮ったいことこの上ない。我々は青々とした大学山や桟橋、海浜公園、中山公園、水族館などを、「太陽は昇りまた山に沈む」を歌いながら気の向くままに歩き回った。午後になると匯泉海水浴場の青い大海原に飛び込み、はしゃぎながらあちこち泳ぎ回った。

**写真11** 青島で二人が住んだ家、観象台一路一号
左から二番目の「太極図」のついた家で、蕭軍「八月的郷村」、蕭紅「生死場」が書かれた（王凌『蕭紅』より）

（中略）彼らの仕事ぶりはとても規則正しく、毎日時間どおりに仕事をし、時間どおりに休息を取ったので、なかなか成果が上がっていた。

　二人の青島での生活は十分に快適なものであったように見える。しかし自分たちの本来の目的地は上海であるという思いに、哈爾濱で難儀をしている友人たちの消息[6]が重なり、更に故郷に自分たちの足跡が消えてしまうのではないかという不安が加わった。

　　松花江の水は相変わらずとうとうと東に流れている。秋の風も温かく柔らかい。だが私の愛する友人たちは？　私の友人たちはもう私から遠く離れてしまった！
　　おととい剣の所へ遊びに行って、ようやく君たちがまだ私を忘れずにいてくれることがわかった！　君たちはこんなに関心を持って私のことを尋ねてくれているのだ。

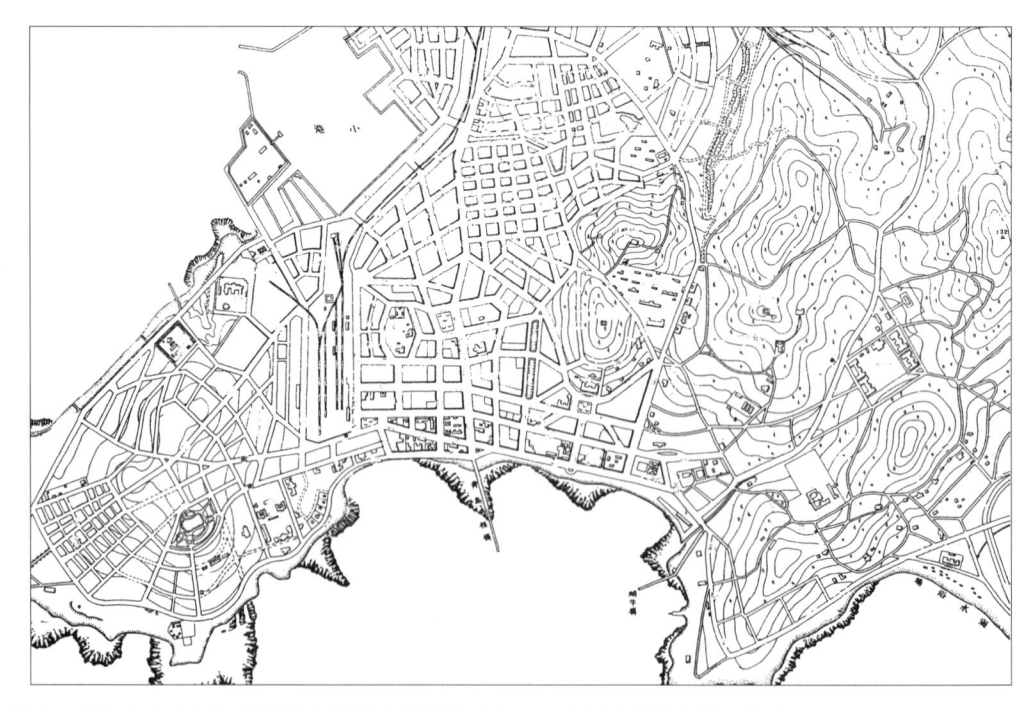

**図5**　青島（1918年）（『近代中国都市地図集成』1986年　柏書房を元に作成）

私がどんなに感激したことか！
　　　（蕭軍「消息」1934年9月6日：『緑葉底故事』）

　進むべき道を模索する中で強烈に意識されるようになった「漂流者」[7]としての自覚は、二人のその後の文学の原点となると同時に、生涯脱することのできない痛みともなったのである。
　そんな折、蕭軍は荒島書店の孫楽文から、上海の内山書店で魯迅と会ったことがあるという話を聞く[8]。孫は蕭軍に、魯迅に手紙を書いてみてはどうかと勧めた。上海の内山書店あてに手紙を送ればいい。こちらの連絡先は荒島書店にすれば、個人に累が及ぶことはなかろう。署名も本名とは違うものを使う方がよい。そこで初めて「蕭軍[9]」の名前で手紙を書いた[10]。10月9日に届いた手紙に魯迅がその日のうちに返事を書いてくれる（「魯迅日記」）とは、思ってもみないことだった。作品を読んで欲しいという二人の願いを快く引き受けた上、自分たちの創作は革命文学の主流に沿うものだろうかという質問に、魯迅は「現在何が必要であるかを考える必要はなく、自分に何ができるかを考える。現在必要とされているのは闘争の文学ですが、もし作者が一人の闘争者であるなら、その人間が何を書こうとも、書かれたものは必ずや闘争的であります」（〔一〕1934年10月9日）と答えている。

写真12　魯迅に送った二人の写真
蕭軍は当時哈爾濱の青年たちの間で流行していたコザック式のシャツを、蕭紅はやはり哈爾濱の若い女性の服装だった旗袍を着ている

　　……私はこの手紙を友人たちと一緒に何度も読んだ。蕭紅とも何度も読んだし、一
　　人になったとき、時間がありさえすれば、昼間だろうと夜中だろうと、海辺だろうと
　　山だろうと……何度も繰り返し読んだ。それは私の力の源泉、命の希望だった。それ
　　は「お守り」のように、いつも私の傍にあった！　……何度も目に涙を溜めながら読
　　んだ。先生御自身と向き合っているような気がした。その一言一言、一文字一文字、
　　果てはそれぞれの文字の一画一画、句読点まで……読むたびに新しい意味や新しい啓
　　示、新しい感動と興奮を得るような思いがした！　　　　　　　　　　（〔二〕注）

　二人はすぐに「生死場」の原稿と『跋渉』、更により具体的に自分たちのことを知ってもらうため、哈爾濱を離れる直前に二人で撮った写真（**写真12**）を添えて送った[11]。その

直後、青島の党組織は壊滅的な打撃を受ける。旧暦の8月15日、中秋節を祝うために岳父の家にいた舒群夫婦もその場で逮捕された[12]。たまたま欠席した蕭軍らは、危うく難を逃れた。孫楽文は〈青島晨報〉を閉鎖し、蕭軍たちにも早く青島を離れるようにと忠告した。10月下旬のある夜、蕭軍は青島桟橋で孫から路費として四十元を渡される。この金は、孫が荒島書店の出資者であった資産家の友人から借用したものであった(「党與両蕭」)。11月1日、二人は梅林と共に慌ただしく青島を発つ。乗ったのは「共同丸」という日本の貨物船の、塩漬けの魚やハルサメを積み込む倉庫だった(丁1981)。

## 二

　翌2日に上海に着くと、彼らはまず、夏に泊った蒲柏路の旅館に入り[13]、それぞれに落ち着き先を探した。梅林はフランス租界環龍路(現在の南昌路)の少年時代の友人の家に転がり込んだ。蕭軍と蕭紅は、拉都路の北側の、「元生泰」という小さな雑貨屋の裏の二階の亭子間を借りた[14]。南側に窓がないのが欠点だったが、比較的広かったこと、専用の出入り口があったことが気に入ったのだった。家賃は光熱費別の月九元で、当時の彼らにとっては決して小さい出費ではなかったが、それでも一日一元の蒲柏路の旅館よりよかった[15]。

　手元に残った十元足らずの金で食料や鍋釜を買った。油を買う余裕はなかったので、毎日小麦粉をこねたものをお湯で煮て、それに銅貨何枚分かのほうれん草を加えたものを食べた。哈爾濱の友人に手紙を書き送金を依頼するが、それも急場しのぎのことである[16]。魯迅にさえ会えれば、たとえ上海を離れるとしても本望だ、というのが当時の彼らの心境であった(「上海拉都路」及び〔二〕注)。そこで蕭軍は魯迅に手紙を書き、面会を申し入れる。「蕭軍簡歴年表」の言葉を借りれば、それは「まだ上海の革命闘争の複雑さや尖鋭さ、残酷さを十分理解していなかったため、とても簡単に"無邪気に"考え、さほどの大きな困難はないだろうと思った」からだった。だから魯迅からすぐには会えないといわれたことは、大きなショックであったに違いない。その理由が理解できなかった蕭軍はまたすぐに手紙を書き、自分たちの心情を切々と訴えた。魯迅は面会に先立って、彼らの身辺を調べさせたらしい(〔二〕注)。

　魯迅との面会に一縷の希望をつなぎながら、二人は見ず知らずの土地で、魯迅の手紙だけを待ちながら日を送る。魯迅の手紙は彼らにとって「唯一の希望」であり、「空気であり太陽であった」(〔五〕注)。

　　ずっと北で生活してきた——特に東北で生活してきた——人間が、一旦上海に来て

しまうと、それはまさに「異国」であった。すべてが馴染みのないものばかり、すべてが慣れないものばかり、言葉は通じないし、風俗も違い、親戚も友人もいない……まさに茫茫とした夜の海に一人帆を揚げているようなもので、気持ちは重く、孤独だった！ だから当時我々は魯迅先生の手紙が来るたびに、家の中でも何度も繰り返して読んだし、散歩に出るときも必ずポケットに大事にしまって行き、時々手でなでてみたりしたのだ。なくしたり取られたりしないように！……　　　　　　　　（〔五〕注）

　二人は魯迅との面会を待ちながら、10月22日に書き上げたままになっていた「八月的郷村」を推敲し、清書した。蕭軍自身はその作品に大いに不満で、焼いてしまおうと思ったことすらあったが、それを励まし、かつ清書を引き受けたのは蕭紅だった。「彼女は冬に暖炉もなく、太陽の光もないのをものともせず、セメントの床の亭子間の暗く寒い中で、コートをはおって、鼻水を流しながら、時々凍えた指をさすりつつ、とうとう『八月的郷村』の複写を仕上げた」（「上海拉都路」）。複写用の日本の美濃紙を買うために、蕭軍は北四川路の「内山雑誌公司」（内山書店のことか）まで出かけなければならなかった。家からは往復で十五キロメートルほどあったが、交通費を惜しんで歩いた。紙代のために蕭紅の古いセーターを質に入れて七角を工面した。ぼろ靴の底は擦り減り、かかとから血が滲んだ（「上海拉都路」）。

　ついに二人の生活費は底をついた。思い余った蕭軍は魯迅に手紙を書き借金を申し込む。その頃魯迅は体調を崩していた。「魯迅日記」によれば、11月7日に肋間神経痛で薬を服用、10日夜になって三十八度六分の熱が出、二人の手紙を受け取った14日にも三十八度三分の熱があった。そのために返事が遅れ、二人は不安な日々を余儀なくされた。だから魯迅の三十七度七分の熱をおしての返信（〔五〕1934年11月17日）を受け取ったときの喜びは大きかった。蕭軍はその手紙の注にこう書いている。「蕭紅は自分の小さな手を叩きながら、涙を流してさえいた！……私も目が潤み、鼻が少しツンとした……」

　　私が準備しましょう。問題はありません。
　　北方に生まれ育った人間が上海で暮らすのはまことに難しい。部屋がハト小屋のようであるばかりか、小屋の借り賃がまことに高い。空気を吸うにも金が必要です。昔の人は水と空気は誰にでも与えられるといいましたが、これは誤りであります。
　　　　　　　　　　　　　　　　　　　　　　　　　　　　　　　　　　　（〔五〕）

二人の心の負担を少しでも和らげようという心遣いのうかがわれる文面である。

二人の状況が抜き差しならないことを知り、魯迅はついに面会を約束する（〔六〕1934年11月20日）。二人は、「子供が新年を待つように」その日を指折り数え、その日のことを想像しては喧嘩までするほどだった（〔六〕注）。

面会が実現したのは11月30日であった。面会の日時を告げる手紙（〔七〕1934年11月27日）では、上海に不慣れな二人のことを思いやり、魯迅は内山書店までの道のりを、「一号線の電車に乗ればいいのです。終点（射的場）まで乗って、下車してから三、四十歩戻れば着きます」と丁寧に説明している。

その日は「上海の冬には珍しくない、太陽の見えないどんより曇った日」（〔八〕注)[17]だった。内山書店に行くと、魯迅はもう先に来ていて、手紙を見たり、日本人らしき人と日本語で話したりしていた。蕭軍はこのときの様子をこのように回想している。

> 魯迅先生は我々の前に歩いて来られ、こういわれた。
> 「あなたが劉さんですか？」
> 「はい」、私はまずうなずき、それから低い声で「はい」と答えた。
> 「じゃあ行きましょう——」先生はこういわれると再び奥に入って行かれ、机の上の手紙や書物、そういった物をすばやく一枚の紫色の地に白い花模様の、日本式の風呂敷に包み、脇に抱えて出て来られたが、誰とも挨拶をされないままだった。
>
> （〔八〕注）

このとき魯迅がすぐに二人をそれと識別したのは、すでに写真を送ってあったのと、自分たちの服装が上海の人とは違っていたためだ、と蕭軍はいう。梅林が描写した青島時代の、蕭軍は人力車夫のような、蕭紅はまるで野暮ったい、そういったなりのままであったのだろうか。

魯迅が前を歩き、二人は一定の距離を保ちながら黙々とその後について行った。魯迅は早足だった。帽子もかぶらず、マフラーもせず、黒の細身の短めの長衣に細身の黒味がかった藍色のズボン、足には黒いキャラバン地のゴム底の靴、といったいでたちだった。

三人は少し歩いて、「静かで、薄暗く、少しさびれた感じ」の一軒の小さな喫茶店に入った。主人は「頭の禿げた、小太りの、背は高からず低からずの外国人」で、「中国語はほとんどわからなかった」。「中途半端な時間」だったので、「こぢんまりした店の中には客は何人もいなかった。しかも客の中に中国人は一人もいなかった」。魯迅はドアの近くの目立たない席に座った。魯迅が口を開くより前に、蕭紅が許広平（1898〜1968）は来ないのかと尋ねた。「すぐ来ますよ」と答えた魯迅の言葉は「浙江訛りの標準語で、我々には

わかりそうでいて今一つはっきりしなかった。蕭紅はそのびっくりしたような大きな目を見開いて魯迅先生を見つめていた」。そのとき、海嬰（1929〜　）が、続いて許広平が入って来た。許広平は親しみをこめて二人の手を握った。「その時私は蕭紅に注目していたが、彼女は微笑みながらその手を握り締め、涙が両目にあふれてきていた」（〔八〕注）。

　初めに蕭軍が哈爾濱から出てきた状況と、青島の状況、及び早々と上海に来た訳を話し、ついで東北における、満洲国成立以後の状況や「反満抗日」闘争の様子などをかいつまんで話し、魯迅は上海における左翼団体や作家たちに対する弾圧と、左翼内部の分裂といったことについて概略を話した（〔八〕注）。このときのことを、許広平はこのように回想する。

　　彼らのさわやかな話し声は暗い霧を吹き飛ばし、生への執着、戦い、喜びが、常に表情や声に表れていた。それは本当に自然で、自由で、少しも力むことなく、手で軽やかに帳を開け、愛すべき光が差し込むのを受け止めるかのようだった。
　　　　　　　　　　　　　　　　　　　　　　　（「憶蕭紅」1945年11月28日）

彼らの素朴さは、上海で多くの敵との闘争に明け暮れていた魯迅夫婦の胸を打ったのに違いない。許広平はまたこのように述べている。

　　旅人の哀愁を少しでも軽減するために、もちろん魯迅先生は最大の努力を払って、有為の人に、助けもなく意気消沈するということにはさせないようにしなければならなかった。だから多くの時間を割いて蕭紅女士等と文通するほかにも、あれこれ手を講じて彼女たちに出版の紹介をした。　　　（「追憶蕭紅」1946年7月1日）

　二人はこのときの魯迅の病後の憔悴したさまにかなりのショックを受けたようだ。蕭軍は魯迅を「落ちぶれた阿片中毒者」のようだと形容し[18]、自分たちのような健康な者が病と闘う魯迅の血を吸おうとしている、と自らを責め、また蕭紅も、自分たちの原稿の字が小さすぎたことを気に病んだ。実際この字には魯迅も悩まされたようである[19]。

　初対面のショックを、二人は魯迅に正直に書き送った。それに対して魯迅は二人を安心させるように、それは年齢のせいでどうしようもないこと、だが自分は実際にはなかなか頑強であると答えている（〔八〕：12月6日）。「魯迅日記」を見ると、蕭軍等と会ったこの日の夜も、三十七度一分と微熱があったことが記録されている。11月10日から記録され続けた体温が日記から消えるのはようやく12月3日になってからである。また、病気の後痩せて入れ歯が合わなくなったので直してもらったという記述も見える（12月17日）。

魯迅は蕭軍らと会った直後に、二人を励ましてこのように書いている。

　お二人が今仕事ができないのは、落ち着くに落ち着けないからです。生まれ故郷を離れ、馴染みのない場所にやってきて、縁故もできないでいるのは、ここの土に根を下ろしていないことで、こういう状況はえてして珍しくありません。作家たるものが本国を離れて、それっきり創作ができなくなるということもよくあります。私は上海に来てから、小説が書けなくなりました。しかもこの上海という所は、向こうから親しみを持てなくさせるのです。思うに、お二人のそうした焦慮の念は、それをつのらせないようにしなければいけません。一番いいのは、どんどん外出して歩き回り、社会の状況、及びさまざまな人間の顔を眺めてみることです。

〔八〕1934年12月6日

　また、最初の面会で二人は魯迅から二十元を借用したほか、小銭がなかったので帰りの交通費まで借りてしまった。この借金は二人の心を重くしたが、そのことに対しても魯迅は二人の心の重荷をできる限り軽減するよう言葉を選びつつ、小さな事は気にするなと書いている。ただ魯迅から借金をしたのは彼らだけではない。後に魯迅から二人の「指導」を任され、また共に奴隷社を興した葉紫（1910〜39）も、魯迅から金を借りている（〔三二〕注）。蕭軍がこのとき借りた金は、後に友人からの送金で返済したという（〔五〕注）。

　次に二人が魯迅に会ったのは、二人を励まし、信頼できる友人を紹介するために魯迅が設定した梁園豫菜館での「宴会」の席上である（許広平「憶蕭紅」）。12月19日水曜日午後6時、招待客は二人のほかに茅盾、聶紺弩夫妻、胡風夫妻、葉紫で、許広平と海嬰も一緒だった。表向きは胡風夫妻の子供の誕生を祝う会であったが、連絡が行き違い、結局胡風夫妻は欠席した[20]。

　魯迅と許広平の二人の名前で送られてきたこの招待状に、二人は興奮した。蕭軍はまず上海の地図を開き、蕭紅は蕭軍の服の心配を始めた。蕭紅が新しい服を作ろうといい出す。コートを引っかけて飛び出して行った蕭紅は二時間ほどたって、黒と白の格子縞の布を手に戻ってきた。期日は翌日に迫っていたが、蕭紅は自信ありげに、新しい「礼服」を間に合わせてみせると宣言する。薄暗くなった部屋で、二十五ワットの電球の光を頼りに蕭紅は作業を開始した。彼女が作ろうとしていたのは、蕭軍が哈爾濱で夏に着ていたようなコザック式の立て襟のシャツだった。ほとんど食べず、飲まずに縫い続け、果たして宣言通り、「礼服」は直前に仕上がった。彼女はそれをさっそく蕭軍に着せ、前後左右から眺めた。

突然我々の視線が出会った。彼女はスズメのように飛び跳ねながら私の前に飛び出してきた。私たちは、相手を消してしまおうとするかのように、互いに融けて一つになろうとするかのようにかたく抱き合った。
（「我們第一次応邀参加了魯迅先生的宴会」
1979年3月3日――以後「魯迅先生的宴会」）

翌年の春、二人はこの宴会と新しい「礼服」を記念するために、フランス租界の写真屋で記念写真を撮った（**写真13**）。

写真13 「礼服」を記念して
（1935年春）

私はもちろん黒白の格子柄の新しい「礼服」を着たが、蕭紅の方は濃い青色の「画服」を着た。なぜかわからないが、写真を撮る段になって、彼女は写真屋の道具箱からキセルをとり出してくわえ、ふかしているふりをした。実際は、彼女はタバコを吸わない。
（蕭軍『人與人間』2006年6月、中国文聯出版社）

　宴会では、入り口を入ったすぐ左側に魯迅が座り、そこから円卓を時計周りに茅盾、聶紺弩、周頴（聶紺弩夫人）、葉紫、二つの空席があって蕭軍、蕭紅、海嬰、そして入り口を入ってすぐ右の許広平という順に座った。許広平は上海の情勢に慣れていない二人が尾行されなかったかどうかに気を配った。宴会に参加した人々はみな知り合いで、彼ら二人だけが「外から来た"進入者"」だった。皆の話も、隠語などを使っているらしくてわからないところが多く、蕭軍はただ黙って飲んだり食べたりしていた。だが彼が東北の情勢について話し始めると、皆は熱心に耳を傾けた。席上、聶紺弩が始終妻の皿に料理を取ってやり、妻もそれに恐縮する様子がないことに彼は小さなカルチャーショックを受けた。そこで彼もその真似をして蕭紅の皿に料理を取ってやったが、蕭紅は恥ずかしがって、こっそりそれを拒んだ。この時の列席者のフルネームを、蕭軍は宴会が終わるまで知らなかった。宴会の席で許広平から彼等の名前を聞いた蕭紅が、宴会後に蕭軍にそれを告げたのだった（「魯迅先生的宴会」）。
　蕭紅と許広平は急速に親しくなった。蕭紅の第一印象を、許広平は次のように語る。

　　中ぐらいの背丈で、色が白く、かなり健康な体格で、満洲の娘特有のやや偏平な後

頭部を持ち、よく笑い、無邪気で天真爛漫なことが彼女の特徴だった。しかし彼女自身はそれを認めなかった。彼女は、あなたはとても率直だが自分にはそういった所はない、といった。そうかもしれない。（中略）不釣り合いな早すぎる白髪が若い面差しを際立たせていた。そこに多くの紆余曲折した生の旅路があったことが想像されるのはいうまでもない。　　　　　　　　　　　　　　　　　　　　　　　（「憶蕭紅」）

　魯迅の一人息子、海嬰の話す生粋の上海語を、蕭軍はほとんど理解することができなかったが、蕭紅は彼とたちまち仲良くなった。この宴会のとき、二人は海嬰にナツメの木でできた「棍棒」をプレゼントする。この「棍棒」の由来について、蕭軍は1934年に大連で友人からもらったものだとし（「魯迅先生的宴会」）、一方許広平は、蕭紅がこれを海嬰に渡すときに、小さいときから「いつも傍において遊んでいたもの」だと説明したという（「憶蕭紅」）。
　この宴会で、魯迅は特に葉紫を二人に引き合わせ、彼を二人の「指導者及び後見人」に

図6　上海における蕭軍、蕭紅の足跡（『近代中国都市地図集成』上海（1932年）を元に作成）
　　　1934年11月～12月
　　　　　襄陽南路283号
　　　1934年12月末～1935年3月
　　　　　襄陽南路411弄22号
　　　1935年2月末～6月
　　　　　襄陽南路351号
　　　1935年6月～1936年3月
　　　　　淡水路2××号
　　　1936年3月～7月　　北四川路永楽里
　　　1937年1月～11月　　重慶南路256弄

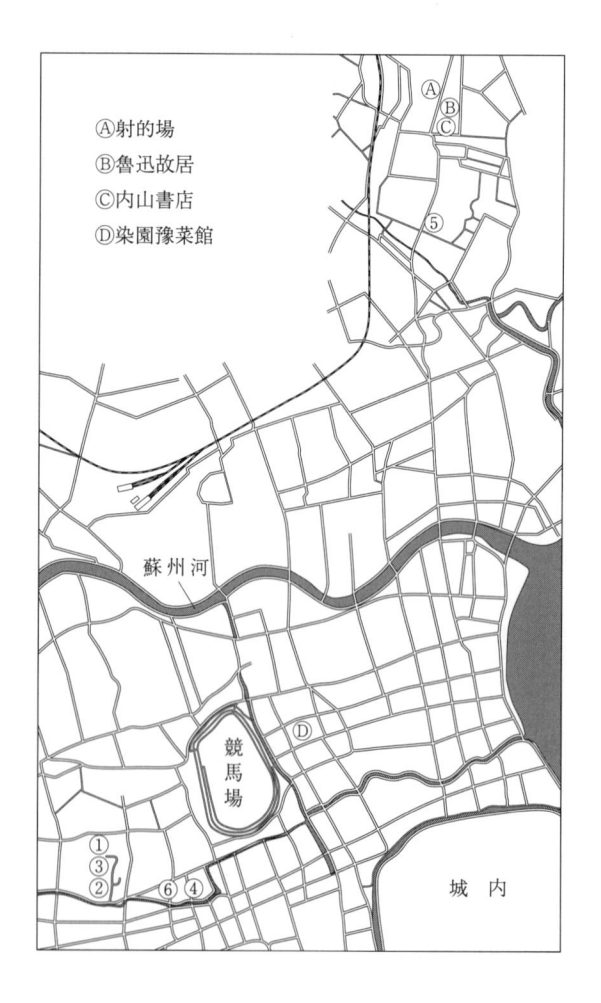

Ⓐ射的場
Ⓑ魯迅故居
Ⓒ内山書店
Ⓓ染園豫菜館

指名した。蕭軍の目に映ったこの日の葉紫は、「薄い紫色の洋服を着」て、「背筋をぴんと伸ばし、まじめそうな、きちんとした様子でそこに座っていた」。ある日蕭軍は葉紫と、『八月的郷村』の表紙のことで木刻家の黄新波を訪ねた[21]。別れ際、蕭軍は新波や同席した青年たちに自分の住所を教え、是非遊びに来るようにと誘ったが、このことは葉紫を慌てさせた。蕭軍はこのとき、上海では自分の住所を公開すべきでないことを学んだのである。彼は家に帰るとすぐに福顕坊二十二号に引っ越しをした。1934年末から1935年初めのことである[22]。

## 三

　元生泰から拉都路を五百メートルほど南に下った福顕坊は、家の南側と、道を挟んで西南の方角はほとんど建物もなく、野菜畑が広がっていた。部屋代は光熱費別の毎月十一元で、元生泰よりは高かったが、彼らはここが大いに気に入った。日当たりもよく、何よりも窓の外に豊かに広がる自然の風景が二人の気持ちを和らげた。冬だというのにやわらかな緑が青々としている様は、彼ら「東北者」にはとても不思議なことだった。「太陽の光があり、畑と青い草がある」ことが、蕭軍の創作意欲を刺激した（「上海拉都路」）。

　　それは郊外の貧民たちが住む区域といってよく、空気はすがすがしかったが、窓の外はすぐ野菜畑とアンペラの日よけだった。彼等が借りた部屋は新築の、煉瓦作りの一列に並んだ建物の上の方で、暗い階段と木枠の窓があった。窓から首を突き出してみると、緑の野菜畑が目に映った。（中略）
　　床は粗末で、カンナをかけないままの木の板が並んでいた。木のベッドが一つ、書き物机が一つ、木の椅子が一つ、これらは大家から借りたものだった。壁には黒い炭で描いた三郎の後ろ姿の絵と、それから丈の長い中国服を着た人が高い建物の下でベランダに向かい琴を奏でている八寸大の写真が掛けられていた。
　　　　　　　　　　　　　　　　　　　　　　　　　　（梅林「憶蕭紅」）

　また、実際にこの家を探し当てた丁言昭は、その家が現在の襄陽路四一一弄二二号であることを突き止め、次のようにいっている。

　　福顕房には全部で二十余りの、いずれも南向きの、石庫門（上海独特の石枠の表門）を持つ建物が路地の中にあった。塀は割合に低い。二人が住んだ二十二号は路地を右

に曲がった角で、北側の端の一列に並んだ建物の中にあった。それはその年家主が土地を測量して作ったもので、最後の一列の部屋の面積はいずれも小さめだった。蕭紅が住んだ建物は石庫門もなく、中庭もなかった。

　当時の拉都路は上海フランス租界の西南の端で、家もまばらで、野原や野菜畑、墓地などが点在しており、通行人もほとんどなく、物寂しい雰囲気だった。通りの西半分は石炭がらを敷き詰めた道、東半分はアスファルトで、バスの便はなかった。

(丁1981)

　また丁1981は、この建物には当時何人かの白ロシア人が住んでおり、当局からマークされていたとし、魯迅が1934年11月20日付の手紙（[六]）で、ロシア語を使うなと注意しているのは、このことを案じたためであるという。

　彼らが上海に来て以来筆が進まないことを新しい友人たちは心配していた。作品を魯迅に送って発表先を紹介してもらうといい、とアドヴァイスしたのは葉紫と聶紺弩である、と蕭軍はいう（[一四]注）。その後蕭軍は二ヶ月足らずの間に続けざまに「職業」（1月7日）、「搭客（貨船）（貨物船）」（1月21日）、「桜花（桜）」（1月26日）、「初秋的風（初秋の風）」（2月16日）、「一只小羊（一匹の小羊）」（2月25日）など数編の短篇を書き、まず「職業」を魯迅に送った（「譲他自己……」）。王述「蕭紅著作編目」によれば、蕭紅はこの間「小六（六ちゃん）」（1月26日）と「過夜（一夜の宿）」（2月5日）の二篇を書いたとされる。蕭軍には蕭紅のこの仕事ぶりが歯がゆかったらしい。魯迅の蕭軍宛ての手紙にそのことがうかがえる。

　鞭で吟奥様を打とうなど考えません。打った所で文章は生まれるものではないのです。以前の塾の教師は、学生が暗誦できないと掌を打ったものですが、打てば打つほど暗誦できなかったのです。催促しないのが好いと考えます。まるでキリギリスのように肥ったときには、キリギリスのような文章が生まれるでしょう。

([一五] 1935年1月29日)

　魯迅の手紙には以後、二人の原稿に関する記述が多くなる。[一四]（1935年1月21日）では「職業」と「桜花」をすでに受け取ったが、よく書けていること、〈文学〉に持ち込んでみようと思っていること、更に「搭客」は良友公司に当たってみようと思っていることが書かれている[23]。だが彼の原稿はすんなり採用されたわけではない。[一五]（1935年1月29日）では、「原稿はまず全部〈文学〉に持って行き、選ばれなかったものをほかに

まわすことにしたが返事がない」とあり[24]、〔一八〕（1935年3月1日）では「『搭客』は『職業』より平板でない所がいいが、〈東方雑誌〉に送ったのにまだ返事がない」、ようやく〔二三〕（1935年3月31日）で「良友が『搭客』を受け取った」とあるが、同じく良友に送った「桜花」は返され、「文学社に郵送したが結果はわからない」とある。『桜花』が検閲を通過した」のは4月12日（〔二五〕）、〔二六〕（1935年4月23日）で「為了活（生きるために）」（執筆年月日不詳）と「一只小羊」が〈太白〉の広告に出ていることが知らされている。

当時文学雑誌に投稿するのは簡単ではなかったようだ。〔一四〕注によれば、「当時、上海では、左翼作家が唯一文章を発表できる比較的頼りになる、比較的原稿料もよい"大雑誌"は〈文学〉月刊だけ」だったが、審査制度によって文章が「様にならないほどに改竄」されることもままあり、それを防ぐために左翼作家たちはめまぐるしく筆名を変え、審査官の目をごまかそうとした。編集者の方は投稿者の経歴などをいちいちチェックできないので、原稿に関しては紹介制を取った。そうすれば、紹介者が被紹介者の政治的立場に関して責任を取るし、また原稿が一定の水準に達していることを保証してくれ、時に採用を条件に紹介者に「付き合い」の執筆を求めることができたからである。

生活が苦しいのは葉紫も同様だった。そこで葉紫は蕭紅を誘って一緒に魯迅に何か食べさせてもらおうと考える。彼らの2月3日付の手紙に対し、魯迅は「いつかはお呼びしましょう」（〔一六〕1935年2月9日）と答える。それが実現したのは3月5日のことだった。蕭軍は当初この計画には反対だったが、この日は同席して、誰よりも飲みかつ食べたという。この席で、蕭軍と蕭紅は黄源（1906～2003）と曹聚仁（1900～72）の二人に会う（「魯迅日記」及び「蕭軍簡歴年表」）。

上海の生活に見通しができると、彼らは何とか東北の友人たちの力になりたいと思った。〔一五〕（1935年1月29日）には二人の友人、金人[25]のことに言及がある。金人がロシア文学の翻訳原稿を何篇か彼らに送ってきた。蕭軍は友人を励ますため、「翻訳すれば自分が出版社を捜してやる」と大きなことをいおうとして魯迅にたしなめられている。金人の翻訳は後に魯迅の紹介で〈訳文〉などに掲載されるが、このことに関して蕭軍は、友人に対していつも「度を超して親切」で、しばしば「感情の奴隷」となることが自分の「弱点」である、といっている（〔一五〕注）。彼のこういった性格を愛する者もいたが、疎ましく思う者も多かった。たとえば〔一二〕注に、葉紫から、世間では蕭軍のことを「兵士」みたいだとか「土匪」みたいだとかいっていると聞かされ、それは「ほとんど侮辱に近い"批評"」だが自分にも反省する所はある、と書いている。彼は上海に来た当初の自分を、「一人の"東北者"が初めて上海に出てきて、"頭の先から足の先まで野蛮で間抜け"だっ

た」と評している。しかし上海に来て、いわゆる文壇の仲間入りをしようと思えば、異端者として排斥されないような「品のある」人間にならなければいけない。そこで魯迅に手紙を書き、指導を求めた。だが魯迅の返事は彼にとって意外なものだった。

　　いわゆる上海の文学家たちには、恐ろしい人間もいます。わずかな利益のために他人の生命を奪います。しかし、もちろんくだらない、恐ろしくない人間が多いのです。ですが、厭らしい。ちょうど虱、蚤のように、暗闇で何ヶ所か嚙みつかれると、たいしたことではなくても、かきむしらざるを得ないようなものです。こうした人間とは知り合いにならないのがよろしい。私は江南の才子が一番嫌いです。くねくねしなしな、元気がなく、人間らしくない。今では背広に着替えていますが、内容は変っていません。しかし上海の土着の人間は悪くないのです。各地の悪い奴らが上海に出てきて悪事を働くから、それで上海は下品な土地柄になったわけです。
　　　　　　　　　　　　　　　　　　　　　　　　　（〔一二〕1934年12月26日）

また黄源が冗談に彼のことを「野生的」だと評したことについても、このようにいう。

　　「野生的」といわれたのは、恐らく上海の一般人と言動が異なる点を指しているのでしょう。黄は上海の「作家」を見慣れているので、あなたがいくらか風変わりだと感じたのでしょう[26]。もともと、中国の人々は南北ばかりでなく、各省でいくらか異なるのです。(中略)普通、たいていは自分と違う人間を奇怪だと考えます。この先入観は、たくさんの道を歩き、たくさんの人間を見た後、初めて消えるものです。私から見ると、恐らく北方人は爽直ですが、粗の欠点があり、南方人は文雅ですが、偽の欠点があります。粗はもちろん偽よりもよろしい。ただ習慣が本性になり、南方の人間は自分の故郷のような曲々折々が道理に一致していると考えております。(中略)
　　この「野生的」は注意して改めるべきか、とのことですが、注意して改める必要はないと思いますよ。ただ、上海に長く暮らしていると、環境の影響を受けて、少しばかりは変るでしょう。社会に接触しないでいれば別ですが。
　　しかし、表面を飾るのはよくないにしても、何事につけ正直にするのもいけません。これは、そのときと場合によるのです。　　　　　（〔一九〕1935年3月13日）

更に、

「馬賊気質」は大変結構。どうして克服しなければならないのですか。しかし、やたらに首を突っ込むのはいけません。(中略) 満洲人は江南に住むこと二百年、馬に乗ることもできなくなり、朝から晩まで茶館に入り浸っておりました。私は江南を好みません。垢抜けしていますが、気が小さい。蘇州弁を聞くと虫唾が走ります。ああいう言葉は命令を発して禁止すべきです。　　　　　　　　　　（〔四〇〕1935年9月1日）

　この二通の手紙に見られるような、虚飾を退けようとする魯迅の基本的な姿勢は、蕭紅「回憶魯迅先生（魯迅先生の思い出）」（1939年10月1日）にもしばしば見える。たとえばある日、蕭紅が新しい、恐らく当時流行の、袖の広がった真っ赤な上着を着て得意気に魯迅の家を訪れた時のこと。魯迅も許広平も一向に自分の服に注意を向けてくれないことにしびれを切らせた蕭紅が、ついに自分から魯迅に水を向けた。「周先生、私の服はきれいですか？」すると魯迅は上から下まで彼女の姿をながめて、「あまりきれいではありませんね」と答えた。そしてひとしきり上着とスカートの配色について論じた。「赤い上着は赤いスカートに合わせるべきで、そうでなければ黒いスカート、茶色のはだめですね。この二つの色は一緒にすると濁ってしまう……」。日常、人の服装には全く無頓着な魯迅には珍しいことであった。

　またこんなこともあった。宴会に行こうとしていた蕭紅の髪を、許広平がふざけてピンクのリボンで結んだ。それを見た魯迅が「この人をこんなふうに装わせてはいけない」と怒ったという。また、たまたま喫茶店で魯迅の席の後ろに座った女性が、紫のスカートに黄色い服を着て、頭に花のついた帽子をかぶっていた。それを見た魯迅が「何をしているのだ」と声を荒げたこともあった。

　また、蕭軍の左翼作家連盟加盟について、魯迅は反対を表明している。魯迅は胡風宛ての手紙でこのように書いている。

11日のお手紙拝受。三郎の件（蕭軍が「左連」に参加すること：1981年版『魯迅全集』注）は、ほとんど考えるまでもなく、自分の意見を述べることができます。それは、現在、加入しなくてよい、です。当初の事情は長くなるから論じません。ここ数年をとっても、周囲にいる人たちの中から、新鮮な成績を上げた新しい作家が何人か出ておりますが、ひとたび内部に入ろうものなら、無聊な紛糾にどっぷり漬かって、声もなく息も聞こえなくなると、私は感じております。　　　　　　　（1935年9月12日）

　このことについて、蕭軍は1985年の来日時のインタビューで次のように語っている。

胡風はその頃左連の仕事をしていた。その立場から、彼は党の指導下で、私を左連にオルグする義務があったのだ。彼は、私が魯迅のところに出入りしていることを知っていた。そこで彼は魯迅に手紙を書き、私の左連加入の当否について意見を求めたのだ。しかし、私には何も話さなかった。私はこの一件を、魯迅のあの手紙がのちに発表されたとき、はじめて知った。もっとも、魯迅が私の意見を求め、「君はどうするのかね」などと尋ねたことはない。彼は当時こういったのだ。「左連に入るな。君は外でものを書いていればよいのだ」と。　　（「作家蕭軍に聞く」1985年12月）

　新進の左翼作家として、蕭軍が当時左連加盟を念頭に置かなかったはずはないが、上海の文壇に対する違和感は次第につのっていったようだ。彼は後にこのように書いている。

　私が中国の「文壇」の一部の作家たちによく思われなくなったのは、私が上海に来て間もなくだった。彼らは私を「よそ者」、「東北者」、「土匪」のような、「ごろつき」のような、「野蛮」な人間であるとし、……結局は「気に入らな」かったのだ。
　　　　　　　　　　　　　　　　　　　　　　　　　　　　　　　　（〔四〇〕注）

## 四

　福顕坊は、二人にとっては快適な創作場所であったが、引っ越してきて三ヶ月もたたないうちにそこを移らなければならなくなる。
　青島の数人の友人が、突然上海にやって来た。彼らは各々上海で一旗揚げようという野心を抱いていた。二人を訪ねてきた友人たちは、その「みすぼらしい」生活に不満を感じ、自分たちがもっと広い所を借りる、部屋代は取らないから一緒に住もうと提案した。あれこれ理由をつけてそれを断ろうとする蕭軍に、彼らは「名を成した大作家」だから自分たちとは一緒に住めないのか、と憎まれ口をきく。「我々はみな初めて上海に来たのだ。人にも土地にも不慣れで、ただ君だけが唯一の友人なのだ。君がいろいろな方面から我々を助けてくれることを望んでいるだけで、金を無心しているわけじゃない」（「上海拉都路」）。
　1935年の3月の終わりの頃であろう、ついに二人は、自分たちも相応の部屋代を負担すること、いつでも出て行けること、この二点を条件に引っ越しを承諾した[27]。今度の引越し先は、拉都路の真ん中あたり、拉都路三五一号（現在の襄陽路三五一号）の、西洋式の三階建ての家だった。西の通り側には大きな鉄柵の門があり、南側の隣の建物との間には

塀があり、内側には長方形の空き地があって、その空き地や門のあたりには花や木が植えられ、池もあったらしい（丁 1981）。友人たちは一階と二階に住み、二人は三階を占有した。一軒の借り賃が月に五十六元、福顕坊とは比べものにならないほど贅沢な部屋だったが、あの青々とした畑や野原を失ったことで、蕭軍は創作意欲をなくしていく。

蕭軍と友人たちの不和がほぼ決定的になったのは、5月2日に魯迅が許広平と海嬰を伴って突然二人を訪ねてきたことによる。魯迅たちは一時間ほど部屋で休んだ後、フランス租界の西洋料理屋（盛福西餐館）で昼食をご馳走してくれた。しかし急な訪問だったことと、多少なりとも上海の事情を理解するようになった二人が敢えて魯迅を友人たちに紹介しなかったことが悶着を招いた。このほかにもいくつかの頼みごとに応えられなかったことが加わって、ついに5月6日、二人は新租界の薩坡塞路一九〇号（丁言昭によれば現在の淡水路二六六号）の唐豪という弁護士の友人の事務所の二階に引っ越した。

この後ようやく蕭軍の創作意欲は回復し、「『商市街』読後記」（5月10日）、「軍中」（5月13日）[28]、「十月」（5月20日）[29]を書き、蕭紅も散文集『商市街』を完成させる（5月15日）[30]。しかし蕭紅は、この『商市街』をはじめとして哈爾濱での生活については多くの文章を残しているのに、上海での生活についてほとんど書き残していない。

ちょうどこの頃、蕭軍の『八月的郷村』が世に出ようとしていた。

1934年11月30日に手渡された原稿を、魯迅がようやく読み終わり、序文も完成させたのは1935年3月28日のことであった（「魯迅日記」）。「蕭軍簡歴年表」によれば、蕭軍はこの『八月的郷村』を葉紫にも見せた。葉紫は読み終わると感動して蕭軍を抱きしめ、そして蕭軍を共同租界の、彼の小説集『豊収』（1935年3月）を印刷した民光印刷所に連れて行った。蕭紅の『生死場』もなかなか検閲を通過せず難航していたので、蕭軍が提案し、魯迅の許可を得て、彼ら三人は奴隷社を興し、自費で、秘密裏に、非合法に三冊を奴隷叢書として出版することにした。敵の目を欺くため、奴隷社の発行所を四馬路の容光書局に置いた。『八月的郷村』の出版を8月と決め、まず三十元を前金として入れ、出版後に残りを払うことにした。この三十元は、あちこちの細かな原稿料を集めて工面した（〔二八〕注）。

ところで奴隷社に関する蕭軍の記述には疑問がある。1935年1月4日の魯迅の葉紫宛ての手紙に、『豊収』を内山書店に委託販売してもらうこと、序文を自分が書くこと、挿図を作る木版画家との連絡のことなどが記されている。『八月的郷村』についてはまだ何も検討していない（〔一七〕1935年2月12日）うちに『豊収』出版のことは進んでいたのだ。またこのときはまだ『生死場』の生活書店からの出版の可能性は消えていなかった。『生死場』が行き所もなく戻ってきた、と魯迅が知らせたのが〔三九〕（1935年8月24日）

で、彼はそれを〈婦女生活〉に持ち込んでみるといっているが、〔三九〕注によればそれも断られ、結局奴隷社から出版することになり、結果として『八月的郷村』より出版が遅れたといっている。

　葉紫の『豊収』は残念ながらあまり評判を呼ばず、「世間に知られず、売れ行きがよくない」のを彼は苦にしていた（1935年3月29日、魯迅の曹聚仁宛て書簡）。葉紫は自分の窮乏を訴え、『豊収』の清算をして欲しいこと、鄭振鐸（1898～1958）に預けた短篇がどうなっているか聞いて欲しいこと、それが不可能なら十～十五元を借用したいことを魯迅に申し出た（〔三二〕注）。しかし魯迅は『豊収』の売れ行きは微々たるものであるといい（〔三二〕1935年6月7日）、小説はあまり売れていないので精算はできないこと、十五元を書店に預けるから受け取って欲しいことを葉紫に書き送っている（1935年7月30日、魯迅の葉紫宛て書簡）。魯迅はそれでも胡風宛て書簡の中で「葉君たちは結局は成し遂げたのですからその点では結構でした」（1935年8月24日）と述べている。

　しかし『八月的郷村』とそれに続く『生死場』の売れ行きはそこそこのものだったようだ。『八月的郷村』は予定の8月より早く出版され、魯迅は〔三六〕（1935年7月27日）で、蕭軍から送ってもらった十冊（〔三五〕注）は自分用の一冊のほかはすべて贈呈してしまった、もう五、六冊ついでのときに送ってもらえないか、と書いている。そして〔五二〕（1936年2月15日）では、『八月的郷村』『生死場』とも、三十冊はすでに売り切れたので、内山書店にそれぞれ数十冊を送って欲しいこと、自分にも五冊ずつ送って欲しいことが書かれている。『八月的郷村』は1936年2月に再版、3月に三版、4月には四版を[31]、『生死場』の方は、1936年3月に再版、その年の11月には六版を重ねた。

　二人の成功のニュースははるか東北の友人たちにも伝わった。二人の古い友人の一人梁山丁（1914～　）は当時のことを回想していう。

　　東北淪陥期に、南満鉄道が密かに輸入した上海の文芸刊行物から、興奮するニュースがもたらされた。東北出身の作家、蕭軍と蕭紅が、上海で魯迅先生と一緒に、蕭軍は田軍のペンネームで『八月的郷村』を——私はこれが哈爾濱で構想が練られた小説であることを既に知っていた——蕭紅は悄吟の筆名で『生死場』を発表したというのだ[32]。魯迅先生はこの二人の若い東北作家の著作に序文を書かれた（この二冊の奴隷叢書を、私は淪陥期には読んでいない。東北が解放されてから初めて読んだ）。私は密かに輸入した、巴金編集の〈文学叢刊〉を読んだ。そこに収められた蕭軍の『緑葉底故事』の中の詩（中略）はいずれも東北淪陥期に新聞に発表されたものだった。私が当時、自分の友人が上海の文壇で道を切り開いたことを知ってどんなに喜んだこと

か。私ばかりでなく、私の周りの文友たちも、皆が喜んだことは想像できよう。確か私が〈文芸叢刊〉を編集している時に、益智書店の社長宋毅が、手紙でこういってきた。「君の旧友に一人文壇を歩かせるな！」この旧友こそ蕭軍のことである。
（「蕭軍精神不死」：『蕭軍紀念集』）

更に彼は蕭軍の「羊」が日本の雑誌〈改造〉に翻訳されたのを発見する[33]。

　　それは魯迅先生が推薦されたので、蕭軍は中国の新進作家と称されたのである。友人たちは互いにそれを伝え合った。東北から上海の文壇に飛び込んで行った蕭軍が、また翼を広げて外国の文壇にはばたいたのだ。このことは我々この淪陥区の友人たちの誇りとなった。
（「蕭軍精神不死」）

そして彼は「蕭軍が文学創作の上で獲得した成果は我々の士気を高め」、羅烽、舒群をはじめとする多くの若者が上海を目指し、東北作家群を形成した、という。

　　東北作家たちは魯迅先生の近くを取り巻き、先生の育成により、一つの群れとなった。中国現代文学史上この一群の作家は「東北作家群」と呼ばれている。
　　これらのことは哈爾濱の文学青年たちを活気づけた。夜の帳の下にあった哈爾濱から飛び出し、祖国の左翼文壇で頭角を現した、これが人に憧れを抱かせぬはずはない。
（「蕭軍精神不死」）

ところで、蕭軍の「羊」を翻訳した鹿地亘（1903〜82）は、翻訳した時点で蕭軍とは面識がなく、抗日戦勃発直前に上海で知り合うが、その後の印象をこのように書いている[34]。

　　住いが近くなると、急にこの二人（蕭軍・蕭紅）とも近しく往き来するようになった。出会いのまずさに興ざめしていたわたしの方からというより、彼らの方から近づいてきたのである。そうなると、気のいい、愛すべきなかまであった。少々困ったところもあるが、というのは、彼らは外国人であるわたしたちより同国人の間のつきあいがせまい。東北から流亡してきて日が浅いというだけではない。彼らは胡風たちといっしょになって、自ら魯迅派をもって任じ、当時の上海の文学界で、わざわざ自分の世界をせまくするような関係を作り出している。わたしに近づくきもちの一面には、わたしをもまたそのなかまに準ずる一人にきめているところがあったようである。

魯迅派などというものが別にはっきりとあったわけではないのであるが、ごたぶんにもれず新聞がここでも、そんなものを作り出していた。胡風のような野心家がひそかにそれをあふりたてて、文学界の中に自分のセクトの勢力を形づくるのに利用していた。少々軽率で無政府主義なひとりよがりのところのある蕭軍が、「自分たちだけ文学がわかる」というようにおだてられて、そんななかまにひきいれられていったみちゆきは、わたしにはよくのみこめる。

　魯迅は彼を愛した。だが、それは血の気の多い善良なわかものの才能を愛したのである。その愛の半面で、ときには彼独特の苦笑をもらすところがあったにちがいないのは、蕭軍に与えた書簡の中にも、そのあとをうかがうことができる。わかものたちの方では魯迅に見出されたということで、きおいこんで、その師匠をかつぐ。仲よしクラブを作って、その間では互いに特別ひいきにしあう、というのはひとことで小ブルジョア気質と呼ばれるものの特長であろうが、それが魯迅を旗にかつぐ。病床にあって戦線から遠ざかっていた師の方では知らぬまに、魯迅派などという流言まで生じ、それをまたひそかに得としている一団がおのずとできていたことに、きづきさえしない。それが孤独で不幸な彼の晩年の影をものがたっていた。

　（中略）

　だが、わたしには陰性の胡風とはちがった稚気愛すべきところのあった彼の記憶は、ほほえまれるのである。呪縛についた孫悟空にためいきさえおぼえる。いい男だった。人生意気に感ずるというところがあった。「八月の郷村」ではその善さが祖国愛として、まっとうに表れたのであろう。　　　　　　　　　　　（「蕭軍と蕭紅」）

　ここで彼が「出会いのまずさ」といっているのは、魯迅が死んだとき駆けつけた人々の中に「皮ジャンパーのいかれたなりをした若い衆と、ジプシー女のにおいをたてている風変わりなおかっぱ娘」がいて、遺体に取りすがって泣いたり、家族に馴れ馴れしく接したりして顰蹙をかったことを挙げ、その二人が蕭軍と蕭紅だったとしているのだが、魯迅が死んだとき蕭紅はまだ東京にいた。蕭軍の方は逝去の知らせを持ってきた黄源夫妻と共に、取るものもとりあえず駆けつけ、「部屋の中にほかにどんな人がいるかお構いなしに、跪き、先生の柴のように痩せた両足を撫でながら声を上げて泣いた」（蕭紅の蕭軍宛て書簡第二十五信注）と自ら書いており、それは海嬰の以下のような回想からも裏付けられる。

　　7時、8時をすぎると、弔問に訪れる人も次第に多くなってきたが、皆静かに、黙したまま哀悼の意を表していた。と、突然、ドカドカと階段を上がってくる音が聞こ

え、誰だろうと思う間もなく一人の大男が入ってきた。場所柄もわきまえず、遺族への挨拶もなく、一直線に父のベッドの前に駆け寄ると跪き、ライオンのように声を放って泣き出した。父の胸元に蹲ったまま、かぶってきた帽子が遺体の上を転がってベッドに落ちたのも構わず、周りの人のことなど一切気に留めず、いつまでも慟哭し続けている。

　私の目はいっぱいの涙でにじんでいたが、蕭軍であることがわかった。この情厚い東北出身の男は、つい数日前もおしゃべりに来て、父の気を晴らしてくれたばかりであった。なのに今はただ、このような形でしか父に対する気持ちを表す方法がなくなってしまったのである。

　その状態がどれほど続いたのか、また誰が彼を抱き起こし、なだめたのかはまるで覚えていない。だが最後の別れのこの一幕は私の記憶に深く刻み込まれ、どれほどの歳月が流れていこうとも、忘れることはできないのだ。

（周海嬰『魯迅與我七十年』2001年9月[35]）

鹿地の見た「若い衆」はやはり蕭軍だったのかもしれない。

　蕭紅の方は鹿地の妻の池田幸子（1913～76）と親しくなり、抗日戦が始まってからは彼等夫妻をかくまったり、また重慶では一時池田と同居したりしている。鹿地も蕭紅については「多感で、小鳥のはばたくように、よろこび、悲しみ、語り、うたう、かわいい女であった」と書いている[36]。

　羅烽は1935年夏に釈放されて[37]すぐ、妻の白朗と共に上海に来た。7月15日にかつて蕭軍・蕭紅も乗った「大連丸」で上海に到着した二人は、しばらく蕭軍たちの家に同居し、蕭軍と蕭紅は羅烽たちを魯迅に紹介しようとしたが、結局実現はしなかった[38]。蕭軍たちが青島を離れる直前に逮捕された舒群は、1935年の春に釈放された後、各所に身を潜めていたが、やはり7月頃上海に来て住むようになる。曹2005によれば、上海に来た舒群は塞克のところへ転がり込んだが、あいにく塞克も失業中だったので、やむなく他所へ移った上で蕭軍を訪ね、魯迅に会わせて欲しいこと、また自身の小説「没有祖国的孩子（祖国のない子ども）」を魯迅に読んでもらう仲介をして欲しいことを頼んだ。しかしその小説は偶然のことから女性作家白薇の目にとまり、1936年5月の〈文学〉に掲載された。間もなく舒群は左連に加入し、年末には党との関係を回復したという。9月半ばには羅烽夫妻が美華里の舒群の亭子間に越してきた。羅烽は11月に周揚を通じて党との関係を回復し、やはり左連に加入している。

　「奴隷叢書」のことで忙しかったのか、この頃二人はあまり作品を書いていない[39]。9

写真14　魯迅故居（上海、大陸新邨9号）の外観と一階客間（1977年撮影）

月に、〈文学叢刊〉に蕭軍の作品集を入れるという話があり、彼が上海に来てから書いたいくつかの短篇をまとめて『羊』と題して出版したのは1936年1月のことである。蕭紅の方には特筆すべき活動はない。魯迅も心配して、「久しく悄吟奥様の消息を伺いませんが、もう長いこと執筆しておられないのでしょうか」（〔四三〕1935年9月19日）と書いている。そういった二人の様子を心配してか、魯迅は11月6日に初めて二人を自宅に招待する。蕭紅はこのときの情景を「回憶魯迅先生」の中に生き生きと描写している。

　　魯迅先生の家の客間には長い机が置かれていた。横長の机は黒く、ニスはもう古びていたが、しっかりしていた。机にはテーブルクロスのようなものはなく、真ん中にえんどう豆色の鉢が置いてあるだけだった。鉢には数株の大きな葉の万年青が植えられていた[40]。机を囲んで木の椅子が七、八脚置かれていた。特に夜だったので、横丁は物音一つ聞こえてこなかった。
　　そう、その夜、魯迅先生や許先生と一緒に横長の机に座ってお茶を飲んだのだ。その夜は偽満洲国に関するたくさんのことを話した。食事の後から話し始め、九時、十時、そして十一時まで話し続けた。しばしばお暇しようと思った。魯迅先生に少しでも早く休んでいただこうと思ったのだ。見たところ魯迅先生のお体はあまり好くないようだったし、また許先生から、魯迅先生は一ヶ月余り風邪を引いておられ、ようやく好くなったばかりだと伺っていたのだ。
　　しかし魯迅先生は疲れたような様子はお見せにならなかった。客間にも横になれる藤椅子が置いてあり、私たちは先生に何度かそこで休んでくださるようにお勧めしたのだが、先生はそうされず、ずっと椅子に座っておられた。そればかりか二階に上がって行かれ、皮の服を上に羽織ってもどられたのである。その夜、魯迅先生は結局何を

話されたのだろう。今はもう思い出せない。思い出せたとしても、それがその夜に話したものか、その後で話したものかはっきりしない。十一時をすぎ、雨が降り始めた。雨のしずくがぱらぱらとガラス窓を打った。窓にはカーテンがなかったので、振り返るとガラス窓の上を小さな流れが落ちて行くのが見えた。夜はもう更けていた。しかも雨で、気持ちはすっかりせいていた。何度も立ち上がって帰ろうとしたが、魯迅先生と許先生はそのたびに座るようにといわれた。「十二時前なら車には乗れますよ」。だからそのまま十二時近くまでいて、ようやく雨合羽を羽織り、客間の外の大きな音をたてる鉄の門を開けたのだ。魯迅先生は鉄の門まで送るといって譲らなかった。なぜ見送ろうとなさるのだろう、と思った。こんな若い客に対し、こんなふうに見送るのはあたりまえのことなのだろうか。髪が雨に濡れれば、また風邪をぶり返されはしないだろうか。魯迅先生は鉄の門の外に立ち、隣の家に掛けられた「茶」という大きな看板[41]を指してこういわれた。「今度来るときはこの"茶"を覚えておきなさい。この"茶"の隣ですから」。そして手を伸ばし、鉄の門の脇に打ち付けられた九号の九の字にほとんど触わるようにされながら、「今度来るときは茶の傍の九号と覚えておきなさい」。

〔五〇〕（1935年11月16日）でも魯迅は、「お閑なときはいつでもおいでください」と書いている。また許広平は「憶蕭紅」で、「我々は自分の兄弟に対するような感情で彼らに接した。住所を公開し、彼らが好きなときに来られるようにした」と書いている。当時住所を公開することがいかに特別のことだったかは、すでに書いた通りである。

## 五

蕭軍と蕭紅はこの訪問の後、何とか魯迅と許広平の力になりたいと思い、翌1936年の初めに、魯迅の住まいに近い北四川路永楽里に引っ越してきた[42]。「距離も近くなり、ほとんど毎日一度あるいは二度会えるようになった」（「蕭軍簡歴年表」）ので、魯迅との文通も必要がなくなり、〔五三〕（1936年2月23日）を最後に停止する。この年の夏には蕭紅は日本へ、蕭軍は青島へと一時期上海を離れるが、その間も二人で、魯迅の負担を少しでも軽減するために手紙を書くのは止めようと申し合わせた。この申し合わせは律義に守られたようで、これ以降、魯迅の二人あての手紙も存在していない。

文通停止後、二人が足繁く魯迅宅を訪れる様子は蕭紅や許広平の回想から十分に把握することができるが、魯迅の日記にはそれほど頻繁に記録されていない。しかも「蕭軍、悄

吟来訪」、あるいは「蕭軍来訪」と書かれ、「蕭紅（悄吟）来訪」の記録は一切ない。しかし許広平によれば蕭紅は蕭軍よりも頻繁に訪ねて来たというし、蕭紅も「回憶魯迅先生」で、北四川路に住むようになってからは「毎晩食事を終えてから必ず大陸新村を訪ねた。風の日も、雨の日も、ほとんど欠かしたことはなかった」と書いている。

　許広平の回想から、魯迅の体力などを慮り、蕭紅を毎回魯迅に会わせることを避けていたか、あるいは蕭紅が主として許広平に会いに来たからではないかとも思われる。

　　しかし毎日何度も訪ねて来るのは彼（蕭軍）ではなくて蕭紅女史だった。だから私は最大の努力を払って時間を捻出し、一階の客間で蕭紅女史との長いおしゃべりをしなければならなかった。彼女はとても朗らかなときもあったが、たいていは口も重く、強い哀しみに始終襲われていた。紙で水を包んでも、水がしみ出すのを止めることができないのと同じように。もちろん蕭紅女史も一生懸命抑えてはいた。だがやかんを温めるとかえってその表面にびっしりと水滴がついてしまうように、隠しおおせることはできなかった。
　　　　　　　　　　　　　　　　　　　　　　　　　　　　（「憶蕭紅」）

　　蕭紅女史は文章の上ではかなり勇敢に見えるが、実際には女性らしい優しさを持っており、そのために一つの問題を処理するときには恐らく感情が理性に勝ったのであろうということは否定できない。ある時期、煩悶と失望、哀愁が彼女のすべての生命力を覆い尽くしたが、彼女はなおも気力を奮い起こし、蕭軍氏のために原稿を整理し、清書していた。時にまたひどい頭痛を訴え、体も衰弱し、顔色も悪く、一目で貧血だとわかるありさまだった。この頃往来は非常に密だったが、魯迅先生が始終病気をしておられるのと同じで、体がもともとあまり丈夫でなかったのだ。蕭紅女史は自分の悲しみから逃れる手立てもないまま、毎日一日中我々の家に留まっていた。魯迅先生が一日中客の相手をされる苦労を軽減するため、私が客間で彼女に応対するしかなかった。
　　　　　　　　　　　　　　　　　　　　　　　　　　　　（「追憶蕭紅」）

　許広平のいう蕭紅の「煩悶と失望、哀愁」の原因を、大方が蕭軍との愛情の亀裂に求めている。曹2005はその理由として、この時期『商市街』に登場する「南方姑娘」——陳涓が上海に現れたことを挙げている。陳涓は、哈爾濱での蕭軍との開放的な交際が蕭紅の心をかき乱したのだったが、今回は生まれて間もない子どもを連れていたにもかかわらず、再び蕭軍に近づき、蕭紅を深く悩ませたといい、蕭紅の詩「苦杯」はその心情の表出であるとする。「理性」は蕭軍と行動を共にすることの意味を認めていたにもかかわらず、「感

情」ではすでに蕭軍を受け入れられなくなっていたということだろうか。『生死場』が人々の関心を集め、しかも『八月的郷村』よりも売れ行きがいいという現実の中で、この時期蕭紅はほとんど創作をしていない。蕭紅は「回憶魯迅先生」の中で、許広平が魯迅の身の回りのことに細々と気を遣う様を感嘆をもって描いている。例えばこんな記述がある。

　　許先生は朝から晩まで忙しかった。下で客の相手をしながら、編み物の手は止めなかった。それでなければ、話をしながら一方で立ったまま、鉢植えの枯れた葉を摘んでおられた。許先生は客が帰るときは必ず一階のドアの所まで見送られ、その人のためにドアを開けてさしあげた。客が帰ってしまうとそっとドアを閉め、また上に上がっておいでになった。
　　客があると町まで魚や鶏を買いに行き、帰ってくると早速台所に入って行かれた。
　　魯迅先生が急に手紙を出さなければならなくなると、許先生が革靴に履き替え、郵便局か大陸新村の近くのポストまで行かなければならなかった。雨が降れば、許先生は傘をさして行かれた。
　　許先生は忙しかった。許先生はとても楽しそうに笑われたけれど、髪には白いものが混じっていた。　　　　　　　　　　　　　　　　　　　　　　（「回憶魯迅先生」）

そういう生き方もあるとの思いが蕭紅の中に生まれた、といえないだろうか。彼女が「気力を奮い起こして」蕭軍のために原稿の整理や清書をしたのは、そういった心の表出だったとは解釈できないだろうか。それ以外にも、気候、言葉、環境、そういった様々の差異に直面し、故郷への思いに押しつぶされそうになっていたのかもしれない。また鹿地も指摘し、本人も気にしていた蕭軍の気質が周囲に作り出す決して小さくはなかったであろう波紋に、巻き込まれまいとしながらも疲労していったのかもしれない。

「回憶魯迅先生」では、蕭紅は「北の料理が好き」な魯迅のために、しばしば魯迅の家で東北の料理を作ったという。彼女が作ったのは餃子やニラのおやき、合葉餅（「焼いたあひるを食べるときに使う二層の薄いマントウのようなもの」：許広平）などだった。彼女が失敗しても、魯迅はたくさん食べてくれた。合葉餅と餃子が特に上手だったと許広平は回想している（「追憶蕭紅」）。

　　その後私はニラのおやきを作ったり、合葉餅を作ったりした。私が提案すれば魯迅先生は必ず賛成された。私がうまく作れなくても、魯迅先生は食卓で箸を延ばしながら許先生に、「もう少し食べませんか」といわれるのだった。　　　（「回憶魯迅先生」）

**写真15** 左から黄源、蕭軍、蕭紅
裏に魯迅の字で「悄（蕭紅）1936年7月17日日本に赴く。16日の宴会が終って帰宅するときに撮ったもの」と書かれている

これは海嬰の回想からも裏付けられる。

> 多少（魯迅の）状態がよいときは、蕭軍と蕭紅の二人が訪ねてくれた。このときは父（魯迅）もいつものように階下に降り、彼らと雑談しながら蕭紅の料理の腕前を見ていた。餃子や合子（餡入りの餅）はお得意の北方料理で、あっという間に熱々のがテーブルに並んだ。まさにアラジンの魔法のランプの再現であった。特に葱花烙餅はすごかった。真っ白な小麦粉の生地の層の間に鮮やかな緑色をした葱のみじん切りが挟まっている。表面はこんがり中はしっとり、さくさくして香ばしい。これには父もつい普段よりも多く食べ、大いにほめたたえた。蕭軍や蕭紅と食事をしながら雑談したり笑ったりしていると、家族の心に重くのしかかっている暗雲が晴れていくようであった。私は幼心に、二人がしょっちゅう来て、この家に明るさと温かさをもたらしてくれればいいのに、と願っていた。
> （『魯迅與我七十年』）

　蕭紅の憂鬱も、子どもの海嬰にはわからなかったのだろう。
　許広平は、「もし安定した、ちゃんとした家庭があって、蕭紅女史がそれを取り仕切るなら、彼女はとても行き届いてできるはずだ」と書いている。
　しかし蕭紅は結局許広平のように伴侶のために筆を棄てることはできなかった。彼女は「創作をするために」単身日本に行くことを決意する。7月15日、魯迅と許広平は自宅で蕭紅の送別会を開く。翌日は黄源が送別会を開き、宴会の後、蕭軍、蕭紅と黄源は写真館で紀念写真を撮った（「蕭軍簡歴年表」**写真15**）。蕭紅が日本に旅立ったのは7月17日、魯迅が気管支喘息のためにこの世を去ったのはその三ヶ月後の10月19日である。青島にいた蕭軍はたまたまその何日か前に上海に戻り、14日に黄源と共に魯迅を見舞い、『江上』[43]と『商市街』を贈っている。蕭紅は東京で、少し遅れて魯迅の死を知った。そしてそのことは、東京で自分をつかみかけていた蕭紅を志半ばで帰国させることになった。蕭紅が上海に戻ったのは、1937年1月初めのことである。

六

　十六ヶ月余りの間に魯迅は計五十三通の手紙を二人に書いたが、その時間的密度は、魯迅の全書簡の中でも際だって高いといえる。しかもそこに書かれた内容は、不慣れな土地で暮らす若者の不安を少しでも取り除こうという配慮に満ちている。上海に来たとき、蕭軍は二十七歳、蕭紅は二十三歳であった。最初に面会したときに許広平と海嬰を伴ったのも、蕭紅に対する魯迅の配慮の表われであろう。その後二度、魯迅は彼らの住まいを訪ねているが、その二度とも、家族を伴っている。手紙の中にもよく家族のことが話題となっている。これはやはり他に比して特色あるものといわねばならない。しかも魯迅は二人の状況をよく観察し、面会や招待も適時を選んでいる。

　当時、魯迅に作品を送ったり、手紙を書いたりした若者は多かったのに、その中でなぜ彼は蕭軍と蕭紅に対して、時には家族ぐるみでかくも親身に接したのであろうか。彼らの才能と将来に期待をかけたことはいうまでもないが、彼らが被侵略の体験者であったことが何よりも大きく影響したに違いない。更に許広平は「憶蕭紅」の中で、上海に来て以来、状況が緊迫してくると、次第に親戚や友人が自分から遠ざかっていき、日常的には魯迅と話す以外は友人もなく、孤独だったと書いている。彼女が特に望んだのは女性の友人だった。許広平のこういった心情に対する魯迅の配慮もあったかもしれない。

　すでに述べたように、上海での二人の成功に勇気づけられた仲間たちが次々と上海に集まってきた。その若者たちを人々は「東北作家群」と呼んだ。「東北作家群」はセクトではない、何かの利益を共有していたわけでもないし、グループとして特別な成果を残したわけでもないと蕭軍自らも語っている（「作家蕭軍に聞く」）が、にもかかわらず彼らに対して、各文学史が「東北作家群（あるいは東北作家）」という呼称を冠したのには、やはり何らかの意味があると思われる。

　万里の長城によって分けられたいわゆる関外の地は、早くからロシアや日本の影響が強く、文化的にも特殊な環境にあった。それは彼らの作品の題材やスタイルに影響を及ぼした。それを郷土文学という枠組みで捉えることも可能かもしれない。が、「東北作家群」が「抗日文学」の枠組みの中で捉えられ、評価されるのは、やはり満洲国建設という歴史的情況の下で勃興した民族的危機意識と密接に結びついていることを表している。最近は満洲国建設後の東北に対して「淪陥区」という呼称が一般的となったが、すでに引用した梁山丁の文章（「蕭軍精神不死」）などからも察せられるように、東北作家群と呼ばれた人々に対し、特にその先駆けとなった蕭軍、蕭紅に対して、いわゆる淪陥区の現実を伝える伝

達者としての期待が、関内、関外共にあった。しかしながら一旦淪陥区を離れてしまった彼らに、上海という未知の土地で新たな現実に直面している彼らに、いつまでも東北を自らの現実として、生々しい痛みをもって描き続けることは可能だろうか。彼らに伝達者としての役割を期待し続けるということは、とりもなおさず彼らに永遠の漂流者であり続けることを要求することでもある。東北作家たちは関内の地を「祖国」と呼んでいる。それには「中国」という同じ母から生まれた同胞たちとの連帯に対する大きな期待と希望が感じられる。しかし現実は、風土、習慣などの違いと同時に、政治的、思想的な様々の思惑、様々の対立が渦巻いてもいた。その状況は恐らく彼らが東北で経験したものよりもはるかに複雑で入り組んだものであったに違いない。東北において、外敵はあまりに強大であり、満洲国建国という現実は、ある意味で彼らの連帯を容易にした。一方上海では、外敵の姿はまだ明確に捉えられておらず、理論が先走り、そのために内部の理論闘争が激化し、連帯を困難にしていた。上海の人々はその理論と現実との差を埋めるために、自分たちの連帯を可能にするために、東北から脱出してきた人々の経験に熱心に耳を傾け、彼らの創作活動を援助しようとした。その結果、故郷を棄てて「祖国」に漂流して来たというその経歴は彼らの創作の原点であり、彼らを支えもしたのだが、それは逆に彼らがそれから逃れることも許さぬ桎梏となった。魯迅は彼らに課せられるであろうその苦しみの重さを早くから予知し、その桎梏に若い彼らが押しつぶされることがないよう、その桎梏を引きずってなおかつ前進していく強い力が育つよう最善の努力を尽くそうとしたように思う。魯迅は、「身体は上海にあるが、いつも東北の自分の"故郷"を思い出していた」二人に対し、「家がなくなったのなら、しばらく漂流なさい。将来忘れないことです」と引導を渡す（〔五〇〕1935年11月16日、及びその注）。自らに偽りを許さず、漂流者であることをむしろ自分の生き方とその創作の原点とし力とせよ、という鋼のようなその強さを獲得するには、彼らはまだあまりにも若く、経験も乏しかった。

注

1　1934年10月9日から1936年2月23日までの間に、魯迅は蕭軍と蕭紅にあてて計五十三通の手紙を書いており、それらについて後に蕭軍が注釈をつけ、『魯迅給蕭軍蕭紅信簡注釈録』（1981年6月──以後『注釈録』）としてまとめている。以下、〔　〕内の数字は『注釈録』に付されている魯迅書簡の通し番号を、「注」は蕭軍の注釈を示す。

2　〈海燕〉に発表された後、作品集『緑葉底故事』（1936年12月、上海文化生活出版社）に収録される。

3　舒群は1934年3月に青島に脱出している。舒群が脱出先として青島を選んだのは、学生時代

の友人がいたほか、当時の青島は北洋軍閥の勢力下にあり、またドイツや日本の勢力も大きかったので、国民党特務が公に活動できなかったことによるという（董興泉「舒群年譜」：〈東北現代文学史料〉第八輯、1984 年 3 月）。また、1933 年初め、進歩的文芸工作者を団結させるために青島市委員会は青島「左連」を成立させることを決定したという調査報告もある（魯海・龔或藻「党與両蕭——蕭軍蕭紅在青島——」）。

4　当初は金剣嘯も蕭紅たちと一緒に東北を脱出しようとしていたが、妻子があったために思いとどまった。党組織が彼を東北に留まらせたという情報もある（曹 2005）。別れに際し、かつて上海で生活したことのある金が、知人の住所を彼らに渡した。

5　1934 年初、青島の地下組織は深刻な破壊を受け、山東省委は高嵩を市委書記として派遣したが、高は舒群の哈爾濱商船学校の同級生だった。党の外郭組織である荒島書店の責任者は孫楽文（朋楽）で、組織の指示により〈青島晨報〉を編集していた。舒群の推薦で蕭軍は副刊の編集を、蕭紅は副刊の〈新女性週刊〉に職を得たため、二人の収入は確保された（曹 2005）。荒島書店の当時の社長は国民党上層部ともつながりのあった寧推之、実務を担当していたのは地下党員の孫と張智忠であった（魯海・龔或藻「党與両蕭」）。

6　蕭軍と蕭紅が哈爾濱を離れた直後の 6 月 18 日、羅烽が日本の特務に逮捕されている。（董興泉「羅烽伝略」：〈東北現代文学史料〉第八輯）

7　「家がなくなったのなら、しばらく漂流なさい。将来、忘れないことです」（［五〇］）と魯迅にいわれている。

8　孫の話を聞いて、9 月、舒群と蕭軍は魯迅に会うために上海の内山書店を訪ねるが、目的を果たせないまま戻ってくる。戻ってみると、蕭紅の「生死場」が完成していた（9 月 9 日）（曹 2005）。

9　「蕭」は京劇「打漁殺家」の英雄「蕭恩」から取り、「軍」は軍人出身ということを残すためにつけたという（王徳芬「蕭軍簡歴年表」）。また「蕭軍簡歴年表」は、古代遼の時代、彼の生まれ故郷の遼寧では皆「蕭」という姓を名乗っていたことをもう一つの理由としてあげている。

　「蕭紅」は、『生死場』出版に際して初めて使った筆名であるが、二人の筆名をつなげて「紅軍」とし、国民党に見せつけてやろうという、「やや"幼稚病"の気」のある考え方だった。だがこの筆名は文化大革命期に「紅軍を消（蕭）滅させようとした」として蕭軍の罪状の一つとされた（〔二四〕注）。

　筆名に関しては、魯迅との間で何度かやり取りがあった。魯迅は〔二三〕（1935 年 3 月 31 日）で、『八月的郷村』のような作品と原稿料のために書いたものとは筆名も分けた方がよいとアドヴァイスしている。

10　魯迅に手紙を書いたいきさつに関して梅林の回想は異なっている。梅林は雑誌で魯迅がよく内山書店に行くことを知っていたので、彼らが作品の発表手段について悩んでいたとき、内山書店の樹人先生宛に手紙を送ってみてはとアドヴァイスしたという（丁言昭「蕭紅在上海事跡考」——以後丁 1981）。

11　原稿と写真が魯迅の手元に届いたのは10月28日である（「魯迅日記」）。「[二] 注」から、二人が哈爾濱から持ち出したものの中には、発禁処分を受けた『跋渉』も含まれていたことがわかる。

12　舒群は青島で共産党員倪魯平と知り合い、その娘と結婚する（「舒群年譜」）。魯平は当時公の身分は青島市政府労働科科長であったが、党の青島市委組織部部長であり、青島地下党の機関紙〈磊報〉の主編でもあった（曹2005）。

13　梅林によれば「外灘の波止場の近くの旅館」である（丁言昭「訪老人　憶故人」）。

14　亭子間というのは上海の伝統的な家屋の中二階の小部屋で、一般的に狭く、暗く、蒸し暑かったらしい。

　　なお丁言昭は当時の住人たちからの聞き取り調査により、「元生泰」は誤りで、実際は文房具を商っていた「永生泰」ではないかと指摘している。現在の裏陽路二八三号に当たるという（丁1981）。

15　この間のいきさつは蕭軍「在上海拉都路我們曾経住過的故址和三張画片」（1981年6月——以後「上海拉都路」）による。

16　牽牛房の仲間であった黄田に送金を依頼したという記述がある。黄田が香坊警察署署長であったことは前章ですでに述べたが、彼はまた、二人が金剣嘯と上海へ行く計画を立てたとき、旅費を準備してくれていたらしい（「蕭軍簡歴年表」）。

17　許広平も「憶蕭紅」（1945年11月28日）の中で、この日の天気を「霧の垂れ込めた空が寂しげな調べを奏でていた」と形容しているが、魯迅の日記では「晴れ」である。

18　蕭軍「譲他自己……」（1936年11月）

　　また魯迅と親しかった内山書店の主人、内山完造は、「魯迅先生に始めて面会すると、第一に其の風采の挙がらざるに驚く。私の店へ来て居られると、よく支那人のお客様が店員と間違へて、本の値段をたづねたりなどするが、決してそんなことを気にする人ではない」と書いている（「魯迅先生の思ひ出」：『上海風語』昭和16年8月、改造社）。

19　最初の面会で二人は「八月的郷村」の原稿を手渡しているが、これと先に送った「生死場」の原稿は魯迅を相当に悩ませたと、魯迅の死後、許広平が蕭軍に語っている。「原稿が日本製の薄い紙を使っていて、しかも複写紙を使って書かれており、字が小さくて細々していたからです。周先生は夜の明かりの下で読まれたので、原稿の下に一枚白い紙を敷かなければはっきり読めませんでした。周先生は老眼鏡をかけて原稿を読みながら、自分で嘆いておられました、"ああ、目が駄目になった！"」（蕭軍「譲他自己……」）

20　胡風が妻の梅志と結婚したのは1933年12月。三ヶ月も経たないうちに妊娠したのは、全く予定外のことだった。社会的活動を継続するために堕胎を決意した二人に日本人医師を紹介したのは魯迅であったという。また結局堕胎を断念した二人のもとに、妊娠や出産、育児について書かれた厚い本を届けてくれたのも魯迅であった。（梅志「我第一次生孩子時的幾件事——懐念魯迅先生給予的幫助」（1991年9月3日：『花椒紅了』1995年9月、中国華僑出版社）

「転送先の梅志の家の者が約束の日時前までに手紙を届けてくれなかったために、梅志と私は同席しなかった。のちに魯迅が彼らの住所を教えてくれ、直接会うように、といってきた」(「胡風回憶録」)

21　黄新波「不逝的記憶」は、訪ねてきたのは蕭軍・蕭紅夫妻で、魯迅先生から黄の所へ行けばベッドが余っていると教えられたので、二つ貸して欲しいと頼まれた。黄は魯迅がどうして自分の所に余分なベッドがあることを知ったのかわからないという。それについて伊之美「三個奴隷的解放」(1980年)は、ベッドの件を二人に教えたのは葉紫であったとしているという。いずれも原文未見。丁1981による。

22　以上〔二〕注及び「上海拉都路」。なお引っ越し先について「上海拉都路」では「二一号」とあるが、〔一三〕注及び「蕭軍簡歴年表」は、「二二号」である。時期については、蕭軍の手紙を受け取ったその日に書かれた〔一二〕(1934年12月26日)に「引越しの後の連絡を待つ」という記述がある。また1月2日付の手紙の返信〔一三〕(1935年1月4日)では引越し後の彼らの新居に言及している。

23　蕭軍は〔一四〕注で、「職業」と一緒に「搭客(貨船)」も送った、というが、〔一四〕ではまず「職業」と「桜花」を受け取ったこと、そして「搭客」について触れている。「桜花」の脱稿の日付が〔一四〕よりも五日遅い「1935年1月26日完」となっていることと、「搭客」の脱稿の日付が〔一四〕と同日であることが疑問として残る。

24　〔一六〕(1935年2月9日)でもまだ「返事がない」と書いている。

25　河北省南宮県出身。十七歳のとき哈爾濱に来てロシア語を学ぶ。1937年に上海に来る。(里棟・金倫「金人伝略」:〈東北現代文学史料〉第二輯)

26　「蕭軍簡歴年表」は、黄源は「江南の才子」式の「文雅人」であったという。本文前掲〔一二〕参照。

27　〔二二〕(1935年4月2日)に、「同じ道筋ですが、住所が変更になりました」という蕭軍の2日付けの手紙を受け取ったことが書かれている。丁1981はこれを2月末とする。

28　『羊』(1936年1月、上海文化生活出版社)所収。

29　〈文芸群衆〉二(1935年11月1日)。『緑葉底故事』所収。

30　『商市街』の最後の散文「最後的一星期(最後の一週間)」の末尾に「1935年5月15日、上海」と記されているが、蕭軍の「読後記」の日付は「5月10日」である。

31　金倫・曹稺予・丁言昭・蕭耘「蕭軍已出版著作目次年表」(〈東北現代文学史料〉第二輯)

32　実際は『生死場』は蕭紅の名で出版されている。また『八月的郷村』が「田軍」の筆名で発表されたのは、それが非合法出版だったため、国民党の文芸検査官たちの目をごまかそうとして、また農民の軍隊という意味も込めたものらしい。(〔二四〕注)

33　日高清麿・鹿地亘訳。〈改造〉十八巻六期(1936年6月)

34　鹿地は1934年治安維持法違反で検挙されたが翌年出所、1936年に上海に脱出している。

35　南海出版公司。邦訳:岸田登美子・瀬川千秋・樋口裕子訳『我が父魯迅』(2003年5月、集英

社）

36 蕭紅に、鹿地夫妻が上海にいた時のことを回想した「記鹿地夫婦（鹿地夫妻のこと）」（1938年2月20日）と題する散文がある。
　鹿地の回想記『「抗日戦争」のなかで』（1982年11月、新日本出版社）には、鹿地・池田幸子夫婦は上海爆撃のそのとき、ちょうど蕭軍・蕭紅夫妻の家で昼食のテーブルを囲んでいたという記述がある。

37 董興泉「羅烽伝略」（〈東北現代文学史料〉第八輯）は6月5日とするが、筆者の1981年の羅烽に対するインタビューでは、釈放は7月といっている。

38 「あなたの友人がこちらに来られたそうですが、大変よいことです。ただし、我々は数日たってから会うことにしましょう。今は暑くて、私も本当に忙しいのです。今、人間ではなく、機械になったような気がしています」（〔三六〕1935年7月27日）

39 「このごろはさっぱり原稿を送ってきません」（1935年8月5日、黄源宛ての魯迅書簡）

40 蕭紅は散文「魯迅先生記」（1938年）にもこの万年青のことを書いている。初めて魯迅の家に行ったときは冬の夕暮れどきだったが、火の気のない部屋に置かれていた万年青が、寒さの中でも青々としているのを、彼女は不思議に思った。「これは"万年青"といって、ずっとこうなのですよ」と煙草の火を消しながら魯迅がいった。魯迅の死後もこの万年青は黒い机の上にあったり、魯迅の写真の前に置かれたりしていたが、鉢はガラスに替わっていた。

41 蕭軍によれば、電灯の外側のすりガラスに大きく「茶」と書いてあったという。それはその横丁にある日本人経営の喫茶店の看板だった。（〔五三〕注）

42 丁言昭はこの地番は現在の四川北路九〇三弄にあたるが、ここは魯迅の家からは遠く、他にも矛盾点があることから蕭軍、蕭紅、許広平共に記憶違いがあるのではないか、といっている（丁1981）。

43 作品集。1936年8月　上海文化生活出版社

## 二　「生死場」の世界

### 一

　蕭紅が「生死場」を書き上げたのは1934年9月9日、それが世に出たのは一年余後の1935年12月である。「生死場」の題名は、上海に来てから胡風によって命名されたものらしい。胡風の回想（『胡風回憶録』）によれば、彼が蕭軍、蕭紅と会ったのは翌年初めのことであったというが、魯迅の書簡を見ると、4月12日以降のことだったようだ。魯迅の4月12日付の蕭軍、蕭紅宛書簡にはこのように記されている。

　　張君（胡風：1981年版『魯迅全集』注）が貴方と話したがっています。よいことだと思います。彼は文学批評を研究している人で、私とは熟知の間柄です。　　（[二五]）

　胡風の回想録には、食事会[1]が終わった後魯迅から二人に直接会うよういわれたことが記され、続けてこのように記録される。

　　彼らと会ったとき、蕭軍の『八月的郷村』はすでに印刷に回されていた。葉紫の小説集『豊収』と共に、「奴隷叢書」の名前がつけられていた。（中略）蕭紅の中編小説は、魯迅が〈文学〉に紹介し、連載して欲しいと頼んでいたが、そのときはまだ音沙汰がなかった。顔を合わせたとき、私は二人にとても親しみを覚えた。
　　蕭紅の小説がつき返されてくると、魯迅が私に読むようにといってきた。原稿を読んでいると、目の前に東北の勤労人民の侵略され、抑えつけられた悲惨な生活の現実や、頑強にあがきつつ生きることを求める意志と、悲壮で屈することのない反抗の戦いが展開していった。私は感動した。これは当時としては珍しい作品だった。まだ書名が決まっておらず、私に考えて欲しいということだったので、小説の章の題名から「生死場」と命名した[2]。彼らはまた私に序を書くよう求め、私は喜んでいくばくかの感想を書いた。しかし魯迅の序文があったので、それは後ろに置き、後記として欲しいと二人に強く求めた。　　　　　　　　　　　　　　　　　　　　　（『胡風回憶録』）

一方蕭軍には、「生死場」は自分の命名だと主張するような文章がある。

1934 年夏、我々は哈爾濱から青島に脱出した。
　　青島で、私はある新聞社で副刊の編集をしながら生計を立て、それと同時に自分の「八月的郷村」を書き続けた。
　　このとき蕭紅が自分も長めの小説を書きたいといい出したので、私もそれを勧め、そして彼女は書き始めたのである。
　　彼女がある程度書くと私がそれを読み、その都度私の意見をいって彼女と研究や検討を行った……それから更に彼女が書き続けた……。このことからいえば、私は彼女の最初の読者であり、最初の相談者であり、最初の批評家であり、意見を述べた者というべきであろう。
　　この間、私は一度上海に行っているが、戻って来て見ると彼女はもうこの小説を書き上げていた――1934 年 9 月 9 日のことである。
　　彼女のために初めから通して読み、一部の文章や言葉を検討し、修正を加え、その後彼女が薄い紙に二部写しを作り[3]、出版のチャンスを待つことにしたのだが、そのチャンスが当てのないものだということはわかっていた。
　　それから間もなく、私は魯迅先生と連絡がつき、手紙のやり取りが始まった。そこで「生死場」の写しも魯迅先生に送ったのである。
　　この小説の名前もさんざん考え、研究したものであったが……、最後にはやはり私が彼女のため「生死場」と決めた。これは本文の中のこういった文章による。
　　「村では、人や動物は一緒に慌しく生き、慌しく死ぬ……」、また、「広々とした村では、生と死は十年前と同じように巡っていた……」
　　実際、全編を通じて書かれているのは、この広漠とした大地で、奴隷の地位に貶められて剥奪され、抑えつけられ、圧しつぶされている人々……、毎年、毎月、毎日、毎時間、毎分……生と死、その境界線の上で転げ回りもがいている……ひっそりと死んで行く者もいれば、血にまみれて戦う者もいる……そういった現実と物語ばかりなのだから。　　　　（「『生死場』重版前記」1978 年 12 月 26 日――以後「重版前記」）

だが蕭軍は後にこう改めている。

　　「生死場」という書名にも論争があり、最後には胡風が考えてくれたのだと思う。
　　　　　　　　　　　　　　　　　　　　　　　　　　　　　　　　　（［四七］注）

　さて、前掲の胡風の回想録からも知ることができるように、魯迅の手に渡った「生死場」

は、初めは合法的に出版される予定であったらしい。魯迅が原稿を持ち込んだ生活書店は、1932年に設立された、当時上海では新興の出版社の一つで、専ら抗日救国の出版物に携わっており、抗日戦争勃発前夜には全国的にも大きな影響力を持つようになっていた。しかしそれと時を同じくして、当局側の弾圧も厳しさを増す。来新夏『中国近代図書事業史』(2000年12月、上海人民出版社)によれば、国民党当局は1928年に制定した「著作権法」により、党義に反する出版物を規制、1930年には「出版法」を公布、それによって左連が発行していた刊行物、〈拓荒者〉が停刊を余儀なくされる。その後、「宣伝品審査標準」(1932年11月)、「査禁普羅文芸密令」(1933年)と左翼文芸に対する規制はいっそう強まっていき、1934年6月には「図書雑誌審査弁法」が公布され、すべての図書雑誌は出版に先立ち、原稿の段階で国民党中央宣伝委員会図書雑誌審査委員会の審査を受けることが義務づけられた。「生死場」を持ち込んだ1934年〜35年はちょうどこの「図書雑誌審査弁法」がスタートした直後で、生活書店に関していえば「新生事件」のまっただ中であったと思われる。この事件は、胡愈之の「譲民衆起来吧」が国民党上海市党部の逆鱗に触れ、掲載誌であった〈生活〉週刊が発禁となり(1933年12月)、それに代わって発行された〈新生〉週刊(1934年2月創刊)に掲載された「閑話皇帝」(1935年5月)が今度は日本総領事館より天皇を侮辱するものとしてやり玉に挙げられ、結局日本の圧力に屈する形で国民政府は〈新生〉を封鎖、主編の杜重遠を十四ヶ月の刑に処したというものである(『中国抗戦時期大後方出版史』1999年10月、上海人民出版社)。一方魯迅と最初の面会が叶った日に二人から魯迅に直接手渡された「八月的郷村」は、東北における抗日義勇軍を描いたその内容から見て当初より「合法的」発表は不可能と判断された。「生死場」と「八月的郷村」の出版の経緯については、魯迅の両名宛て書簡から知ることができる(括弧内は筆者)。

  1934年12月20日　小説の原稿(「八月的郷村」)は拝読しましょう。その上でお返事します。吟奥様の原稿(「生死場」)は生活書店が出版する気があって、検閲してもらうべく官僚のところに届けました。通過したら、印刷所に入れます。
  1935年 1 月25日　吟奥様の小説(「生死場」)は検閲処に送ったあと、音沙汰なしです。考えるに、これは原稿が読みにくいことと関連しているのです。複写紙を使って写したものは読むのに骨が折れるから、放置しているのです。
  　　　 2 月12日　(「八月的郷村」の)出版の件については、いまのところお答えできません。まだ問い合わせることも、計画することもしていない

からです。

3月1日　今検閲を受けている原稿（「生死場」）は催促しても無駄でしょう。役人たちは文学者によくない感情を抱いているので、わざと難癖をつけているのです。あそこにいる連中は、ろくでなしか低能児ばかりで、勝手気ままにぶち壊しをやる以外、なにもできません。文章を読んでも、わからないのです。

（3月28日　「八月的郷村」序文執筆）

5月22日　「八月的郷村」は本が刊行されても、内山書店に委託販売することはできません。頼むと、（抗日を描いたその内容のために）困った立場に追いこむことになるからです。

7月16日　書籍（「八月的郷村」）については、なにも意見はありません。（中略）許（広平）は貴方が小説を贈呈してくださったことに感謝しております。いま読んでいるところで、よくできていると申しております。

　　　　　※蕭軍の注によれば、予定より早く出版された「八月的郷村」を十冊魯迅に送り、意見を求めたことへの返信である。

7月27日　胡（風）から手紙が来て、あの小説（「八月的郷村」）に対し非常に満足であるといっています。送っていただいた分は、自分用の一冊のほか、すべて贈呈しました。それで、もう五、六冊ちょうだいできませんか。包んで、おついでの折に書店に預けておいてください。

8月16日　小説（「八月的郷村」）は、もう十冊送ってくださっても結構です。しかし急ぎません。前回のうち五冊は外国に贈呈しました。翻訳されるかもしれないと想像しております。

10月20日　「生死場」の題はたいへんよろしい。この原稿はまだ読み終わっていません。カーボン紙を使って複写したのは、読むのに骨が折れるのです。しかし序を書けということなら最後の校正刷りをみせてくだされればけっこうです[4]。

11月15日　校正刷、昨日読了。ちょうど胡（風）が来たので渡しました。（中略）夜に序文を書いたので、同封します。

（12月　「生死場」出版）

1936年2月15日　あの小説（「八月の村」と「生死場」）三十冊はどちらも売り切れま

した。あちら（内山書店）に、更にそれぞれ数十冊送ってください。またわたしに各五冊送ってください。この件はもう張兄（胡風）に直接依頼したのですが、再度、お便りした次第です。

　２月15日付の手紙から、胡風がこの出版に深く関わっていたことがわかる。大きな本屋はこういった本を売りたがらなかったので、胡風たちは本を布にくるみ、近しい人たちに送り、そこから売りさばいてもらったという（『胡風回憶録』）。また魯迅も［三七］（1935年７月29日）で「不便なのは、今回は書店に託せないことです。万一発見されると店の主人は尻を打たれるでしょうから。それで、用心するほかはありません」といっている。だが［五二］（1936年２月15日）を見ると、内山書店に迷惑がかかることを恐れて委託販売に消極的だった魯迅も、結局委託したのだろうか。

　こうして世に出た「生死場」は、「八月的郷村」と共に、上海の文壇に大きな衝撃を与えたようだ。魯迅の序文と胡風の後記は、すでに述べたように、当時の人々のこの作品に対する評価を恐らく十二分に代弁していると思われ、この二作品が大手の本屋を通すことがなかったにもかかわらず、短期間の間に多くの版を重ねた事実がその傍証である。

　『生死場』の版本に関しては丁言昭が詳細な調査を行っている（「『生死場』版本考」）。丁言昭は初版のほかに次の七種の版本を記録している。これに筆者の把握しているものを加えると、以下のようになる（斜体は筆者）。

　　*1936年３月　　容光書局重版*
　　　　　　*11月　　容光書局六版*
　　*1939年４月　　連環画本（六十二枚）*
　　　　　　　　　　容光書局八版
　　1945年11月　　容光書局十版
　　1946年４月　　大連市文化界民主建設協進会初版、５月再版
　　1947年２月　　上海生活書店二版
　　1947年４月　　哈爾濱魯迅文化出版社新版
　　1953年３月　　新文芸出版社重版
　　1954年４月　　新文芸出版社上海第一次重印

印刷部数はいずれも不明だが、少なくとも当初予想した数をはるかに上回る読者がいたことの証明にはなろう。ちなみに『八月的郷村』は1935年８月の初版出版後、1936年２月

に再版、1939年5月に十版を重ねている。

## 二

「生死場」に関するこれまでの論述の多くは、魯迅序文と胡風後記を意識しながらも、主題に対する見解については微妙に異なる。それを馬懐塵「浅談『生死場』的主題和人物」は次のように整理する。

　　（一）　抗日を背景にはしているがそれは主題ではなく、自分の印象や感情に忠実に描写を続けているに過ぎない（陳宝珍「蕭紅小説研究」1982年3月）

　　（二）　抗日文学という側面を持ちながら、故郷への思いとヒューマニズムがその主要部分となっている（平石淑子「生死場論」1981年3月）

　　（三）　農民の、自分たちの運命に対するあがきを描いた郷土文学である（邢富君「農民対命運挣扎的郷土文学」1982年1月）

　　（四）　前半と後半の主題が異なる。前半部は農民の生活、後半部は抗日闘争がその主題である（H. Goldblatt "Hsiao Hung" 1976年）

そして馬は自分の意見として

　　（五）　反帝反封建こそがこの作品の突出した主題である

と主張する。

　前出の蕭軍の［一］（1934年10月9日）注釈にも見えるように、彼らは自分たちの題材及び主題が上海の、即ち最も先進的な、また最も目の肥えた読者たちに受け入れられるだろうかという不安を抱いていた。彼らは侵略された土地のその中にいて、そこに見える現実を自らの痛みとして描いたのだったが、彼らの、自身の心の痛みと切り離すことのできない、いわゆる内なる現実が、その土地（関内）を離れたとき、その現実の外側（関外）にいる人々に対していったいどれほどの普遍性を持ち得るのか。その不安は幸いにも杞憂となったが、それは彼らの内なる現実が関外の読者のそれぞれの内なる現実と一体化し得たということを意味するものではない。彼らの内なる現実が普遍性を持ち得たのは、彼らの内なる現実を自分たちの内に幸いにも未だ共有せずにすんでいる人々の、共有していないからこそ生じる不安によったといえよう。関内の人々は民族的危機が迫り来る気配は感じていたものの、それがまだ現実の事象として姿を現さないが故に、日々不安を増幅させていた。敵はどういう形でやってくるのだろうか。敵はどういう形で自分たちの日常を変え、あるいは破壊するのだろうか。破壊されたとき、自分たちはどのように行動するのか、したらよいのか。読者は彼らの作品を借りて自分たちの不安を観念的に実在化させること

により、その緩和、あるいは解消をはかったように思われる。蕭軍と蕭紅が東北で中国共産党の地下活動と深く関わり、その関わりの中から得た見聞、また体験を基盤にしていることは、左翼陣営の人々にとって政治的利用価値も高かった。故に二人にはそれ以後抗日作家のレッテルがつきまとい、より尖鋭な抗日作品を生み出すことが期待された。彼らの作品は、特に抗日の具体的な活動の経験に乏しく、抗日が中心的題材とはいいきれない蕭紅の「生死場」も、結果として抗日文学となった。

## 三

　1981年に発表した「生死場論」において筆者は、蕭紅たちが暴力的に故郷を追われたその哀しみに同調するあまり、特に蕭紅の作品における東北地方の風物、そして人々に対する描写に、土地に対する彼女の強い執着を読みとったため、彼女が東北地方とそこに生きる人々を描く「必然性」[5]をあくまでも彼女自身の内なるものに限定しようとする気持ちが強かったかもしれない。その結果、蕭紅の作品に関して彼女の感性、及び感情の面に偏して高く評価しようとする傾向を、それ以後も有していたように思う。

　だがその後蕭紅の作品を何度か読み返すうち、蕭紅の優れた感性を証明する言葉の数々が、決して感情のおもむくまま無作為にちりばめられているのではなく、読者を魅了するために計算されたしたたかな作為がそこには施されており、その作為に読者だけではなく、魯迅も、胡風もまんまとはまった——こういった表現は適切ではないかもしれないが——のではないかと考えるようになった。

　魯迅が序文で、「叙事と風景描写は人物の描写にまさる」といいながらも「北方の人々の生に対する頑強さ、死に対する抗争は往々にして力強く紙背を貫く。女性作家の細やかな観察と個性的な文調は、更に明るさと新鮮さを与えている」と評価したことはすでに述べた。魯迅はこの文章を書いた後、二人に宛てた手紙（［五〇］1935年11月16日）の中で、これは決してほめたのではなく、出版に当たっての戦略によるものだ、といっているが、しかしたとえ戦略ではあっても、全く的外れな評価を与えられるわけもない。ほめられる部分を最大限に膨らませてほめた、ということだろう。この魯迅の評価と胡風が「後記」で与えた評価が、その後長く、蕭紅の文学を評価する上での不動の基準となったということは、序章で述べた通りである。だが彼らの評を改めて読み返してみると非常に抽象的である。例えば胡風はこの作品の弱点として、題材に対する組織力の不足、人物に対する総合的イメージの構築の不足、文法的な特殊性の三点を挙げているが、中でも文法的特殊性とは具体的にどういった部分を指すのか。彼は、それは「作者が表現しようとする新鮮な

境地によるものもあり、採用されている方言によるところもある。だがそのほとんどは修辞的な推敲が不十分であるに過ぎない」というが、胡風が気にしている箇所はどこなのか、その中で一体いずれが「新鮮な感覚」で、いずれが「修辞的訓練の不足」といえるのか、どの部分が方言なのか。時代も場所も、そして母語も異にする筆者にそれを確かに判断する能力は残念ながらない。だが幸いにしてこの点に関しては李重華の興味深い指摘がある（「《生死場》的情節結構、人物塑造和語言特色」）。

まず方言に関して李は、役所や役人を「官項」、じゃがいもを「土豆」というのは、蕭紅の出身地である呼蘭付近の農村の典型的な方言であると指摘する。だが一方で、意味がわかりにくい特殊な言葉は避けており、むしろそのことによって郷土色が薄れたことが残念であるという。そして胡風が「後記」の中で修辞になお鍛錬が不足している、と書いたのは、こういったことへの理解が不足していたためであるとしている。

蕭紅自身、哈爾濱の女子中学に進学し、当時の女性としてはかなり高い教育を受け、学生時代には魯迅や郭沫若などの作品を愛読し、また北京で半年ほど暮らした経験を持ち、中国共産党の地下活動の関係から、関内から来た人々との交流もあったと思われることなどから、彼女の言語環境が閉ざされたものであったとは考えにくい。一方李は、蕭紅が教養のない農民が使うはずのないような言葉を使用している場合があることも指摘しているけれども[6]、それはむしろ知識階級としての言語環境を持つ蕭紅が意識的に普段耳に慣れた当地の方言を組み入れ、郷土色を際立たせようとした証と考えられるのではないか。

また、李は蕭紅の修辞的な特色についてこのように指摘する。例えば「捕胡蝶嗎？ 捉蚱虫嗎？ 小孩在正午的太陽下（蝶を捕まえているのか？ セミを捕まえているのか？ 子どもは正午の太陽の下にいた）」という表現は、一般的な中国語の語法では、「小孩在正午的太陽下捕胡蝶，捉蚱虫（子どもは正午の太陽の下で蝶を捉え，セミを捕まえていた）」とするのが当然であるとする。しかし、「蝶を捕まえる」という文と「セミを捕まえる」という文を主語（子ども）の前に置き、更に疑問文としたことにより、強調作用が生まれ、表現効果が高まったとする。一方「你吃飽了嗎？ 午飯（食ったか？ 昼飯）」という倒置表現については、北方農民がよく使用する独特のいい方であると指摘する。また「王婆的故事対比着天空的雲（王婆の物語は空の雲に対比していた）」という表現に対し、文法的には全く問題はないが、物語が雲に対比できるはずはなく、この表現は王婆の鬼気迫る姿と絡んで余韻を残している、とする。そして「李青山的計画厳重着発表（李青山の計画が重々しく発表された）」という一文について、中国語では本来形容詞であるべき「厳重」ということばがここでは動詞として使用されているのだが、それによってその場の空気の重さがいっそう際立っている、と指摘する。しかし残念ながら筆者には、中国の読者と以上のような印象を共有できるだ

けの語感がない。

　むしろ筆者には、蕭紅の作品に全般的に見られる「まるで……のようだ」という比喩的表現が、彼女の作品世界を考える上で興味深く思われる。「生死場」もその例外ではないのだが、それについて李の指摘はない。胡風が「生死場」の登場人物に関して、総合的イメージの構築が不足していると批判していることはすでに述べたが、「生死場」に現れた比喩的表現を、この作品の登場人物の描写に限って抜き出してみると非常に興味深い事実を発見することができる（以下傍線筆者）。

| 章 | 人　物 | 比　喩 |
|---|---|---|
| 1 | 二里半 | 馬みたいに長い顔で、馬のように喉を鳴らして水を飲み、いなくなった山羊を捜すときは誰よりも必死に、牛みたいな声で叫ぶ |
| 1 | 羅圏腿<br>（二里半の息子） | 麦わら帽子を目深にかぶり、大きなキノコのよう |
| 1 | 麻面婆<br>（二里半の女房） | 目は恐ろしいくらい、牛の目よりも大きく、柴を抱えて家に入って行くさまは母熊が草を抱えて洞窟に入っていくようだ。喉の仕組みが豚と同じなのか、豚が話をしているような声で話し、びっくりすると蚕のようにのろのろと動き、刈り取られて根だけが残った麦畑を蛇のように通って行く |
| 1 | 二里半の行方不明の山羊を探す村人たち | その声は山羊と寸分見分けがつかない |
| 1 | 王婆 | 近所の子どもたちから「ミミズク」と呼ばれ、憤慨しているが、広場を出ていくときは灰色の大きな鳥のよう |
| 2 | 成業 | 逢い引きした娘を連れて、猟犬が獲物を捕らえたみたいに高粱の畑に入っていく |
| 2 | 成業のおば | 甥と話をしているのを亭主にとがめられないかと恐れるが、亭主がいなくなると、小さなネズミのように頭をもたげてまた話を続ける |
| 2 | 金枝 | 結婚前に妊娠してしまったことを母親に知られるのを恐れ、ネズミが一晩猫の尻尾の下で寝たように夜を過ごし、その現実から逃げ出そうとして「伝染病にかかった鶏のように」瞬きをしながら畑にうずくまる。そのことで頭がいっぱいの彼女はまるで田んぼの案山子のように無感動になり、紙で作った人形のようになっていた |
| 2 | 金枝の母親 | 怒ると唇の先が尖って雀の嘴のようになり、娘を虎のように捕まえる |
| 3 | 二里半 | その姿はよく馴れた猿のように見える |
| 4 | 村人たち | 二月の声を聞くと、冬眠していた虫のように目を覚ます |
| 4 | 村の女たち | 冬の松の木のようによく集まるが、突然竿を投げ入れられるとぱっと散る群れた魚のようでもある |
| 4 | 五姑姑 | 活発な小鳩のように炕の上を跳び歩く |

| 4 | 王婆 | 父親の靴を勝手にはいて出た息子を、山の野獣が小動物を襲って食べようとしているみたいに凶暴に捕まえる |
| 4 | 月英 | 村一番の別嬪だったが、死の病のために「病気の猫のように孤独で絶望的」 |
| 5 | 平児 | 羊の背中にまたがっているさまはまるで猿のよう |
| 6 | 五姑姑の姉さん | 出産のまさにそのとき、丸裸で魚のように這いつくばっている。子供が早く生まれるように立って歩こうとするが、病気の馬のように倒れてしまう |
| 6 | 村の女たち | 夏になるとどんどん太っていく子豚に比して、畑を耕す馬のようによりいっそう痩せ細っていく |
| 7 | 王婆 | 毒をあおり、趙三に押さえつけられ、腹と胸がふくらんで魚みたいになる |
| 12 | 村の女 | 日本軍の兵士に豚のように背を丸めて引きずっていかれる |
| 14 | 日本兵 | 肥えたアヒルのよう |
| 14 | 金枝 | 初めて来た夜の哈爾濱で、ゴミ箱のように、病気の犬のように蹲る |
| 14 | 繕い物をする女たち | 騒いでいたミツバチが静かになっていくように眠りにつく |
| 14 | 金枝の客 | 猿のような毛むくじゃらの胸をむき出しにし、ドアに鍵を掛ける |
| 15 | 北村のばあさん | 息子を殺されたことに怒って李青山につかみかかった時には狂った牛より力があったのに、三歳の孫と一緒に首をつったときには二匹の痩せた魚のよう |
| 16 | 五姑姑の亭主 | 参加した義勇軍がバラバラになり、昔はいい男だったのに、今は死にかけた蛇みたいに這って帰ってきた |
| 17 | 二里半 | 家族を失い、ついに大事にしていた山羊も捨てて革命に身を投じるために彼らの指導者である李青山を「黒馬のような顔」で追いかけて行く |

以上は決して特殊な例のみを選んだのではなく、「まるで……のようだ」という比喩表現を登場人物に限って抽出したものである。ここから、この作品のほとんどの登場人物が人間以外の生物に例えられ、更にこの種の表現が、特に前半部（第一章～第九章）に集中していることが発見される。

　また自然描写の豊かさが蕭紅の作品の大きな特徴とされているが、この作品でも、それは非常にユニークに見出すことができる。例えば、すべてに対して権威的な午後の太陽（第一章）、中秋節を過ぎて憔悴し始めた畑[7]（第二章）、葉を落とし、大きな傘をすぼめてしまったかのような木々とそこに射す哀しげな日の光（第三章）、あらゆる音に打ち砕かれそうになりながら空の隅に縮こまる月、村中の子供たちに対して暴虐的な冬（第四章）、いつの間にか自分の苦しみを慌しく作り上げてしまう牛や馬（第四章）。こういった擬人

化された自然物の描写の中に人間以外の主として自然界の生物にたとえられた人々の描写がじぐざぐに入り込むことにより、人の日常の営みと自然のそれとの境は曖昧になり、人々の生命の営みが大自然の営みの一部でしかないことが、ところどころの何気ない描写によって強調されていく。例えば、妊娠の事実に怯えて畑にうずくまる金枝の膝の上には、偶然にも重なり合った二匹の蝶が落ちてくるし、出産する女たちの家の周りでは、犬や豚が同じように子供を産んでいる。「村では人も動物と一緒に慌しく生き、慌しく死んでいく」（第六章）のだ。

　だが唯一決定的に違うのは、人間が人間であるがゆえにつきまとう深い苦しみと哀しみだ。しかも皮肉なことに、人はその苦しみと哀しみにさいなまれたときにのみ、自分が人であったことを自覚させられる。それを人間としての尊厳の回復というのだろうか。そのとき多く死が彼らの目の前に迫っていても。

　　四

　「生死場」において、人間であればこその苦しみや哀しみは、ことさらに女性を選択して訪れる。しかもその多くが出産に絡む。それは作者自身が、子を産む性としての女性が、それであるからこそ最も根源的に、あるいは宿命的に生と死に深く関わり、あるいは関わらざるを得ないのだと考えていたからに違いない。「生死場」を書いたとき、作者はすでに一度の妊娠、出産を経験していた。

　人も動物と同様、愚直なまでに、本能の命ずるままの生殖を繰り返す。だが本来種の保存と繁栄を約束するはずの営みも、人間であればこそその上に重く、このときにだけ人間であることを認識させられるかのように苦しみや哀しみを担わされるのは暴力的といってよく、それは何と理不尽なことか、と作者は言外にいう。例えば、五姑姑の姉さんの出産の場面は以下のように描かれる。

　　家の裏の草の山、犬がそこで子を産んだ。親犬は四肢を震わせ、全身を震わせていた。長いことたって、子犬が生まれた。
　　暖かい季節は村中が畑仕事に精を出す。親豚は群れた子豚を引き連れてにぎやかに駆けていく。腹が膨れた親豚もいて、歩くときにはそれが地面にくっつきそうだ。たくさんの乳房が何かで満たされ始めていた。
　　それはたそがれどき、五姑姑の姉さんがもう待てなくなって、義母の家にでかけて行った。

「おばさんを呼んできて下さいな、どうもよくないから」

　部屋に帰るとカーテンやすだれを下ろした。彼女は静かに座っていられなくなっていた。筵を巻き上げると、草の上に這っていった。（中略）

　たそがれをすぎ、部屋には蠟燭がともされた。女性は出産間近だった。彼女は小さな声でしばらく叫んだ。産婆ともう一人隣の婆さんが彼女を支えて坐らせ、炕の上を少し移動させた。しかし罪作りな子供はどうしても生まれてこない。夜中まで騒ぎ、外で鶏が時を告げる頃、女は突然苦痛で顔を青くしたり黄色くしたりし始めた。家中の人が浮き足立っていた。彼女のために死に装束を用意し始めた。恐ろしげな蠟燭の光りの中で、服を探しまわった。家中が死の黒い影に大騒ぎしていた。

　裸の女は全く動かなかった。彼女は生死のはざまで最期のときをもがくこともできなかった。空が次第に白んできた。死体のようなものが家の中に伸びているのは何ともおどろおどろしかった。

　（中略）

　大きな腹の女は、まだ腹を膨らませて、全身に冷たい水を浴びたようになって、無言でそこに坐っていた。彼女はほとんど動けないようだった。（中略）

　彼女はもう坐っていられなくなった。彼女は苦しんでいた。（中略）罰を受ける女は、傍に洞窟があればそこに飛びこむだろう。傍に毒薬があるならそれを飲むだろう。彼女は全てのものを恨んだ。（中略）

　ここで子供が生まれたら、子供はすぐ死んでしまう。誰かが産婦を引っ張って立たせると、すぐに子供が炕の上に落ちた。何かを炕の上に投げ出したような音がした。女は血の光の中に横たわり、身体を血に浸していた。

　（中略）

　四月、鳥たちも雛を産んだ。黄色い嘴の小雀が飛んでくるのがよく見かけられた。軒下から豚のえさに飛び降りてくる。子豚の一団は次第に太ってきて、女たちだけが村の夏にはいっそうやせ細る。畑を耕す馬みたいに。　　　　　　　　　　（第六章）

　五姑姑の姉さんが子供を産んだのと同じ頃、村では金枝が子供を産み、麻面婆が子供を産み、そして隣村の李嬸子も子供を産んだ。王婆は産婆として家々を飛び歩くが、仕事を終えて自分の家に戻ってみると、窓の外ではどこの家のかわからない豚がちょうど子供を産んでいるところだった。女性たちがこうして同じ頃に出産のときを迎えるということは、とりもなおさず人間の営みが年間の農作業との関わりの中に、即ち自然の支配下にあるということを意味している。それは動物たちが時期がくれば発情し、子孫を増やしていく営

みと何ら変わりがない。だが男たちは、自分たちが自然の支配下にあることを認めたくないかのようだ。彼らは自分たちの行為の結果として家族が増えていくことに苛立ちを隠せず、結果を体現せざるを得ない女にそれをぶつけ、なじる。あたかも自分たちの行為の結果が現実となることが彼女自身の罪であるかのように。五姑姑の姉さんが難産で死に瀕しているときも、夫はその現実からの逃避を切望して酒を飲む。しかし現実がそれで雲散霧消するわけはなく、逃避願望を持ったことで却って抵抗の不可能なことが明らかとなり、彼の苛立ちはいよいよつのる。

　　一人の男が飛び込んできた。酔っ払っているようだった。彼の顔は半分赤く、むくんでいた。布でさえぎられた方へ歩いて行くと、叫んだ。
　「早く俺の靴をよこせ！」
　女は返事をしない。彼は手で布を引き裂いた。彼の厚い唇が動いた。
　「死んだふりか？　死んだふりかどうか確かめてやる！」
　そういいながら彼は手近にあったキセルをその「死体」に投げつけた。母親がやってきて彼を引きずり出した。毎年こうだ。女房が子供を産むのを見ると彼は反対する。
　　　　　　　　　　　　　　　　　　　　　　　　　　　　（第六章）

　第六章の章題でもある「刑罰の日々」は男女を問わず全ての人々に平等に訪れるはずなのに、そのことによって女性だけが生死の負荷を負わされ、しかも責められる。
　しかし、この物語で女たちが生死の負荷を負うのはこと出産だけではない。そしてそれに際しても男たちは傍観者としての役割しか負わされないのだが、その男たちの為す術もなくただ見守るしかない傍観者としての苦しみと哀しみ、絶望、あきらめに対し、作者は決して無関心ではない。例えば隣村の村一番の美人といわれた月英の夫。月英は長患いのためにもう見る影もない。王婆が彼女を見舞ったときには、自分の肩に掛けた布団を動かすこともできず、枕に体を支えられながら座ったまま、身動きすらできない状態だった。彼女はもう一年も、横になって寝ることができずにいるのだ。

　　初めは亭主も彼女のために神様にお祈りした。線香をあげたり、土地廟へ行って薬をもらったりした。それから町の廟にも線香をあげに行ったが、奇妙なことに月英の病気はこういった線香とか神仏とかでは治せなかった。それからは亭主は責任を果たした気になっていたが、一方月英は月ごとに病気が重くなっていく。亭主は情けない思いだった。彼はブツブツと罵った。

「おまえみたいな女房をもらったおかげで運も逃げちまった。ご先祖様と暮らしてるみてえだ、貢物をあげてよ」

　初めは彼女がいい訳をするので殴っていた。でも今は違った。絶望していた。夜、町で野菜を売って戻ると飯の仕度をして一人で食べ、食べてしまうと横になり、夜が明けるまで眠り続ける。傍らに坐って苦しんでいる女は夜が明けるまで叫び続けているのようだった。一人の人間と一人の幽霊が一緒に置かれ、互いに関わりを持たないでいるかのようだった。
　　　　　　　　　　　　　　　　　　　　　　　　　　　　　　　　（第四章）

　また、王婆の亭主の趙三は、毒をあおって死にかけている女房のために墓穴を探し、祭りに浮かれる町で棺おけを調達してくる。それは彼の長年の連れ合いに対する精一杯の誠意といってよく、しかも王婆は趙三とは再々婚であった[8]。しかしそこにあるはずの男たちの苦しみ、哀しみは、女性たちのそれに比べてはるかにあっさりと書き流されていく。

## 五

　この作品全編を通じて重要な役割を担っているのが王婆である。この作品で多くの登場人物が人間以外の動物にたとえられていることをすでに指摘したが、王婆に対しては「幽霊」という言葉が効果的に使われている。「幽霊」が人間でないことにおいてはほかと同じだといえなくもないが、しかしこの比喩はほかの登場人物に比して特異であり、全編における王婆の役割の重要性を併せ見るとき、そこに作者の何らかの意図が察知される。
　ある夜のこと、王婆は二人の農婦と一緒に豚のえさ箱に腰をかけ、三歳で死んだ自分の娘の話をしている。前述の、李が指摘した「王婆の物語は空の雲に対比している」という特徴的な描写に続く場面である（以下傍線筆者、括弧内は原文）。

「……それは朝のことだった、あたしはその子を草の山の上に座らせて、牛の世話をしに行った。草の山は家の裏にあった。子供のことを思い出したんで、あたしは走って戻ったんだが、草の上に子供はいなかった。草の山の下に鉄の鍬があるのが見えて、ピンときた。これは悪いしるしだ。よりによって鍬の所に転げ落ちるなんて。あたしはその子がまだ息があると思った。抱き上げてみると……ああ！」

　一筋の閃光が空を引き裂き、興奮した<u>幽霊（幽霊）</u>のような王婆の姿がくっきりと見えた。

（中略）

「その子の幼名は小鐘といった。……あたしはずっと苦しくて幾晩も眠れなかった。麦が何だね。そんときから麦なんてどうでもよくなった。今も、何もかもどうでもいい。そんときあたしはまだ二十歳をすぎた頃だった」
　立て続けに閃光が走り、能弁な<u>幽霊（幽霊）</u>は黙ってその中に坐っていた。農婦たちは互いに顔を見合わせた。少しぞくっとした。　　　　　　　　　　　（第一章）

そして、地代を払うため、長年苦労を共にしてきた馬を屠殺場に送って行く場面では、

　王婆自身はこう思っていた、一人の人間がどうしてこうもすっかり変われるんだろうか。若い時分はしょっちゅう老いぼれ馬や老いぼれ牛を連れて屠殺場に来たじゃないか。彼女は身震いした。屠殺の刀が自分の背中を突き刺したような気がしたのだ。だから手に持った枝を取り落としたのだ。彼女はくらくらして道端に立ち止まった。髪が<u>幽霊（鬼魂）</u>のように吹き散らされていた。　　　　　　　　　　　　（第三章）

また、離れて暮らす息子が役人に捕まって殺されたことを知ると、王婆は毒をあおって自殺をはかる。

　湾曲した月が反りかえった刀のように林の端に突き刺さっていた。王婆は髪をざんばらにして、裏のボロ囲いの方へ歩いて行き、静かに戸を開けた。囲いの外は真っ暗でしんと静まりかえり、僅かな風もこの真っ暗な夜の絵画を揺り動かそうとはしなかった。キュウリが棚にはい上がっている。トウモロコシが幅広の葉を摺り合わせていたが、蛙の鳴き声はなく、虫の鳴き声もほとんど聞こえなかった。
　王婆はざんばら髪を振り乱し、<u>幽霊（幽魂）</u>のように柴の上に跪き、手にした杯を口に運んだ。すべてのことが心に溢れ出し、すべてのことが彼女を引きとめた。彼女は体を伸ばしたまま草の山に倒れこんだ。悲しみのために大きな泣き声が溢れ出した。
　　　　　　　　　　　　　　　　　　　　　　　　　　　　　　　　（第七章）

原文では「幽霊」「鬼魂」「幽魂」と言葉を変えてはいるが、いずれもイメージは同じと考えてよく、そしていずれも王婆が死という現実に直面した場面で使われている。第一章は子供の死、第三章は馬の死、そして第七章はほかならぬ王婆自身の死である。しかし、ほかの農民たちに対する人間以外の生物との比喩と同様、作品後半部ではこういった比喩は影をひそめる。こういったことと、後半王婆を中心に人々がそれぞれの抵抗へと立ち上

がっていく展開とは、何か関連があるのではないだろうか。また王婆はこの物語が始まるころ、すでに五十歳になろうとしている。この物語には何人も若者が登場しているにもかかわらず、人生も終盤にさしかかろうという一農婦に、作者はなぜ十年後をにらんで物語を牽引する重大な役目を負わせようと考えたのだろうか。

　物語には、この閉塞した村の空気を突き破る可能性を秘めた若い女性が二人登場する。一人は王婆と前々夫との間にできた娘で、二年前に養父を失い、また匪賊となった兄が捕えられて処刑されたため、身寄りを失った彼女は母親の王婆と一緒に住むようになる。息子の死に絶望して毒をあおった王婆は、結局この世に戻ってくる。「彼女はまだ生きていかなければならない」（第八章）。死ぬことも許されずこの世に舞い戻った王婆は酒をあおり、毎日魚を釣りに行き、森を徘徊し、夜は庭で寝るという破綻した生活を送る。そうするうちに、彼女は娘が初めてここへ来た日に毅然として口にした、「あたしは絶対に兄ちゃんみたいになる」という言葉を思い出す。

　　　王婆は娘がどうしてこんなに激しい気性になったのかと思った。役に立つ子かもしれない。
　　　王婆は突然酒を止めた。彼女は毎晩、林の中で娘を教育し始めた。静かな林の中で彼女は厳かにこういった。
　　　「仇を取るんだ。兄ちゃんの仇を取るんだ。誰がおまえの兄ちゃんを殺した？」
　　　娘は思った、「役人（官項[9]）が兄ちゃんを殺した」。また母親の言葉が聞こえてきた。
　　　「兄ちゃんを殺した奴を殺さなきゃならない……」
　　　娘は十何日か考えて、ためらいながらも母親にこういった。
　　　「誰が兄ちゃんを殺したの？　かあちゃん、明日あたしを町に連れて行っておくれ、その仇が見つかったら、後でいつかそいつに遇ったとき殺してやるから」
　　　子供は子供だ、母親は思わず笑った。母親は哀しかった。　　　　　　　（第八章）

　十年後、この娘は時々村に現われる黒い鬚の男たちと共に、銃を担いで飛ぶように山を登り闘争に明け暮れる日々を送っていたが、ある日、黒い鬚の男によって彼女が落命したという知らせがもたらされる。

　もう一人は村の娘、金枝である。金枝は十七歳のとき、同じ村の成業と恋愛し、本能のおもむくままに関係を持ち、その結果として妊娠する。それに気づいていない金枝の母親は結婚には反対である。女たちが結婚後にどんな運命をたどらねばならなくなるかを身を

もって知っているからだろうか。成業のおばも、金枝に対する思いの丈を打ち明ける若い成業に対し、ため息まじりにこういう。

「あんたあの娘とまた会ったのかい？　あの娘はほんとにいい子だよ。……やれ……やれ」
　おばさんはじれたように籠によりかかった。甥っ子が聞き返す。
「ねえ、何がやれやれなんだい？　俺はあの娘と夫婦になりたいんだ」
「やれ……やれ……」
　おばさんは本当に哀しそうに、
「あんたがあの娘を嫁にしたら、あの娘は変わっちまうよ。それまでとは違うさ。あの娘の顔が青くなる。あんたもあの娘のことばかり気にかけやせずに、殴ったり罵ったりするだろうさ。男の心に女があるのは、あんたぐらいの年頃のことさ」
　おばさんは自分の哀しみを話しているのだ。胸に手を当て、心臓に変化が起きるのを防いでいた。
（第二章）

　果たして女たちの予想は外れない。嫁いで四ヶ月にもならないうちに臨月を迎えた金枝は、他の女たちと同様、現実から目を背けようとする男の冷淡さを知ることになる。そして生まれた女の子はわずか一ヶ月後に、苛立った父親によって衝動的に命を奪われてしまう。
　十年後、満洲国が成立したとき、金枝は実家に戻っている。彼女は母親との生活を支えるため哈爾濱へ行き、繕い物で身を立てようとするが、そこで出会ったのは、女が稼ぐための究極の手段は自分の肉体以外にないという過酷な現実だった。しかし金枝の母親は、娘が持って帰った金に有頂天になり、その金の出所を追求しようともしない。金枝は王婆にいう。

「昔は亭主を恨んだけど、今は日本人を恨むよ」。しかし最後に彼女は哀しみの道へと戻って行った。「あたしは中国人を恨んでいる、そのほかは何も恨んじゃいない」
（第十四章）

　全てに絶望した金枝は尼になろうと思って尼寺を訪ねるが中はもぬけの殻だった。傍にいた女（五姑姑）が、尼さんは九・一八後男と逃げたと教えてくれる。その女の腹は随分と大きくなっていた。女は泣きながらこういう。

「あたしは嫁に行かないっていったのに、おっかさんが許しちゃくれなかったんだ。日本人は生娘を欲しがるからって。見ておくれよ、どうしたらいいんだい？　この子の父親は出て行ったまま帰っちゃ来ない。義勇軍に入りに行ったんだ」　　（第十六章）

金枝とその周りでは、相も変わらず女の苦しみが繰り返されていき、金枝にはその連鎖を断つ力もなく、また彼女自身その連鎖を抜け出すことも許されない。

金枝はまた当てもなく歩き出した。出家したくても庵はとっくに空だったのだから。
（第十六章）

## 六

なぜ作者はこの二人の若い女性に希望を与えなかったのか。村の指導者として農民たちを闘争に導いていく李青山にしても、最後に山羊を残して足を引きずりながら磐石の革命軍に合流すべく村を出て行く二里半にしても、すでに若くはない。李青山について抗日義勇軍に身を投じた平児にも、彼の話に耳を傾けた羅圏腿にも、村の若い男たちに作者の関心は全くといっていいほど向かない。その中で王婆に課せられた任務は何だったのだろうか。それを考える上で王婆が「幽霊」に例えられたこと、それが前半部に集中していることは重要な意味を持つように思われる。即ち前半部でこの世のものではなかった、つまり「幽霊」として生きていた彼女は、自分を一度殺すことによって人間へと生まれ変わることを可能としたのだ。その生まれ変わりのきっかけが毒をあおるという極めてショッキングな出来事であることに、人間でなかったものから人間への生まれ変わりという道筋が彼らにとって容易でないものであったことが明らかとなる。そして後半、王婆に導かれ、人間でなかった人々は次々と人間に生まれ変わり、抗日へと立ち上がっていく。それは人間を人間以外の生物にたとえる表現が、すでに指摘したように後半部において明らかに減少していることからもわかるとおりである。本来はそこに王婆同様各個々人の生死を賭けた生まれ変わりのドラマがあるべきなのだが、それを王婆一人に代表させてしまったことが、この作品の人物描写、及び主題への集中度に対する散漫な印象を生んでいるのに違いなく、前半と後半で主題の転換が起こるという印象を与える原因ともなっているといえよう。王婆にこの重大な役目を負わせるため、作者は彼女に生死に関わる産婆の役目を与え、自身の子供の死を経験させ、離婚、再婚、再々婚、また銃の扱いに熟知していることに関して、趙三の口を借りて彼女自身匪賊として短くない年月を送ったことを暴き、まさに一人の中

年の農婦の身には余るような多くの過去、役割を背負わせて幽霊であることを強調してきたのだ。魯迅がその手紙で王婆に言及し、あまり鬼気迫るものを感じないといっている原因の中には、恐らくこの人物に負わされた負荷のあまりに多いことによって生じる散漫さを感じたからではないだろうか。

> 王婆にはたいして鬼気を感じませんでした。このような人物は南方の田舎にもよくいます。アンドレーエフの小説はもっと凄みがあります。私の「薬」の最後の一段には、いくらか彼の影響があり、王婆より鬼気があります。
>
> （［五〇］1935 年 11 月 16 日付）

蕭紅の王婆に対する過度の期待を、彼女の創作経験の未熟さに帰することも可能であろう。しかし、彼女が若者に期待していないこと、特に金枝に希望を見出していないことについて、こうも考えられないだろうか。蕭紅にとって、この世に生まれてしまった以上、その生がいかなるものであろうとも死ぬまで生きていかざるを得ないような人々が、あるとき自らの人生に疑問を抱くこと、そして自らそれを変革すべく行動を起こすことにこそ意味があったのだと。その意味をより明確に提示するには、それまでの人生をすでに十分に生きた人物が必要だったのだと。

しかし残念ながら、前半部の生き生きとした描写、ドラマチックな展開が後半部ではほとんど影をひそめる。それは蕭紅が蕭軍と違って、現実の抗日闘争の体験を持たなかったことと関係があるのではないか。蕭軍の証言により、「生死場」の創作過程で彼のアドヴァイスがあったことが明らかだが（「『生死場』重版前記」）、女たちの苦しみや哀しみの描写に比して、覚醒していく農民たちのその過程は、あまりに唐突である。

前半と後半でテーマが著しく変わったと主張する研究者はゴールドブラットだけではない。しかしその要因の解釈においては必ずしも同じではない。たとえば王勤は「重読蕭紅的『生死場』」で、まず全体を貫く緊張感や波乱に富んだストーリーがない、とした上で、前半は「地主と農民の間にある封建社会の基本的矛盾」を描き、後半は「民族矛盾」を描いたものであるとする。この意見は鉄峰「従『生死場』談起」にも踏襲される。また王勤の論文と同年に発表された邢富君・陸文采「農民対命運尓扎的郷土文学──『生死場』再評価」では、前半と後半とで主題が変化しているように見えるのは、時代的、社会的背景の変化によるものである、という。

しかし、主題は変化しているだろうか。王婆という一人の女性によって貫かれたこの物語は、確かに後半部の緊張感には欠けるが、それは作者の農民の生活に関する知識が抗日

運動に関する知識に数段勝っていたことと、作者自身の関心がむしろ農民たちのその土地に根ざした、延々変わらぬ生活にあったからだといえないか。

## 七

ここで金枝の残した以下の言葉を思い出したい。

「あたしは中国人を恨んでいる、そのほかは何も恨んじゃいない」

そしてこの後に作者はこう続ける。

王婆の学識は金枝にやや及ばなかった。

もしこの作品を「抗日文学」として読もうとすれば、この部分は完全にその場所を失う。さりげなく挿入されたかに見えるこの短い部分を我々はどう解釈すべきなのだろうか。

蕭紅はなぜ「生死場」を書いたのだろうか。執筆の時期から見て、またテーマから見て、「生死場」の創作動機が蕭軍の「八月的郷村」にあることは、「八月的郷村」を書いている蕭軍の姿を見て、自分も長目の小説を書きたいといい出したという蕭軍の証言(『『生死場』重版前記』)からも裏付けられる。蕭軍の証言によれば、「生死場」を書き始めたのは哈爾濱脱出後であるが、実際は哈爾濱脱出前の1934年4月〜5月、「生死場」の第一章に当たる「麦場」が〈国際協報・国際公園〉に連載されていることが明らかになっている。蕭軍の証言が正しいとすれば、「麦場」発表の段階で「生死場」の構想はまだ無かったということだろうか。長めの小説を書きたいと思った時点で、「麦場」を発展させていくことに思い至ったのだろうか。現在見ることのできる「麦場」は単独の作品としての完成度は低いが、二里半の一家と山羊、村の女たちの中心である王婆の過去と現在というかなり大きな二本の柱が立てられており、小品としてある程度完成されていた可能性もある。

問題は、なぜ蕭紅が自分の知らない世界を作品として展開しようとしたかにある。確かに蕭紅の育った環境を考えれば、都市の労働者よりは農民の方が馴染みがあったかもしれない。だが彼らの日々の生活を、彼女がどれほど知っていただろうか。彼女が知っていたのは、後に「呼蘭河伝」に描かれるような、それが天災であれ人災であれ、すべての災害を運命として甘受し、死ぬまでをただ生き抜こうとする人々の人生観であった。だがここで敢えて彼らを抵抗へ立ち向かわせたのは、蕭軍や彼の周囲の人々の活動に触発され、自

分も左翼陣営の一員として生きていこうと強く思うに至ったからに違いない。それが中国人としての自分の使命であるとの思いが、無知な農民たちに「俺たちは中国人だ、亡国奴じゃない」という、やや不自然な言葉を叫ばせたのだろう。もちろんそこには当然蕭軍のアドヴァイスが強く反映していることは想像に難くないし、既に述べたように、蕭軍の作品を清書する中で自然と会得したスタイルであったのかもしれない。金枝が哈爾濱で繕い物をして身を立てることは即ち売春で生きることだということを知る場面が、蕭軍「孤雛」の中の作中作によく似ていることも、あるいは無意識の中の影響としてあったのかもしれない。

　前に指摘した通り、蕭紅は『跋渉』の時点で、すでに「生死場」へのベクトルを有している。しかし当時の蕭紅の作家としての経験、あるいは技量、更に生活体験から考えれば、「生死場」を民族の抵抗の物語とするにはやや力が及ばなかった。むしろ現在自分が抱えている問題がどうしてもストーリーの中で突出してくるのを止めることができない。それを何とか民族抵抗のテーマに収斂させていこうとしたことが、全体の構成の散漫さという印象を生んだのではないだろうか。金枝の上記の一言は、物語全体のバランス、テーマを考えるならば明らかに削除すべきであった。ところが発表前にこの作品を読んだ蕭軍、魯迅、胡風などの複数の男性読者も、誰もこの一文を削除することを提案しなかったし、言及することもなかったのはなぜだろうか。彼らはこの作品のテーマが民族の抵抗にあることをもちろん承知していたし、だからこそ高く評価したのだったが、「中国人を恨む」という言葉にはむしろ中国社会の歴史的な病体が暴き出されており、それもやはり自分たちの民族の問題にほかならないと考えたからではないか。しかしそれを指摘すれば、彼らがこの作品に期待する民族の抵抗、即ち抗日という今日的なテーマが曖昧になることを恐れたのではないだろうか。一方蕭紅の側からいえば、婚約者と同棲したことで固陋な父親の支配を抜け出せたこと、しかしその結果として妊娠し、しかも出産前に彼に去られたこと、蕭軍との同棲によってようやくその苦境からの脱出を果たしたこと、その中で恋愛感情や幸福感がなかったとはいわないが、その過程で否応なく体験せざるを得なかった女性の生理的な身体の問題、それが男性の「庇護」の見返りとしてある「屈辱」を、どうしても書いておかなければならなかったのではないだろうか。

注
1　1934年12月19日、魯迅夫妻が主催した梁園豫菜館での食事会。前節参照。
2　現在見ることのできる「生死場」の全十七章の章名の中に「生死場」の題名に直接結びつく章名は見当たらない。

3　二人の原稿が写しを作るために薄い紙に書かれていたことが、魯迅をたいそう苦しめた（[八]注）ことは前節に述べたが、また魯迅は1935年1月29日付書簡（[一五]）で、「生死場」が検閲に回ったまま音沙汰がないのは原稿に複写紙を使ったために読みにくいに違いない、と二人を慰めている。

4　「重版前記」によれば、蕭紅が自ら手紙を書き、魯迅に序文を書いて欲しいと頼んだという。また魯迅の1935年11月16日の書簡（[五〇]）から、蕭紅は魯迅の序文に彼の肉筆を求めたようである。魯迅は書簡でこのようにいう。「肉筆の署名が凸版で入れてあっても、私は別に珍重しませんよ。そんなことは子供っぽいと思う。とはいえ、悄吟奥様がかくも熱心なので、書いて同封します。大きすぎたら、製版の際縮小できます。この奥様は上海に来られてから、身長が伸び、二本の辮髪も長くなったようですが、子供っぽい気分は改まらず、手のつけようがありません」。現在見ることのできる香港リプリント版は、その奥付は初版のそれであるものの、魯迅序文は収録されていない。またこのリプリント版の表紙は初版時の蕭紅デザインのものではなく、表紙及び扉に肉筆で「生死場　蕭紅」とあるのは魯迅の筆跡のように見える。なお蕭紅デザインの初版表紙には蕭紅の筆跡と思われる肉筆サインがある（p.42、**写真7**）。

5　筆者は「生死場論」で次のように主張した。「彼らは望郷の念をこめて故郷、東北を描いたが、それが必然的に、侵略された土地と虐げられた民衆を描くことであり、必然的に、侵略された東北の生々しい現実を描くことであったことは事実であるし、それが当時の状況の下で"抗日文学"と評価されたことは理解できる。しかし、当時の状況は多分にヒステリックなものであったろうし、彼らがいわゆる"抗日"の作品を書いたことと、彼らの作家としての本来的な資質は、一応別の問題として考える必要があろう」。

6　例えば李は、麻面婆が行方不明の山羊を嘆き、「我的……羊，我一天一天喂喂……大的，我撫摸着長起来的！（あたしの……山羊、あたしが毎日毎日餌をやって……育てた、あたしが大事に育てたんだ）」という場面で、「撫摸」という言葉は文化的修養のない一般の北方農民には使えない言葉だ、と指摘する。

7　原文の「憔悴」は、植物がしおれたり枯れたりするさまを人がやつれるさまに喩えて一般的に用いられ、蕭紅独自の表現ではないが、比喩的表現には変わりなく、この作品の中では他の表現とも絡んで効果的に使われているので、敢えて「憔悴」という訳語を与え、ここにあげておく。

8　王婆は夫の暴力に耐えかね、息子と娘を連れて家を出、馮という男と再婚したが、どういう理由かはわからないが子どもをその男のもとに残し、現在は趙三と暮らしている。

9　前述の、李重華が指摘する、呼蘭の農民独特のいいまわし。

## 三　作品世界の形成──『商市街』を中心に

### 一

　『商市街』は、蕭紅が哈爾濱市内のロシア人の経営する欧羅巴旅館の一室で蕭軍と同居を始めてから哈爾濱を離れるまでの二年弱の期間の出来事、心境などを綴った散文を集めたものである。出来事のおよその時系列に沿って編集されていると思われる四十一篇のうち、何篇かが上海の雑誌に発表されているところから見ると、これらは上海で生活するようになって以後、哈爾濱での生活をふり返って書かれたものと考えてよいだろう[1]。「商市街」という題名は、1932年に二人が初めて持った「家」、「商市街25号」から取られた（p.157、**写真17**）。

　『商市街』には、貧困や権力に屈することなく、あくまでも自分自身の信念を貫こうとする若い作者たちの姿が日々の生活の中に書きこまれており、当時の二人の生活を知る貴重な資料となっていると同時に、蕭紅が次第に自分のスタイルを作り上げていった過程を知る材料ともなっている。

　まず、『商市街』に顕著に現れる、音、色、光などを媒介とする描写上の特徴について述べることにする。

　蕭紅が人々の不幸を彼らの日常の風景の中に置くことによって際だたせてきたこと、また彼女が人々の日々の営みは自然の大きな営みの一部としてあるという自然観、人生観を持っていたことは、これまでに『跋渉』や「生死場」を論ずる中で指摘してきた。散文集である『商市街』もまた例外ではない。しかしこれまで彼女の作品の舞台は主として農村であったから、人々を取り巻く日常や自然は農村のそれであった。『商市街』において彼女を取り巻く日常や自然は、都市のそれである。農村において自然は人々の生命の直接的な支配者であるが、都市において人々の生命を左右するのは仕事であり、その代償として与えられる金銭である。自然は都市で生活する人々を取り巻く風景でしかない。都市で目にする風景は、どこまでも続く高粱の畑や、もつれ合って飛ぶ蝶や、牛や山羊の鳴き声ではない。街路樹のありさまや、屋根にかかる霜などで自然の移り変わりを感じることはあっても、日常的に見えるのは建物で切り取られた空や地面、その間を突き抜けていく道路、そしてそこで繰り広げられる人々の営みである。自動車や馬車の行き交う音、物売りや物乞いの声、映画館の鮮やかなネオン、そういったものが無機的に人々の生活を包んでいる。音、色、光などによって抽象化される風景は、そういった都市の無機的側面を巧みに表現

しているといえる。

　例えば、部屋で一人なすこともなく空腹を抱えたまま郎華（蕭軍）の帰りを待ちわびる不安を、彼女はドアの向こう側に隔てられた廊下の足音に託す。

　私はまる一日眠り続けたので、もう眠れなかった。小さな部屋は次第に灰色から黒に変わっていく。

　眠ったおかげで背中は痛いし、肩も痛いし、それにお腹がすいていた。私はベッドから下りて明かりをつけ、ベットの縁に腰掛けてみたり、椅子に座ってみたり、頭を掻いてみたり、目をこすってみたりした。薄暗くてしんとして、どこまでも底がないような感じだ。まるで炭坑に置き去りにされ、ランタンも持たずにたった一人で奥へ入って行かされるようだった。部屋は小さいのに、私には荒涼とした広場のように思えた。部屋の壁は私から、空よりもまだ遠くに隔たっていた。それは一切が私と何の関係も持っていないということを物語っていた。それは私の腹が空っぽだということを物語っていた。

　街のあらゆる音が小さな窓の外で騒がしかった。だが三階の廊下は静まり返っていた。誰かが通るたびに、私はその足音に耳をすませた。大きな音がするのは底の硬い革靴だ。女性のハイヒールはもっと大きな音でしかもせかせかしていた。集団で聞こえてくるときもある。男やら女やらがひとしきり廊下を歩いて行くのだ。私は廊下の、私を引きつける音のすべてに耳を澄ませていた。しかしドアを開けてみなくても、郎

**写真16**　(1)　欧羅巴旅館の外観　壁にかすかに文字が残る

(2)　二人が住んでいたという部屋
＊(1)(2)共 1981 年に撮影したもの

華がまだ帰らないことはわかっていた。
　　小窓は遙かに高く、囚人の住む部屋のようだった。頭を上げて見ると、粉のような雪が空から忙しげに、てんでに落ちてくるのが見えた。ガラス窓に当たってたちまち融けて消えてしまうのもある。水玉になって這って行くので、ガラス窓には無意味な不揃いの条紋が描かれた。
　　雪はなぜひらひらと舞い飛ぶんだろう、何て無意味なんだろう、私は思った。と急に、私も雪のように無意味なものなのじゃないだろうかという思いが浮かんだ。椅子に座っているのに、両手は空っぽで何もしていない。口を開けたって何か食べるわけじゃない。完全に停まってしまった機械そっくりだ。
　　廊下が鳴ると、心臓が大きく飛びあがった。郎華の足音ではないかしら。底の柔らかい靴の音が、擦るようにドアに近づいてきた。私はもう飛び上がらんばかりだったが、一方不安でもあった。彼はかわいそうなくらい凍えているのではないだろうか。彼はパンを持って帰らなかったのではないだろうか。　　　　（「雪天（雪の日）」）

　この舞台となっているのは蕭軍と最初に暮らした欧羅巴旅館の一室に違いないが、この旅館の二人が住んだといわれる部屋の窓は、**写真16** (2)に見るように大きさも普通だ。

　　午後になっても郎華はまだ帰らない。私は何度も階段の所まで行って見た。外国人の女性の赤いスカート、青いスカート……自信に満ちた顔が笑いながら階段を下りていく。彼女たちのハイヒールがはっきりとした音を立てて行く。よく肥って盛大に髭を生やした男性が、長いイヤリングをぶらさげた褐色の肌の、鶏みたいに痩せて小柄な「ジプシー」の女性を抱きかかえるようにして階段を上がってくるのは、いかにも不釣り合いだ。ボーイが先に立って一つの部屋のドアを開けた。それからずいぶん経って、一群の外国人の子どもたちが、瓜子をかじりながら上がってきた。すっかり凍りついた靴底が廊下にピタピタと足跡を残していった。
　　　　　　　　　　　　　（「他去追求職業（彼は職業を追求する）」）

　様々な色や音を交錯させることによってこの旅館の住人たちが自分たちの現実とは遠い存在であることが巧みに表現される。
　飢えを満たすため、彼女は何度もよその部屋に届けられるパンを盗もうと決意するが、果たせない。朝になり、郎華はお茶を一杯飲んだだけで出て行った。飢えのために「空気の抜けたボールのよう」になった腹を忘れるためだろうか、彼女は天窓のような窓から身

を乗り出して街を見る。

　　窓は壁の真ん中にあって、天窓のよう。私は窓から身を乗り出す。何も遮るものがない。太陽の光がすぐそこだ。街は私のすぐ足下、まっすぐに。錯綜するいろいろな角度の建物、大きな柱のような工場の煙突、縦横に交差する通り、すっかり裸になった街路樹。白い雲が空に様々な曲線を描き、高い空の風が私の髪を吹き散らし、襟をはためかせる。街はごちゃごちゃした色のはっきりしない地図のように私の前に掛かっている。建物の屋根や木の梢には一様に、薄く白い霜がかかり、街中が太陽の光の下でキラキラと銀のかけらをまき散らしている。私の服が風に吹かれて音を立てる。寒い。ひとりぼっちで無人の山頂に立っているみたいだ。家々の屋根の白い霜はすぐに銀のかけらではなくなり、雪の花、氷の花、でなければ何かもっと冷たいものとなって私を吸い寄せる。全身が氷水の中にいるようだ。
　　私は布団を羽織ってもう一度窓辺に立った。今度は全身でなく、頭と胸だけを突き出す。女性が一人、薬屋の前で物乞いをしている。子どもの手をひいて、胸にはもっと小さな子どもを抱いて。薬屋はまるで彼女に取り合わないし、通行人も振り向こうともしない。おまえに子どもがいるのが悪い、貧乏人は子どもなんか産んじゃいけない、子どもがいれば餓死するのがあたりまえだ、みんなそういっているようだった。
　　　　　　　　　　　　　　　　　　　　　　　　　（「餓（餓え）」）

ほとんど極限に近い飢えが蕭紅の神経をとぎすまさせ、眼を澄み渡らせるのだろうか。美しい風景の中に見つけた子ども連れの女の物乞い。ついこの間まで、こういった人々は彼女とは違う世界にいた。だが今物乞いの行為が、物乞いをしなければならない生活が、蕭紅には理解できる。だから街を眺めていた彼女の関心は、物乞いの女に集中していく。上記の文の後には次のような文が続く。

　　私には通りの半分しか見えない。その女性はたぶん私のこの窓の下に来たのだろう。子どもの泣き声が近く聞こえるようになったから。
　　「旦那様、奥様、お憐れみ下さいまし……」だが彼女が誰に追いすがっているのかは見えない。ここは三階なのに、こんなにはっきり聞こえるなんて。彼女はきっと走り回って喘いでいるのだ。「旦那様、旦那様……お憐れみ下さい！」
　　あの女性はきっと私と同じなのだ。きっとまだ朝ご飯を食べていないのだ。昨日の晩ご飯も食べていないのだろう。彼女が下で行ったり来たりしながら必死に叫ぶ声が

写真17 （左）商市街で二人が住んだ「家」の入口。（右）部屋の中に座って当時を語る蕭軍（1981年撮影）

私に伝わり、お腹が急に鳴り出した。腸もひっきりなしに叫んでいる……　　　（「餓」）

　やがて二人は中央大街を一歩入った商市街の、半地下の穴蔵のような家に引っ越し、生活を始める。初めて自らの手で生活を創り上げていくことへの新鮮な感情を、蕭紅は次のように記す。

　　空は連日曇って、少しの光もない。全くの灰色。どのくらい灰色かって？　たらいの水に墨汁が混ざったような。
　　竈の台はぴかぴかに拭かれ、お椀やら箸やら小さな包丁やらが棚に並んでいる。朝起きて最初の仕事は火をおこすことだ。それから床を拭き、ベッドを直す。
　　竈が熱くなると、私はそこに立って食事の支度をする。包丁やお玉が音を立てる。竈の中で火が小さくはじけ、鍋が湯気を立てる。ネギが油に放り込まれ、香ばしいにおいをあげて炒められていく。私はネギが油の中で転がりながらだんだん褐色になっていくのをじっと見ている。……小さなナイフで梨の皮を剥くように、じゃがいも[2]を真っ白に剥いていく。とてもきれい。皮を剥かれたいもはうっすらと黄味がかって、柔らかくて、弾力がある。台に紙を敷いて、いもを更に薄く切っていく。ご飯は炊けたし、じゃがいもも焼けた。窓を開けて外を見ると、中庭の真ん中で子犬が何匹かじゃれ合っている。
　　　　　　　　　　　　　　　　　　　　　　　　　　　　　　　（「度日（生活）」）

## 二

　『商市街』には蕭軍との生活のこまごまとした面が書き込まれていると同時に、蕭紅の目から見た、二人を取り巻く当時の哈爾濱の左翼文芸運動のさまも描かれている。

　　寂しすぎる。「北国」では皆それぞれに寂しさを抱えている。ある人々は画会を組織した。私が提案したような気がする。また劇団も組織された。劇団についての話し合いに最初に参加したのは十数人、民衆教育館の閲覧室を借りて行われた。その中にとても色白の、政客のような雰囲気をもった人がいて、午後はその人の家に行って話し合いを続けた。こんな暖かな部屋に入ったのは本当に久しぶり。暖炉は熱く、太陽の光が私の頭の上に降り注いでいる。明るくて暖かな部屋は、私には暑いくらい！翌日は休日だったので、皆はまた彼の家に集まった。夜だったので、窓の外からはガラスについた白い霜越しに、部屋の中の人影がゆらゆらとゆれて見え、それと同時にどっと大きな笑い声が起こった。誰も私たちがドアを叩く音に気づかない風だったので、少し強く叩いてみた。それでも気づく人がいないので、とうとうガラス窓を叩いた。今度はすぐにカーテンの向こうから灰色の影が一つ現れ、指で窓をちょっとこすった。小さな穴から黒い目がのぞいた。それから声が人と一緒に廊下に出てきた。

　　「郎華だ、郎華だ！」ドアが開き、笑いながら握手が交わされる。知り合ったばかりなのに、もう昔からの間柄のようだ！　私たちは客間の外で外套を脱いだが、コート掛けはほとんどみなふさがっていた。　　　　　　　（「新識（新しい知り合い）」）

　ここに描かれた家は牽牛房、「色白の政客のような雰囲気をもった人」は牽牛房の主人、馮咏秋であろう。劇団は「星星劇団」を指していると思われるが、『商市街』の中で劇団に関する記述はやや錯綜している。上記の文に続いて収録されている「牽牛房」と題された文章には、劇団が三日も経たないうちに終わった、と書かれているが、この少し後に収録されている「劇団」という文章には、『跋渉』出版の頃にまだ劇団の活動が行われているという記述が見られるので、何回か劇団を組織する話があったのかもしれないし、また『商市街』の構成が必ずしも時系列に沿ってはいない、あるいは若干のフィクションが加えられている可能性も疑われる。

　「劇団がおしまいならこれ以上ここに留まる必要はない」と思った二人だったが、「行くところもないので、その後もよくそこへ暇つぶしに行った」。牽牛房の主人とそこに集ま

る人々は、変わらず二人を歓迎してくれたが、しかしそこでの時間は蕭紅にとって、意味のない単なる暇つぶしでしかない。

　　どんなに楽しく、どんなに賑やかでも、結局人にはそれぞれに立場がある。女中が松の実を買いに行った。三銭持って。それが自分の金のように思えて、もったいなくてもったいなくて、どうしようもなく身体が震えた！　その女中が金を捨てようとしているような気がしたのだ。
　「もうたくさん！　もうたくさん！　松の実なんか食べて何になるの！　やめて！　そんな役にもたたないもの、食べないで！」でも私はこのことばを口には出さなかった。それが場違いだということがわかっていたから。しばらくして私も食べたけれど、絶対みんなのようにおいしいとは思っていなかったはず。みんなは口寂しさを紛らわすためだったが、私は飢えをしのぐために食べていたから！　だから次々に飲み込んで、舌の上で味わう暇もなかった。　　　　　　　　　　　　　　　（「牽牛房」）

帰宅後、蕭軍も同様の気持ちであったことが判明する。
　牽牛房ではもちろん楽しい日々もあった。「十元鈔票（十元紙幣）」や「幾個歓楽的日子（何日かの楽しい日々）」にはダンスや鬼ごっこで馬鹿騒ぎをする仲間たちの様子が描かれている。しかし彼らがそこで何かを相談したり、連絡しあっているような様子は一切うかがえない。またその馬鹿騒ぎの中に飛び込んで行く蕭紅自身の姿もなく、彼女は一人の傍観者のように、その場の楽しさを描写していくだけだ。星星劇団の結成は７月だが、曹2005によれば、民衆教育館での集まりは９月、三ヶ月けいこをし、公開を目ざしたが、仲間の一人徐志が捕まったことがわかり、その三日後に解散がいい渡された。以後牽牛房は人々の娯楽の場所を装うことになったという。「牽牛房」の最後に蕭紅はこんなことを書いている。

　　はじめは二人の感覚がどうしてこんなに同じなのかが不思議だった。でも本当は少しも不思議ではない。飢えのために二人の感覚は同じにさせられていたのだから。

この文章から、『商市街』完成前後に蕭軍、蕭紅二人の間に生じたと思われる何らかの亀裂を読みとろうとするのは深読みにすぎるだろうか。

## 三

『商市街』に収録されている作品について、実は蕭軍にも同じ題材を扱ったと思われる作品が三篇存在する。この三篇を比較してみることで、二人の間に生じた何らかの亀裂を考える糸口が見えてこないだろうか。

（1） 蕭紅「同命運的小魚（同じ運命の小魚）」と蕭軍「殺魚（魚を殺す）」[3]

「殺魚」によれば、「私（三郎）」がある新聞社から原稿料五元を受け取り、薪や米を買い揃えた後に五角が残った。「瑩妮」の提案に従って、夕食用に生きのいい五匹の魚を買う。しかしいざ料理しようという段になってまだ何匹かが生きていることに気づいた。

　　私たち二人は急いではさみで魚の包みの紐を切った。その五匹の元気に生きていた魚は、水から出てまだそれほどたっていなかったので、包みを開けたとき、二匹がまだ尻尾を動かしていた。もがいて飛び跳ねたが、そのほかのは哀れに鰓を動かしているだけで、一匹はその哀れな動きすら、息も絶え絶えといったようすだった。
　「たらいに水を汲んで——早く！」
　瑩妮がたらいに水を汲み、私がそれぞれの尻尾をつかんでそのたらいの水に入れた。
　「どうやって食う？　炒める？　焼く？　それとも煮る？　瑩、俺にはどうしていいかわからないよ」
　「私にやらせて、あなたは何もしなくていいわ。あなたは自分の原稿を書きなさい。今何時かしら？」
　「三時十五分を回ったところ」
　「わかった、行って。私の邪魔をしないで。四時には夕飯にするわ」
　（中略）しかし私が何枚かの紙を取り出して机の上に置き、集中し始めたとき、向こうの部屋で瑩妮が突然甲高い悲鳴を上げたのだった。
　「三郎——」

瑩妮はまだ息のある魚に包丁を振り下ろすことができない。三郎は勇気を見せて魚をさばこうとするが、手の下で何度も飛び跳ねる魚に、やはり包丁を入れることができない。ついに彼はいう、「抵抗する力のない生き物を殺すのは恥だ」。そしてそのまだ生きている魚

をたらいの水に返し、魚は生きていようが死んでいようが金輪際食べないという誓いを立てるのである。

しかし同じエピソードを題材とした蕭紅の「同命運的小魚」のストーリーには些かの違いがある。

　　その日、魚をたらいに入れて洗おうとすると、二匹がまだ生きていた。水中で身体をしっかり立てている。それなら死んだ三匹を料理することにしよう。うろこが一枚一枚はがれてたらいの底に沈む。腹が開いて腸が流れ出す。私はかまわず魚のうろこをはがした。私は魚を洗ったことがない。これが初めてなのだった。だから少し恐かった。それにひんやりした魚の身体は、蛇を連想させた。まして魚の腹を割くなんて、できるはずがない。郎華が割いた。私はそばで、ちょっと身体を隠すようにして見ていた。田舎の教養のない子供が死んだ猫に魂が戻るのを恐れているかのように。

　「役立たずだなあ、魚まで恐いのか」、そういいながら、彼はきれいにした魚を置き、次の魚の腹を割きにかかった。今度は魚が少し動いている。私は慌てて彼の腕を引っ張った。「生きてるわ、生きてるわ！」

　「生きてるだって！　気の弱い奴だな、よく見てろよ！」彼は強がっているように、魚の腹に一気に包丁を入れた。魚はたちまち飛びあがり、手の中からたらいに飛びこんだ。

　「どうしよう」今度は彼が尋ねた。私もどうしていいかわからない。彼が水の中から取り出してみようとしたが、魚が彼の手に嚙み付こうとでもしたみたいに、すぐに水の中に落としてしまった。魚の腸が外に半分流れ出し、魚は死んだ。

　「どっちみち死んだんだ、食っちまおう」

そうして二人は五匹のうち、死んだ三匹を料理するが、生臭くてとても食べられたものではなく、結局捨ててしまう。あとの二匹はたらいに入れたままにしておくが、夜、一匹が死ぬ。残った一匹は意外に元気で、それからしばらくたらいの中で生きている。「殺魚」がやはり一匹が残ったことに触れながら、それに全く関心を示さないのに対し、「同命運的小魚」は、その魚に二人がどれほどの愛着を見せたかをむしろ主要なテーマとして描いていく。川に放してやりたくても川はまだ凍っている。「私（吟）」は「まるで病気が治った自分の子供のように」それを愛しみ、毎日残ったご飯粒をやり、夜帰りがどんなに遅くなっても、必ずそのたらいを覗いて安否を確認するのが日課となった。ところがある日、二人が友人の家で楽しく一晩を過ごし、翌日の夜になってようやく家に帰った時のこと、

魚は水から飛び出して床の上ですっかり乾いていた。それでも一縷の望みを抱き、二人は魚を水に戻す。だが翌朝になっても魚は生き返りはしなかった。

　　短い命の小魚は死んだ！　誰がおまえを無残に死なせたの？　まだこんなに幼く、この世に生まれて——おまえからすれば魚の群れに生まれてというのでしょうけれど、その魚の群れの中で、おまえはまだ幼い芽、まさにこれから成長していこうというところだったのに、しかしおまえは死んでしまった！
　　（中略）
　　この眠りはもうさめることはないのだ。私は新聞紙でそれを包んだ。うろこに血がにじんでいた。片方の目はきっと床でもがいたときにつぶしてしまったのだろう。
　　しかたがない、私はそれをゴミ箱に入れた。

「殺魚」も魚の死には触れているが、文末に「たらいの中から床に飛び出し、乾いて死んだ」という簡単な一文があるに過ぎない。「殺魚」のテーマはあくまでも「魚を殺す」その行為にある。一方「同命運的小魚」のテーマは、生きる権利を本来有していた小魚がその権利を行使できずに死んだことへの痛み、小さな生命への限りない愛しさといえよう。

　（２）　蕭紅「小偸車夫和老頭（こそ泥車夫と老人）」と蕭軍「這是常有的事（これはいつものこと）」[4]

　二人の生活は次第に安定し、車いっぱいの薪を買うことができるようになる。燃料工場で薪を買い、荷馬車を雇って家まで運ぶ間にも、油断していると薪が周囲に群がる貧しい人々によってこっそり抜き取られていく。「小偸車夫和老頭」の車夫はそのこそ泥たちを恥知らずの欲張りだと口汚く罵る。ところが家に着いて薪を車から下ろす段になると、途端に車夫の態度が煮え切らなくなる。「旦那、この二束頂けませんか！　家に持って帰って火を起こしてやりたいんで。子供は小さいのに、部屋は冷え切ってるんです」。二人は車代を払った上に彼の申し出を承諾する。ところが、実際彼は黙って大きな薪の束を五つ自分の車に残し、更にあたりに散らばっていた木の皮もかき集め、あらいざらい持って帰って行ったのだ。

　　しかし彼は自分自身のことを欲をかいて、とはいわなかったし、罵るようなことも何もいわず、門を出て帰って行った。

薪を積んだ車が来ると、門のところにはその薪を挽いたり割ったりする仕事にありつこうと、何人もの人が集まってくる。彼らはその中の二人の老人に仕事を頼むことにした。老人たちが食事をしていないことを知った「私（吟）」は、パンを買って来てふるまう。老人たちは挽き終わった薪を片付け、庭もきれいに掃除した。三月のことでまだ冷える。「私」は早速屑皮で火を起こし、更に屑を足そうと外に出て、老人たちがまだそこにいることに気づくのだ。

　　こんなに長い時間、どうして帰らないでいたのだろう？
　「奥さん、多くいただきすぎたようで」
　「どうして？　多くないでしょう、七角五分、違う？」
　「奥さん、パンを食った分引かれてねえんで！」その何角かの労賃を、老人はまだポケットに入れていなかった。手のひらに載せたまま、遠くの門灯の光を借りて数えていたのだ。
　私はいった、「パンのお金はいいのよ、持って帰って！」
　「ありがとうございます、奥さん」恩を感じているように、彼らは帰って行った。パンを食べられたのは私の温情だと思っているのだ。
　私は申し訳なさに胸が熱くなった。その二つの後姿を眺めて、長いことそこに立ちすくんだ。やり場のない後悔の涙があふれてきそうだった。もう私の祖父の年齢なのに、パンを食べさせてもらったことなんかで恩を感じるなんて。

このエピソードは、蕭軍の「這是常有的事」ではまた別の展開を見せる。
　「私」と「吟」が燃料工場から薪を運び出そうとすると、その門のところに薪を挽いて金を稼ごうとする人々が群れをなして待ち構えている。蕭紅の「小偸車夫和老頭」ではこの「門」は商市街の門だが、ここでは燃料工場の門である。より多くの薪を積んだ車を選ぼうとする人々の中で、最後まで自分たちの車に追いすがった二人の老人を、彼らは雇うことにする。「吟」は自分たちの祖父のような年齢の人を雇うことに抵抗を示すが、「私」は彼らが必死に絞り出す声に抗う力を失ったのだ。老人たちに金だけやって帰ってもらおうという企ても、ただで金をもらうわけにはいかないという老人たちの律儀な抵抗に遇い、結局薪を挽いてもらうことになる。彼らには彼らの誇りがあるのだ。しかし彼らの老いた力で薪を挽くのがどれほど難儀なことかは日の目を見るより明らかであった。そして悲劇が起こる。一人の老人が力を振り絞って振り上げた斧が、手が滑り、その足の上に落ちたのだ。血が飛び散り、老人は力なくその場にへたり込む。「私」は慌てて止血の歯磨き粉

を持って駆け寄るが、老人たちはそれを断る。

　「旦那！　ありがとうございます！　これはいつものことなんで！　歯磨き粉は毒ですから！」
　彼の仲間もそれを補ってこういう。
　「そうです、旦那、これはわしらにはいつものことですから！」
　「いつものこと？……」
　吟、彼女の目に一瞬走った光は、地上に流れている血のように、黒ずんだ赤い色をしていた！
　彼の仲間は自分の服を裂き、そのいろいろな長さの布切れを繋ぎ合わせてから、血でぐっしょり濡れた靴下を引き下ろした――靴下が下ろされて、その傷口が我々の目の前に現れたとき、――もし同じ血と肉で作られた人間であったなら――その心が僅かも震えないなどということはあり得まい！　その神経が僅かも衝撃しないはずはあるまい。
　その傷口は、そんな騒ぎの中で、仲間によって地面の土を塗られ、土をかけられ、それから繋ぎ合わせた布で包まれた。

怪我をした老人は更に仕事を続けようとするが、それはさすがに仲間にも止められ、「これはいつものことなんだが」とつぶやきながら塀の陰に腰を下ろし、仲間が仕事を続けるのをげっそりと見ている。地面にしみこんだ血は、太陽に晒されてみるみるうちに赤黒い色に変わり、匂いをかぎつけて集まってきた犬たちがそれを争うように舐めている。「私」は彼らの仕事が終わるのを見届けないうちに出かけたらしい。

　そういえばあの日、吟が私にこういった。私が出かけた後、彼女はもう彼らに挽いてもらうのをやめようとしたらしい。
　だがあの足を怪我した変わり者の老人は、ほとんど命令的な口調でこういった。彼の仲間が薪を細かく挽かないのは許せないのだと。彼は仲間がそれを全部挽き終り、きちんと積み上げ、庭に残った木屑や木の皮をきれいに掃除するのをじっと見て……それからようやく足を引きずって帰って行った。彼は我々が乗り物を呼ぼうとするのを断っただけでなく、仲間が肩を貸そうとするのも断った！　一番妙だったのは、彼らが帰って行ってしばらくして、仲間がまた戻ってきたことだった。吟がドアを開けて庭に出て行くまで、彼は黙ってそこに立っていた。

「あなたたち帰ったんじゃないの？　どうしてまた戻ってきたの？　乗り物を呼んで怪我をしたお爺さんを乗せようっていうの？」
　「いいや、奥さん、工賃を間違えなすったよ！」

彼らは食べさせてもらったパンの代金が引かれていないことに気づいて戻ってきたのだ。あれはご馳走したのだと説得して帰ってもらうが、「吟」は老人が帰って行きながら口の中でブツブツいっている言葉を聞く。「"飯"に金は要らないって？　こいつはいつものことじゃあねえな！」
　そして一ヶ月後、再び薪を取りに行った「私」たちは、門のところに群がる人々の中にあの二人の老人の姿を探すが、それを見つけられぬまま、今度は二人の若者を雇う。そしてその若者たちの口から、老人たちのその後がわかる。張二と呼ばれる老人は一ヶ月前に足を怪我し、それが腐ったということだ、たぶんもう死んだのだろう、相棒の周三は歳も歳なので誰も彼と組みたがらず、たぶん乞食にでもなったのだろうということだった。

　彼らがその二人の老人のことを話す度に、鋭利で無情な鋸の歯が、私の全身のそれぞれの神経細胞を挽いているような気がした！……
　　──天よ、これはいつものことなのでしょうか？

生活のためには年齢も顧みず若者と仕事を奪い合わざるを得ない老人が、大怪我がもとで仕事を失い、果ては命までも失うというエピソードは、蕭紅が好む題材でもある。だが「小偸車夫和老頭」は全くその事件に触れていない。
　発表時には「這不是常有的事」と題された文章が、なぜ「這是常有的事」と改題されたのだろうか。「這不是常有的事」は薪を挽いた労賃から食事代が引かれていないことに対して老人が発した言葉に由来する。一方「這是常有的事」は大けがを負った老人がそれを治療しようとした「私」に対して発する言葉であり、この物語の最後で老人たちの悲惨な結末を知った「私」が反語的につぶやく言葉である。更に「這不是常有的事」は、最後の「私」の反語的問いに対する答えでもある。老人たちの悲惨な結末に対して「いつものことではあるまい」と声高に叫ぶよりも、彼らの日常的苦難を「いつものこと」として見つめることに重点を置こうとする意図がそこにはあるといえる。いずれにしても、蕭軍の関心は老人たちの悲劇が日常的であるというところにある。だが蕭紅の関心は老人たちの実直さ、誠実さにある。そしてなぜかその実直さ、誠実さが貧しさと比例していることに、蕭紅はいたたまれぬ思いでいる。もし怪我が事実であっても、それは彼らの実直さを些か

も傷つけるものであるはずはなく、床に飛び出した魚の死を嘆きながら、血のにじんだ鱗、潰れた片目を観察する冷静さを一方で保つ蕭紅に、老人の無残な怪我とその末路を無視する理由はない。

（3） 蕭紅「搬家（引越し）」、「生人（見知らぬ人）」と蕭軍「為了愛的縁故（愛するが故に）」[5]

「為了愛的縁故」は、蕭紅と知り合った直後、彼女が出産のため病院に入ったときから商市街に移り住むまでの間の出来事を題材にしている。蕭軍はもともと自分が軍人出身であることを誇りとし、自らも何度か仲間を集めて抗日を目して決起しようとしたことが知られており、当時磐石に拠点をおいていた人民革命軍とも連絡があったようだ[6]。「革命か恋愛か」という二者択一は、現在から見ればノスタルジックな命題であるが、「為了愛的縁故」はまさにその選択の間で揺れながら、敢えて恋愛を選択する「私」の葛藤がテーマである。この作品は（1）（2）にあげた作品と異なり、蕭紅の二篇が時間的に先行して書かれている。

「搬家」は、商市街に引っ越したときのことを、このように描く。

　　引っ越しだ！ 引越しって何なんだろう？ そう、巣を移すことだ！
　　（中略）
　　鉄のベッドの骨がむき出しのまま、ガラス窓には次第に氷がつき始める。午後になった。太陽は温かさを失い、風は砂を巻き上げて窓に打ちつけ始める……冷たい水で床を拭く……全てをやり終え、もう何もすることがなくなると、私は手に少し痛みを感じた。足も少し痛かった。
　　ここは旅館のように静かではない、犬が吠え、鶏が鳴き……誰かがわめいている。
　　手をかまどにかざしても暖かくはならない。かまどには一粒の火の粉もなくなっていた。お腹が痛むので、ベッドに横になりたいが、あれがベッドだ！ 氷みたいな鉄の骨、近づく気にもならない！
　　私はお腹がすいて、寒かった。郎華はまだ戻らない、もう我慢できない！ 時計もないから時間もわからない。何てつまらない、何て寂しい家なんだろう！ 私は井戸に落ちたアヒルみたいに寂しく隔絶されていた。お腹の痛みと寒さ、そして飢えが私の仲間だ、……家ですって？ 夜の広場と同じ、太陽の光もなく、暖かくもない。

三　作品世界の形成　167

これに対し、「為了愛的縁故」は、同時期のことを以下のように描いている。

　春の燕のように、一羽は口に泥を、一羽は口に草をくわえ……私と私の恋人はとうとう一つの家を築いた！　その家は他人の軒先に作ったもので、どれほどもつものかわからなかったけれど、それは私たちにとってはどうでもよかったし、思い悩みもしなかった。私の役目はただ飛んで、飛んで……食べられるものを探し、巣の中で待っている病気の鳥を頑強にしてやることだった！　私は一日中空を旋回し、叫んでいる鷹のことも意に介さなかったし、燕や雀を撃って楽しみとする射撃手たちのことも気にしなかった。
　「あなた！　これが人生なの？　愛があって、家があって……」
　彼女は気分のいいとき、私の首にかじりつき、こんな奇妙な質問に答えるよう迫る。
　「ああ……これが人生だよ！」私はこの結論のない、行きつく所のない、延々と続く質問にまとわりつかれる恐怖から逃れるために、背中に乗せた荷から逃れようとする狡猾なロバのように、こう答える。
　「いいえ、人生はこんなに簡単じゃないはずよ……きっとまだほかにあるんじゃない？」
　「ほかに……愛があって、家があって……そのほかに……きっと子どもだ」
　「子どものほかに」
　「ないよ……」私は考えるようなふりをしてからいう。
　「女性にとって必要なものは、もう揃っているじゃないか！」
　「私は女性のことだけをいっているんじゃないの……"人生"には男と女の区別はないわ……」

新たな巣を得て、守ることの喜びに奮い立つ気持ちと、ただ守られていることへの苛立ちがすれ違う。
　「生人」は三百字あるかなしかの、『商市街』の中でも異例に短い文章であるので、ここに全文を訳出することが可能である。

　珍しい客があった。私はいつものように台所で餅(ピン)を焼いていた。ちょうど夕食の支度の頃だったから。餅は半分がふくれてきて、焦げ初めて煙を上げているのもあった。餅を焼きながら部屋に行って彼らの話を聞いた。自分が夕食の支度をしていたのを忘れてしまったので、夕食の食卓に並んだ餅はとてもまずく、パンを買ってきて食べた。

彼らの話は終わらない。食器を洗うわけにもいかず、ドアの前にじっと立っていた。
「……
　……
　……」
深刻な話ばかりだった！　笑い声が混じることもあったけれど。その人は盤石の人民革命軍から来たのだ……
私は彼の真っ赤な顔しか覚えていない。

　この出来事について、「為了愛的縁故」はその前段階を含め、もう少し詳しく描いている。全部で六つの部分に分かれたこの作品は、一と四が出産のために病院に入院している「芹」について、二と三が盤石に行こうとしている友人A君について、五が身体を病みながらもやはり盤石に行こうとしているB君について書かれており、最後の六が商市街に移った頃からその一年後、彼らの家に盤石から帰ったA君が立ち寄った場面、即ち蕭紅の「生人」と重なる場面である。蕭軍がこの文章を書いたとき、蕭紅は東京にいた。彼女が一人で東京で暮らすようになったいきさつについては次章で詳しく述べるが、二人の間に何かしら感情的な行き違いが生じていたことは確かで、恐らく蕭軍は蕭紅の『商市街』を読み、自分たちの行き違った部分を反芻する意味で、「為了愛的縁故」を書いたのではないだろうか。

「芹子、お客さんだ……気分がよかったら、出て来いよ……遠くから来た人だ……たぶん新しい話を聞かせてくれるよ。……」
彼女がドアの向こうから現われた。彼女の髪はちゃんと結ばれないまま、好き勝手に肩の前後にばらけていた。彼女が着ていたのは私の上着、私のバスケットシューズをはいていた。もちろん彼女は「エンジェル」ではなかったし、「エンジェル」に相応しいような身なりでもなかった。孤独な小さな幽霊にしか見えなかった。だが私は彼女を愛していた。
　　　　　　　　　　　　　　　　　　　　　　　　　　（「為了愛的縁故」）

　A君を紹介された「芹」は「恥ずかしがっている子供のように」隠れてしまうが、またいつの間にか部屋の隅に現われて二人の話を聞いている。そしてA君が帰った後、恋人がA君の後を追って自分の前から姿を消すのではないかという恐怖にかられ、「私」を責める。蕭軍はこの間のことをA君と「私」、また「芹」と「私」の会話を中心に二千字近い字数を費やしている。「為了愛的縁故」では、A君が帰った後、二人の間には以下のような会

話が交わされたことになっている。

　「あなたはこのところ……ずっと考えているんじゃない、どうやって私を置いていくか……自分はどうやって出発するか」彼女の声は明らかに弱々しく震えていた……最後に私は彼女が泣いているのだと断定した。
　「君はそのことでふさいでいたの？」
　「……」彼女はすすり上げるだけで、何もいわなかった。
　「なぜ君はそう思ったの？」
　「あの日、あの人——あの遠くから帰ってきた人——が帰ってから。あなたは考え込むようになった……わかってるわ、男の人たちって愛の渦の中でたっぷり泳いでしまうと、自分たちの責任とか仕事とかのことを考えるようになる……あなたもそう思っていたんでしょう？」
　「たぶんほかの人はね……」
　「なら、あなたは私を恨んでいる？」
　「どうして？」
　「愛しているから……」
　「君を恨む理由なんかないよ」
　「あなた自身に対しては？」
　「それだって理由はない……もし誰かが罪を犯して刑罰を受けることになったとしても、自分に罪を犯させた対象を恨むなんて愚かなことだ。だからまして自分を責めるなんて……それこそ愚かなことだ……その究極の根源を探さなければ」
　「それじゃああなたは自分の過去を懺悔しているの？」彼女の泣き声が笑い声に変わった。
　「懺悔することなんかないよ」
　「いいえ、あなたは自分の苦しみを隠している、自分の懺悔も隠している……」
　「それは本から学んだ知恵だよ！」そして私は彼女をそっと叩きながら、小さな声で歌った。
　　　　　　眠れ……娘よ……

　蕭軍が「為了愛的縁故」を書き、東京の蕭紅に送ったのは、自分の真意を訴えたかったからに違いない。だが「あなたは本当によく覚えているわね。あんな細かいこと、私はすっかり忘れているのに」（蕭紅の蕭軍宛て書簡第二十七信：1936 年 11 月 6 日）と蕭紅の反応は素っ

気ない。しかしそこに書かれたことに対するクレームも、またない。恐らくそこに書かれていることは、蕭紅にとっては思い出したくもないことなのだ。

## 四

　以上に取り上げた個々の事件について、事実がどうであったかは確認の方法もなく、またとりあえず現在の問題ではない。彼らの文章が作品として世に出される以上、そこには読者を意識した何らかの脚色が当然あるはずで、筆者の関心は、事実の確認より、むしろその脚色の差異にある。

　周囲に充満している様々な悲劇を注視し、その悲劇を生み出している社会に怒りの矛先を向けることにおいて、また個々の悲劇は解消されなければならず、そのためには社会の変革が不可欠であると考えることにおいて、蕭軍、蕭紅の二人に差異はない。しかし、社会が変革されれば個々の悲劇は必ず解消されるか、ということに対し、二人の態度は微妙に異なっていたのではないか。

　上海に来て、初めて自分の作家としての自立の道が見えてきたとき、哈爾濱での出発を思い起こそうとしたのはなぜか。『商市街』で蕭紅が描くのは貧困と闘う若い自分たちの純粋な姿であり、同じく貧困と闘っている哈爾濱の不幸な人々である。星星劇団のことも、画会のことも、牽牛房での集まりも、そして『跋渉』出版後に押し寄せた恐怖についても、彼女は触れている。しかし何のために彼女はそこにいたのか、人々は何をしようとしていたのか、恐怖の根源は何か、そういったことにはほとんど言及がされない。関心がなかったわけではないことは、例えば「生人」で、話を聞くのに夢中になって餅を焦がした、というような記述からもわかるのだが、蕭紅が『商市街』を書いた目的はそこにはない。彼女が書きたかったのは、あの期間、自分も一人の人間として感じていたこと、考えていたことがあった、ということではないのか。ただ弱々しく可憐な「エンジェル」として蕭軍の庇護に甘んじていたわけではない、という強烈な自己主張だったのではないのか。だからこそ彼女は蕭軍がこまごまと思い出してみせるような甘い言葉の数々を一切故意に排除したのだ。しかし蕭軍には蕭紅との生活によって自分は文学活動に腰を据える決意をしたのであり、蕭紅を創作の道に導いたのは自分であるという自負が強くある。家事の全てを蕭紅に任せた上に自分の原稿の清書という雑務までさせていても、蕭軍には蕭紅と一緒に歩いてきた、彼女を支えてきたという思いがあった。過去を反芻することは、蕭軍にとって、自分たちの生活の正当性を確認する重要な作業だったが、創作活動を通じて精神的に成長しつつあった蕭紅にとって、何かにつけて未熟な頃の自分を持ち出され、確認させら

れるような行為はむしろ屈辱的であり、永遠に保護者と被保護者の関係に二人を置こうとする、妻としての自分の成長を阻止しようとする男性のエゴイズムとしか映らなかった。そしてそれが修復される機会はついになく、二人は別離のときを迎えねばならない。

## 注

1 『商市街』収録の散文のうち、散文集出版以前に雑誌に発表された作品は、執筆順（発表順）に以下の通りである。数字は、『商市街』収録順である。

- 41 最後的一星期（最後の一週間）：1935年5月15日（〈文季月刊〉一巻三期、1936年8月1日）
- 7 餓（飢え）：〈文学〉四巻六期（1935年6月1日）
- 4 家庭教師（家庭教師）：〈中学生〉六十二期（1936年2月）
- 17 広告員的夢想（看板描きの夢）：〈中学生〉六十三期（1936年3月)
  - ※この作品は前に述べたように『跋渉』収録の「広告副手（看板描きの助手）」と内容が重なる
- 21 同命運的小魚（同じ運命の魚）：〈中学生〉六十四期（1936年4月）
- 24 春意挂上了樹梢（梢にかかる春の気配）：〈中学生〉六十五期（1936年5月）
- 26 公園（公園）：〈中学生〉六十五期（1936年5月）
- 27 夏夜（夏の夜）：〈中学生〉六十五期（1936年5月）
- 29 冊子（本）：〈中学生〉六十六期（1936年6月）
- 30 劇団（劇団）：〈中学生〉六十六期（1936年6月）
- 31 白面孔（青ざめた顔）：〈中学生〉六十六期（1936年6月）
- 1 欧羅巴旅館（ヨーロッパ旅館）：〈文学季刊〉一巻二期（1936年7月1日）
- 39 十三天（十三日間）：〈文季月刊〉一巻三期（1936年8月1日）
- 40 拍売家具（家具を売る）：〈文季月刊〉一巻三期（1936年8月1日）

2 文中四回出現する「じゃがいも」を作者は「土豆」、「地豆」と表現を変えている。李重華は「土豆」が哈爾濱地方の方言であることを指摘しているが（「『生死場』的情節結構、人物塑像和語言特色」）、「地豆」も哈爾濱方言である。

3 「殺魚」は〈大同報〉文芸副刊〈大同倶楽部〉（長春）に、1933年3月29日から4月1日まで、四回にわたって連載された。これは蕭軍が〈大同報〉に発表した最初の文章であったといわれる。

4 「這是常有的事」は1933年6月9日の日付があり、〈大同報・大同倶楽部〉に1933年6月28日から7月2日まで、五回にわたって連載された。原題は「這不是常有的事（これはいつものことではない）」で、『跋渉』収録の際に改められたらしい。

5 「為了愛的縁故」は1936年9月30日、青島で書かれる。『十月十五日』（1937年6月、上海文化生活出版社）所収。

6 蕭軍は1925年、十八歳のとき、吉林省で軍閥の部隊に入り騎兵となるが、兵士たちの無頼に

失望し、張学良が経営する東北陸軍講武堂の憲兵教練処に入り直し、沈陽で訓練を受ける。1931年、九・一八事変が起こると仲間を集めて抗日遊撃隊を組織しようとするが失敗、吉林に戻って抗日義勇軍を組織しようとするがこれも失敗し、哈爾濱に来て、馮占海の率いる抗日部隊の連絡係と宣伝工作に当たる。翌年馮占海の部隊が撤退した後も、彼は哈爾濱に残り、中国共産党が指導する抗日の地下活動に参加するようになった（王徳芬「蕭軍簡歴年表」）。

## 四　東京時代──蕭紅の蕭軍宛書簡を中心に

### 一

　蕭紅は、1936年（昭和11年）、日中戦争勃発の直前に東京に半年住んだ。この間の資料としては、蕭紅が中国に留まっていた蕭軍に送った手紙三十五通[1]と、彼女自身が書いた二〜三の散文がある。東京で彼女は郁達夫（1896〜1945）の講演会に行ったり、当時中国文学研究会のメンバーが講師も務めていた東亜学校の学生になったりしているが、それらの人々と交流したという記録はない[2]。手紙から見る限り、蕭紅自身も積極的にそういった交流を求めようとはしていなかったように見え、それはあるいは当時の日中関係を反映してのことかもしれないが、大きくは蕭紅自身の内面的な要因によるものであろう。そしてそれは恐らく蕭紅が東京に来た目的と深く関わってもいる。

　蕭紅が東京へ行ったのは1936年7月、帰国は翌年の1月である。

　上海で魯迅の知遇を得、『八月的郷村』（蕭軍）と『生死場』（蕭紅）で一躍「時の人」となった彼等は、傍目には魯迅という偉大な人物を後ろ盾とし、見事に成功した幸運な若者たちであった。だが、作家としての階段を上り始めたその重要な時期に、蕭紅はなぜ上海という、ようやく獲得した貴重な活動の基盤を離れようとしたのだろうか。この時期に海外、しかも東京に行く必然性は何だったのか。彼女には日本語の学習経験はなかった。しかも1932年に日本の傀儡国家である満洲国が成立し、その結果として彼女は故郷を追われたのである。

　　彼女の健康状態と精神状態が悪かったので、黄源兄が日本にしばらく住んでみてはどうかと提案した[3]。上海は日本とあまり離れていないし、生活費も上海よりそれほど高くはない。向こうの環境は割合静かだから、休養もできるし、読書や創作に専念したりしてもよい。それに日本語を勉強することもできる。日本の出版事業は割合発達しているから、日本語をマスターすれば、世界文学の作品を読むのにずっと都合がよくなる。黄源兄の夫人、華女史（許粤華）がちょうど日本で日本語を専攻していたが、まだ一年にならないのに、もうちょっとした短い文章を翻訳できるようになっていた。その華夫人が向こうにいるのだからいろいろな面で面倒を見てもらえる……

　　あれこれ研究し、相談し、最後には二人で決めた。彼女は日本に行き、私は青島に行く。一年を期限として、上海で再会する。　　　　　　　　　　　　　　　　（［一］注[4]）

実藤恵秀『中国人日本留学史』（1960年3月、1970年10月増補版、くろしお出版）によれば、1931年9月18日の柳条湖事件、及び翌年1月28日の第一次上海事変は、当時の留日学生に大きなショックをもたらした。特に東北出身の留学生のショックが大きく、百名を超える学生がただちに抗議して帰国したという。また残った者たちも授業ボイコットなどの抗議行動を繰り広げた。しかしそれは結局一時的な現象で、上海の戦火が収まると、復学する者ばかりでなく、新たに来日する者もいたという。そしてこの現象は1933年以降も続き、1936年、37年には五〜六千人の留学生が来日し、数のピークとなっている。そしてその理由として実藤氏は、「中国人の日本研究熱の勃興と、為替相場の中国人にとっての好転」をあげている。蕭紅が来日した1936年7月の為替相場は百元に対して百四円であった。

蕭紅がこの時期なぜ単身東京に行ったか、ということについては、蕭軍との愛情生活に亀裂が生じたことが最大の理由とされてきた。蕭紅が心身共によい状態にはなかったことは、前掲の許広平の回想からうかがうことができる。再度該当部分を引用しよう。

　　蕭紅女史は文章の上ではかなり勇敢に見えるが、実際には女性らしい優しさを持っており、そのために一つの問題を処理するときには恐らく感情が理性に勝ったのであろうということは否定できない。ある時期、煩悶と失望、哀愁が彼女のすべての生命力を覆い尽くしたが、彼女はなおも気力を奮い起こし、蕭軍氏のために原稿を整理し、清書していた。時にまたひどい頭痛を訴え、体も衰弱し、顔色も悪く、一目で貧血だとわかるありさまだった。（中略）蕭紅女史は哀しみから逃れる手だてもなく、毎日一日中私たちの家に留まっていた。　　　　　　　　　　（「追憶蕭紅」）

このような状態にもかかわらず、なぜ蕭紅は一人で生活した方がよいと判断されたのだろうか。その行き先として日本が選ばれたのには、親しかった黄源の夫人がいたこと、弟の張秀珂が満洲国留学生として東京に留学していたこと（p.183 **写真19**）によったとしても、実際には蕭紅の来日一ヶ月余の8月、黄源夫人は黄源の父親の病が重くなり、経済的な援助を受けることが難しくなったため、急遽帰国したし、張秀珂にも結局会えずじまいだった。右も左もわからない東京に一人取り残された蕭紅は、それでもなお一年という所期の年月を全うしようとするのである。確かにこのときの二人の行動には一時的に別れて暮らすことが最良の策だという判断があったものだと思われる。しかし一方で蕭紅は、蕭軍に対して東京から数日に一通の割合で頻繁に手紙を書き送っており、そこに書き込まれた夫の生活を思いやる言葉の数々に偽りがあるとも思えない。

『注釈録』には、蕭紅が帰国して三ヶ月後、単身で北京に行ったときに蕭軍にあてた手紙七通と、蕭軍から蕭紅にあてた手紙四通も収録されている。その注釈の中で、蕭軍は愛情面でのトラブルがあったことを確かに認めているが、そのトラブルの発生は蕭紅が東京に行った後のことであるとする。

　愛情の面では彼女に対して「忠実でない」行為があったこと——我々が愛し合っていた間、彼女の方にはこういった忠実でない行為はなかったということを認める——は事実だ。それは彼女が日本に行っている間のことだ。ある偶然の巡り合わせで、私は某君と短期間の感情的な悶着——いわゆる恋愛——を起こしたことがある。しかし私も相手も、道義的に考えて互いが結ばれる可能性はないことをはっきりと意識していた。この「結果のない恋愛」を終結させるために、我々は互いに同意の上で、蕭紅を日本からすぐに呼び戻そうとしたのである。　　（［三十九］注：1978年9月19日）

そして帰国して間もなく単身北京に行った蕭紅の北京からの手紙（4月27日付、5月2日着）の返事に、蕭軍はこう書いている。

　福履里路と並行する北側の道を、僕は歌いながら戻ってきた。小雨が降っていた。

　昨日の夜、僕は歌いながら帰ってきた、
　——ひとりぼっちで小雨の通りを
　繰り返し、繰り返し、また繰り返し、……
　全部この曲だ、
　「僕の心は何かが足りない……」
　僕は泣きたかった……
　でも夜はふけ、誰かを驚かしてもいけない。
　だからやっぱり歌いながら帰ってきた。
　「僕の心は何かが足りない……」

　僕は僕を愛した人のつれなさを責めはしない、
　むしろ自分のひたむきな愛を責める。

　吟、これは僕が作った詩だ。この「詩」を読んでくれるだけでいいんだ、怒らない

でくれ、同情もしないでくれ。

　君を送って帰った夜、途中で珂（蕭紅の弟、張秀珂）と排骨麺を食べた。帰ってから日記にこんなことを書いた。

「今、夜の一時十分。

　彼女は行ってしまった。彼女を送って帰り、空っぽのベッドを見ていると、泣きたくなる。でも涙は出ない。世界中で彼女だけが本当に僕を愛してくれた人だということはわかっている。でも、彼女は行ってしまった！……」

　吟、この手紙を受け取っても、僕のことは気にしないでくれたまえ。今はもうすっかり落ち着いているから。だがここ数日はとても辛くてしかたなかった。今はその苦しみを受け止め、処理し、消すことを覚えた、……。　　　（1937年5月2日）

その頃の蕭紅の手紙からも、やり場のない激しい苛立ちが伝わってくる。

　昨日また手紙を出しました。私の手紙は届くのが遅すぎるのじゃないかしら。でなければもう何日もたつのにあなたの様子がなぜ少しもわからないの？　本当は私がせっかちで、郵便には日数が必要だってことを忘れているからですけれど。

　（中略）

　私は手紙を書くとき、苦しいようなことは書かない、楽しいことばっかり書くようにしているのですが、私の心は毒に浸されたように真っ黒です。長いこと浸されっぱなしです。私の心は溺れ死んでしまったのかもしれない。（中略）

　ここ数日、また、夜不安になる病気がぶりかえしています。しかも夢の中にしょっちゅう死ということが出てくるのです。

　辛い人生です。毒を飲んだような人生です。

　（中略）

　泣きたくても泣けない。泣くことは許されない。泣く自由も失ってしまいました。なぜ自分をこんなふうにしてしまうのかわからない。自分で心にも枷をはめてしまった。

　こういった気持ちは日本に行ったときの気持ちとは比べものになりません。誰か助けて！　神様！　誰か助けて！　私はかつて私を作り上げたあの手で自分自身を打ち砕かなくてはならないのかしら。　　　　　　（［三十九］：1937年5月4日）

北京から上海まで、郵便は数日を要したようなので、上記の手紙を書いたとき、蕭軍の

２日付の手紙は見ていないはずだ。一方、上記の第三十九信に対する返信と思われる蕭軍の５月８日付の手紙にはこのように書かれている。

　　どんな苦しみに対しても、常にそれに向かってこういってやればいい、「来い！　どんなに多くても、重くても、全部担いでやろうじゃないか」。君は決闘をする勇士のように、君の苦しみに向き合え。恐れてはいけない。その前で萎縮してはいけない。それは恥だ。（中略）ちょっと振り返って考えてごらん。いくつもの波を我々は全部越えてきたじゃないか。同じように、今どんな困難な波があっても、乗り越えられるさ。この先も同じように軽蔑の眼差しと誇らしげな微笑を浮かべて、それらを振り返って見てやろうじゃないか。──今は忍耐が必要なんだ。（中略）
　　この前の手紙でいっただろう、君はこの世界で本当に僕を理解し、本当に僕を愛してくれている人だ。だからこそ、僕自身の苦しみの源泉でもあるのだ。そして君の苦しみの源泉でもある。だが我々はその苦しみが永遠に我々にかじりついていることを許すことはできない。だから探したり、試したりしているのだ……いろいろな解決の方法を。探している間、解決しようとしている間は高度な忍耐が必要なのだ。それでこそ救済の結果が得られるのだ。　　　　　　　　　　　　　　　（1937年５月８日）

　岡田英樹氏は下記の許広平の証言と蕭紅の「苦杯」と題された詩を根拠とし、二人の間に愛情問題が存在していたことは否定できず、それは蕭紅の東京行きの要因の一つであったとする（「孤独の中の奮闘──蕭紅の東京時代──」）。

　　しかし毎日何度も訪ねてくるのは彼（蕭軍）ではなくて蕭紅女史だった。だから私は最大限の努力を払って時間を捻出し、一階の客間で蕭紅女史との長いおしゃべりをしなければならなかった。彼女はとても朗らかなときもあったが、たいていは口も重く、強い哀しみに始終襲われていた。紙で水を包んでも水がしみ出すのを止めることができないのと同じように。もちろん蕭紅女史も一生懸命抑えてはいた。だがやかんを温めるとかえってその表面にびっしりと水滴がついてしまうように、隠しおおすことはできなかった。
　　とうとう彼女は日本に行ってしまった。魯迅先生が亡くなるまで、上海には戻ってこなかった。　　　　　　　　　　　　　　　　　　　　　　（許広平「憶蕭紅」）

　　色とりどりの愛の詩

一つ一つあの女(ひと)に書いたもの、
三年前私に書いてくれたように。
きっと人は皆同じ
愛の詩だってきっと、三年たてばまた他の娘(ひと)に書くのでしょう。


昨日の夜彼がまた詩を書いた、
私も一つ詩を書いた、
彼は新しい恋人に、
私は私の悲しい心に。


（中略）


涙が目の縁から戻ってくる、
戻って私の心を蝕むがいい！
泣いてどうなる！
あの人の心の中にもう私はいない、
泣いたって何にもならない。 　　　　　　　　　　　（「苦杯」[5]）

岡田氏は「綿々と綴られるこの鬱屈したつぶやきこそ、許広平のいう"深い悲しみ"に外ならない」としながら、「ただ、蕭紅渡日の動機を、全て蕭軍との愛情問題に帰そうとは考えていない」といい、「貧窮と流浪の果てにたどりついた安定期（上海時代）の中で、むしろ拡大し、深刻化した」二人の性格の違いによる亀裂こそ、最も大きな背景として考えるべきであるとする。そして岡田氏は、東京から蕭紅が蕭軍に書いた手紙の多さと、そこに書かれた相手を気遣う言葉の数々について、「蕭紅一流の弱みを見せまいとする"勝ち気"のあらわれであり、蕭軍を悩ませた口うるさい"若としより"のことばと読みとるべきではなかろうか」とした上で、蕭紅の東京行きの動機と実際の生活について、このように結論づける。

　　蕭軍との心の葛藤に疲れ果てた蕭紅は、「自由と快適」、「静寂と安穏」に包まれた、ささやかな「黄金時代」を築くため日本に渡った。しかし、言葉は通じず、親しい知人もいない。あてにしていた華夫人は早くに日本を去り、弟の張秀珂とも会えずに終わった。加えて次つぎとおそってくる肉体の不調。この中で蕭紅は、孤独にひたすら

耐えた。否むしろ、自ら求めて孤独を作り出していた節さえうかがえる。
　（中略）
　ときとして襲いくる、身を切るような孤独感と不安感、それを撥ね返すため蕭紅はひたすら仕事に励む。外界との一切の接触を拒否して、日本語の習得と著作活動に打ち込む姿、これが東京時代の蕭紅であった。　　　　　　　　　（「孤独の中の奮闘」）

　蕭紅の東京行きの原因を蕭軍との愛情問題にのみ帰するなら、彼女が東京から書き送った手紙の数とそこに書きつづられた蕭軍を思いやることばの数々は説明が難しい。その点において、筆者も基本的には岡田氏の意見に賛同する。
　筆者が岡田氏とやや見解を異にするのは、東京時代に蕭紅が遭遇した魯迅の死による衝撃の大きさである。上記引用文中の「自由と快適」、「静寂と安穏」、「黄金時代」はいずれも蕭紅の第二十九信（1936年11月9日）に見えることばであるが、この第二十九信が書かれたのが、蕭紅が東京に来ておよそ四ヶ月後であり、しかも敬愛する師魯迅の死後であることを考えると、むしろこの言葉は東京に来た当初の目的というより、魯迅という精神的支柱を失った深い哀しみからどうにか立ち直ろうとして見せた必死の「勝ち気」であると読めるのではないだろうか。

## 二

　東京に来た蕭紅は、現在の中央線飯田橋駅から南に三百五十メートルほどのところにある「東京麹町区富士見町二丁目九一五　中村方」に居を定めたことが、第七信（1936年8月27日）よりわかる。しかし昭和9年（1934年）3月20日発行の「東京市麹町区地精図」（p.181 **図7**(2)）には「九一五」という番地は見あたらず、1983年に筆者が行った調査（「有関蕭紅在東京事跡調査」）では、付近に「中村」という家も、その痕跡も、発見することはできなかった。
　二・二六事件が起こったこの年の東京が蕭紅の目にどのように映ったのか、蕭紅の書簡および東京時代の二篇の散文、「在東京（東京にて）」（1937年8月）、「孤独的生活」（1936年8月9日）などによって再現してみることにする。
　東京に来てすぐに決めた下宿は民家の二階の六畳間で、初めて畳を見た蕭紅は「絵の中の家」のようだと形容している。第十四信（1936年9月10日）には、蕭紅自身が描いた部屋のイラストが付されている（p.182 **写真18**）が、これは部屋の奥から入口を見て描いたものらしく、正面にふすまが、左側にすだれのかかった障子戸が見える。ここにはもと

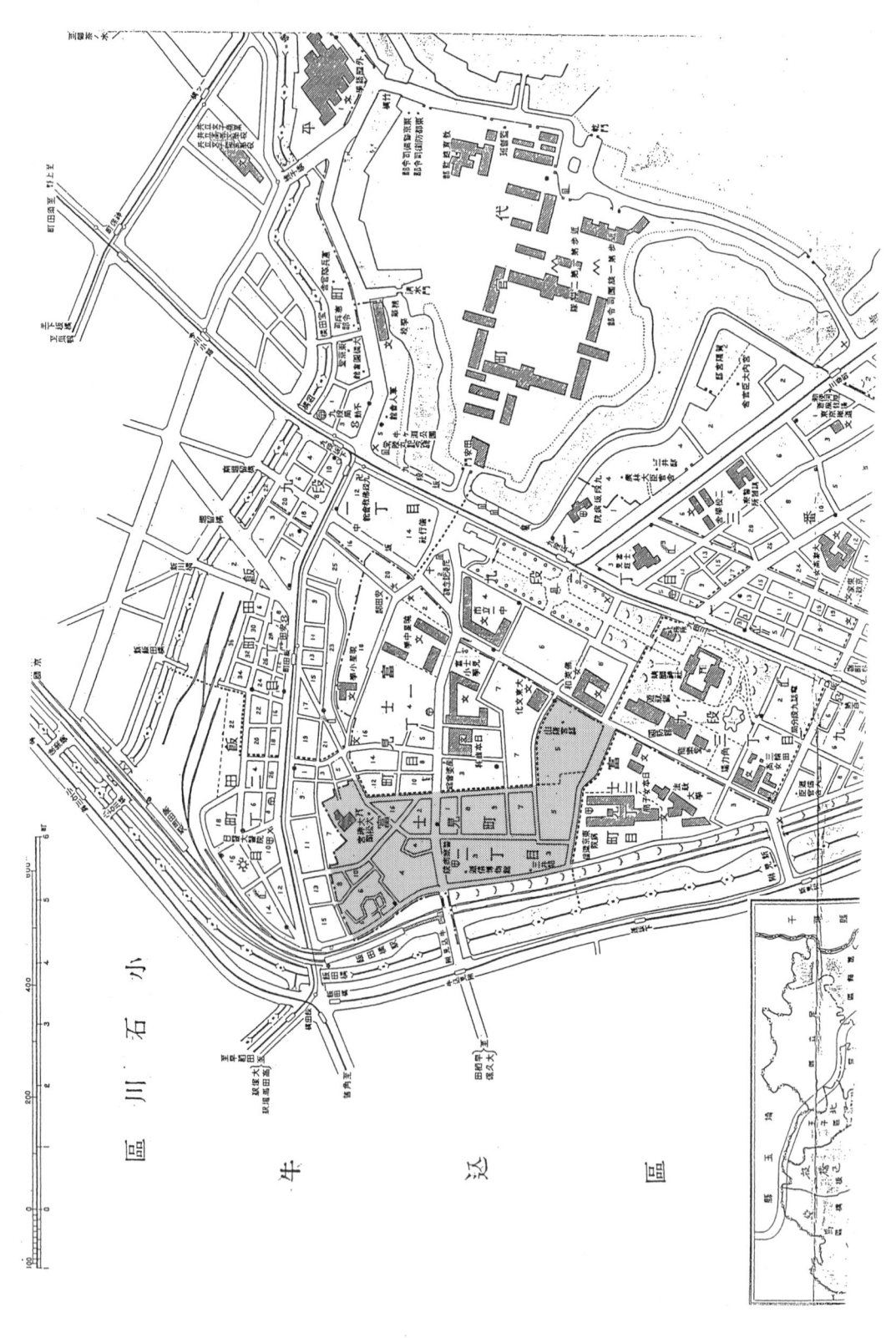

図7 (1) 蕭紅が住んだ頃の麹町区（東京地形社、昭和7年）

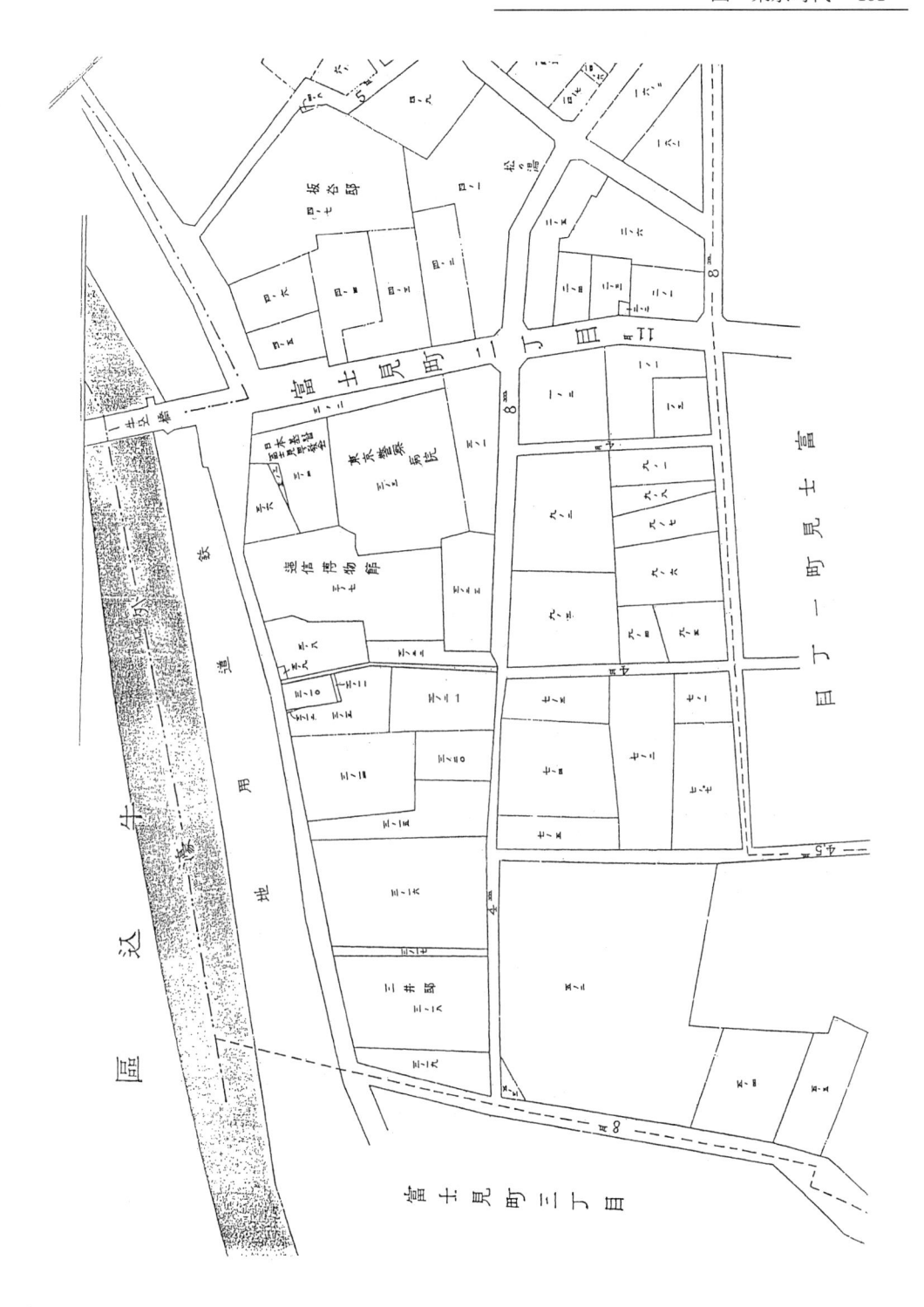

(2) 麹町区富士見町二丁目（内山模型製図社、昭和9年）

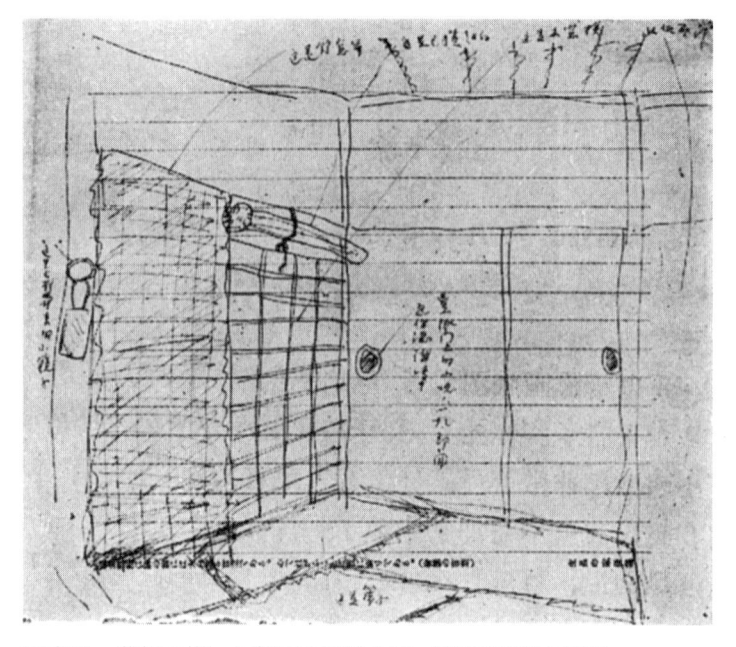

**写真18** 蕭紅の描いた部屋の見取り図（蕭紅書簡第十四信）

もと机と籐椅子だけが置かれており（[二]：1936年7月21日）、障子戸の脇の柱には「私が持って来た鏡」がかけられていた。ふすまの取手の所には「これは低い入口についている小さな凹みで、引っ張ると開きます」などと注釈がついている。その後、少しずつ持ち物も増え、絵を買って壁にかけてみたり（[二十三]・[二十九]：1936年10月20日・11月19日）、ござを買ってそれをソファー代わりにしてみたり（[二十三]：1936年10月20日）、11月になって寒くなってくると火鉢を買ったり（[二十九]：1936年11月19日）している。また、第二十九信によれば、小さな丸い机にはテーブルクロスがかかっていたようである。この部屋の隣には日本人の老女が一人で住んでおり（[二十九]：1936年11月19日）、この老女が弾くものだろうか、時折琴の音が聞こえてきた（[二十五]：1936年10月29日）。階下には大家の家族が住んでおり、彼女はここの五歳ぐらいの子供と最初に仲良くなっている（[七]：1936年8月27日）。このイラストは「生長の家」の便箋に書かれているが、「生長の家」は当時勢力を拡大しつつあった新興宗教で、戦時中は天皇中心主義を唱え、戦争に全面協力している。この団体と蕭紅が何らかの関係があったとは考えにくいから、この便箋はあるいは大家のところにでもあったものをもらったかしたのであろう。

　大家は好意的で、しばしば角砂糖や落花生、果物、鉢植えの花などをくれ（[十八]：1936年9月19日）、また火鉢を買ったときには大家から鍋を借り、大家の子供を招待して一緒に食事をしたりもしている（[二十九]：1936年11月19日）。蕭紅のところへ刑事が押しかけたときは、部屋にあがらぬよう、制止してくれもした（[十五]：1936年9月12日）

　蕭紅の下宿があったと思われるあたりから九段の坂を南下した、現在は北の丸公園となっているその場所は、当時近衛歩兵第一第二連隊が駐屯し、周辺には憲兵司令部、憲兵隊官舎、軍人会館などが集中していた地域である。しかし彼女の文章の中にそれは見えず、北側の、現在の外濠公園周辺の風景が描写される。

四　東京時代　183

　私の住まいの北側は、一帯がちょっとした坂になっていて、坂の上の方には松や柏の木が植わっている。木々は、雨の日には夜霧に包まれたように、かすんで、静かだった。枝の間を飛ぶ雀の羽ばたきまでが聞こえてきそうなくらいだ。

（「在東京」）

　蕭紅がなぜここに下宿を定めたのかはわからないが、手紙の文面から、黄源夫人が近くにいたらしいことが察せられる（［三］：1936年7月26日）[6]。またここは、後に蕭紅が通う東亜学校へも歩いてさほどの距離になく、張秀珂が東亜学校に在籍していたことから（**写真19(2)**）、この学校へ通うことを最初から想定していたものかもしれない。曹2005によれば、張秀珂が住

写真19　(1)　蕭紅の弟　張秀珂
（曹2005より）

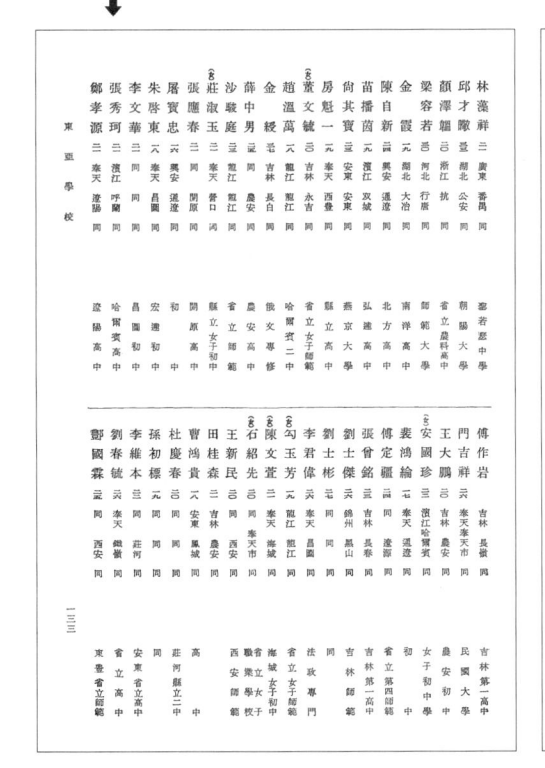

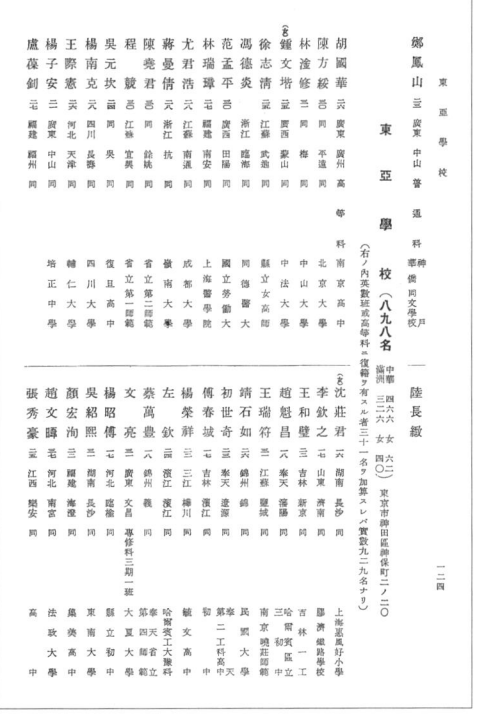

(2)　東亜学校留日学生名簿　張秀珂の名前がある

んだ家も「神田町」にあったというので、そのことも恐らく念頭にあっただろう。当時の富士見町界隈にはアジア系の外国人居住者も多かった。そういった環境の影響もあったかもしれない。

その東亜学校へは、9月14日より通っている。学校は神田区神保町二-二〇にあった。この東亜学校の歴史に関しては、平野日出男『松本亀次郎伝』(1982年4月、静岡県出版文化会) に詳しい。松本亀次郎は1866年、静岡県に生まれた教育者で、宏文学院で教鞭を取ったのを契機に、1914年、私財を投じて神田猿楽町五番地に「東京高等予備学院」を設立した人物である。設立当初「日華同人共立・東亜高等予備学校」と称したのは、松本が留学生教育に関わるきっかけを作った湖南省留学生曾横海を記念する意味があったらしい (松本亀次郎『中華留学生教育小史』1931年、東亜書房)。この学校はその年12月に東京府知事より私立学校としての認可を受けた後は、各方面から支援や寄付を得て順調に発展し、1920年3月には財団法人の認可を得、常に一千名以上の学生を受け入れたという。周恩来 (1898〜1976) も1917年にここで学んでいる。しかし1923年の関東大震災で校舎が焼失した後は、経済的な困窮のため、1925年、財団法人日華学会に合併譲渡された。「東亜高等予備学校」が「東亜学校」と名を改めたのは、蕭紅の来日の一年前、1935年のことである。

当時の神保町二丁目は、蕭紅の住んでいた富士見町からは、上海の徐家匯を思わせる「黒い川」を渡って歩いて二十分ほどの距離である[7]。学生はすべて中国人であったが ([十四]: 1936年9月10日)、教員は専ら日本語で授業をしていたようだ ([三十二]: 1936年12月15日)。初めは授業についていくために、胃が痛くなるほどであった彼女も ([十九]: 1936年9月21日)、毎日六、七時間の勉強 ([二十二]: 1936年10月17日) の成果が次第に現れ (ただし魯迅の死を報じた日本語の新聞を読んで理解することはまだできなかった——[二十三]: 1936年10月20日)、いろいろな言葉がわかるようになり、大家さんと部屋の交渉だってできる、と誇らしげに書いている ([三十二] 1936年12月25日)。蕭紅が在籍していた当時の東亜学校の様子については、すでに岡田英樹氏の詳細な調査がある (前掲「孤独の中の奮闘——蕭紅の東京時代——」)。それによれば、当時の東亜学校は「全予備校生の実に六十八％をしめる、日本語教育の中心であった」。更に岡田氏は「東亜学校沿革概評」(〈日華学報〉55号) により、専修科の入学期が4月と9月の二回であることを指摘、昭和11年10月31日現在の東亜学校「学生学級別人員」(〈日華学報〉57号) と蕭紅の手紙の文面を詳細に検討し、「蕭紅は一班から五班までの9月5日開講のクラスには手続きが遅れ、結局、14日開講、午後の部、七、八班のいずれかに籍を確保したことになる」と指摘している。

## 三

　蕭紅は毎日朝と夜は外食をし、昼はパンなどで簡単にすませていた。そして毎日銭湯に行って体重を量っている。湯船に浸かったのかどうかは記録がない。夜になると、夏は蚊帳を吊って眠った。東京の蚊は今まで見たこともないほど大きいと書いている（[七]：1936年8月27日）。映画は何度か見ているが、銀座などの繁華街や観光地にはほとんど行ったことがないらしい。しかし9月になると、一人で高架の電車（中央線もしくは総武線か）に乗って友人を訪ねたりしている（[十九]：1936年9月21日）。この電車は速度も速いし、トンネルを何度もくぐる、と無邪気に感動している。魯迅が死んだときも、その新聞記事の真偽を確かめるために、東中野に住むたった一人の友人を訪ねている（「在東京」）。駅を降りてから道に迷うこともあったが、そのときは東亜学校の近くの商店が上げているアドバルーンを目当てに無事帰ってきたと得意げに書き送っている（[十九]：1936年9月21日）。
　時々襲われる頭痛や腹痛に悩まされはしたものの、総体的にはそこそこ快適な生活であったといってよかろう。何よりも彼女が気に入ったのが静けさであった。

　　私は夜が大好き。ここの夜はとても静かで、毎晩何度も目が覚めますが、いつもすぐにまたぐっすり眠ってしまいます。本当に静かで、本当に心地よいのです。朝も素敵です。太陽の光が私の部屋の窓に届かないうちに起きます。何か考えごとをしたり、ちょっと何かつまんだり。
　　　　　　　　　　　　　　　　　　　　　　　　　　（[十九]：1936年9月21日）

　だがその一方、来日直後の彼女には下駄の音が耳についてならなかった。それは彼女の不安と苛立ちを象徴するようでもある。

　　昨日神保町の本屋に行ってみました。でもその本屋には私と関係のありそうなものは全然なくて、見慣れないものばかりでした。町中に下駄の音が響いていますが、私はその音が耳障りでなりません。こうして一日一日、私はどうやって過ごしていったらいいかわかりません。シベリヤに流刑になったみたいです。
　　私たちが初めて上海に出てきた時よりも所在ありません。たぶん少しずつよくなるとは思いますが。でも長くかかると、我慢できないかもしれない。
　　　　　　　　　　　　　　　　　　　　　　　　　　　（[三]：1936年7月26日）

来日の当初は、当然のことながら町にも不案内であるし、言葉もわからず、一人で外出することもままならなかったが、次第に行動範囲は広がっていく。彼女が「初めて一人で遠出」をして神保町まで出かけたのは、来日の一ヶ月後であった（［五］：1936年8月17日）。9月4日の手紙（［十一］）には、乗り物に乗ったことはまだ一度もなく、外出先も神保町だけだと書いている。9月8日には東亜補習学校を見に行っているが、これは一人で出かけたもののようである（［十三］：1936年9月9日――生徒募集の広告がよく理解できないと書いている）。ただし彼女の下宿から学校までは、神保町へ行くよりも近かったはずだ。そして二十一日の手紙（［十九］：1936年9月21日）では、もう一人で何度も高架の電車に乗ったことが書かれている。蕭紅が徐々に行動範囲を広げていったことがわかる。

　手紙には生活費などのことも書かれている。蕭軍によれば、『八月的郷村』と『生死場』の印税二、三百元を二人で分け、蕭軍はそれを青島行きの資金に、蕭紅は東京行きの資金にあてたという（［一］注）が、蕭紅はそれだけでは足りなかったと見えて、何度か送金依頼をしている。現存する手紙の中から、彼女の送金依頼の日付と蕭軍が送金した額、そして蕭紅の使途を拾い出してみる。

　　　9月10日　（東亜学校に学費を納める。三ヶ月、教材込みで二十一円～二十二円）[8]
　　　9月21日　（薄手のセーター：二円五十銭）
　　　10月13日　手元に三十円ちょっとあるが、コートを買いたいので月末には送金して欲しい。
　　　　　　　（映画を見る）[9]
　　　10月20日　（毛糸のスーツ：六円、ござ：五円）
　　　　　　　もう二十円も手元にない。帰国の費用を置いておきたいので月末には送金して欲しいと再度依頼
　　　10月21日　（何日か前に画集を買う）
　　　10月29日　四十一円二十五銭の為替が届く
　　　　　　　しかしコートを買ったら11月でなくなってしまう。帰りの旅費を残しておきたいからと、更に百円送金を依頼する
　　　11月6日　四十円の為替が届く
　　　11月9日　（蕭軍と黄源に手袋を一組ずつ買って送る）
　　　11月17日　（火鉢を買う）
　　　11月19日　五十円の為替が届く
　　　　　　　来年1月末まで大丈夫

　　　　　　（絵を三枚買う）
11 月 24 日　（講演会：五十銭）
12 月 2 日　**為替が届く**（金額不明）

　百円の送金依頼に対し、11月6日と19日に二回にわけて九十円が送金されているが、蕭軍の工面の努力が見えるようでもある。手紙に書かれている為替の金額の合計はおよそ百四十円、これに 12 月 2 日の送金分を加え、更に来日当初の所持金を加えると、蕭紅の資金は日本円でおよそ三百円前後ということになろうか。一ヶ月の生活費として五十円かかるといい（[三十]：1936 年 11 月 24 日）、学費や往復の旅費なども必要であったのだから、このほかにも定期的な送金などがなければなるまい[10]。一方当時の日本の平均的な月給生活者は、月平均実収入九十二円二十三銭、実支出八十二円四十六銭であった（内閣統計局「家計費調査」昭和 11 年＝1936 年）。当時の下宿代については、やや古い統計ではあるが、昭和 3 年（1928 年）6 月 1 日現在の東京市統計課「市内営業下宿に関する調査」によれば、六畳で月十二円五十銭、賄い料が二食で一ヶ月十八円九十三銭、三食で二十二円三十五銭で、これに更に電灯料、炭代などが加わり、当時の物価に比して相当に高いものであったらしい。蕭紅は賄いを頼んでいないようだが、朝食に一銭、夕食に二銭ないし一銭五厘は必要だといっている（[七]：1936 年 8 月 27 日）。当時更級のもりそばが十銭から十三銭、カレーライスが一皿十五銭から二十銭、天丼になると並で四十銭した（『昭和家庭史年表』1990 年、河出書房新社及び『続値段の風俗史』・『新値段の風俗史』）というから、食費に関してはかなりつましい生活をしていたようだ。しかし生活費が足りないとせっつきながらも彼女はいくつかの買い物をしており、特に最初の送金依頼をした後の 10 月 20 日の手紙では、送金を依頼したので安心したのか、合計十一円もの買い物をし、もう二十円も残っていない、と慌てている。また学校の第一期が終了した後、家庭教師を頼もうと思う、といったり（[二十六]：1936 年 12 月 20 日）しているところを見ると、経済観念はあまり無い人であったのかもしれない。また書簡の中にはスケート靴が中古で八円から十一円（これは安いといっている）、スケート場は一時間五十銭（これは高いという、[二十九]：1936 年 11 月 19 日）という記録も見える。

　また蕭紅はしきりに帰国の費用をプールしておきたいといっているが、当時上海から東京に来るのにいくらかかったかを試算してみよう。蕭紅は日本郵船の長崎丸か上海丸で、長崎を経由して神戸に上陸し、そこから鉄道で東京に来たと思われる。上海－長崎間がおよそ一日、長崎－神戸間もおよそ一日、鉄道で神戸－東京もおよそ一日を要したから、7月 17 日に上海を発ち、18 日に長崎着（[一]：1936 年 7 月 18 日）、20 日頃には東京に着き、

21日に下宿を決める（［二］：1936年7月21日）ことは可能である。このルートの場合、もっとも安い三等運賃で見ると、上海―神戸間が十八円、神戸―東京間が六円二十一銭、合計二十四円二十一銭である（「汽車汽船旅行案内」第四九二号、昭和10年＝1935年10月：『復刻版昭和戦前時刻表』1999年3月、新人物往来社）。しかし蕭紅は帰国に際してはこのルートを使わなかったようだ。高原の回想（「離合悲歓憶蕭紅」1980年12月）によれば、蕭紅は1月12日に「秩父丸」に乗って航行中であったという。秩父丸はやはり日本郵船の客船で、香港―サンフランシスコ間を運航しており、その途中で上海と横浜に寄港している。この場合、上海―横浜間は五、六日を要し、もっとも安い船室が二十四円であった[11]。

四

彼女はまた書簡の中で、「仕事」について何度も触れている。

| | |
|---|---|
| 第三信（7月26日） | 黄源夫人と図書館に行かずに、家で創作をしようと思う |
| 第四信（8月14日） | 小説一篇、散文二篇を上海に送る。 |
| | 短文を計画中、終わったら長いものを書こうと思う |
| 第七信（8月27日） | 三万字の短編を書き始めた、〈作家〉10月号に送るつもり |
| | 童話を書き終わる |
| 第八信（8月30日） | 十枚書こうと思う |
| 第九信（8月31日） | 十枚を超えているのは新記録、三万字の作品は二十六枚書きあがる |
| 第十信（9月2日） | 四十枚で腹痛のためストップ |
| 第十一信（9月4日） | 五十一枚書き上げる |
| 第十二信（9月6日） | 黄源より『十年』への原稿依頼があった |
| 第十三信（9月9日） | 原稿はすでに発送した |
| 第十五信（9月12日） | 長いこと書いていない |
| 第十六信（9月14日） | 十日で五十七枚書く |
| 第十八信（9月19日） | 童話に全力投球している |
| 第二十二信（10月17日） | 『十年』への原稿依頼を承諾 |
| 第四十三信（10月24日） | →「海外的悲悼（海外の悲しみ）」 |
| 第二十五信（10月29日） | 童話はまだ書き始めていない、難しい |
| | 二万字の作品を書き始める |

第二十八信(11月9日)　　短篇はまだ書きあがらない
第三十信(11月24日)　　時々短篇を書いているが、黄源に送ろうと思う

蕭紅が東京で書いた作品は以下のとおりである。

| 題　名 | ジャンル | 字数(概数) | 執筆年月日 | 初　出 | 収録作品集 |
|---|---|---|---|---|---|
| 孤独的生活（孤独な生活） | 散文* | 1900 | 1936年8月9日 | 〈中流〉1-1（1936年8月20日） | 牛車上** |
| 異国 | 詩 | 10行 | 1936年8月14日 | 未発表*** | |
| 王四的故事（王四の物語） | 小説 | 3200 | | 〈中流〉1-2（1936年9月20日） | 牛車上 |
| 紅的果樹園（赤い果樹園） | 小説 | 1800 | 1936年9月 | 〈作家〉1-6（1936年9月15日） | 牛車上 |
| 牛車上（牛車の上で） | 小説 | 7300 | | 〈文季月刊〉1-5（1936年10月1日） | 牛車上 |
| 家族以外的人（家族以外の人） | 小説 | 25800 | 1936年9月4日 | 〈作家〉2-1、2（1936年10月15日、11月15日） | 牛車上 |
| 海外的悲悼（海外の悲しみ） | 書簡 | 500 | 1936年10月24日 | 〈中流〉1-5（1936年11月5日） | |
| 女子装飾的心理（女性が着飾る心理） | 散文 | 1500 | | 〈大滬晩報〉（1936年10月29、30日） | |
| 亜麗 | 小説 | 2700 | | 〈大滬聯報〉（1936年11月16日） | |
| 永久的憧憬和追求（永遠のあこがれと追求） | 散文 | 800 | 1936年12月12日 | 〈報告〉1-1（1937年1月10日） | |
| 砂粒 | 詩 | 113行 | 1937年1月3日 | 〈文叢〉1-1（1937年3月15日） | |
| 感情的砕片（感情のかけら） | 散文 | 600 | | 〈好文章〉7（1937年1月10日） | |
| 在東京（東京にて） | 散文 | 2900 | 1937年8月**** | 〈七月〉1-1（1937年10月16日） | |

　　*　『蕭紅全集』は二種（1991年版、1998年版）とも「小説」に分類している。
　　**　1937年5月、文化生活出版社。
　　***　蕭軍宛書簡第四信に付記。
　　****　執筆年月日は『蕭紅全集』（1991年版）による。この日付が正しければ、この文章は帰国後上海で書かれたことになるが、内容から見て、少なくとも東京である程度完成されていたものと思われる。

それぞれの文面に現在わかっている作品を当てはめるには、矛盾点が多すぎて不可能である。たとえば第四信で上海に送ったとされている作品としては、散文「孤独的生活」（1936年8月9日）と9月に〈中流〉に発表されている短篇「王四的故事」しか可能性がない。また第七信の「三万字の短編」は、発表時期や投稿先から考えて〈作家〉（1936年10月、11月）に発表されたおよそ二万六千字の「家族以外的人」が推測される。この作品は9月4日に脱稿しているから、第八信の十枚、第九信の二十六枚、第十信の四十枚、第十一信の五十一枚はこれを指しているのかもしれない。第十三信のすでに発送したという原稿もこれかもしれない。しかし東京時代の作品中、次に長いものは約七千三百字の「牛車上」である。第十六信の「十日で五十七枚」は一つの作品とは限らないとしても、第二十五信の「二万字の作品」は何を指すのだろうか。更に、第十五信で「長いこと書いていない（好久未創作）」といいながら、わずか二日後の第十六信では「十日で五十七枚書く」といっているのはなぜか。「長いこと書いていない」のは、何か特定の作品を指しているのかもしれない。あるいは、この日は朝方刑事に押しかけられるという事件のあった日で、「長いこと」は「朝からずっと」を意味しているのかもしれない。あるいは投稿前に失われたか、投稿後発見されないままになっている作品が存在する可能性も否定できない。何度も登場する「童話」は何か。中国語の「童話」は「子どものための話」とも「子供時代の話」とも解釈可能だが、もし後者であるならば、「呼蘭河伝」に続いていく「家族以外的人」及び「王四的故事」である可能性も高い[12]。

　　童話はまだ書き始めていません。まだ構成もたてていない。とても難しい。私の庶民生活の経験では足りません。今二万字のものを書き始めています。来月の五日には完成すると思う。その後、十万字のものを書こうと思っています。12月のうちにはあなたに読んでもらえると思う。　　　　　（[二十五]：1936年10月29日）

戦火を避けて避難した武漢で書かれていたというおよそ十四万字の「呼蘭河伝」は、この時すでに具体的な構想があったのかもしれない[13]。第十二信と第二十二信にある『十年』の原稿については不明である。

## 五

　蕭紅の東京時代の創作活動を考える上で、1936年10月19日の魯迅の死は、やはり一つの大きな転機であったと思われる。魯迅の死が日本で報じられたのはその翌日、10月20

日のことである。蕭紅はその報道を新聞で見ているのだが、日本語がわからなかったために、魯迅が日本に来るということか、と疑っている（［二十三］：1936年10月20日）。しかし何か不安を覚え、翌21日、友人に確認しに行くが、死んだのは間違いだろうといわれ、にもかかわらず魯迅に送るつもりで何日か前に買った画集をやはりしばらく手元においておこうと思った（［二十四］：1936年10月21日）のは、虫の知らせであったのだろうと蕭軍は推測している。その蕭軍は魯迅の死後、葬儀のことで忙しくしていたこともあったが[14]、精神的にも手紙を書く余裕はなく、また彼女に直接それを知らせる勇気もなかった（［四十三］[15]注）。蕭紅は22日になって中国の新聞で魯迅の死を確認している（［四十三］：1936年10月24日）。

　私はある新聞の見出しに魯迅を「偲」とあるのを見た。「偲」という文字を辞書で引いてみたが、中国語の辞書にこの字はなかった。しかも文の中に「逝世、逝世」と何度も出てくるが、いったい誰が逝世したのだろう。日本語の新聞はまだ読んでもわからなかったから。
　翌朝、私はまた例の食堂で、何かの新聞の文芸欄に「逝世、逝世」の文字を発見した。更によく見ると、「損失」とか「殞星」といった言葉がある。今度はもう耐えられなかった。食事を半分残したまま、家に帰った。二階に上がると、がらんとした心臓が鈴のように騒いだ。向かいの部屋のおばあさんが窓の桟や畳を掃除するパタパタという音が、まるで私の服を叩いているようで、重い気持ちになった。朝だというのに、私の目には窓の外の太陽が正午のそれのように大きく見えた。　　（「在東京」）

魯迅の死を知った後、彼女はその哀しみを振り払うように二万字の作品を書き始め、それが書き上がったら十万字のものを書く予定だといっている（［二十五］：1936年10月29日）が、結局は創作に専念することは困難であったようだ。

この時期に書かれた詩以外の作品について、魯迅の死を境として比べてみると、前三ヶ月に書かれた総字数がおよそ四万字に及ぶのに対し、後二ヶ月半では時期的に東京で書かれたと断定できない「在東京」を含めてもおよそ九千字しかない。9月から日本語学校に通い始めたことを念頭に置いたとしても、その落差は極端である。

次に書簡を見ると、すでに述べたように、一通ごとの長短はあるものの、蕭紅は非常に頻繁に蕭軍宛に手紙を送っている。魯迅の死を知った直後の第四十三信（「海外的悲悼」）以前には二十四通の手紙が残っており、蕭軍は更にこの間に二通の、受け取りの日付が記されながら中身の失われた封筒が存在するという。船便で約一週間という蕭軍の言葉から

逆算すると、この二通はそれぞれ第六信と第七信の間、第十二信と第十三信の間に出されたものではないかと推測される。とすればこの間の日数は更に短くなる。書信間の日数を示すと以下のようになる。［　］内の数字が間の日数である。

　　　第一信［２］第二信［４］第三信［18］第四信［２］第五信［４］
　　　第六信［４＊］第七信［２］第八信［０］第九信［１］第十信［１］
　　　第十一信［１］第十二信［２＊］第十三信［０］第十四信［１］第十五信［１］
　　　第十六信［２］第十七信［１］第十八信［１］第十九信［１］第二十信［19］
　　　第二十一信［３］第二十二信［２］第二十三信［０］第二十四信［２］
　　　（魯迅の死）
　　　［２］第四十三信（「海外的悲悼」）［４］第二十五信［７］第二十七信［２］
　　　第二十八信［９］第二十九信［４］第三十信［７］第二十六信[16]［３］
　　　第三十一信［９］第三十二信［２］第三十三信［13］第三十四信［３］第三十五信
　　　　　　　　　　　　　　（＊は紛失した手紙が存在すると考えられる期間である）

　魯迅の死後に出された手紙の間隔が、それ以前より全体として間遠になっていることに気づく。
　まず、魯迅の死を知る前の手紙について検証してみると、第三信と第四信の間の十八日間と第二十信と第二十一信の間の十九日間は他に比べて突出していることがわかる。第三信は７月26日に出されたものだが、ここでは弟の張秀珂が16日に帰国して会えなかったことを報告し[17]、また25日に神保町の本屋へ行ったことを書いている。東京へ着てまだ数日、ようやく下宿を決めて落ち着いた時である。「話をする人もいない、読む本もない、精神的によくないから、町をぶらぶらしてみようかと思うけれど、道もわからないし、言葉だって話せない。……（中略）シベリヤに流刑になったみたいです」とこぼす彼女をよけい苛立たせるのは、「街中に響く下駄の音」である。
　それが、蕭軍が青島から出した最初の手紙に対する返事でもある十八日後の第四信では、かなり充実した生活ぶりをのぞかせている。この間、彼女は小説一篇、「まとまりのない」散文二篇の計三編を書いて発送している。更に「今また一篇短文を書こうと思っています。こういったものが終わったら、こんな細かいものでなく、長いものを書こうと思っています」と決意を述べ、蕭軍が彼女に送った「挑戦状（青島での彼の規則正しい日課表）」に対して、「いいかげんに日を送ってはいない」と応えて見せる。この手紙に付された「異国」と題する詩にはなお下駄の音とセミの声が描かれているが、それらを彼女が異郷のものと

してすでに受け入れたように見える。

  夜：窓の外の木のざわめき
    耳を澄ませばふるさとの畑でふるえるコウリャンのよう、
    でも、これは違う、
    ここは異国、
    カタカタという下駄の音は時に海の水のよう。
  昼：このまっ青な空、
    ふるさとの6月の広々とした原野のよう
    でも、これは違う、
    ここは異国、
    異国の蝉は鳴き声も少しうるさい気がする。

　この十八日間は、彼女にとっては異郷を受け入れ、創作に専念した、充実した期間であったようだ。

　第二十信は9月23日に書かれている。東京での生活にも少しずつ慣れ、一人で神保町にでかけてみたり（［五］：8月17日）、大家さんの五歳ぐらいの子供と仲良くなったり、毎日風呂屋に行って体重を量ってみたり（［七］：8月27日）、映画を見たり（［十一］：9月4日）している。だが体調は思わしくない日が多かったらしく、「ここ数日熱があります。肺病みたいに。でも自分ではわかっています。絶対肺病ではない。でもなぜ熱が出るの？節々が痛くて！　本当はこっちへ来てすぐ、夜気分が悪くて、口が渇き、胃がふくらんだみたいになったの……最近やっと熱の高さによることがわかりました。……もし気持も体も少しよくなったら、絶対仕事をするわ。仕事をしなければほかにやるべきことはないのですもの。でも今日はひどく悪い。日射病にかかったみたい。だるいし、頭が痛くて起きていられない。……心臓がどきどきして、全身の血がぐるぐる回っているみたい」（［六］：8月22日）と書いたのを最初に、「二十日余り苦しかった呼吸が、昨日の夜だけ楽になったので、今日はとてもうれしい」（［八］：8月30日）、「こんなひどい腹痛、三年前にもあったけれど、今日また起こってしまった。朝の十時から二時まで痛かった。四時間だけれど、体が震えました」（［十］：9月2日）、「体の具合はあまりよくありません。……あの日の腹痛は今でもまだあまり治っていません」（［十二］：9月6日）、「胃はまだよくありません。また少し悪くなった気がします。飲食にはとても気を遣っていますが、やっぱりよくなくて、一日のうち数回は痛みます」（［十三］：9月9日）と断続的に訴え、9月17日付けの

第十七信ではとうとう身体の調子が悪いからそのうち帰国するかもしれない、と書いている。

　9月14日から日本語学校に通い始めようとしていた蕭紅が（［十四］：9月10日）、どのようなルートによるものか、またどのような嫌疑によるものかわからないが、突然日本の私服刑事の訪問を受けた（［十五］：9月12日）ことはすでに書いた。朝、まだ寝ているうちに大家さんの制止にもかかわらず部屋の中に踏みこまれた蕭紅は、「私の主な目的は創作ですから、妨害は、だめです」と憤っている。と同時に蕭軍に対して、封筒に青島の住所を書かないように、友人からの手紙も蕭軍から転送して欲しい、と注意を与えている。この刑事はその後も彼女につきまとったようで、第二十三信（10月20日）にも、何日かつけられているようだと書いている。

　そのことがあったからか、または健康に自信を失ったためか、蕭紅の気持ちは滞在と帰国の間を揺れ動く。第七信（8月27日）で「私はあなたのことが恋しくはない。日本に十年だって住む」といったのは、蕭軍が異国に慣れない彼女のことを思って、我慢できなかったらすぐに帰って来るようにといった（［七］注）ことに対する強がりであるが、少し慣れて筆も進むようになると「私は帰らない。来てしまったのだもの。それに来たときは一年住むつもりだったし」（［十二］：9月6日）という心境になっている。身体の調子が悪いから帰るかもしれない、と訴えた第十七信（9月17日）でも、その一方で「私はここが好きです。もしできるなら一年間住みたい」といっている。だが第二十信（9月23日）では、蕭軍の手紙を受け取って、「手紙を受け取るといつも帰りたくなる」という思いを漏らしている。

　その第二十信（9月23日）から第二十一信（10月13日）までの間の十九日間という、東京滞在中最も長い空白期間はなぜ生まれたのだろうか。蕭軍の第二十信、及び第二十一信の注釈によれば、蕭軍は第二十信を受け取った後、二ヶ月間滞在した青島を離れ、北に旅行している。本当はまっすぐ上海に戻るつもりだったのだが、天津に古い友人のいることがわかり、急遽会いに行くことにした。そしてそのついでに張店と北京をまわり、10月13日に上海に戻っている。第二十一信は18日に上海で受け取っている。第二十一信で蕭紅は「あなたは旅行でとても楽しいのでしょう」と書いているから、蕭軍の予定はすでに了解ずみだったのだろう。その次の10月17日付の手紙は、黄源宛のものであるが、そこでは蕭軍が上海にもどったかどうかを尋ね、日本語を一日に六、七時間勉強していると書いている。第二十一信で、蕭紅は「この一ヶ月（恐らく蕭軍が旅行している間、即ち空白の十九日間を指すのだろう）、また空しく過ごしてしまいました。あまり快適な暮らしではありません」といいつつも、「私は帰らないことにしました。行ったり来たりして、面倒

だもの。いろいろ考えて、やっぱりここにいることにしました。もし本当にどうしようもないのなら、手がありません。でも今はとても穏やかです」と決意を伝えている。この十九日間、蕭紅は日本語の学習に精力を集中していたに違いない。しかしそのために創作に時間を割くことが難しくなっていた。

　ようやく環境になじみ（一つの所に長く住むと気持ちがリラックスして、部屋を飾ってみようという気持ちになる、と第二十四信——10月21日——にある）、創作はできなくても日本語の学習という目標を得たことで生活に張りもできた途端のこと、蕭紅は魯迅の死を知る。

　日本語を学び始めた蕭紅は、自分の世界が徐々に開けていくのを感じていた。例えば第十九信（9月21日）では一人で何度も高架の電車に乗り、一度は道に迷ったが、友人に教えられた目印を便りに一人で戻って来られたことを誇らしげに書き、第二十三信（10月20日）では部屋を飾る余裕ができたといい、第二十四信（10月21日）では縁日の屋台で持ち合わせがなく、六銭借金してしまったなどとも書いている。魯迅の死後も、「日本語が少しわかるようになった」（［二十五］：10月29日）、「少しわかるようになったがまだ読めない」（［二十八］：11月9日）と書き、中国語のわからない大家から鍋を借りて、買ったばかりの火鉢で料理を作り、大家の子供を招待して二人で食事をしたこと、大きな地震があったときには隣の老女が心配して声をかけてくれたエピソードなどを紹介してもいる（［二十九］：1936年11月19日）。しかしそれは、魯迅を失った哀しみと、その場に居合わせることができなかったことで仲間と哀しみを分かち合えず、むしろ取り残されたような思いにさいなまれ、それを振り切るために筆を執っては見るものの、思うように進まず、やむを得ず日本語の学習にいそしむことでそれらを紛らそうとしているようにも見える。

　魯迅が死んだことをうすうす察知しながら、しかし信じたくない気持ちで外出先から帰ってきたときのことを書いた文章がある。

　　その日、私は道を歩きながら、傘の骨の上を絶え間なく伝う雨水を見ていた。
　　「魯迅は死んだのだろうか」
　　心臓がどきどきし始めた。「死」と魯迅先生という言葉をくっつけることはできないから、あれこれと繰り返し思い浮かべているのはあの食堂の女中の金歯、朝食を食べる人の眼鏡、雨傘。彼らは小さい木の椅子のような雨靴（雨下駄のことか）を履いている。最後に私の頭に浮かんだのは、厨房に貼ってあった大きな絵だった。一人の女性が、小さな旗を持った、まるまると太った子供を抱いている。小さな旗にはこう書いてある。「富国強兵」。だからこの後、魯迅の死を思うと必ずその太った子供が思い浮かぶようになった。

私は大家さんの家の格子戸を開けたが、どうしても中に入れないでいた。私は癪に障っていた。どうして急に大きくなったんだろう。
　大家のおかみさんがちょうど竈のところで大根を刻んでいた。彼女はその白いエプロンをつかみ、鳩みたいに笑い出した。「傘……傘……」
　私は傘を開いたまま上に上がろうとしていたらしい。
　彼女の太った足の裏は男のようだったし、その金歯はあの食堂の女中の金歯にそっくりだった。日本の女性は殆どが金歯をはめている。　　　　　　　　（「在東京」）

大家には好感を持っていたはずなのに、ここではそれがすっかり消えている。彼女に対するうっとうしさだけがそこにはある。蕭紅の苛立ちは、最初に友だちになった、「色黒で、きれいな大きい目をしたかわいらしい」（［七］：1936年8月27日）大家の子供にも向けられる。

　私が魯迅先生が亡くなったのを知ったのは、22日のことだった。ちょうど靖国神社のお祭りのときだった。私が起きる前から、空では爆竹（花火のことだろう）が炸裂し、白煙を上げながら次々と打ち上げられていった。隣の老婦人が何回も叫んでいた。彼女は爆竹が打ち上げられる空に向かって、アラアラと叫んでいた。彼女の髪は赤い紐で束ねられていた。下の大家さんの子供が二階に上がってきて、私に米粒をまぶしたお菓子をくれた。私はお礼をいったが、その子は私の眼差しをどう受け止めたのだろう。五歳になったばかりの子供で、小皿を持って下に降りるとき、その皿の縁がたびたび階段にぶつかっていたから、たぶん私が怖かったのだろう。　（「在東京」）

学校でのできごとも書かれている。ある時、中国の古い文章や詩を勉強したことがある、上手な北京語を話す日本人の先生が、魯迅をどう思うか、という質問をした。するといつも旧詩を作って文人気取りの一人の男子学生がすぐに立ち上がり、答えた。

　「私が思いますのに……先生……魯迅という人は、どうということはない、大したことはないと思います。彼の文章は罵るばかりで、人格的にもよくないし、辛辣で冷酷です。」
　彼の黄色い小鼻がちょっと歪んだ。私はそれをねじってまっすぐにしてやりたいと思った。
　一人の、四角い帽子をかぶった大男、彼は「満洲国」の留学生で、訛りからすると、

私と同郷のようだった。

　「魯迅は"満洲国"に反対ではないそうじゃないですか？」その日本人の先生は、肩をちょっとそびやかし笑った、「うん！」　　　　　　　　　　　　　（「在東京」）

　ここにはクラスで一人だけ、日華学会が開いた魯迅の追悼会に参加した女子学生のことが出てくる。

　　数日後、日華学会が魯迅の追悼会を開いた。我々のクラス四十数人中、魯迅先生の追悼会に出たのは女性が一人だけだった。彼女が戻ってきたとき、クラス中が彼女を笑いものにした。彼女は顔を真っ赤にして、ドアを開け、つま先立ちで入ってきた。そっと、忍び足で入ってきたのに、かかとはよけいに響いた。彼女が着ている服の色は全くアンバランスだった。赤いスカートに緑の上着のこともあったし、黄色いスカートに赤い上着といったこともあった。
　　これが私が東京で見た、アンバランスな人たちであり、魯迅の死が彼らに巻き起こしたアンバランスな反応である。　　　　　　　　　　　　　　　　　（「在東京」）

　この文章から連想されるのが、蕭紅の「回憶魯迅先生」に書かれた、普段他人の服装には無頓着な魯迅に服を批評されたあのエピソードである。魯迅は蕭紅の真っ赤な上着と茶色の格子柄のスカートの取り合わせについて、それぞれの色の美しさが損なわれ、全体として濁っている、と評したのであった。更に魯迅はこの日、蕭紅が以前履いていたブーツにも言及した。

　　その日、魯迅先生は興が乗られたようで、私のブーツも少し批判された。私のブーツは軍人が履くものだから、靴の前後にそれぞれ紐の引き手が付いている、この引き手は魯迅先生にいわせればズボンの下に入れるものだと……。
　　「周先生、この靴は随分前から履いていましたのに、どうして教えてくださらなかったのですか？　どうして今になって思い出されたのですか？　今私はそれを履いていないではありませんか？　私が履いているのは別の靴ではありませんか？」
　　「あなたが履いていなかったからいったのです。履いているときにいったら、あなたは履けなくなってしまうでしょう」

　「在東京」で魯迅の追悼集会に出席したたった一人の女性は恐らく蕭紅自身であろう。

蕭紅は明らかに苛立っていた。魯迅の死を知った直後に書き送った、「辛い一瞬でした。私の泣き声があなた方の泣き声と一緒になれないなんて」（［四十三］：1936年10月24日）という痛切な思いが、異境の人々の間で癒されることは望むべくもないとしても、同胞の間ですら癒されることがなかったのだ。それはあるいは彼女の敬愛する魯迅がかつて日本で痛感した同胞の「病んだ魂」の追体験であったのだろうか。

蕭紅は「ときどき短い文を書」きながら、一方で絵に興味があるので将来はフランスに留学したいなどともいう（［三十］：1936年11月24日）。また、「この二ヶ月間何も書いていないのは忙しすぎるため」だと自らを慰め、時間の節約のために、日本語学校の第一期が終わったら個人教授に切り替えようといい、魯迅が成し遂げられなかった仕事は我々が引き継いでいこう、と決意を述べもする（［二十六］：1936年12月2日）のだが、そのわずか三日後の手紙の中ではこういっている。

　　私は草の葉っぱみたいに一人ぼっちなの。私たちが初めて上海に来たときのあの感じ、あなたは忘れてしまっているけれど、私はまた初めからそれを味わっている。
　　　　　　　　　　　　　　　　　　　　　　　（［三十一］：1936年12月5日）

東京に来て早々の手紙で、上海に来たときの「所在ない」気持を思い出しているが（［三］：1936年7月26日）、彼女の気持はまたそこに戻ってしまっている。第三十一信から九日間開いた第三十二信（1936年12月15日）では、「帰るつもりはない」と強がりながら、「ここには思い残すものは何もない。また来ようとは思わない」、「ここには短期間住んでみるといい。……長くなると耐えられません」ともいう。この手紙で彼女は珍しく、強い調子で日本の社会を批判している。

　　ここに短い間いるのならいいでしょう。日本語を学んだりして。でも長くなると我慢できない。留学するなら、ここは賛成できません。日本は私たち中国よりまだ病んでいるし、干上がっています。ここには健康な魂はない、生活なんかではありません。中国人の魂は、全世界から見れば病んだ魂ですが、日本に来てみると、日本は私たちよりももっとひどい。中国人ならなおさら、日本留学に来るべきではありません。ここの人々の生活は、少しの自由もなく、朝から晩まで何の音も聞こえない。家という家はみながらんとしていて、誰も住んでいないかのようです。朝から晩まで、歌声もない、泣き声も笑い声も、何もない。夜、窓から外を見ると、家はみな真っ暗です。灯りもみな雨戸に遮られてしまっています。日本の人々の生活は、とても惨めです。

仕事だけ。仕事は鬼のようにやります。だから彼らの生活は、全く陰鬱なものです。中国人は民族の病を持っています。私たちはそれを改めようとしながらまだできていないのですが、そんなときにここへ来て日本人を見習ったりすれば、病の上に病を重ねるようなものです。日本に学ぶべきことがないといっているわけではありません。劣っているのはその不健康な所だけで、それは即ち我々の不健康な所でもあるのですが、健康のためを思えば、いいところもなくしてしまうに違いありません。

（［三十二］：1936年12月15日）

以前あれほど好きだといった静けさも、もはや憎むべきものに変貌してしまっている。この激しい苛立ちは何によるものなのだろうか。

## 六

　蕭紅は明らかに苛立っていた。そしてそれと同時に、蕭軍に対する微妙な心の変化が現われているのも見逃せない。
　来日当初は、「あなたの階段を上がってくる音が聞こえない」から書けない（［三］：1936年7月26日）といってみたり、地震を恐れる自分を「たぶん"あなた"がいないから」（［九］：1936年8月31日）といってみたり、「手紙を受け取るといつも返事を書きたくなるのです、用事があってもなくても。……雨だから私のことを考えているのね、私も少しはあなたのことを考えています」（［二十］：1936年9月22日）と書いたりし、その合間に、蕭軍に対して実に細かい指示を出している。例えば、

　　薬を忘れずに飲むこと、食事は控え目にすること、プールへ行って泳ぐのはいいけれど、身体の具合が悪いときは、海に泳ぎに行くのはとんでもないことですよ。

（［二］：1936年7月21日）

　今あなたにちゃんといっておきたいことがあります。この手紙を読んだら必ず返事をきちんと書いて下さい。一つは柔らかい枕を買うこと。この手紙を読んだらすぐに買いに行って！　硬い枕は脳の神経によくないのです。あなたがもし買わないのなら、手紙で教えてください。こちらで二つ買ってあなたに送ります。安いし、とても柔らかいのよ。二つ目は、上にかけてもいいような毛足の長いシーツを買うこと。私がこっちに持って来たようなので、もっと厚いもの。買うのが面倒だったら、手紙で知らせ

てください。これも送りましょう。それから夜は何も食べないようにするのを忘れないでね。それだけ。以上がこの手紙の重要なこと全部です。
　　　　　　　　　　　　　　　　　　　　　　　　（［五］：1936 年 8 月 17 日）

　西瓜はそんなにたくさん食べてはだめ。一気に食べてしまってはだめ。少し時間をおいてから食べること。　　　　　　　　　　　　　　（［七］：1936 年 8 月 27 日）

　私が出発するとき、あなたに革の外套を買ってあげるといったわね。上海に戻ったら自分で買ってください。四十元くらいでしょう。私のこまごました収入は送ってもらうことはないわ、あなたが直接取りに行けばいい。　（［十六］：1936 年 9 月 14 日）

　（青島を離れる蕭軍に）船では果物を少し買って持って行きなさい。でも卵を食べてはだめ。あれは消化が悪いから。ビスケットも持って行くといいわ。
　　　　　　　　　　　　　　　　　　　　　　　　（［十九］：1936 年 9 月 21 日）

　初期の手紙では「あなたは私がすっ飛んで帰ってくるというのね、私のことを思ってくれているの？　私はあなたのことなんか思っていないわ、日本に十年だって住んでみせる。（中略）待っていなさい！　何月か、何日かわからないけれど、きっとすっ飛んで帰ります。でもそのときになったら、あなたに呼び戻されたというわ」（［七］：1936 年 8 月 27 日）と強がりもいいながら、一方で始終手紙が来ない、と嘆いている。「異郷」に慣れないせいもあって、強がりながらも夫と中国を恋しく思う気持が垣間見える。しかし魯迅の死後、彼女の手紙に少しずつ、二人の相違を指摘するような文章が目立ってくる。

　（恐らく引越しを相談してきた蕭軍に対し）引越しすることはないわ。一人は二人とは違う。寒々と冬の夜を過ごすなんて、氷山に上ったみたいじゃないの。たぶんあなたはそうじゃないのよね。でも、私はだめ。私はいつもこんな弱虫。三ヶ月会っていないけれど、弱虫はやっぱり弱虫です。　　　　（［二十五］：1936 年 10 月 29 日）

　（送られた蕭軍の『為了愛的縁故』を読んで）あの『為了愛的縁故』では、芹はほとんど幽霊ね。読んでいると自分でもぞっとします。自分では自分がわからないからよね。私たちがいい争ったりするのも、たぶんひとりのことを考えるのか、たくさんの人のことを考えるのかといったところに根っこがあるのだと思います。これからはもうあ

なたの邪魔をしたくないわ。あなたにはあなたの自由があるのよ。

（[二十七]：1936年11月6日）

そして、十日前後の間があいた第三十四信（1936年12月末日）は、わずが六十文字程度のごく短いもので、しかもそれまでの文章とは異なり、文語調で書かれている。

　君もまた人なり、我もまた人なり。君は健康なるも、我は病多し。常に健牛と病驢の感興り、故に毎(つね)に暗中慙愧す。

その後帰国までにはただ一通しか残っていない（[三十五]：1937年1月4日）が、これは七十字余りの短い近況報告である。蕭紅が日本を離れたのが1月9日のことであるから、この第三十四信を書いたときにはすでに帰国の決意を固めていたのかもしれない。その前の第三十三信（1936年12月18日）では、「学校はあと四日だけです。終われば十日間休みで、そのあとはまた考えます」とあるところを見ると、「あなたたちは今何をやっているの？ 遠く離れていると、しょっちゅうあなたたちのことを考えてしまう」とはいっているものの、その中に帰国の意志を見出すことはできない。恐らくこの第三十三信と第三十四信の間、即ち12月18日から月末までの十日余りの間に急遽帰国を決意したものであろう。

蕭軍は注釈の中で、二人の共通点について述べている。たとえば、

　当時（同居を始めた頃）我々の年齢は共に若すぎるとはいえなかった。人生の苦しみや荒波……それも少なからず越えてきたといえる。だがそれでも子供のような天真爛漫さを持ち続けていた。互いにいいたいことをいい、やりたいことをやった……気兼ねはなかった。
（[二] 注）

　当時（同居を始めた頃）我々の生活は苦しかったし、政治や、社会……環境もひどいものだった。だが我々は悲観したことも、憂鬱になったことも、息を潜めたことも、すべてを人のせいにするようなことも、しょんぼりとうなだれることもなかった……我々はいつも笑い飛ばし、軽蔑し、自分自身を風刺してみせるような態度で、あらゆる苦しみや困難、および起こりうる、あるいはすでに起こっている危険に対した。このような楽観的な習性は我々に共通のものだった。
（[十八] 注）

だがこういった共通点を認めながら、更に多くの字数を費やして二人の異なった点につ

いて述べている。たとえば、

　　彼女の身体がもともと弱く、生活の上で苦労したり、鍛えられたりしたことがほとんどなかったので、開けっぴろげで、強い闘争心を持ち、恐れを知らず、楽観的になれる……こういう私と彼女は、有体にいえば全く正反対だった。同じように打ちのめされ、生活の試練にさらされても……私はほとんど「意に介さない」のに対し、彼女はそれを深刻に心に留め、回復の困難な傷にしてしまうのだ！　　　　　　（［六］注）

　これらの文章から、上海に来て創作活動を軌道に乗せようとする、あるいは軌道に乗ろうとするとき、二人の創作に対する微妙に異なる態度がかえって互いの神経を逆なでするようなことになっていったのではないかという推測が生まれる。それは蕭紅が作家として自立した道を歩みはじめた証ではあったのだが。
　蕭軍は第三十七信の注で、他人は自分のことを「とても気性が激しく、気迫がある」と評価するが、その部分を蕭紅は評価しておらず、そして自分も彼女の「寂しがり屋で、プライドが高くて、一人よがりで、弱々しい」ところが嫌いだったといっている。
　また、第二信の注で二人とも「人生の苦しみや荒波……それも少なからず越えてきた」といいながら、第六信の注では「彼女の身体がもともと弱く、生活の上で苦労したり、鍛えられたりしたことがほとんどなかった」という矛盾する記述は、共に「ペンを取って共通の敵と戦う」、即ち民族としての抵抗を誓った同志として互いに理解し、助け合ってきたことを認めながら、どこか深い所ですれ違う気持ちをいい表したものであろう。そのすれ違いは例えば前に指摘したように蕭紅の経済観念などにうかがえるような、そもそもの生まれ育ちの違いも影響しているのかもしれない。そして蕭軍に、女性は一人では立てない弱き者とする歴史的観念のもとに、彼女を女性として保護したい、即ち保護という名目のもとに支配したいという気持ちがあったことも否定できない。
　二人は生活習慣、創作習慣にも大きな違いがあったらしい。蕭軍は「"公務"をこなすように」非常に規則正しく創作をする。決まった時間になると書き、決まった時間になると筆を置く。どんな場所でもすぐに書き始めることができた。インスピレーションを待って創作することはなかった（［九］注）。また、蕭軍はいつも夜が遅い。蕭紅が一眠りして起きてみるとまだ彼が何かやっているという具合だったらしい（［十］注）。蕭軍は自分と蕭紅の個性の違いを楽器に例えてこう書いている。

　　音楽を例にとれば、彼女はバイオリンで、何とも物悲しい、叙情的な、哀感のこもっ

た、やるせない、抗うことのできない気分にさせられる、細い糸のようなセレナーデを弾く。だが私はピアノか管絃楽器で、ソナタかシンフォニーしか演奏できない。これは性別や性格とも関係がある。

　ピアノとバイオリンがもし互いにうまく伴奏しあい、合奏できるとすれば、もちろんそれが一番いい。だがそうでないならそれぞれが自分の特徴や個性にあった曲を演奏するしかないのだ。音量、音質、音色……それらが全く違うのだから。

（［二十九］注）

　だが彼は、にもかかわらず自分が蕭紅を愛していたことを告白し、「二匹のハリネズミが一緒にいるように、近づきすぎると互いの針で痛い思いをする、離れていれば、孤独を感じる」（［七］注）といい、蕭紅のために涙ぐましい努力をしたことを強調する。先に引いた蕭紅の、二人を「健牛」と「病驢」に例えた手紙の注に、蕭軍はこう書いている。

　健康な牛と病気の驢馬がもし一緒に一台の車を引いたなら、その途中経過、及び結果において、常に犠牲となるのは、体を壊した驢馬ではなく、疲れ切った牛の方である！　両方が元気でいることは難しい。ならば、牛は牛の道を行き、驢馬は驢馬の道を行くしかない……。

（［三十四］注）

蕭軍は自分がこれまでどれほど自制し、蕭紅を精神的に支えようと努力してきたかを述べる。

　私は常に楽しいことで彼女に影響を与えたいと思ってきた。それによって彼女の孤独や寂寞に敏感な心をやわらげたいと思ってきた。だからいつもこうしたらいい、ああしたらいい……そういって彼女が取るに足らないことで大騒ぎしたり、神経過敏になったり、つまらないことで私のことを心配したりすることを避けようとしていたのだ！

（［五］注）

　私は手紙を受け取るとたいていすぐ返事を書く。先ず質問に答え、次にほかのことを書く。それもたくさん、詳細に、「ともかく書く」、そうでないとまた彼女は恨みに思い、不満が噴出し、手紙をくれないというのである。

（［十七］注）

だが、そういった心遣いが彼女にはうまく伝わらなかったらしい、と蕭軍は回想する。

私の心は彼女よりはもちろん大きく、幾分広い。彼女は「尊敬する」というが、私は彼女がそういった心を持つ人を「愛」していないのではないかと思う。むしろ、彼女は、それ——このような魂——が彼女の魂の自尊心を傷つけると感じている。だから彼女はそれを憎んでおり、最後にはそれから逃げ出すだろう……。彼女はかつて私を「強盗」みたいな魂を持った人だと罵ったことがある！　この言葉は私を傷つけた。もし私がそういった魂を持っていなかったら、恐らく彼女は救われなかっただろうに！
　　　　　　　　　　　　　　　　　　　　　　　　　　　　　　（［九］注）

　　彼女が最も反感を持ったのは、私が意識的、あるいは無意識的に女性の弱点や欠点をからかって攻撃することだった。（中略）時にはわざと彼女を挑発し、彼女の真剣に怒る様を鑑賞し、「おもしろい」と思ったこともあった。（中略）当時は私も若く、このことが彼女の自尊心や感情を本当にに傷つけてしまうようなことになろうとは思ってもいなかった！
　　　　　　　　　　　　　　　　　　　　　　　　　　　　　　（［十九］注）

そして、自分の真意が理解されないことに激しい苛立ちをぶつける。

　　私はこれまで彼女を「大人」だとか「妻」だとかみなしたり、そうあるように要求したりしたことはない。一貫して彼女を子供として扱ってきた——孤独で寂しい、病気がちの弱々しい子どもとして扱ってきた。私は性格が荒く、私の尊厳を侵犯しようとする外来の人や事柄に対しては、それがいかなるものであっても、常に一歩も譲らず、それが何であろうと死をも恐れない。しかし弱い者に対しては、私はそれを許すことができる。自分が涙を流し、自分の身体を傷つけ、虐め——自分に嚙みついても——それほどにしても爆発しそうな怒りを鎮め、許すことができる。この苦しみは自分にしかわからない。時には不用意に彼女や彼らを傷つけてしまうこともあるが、その後で自分を憎む、その苦しみも私にしかわからない。
　　　　　　　　　　　　　　　　　　　　　　　　　　　　　　（［三十三］注）

　　人を殺せない人、葉っぱが落ちてきても、いつでも自分の頭の上に落ちるのではないかと恐れるような、自分のことしか考えないネズミのような「人」……彼らは損害や危険がどれほど明らかでも、それを冒して他人を救うことはしない。——人を殺せる人は、人を救おうとする人であるとは限らないけれども。
　　私はかつて身の程を知って自分をこのように評価したことがある。私は一本の斧なのだ。人々がそれを使おうと思うときには私のことを賞賛するが、使い終わると、ど

こかに放り出すか、こんな罵声を浴びせるのだ。
「何て愚かで野蛮な斧なんだ！……」　　　　　　　　　　　　　　　　　（［九］注）

　彼が上海で人々にどのような目で見られていたかについては、本章の第一節ですでに述べた。そのことを考えると、この苛立ちは、ひとり蕭紅にのみ向けられたものではないのだろう。
　蕭軍は蕭紅が自分のかけがえのないパートナーであることは十分に認めていたものの、彼女と自分の苦しみが別のものであることに気づいていた。

　　確かにこれは後に我々が別れる少し前のことだ、彼女が私にこういったことがある。
　「三郎、私は自分の命があまり長くないことがわかっている。生きていく上で、これ以上自分を苦しめたくないし、これ以上様々の試練に耐えていきたくはないの……」
　　その頃私はあまりよく理解できなかったし、彼女のそういった、自分の寿命に悲観的な予言や判断には賛成でなかった。私は健康だったし、頑強だったから……「病人」の気持ちや心理を深く理解したり、自分自身身をもって知るようなことができなかったのだ。私は常に、彼女が気持ちの上で生きようという意志を、戦闘の意志を強くもつことを希望し、時には「厳しく」それを求めた。……様々な方面から自分を強くすることを……　　　　　　　　　　　　　　　　　　　　　　　　　　（［六］注）

　　自分が健康で頑強なので、弱い人や病人に対しては……その苦しみがどれほど深刻なものかがなかなかわからない。いわゆる「心配」は理性の上で、あるいは「礼儀」の上での心配でしかない。だからすぐに忘れてしまうのだ。私と彼女の間もそうだった。俗に「同病相憐れむ」というが、「同病」の者だけが本当に「相憐れむ」ことができ、この言葉が当てはまるのだ。　　　　　　　　　　　　　　　　　　（［八］注）

　二人の「別の苦しみ」は健康のことだけではない。第二十七信（11月6日）で蕭紅が「これからはもうあなたの邪魔をしたくないわ。あなたにはあなたの自由があるのよ」と書いていることはすでに述べたが、その手紙の注で蕭軍は、「この手紙から、我々が1938年に永遠に別れることになった歴史的根源が、知り合ったその当初から存在していたことがわかる」といっている。
　1938年1月、上海から武漢に避難していた蕭紅と蕭軍は、李公樸の招きに応じ、端木蕻良、聶紺弩ら友人たちと共に山西省臨安の民族革命大学に行く[18]。しかし一ヶ月後、大

学が撤退を余儀なくされると、蕭軍は大学と行動を共にすることを決意、一方蕭紅は丁玲の率いる戦地服務団に同行することを決める。別行動をとった二人は西安で再会した後、決定的に袂を分かつことになる。

　　我々は1938年に西安で永遠に別れたのだが、それよりも早く、山西臨汾で、我々は別れのときを迎えたのだ——私は臨汾に留まり、彼女は西安に行った。問題はやはり旧くからの問題だった。私は学生たちと一緒に抗日戦争のゲリラ戦に参加しようとした。彼女は私が今までどおり「作家」であって欲しいと希望した（彼女も間違ってはいない）。しかし当時、私はすでに「作家」としての気持ちを失ってしまっていたのだ！「筆」に対して興味を失い、銃を取りたいと切望していた！……
　　有体にいえば、私が文芸創作に携わるようになって、すでに数十年の歴史がある。最初は偶然のことだったが、私はずっとそこに「安んじておらず」また「甘んじて」もいなかったのだ、……これが私の一生関わるべき「職業」ではないと思っていた。「作家」になることが私の一生の目的ではない、とも思っていた。自分がこういった仕事をする人間として適しているとも、そういった「器」であるとも、思っていなかった。私はこのように矛盾を抱えたまま数十年を過ごしてしまったのだ……
　　彼女は最後に別れようといった。前にもいったことがあったかもしれない。私を「自由」にするために、たぶん私も彼女を「自由」にするために？ ……だからこれは全く双方の希望であり、双方とも「遺憾」なことはなかったのである！

（［二十七］注）

　蕭軍はこの別離を、あるいはそのとき蕭紅の心の中に入りこんでいた人（後に夫となった端木蕻良）の示唆を受けたものかもしれない、と「側面」の注19の中で述べているが、上記の蕭軍の文章（［二十七］注）からも読み取れるように、筆を棄てて剣を取ることを選ぼうとしている蕭軍とは共に歩いていけない、という思いは、蕭紅の心の中にもともとあったものに違いない。それは前述の「為了愛的縁故」の記述などから察することができる。
　蕭軍はこんなことも書いている。

　　私と彼女の間では、二人の間に調和させることのできない数々の矛盾が存在していることも、すべて十分承知されていたし、理解されていた。後の永遠の別れは、ほとんど必然的な、宿命的な悲劇としてそうならなければならなかったのだ。共同の基礎が崩れ、繋ぎ止める条件が失われたのだ！ ……私に残されているのは、いくつかの

歴史的な回想のみである！ 蕭紅にあってはこういった「回想」さえも、自分の記憶の中に留めたり、あるいは何かの形で表現するなどということはしたくなかっただろうし、できもしなかったであろう——彼女はそれを恐れていたし、憎んでいた。彼女は歴史を超越し、それによって歴史を否定しようとした、輝かしい独立した人だった！

([三十四] 注)

　前節で筆者は蕭軍の「為了愛的縁故」に対する蕭紅の反応に触れ、前節の終わりに、蕭紅の精神的成長に気づこうとせず、常に彼女を自分の保護下に置きたいという男性の側のエゴイズムが、結果として二人の亀裂を修復しがたいものとした、という見解を述べた。その見解は蕭軍の上記の文章を読んでも変わらない。彼が「歴史的な回想」を留めている限り、「歴史を超越し、それによって歴史を否定しようとした」蕭紅自身の戦いと苦悩を、理解できるはずはない。彼が「歴史的な回想」に執着しなければ、「ほとんど必然的な、宿命的な悲劇」としての永遠の別れはなかった。いや、彼がその別れを「必然的な、宿命的悲劇」と考えている限り、彼が二人の間の「調和させることのできない数々の矛盾」を知っていたし理解していたという言葉をそのままに受け取ることはできない、と考えるのは、蕭軍に対して厳しすぎるだろうか。

注
1　蕭紅の手紙は蕭軍『蕭紅書簡輯存注釈録』(1981年)によって見ることができる。以後『注釈録』という。
2　昭和10年末の「東亜学校教職員」名簿には「魚返義雄、長瀬誠、岡崎俊夫、竹内好」の名が見えるという(岡田英樹「孤独の中の奮闘——蕭紅の東京時代——」)。なお岡崎俊夫は1955年に蕭紅の短編「手」を訳している(『現代中国文学全集　十四』)。
3　黄源も1928年から1929年の夏休みの頃まで東京に住み、日本語を学んでいる(黄源『黄源回憶録』2001年9月、浙江人民出版社)。
4　[ ]内は『注釈録』収録の蕭紅の書簡につけられた番号を、「注」はその書簡に対する蕭軍の注釈を指す。
5　上海陥落後、蕭紅が蕭軍と共に上海から避難して行くときに許広平に預けた、日本語で「私の文集」と書かれたノートに記されていた詩。東京での作である可能性は高いが断言はできない。
6　曹2005は、東京に来た当初、蕭紅は富士見町で許(曹革成は奥華とする)と同居したとしている。
7　彼女はしばしば神保町の書店街へ歩いて出かけているが、その道すがら、ボロ服を着た女や子供を乗せたボロ船が浮かぶ、黒ずんだ水のにおいを発している川を見て、上海の徐家匯を思い出

している。これは現在首都高速五号線の下に暗渠となっているクリークであったと思われる。「そこ（神保町）は本屋が多くて、とてもにぎやかですが、一人で歩いても何もおもしろくないし、何か買おうかとも思ったけれど、何も買わずに、ただ道なりに帰ってきました。何だか見慣れないものばかり、街も景色も全然違う。ただ黒ずんだ川が徐家匯と同じでした。川の上にはボロ船が浮かび、船の上には女性と子供もいました。やはりボロの服を着ていました。そして黒ずんだ川のにおいも同じでした」（［五］：1936年8月17日）。

8 　昭和11年（1936年）の赤堀料理学園の授業料は、一ヶ月四回の授業、材料費は別途実費で六円であった。（『新値段の風俗史』1990年、朝日新聞社）

9 　封切館の映画館入場料が、昭和8年（1933年）は五十銭、14年（1939年）には五十五銭であった。（『値段の風俗史』1981年、朝日新聞社）

10 　曹2005は、黄源が当時蕭紅の得た原稿料などを記録しているが、それには10月29日41元、11月6日41元、11月19日50元などと記され、かなり裕福であったという。

11 　しかし当時の時刻表で見る限り、秩父丸は香港からサンフランシスコへ向かう航路にしか登録されていない。戻ってくるときは客船として使用されなかったのだろうか（「汽車汽船旅行案内」）。

12 　「王四的故事」は、あるお屋敷で働くコックを主人公にしており、「家族以外的人」に登場する有二伯の相棒のコックを連想させる。

13 　蒋錫金は、蕭紅が武漢の彼の家に寄寓していたときに「呼蘭河伝」を書いていたといい、1937年12月頃から書き始めたのではないかと推測している（「蕭紅和她的《呼蘭河伝》」）。

14 　10月19日のうちに魯迅の遺体は万国殯儀館の二階に運ばれた。蕭軍は葬儀の事務的なことを担当する「治葬弁事處」のメンバーとなり、胡風、黄源らと共に遺体に付き添っている（『魯迅先生紀念集』1937年初版復印、1979年12月、上海書店）。

15 　第四十三信は、蕭軍により「海外的悲悼」と題され、〈中流〉に掲載された。

16 　第二十六信に来日中の郁達夫の講演を聞きに行ったことが記されているが、これについては鈴木正夫氏が丁寧な考証の結果、日付の「11月2日」は「12月2日」の誤記か誤読であると結論づけている。（「『蕭紅書簡輯存注釈録』と『郁達夫詞抄』の編集ミス」：〈中国文芸研究会会報〉第四十号、1983年5月15日）

17 　「高級中学卒業後、私は1936年、半年余り日本に留学した。蕭紅も当時日本にいると聞いていたが、訪ねていく勇気は私にはなかった。特務に発覚するかを恐れたのだ」（張秀珂「回憶我的姐姐――蕭紅」）

「彼女（蕭紅）は東京に着くとすぐ、張秀珂の住所宛てに手紙を書き、三日目の午後6時にあるホテルで会おうといった。その日、蕭紅は鮮やかな赤い服を着て5時からそこで待っていた。が結局蕭紅は失望させられた。約束の時間が過ぎても弟は現れなかったのである。蕭紅はそれでも諦めずに、翌日神田町の弟の住所を尋ね、その小さな家を見つけ出した。が一人の日本の老婦人が、張秀珂は月初めに東京を離れたと教えてくれた」（曹2005）。

18 　筆者が1981年に行ったインタビューの中で端木蕻良は、友人から民族革命大学で文化系教員

を求めていることを知らされ、早速友人たちにその話をすると、皆はたいそう喜んだと語った。
19 蕭軍『側面』は1941年10月、香港海燕書店から出版された。1983年12月、『従臨汾到延安』と改題され、山西人民出版社より再版されている。『蕭紅書簡輯存注釈録』に付録として第一章の一部が引用され、蕭軍の注釈（1978年9月28日）が付されている。

## 小　結

　恐らく、思いがけなくも上海という、当時の文化芸術の中心地、発信地であった土地で旗揚げをするという幸運に恵まれたのであるが、そこで人々の要求に応えうる作品を要求されるがままに生み出せるほど、当時の二人は作家として成熟してはいなかった。しかも蕭軍は、上海に来てからは二人とも、生活のためにともかく文章を書き続けなければならなかった、と当時を回想している（蕭紅書簡第六信注）。こういった状況が、さほどの実績も経験もない若い作家をどれだけ精神的に疲労させたかは想像に難くない。

　蕭紅ら東北作家の出現は、民族の敵に対して具体的なイメージを持たなかった上海の人々に、連帯して抵抗する精神的基盤を与えるという大きな成果をもたらした。それは一方で彼らの、ペンによって全中国のために闘いたいという希望をかなえはしたが、一方で、その創作活動に対する桎梏ともなった。下出鉄男「『抗戦』と『逃戦』の間」（小谷一郎・佐治俊彦・丸山昇編『転換期における中国の知識人』1999年1月、汲古書院）が、蕭紅が「私」と「私たち＝中国人」の問題を見つめているといっているのは興味深い。下出氏は蕭紅が「骨架與霊魂（骨と魂）」（1941年5月）で二十年余り前の五四の遺骸に魂を吹き込むのは「私たち」であると宣言していることを引き、このようにいう。

　　五月四日という日付が喚起するのは、人々が「国民」として結束した抵抗の記憶の輝かしい一頁である。人々がより結束しなければならない今、それは生きた記憶として蘇らせられねばならない。それがかなえられるのは、人々がそれぞれ自分が民族の生存への責任をわかちあう「私たち」であるという自覚を持続させることをおいてほかにない。

そして蕭紅の作品が読者に伝えようとしたのは「私たち」となろうというメッセージであったが、彼女が「私」としての目にも忠実であったため、「抗戦文学」という言説制度に縛られることを免れさせ、その生命を今日まで永らえさせてきた、とする。

　蕭紅が「私たち＝中国人」を見据えて創作活動を展開していたという主張に異論はない。しかし筆者が下出見解といささか異なるのは、彼女の見据えている

「私たち＝中国人」という焦点が次第に遠くなっていったのではないかと思うのだ。それはその焦点を見据えていくことに希望を失ったというのではなく、その間に別の障害物が割り込んできたということである。彼女は「私たち＝中国人」の構図の中にそもそも自分が含まれていないのではないかという疑いを抱いた。それは下出氏のいう「"私たち"であろうと欲するとき、知らず知らずのうちに自分を何者かに隷属させ、自分の目や知を曇らされ、排他的に"私たち"として振る舞ってしまうこと」ではない。「私たち」であるために、彼女はまず「私」の存在を認めさせなくてはならないことに気づいた。『浮出歴史地表』のいう「個人（女性）生存の危機」は、このことをいい当てたものであろう。

　蕭紅が蕭軍宛書簡で「私たちがいい争うのも、たぶん一人のことを考えるのか、たくさんの人のことを考えるのかといった所に根っこがあるのだと思います」（第二十七信）といっているのは正にそのことに関わる。だから蕭紅は『商市街』を書き、蕭軍とは異なる見解を示そうとしたのだ。そして蕭紅は自分の周囲の人々の「私」に目を向けていく。それらの人々がそれぞれに「私」となり得たとき、初めてその集合体としての「私たち」は「私たち＝中国人」として力を持つ。

　蕭紅は蕭軍の影響下に文学への道を歩み始めたのであったが、同時に彼との生活の中で（もしくは彼との生活であったからこそ）精神的自立を獲得した。そしてそのために蕭軍との別離のときを迎えなければならなくなった。

# 第四章　後期文学活動

## 一　抗戦期の文学活動

一

　蕭紅は胡風を通じて初めて端木蕻良に会っている[1]。

　端木は、1935年、北京で「一二・九運動」に参加した後上海に行き、1936年、当地で長編小説「大地的海（大地の海）」（1936年6月18日）を書いた。その後青島へ行き、1936年1月、南京を回って再び上海に戻っている。当時上海では多くの左翼系文芸刊行物が停刊を余儀なくされていたが、その中で茅盾らを中心に〈中流〉、〈文学〉、〈文叢〉、〈訳文〉の四誌が合体し、新たに〈吶喊〉という雑誌を発刊しようという動きがあった[2]。同じ頃、胡風も抗戦を標榜する刊行物を編集したいと考えており、田漢、彭柏山、蕭軍、蕭紅、聶紺弩及び端木らに呼びかけて、恐らく胡風の家で第一回の会合を持った。それが端木が蕭紅と対面した初めであった。最初の会合では主に新しい刊行物の名前に関する話し合いが行われ、胡風が〈戦火文芸〉を提案したのに対し、蕭紅が「七・七抗戦（1937年7月7日の蘆溝橋事件）」の意味を含んだ〈七月〉を提唱し、結局それが皆の賛同を得た。以上は端木の記憶であるが、胡風の記憶は少し異なっている。『胡風回憶録』によれば、上海脱出以前に武漢にいた旧友の熊子民[3]に、国民党市政府に対し、試しに〈戦火文芸〉という名で申請をしてみてくれと依頼した。ところが武漢に来てみると、その申請はとっくに却下されていたので、発行人を熊子民にして正式に〈七月〉の名で再申請した、という。

　再び端木の回想に戻ろう。上海でその後数回の会合が持たれ、刊行物の内容や性格について話し合いが重ねられたが、そのうち蕭紅が胡風は変だといい出した。

　1981年6月に筆者が端木とその夫人（鐘耀群）に対して行ったインタビューで、胡風はそれまで蕭紅たちの前で端木の名を全く出したことがなく、それは蕭紅にいわせれば、胡風がわざと引き合わせないようにした、ということだった、と語った。端木の解釈によれば、胡風は自分が皆の中心となって原稿を集め、発表したかったために、わざとそれぞれを引き合わせなかったのだという。が、ともかく〈七月〉は創刊されることになる[4]。胡風の回想によれば、第一期が発行された午前中に、総代理店の生活書店では、あっという間

に四百部以上が売れたという。

　〈七月〉第一期は1937年10月16日に漢口で発行されたが、端木によれば、もともと上海で発行されるべく、すでに二期分の原稿が胡風の手元にあったという。しかし上海の戦況は日増しに厳しくなり、人々は慌ただしく撤退を開始していた。そんなとき、胡風が、武漢に親しい友人（熊子民）がおり、〈七月〉の出版費用も出してくれるに違いないから、皆それぞれに上海を脱出して武漢に集結しようと提案したのである。皆は武漢には頼る知人もいなかったので、たいへん喜んでその案に賛成した。当時端木はまだ独り身だったため、しばらく胡風の家に身を寄せて武漢行きの切符が手に入るのを待つことになった。胡風が漢口に到着したのは10月1日、熊子民に迎えられ、彼の家に入った（『胡風回憶録』）。〈七月〉の創刊は10月16日である。

　蕭軍「周年祭」（1937年10月9日）[5]には、9月28日、上海西駅から汽車に乗って虹橋路を通るという記述があり、蕭紅「火線外二章・小生命和戦士（戦場外の二章・小さな生命と戦士）」（1937年10月22日）には、10月22日、黄鶴楼を前方に見ながら傷兵らと船に乗っているという記述があるが、「蕭紅生平年表」は二人の上海脱出を10月とし、「蕭軍簡歴年表」では武漢到着を10月10日とする。端木は皆より遅れて上海を離れ武漢を目指すが、途中で持病のリューマチが起こり、歩けなくなってしまった。武漢からは、一足先に到着した胡風、蕭軍、蕭紅らから彼の身体を気遣い励ます手紙が届いたという。茅盾は11月に上海を離れて長沙に向かうが[6]、その途中、金華の旅館から端木に会いに来るよう手紙をよこした。だが端木が金華に行ってみるとそこはもう爆撃が始まっており、茅盾は出発した後であった。武漢に到着した後、端木は蕭紅から、武漢に立ち寄った茅盾が自分のことをたいそう気にかけていたと知らされる。

　武漢で端木は蕭軍、蕭紅らと共に武昌水陸前街小金龍巷二十一号の蔣錫金の家に住んだ（図8）。蔣錫金は1930年代半ばから武昌で湖北省農村合作委員会や省財政庁の仕事をしながら、厳辰らと〈当代詩刊〉を編集していた。1935年には蔣有林と〈中国新詩〉を、抗日戦勃発後は漢口で孔羅蓀、馮乃超（1920～83）らと〈戦闘〉旬刊を、穆木天（1900～71）と〈詩調〉詩歌半月刊、〈詩歌総合叢刊〉などを編集している。1938年には〈抗戦文芸〉の主編となり、同年5月には茅盾の招きで〈文芸陣地〉半月刊創刊に関わり、武漢連絡所の責任者となっている（『中国文学家辞典』1979年、四川人民出版社）。後年の端木の回想によれば、家は新築で凹字形をしていた。蔣は北側の二間を借り、それぞれ書斎と寝室にしていたが、その寝室に蕭軍たちが入った。南側には一組の夫婦が住んでいたが、夫が足繁く妓楼に通っており、人々は彼等との付き合いを避けていた。南のもう一間と東側の正房には梁という家族が住んでいたが、うち一間に葉以群（1911～66）・梁文若夫妻がいて、

一 抗戦期の文学活動 215

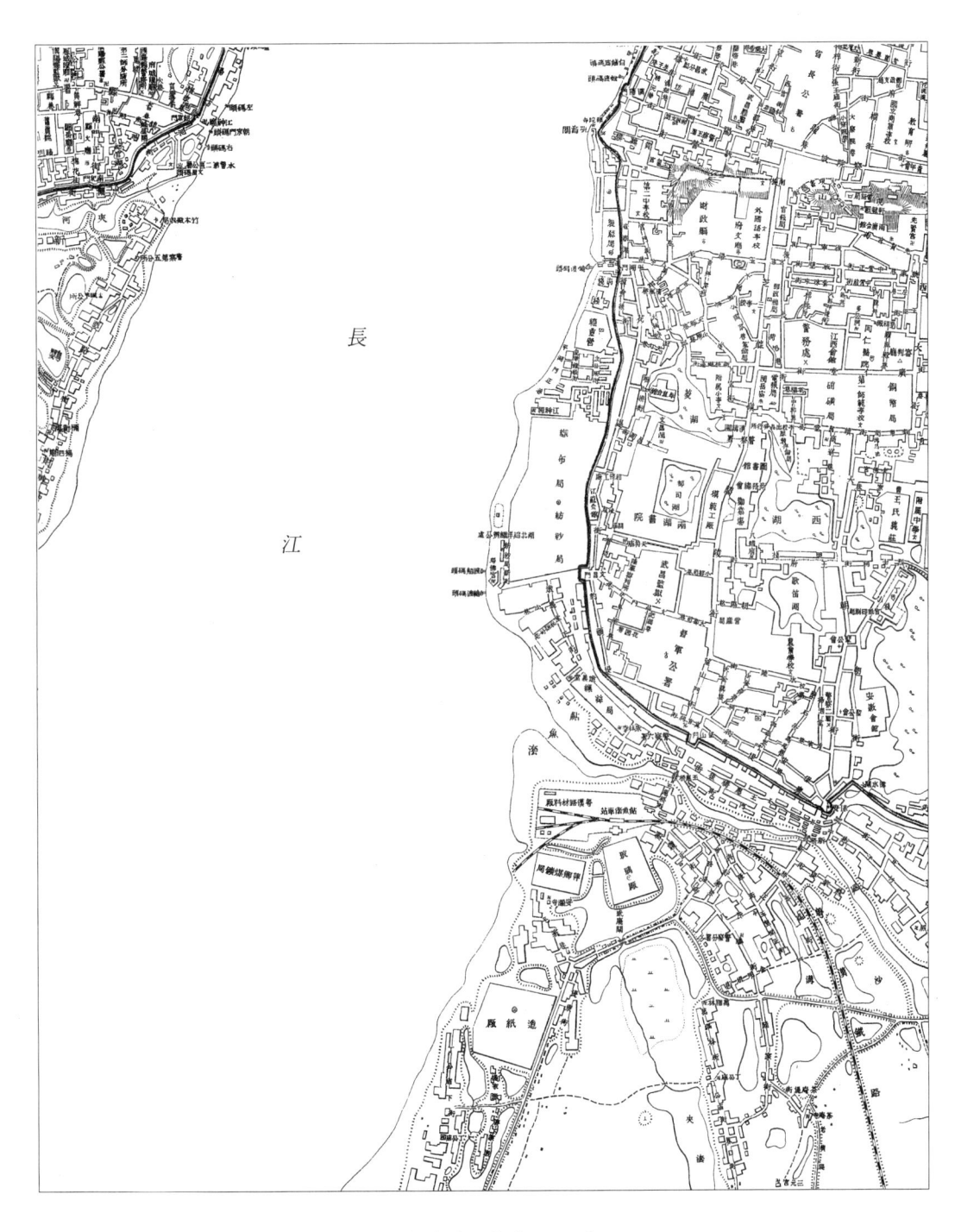

図8 武漢（武昌、1922年）（『近代中国都市地図集成』より）

蕭紅らとも親しく交流したという。10月下旬に武漢に到着した端木は、三番目の兄の婚約者劉国英の父親（劉秀瑚、当時交通部郵政総務司司長）が家を準備しておいてくれたにもかかわらず、真っ先に蕭軍・蕭紅を訪ねた。端木が蔣錫金の家に移り、蕭軍、蕭紅の隣に住んだのは、二人に勧められてのことだったという（曹2005）。彼らの部屋は内側のドアで行き来ができたので、表には彼ら三人の表札がかけられたという（梅林「憶蕭紅」）。端木は蔣錫金とは初対面であった。

　再会した〈七月〉の同人たちは、たびたび集まって討論し、また二度にわたって座談会を開いたりしたが、端木は個人的には蕭紅と最も意見が近く、彼女に対し、明朗な女性であるという印象を持ち、また一歳年上の彼女に対し、姉のような親しみを感じるようになった。また蕭紅も彼に対し、ざっくばらんで遠慮がなかったという。そんなある日、蕭軍が中国の古いことわざを持ち出した。「瓜前不納履、李下不整冠、叔嫂不親愛、君子防未然（瓜前に履を納れず、李下に冠を整さず、叔嫂親愛せず、君子未然を防ぐ）」。そこで端木は家を移ることを考えたが、当時は部屋を探すのが難しく、そうこうしているうちに蕭軍と蕭紅が引っ越して行ったという。その後蕭紅が端木に会いに来て、一人ではいろいろと面倒だろうからまた自分たちが戻って来ようといったことがあるらしい。また蕭軍が古いことわざを持ち出したのに対し、蕭紅はいい寄る男を毅然と退けた人妻の故事に基づく「陌上桑」の一節をそらんじて見せたと、端木は1981年のインタビューで語っている。

　間もなく武漢の情勢も緊迫してきた。1937年11月2日、日本軍は苦戦の末ついに蘇州河を渡り、15日崑山、19日蘇州、27日無錫、29日常州、12月2日金壇、そして13日には南京を次々と占領していった。南京にあった国民政府は、武漢、重慶へ向けて分散的に撤退した。そうした情勢の中で、蕭軍と蕭紅は12月10日、国民党特務に捕らえられ、公安分局へ送られるが、当時八路軍弁事処にいた董必武によって救出されるといった事件があった[7]。その頃、端木は武漢にやってきた北方左連時代の友人臧運遠[8]から、山西省臨汾の民族革命大学で文化系の教員を求めているが、何人かの作家を集めて行ってみないか、という誘いを受ける。早速友人たちにその話をすると、皆はたいへん喜んだ。というのも、当時は安定したよい職を見つけることは難しく、更に臨汾は当時抗日の気運にあふれ、民族革命大学には多くの進歩的な人々が集結していたことを皆よく知っていたからであった[9]。結局〈七月〉の同人たちは胡風を残し、当地から彼に原稿や通信を送ることを約束して臨汾に向かった。1938年1月末のことである。彼らは当地で学生たちの盛大な歓迎を受けるが、そこで彼らを迎えたもう一団の人々がいた。丁玲を中心とする西北戦地服務団である。丁玲らは1937年末、すばらしい秋晴れの日に、大寧から臨汾に入ったのであった[10]。丁玲と蕭紅はこの時が初対面であった。二人の間には思想的にも性格的にも違いは

あったが、それによっていい争ったり相手を嘲笑したりすることはなく、互いに理解し合い、毎日夜遅くまで談笑して過ごした、と丁玲は後に回想している（「風雨中憶蕭紅」）。

だがいくらもたたないうちに民族革命大学も郷寧に撤退することになった。「蕭軍簡歴年表」は、臨汾に来て間もなく、蕭軍は民族革命大学校長の閻錫山が反共であることに気づき、すぐに辞職して五台山の抗日遊撃隊に参加しようと思った、といっている。

「人は皆同じだ、命の価値も皆同じだ、戦場で死ぬ人たちが皆愚かだとはいえない……皆が奴隷となる運命からの解放を勝ち取るためには、皆の"天賦の才"が発揮されるのをただ待ってはいられない、死ななければならない人などもまたいない」

「あなたは"適材適所"という大切な言葉を忘れているわ。自分の立場も忘れている、完全におかしくなっているわ」

「僕は何も忘れちゃいない。我々はそれぞれの道を行こう。万が一僕が死にきれず——僕は自分が死ぬはずなんかないと思っているけれど——再会したら、そのとき君にほかの人がいなかったら、そして僕にもいなかったら、お互いがまた一緒にいたいと思ったらまた一緒に暮らそう、そうでなければ永遠のお別れだ……」

「いいわ」と蕭紅はいった。
（蕭軍「従臨汾到延安」）

ある日蕭紅が端木に尋ねた。「端木、あなたも彼（蕭軍）と一緒に行くの？」その後別の機会に端木が蕭軍に一緒に行ってもいいかと尋ねると、彼は「君は来るな、俺一人で行く」と答えたという。また蕭軍によれば、このとき彼は「彼らを運城に行かせ、自分は臨汾に残ろう。水落ち石出づるように、この目で真相を徹底的に見極めなければ満足できない——私は彼らより強健なのだ」と考えたともいう（「従臨汾到延安」）。蕭軍は2月27日、臨汾を離れた。端木は蕭軍と別れた蕭紅らと、1938年3月初め、西北戦地服務団に加わって西安に向かった（「塞克同志與西北戦地服務団」）。丁玲も彼らが自分たちと行動を共にすることを歓迎し、「端木、私たちのために脚本を書いてよ。汽車の中で書けばいい、旅の道々書けばいい。それを私たちが上演するから」と要請した。丁玲は西安の八路軍弁事処でそれを上演しようと考えていたのである[11]。端木は、臨汾で出会った友人の幼い弟のことを思い出し、その子を主人公にして脚本が書けないかと考えた。だが端木も蕭紅も、同行の聶紺弩も、脚本を書いた経験はなかった。そこで臨汾で西北戦地服務団員となった塞克に腹案を話し、彼の協力を得て口述筆記の形で脚本を作り、塞克の演出により西安で上演したところ、大変な成功を収めたという。当時のことについては陳明の回想がある。

脚本は、一時西北戦地服務団のメンバーであった蕭紅、聶紺弩、端木蕻良が塞克の協力を得て共同制作したものである。彼らが語り、団員の陳正清、河慧らが記録し[12]、一幕書いてはそれを稽古した。大道具係も日夜制作に励んだ。（中略）

二週間の懸命の練習の後、3月の末、日本帝国主義の飛行機が西安を爆撃しようと頻繁に飛来する中で、「突撃」は上演された。公演は三日間に七回行われ、いずれの回も場内は満員で座ろうにも席がなかった。（中略）

（中略）リハーサルのとき、国民党省党部が押しかけ、あら探しをして我々の公演を妨害し、公演させまいと謀った。上演しようとしたときも特務を派遣して、密かに攪乱を謀った。我々は陝西省委員会や八路軍西安弁事処、陝西学連、そして多くの観衆の援助と支持のもとに予防措置をとり、上演期間中、事故が発生することはなかった。当時、敵機の威嚇で人心は動揺していたが、観衆は熱気にあふれ、中でも日曜の最初の回に国民党の傷兵を招待したときには心から歓迎の意を表したのであった。

（「塞克同志與西北戦地服務団」）

この「突撃」は〈七月〉第十二期（1938年4月1日）に発表されている。

3月11日、蕭軍は第二戦区司令官閻錫山の署名のある延安への通行証を手に入れ、単身黄河を渡り、歩いて延安に入った（18日）。そこから五台山に行こうとしたが、交通が遮断され、半月余りを延安で過ごすうち、たまたま報告のために延安に来た丁玲、聶紺弩と再会、西北戦地服務団への誘いに応じ、4月の初め、彼らと共に西安にやってくる（「従臨汾到延安」）。蕭紅は西安で蕭軍と再会するが、あるとき、蕭軍が蕭紅と端木の前で、「蕭紅、君は端木と結婚したまえ。僕は丁玲と結婚する」といい出した。蕭紅はすぐに「私が結婚しようとしまいと、あなたには関係のないことよ」といい返した。端木も当時は誰とも結婚する意志はなく、「君は僕の家長でもないのに何の権力があるんだ。僕が誰と結婚するか、君には関係ない」と答えたという。また当時端木は八路軍の宿舎にいたが、ある夜、蕭軍が血相を変えて決闘を申し込んできたことがあった。このような事件を通じて端木の心は次第に蕭紅に接近するようになったという（1981年インタビュー）。その後、蕭軍と蕭紅は正式に離婚するが、当時のことを蕭軍はこう回想している。

　私が顔にこびりついた汚れを洗い流しているとき、蕭紅が微笑みながらこういった。
「三郎——私たちこれっきり別れましょう」
「いいだろう」私は顔を洗いながら、冷静に答えた。するとさっと彼女は出て行った……

このとき部屋の中にはおそらくほかにまだ数人がいたが、空気は静まり返り、誰も何もいわなかった。
　我々の永遠の「決別」はこのように何の変哲もないあっさりしたもので、無駄話やごたごたも一切なく、決まったのである。
　　　　　　　　　　　　　（「《側面》第一章摘録」注釈：『蕭紅書簡輯存注釈録』）

　また蕭軍は同じ「《側面》第一章摘録」注釈の中で、臨汾で蕭紅と別れるとき、「再会した時にお互いに相手がなく、双方が同意したらまた一緒に暮らそう」という約束をしていたが、再会してみると蕭紅には「別の人」がおり、また彼女の方から先に「永遠の決別」を持ち出したので、先の約束に従って別れたのだという。このとき蕭紅は蕭軍の子供を身ごもっており、蕭軍は子供が生まれるのを待って離婚できないかと提案した。もし彼女が育てたくないのなら自分が育ててもいい。しかし蕭紅はそれに応じようとはしなかった（「蕭軍簡歴年表」）。
　このタイミングの悪い妊娠については、許広平のこんな回想が残っている。許広平は過労のためやっかいな婦人病にかかっていたが、医者に通っても一向によくならない。そこでこっそり白鳳丸を飲んだところ、何ヶ月も悩まされた持病が嘘のようによくなった。

　　魯迅先生はもともと漢方薬を信用しておられなかったので、最初はいい出せなかった。医者にもう治療に通う必要がないといわれてからようやくこのことを話した。私が数粒の白鳳丸を飲み続け、数ヶ月悩まされた持病がすっかりよくなったのを見て、魯迅先生は中国の経験的な薬に対するこれまでの考えを改められ、私のこのたびの経験を何人かの友人に話された。その人たちの夫人が処方通りにやってみたところ、すっかり調子がよくなった。その前後の経過を、物語のように蕭紅先生に話し、しかも私はこう断じたのだ。白鳳丸は婦人科に必ず効きますよ、試してみない手がある？しばらくして彼女は私に、確かにいいといった。毎月の腹痛がなくなり、痛むはずの頃はいつもの痛まないときに比べても、調子がいい気がすると、彼女はとても朗らかだった。「八一三」の後、彼女は内地に撤退したが、こんな手紙が来た。恨みがましく私に礼をいうもので、私のいうとおりに丸薬を飲んだところ、身体の調子もよくなったが、妊娠してしまったというのだ。戦争の中で子どもを産むのは大変な負担だ。私は彼女にひどいことをしたのだろうか。その後果たして友人から、彼女が子供を一人産んだが、まもなく死んでしまった、と聞いた。　　　　　　　　　　（「追憶蕭紅」）

**写真20** 許広平が蕭紅に勧めた「白鳳丸」
（『魯迅與我七十年』より）

曹2005は、3月30日に蕭紅が胡風に宛てた手紙の内容を紹介している。それには「蕭軍は延安に行きました。聶（紺弩）も行きました。私と端木はまだ西安にいます。汽車がないのです」、更に端木が「（蕭紅は）失いたくないあれ（蕭軍）を失い、ふやしたくないあれ（妊娠）がふえてしまった」といったということが書かれていたという。

その後蕭紅は端木と武漢へ行き、そこで彼と結婚する。1981年の筆者のインタビューに、端木蕻良は、当時は皆延安に行きたいと考えていたが、蕭紅は蕭軍と同じ場所に行くことを嫌い、蕭軍が延安に向かったことで自分たちは武漢に行くことになったと語った。が実際は、蕭軍は延安ではなく、新疆に行こうとして蘭州に向かった。新疆ではたくさんの古い友人が抗日救亡の文芸工作に携わっていたからだった。そしてそこで王徳芬（1919年～）と出会い、結婚。6月6日、新婚の妻を伴い再び西安に戻った後、成都に行く（「蕭軍簡歴年表」）。

後に丁玲は、あの時蕭紅を何としてでも延安へ連れて行くべきだったといっている（「風雨中憶蕭紅」）。蕭紅と端木が武漢に行った背景には、蕭紅の友人であった池田幸子がしきりに手紙で武漢に来るよう勧めたということもあった。「蕭紅生平年表」によれば、二人が武漢に入ったのは4月のことである。蕭紅は鹿地・池田夫妻の家に同居し、端木は別に部屋を借りて住んだ。蕭紅は新聞上に蕭軍との別離を公表したという。蕭紅は武漢で堕胎しようとしたが、月が進んでいること、また端木の反対により断念した（曹2005）。彼らは大同飯店（あるいは大同酒家）という、武漢では割合に大きなホテルで結婚式を挙げた。式には胡風、池田幸子、蔣錫金、劉国英等十人前後の人が出席した。その時のことを劉国英は以下のように回想している。

　　大同飯店で、父（劉秀珊）が端木側の家長代表を務めた。（中略）出席者は一つの円卓に座った。全部で十二人ほどだった。胡風が父の隣に座り、私の友人の竇桂英も出席した。杯をあげて祝い、大変賑やかだった。食事がすむと父は退席し、私たちはよりうちとけて賑やかに過ごし、それから街を歩き回った。
　　　　　　　　　　　　　　　　　　　　　　　　　　　　　　　　　（曹2005）

蕭紅は自分で縫った赤紫のワンピースに黄色のハイヒールを履いていたという。劉国英はそれを見て、「文化人のファッションは変わっている」と思ったらしい。蕭紅と知り合って以来「彼女（蕭紅）がちゃんとした旗袍を着ているのを見たことがない。いつも中国式でもなく、西洋式でもなかった」と語ったという（曹 2005）。池田は祝いとして布地を贈った。この布地については、端木が「魯迅先生和蕭紅二三事」（1981年4月28日）の中で言及しているが、それによれば、池田が初めて上海に来たとき、食べるためにやむを得ずダンスホールで働いたことがあった。そのとき彼女が踊りの相手をした男たちの中に孫文の息子の孫科がいた。彼は翌日も彼女を指名して高価な布地をプレゼントしたのだという。その後彼女はそのような生活から脱出したが、その布地には手をつけぬまま放っておいた。蕭紅は黙ってそれを受け取ったが、池田の辛酸がにじむその布地で服を作ろうとはしなかった。

　この結婚式に先立ち端木は、広州と香港を往来しながら〈文芸陣地〉を編集していた茅盾に手紙を書いている。流亡生活で金を使い果たし、新たな収入の当てもなく、とりあえず結婚式の費用を援助してくれるよう頼むためであった。茅盾は生活書店を通じ、百元を都合してくれたという。結婚式を挙げた二人は、再び蔣錫金の家に住んだ。蔣錫金は当時漢口に引っ越しており、武昌の家にはほとんど戻っていなかった。一方蔣錫金「蕭紅和她的《呼蘭河伝》」に、7月に蕭紅が一人で訪ねてきて、漢口に移りたいというので、彼の家の階段口に台を置いて間に合わせの寝床を作ったというエピソードが紹介されている。端木との結婚生活は蕭紅の望んだものと異なっていたのだろうか。

　しかし武漢もまた安住の地とはならなかった。日本軍は6月15日、漢口・広東作戦を決定、中支那派遣軍の主力部隊は8月下旬、漢口を目指して前進を開始、10月26日、漢口を占領している。人々は次々と武漢を離れ、端木と蕭紅も脱出を計画するが、切符がなかなか手に入らない。やっと羅烽が一枚余分の切符を手に入れた[13]。このとき羅烽の妻の白朗とその子、そして羅烽の母親はすでに武漢を離れていたから、その一枚を蕭紅が使うか端木が使うかということになった。その時、やはり武漢を離れるべく切符の手配をしていた田漢夫人（安娥）が、「私が蕭紅と一緒に行くから、あなたは羅烽と先に行きなさい。男二人、女二人の方が何かと便利でしょう」といってくれたので、端木は彼女の言葉を信じて羅烽と共に重慶へ向かったという。

　この重慶行きのいきさつについては以上の端木の証言以外にも様々な証言がある。例えば梅林はこういう。自分たちは一緒に重慶に行こうと約束していたが、8月初め、いざ船に乗ろうというときになって、蕭紅は直行便があるというので後に残り、羅烽と、ある新聞の戦地特派員になりたいという希望が叶えられないでいる端木[14]の三人で一足先に重慶

に向かった（「憶蕭紅」）。また「蕭紅生平年表」では、次のようにいう。

　　8月、武漢は大空襲を受け、戦局はますます緊迫してきた。D. M.（端木）は突然重慶に行った。彼は蕭紅を連れて行かなかったばかりか、応急の旅費すらも彼女に残さなかったのである。幸いにも蒋錫金が生活書店から百元の「原稿料の前借り」をしてくれ、後から原稿を書いて埋め合わせをするよう話をつけてくれたので、何とか生活することができた。このとき蕭紅はすでに腹が大きく、貧困に苦しみ、「文協」のあった建物に仮住まいをしていた……。

このとき生活書店から蒋錫金が借りたという百元の件は、前述の、端木が茅盾を通じて借りたという百元と、金額及び借入先が符合する。
　その後どのような経緯があったのかわからないが、蕭紅は馮乃超夫人（李声韻）と共に武漢を離れる。孔羅蓀「憶蕭紅」によれば、武漢が大空襲を受けた翌日、蕭紅と声韻が簡単な荷物を持って漢口特三区の彼の家に避難してきた。彼女たちは船を待っていたのだが、切符が手に入らず、しばらく彼の所に滞在せざるを得なかったという。「蕭紅生平年表」によれば、9月、二人は漢口から宜昌に行くが、当地で声韻の病気が重くなって入院したため、蕭紅は一人で重慶に至った。
　蕭紅が重慶に到着したとき、端木は〈大公報〉に寄宿していたが、相部屋だったし、ほかに空き部屋もなかったので、彼はとりあえず蕭紅を南開中学時代の友人の弟である範世

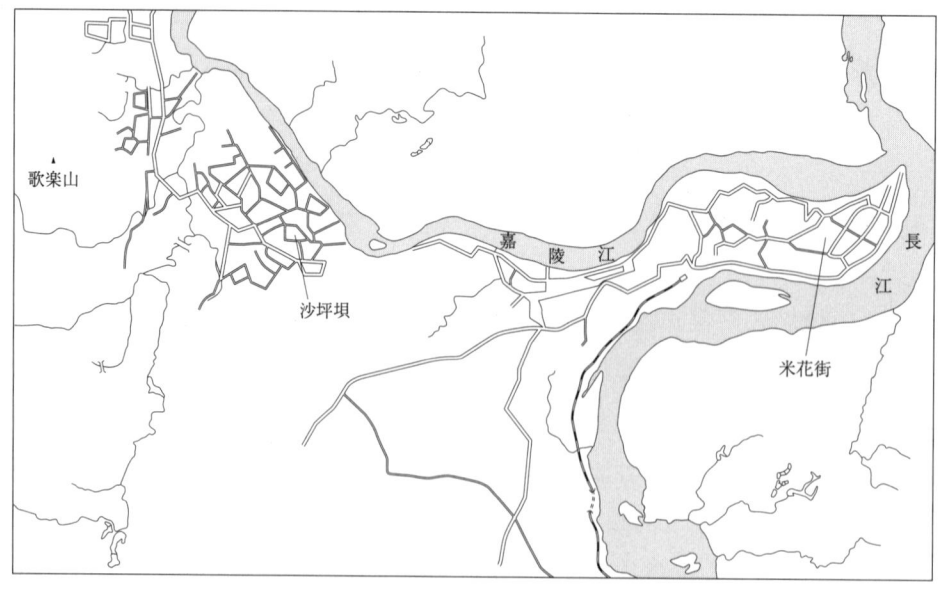

図9　重慶　（『中華人民共和国国家普通地図集』1995年　中国地図出版社　より）

栄の家に託した。端木はその後、復旦大学教務長孫寒冰の斡旋で蒼坪街の黎明書店（復旦大学の出版部の一つ）内に居を移している。ここまでは端木蕻良の二番目の妻、鐘輝群が著した『端木與蕭紅』（1998年1月）[15] によるが、端木の兄の息子で、端木について熱心に資料を収集している曹革成の情報（曹2005）は少し異なる。曹によれば、8月半ば、蕭紅が羅烽に重慶行きの船の切符を手に入れてくれるよう依頼したが、一枚しか手に入らなかった。端木はそれをキャンセルし、二人で行くチャンスを待とうとした。ところが蕭紅は端木に、まず一人で先に行き、落ち着き先を探して欲しいといった。そのときちょうど田漢夫妻も重慶に向かおうとしていたが、第三庁で文芸宣伝の責任者だった田漢にはいろいろ手があるし、女性が側にいた方がいいだろうという田漢夫人の意見を容れて、端木はとりあえず一人で重慶に向かった。重慶に到着した端木は孫寒冰の世話で黎明書店に住居を得た上に、復旦大学新聞系の教員の職も得、やはり復旦大学教授だった靳以と共に〈文摘戦時旬刊〉を編集し、生活の基盤を獲得した。端木は二番目の兄の南開大学時代の友人範士栄に蕭紅の落ち着き先を依頼した上で、蕭紅に手紙を書き、早く重慶に来るようにと促した。蕭紅の方は、田漢が仕事の関係で武漢を離れられなくなり、夫人も南方に行くことになったため、馮乃超夫人（李声韻）と行動を共にすることになった。8月10日武漢大爆撃が始まり、翌日蕭紅は全国文協臨時機関（孔羅蓀宅）に移る。ここには馮乃超夫妻のほか、鹿地亘・池田幸子夫婦も身を寄せていた。8月末、池田が衡陽へ行くと、端木は蕭紅の身を案じ、毎日のように手紙のやりとりをしたという。9月、ようやく船の切符を手に入れた蕭紅は、李と共に武漢を離れる。途中李が体調を崩し、宜昌で入院するというアクシデントはあったが、およそ十日後、無事重慶に到着した蕭紅は、予定通り範士栄の家に入ったという。

　11月、臨月に入った蕭紅は、江津の羅烽と白朗の家に移り男の子を産むが、その子は数日にして死んだという。「蕭紅生平年表」によれば、1939年春のことであった。端木は出産には立ち会わなかったという。緑川英子「憶蕭紅」[16]に、蕭紅は重慶時代、緑川夫婦や池田幸子と共に、終日太陽の光の当たらない米花街の小さな胡同に住んだことがあり、出産の近い池田のために姉のように世話をやいたという記述があるが、鹿地によれば池田が空路重慶に向かったのは1938年暮れのこと（『「抗日戦争」のなかで』1982年11月、新日本出版社）、蕭紅が「牙粉医病法（歯磨き粉治療法）」で池田とのやりとりを書いたのが1939年1月9日であるから、緑川等と同居したのはこの頃であろうと思われるが、曹2005の記述と合わせて考えると、蕭紅の出産の後のことであったと思われる。緑川は、蕭紅はこの後彼女たちと別れて端木と暮らすようになったが、端木は友人たちの前では蕭紅と結婚したことを終始否認したといっている。また張琳「憶女作家蕭紅二三事」は蕭紅は江津で

出産した後、端木と共に一時張の家に身を寄せたことがあるといっている。

　その後、蕭紅と端木は重慶郊外の歌楽山に行き、雲頂寺の廟の空き部屋に滞在した。蕭紅はここで「滑竿（かご）」(1939年春)、「林小二」(1939年春)などを書いている。「蕭紅生平年表」によれば、1939年夏、二人は北碚嘉陵江畔の復旦大学〈文摘〉社内に移ったとあるが、端木の回想（1981年の筆者インタビュー）によれば、彼が復旦大学に教員として就職したため、沙坪坝（北碚）の復旦大学苗圃に移った。環境はよかったが四人部屋だったため、間もなく王家花園（秉荘）の教授用の宿舎に引っ越したという[17]。蕭紅はここで「呼蘭河伝」(1940年12月20日)や「回憶魯迅先生」(1939年12月)を書いた。散文「長安寺」(1939年4月)もここで書かれた。蕭紅は端木と連れだってよく長安寺にお茶を飲みに行ったという。またこの頃、端木は曹靖華らと〈文学月刊〉を発行しようとしたが、全面的に協力してくれていた〈新華日報〉主編の華崗[18]が王明によってその職を解かれたため、日の目を見なかったという。更に蕭紅も、上海で発行されていた〈魯迅風〉の姉妹版として〈魯迅〉雑誌発行を計画していた。蕭紅は3月14日（1939年）付けの許広平宛ての書簡で、魯迅先生は装丁の美しい本がお好きだったからこれも美しい装丁にするつもりだといったというが、これも戦火の中で立ち消えとなった。9月10日には胡風らが発起人となり、「中華全国文芸界抗敵協会北碚聯誼会」が成立したが、武漢で「中華全国文芸家抗敵協会」が発足したとき、発起人に名を連ねなかった蕭紅も、これには参加している（曹2005）。

## 二

　蕭紅が端木蕻良と共に、飛行機で香港に飛んだのは、1940年1月19日のことである[19]。『端木與蕭紅』によれば、復旦大学新聞系教授となった端木が住んでいた北碚の大学宿舎の付近には弾薬庫があるといわれており、重点的な空襲に危険を感じたことと、国民党文化特務が身辺を探り始めたことから、二人は避難を検討し始めた。当時多くの文学者が桂林に向かっていたが、蕭紅は桂林に行くことに反対だった。どこに行っても爆撃はある、創作活動ができない、いっそのこと香港に行こうといったのは蕭紅だ、と本書はいう。端木側の記録と蕭紅の多くの友人たちの記録とは相違点が多い。香港行きに関しても、蕭紅の友人たちは主導権は端木にあったと見ているが、それは香港に行った後の、「呼蘭河伝」を代表とする蕭紅の作品が「坂道を下った」（石懐池『石懐池文学論文集』1945年）とみなされたことと関わり、その責任を端木に負わせようとした可能性もあるかもしれない。なお『端木與蕭紅』では、香港に行ったのは、香港〈大公報〉の楊剛が端木に長編を依頼し

てきていたこと、香港では文化的人材を必要としているという情報があったことなどを理由としてあげる。香港行きを決めた後、孫寒冰にそれを報告に行くと、孫は大変に喜んで、復旦大学には香港で大時代書店を開く計画があるので、連絡を取り合おうといった、と記されている。香港では、まず九龍楽道八号の大時代書局の二階に住んだが、間もなく戴望舒が自分たちの住んでいる林泉居に呼び寄せた。高台の静かな環境だったが、端木のリューマチがぶり返したため、再び大時代書局に戻った。2月5日には中華全国文芸界抗敵協会香港分会（香港文協）が大東酒店で蕭紅らの歓迎会を開いている。参加者は四十名余であった。4月、二人は正式に香港文協のメンバーとなり、端木は候補理事に選出され、施蟄存（1905〜2003）と共に「文芸研究班」の責任者になっている（曹 2005）。端木は大時代叢書の編集をしながら創作を続け、蕭紅は執筆に専念した。蕭紅も3月3日の「紀念三八労軍游芸会」に出席したり、座談会で発言したり、活発に活動しているようだが、この頃蕭紅が華崗に当てた手紙を見ると、香港に来て数ヶ月のうちに、彼女は「本土」に戻ることを希求し始めている。

　　香港は重慶よりもずっと快適です。家も食べ物も悪くありません。でも毎日重慶に帰ることを考えています。（中略）
　　私は香港に来て、体の調子があまりよくありません。どうしてかわからないのですが、何日か文章を書くと、何日か病気になるのです。自分の中の精神的なもののせいかもしれないし、気候が合わないのかもしれません。　　　　　（1940年6月24日）

　　貴方がおっしゃるように、香港も安住の地ではありません。数日内に離れようと思っています。昆明も駄目、広州湾も駄目、恐らく上海から寧波に行き、そこから内地に帰ることになると思います。　　　　　　　　　　　　　　（1940年7月7日）

しかし彼女のこの計画が実行に移されることはなく、その後華崗にあてた手紙は四通残っているが、そのいずれにもこのことに触れた箇所はない[20]。

## 三

　蕭紅が香港に住んだのは、その死までのわずか二年間であり、そのほとんどが病床にあったためか、香港における彼女の活動、また交友関係を知る手がかりは少ない。その少ない手がかりの一つが香港文協の求めに応じて1940年6月に書かれた、無言劇「民族魂魯迅」

制作の顛末である。これは蕭紅の作品として香港〈大公報〉に十回にわたって連載発表され[21]、また彼女の死後、香港〈明報〉一六七（1979年11月）、更に〈東北現代文学史料〉第四輯（1982年3月）、及び『蕭紅全集』（1991年5月、哈爾濱出版社）に収録されている。ただし〈東北現代文学史料〉と『蕭紅全集』に収録されたものは、いずれも北京の魯迅博物館所蔵のもので、〈大公報〉原載のものと比べ、若干の異同がある、と丘立才は指摘しているが（「《民族魂魯迅》之錯漏」）、それに関しては後述する。

　香港では魯迅の死（1936年10月）以来、1941年末に日本によって陥落させられるまで、ほとんど毎年のように魯迅を記念する会が開かれたが、中でも盛大だったのが1938年10月の「紀念魯迅逝世両周年」と1940年8月の「魯迅六十誕辰紀念会」であった（劉登翰主編『香港文学史』1999年4月、北京人民文学出版社）。香港文協が記念会で魯迅を記念する芝居を上演することを決め、蕭紅に台本を依頼した。彼女が当時の香港で魯迅に最も近い人物とみなされたためである。当時の香港文協のメンバー、馮亦代（1913～2005）によれば、蕭紅は何日かを費やして「厳密周到な創作」を完成させたが、「残念ながら文協の経済的な制約のために、人と時間に余裕がなく、この台本は観衆に見てもらうことができなかった。だが文協と漫協（漫画協会）の同人が蕭紅女史の意見を聞きながら、この一幕四場の無言劇《民族魂魯迅》を書き上げた」[22]。『蕭紅全集』がこの作品を収録したことには一定の判断があったと思われるが、この作品を蕭紅のオリジナルとして扱うことには慎重でなければならないようだ。

　蕭紅が学生時代、「五・三〇事件」支援活動の中で演劇に参加したこと、また、哈爾濱で金剣嘯が組織した星星劇団に参加した経験を持つことについてはすでに述べた。また上海撤退後、友人たちと「突撃」という台本を共作してもいる。しかし、彼女が経験した演劇は恐らく全てが「話劇」であった。馮亦代は「無言劇」という形式の採用についてこのように述べている。

　　香港文協が魯迅先生生誕六十周年記念会を準備したとき、まず最も厳粛な演劇形式で先生の一生の闘争史を表現しようと考えた。無言劇という形式は中国では採用されたことがないはずだが、西洋の演劇史上、特に宗教演劇の方面では地位の確立したものである。
　　それは沈黙、厳粛さ、表情や動作の直接的で単純なことにおいてすぐれ、偉大で厳粛であることを表現し、模範的な人格を伝えることに最も適している。
　　　　　　　　　　　　　　　　　　　　　　　（「啞劇的試演《民族魂魯迅》」）

馮亦代は、これが中国における無言劇の最初の試みであるといっているが、話劇全盛の当時でも、無言劇の試みが皆無だったわけではない。王正華「抗日戦争期間啞劇編目」(〈抗戦文芸研究〉1984年第三期、四川社会科学院)によれば、抗日戦争期に創作された無言劇は全部で九本ある。最も早いものは1937年11月の尹庚「鋤頭就是武器」で、上海職業青年戦時服務団により、浙江省、江西省の農村や山村で何度も上演されたという。また1938年2月に書かれた尹庚「打勝仗的遊撃隊」が蕭紅とも関係の深かった〈七月〉武漢版に発表された（掲載号不明）とされ、蕭紅も目にした可能性があることは興味深い。王によれば、「民族魂魯迅」は抗日戦期の無言劇としては五本目に当たる。これらの作品は、東南戦区や桂林、香港やベトナムで数多く上演されたというが、1945年に「逸題」と記録されている作品が、後に述べるように、「民族魂魯迅」制作と関係があったと思われる夏衍（1900〜95）の属する芸術劇社によって上演されていることも興味深い。

　『端木與蕭紅』は、香港地下党分管宣伝の責任者で香港〈大公報〉の主編でもあった香港文協の理事、楊剛が蕭紅を訪ね、あなたしか魯迅に会った人はいないのだから他に頼める人はいない。あなたが脚本を書いてくれれば、自分たちがそれを上演して記念にする、といったと記録する。

　　蕭紅はこれまで脚本を書いたことがなかったので考えあぐねていた
　　端木も話劇では具体的に表現できまいと考えた。魯迅先生が舞台上で台詞をいうとしたら、演説の場面以外ではいったい何を話すのか。
　　これには蕭紅も頭を抱えた……
　　端木の脳裏に突然、南開で勉強していたとき、ある外国の無言劇の大家の公演を見たことを思い出した。「無言劇」の形式で魯迅先生を描くしかなかろう。彼はすぐにこのアイデアを蕭紅に伝えた。
　　蕭紅は喜んでわかったといった。だが具体的にはどう書いたらいいのか、やはり書き始めることができなかった。
　　<u>端木は蕭紅が悩んでいるのを見て、かわいそうでたまらなくなり、勇気を奮い起こし、蕭紅にヒントを提供するために自分で書いてみることにした。二日もしないうちに彼は概要を書き上げ、二人で更に研究し、補充した後に確定原稿とした。</u>
　　端木が最後まで残念に思っていたのは、魯迅先生にお目にかからなかったことだった。しかし葬儀のとき、魯迅先生の遺体を覆っていた「民族魂」と書かれた布は深く脳裏に刻み込まれていた。そのため、無言劇が完成すると、彼は直観的に「民族魂」という題にすべきだと口にした。蕭紅も大賛成だった。翌日には楊剛に原稿を渡した。

（『端木與蕭紅』）

『端木與蕭紅』には、そうして完成した脚本を読んだ楊剛はとても喜び、端木に是非魯迅を演じるよう依頼、演劇経験のない端木が困り果てていると、蕭紅が、端木はメイクをしても魯迅先生には見えない、といってくれたのでようやく放免されたというエピソードも紹介されている。端木は 1928 年、十六歳のとき南開中学に編入し、三年間在籍しているから、この間に無言劇を見たという可能性は大きい。しかし下線部分を信じるなら、これはむしろ端木の作品といったほうがよさそうだ。また鐘耀群のこの文には、完成した脚本が文協のメンバーによって再度検討され、修改を加えられたということは書かれていない。

　上海文芸界の提案を受け、「文協香港分会」、「中国青年新聞記者学会香港分会」、「政府華人文員協会」、「漫画協会」、「中華全国木刻協会香港分会」などの文化団体が主催して 1940 年 8 月 3 日に行なわれた魯迅記念会の概要は次の通りである。

　　木刻の展覧、記念大会、及び記念夜会の三部に分けて活動が行われた。展覧会には木刻作品が百点近く展示され、その他にも抗日を宣伝するもの、木刻に関する出版物、個人所蔵の西洋の木刻作品など数十種、更に木刻運動に関する史料百余件などがあった。記念大会は孔聖堂で行われ、主席の許地山が開会の辞を、蕭紅が魯迅の事蹟について報告し、徐遅が魯迅の作品を朗読した。参加者はおよそ三百余人であった。記念夜会では田漢による話劇「阿Ｑ正伝」、<u>馮亦代らが蕭紅の創作した同名の脚本を改編した無言劇「民族魂魯迅」</u>、及び馮亦代が演出した話劇「過客」[23]が上演された。

（『香港文学史』）

　ここで朗読を行った文協理事の徐遅（1914～96）も、台本の改編に加わったとされる一人で、当時をこのように回想している。

　　魯迅先生の誕生を記念するため、我々は 1939 年（1940 年の誤り）に香港の孔聖堂で記念会を開催した。<u>蕭紅が無言劇の台本「民族魂」を書いた。舞台で上演するのに部分的にやや適していないところがあったので、丁聡と馮亦代と私など数人が彼女と閣仔の喫茶店で待ち合わせ、台本の改編を検討した。</u>
　　<u>改編後上演したが、</u>上演は成功であった。蕭紅が満足の涙を浮かべて我々にその喜びを表したことがまだ記憶に残っている。我々は晴れ晴れとした気持ちになった。

一 抗戦期の文学活動　229

（丁言昭『愛路跋渉』[24]）

また、丁言昭は上記の文中に名前の出た丁聡にもインタビューしている。

　記念会が始まると、まず魯迅先生を記念する歌が歌われた。歌詞を彼（丁聡）はまだ覚えていた。最初は、「今日八月三日、革命人道主義の誕生を寿ぐ……」。当時蕭紅はすでに「民族魂魯迅」を書き上げていたが、登場人物が多く、上演できなかった。丁聡と徐遅はそれを改編して舞台に載せた。魯迅は銀行員の張宗鍌が演じ、張正宇が彼にメイキャップを施した。当時青年を演じる役者が見つからなかったので、丁聡が急遽舞台に上がった。
　その日、蕭紅、楊剛、喬冠華、端木蕻良等は皆観客席で舞台を見ていた。演技が終了すると、蕭紅は感動して舞台に駆け上がり、役者たちと硬く手を握り合った。この日の夜は香港の何君が曲をつけた魯迅の詩「慣於長夜過春時、挈婦将雛鬢有糸……」も歌われた。徐遅も舞台に上がって朗誦した。　　　　　　　　　　　　（『愛路跋渉』）

これらの人々の記憶にも多少の表現の違いが見られるが、総合すれば、基本的には蕭紅が全体の構想を立て、脚本を起し、それにかなり演劇に通じた人、あるいは人々が手を加えたものではないかと思われる。馮亦代はこの台本が夏衍とも関係があったことを指摘している。

　そのころ、夏公（夏衍）は杭州で〈救亡日報〉に携わっていたが、ときどき香港にやって来た。（中略）
　彼が香港にいるとき、我々はほとんど毎日のように顔を合わせていた。会うのは決まって喫茶店だった。当時、二軒の喫茶店がほとんど文芸工作者の会議室と化していた。
　ほとんどの仕事はここで建議され決定された。例えば魯迅逝世記念会で上演された無言劇「魯迅」である。香港文協が私に上演の台本を書くよう要請してきたとき、最後は、夏公の意見に基づいて最終稿を作ったものである。
（「又見香港」1981 年 7 月 2 日：『馮亦代散文選集』1997 年 2 月、百花文芸出版社）

傍線部の記述に誤りがなければ、上演された台本は馮亦代作ということになる。ただし第二幕に描かれた、魯迅が墓場で「幽霊」に出会うシーンに関して、蕭紅「回憶魯迅先生」

の中にそれとよく似た記述がある。

　　一体幽霊はいるのだろうか？　出会った人がいるともいうし、幽霊と話をしたという人もいる。幽霊に追いかけられたという話も聞くし、首つりの幽霊は人間に出会うと壁に押しつけるという。だが幽霊を捕まえて皆に見せた人はいない。
　魯迅先生は皆に、幽霊に会ったときの話をされた。
　「あれは紹興にいたときのことです……」と魯迅先生はいわれた。「三十年前のこと……」
　そのとき魯迅先生は日本から戻ったばかりで、ある師範学堂だったか何だったかで教鞭を執っておられた。夜、特に用事のないときは、魯迅先生はたいてい友人の家でおしゃべりをされた。その家は学堂から数里の所にあった。数里は遠くはないが、ただ墓場を通らなければならなかったのだ。おしゃべりは時に夜遅くまで続き、11時、12時になってようやく学堂に戻るようなこともよくあった。ある日、魯迅先生は夜遅く帰って行かれた。空には大きな月が出ていた。
　魯迅先生が帰り道を急がれているとき、ふと遠くを見ると、遙か彼方に一つ白い影が見えた。
　魯迅先生は幽霊を信じてはおられなかった。日本に留学しているときは医学を学ばれ、しょっちゅう死人を運んできて解剖しておられたのだ。魯迅先生は二十数体解剖された。幽霊だって怖くはないし、死人だって怖くはない。だから墓場もそもそも怖いとは思われなかった。そこでそのまま歩いて行かれた。
　何歩も行かぬうち、その遠くの白い影が消えたと思ったら、また突然に現れた。しかも小さくなったり大きくなったり、高くなったり低くなったり、幽霊のようだった。幽霊は常に姿を変えるものではないだろうか？
　魯迅先生は少し躊躇されたが、結局そのまま歩いて行かれたのだろうか、それとも引き返されたのだろうか？　そもそも学堂へ帰る道はその道だけではなかった。それが一番近道だというだけだった。
　魯迅先生はそのまま歩いて行かれた。幽霊がどんなものかを見てみたいと思われたのだ。そのときも怖いとは思われなかった。
　魯迅先生はそのとき日本から帰って間もなかったので、底の硬い革靴を履いておられた。魯迅先生はその幽霊に致命的な打撃を与えてやろうと決められたのだ。その白い影のそばまで来ると、その白い影は小さくなって蹲り、声もたてずに墓にもたれかかった。
　魯迅先生はその硬い底の革靴で蹴り飛ばされた。

その白い影は一声うめいて、それから立ち上がったが、目を凝らして見るとそれは何と人間だった。

　魯迅先生はこういわれた。蹴ったとき、とても怖かったのだと。もし一蹴りでそいつをやっつけられなかったら、自分に累が及ぶのではないか、だから力一杯蹴ったのだと。

　結局それは墓泥棒で、夜中に墓場で仕事をしている最中だったのだ。

　魯迅先生はここまで話すと笑い出された。

　「幽霊も蹴られるのが怖かったのですね、蹴飛ばしたらたちまち人間になりました。」

　私は、幽霊はしょっちゅう魯迅先生に蹴られたらいいのに、と思った。それは彼が人間になるチャンスなのだから。

このエピソードは「民族魂魯迅」にそのまま書き込まれている。

　　魯迅が一人で夜、広野を歩いている。

　　遙か彼方に墓場があり、幽霊の影が高くなったり低くなったり、大きくなったり小さくなったりしている……

　　魯迅はしばらくためらい、人か幽霊かを見極めようとするがよくわからない。それが目に入らないかのように前に進んでいく。幽霊の前まで来ると力一杯それを蹴飛ばす。がそこに蹲っていたのは墓堀人だったのだ。この一蹴りによって立ち上がり、人間の姿を現す。びっくりしてその鉄のハンマーをガランと取り落とし、足を引きずりながら逃げていく。

　　魯迅それを目で送って退場。

このことは「民族魂魯迅」が、少なくとも蕭紅のアイデアを取り入れて創作されたものであることを証明しているように思われる。

　前述した、丘立才の指摘する、〈東北現代文学史料〉及び『蕭紅全集』に転載のものと原載の間に見られる異同のうち、最も大きなものは、原載の最後に付された蕭紅自身のものとされるおよそ七百字の「付録」であるが、そのおよそ三分の二を占める舞台装置などに関する注意書きは、転載の中には「付記」として該当箇所に書き込まれているので、それらを除いた大きな異同は原載にのみ見られる以下の部分である。

　　魯迅先生は一生のうちに実に多くの広範な事業に関わっておられ、一つの演劇の形

式で描写しようとすること、特に台詞のいえない無言劇という形式を用いることは非常に難しい。従ってここで私が取ったやり方は、魯迅先生の冷静で沈着な様を、先生を取り巻く世界の、陰でこそこそ立ち回ったり、やたらに大騒ぎする人々の様と対比させようとした。

　ここには簡単なシンボリックなものしか示すことができないだろう。舞台の人々は言葉で伝達することができないために、ジェスチュアで表現するしかない。従ってこの形式は内容も限定する。このことについては読者あるいは観客の皆様のお許しをいただかなければならない。

この文章が蕭紅のものであるならば、無言劇の形式は彼女が誰かから与えられたもので、彼女はその与えられた形式に従って最大の努力と工夫をした、ということになりそうだ。ならばこれは馮亦代の「啞劇的試演《民族魂魯迅》」の記述とも一致する。

　魯迅の緊張した、濃厚に凝縮された一生を演劇の形で人々に知らせようとすれば、無言劇という形式はなかなか優れた選択である。魯迅の文章の曲がりくねった難解さは到底話し言葉に置き換えることはできないだろうし、その思想を、たとえ大筋であっても、限られた時間内に、限られた空間の中で話劇として表現することは無謀であるといってもよい。魯迅の歩んだ道を、聞いてわかるような話し言葉で表現しようとすれば、恐らく陳腐に落ちるか、或いはねじ曲がって伝わる危険を回避はできまい。無言劇「民族魂魯迅」は、主役である魯迅の登場を極力控え、周囲の動きの中で魯迅がとった態度を対比して見せることで、魯迅を表現することに成功している。どのような経緯で無言劇の形式が選択されたかは結局明白ではないが、結果としてはこの形式しかなかったであろうと思われる。魯迅の人生は「映像」を通じて、恐らくより鮮明に観客の心に刻まれたのではないだろうか。「無言の映像」のヒントは、あるいは中国でもすでに紹介されていたチャップリンの映画作品などにもあるのかもしれない。また馮亦代がいうような「荘厳さ」といった点においても大きな効果があったと思われ、魯迅の崇高な生涯はその場の三百人余の観客の心にいよいよ深く染み込んでいったに違いない。成功したといわれるこの無言劇に対する具体的な反響は不明だが、戦火を避けて続々と南下してくる文学関係者たちを迎え、当時の香港の文壇が大いに活気づいた様がうかがえると共に、蕭紅が当時人々からどのように目されていたのかを知ることができる。

注
1　端木蕻良は遼寧省昌図県出身。生家は大地主で、曾祖父は清末の官吏だった。本名は曹京平。

端木蕻良に関する資料に以下のようなものがある。

『中国当代作家自伝』（1979年10月、中国現代文学研究中心）

李興武「端木蕻良伝略」・「端木蕻良年譜」・「端木蕻良創作道路初探」（〈東北現代文学史料〉第七輯：1982年12月）

鐘耀羣編『端木蕻良』（1988年11月、香港三聯書店・人民文学出版社）

鐘耀羣「端木蕻良小伝」（1998年5月──『端木蕻良文集』一：1998年6月、北京出版社）

孔海立『憂郁的東北人──端木蕻良』（1999年12月、上海書店出版社）

なお、端木蕻良の初期文学活動に関しては「端木蕻良初探──その初期文学活動について」（〈大正大学研究紀要〉第八十九号、2004年3月）にまとめた。

胡風「参加左連前後」（〈新文学史料〉1985年一期）によれば、魯迅の生前、彼は魯迅のもとに送られてきた端木の「大地的海」を見ており、魯迅の死後、それを読んで出版社に推薦した。それが端木との交際の始まりであったとする。

2 〈吶喊〉は1937年8月25日、第一期第四版。第二期出版の後、9月5日より〈烽火〉と改名。

なおこのとき茅盾を中心に「月曜会」という集まりがあり、これに端木蕻良、羅烽、舒群も参加したという（曹2005）。

3 端木によれば、熊は大革命の頃に革命に参加したことのある人物で、文学を生業とはしていなかった（1981年筆者インタビュー）。

4 「自分で印刷費の段取りをつけて〈七月〉（小旬刊）を編集、出版し、生活の実際を通して人民の側の真実と歴史動向を反映した現実主義の道を堅持し、いわゆる標語、スローガンといった教条主義の浮ついた文風を排斥した。この年（1937年）の10月、武漢に移り〈七月〉半月刊と改めて出版した。この時から一貫して周恩来副主席の配慮と指導を受けた。（中略）〈七月〉上では実際生活の中（特に共産党が指導する部隊や地区）にいる作家が、主として詩や報告文学により、文壇上の、人々を熱くさせるが浮ついた、正統ではあるが陳腐な文風を打破し、現実主義のために道を開き、読者の歓迎を受けた」（胡風「我的小伝」1979年10月5日：〈新文学史料〉1981年一期）。

5 〈七月〉一巻一期（1937年10月16日）。

6 楼適夷「茅公和〈文芸陣地〉」（〈新文学史料〉1981年三期）。

7 「蕭紅生平年表」及び「蕭軍簡歴年表」

端木の回想では、このとき彼も共に逮捕された。ちょうどその場面を目撃した艾青（1910～96）が胡風に事件を知らせた（曹2005）。胡風は熊子民を通じて董必武と顔を合わせており、以後綿密に連絡をとっていた（『胡風回想録』）。

8 端木が1932年に北方左連のメンバーとなり、機関誌〈科学新聞〉などを編集していたことは、「端木蕻良初探」で詳しく述べている。

またこのとき武漢に来た友人は、現在は南京医学学院の副院長をしている、と端木は語っている（1981年インタビュー）。

9 「蕭軍簡歴年表」には国民党反動派から命を狙われたり、また拘束されたりすることを避けるため、李公僕の招きに応じて1月27日漢口を離れ、2月6日に山西臨汾の民族革命大学に到着、「文芸指導」に当たった、と書かれている。

10 陳明「塞克同志與西北戰地服務団」(〈新文学史料〉1980年一期)及び陳明「西北戰地服務団第一年紀実」(1981年7月:〈新文学史料〉1982年二期)。

11 曹2005によれば、西北戦地服務団はもともと延安に行こうとしていたが、黄河を渡り、潼関まで来た所で突然上層部から西安に行くよう指示が出された。だが西安に向かう車窓からの荒れ果てた景色に団員たちの意気がそがれていくのを見て、丁玲が皆を元気づけるために抗戦を反映した話劇を創作しようと提案した。

12 端木の記憶では、記録したのは李金村という人物だったという(1981年インタビュー)。

13 羅烽・白朗夫妻が武漢に来た時期は明確ではないが、白朗「西行散記」(1939年6月)によれば、上海事変の直前に二人は上海から南京へ避難しており、上海事変後、白朗は武漢で「西行散記」を書いている。

　また羅烽は、上海事変後、上海文芸界戦時服務団宣伝部長となっており(『中国現代作家辞典』)、武漢で〈哨崗〉半月刊を編集していた。また舒群も同時期武漢にいて〈戦地〉半月刊を編集していた(曹2005)。

　〈文芸陣地〉一巻七期の書報述評に、王瑩、舒群、楼適夷、蒋錫金、羅烽、孔羅蓀らによる共同制作の脚本「台児荘」が取り上げられており、そこに、脚本に付された孔羅蓀の序文に、1938年4月7日の夜、武漢市民の台児荘大勝利を祝う松明行列に参加し、その感激のうちにこれを脚本にまとめようということになった、と書かれていることが紹介されている。

14 曹2005によれば、端木は〈大公報〉の記者として前線へ取材に行こうと考えており、蕭紅もそれを支持していた。しかし時局が刻々と変化し、あちこちで撤退が始まると、〈大公報〉もその計画を取りやめてしまったという。

15 著者の鐘耀群は端木が蕭紅の死後に再婚し、その後の生涯を共にした女性である。端木の死後、彼から生前聞いたことを集め、まとめたのが本書である。

16 緑川は、上海事変後、フランス租界で蕭紅と一ヶ月余り同じ屋根の下に住むが、そのときは互いに言葉を交わすこともなく、それから一年余の後、1938年末重慶で再会し、親しくなったという(緑川英子「憶蕭紅」)。

17 「蕭紅生平年表」によれば、冬、黄桷樹鎮の秉荘と呼ばれる家に移り、靳以の住む部屋の下の階に住んだという。曹2005によれば、苗圃に移る前、端木は生活のために住居である歌楽山と〈文摘戦時旬刊〉編集所のある沙坪壩、復旦大学で講義をするための宿舎黄桷樹鎮の三ヶ所を回って歩く日々だったという。

　なお、靳以は端木の南開中学の同窓生で、1938年10月、重慶に移り、復旦大学国文系教授となっている(『中国現代文学家辞典』)。

18 字は西園、筆名は華少峰、華石峰、林石父など。1925年中国共産党に加入。1932年、満洲特委

書記に任じられ、赴任の途中青島で逮捕される。1937年10月釈放され、年末に武漢に至り〈新華日報〉主編となる。王明に職を解かれてからは大田湾で「療養」しながら研究や創作を続ける（曹2005）。

「胡風回憶録」によれば、彼は胡風の南京東南大学付属中学校時代の共産主義青年団の指導者で、1937年12月初め、山東の国民党の監獄から釈放された後、党と連絡が取れたために武漢に来たとする。党の命を受け、1938年1月11日、漢口で創刊された〈新華日報〉の総編集長となった。当時彼は重慶郊外の大田湾で病気療養の日々を送りながら『中国民族解放運動史』を執筆していた。丁言昭『愛路跋渉』には、蕭紅が華崗に初めて会ったのは武漢の文芸界の会合の席上だったと記録されている。皖南事変（1941年1月）後、重慶を離れたため、蕭紅との連絡は途絶え、彼が蕭紅の死を知ったのは1942年2月に再び重慶に戻ってきたときだったという。

19　『端木與蕭紅』による。曹2005は1月17日とする。
20　7月28日、8月28日、1941年1月29日、2月14日の日付のものが残っているが、華崗が執筆した本（『中国民族解放運動史』）のお祝いを述べたり、自分の執筆計画を述べたり、「馬伯楽」の原稿を送るから読んで欲しいといった内容である。
21　連載は1940年10月21日〜26日、28日〜31日（丘立才「《民族魂魯迅》之錯漏」1983年4月）。
22　「啞劇的試演《民族魂魯迅》」（1982年3月）。ただしこの文章にはいくつかの正確でない点が見られる。例えば引用部分の「一幕四場」は「四幕」の誤りであり、また「第四場」を「九一八」から「七七」、「八一三」に至る時代とするのはともかく、魯迅の作品の登場人物を中心とする「第一場」を1918〜29年、魯迅が日本に留学した前後を描いた「第二場」を1930年以後、魯迅が上海に住むようになるまでの時期を描いた「第三場」を上海時代、と解説することは明らかに誤りである。
23　魯迅作。『野草』所収。
24　徐遅が丁言昭の要請に応えて書き記した文が収録されている。

## 二　「呼蘭河伝」の世界

一

　蕭紅が「呼蘭河伝」を書き上げたのは 1940 年 12 月 20 日。蕭紅が戦火の中でその生涯を終えたのはそのおよそ一年余後のことだった。
　茅盾が「寂寞」をキーワードとしてこの作品を評したこと（「『呼蘭河伝』序」）、彼のこの意見が「呼蘭河伝」に対するこれまでの内外の見方をほぼ代表するといってよいこと、更にそれに影響され、「呼蘭河伝」全体を覆う、郷土の香りに満ちたしっとりとしたエピソードの数々が、彼女の覆い隠せぬ寂寞の現れとして読まれ、蕭紅の悲劇の助長に拍車をかけることになったことについてはすでに序章で述べたとおりである。だが近年、多くの人々の努力や証言によって蕭紅の幼年時代に関する事実が明らかになり、更に「呼蘭河伝」の前作ともいえる作品を併せて読むことにより、この作品が必ずしも蕭紅の「自伝」ではなく、むしろ自伝と見せて巧みに創り上げられたフィクションであることがわかるのである。前作に関する言及がこれまでなかったわけではないが、「呼蘭河伝」の作品としての重みを重視しすぎたためか、あるいは蕭紅の境遇への同情が勝ったためか、前作は「呼蘭河伝」に至る習作としての扱いしか受けてこなかった。また、この物語の舞台が蕭紅の生まれ故郷である実在の街「呼蘭」ではなく、「呼蘭河」という架空の町になっていることについても、筆者の知る限り問題にされたことはない。
　「呼蘭河伝」は、エピローグを除く七章から構成されているが、それは内容から更に大きく三つの部分に分けることができる。
　第一章、二章からなる第一の部分は、現実的な生活の面と精神的な生活の面から呼蘭河という小さな町とその住人たちについての沿革を示し、読者のイメージの構築を図る。次に第二の部分、即ち第三章、四章で視点を個人のレベルに搾りこみ、そういった呼蘭河に暮らす幼い「私」と「私」の家族を描いて見せ、そして第三の部分、第五章から七章で、「私」が親しく見聞した庶民の生活を、その代表的な個人にしぼって描き出している。
　全体を通した主人公はなく、骨組みとなるストーリーもない。散文と小説が組み合わさったような不思議な構成に、まず読者は翻弄され、そこに書かれたすべてが事実そのものであるかのように思い込まされながら、彼女の世界に取り込まれていく。骨組みとなるストーリーを持たず、中心となる人物もないといった構成は、実は「生死場」から引き継がれてきたもので、蕭紅独自のスタイルといってよい。ところが「呼蘭河伝」からはいわゆる

「抗日」の色彩が全く姿を消していることから、懐古に満ちたしっとりした深い味わい、また市井の人々のつつましやかな生活に向けられた作者の温かくも鋭い観察力は認められながら、また蕭紅独特の優れた描写力も認められながら、なお相応の評価を与えられずに今日まで至っているといってよい。しかしこの作品のあとに書かれた「馬伯楽」のボリュームや、そこに後に述べるような新たなスタイル構築への意欲が見出されることなどを見れば、「呼蘭河伝」を書いたときの蕭紅の精神状態はむしろ充実しており、必ずしも茅盾がいうような「寂寞」に押しつぶされていたものとも思えない。むしろ計算し尽した一つの挑戦とすらいってもいいのではないだろうか。また曹2005は、「呼蘭河伝」の発表に先立ち、楊剛の、ひたすら故郷を懐かしむような作品を書くな（「反新式風花雪月――対香港文芸青年的一個挑戦」：〈文学青年〉第2期、1940年7月1日）という言論が大きく取り上げられていたことを指摘している。曹は、楊剛のこの発言は蕭紅に対する批判ではなかったが、「呼蘭河伝」に対する批評には影響を与えたに違いないとするが、筆者はむしろ、楊剛の発言を知った上で敢えてそれに抵触するような作品を堂々と発表したことに、蕭紅の強い意志を感じる。

## 二

　蕭紅が生を受けた呼蘭は、実際にはどのような町であったのだろうか。
　姜世忠主編『黒龍江省　呼蘭県志』（1994年12月、中華書局）は、雍正12年（1734年）に建設された、もともと城郭を持たなかった呼蘭県城は、光緒26年（1900年）ロシアの侵入を防ぐために初めて堀を掘り、堤を築いたと記している。県城の中心は十字大街で、その東南に貿易市場、野菜市場、魚市場、飼料市場が広がっていたらしい。満洲国建国後も、城内の街道に大きな変化はなかったという（p.34　図1参照）。大同学院『満洲国各県視察報告』（1933年11月30日）は、1928年12月、馬船口と海倫を結ぶ二百二十一キロメートルの呼海鉄道が開通したことにより、これまで哈爾濱と呼蘭を結び、「農作物の移出に大いに役立ってゐた」幹線道路、哈爾濱街道は「その価値の大半を失った。更に又従来の馬車の交通路も大変化を来した」というが、『黒龍江　呼蘭県志』は、民国時期になっても商業は継続して発展し、東北淪陥時期に入った後、日本人によって生活必需品の統制が行われ、倒産する者が相次いだ、とする。
　1933年に編まれた『満洲国各県視察報告』に記された呼蘭の情景は、1931年にそこを離れた蕭紅の目に映じていたものとほとんど変わりはなかったはずだ。「県城の所在地にして、呼蘭河により約三十八支里の上流北岸に位し面積約一千平方里余人口四三、六三三

を擁し省内有数の都会」と紹介された呼蘭を訪れた調査隊は次のように記録する。

　　7月8日（中略）呼蘭に到着す。（中略）
　　（中略）呼蘭公園、或は江以北の唯一の公園かも知れない。こんな町にかくも立派な花園子があるのか。小丘上より遙かにハルビンの煙が見える。呼蘭河はうねりうねって汽船を浮べ煙と緑の間に消えて行く。ハルビンを離るること十邦里とか聞いた。かかる地勢に恵まれし街を平和郷と云へずしてなんぞや！　と云ふ気が涌いて来た。

また昭和12年（1937年）に呼蘭を訪れた水野清一らは、次のように記している。

　　8月5日、（中略）漸く夕刻になって呼蘭に着いた。
　　呼蘭の駅から町までは随分道のりがある。恐ろしいほどの泥濘を馬車に揺られて行くと天主堂の塔が高く聳えて、どこからでも目標となる。（中略）
　　呼蘭の町は実に落付いた、静かな、古びやかな町である。北満のそこここを歩いて荒ら荒らしい町ばかり見て来た眼には、この地は思ひの外親しめる。家々も何となく古く、築地の壊れなどが目に付く。北満の奈良、かう云ふ言葉は当たらないであらうか。南の郊外（石公祠）に出ると、古樹の生ひ繁ってゐる中に小道がある。ダラダラ坂を下りると、もうそこは水辺だ。今は洪水。呼蘭からハルビンまで一面に水びたしである。
　　　　　　（水野清一・駒井和愛・三上次男『北満風土雑記』1938年6月、座右寶刊行会）

ここに書かれた「石公祠」は、呼蘭の南端にあった蕭紅の生家とは目と鼻の先であり、蕭紅の家から呼蘭河に降りていくときには恐らく通ったに違いない場所にある。水野たちはあいにくの洪水に足止めされ、五日間を呼蘭で過ごした。その間「廣信當と云ふ質屋の見学に費したり、関帝廟を訪れたり、或は小屋掛けの田舎芝居に打ち興じた」が、すでに関内では日中戦争の火蓋が切られており、「満洲国」の支配下にあったこの地域も、わずか五日間の滞在にもかかわらず、「滞在中は銃声を聞かぬ夜とてはなかった。公園の一隅に青白いサラシ首のつるしてあるのも見掛けた。首は時に数を変じ、或ひは顔を異にしてゐた」とも書かれている。蕭紅はすでにこのとき東北を離れて久しかったが[1]、彼女の父親や弟たちはまだ呼蘭に住んでいたはずで、彼らは毎日こういった同胞のさらし首を見ながら生活していたのだ。

また、1937年12月に編まれた佐藤定勝編『満洲帝国大観』（誠文堂新光社）に、呼蘭は

このように書かれている。

  三棵樹より徐家を経て二五キロで呼蘭に着く。本線中の主要駅で人口五〇,〇〇〇（内日本内地人六〇）を算する。呼蘭は北満屈指の歴史を誇る古都である。既に金時代にその存在が知られ、久しく北満の一重鎮として経済文化の中心たる位置を持続したが、哈爾濱の発展と共に漸次勢力を奪はれ呼海鉄道の開通によって更に衰微し、今日ではその取引物資の主体たる農産物の集散市場としてよりもむしろ遊覧都市として識られるに至った。
 市街は駅の東方、三キロにありその間の交通は主として馬車である。満洲における旧来の支那式都市として遺された稀有の典型であって、その落着きのある街頭美は、他の新興都市の及ぶところではない。その特異の形式を具へた百貨店の模様や、各種旧支那式看板等は民俗研究の貴重な資料であって、既に支那本部においては跡形もなくなったものが、今なほ沢山残ってゐる。ここにはまた我が独立守備隊が置かれてある。町の西方の西崗公園[2]は珍らしく整った公園で哈爾濱市民のピクニックの目的地となってゐる。石人城の伝説で有名な石人[3]はこの園内に祠られてある。
 石公祠は風光明媚な呼蘭河の沿岸の小高い丘陵の上にあり、丘の全面は一望千里の大平原である。善政一世に高かった石中将（鎮守使）の徳を慕ひ、市民が建設した祠である。境内に釣魚台、引盃亭、その他数基の四阿があり、環境は雅致に富み、眺望の雄大な事と合せて全満屈指の勝地たるを失はない。
 市内の関帝廟は、前清時代の建設にかかり、堂宇の結構善美を尽くし当時の建築美術の粋をここに集めたかの感がある。娘娘廟も関帝廟と同じく前清時代のもので、廟祭（陰暦四月十八日前後五日間）の殷盛を以て知られてゐる。天主堂は堂宇壮麗、殊にその塔は呼蘭の代表的な名物となってゐる。回教寺院の清真寺は、伽藍堂々たるものであるが、今は相当荒廃してゐる。

水野清一らが「北満の奈良」と呼んだこの古都は、蕭紅の筆によって「呼蘭河」と名を変え、また異なる趣を見せる。

## 三

「呼蘭河」はどのような町として描かれているのだろうか。
「呼蘭河」は「義理にも繁華などとはいえない」小さな県城である。大通りが東西に一

本、南北に一本通っているだけ。その交わるあたりだけがかろうじてにぎやかだった。このにぎやかな場所に「洋式歯医者」の奇妙な看板があった。ばかでかい板に升ほどもある大きな歯が並んでいるのだが、この町には不釣り合いだったし、人々には一体何のことやら理解もできなかった。そのせいで、女の歯医者はまもなく産婆を兼業するようになったという。

　この二本の大通りのほかにあと二本、東通り、西通りと呼ばれる南北の通りがあった。西通りには城隍廟があり、境内に回教の学校があった。東通りには火力製粉工場と、南の端と北の端にそれぞれ小学校が一つずつあった。竜王廟の中にある方は養蚕を教えるので農業学校と呼ばれ、祖師廟の中にある方は高等部がついていたので高等小学校と呼ばれていた。このほか東通りには深さ五、六尺に及ぶ大きな泥の穴があり、雨のときには大きな水たまりと化し、また一方日照りが続けば泥は膠のように粘り、幸い人や動物の命を奪うまでの事態には至らないものの、通行の大いなる障害で、迷惑を被らない者はない。しかし住民の中の誰一人として、この穴をふさごうといい出す者はいない。東通りにはこのほかに粉屋、豆腐屋、機屋、染物屋がそれぞれ何軒か、細々と商売をしているほか、葬儀屋が一軒あった。

　『濱江省呼蘭県事情』に付された大同二年（1933年）の呼蘭県城の地図（p.34　図1）を見ると、「呼蘭河伝」に描かれた道筋など、ほぼそのまま確認できる。しかし小説の中でいくつかの書き換えが行われたと思われるのは、例えば東二道街の南の方には、蕭紅が通った龍王廟内の初級小学校があるが、養蚕を教えていたという事実は確認できない。北の城隍廟内の両級小学校は地図では確認できないが、恐らく蕭紅が転校した小学校がイメージされているのだろう[4]。呼蘭の駅からやってくると真っ先に目にはいるという天主堂に関して、「呼蘭河伝」に記述はない。

　『黒龍江　呼蘭県志』は、当時南北大街には南と北にそれぞれ牌楼があり、十字大街が商業の中心地であったというが、哈爾濱が建設されるまで北満の商業の中心であった呼蘭は、中国独特の看板文化を残していたらしい。『濱江省呼蘭県事情』はその独特の看板について、「之等の装飾的目的は夫れ自体の形を以つて商品の性質を示し、実に簡単明瞭なる看板ではあるが、市街の装飾的価値は百パーセントにして雅趣なるものがある」といい、市街に見られる主なものを紹介している。それを見れば例えば時計修理屋の看板は大きな懐中時計であるし、刃物屋の看板には様々な刃物の絵が描かれ、うどん屋の看板はうどんを切る包丁だし、服屋は服がそのまま掛かっているような看板である。この中には「入れ歯屋」のものもあり、「呼蘭河伝」に描かれた「洋式医者」の看板を想像させる。それなりに工夫された看板がこれほどありとあらゆる商売に関して記録されている所を見ると、

二　「呼蘭河伝」の世界　241

**写真21**　(1)呼蘭の商店街（『満洲帝国大観』1937年12月）

「**物々しい招牌**　飾窓のない店頭では大げさな街頭の装飾で顧客の眼をひく。珍奇と誇大を好む国民性の一端が現われている。屋上に高く掲げられたのは招牌で宣伝上手な販売戦術の広告である。旧い街には未だこんなのが残されている。図は濱北線呼蘭の商店装飾である」

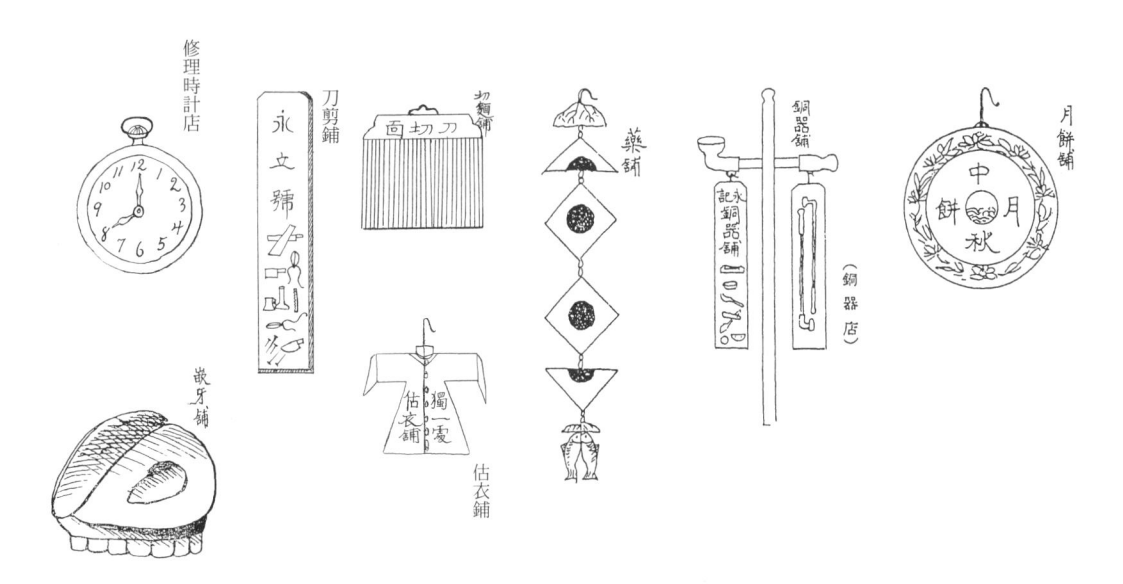

(2)独特の看板（『濱江省呼蘭県事情』1936年4月）

「義理にも繁華などとはいえない」「呼蘭河」の街は、現実の「呼蘭」の印象からやや離れる。

一方、年中行事や風俗習慣に関しては実情に即した記述がなされているようだ。中でも蕭紅は神おろしと灯籠流し、河原で行われる村芝居、4月18日の娘娘廟大祭について熱心に描写している。『濱江省呼蘭県事情』は次のように記す。

　　　現在娯楽機関と称するものは皆無にして只正月後に於ける太平歌（秧歌）・旱船・灯官・撅官・龍灯・獅子・高脚等の催物は県城村落を問はず盛んに行はれ、住民に取りては唯一の娯しみなるべし、然し麻雀は社会の各層に亙つて廣く行はれてゐる、又雨祭りの際などには近村の老若男女夜半に至る迄秧歌に打興し幻灯写真の如き実に無技功原始的なる紙芝居等も行はれる、又正月には風筝（凧）遊びがあるが至つて僅少である。

　　　陰暦四月十八日を中に三日間の娘娘廟会には芝居その他種々なる見物小屋が掛けられるが、之は一年中に於ける民衆歓楽のクライマックスである。

　　　荒漠たる大平野の久しい冬籠も終りを告げて、そこはかとなく大地に春甦り、農民は穴居の様な暗の生活から抜け出して播種に取りかかる。而此の播種も済んでしばし一休と云ふ時此の娘娘祭が訪れる。

そして各種の芝居を列挙するが、その中には「呼蘭河伝」中の河原での村芝居に当たるようなものは記録されていない[5]。更に同書はこう記す。

　　七月十五日
　　　鬼節と称し（鬼とは幽霊の意なり）酒肴・冥鏹（死者のために焼く紙銭）等を用意して墳墓を祭り、盂蘭会催され灯籠流しを行ふが当地のそれは盛大なり。

神おろしに関しては『満洲国の風俗』（1935年9月15日、満洲事情案内所）にこのような記述がある。

　　　一種の自然崇拝である。神と人とは絶対に別で、巫がその間に立つて仲介するものと信ぜられてゐる。（中略）昔は女巫が多かつたさうだが、今は男巫が普通になつてゐる。巫は祭儀にたづさはる外、神鼓、神鈴、神鏡、神刀などを用ひて神を乗り移らせ、加持祈祷呪詛などをなすのが特徴で、中にはずゐぶん原始的なやり方が行はれるとこ

ろもある。

「呼蘭河伝」の神おろしは女性である。普通は誰も着ないような赤いスカートを身につけ、お供の男性を連れ、赤い紙の貼ってある位牌の前で線香を焚き、線香が半分位燃えると神がかりになって太鼓を叩きながら跳ねまわるが、真夜中に神を山へ送るとき、「その時の太鼓の音はまた格別で、大神の声もとりわけ美しい。隣近所ばかりでなく、十軒、二十軒先にも伝わっていき、それを聞いた人々は何だか哀しくて仕方がなくなる」。

総じていえば、「呼蘭河伝」は精神的な面において実在の呼蘭を強く意識しており、そこに重点を置こうとするために、現実面に関してはある程度の脚色が施されているように思われる。それは以下の、彼女の家族や周囲の人物に関する描写の中からも見出すことができる。

四

第三章は「私」の家族、第四章は「私」の家に間借りしている人々を描く。

最初に登場するのは「祖父」である。「私」が生まれたときすでに六十歳の半ばにさしかかっていた「祖父」の目はいつも笑っていて、笑顔は子供のようだった。並はずれて背が高かった彼は健康そのもので、いつも手にはステッキを、口にはキセルを離したことがなかった。「私」がまだ歩けない頃は「私」を抱いて歩き、歩けるようになると手を引いて歩いた。理財の道に疎かったので、家のことは一切「祖母」に任せ、一日中広い裏庭にいて、菜園の世話をしたり、また近所の子供たちをからかったりしていた。「祖母」は「祖父」を「ぐず」と呼び、始終小言をいっていた。いつも「祖父」にくっついてまわっている「私」は「ぐず娘」と呼ばれた。「祖母」が死ぬと「私」は「祖父」の部屋で一緒に寝るようになり、そして「祖父」から「千家詩」を習うようになる。この「祖父」に関して、蕭紅は最も多くの字数を割く。

次に描写の多い人物が「祖母」である。「祖母」の形象は「祖父」ほどはっきりしない。飴やおいしいものを分けてくれたりしたが、障子に穴をあけることを戒めるために針で子どもの指をついたり、大好きな「祖父」に小言ばかりいう「祖母」を好きになれなかった、と物語はいう。綺麗好きな「祖母」の部屋にはいろいろ珍しいものがあったが、「私」が部屋に入り込むと決まってにらまれた。

両親や弟たちについて格別の言及はない。

> 私の誕生は、まず祖父に無限の喜びをもたらした。私が大きくなると、祖父は私をとても愛してくれた。私は、この世界に祖父がいてくれればいい、そうしたら何も怖いものはない、と思ったものだ。父の冷淡さも、母の小言や不機嫌な顔も、祖母が針で私の指を刺したことも、みんな何でもなくなった。　　　（「呼蘭河伝」第三章－三）

蕭紅の幼年時代が愛情に恵まれなかったという推測は、専ら「呼蘭河伝」のこの部分と1935年に〈大同報・大同倶楽部〉に掲載された「祖父死了的時候」（1935年7月28日）[6]の以下のような文章によっている。

> 私は母が死んだときのことを思い出した。母が死んでから、父がどんな風に私を叩いたか。それから新しい母を迎えたのだ。この母はとても遠慮して、私を叩くことはせずに小言をいった。机や椅子に私への小言を投げつけることもあった。遠慮は遠慮の域を超えて、むしろ冷淡だった。疎遠だった。他人のようだった。
> 
> （中略）
> 
> 過去の十年間、私は父と戦いながら生活していた。この間、私は人とは残酷なものだと感じていた。父は私にいい顔を見せなかったし、使用人にも、祖父にもいい顔を見せなかった。使用人は貧乏だったし、祖父は老人で、私は子供だったから。だから私たちのような、全く守ってくれるもののない者たちは父の思いのままだったのである。後に私は新しく来た母も父の思いのままになるのを見た。父は機嫌のいいときは母と談笑したが、虫の居所が悪いと母を怒鳴った。母も次第に父を恐れるようになった。
> 
> 母は貧乏でも、老人でも、子供でもなかったのに、どうして父を恐れるようになったのだろう。私が隣に覗きに行って見ると、隣の女房も亭主を恐れていた。伯父の家に行ってみると、伯母も伯父を恐れていた。

しかし、また「呼蘭河伝」にはこんな文章もある。裏庭で草取りをしている「祖父」の帽子に「私」が真っ赤な花をそっと挿していく。二十も三十も挿したので帽子は真っ赤に飾られるが、祖父はいっこうに気がつかず、バラがよく香るのは今年の春の雨のせいだなどとのんきなことをいいながら、そのまま部屋に入っていく。

> 頭いっぱいの真っ赤な花を祖母が真っ先に見つけた。祖母は見たとたん、ものもいわずに大声で笑い出す。父も母も笑い出す。そして私が一番激しく笑って、炕の上を

腹を抱えて転げ回る。
　祖父は帽子を取ってみて初めて、さっきのバラの香りが決してこの春の雨のためではないこと、頭の上の花のせいであったことに気がつく。
　彼は帽子を置き、十四、五分笑い続けても笑いは止まらない。しばらくすると思い出して、また笑い出す。
　漸く祖父が忘れかけた頃、私が脇からちょっかいを出す。
　「おじいちゃん……この春はよく雨が降ったわよねえ……」
　そのとたん、祖父はまた笑い出す。そして私も炕の上を転げ回る。
（第三章－二）

　ここに見えるのは、のびのびと育つ活発な女の子を見守りながら、彼女によってもたらされるささやかな幸せを喜んでいる、穏やかで温かい家族の姿である。蕭紅の家庭が如何に彼女に対して冷淡であったか、ということの証として必ず持ち出される、「祖母」が「私」の指を針で突いたというくだりは、その前にこういった一段があることを忘れてはならない。

　私の家の窓は、皆周りに紙が貼ってあり、真ん中にガラスがはまっていた。祖母は潔癖性の所があったので、祖母の部屋の窓紙は家中で一番白かった。誰かが祖母の部屋の炕の上に抱き上げてくれると、私は何も考えずに奥へ駆けていく。窓の所へ駆けて行き、誰も止める人がいなければその窓紙にプスプス穴をあけた。もしそこで誰かに呼ばれたりすれば、急いでもういくつかあけ足した。指で紙を押すと、紙は鼓のように、ぽんぽんと音をたてて破れた。穴が多くなるほど、私は得意になった。祖母に追われたりすれば、ますます調子に乗り、きゃあきゃあ手を叩き、跳ねまわった。
（第三章－二）

　またこの「事件」に関しては、異母弟張秀琢の回想がある。

　祖父への親しみが強いのは、姉の家庭生活に対する不満を反映している。祖母や父、母には親しみを感じていなかった。皆が姉を本当に理解できなかったからだし、あるいは何かのことで姉と面倒なことになったからだった。父はやや厳しいところがあったし、母は何かにつけくどくど文句をいった。祖母は作品では姉の指を針で刺したとされている。このことについて私は父に尋ねたことがある。父は笑って、「本当に針

246　第四章　後期文学活動

**写真22**　（上左）蕭紅生家の東門（現在は蕭紅記念館正門）（曹 2005 より）
　　　　　（上右）東側の蕭紅が生まれた部屋（曹 2005 より）
　　　　　（下左）裏庭から見た母屋
　　　　　（下右）祖父母の部屋

　で突くものか、あの子が指で障子を破るのを見て、おばあさんがあの子に向かって針を手に脅して見せたのだよ。そのことをあの子は覚えていて、長いことおばあさんに近づかなかったのだ」と答えた。　　　　　　　　（「重読《呼蘭河伝》、回憶姐姐蕭紅」）

「祖母」の部屋が幼い「私」にとってどれほど魅力的であったかを、「呼蘭河伝」はこのように描いている。

　　祖母の部屋は、表と奥の二部屋だった。表の間には大きな長持ちや細長いテーブル、大きな肘掛け椅子があった。椅子には赤い座布団が置いてあり、長持ちの上には朱砂（鎮静や解毒に用いる漢方薬）の瓶が、テーブルには置き時計が並べてあった。時計の両脇に帽子を掛ける磁器の筒が立ててある。そこには帽子はなく、孔雀の羽が何本か

挿してあった。

　幼い頃、私はこの孔雀の羽が好きだった。それに金色の目があるといっては、触りたがったが、祖母は絶対に触らせてはくれなかった。祖母には潔癖性の所があった。
（中略）
　また祖母の長持ちには小さな人たちが一面に彫ってあった。どれも昔の服を着ている。たっぷりとした着物に大きな袖、それから孔雀の羽のついた帽子をかぶっている。長持ち一面に彫ってあるので、二、三十人はいたと思う。このほか酒を飲んでいる人、食事をしている人、それからあいさつをしている人……
　私はいつも仔細に見てみたいと思っていたが、祖母は触らせてもくれず、近寄りもしないうちからいうのだった。
「触ってはいけませんよ。そんな汚い手で」
　奥の間は、壁にいかにも怪しげな掛け時計が掛かっていて、その時計の下には鉄で作ったトウモロコシの穂が二つ鎖で下げてあった。鉄のトウモロコシは本物のトウモロコシよりずっと大きく、とても重そうで、人を殴り殺せそうに見えた。しかも、その時計の中はもっと怪しげだった。青い目の小さな人が一人いて、振り子が一秒ごとにコツコツという音を立てるのだが、その振り子の音に合わせて目玉を動かすのである。
　その小さな人は黄色い髪で青い目を持ち、私とは全然違っていた。祖父があれは毛唐なのだよと教えてくれたが、絶対に納得できなかった。どうしても人には見えなかったのである。
　だから私はこの時計を見るたびに、いつまでも、馬鹿のように見つめていたものだった。この毛唐はいつも時計の中につくねんとしているのだろうか。下に降りて遊ぶことはないのだろうか。
（中略）
　祖母の部屋には、これらのほかにもまだいろいろなものがあったが、当時、他のものには全く興味を引かれなかったので、これしか覚えていない。
　母の部屋には、こんな怪しげなものは一つもなく、金色で絵が描いてある箪笥だとか、帽子を載せておく筒だとか、花瓶とか、みんな普通のものばかりで、綺麗なものは一つもなかったから、私は全く覚えていない。
　　　　　　　　　　　　　　　　　　　　　　　　　　　　　　（第三章－三）

　蕭紅に「蹲在洋車上（人力車に乗って）」（1934年3月16日）という短い作品がある。そこに描かれた、始終人力車に乗って町へ出かけていく「モダン」な「祖母」の形象は「呼

蘭河伝」のこの「祖母」の形象に重なる。

　　　ある日、祖母はまた町に行こうとして私にこういいつけた。
　　「お母さんにマンチョーを持ってくるようにいっておくれ」
　　　その頃私はうんと甘やかされていたので、わざと舌足らずに、マントをマンチョーといっていた。だから祖母は私のまねをして、トの字を長くのばしたのだった。
　　　祖母は私がボールが大好きなことを知っていた。町へ行くたびに私にこう尋ねた。
　　「何が欲しい？」
　　「ボール」
　　「どのくらいの？」
　　「このくらい大きいの」
　　　私は急いで腕を拡げる。鷹が翼を拡げるみたいに。皆が笑った。

　この時の「私」は四歳という設定である。実際はボールが買われることはなく、「私」と「祖母」にとってこの対話は一つの儀式のようなものだった。
　幼い頃の蕭紅について、張秀琢は以下のように記している。彼が生まれたとき、蕭紅はすでに十数歳になり、家を離れていたので、一緒に生活したという記憶は彼にはない。彼が親戚の人々から聞いた話だとしている。

　　　姉は小さい頃からきかん気だった。父が私にこんな面白い話をしてくれたことがある。姉が生まれて間もなく、母が寝る前にいつものように布で姉の手や足をくるみ、よく眠れるようにしようとしたところ、姉は懸命に腕をつかませまいともがいたそうだ。見舞いに来る女性たちがこれを見て、「このお嬢ちゃんは気が強いこと、大きくなったらきっと"跳ねっ返り"になるよ」と笑ったという。だから、親戚や友人たちは皆、姉のきかん気は「天性のもの」だという。
　　　　　　　　　　　　　　　　　　　　　　　　　（「重読《呼蘭河伝》回憶姐姐蕭紅」）

　また前出「蹲在洋車上」に登場する「祖父」は「呼蘭河伝」とはやや異なったイメージを見せる。六歳になった「私」は新しいボールが欲しいと思っていた。しかし皆は古いので十分だという。そこで「私」は一計を案じ、古いボールを踏みつぶしてしまおうとしたのだが、自分ではどうしても踏みつぶせない。仕方なく「祖父」に踏みつぶしてもらおうと策略を練るが、それに気づいた「祖父」は顔色を変え、危うく「私」は叩かれるところ

二　「呼蘭河伝」の世界　249

だった。しかしとうとう我慢できなくなった「私」は自分で新しいボールを買いに行こうとこっそり町に出かけ、案の定迷子になる。たまたま行き遭った車引きに乗せてもらって家に帰るのだが、その時、以前「祖母」が笑いものにしていた田舎者の話を思い出した。彼は人力車の乗り方を知らなかったので、腰掛けの所に座らず、足を乗せる部分にしゃがんだのだ。その方が車を引くのには楽だろうという田舎者の思いやりも、「祖母」や近所のおばさんたちにさんざん笑いものにされたのだった。そのことをふと思い出した「私」はその「田舎者」のまねをしてみようと思い立つ。

　　車引きが振り返った。
　「何してるんだ」
　「しゃがんでみようと思って、ねえ、しゃがんでる？」
　　彼は私がすでに車の前の足を乗せるところにしゃがみ込んでいるのを見て、私に向かっておどけた顔をして見せ、こうつぶやいた。
　「仕方ねえ。この娘っ子、全くおてんばだ」
　　車はあまり速くなかった。町の人が私を笑っているかどうかも忘れていた。車は赤い大きな門にたどり着いた。家に着いたのだとわかった。立ち上がらなくては！　降りなくては！　いや、目的は祖母を驚かせて笑わせることだ。車が屋敷の真ん中に来るまで、私はそこにしゃがみ込んでいた。猿みたいに、びくとも動かなかった。祖母が笑いながら駆けだしてきた。祖父も笑っていた。私は二人が私の意図を汲まないのではないかと思って、大きな声で叫んだ。
　「……見て、田舎者が人力車にしゃがんでいるの、田舎者が人力車にしゃがんでいるのよ……」
　　母だけが私を大声で叱った。急に叩かれるのではないかと心配になった。黙って町に行ったのだから。
　　人力車が突然停まり、私は転げ落ちた。すりむいたかどうかはよく覚えていない。祖父が力一杯車夫を殴った。子供をだました、と。子供を車に乗せないで、そんなところにしゃがませて、と。金も払わずに屋敷から追い出してしまった。
　　だからあとで、祖父がどんなに私をかわいがってくれても、心の中にはしこりができたままだった。祖父が車夫を殴ったのは納得できなかった。
　「おじいちゃんはどうしてあの人を殴ったの。私がしたくてしゃがんでいたのに」
　　祖父は横目で見ながらこういった。「金持ちの子はいじめられないんだ」

ここに現れた「祖父」や家族の姿がそのまま蕭紅の実際の家族を表していると考えるのもまた性急だが、「祖父」についてのやや批判的な記述の存在にも注意を向けなければならない。

また張秀琢の文章には、蕭紅の家の居候で「呼蘭河伝」第六章の主役である有二伯に関する言及もある。幼名の有子で呼ばれているうちに本当の姓が忘れられてしまった有二伯は、三十のときから蕭紅の家に居着き、実際には作男として働きながら衣食住を蕭紅の家に頼っていたらしい。彼に給料が支払われることはなく、待遇も決して良いものではなかった。彼の主な仕事は裏庭の野菜畑の管理であったという。

> 私の家の裏には野菜畑があり、菜っ葉とか、トウモロコシとか、煙草の葉とかを育てていた。忙しいときにはほかの人も野菜畑に出て働いたが、主な仕事はすべて有二伯の肩に掛かっていた。彼は毎日朝早く起きて野菜畑の世話をし、家で食べる野菜をかなりの割合で供給してくれていた。（中略）
> 姉はよく有二伯と一緒にいた。有二伯が裏庭で仕事をするときは、姉もついて行った。有二伯が畑を耕す時、姉も小さなスコップで草を掘り返した。有二伯が水をやれば、姉は小さなじょうろで水をまいた。有二伯は姉を大変かわいがり、仕事をするときはよく自分の方から姉を連れて行った。じゃまになって追い払おうとすることもあったが、姉がすぐに口をとがらせふくれると、有二伯はどうしようもなくなって手を休めて機嫌を取らなければならなくなる。　　　（「重読〈呼蘭河伝〉回憶姐姐蕭紅」）

ここに現れた有二伯の形象は「呼蘭河伝」に描かれた以下の「祖父」の形象と重なる。

> 祖父は一日中裏庭にいた。私も祖父にくっついて裏庭にいた。祖父は大きな麦わら帽をかぶり、私は小さな麦わら帽をかぶっていた。祖父が花を植えれば、私も花を植えた。祖父が草取りをすれば、私も草取りをした。祖父が白菜の種をまく時には、私は後からついて行って、種を落とした穴を、足で一つ一つ埋めて行った。しかしうまくできるはずがない、あっちこっちばたばたしているだけだった。土をかけるどころか、種まで一緒に蹴飛ばしてしまうこともあった。
> （中略）
> 祖父が畑を鋤くときは、私も鋤いた。私が小さくて鍬を使えないので、祖父は柄を抜き、鋤の「頭」だけ持たせてくれた。実際は鋤くどころではない。地面をはい回って鋤の頭でやたらにひっかいてみるだけだった。（中略）

遊び飽きると、また祖父の所へ戻ってまつわりつく。祖父が野菜に水をやれば、私もひさごを奪い取って水をまいた。
　　　　　　　　　　　　　　　　　　　　　　　　　　　　　　（第三章－一）

　白執君「《呼蘭河伝》幾個人物的原型」（1989年3月）は、「呼蘭河伝」に登場する人物のモデルについて調査を行っているが、それによれば実在の有二伯は姓を張、名を延臣といい、張氏本家の流れで五世に当たり、排行は上から二番目、蕭紅の父親は同じ排行の二十一番目である。有二伯の幼名が有子だったので、それが呼び慣わされているうちに本名が忘れられてしまった。彼より上の者たちは有子と呼び、下の者たちはそのまま有二伯と呼ぶようになった。有二伯は三ヶ月で母を、七ヶ月で父を失い、叔父に羊の乳を与えられて育てられた。三十歳のとき、蕭紅の祖父に巴彦から連れてこられたのだが、当時は若く力もあったので、張家に来てからは作男（長工）として働いた。張家の裏庭の野菜畑の世話が彼に任された。彼は一日中働いたが、給金をもらうことはなく、張家は彼に衣食を提供するだけだった。彼は蕭紅の父と同世代にもかかわらず、身分は異なっており、待遇も全く平等ではなかった。彼はまず働き、それから食事をした。たいてい料理番と一緒に食べていた。着ているものも見るに堪えないほどぼろぼろだった。彼は全くの独り者で、蕭紅の家に三十数年おり、1941年頃、六十数歳で死んだ。

　実母に関しては、1919年8月26日（旧暦7月2日）、蕭紅が八歳の時に死に別れているので「呼蘭河伝」にほとんど登場しないことは不自然ではないが、蕭紅の「感情的砕片」（1937年1月10日）には、「母はあまり私を愛してはくれなかった」といいながらも「それでも母は母」といい、母親が死んだときの哀しみが綴られている。

　「お母さんはいなくなってしまうんだろうか」と私は思った。
　たぶんそれは母がほんのわずか意識がはっきりしたときだったのだろう。
　「……泣いているのかい。大丈夫だよ、母さんは死なないから」
　私はうつむいて胸元にすがりついていた。母も泣いた。

　父親の張庭挙に関しては様々な証言がある。それらを総じて見ると、蕭紅が父親の勧める結婚に反発して家を出たことは事実であり、父娘はそれによって決定的に袂を分かち、生涯二度と顔を合わせることはなかったけれども、張庭挙は父親として娘のことは常に気に掛けていたようだ。例えば張秀珂は、解放後初めて父親が「おまえの姉さん（蕭紅）も兄さん（秀珂）も革命に参加したのだ」と誇らしげにいうのを聞いたとし（「重読〈呼蘭河伝〉回憶姐姐蕭紅」）、王連喜「蕭紅被開除族籍前後」によれば、1946年、張庭挙は共産党

を支持し、自ら長年珍蔵していた「呼蘭府志」を人民政府に差し出したほか、自分が住んでいた五部屋の建物以外の家屋や財産のすべてを供出した。これによって松江省参議院に選出された彼は、1947年の旧正月、自ら筆を執り、一対の「対聯」を書いた。姜世忠「蕭紅父親自署門聯」（『黒土金沙録』1993年7月、上海書店出版社）によれば1948年の春節の前、新四軍に所属していた張秀珂が帰省したのを喜んで書いたのだという。「惜小女宣伝革命粤南歿去；幸長男抗戦勝利蘇北帰来（小女の革命を宣伝し粤南に歿去するを惜しみ；長男の抗戦に勝利し蘇北より帰来するを幸ぐ）」の「小女」は蕭紅を、「長男」は張秀珂を指しているとする。また鉄峰「蕭紅生平事蹟考」は張庭挙の友人の証言を紹介している。それによれば1960年、張庭挙が呼蘭から沈陽に向かう途中、哈爾濱のその友人を訪ね、友人の娘が哈爾濱市図書館に勤めていた関係から、図書館の古い書庫で蕭紅の作品を探してもらったり、酒を飲んで娘の思い出を語ったりしたという。

「呼蘭河伝」に登場する「私」の家族が蕭紅の実在の家族をモデルとしていることは間違いないが、近年明らかにされた証言や調査結果を見ると、そこには小さな異同がいくつか見出される。一つ一つの異同は必ずしも重大ではないが、それらが積み重ねられていくことにより、物語は事実から次第に遠ざかっていくように思われる。

## 五

第四章から第七章は「私」の家の屋敷内に住む貧しい人々を描く。

「呼蘭河伝」で蕭紅は、「私」の家は三十間あったといい、また「前庭」があるともいっており、それらの記述を総合すると、屋敷としてはかなり大きく立派な造りである[7]。第四章は、この「前庭」に間借りしている人々を紹介するが、彼らはいずれも貧しく、無知で、彼らが住む「前庭」を蕭紅は「荒涼」という言葉で形容する。

第五章は「前庭」の西側に住む馬方の胡一家のエピソードである。胡一家はおばあさんを中心に二人の息子とその嫁たち、孫二人と孫の嫁一人の三代八人が一緒に住んでおり、嫁同士の小さな反目はあったものの、それ自体が大きな問題になることもなく、むしろそれぞれの働きぶりと、姑への仕えぶりが近所の評判になるほどだった。この家のおばあさんは神おろしが好きで、嫁たちは頃合いを見計らってはそれぞれに巫女を呼んで孝養を尽くしていた。これだけ心がけのよい働き者がそろっているのだから、先々きっと大成功すると評判だった胡一家が案に相違して不幸の坂道を転げ落ちていくきっかけは、もう一人の孫に団円媳婦を迎えたことによる。

将来嫁にする約束で迎えられた団円媳婦はまだ十二歳の少女だった。「しつけ」という

名の下に、朝から晩まで何かというと折檻を繰り返される彼女には最後まで名前がない。黒くて長いお下げを垂らし、日に焼けた顔でにこにこ笑っていた彼女が、なぜ毎日のように折檻を受けなければならなかったかといえば、「みんなの前で下を向くわけでもなくすたすた歩」き、「嫁に来た日に三杯もご飯を食べ」、戒めのために足をつねったら「嚙みついたり、家に帰りたいなんてわめいたり」して抵抗するからだった。ついに胡家ではどうにもいうことを聞かない彼女のために神おろしを始めた。

　　（団円媳婦の）泣き声はやんだが、西南のすみではまた夜ごとに神おろしが始まった。ドンドンと太鼓が響き、大神が一段歌うと、お供の二神が一段歌う。夜なのでことのほかはっきり聞こえ、私は一言一句残らず覚えてしまった。
　　（中略）
　　神おろしはほとんど一冬中続き、とうとうその団円媳婦を病気にしてしまった。団円媳婦は、黄色っぽくなり、夏来た当初の浅黒さがなくなった。しかし相変わらずにこにこ笑っていた。
　　　　　　　　　　　　　　　　　　　　　　　　　　　　　　　　　　　（第五章－三）

　しかし事態は一向に好転しない。周囲の人々もとうとう黙ってはいられなくなり、さまざまな「処方」が提案されるようになった。羽根をつけたままの鶏を丸ごと飲ませる、といったような提案が採用されることはさすがになかったが、オウレン二十匁と豚肉半斤をあぶって粉にして飲ませるという案は採用された。おばあさんでさえ四、五ヶ月口にしていない豚肉を使うというのは、相当の決断であったに違いない。団円媳婦を迎えるに当たって、恐らく胡家では少なくない金を使ったのだろう。初めはそれを無駄にしたくないという気持ちで始まったことだったのだが、まるで改善の兆しを見せない団円媳婦の状態を見て、次第に手当はエスカレートしていく。しつけのために団円媳婦を折檻することは、上の息子の嫁が姑として唯一獲得した権威であり、自由なのだから、それを奪われるのは困るのだった。

　　母親があるものは殴れなかった。自分の息子を殴るなんてできっこない。猫を殴れば、いなくなってしまうかもしれない。犬を殴れば、逃げて行ってしまうかもしれない。豚を殴れば目方が減るかもしれないし、鶏を殴れば卵を産まなくなるかもしれない。
　　この団円媳婦を殴ることだけは何の障りもなかった。逃げることもできないし、消えてしまうこともない。卵を産むはずもないし、豚ではないから、殴って目方が減っ

たって、秤にかけるわけじゃないから問題ない。

　（中略）

　しかしこれは皆、過ぎ去った彼女の栄光の日々となってしまった。あのような自由な日々は恐らくすぐには戻るまい。今は殴るどころか、罵ることさえ憚られた。

（第五章－四）

　団円媳婦を「正常」な状態に戻すことが、上の息子の嫁にとって、これまでの生き方の正しさの証明になるという切実な思いに変わっていく。考えられ得るありとあらゆる手段を試みたが、団円媳婦は一向に「正常」には戻らない。ついに彼女は「化け物の娘」だということになり、離縁されることになったが、それを待たずに死んでしまう。慣習に従うことが自分の生命を守ることだと知るには、この団円媳婦はあまりにも幼すぎたといえよう。

　蕭紅の生家の「西南の隅」に胡という家族が住んでおり、そこに迎えられた団円媳婦が死んだという事件は事実のようだ。白執君「《呼蘭河伝》幾個人物的原型」によれば、1980年代の終わり頃、団円媳婦のかつての「夫」はまだ「西南の隅」に住み続けていた。彼は団円媳婦の死後結婚し、息子を一人もうけ、孫に囲まれて幸せに過ごしていたという。

　実際の胡家の団円媳婦がどのようにして死んだのかはわからないが、物語の中で蕭紅が彼女に徹底的に抵抗を貫かせるのはなぜだろうか。団円媳婦の抵抗は、意識的なものではない。ただ彼女は幼かったために自分に忠実であっただけだ。それに対する胡家の人々のよりどころは習慣＝伝統だ。社会の一員として生きていくためには伝統の前に自己を殺すことが必要なのだ。その行為の正しさは、これまで皆がそうしてきたという事実が証明している。結局団円媳婦は伝統の前に屈服せざるを得ないが、彼女を屈服させようとした伝統の標榜者たちにも、作者はその責任を引き受けさせる。団円媳婦の死はこれまで睦まじい家族として近所でも評判だった胡家を破滅に陥れる。まず上の孫の嫁が他の男と駆け落ちし、おばあさんが死に、長男の嫁は団円媳婦のために使った金を惜しんで泣き暮らした結果片目をつぶし、次男の嫁は自分の嫁が駆け落ちしたことを気に病むあまり気が触れ、「胡一家はそれ以来、皆から見向きもされなくなった」のである。ところがあくまでも抵抗を貫き、最後には死という究極の手段によってこの世のしがらみから解き放たれたように見える団円媳婦にも、作者は安息を与えない。龍王廟の境内の東大橋には非業な死に方をしたために成仏できずにいる怨霊が集まっているという言い伝えがある。

　あの団円媳婦の魂も、東大橋の下に来たそうである。彼女は大きな白ウサギに姿を

変え、三日に一度、五日に一度、橋の下に来て泣いていたという。

　誰かが何で泣いているんだい、と聞く。

　すると、家へ帰りたい、という。

　その人が、

　「明日俺が送ってってやるよ……」

　といったとする。

　その白ウサギはその言葉を聞くと自分の長い耳を引き寄せて涙を拭き、消えてしまうらしい。

　しかし、誰もかまう者がいないと、彼女は鶏が時を告げるまで鳴き続けるという。

（第五章－十一）

　抵抗を抵抗と意識しないままの団円媳婦の死は「非業の死」だ。構う者がいてもいなくても、自分の死に納得がいかない彼女の魂は毎夜毎夜東大橋に出没し続ける。人々も、そして団円媳婦も、抵抗を抵抗として意識し、評価することがない限り、単なる同情では彼女を救うことはできないし救われもしない。そしてその行為が伝統という観念に覆い隠された多くの虚偽を暴き出さない限り。

## 六

　第六章は有二伯に関するエピソードである。

　これに先だって有二伯をモデルにした「家族以外的人」（1936年9月4日）があることはすでに指摘したが、この作品は有二伯の盗みを中心に書かれており、「呼蘭河伝」第六章全十四段中の第十一段のもととなったと考えてよい。この二篇の文章には共通点と共にいくつかの気に掛かる異同も見られる。

　「家族以外的人」では「私」と「母」との関係を軸に、それに有二伯を絡ませる。七、八歳のいたずら盛りの「私」は「母」に禁じられていることをやりたくて仕方がない。饅頭を盗んだり、卵を盗んで近所の子と一緒に焼いて食べたり、新しい発見を求めて納戸に潜り込んだり。「母」に見つかると叩かれたり食事を抜かれたりするのだが、それがわかっていても「私」の好奇心は止められない。そういった「私」の行動の周囲になぜか有二伯の影があることで、「私」は有二伯に親近感を抱き、仲間意識を持つ。時にはそれが尊敬の念に変わることもあった。「私も大きくなったら彼みたいに物が盗めるだろうか」。家の者たちも彼が盗みをしているのは知っている。知りながらそれを直接責めることはせず、

ただ三方にある入り口に鍵をかけた。入り口をふさがれた有二伯は仕方なく塀を乗り越えて中に入るようになる。そのおかげで塀の根元のコオロギを捕まえられなくなった「私」は大いに不満だ。

「塀を乗り越えるな……いうのは簡単だ、誰が門を開けてくれるんだ」彼は首をまっすぐに伸ばした。
「料理番の楊さんに開けてもらえば……」
「料理番の……楊だって……ふん……おまえたちは家族だからな……奴を使うことができる……二伯はな……」　　　　　　　　　　　　（「家族以外的人」）

　料理番の楊安は、この家における有二伯の唯一の理解者だ。ある時有二伯がつぶやく。「なあ楊安……いじめるなよ……姜家にあんたはいないんだ……あんたはわしと同じだ、よそ者だ」。
　白執君の調査によれば、料理番にもモデルがある。蕭紅の家で働いていた料理番は姓を劉といい、ちゃんとした名前（大名）はなかった。長いこと張家の料理番をしていたため、人々は彼のことを劉親方（劉師傅）と呼んでいたが、時間が経つにつれ、料理番さん（老廚子）と呼ぶようになった。彼は有二伯と身の上が似ており、生涯独り者で家もなかった。張家の親戚筋に当たっていたのでずっと張家で食事を担当し、毎年ほんのわずかの給金をもらっていた。彼は背は高くなく、目があまり良くなかったので、食事もきちんと作れなかったし、加えて腕もたいして良くなかったので、普段の食事しか作らなかった。客があるときは別のコックを雇った。空いている時間があるとよく有二伯と裏庭で過ごし、サクランボやエゾノコリンゴが食べきれないほど採れると、街へ持って行って売ったりした。土地改革の後、工作隊が作男の雇用を禁止したため、張家は彼に暇を出し、故郷の山西へ戻ったということだ（「《呼蘭河伝》幾個人物的原型」）。
　ところで毎日塀を乗り越えざるを得なくなった有二伯は、あるとき乗り越え損ねて怪我をする。それから彼は仕事ができなくなったが、仕事ができなくなるということは即ちここにはいられないということだった。「母」が有二伯に投げつける言葉は容赦がない。

「開けてくれ！　誰もいないのか！」
　私が走っていこうとすると、母が私の頭を押さえた。「そんなにしてあげることはないわ。少し立たせておきなさい、あの人に食べさせてもらってるわけじゃないんだから……」

## 二 「呼蘭河伝」の世界　257

　　声はどんどん大きくなった、足で蹴っているようだ。
　「誰もいないのか」一言一言抑揚をつけずに叫んでいた。
　「人はいますよ、でもあなたにお仕えする人はいません……あなたのようなおじいさんは役立たずですからね……」母の言葉が有二伯に聞こえたかどうかはわからない。
　　だが板作りの門は大騒ぎになった。
　「みんな死んじまったのか。ここの奴らはみんな死に絶えちまったのか……」
　「おかしくなったふりをしないで！　……有二、誰を罵っているの……恥ずかしくないの」母が台所で怒鳴った。「あなたの老後は誰に食べさせてもらっているの……よく考えてごらん、寝ずに考えてごらん……ちゃんとした人間なら、よその家のご飯を食べるかしら。乞食になったって、仕方がないわ……」　　　　　（「家族以外的人」）

　ついに「私」と有二伯の間にも亀裂が走る。「私」が有二伯のために手にいっぱいのトマトを持って部屋に駆け込んでいったときのことだ。「空っぽの大きな瓶のよう」に火に当たっていた有二伯は「私」を、「私」にはわからない言葉で罵り、部屋から追い出したのだった。それからというもの、有二伯は日がな一日、罵れるものは何でも罵って歩き、ついに「父」に殴られる。出て行こうとしても出て行くところもない有二伯は、「私」が小学校に通うようになった春に「いなくなった」。
　これに対し、「呼蘭河伝」では有二伯と「私」の家族との絡みはほとんどない。「家族以外的人」の有二伯は塀から落ちてからおかしくなったが、「呼蘭河伝」の有二伯は最初から変人である。

　　有二伯は本当に変わっていた。彼は空の雀と話すのが好きだったし、大きな赤犬としゃべるのが好きだった。しかし人と一緒になると、彼はぴたりと口をつぐんでしまう。たとえ口をきいたとしても、おかしなことばかりで、いつも何が何だかさっぱりわからない。　　　　　　　　　　　　　　　　　　　　　　　　　　　（第六章－二）

こういったキャラクターは「家族以外的人」とは一風異なっている。ついでにいえば「家族以外的人」に登場するのは「大きな赤犬」ではなく「大きな白犬」である。前出の張秀琢の回想（「重読〈呼蘭河伝〉回憶姐姐蕭紅」）にある有二伯のような、幼い子どもを従えて野菜畑を耕す穏やかな好々爺のイメージは、「家族以外的人」にもここにもない。夕涼みに出た人々が世間話に興じている時、一人黙りこくって手の払子を振っている有二伯は、作男というよりも、どことなくこの世を超越した、落ちぶれた知識人といった雰囲気があ

る。

> 誰かがその払子は馬のたてがみか尾かと尋ねる。すると彼はこういう。
> 「人には似合いの鳥がある、武大郎にはアヒルだ。馬のたてがみは高級品だ。あれは絹ずくめのお方が持つ代物だ。藤（とう）の腕輪をして、大きな指輪をはめるような身分のお方だ。分相応だ。貧乏人、宿無しは、身の程知らずな、人に笑われるような真似をするもんじゃない。……」
> （第六章－二）

また、

> 私は有二泊が座っているところへ駆けてゆくが、まだ何もいい出さないうちに、今振った彼の払子にぶつかってしまう。私はびっくりして飛び上がる。彼は払子を一降りして、怒鳴りつける。
> 「こいつめ、もっと向こうへ行け……」
> 私は仕方なく少し離れて立つ。
> 「有二伯、大昴星は本当は何なの？」
> 彼はすぐには答えず、しばらく考えているみたいにしてから、ぼそりという。
> 「貧乏人に天文などいらぬ。犬がネズミを追い、猫が家の番をする。いらんお世話だ」
> （第六章－二）

　彼の奇妙な出で立ちは、「私」の家にしまい込まれていた清朝時代の古着をもらい受けたためだった。いつも底の抜けた靴を引きずっている姿は「猿回しのようで猿回しでもなく、乞食のようでいて乞食でもない」といったものだったが、一方「歩く姿は端正、沈着」で、「しかも悠然としていて、まるで大将軍のよう」であった。そのためか、彼は店子や小作人からは「有二の旦那」と呼ばれ、造り酒屋や油屋、肉屋では「有二の番頭さん」と呼ばれていた。「私」の前では強がる彼も、「祖父」の前では豹変し、素直になる。
　「家族以外的人」と「呼蘭河伝」には「私」が有二伯に連れられて公園に行く場面が共通して描かれているが、そのシチュエーションはかなり異なる。「家族以外的人」では有二伯が公園に連れて行ってやるという約束をなかなか果たそうとしないのをせっついて、無理矢理連れて行ってもらうが、「呼蘭河伝」ではその経緯はない。公園に行っても何も買ってくれないし「私」が見たいものは金がないといって見せてくれないのは同じだが、「家族以外的人」の有二伯は「私」を連れてむしろ掛けの小屋に入り、「関公蔡陽を斬る」

の講談を聞いて涙を流す。そして籤屋で銅貨二枚を使い、私に引かせて飴玉五個を獲得するが（ただし有二伯は「五」という字が読めない）、この場面も「呼蘭河伝」にはない。「呼蘭河伝」の有二伯は、サーカスが見たいとだだをこねる「私」にこういいわけをする。

　　「わしだって見てみたい。面白いものは誰だって見たいもんだ。だが、わしには金がない。切符を買う金がなければ入れてもらえん」
　公園のその場で、私は有二伯のポケットを引き寄せ、検査してあげることにした。銅貨を何枚か見つけ出したが、切符を買うには足りなかった。有二伯は重ねていった。
　　「わしには金がないんだ……」
　私はいらいらした、<u>「なければ盗めばいいじゃないの」</u>。
　<u>それを聞くと有二伯は真っ青になったが、たちまちまた真っ赤になった。真っ赤になった顔の中で、彼の小さな目はとってつけたように笑い、彼の唇はぶるぶる震えていた。いつもやっているように、ずるずると長いおしゃべりを始めそうに見えた。だが彼は黙っていた。</u>
　　　　　　　　　　　　　　　　　　　　　　　　　　　　　　（第六章－十一）

上記の下線部分に相当する内容は「家族以外的人」にはない。

　また、「家族以外的人」では有二伯が羊を食べないことについて、理由は明白にしないながらもかなりのスペースを割くが、「呼蘭河伝」では「有二伯は羊の肉を食べなかった」というわずか一文しか記されない[8]。

　「家族以外的人」の有二伯は、夜は家の外で過ごし、昼間は屋敷内にいるように見えるが、「呼蘭河伝」の有二伯は毎日布団を担いで「私」の家の店子の家を泊まり歩いている。その後、「私」の家の母屋の横に離れが建て増しされると、彼はそこに住み着くが、「その頃になると、決まって離れから泣き声が聞こえてきた」。その泣き声の理由は明らかではない。その後、両方の有二伯は「父」に殴られる。殴られた経緯は明らかではない。しかし、「家族以外的人」で周りを取り囲んで見物していた人々は、「呼蘭河伝」では遠巻きにし、料理番の楊は見て見ぬふりをする。有二泊が伸びているところへ地面に流れた彼の血をつつきに来る「緑色の頭をしたのと首に斑のある」アヒルは全く同じだが。

　「父」に殴られたあと、「家族以外的人」の有二伯はいよいよおかしくなり、ついには「いなくなる」のだが、「呼蘭河伝」の有二伯はそれに先立って首を吊ろうとしたり、井戸に飛び込もうとしたりする「パフォーマンス」を見せる。それは次第に人々に知れ、誰も相手にしなくなる。その後も有二伯は何度か「首を吊」ったり、「井戸に飛び込」んだりしたが、「有二伯はやはり生きていた」。どちらの有二伯が現実に近いのかは今問題ではな

い。問題は「家族以外的人」ではどちらかというと野卑で粗暴な性格の有二伯が、「呼蘭河伝」では既に指摘したように、落ちぶれた知識人のような、影を抱えた人物に姿を変えていることである。どちらの有二伯も結局おかしいことに変わりはないが、野卑で粗暴な「家族以外的人」の有二伯が、自分に加えられる種々の抑圧にじれて暴れ、いっそう自分の立場を悪くしていくのは、いうならば当然の末路といえなくもない。しかしどことなく知識人の雰囲気を漂わせる「呼蘭河伝」の有二伯にはいっそうの哀愁がある。彼は誰にも危害を加えないが、誰の役にも立たない。生きていくためにやむにやまれず盗みをはたらく。両有二伯が倉庫に入り込み、「私」がいることに気づかないまま、その目の前で盗みをはたらく場面は、二作は内容ばかりでなく文章まで酷似しており、ほぼ同文といっても過言ではないが、「五」という文字が読めない有二伯の盗みと、手から払子を離さない有二伯の盗みは、行為においては同じでも、そこに至る過程、また盗みに対する精神的負担が同じではなかろう。一般的に考えれば、先に書かれた「家族以外的人」の有二伯が現実に作者が接した有二伯に近いのかもしれない。だがそれに旧来の知識人の風貌をかぶせることにより、彼の悲劇性は増幅された。そこに現れたのは、新しい時代の波の中で為す術もなく翻弄される旧知識人の哀れな姿である。「呼蘭河伝」で蕭紅はそれをどちらかといえば同情的に描写しているが、その後に書かれた「馬伯楽」ではそれを強烈に揶揄し尽くそうとする。

## 七

　第七章は馮歪嘴子（口のひん曲がった馮）の物語であるが、団円媳婦といい、胡一家といい、有二伯といい、悲惨な人々の人生をこれでもかこれでもかと書き連ねてきた蕭紅が、ここではわずかな光明を見せる。その光明は本当にわずかなものではあるが、それまでのストーリーがあまりに悲惨であるために、それは存外に明るく感じる。
　馮歪嘴子に関しても、同じ人物をモデルにしていると思われる「後花園（裏庭）」という作品がある。この作品は「呼蘭河伝」発表（1940年9月1日〜　香港〈星島日報〉）の直前、1940年4月15日から香港〈大公報〉及び〈学生界〉に発表されているが[9]、この二作の間にも、かなり重要な部分で書き換えがある。
　「後花園」の主人公は馮二成子という、三十八歳になってもまだ所帯を持てずにいる貧しい粉挽きである。毎日殺風景な粉挽き小屋で一日中粉を挽いている彼は、粉挽き小屋が面している明るくて生き生きとした裏手の花園とは全く無縁だったが、ある大雨の日、全く突然に隣の趙老太太の娘の笑い声を耳にし、そのときから心が波立って仕方がなくなる。

もう二年余りも隣同士だったというのに、そのときまで隣に人が住んでいることにすら気づいていなかった。彼は自分がこの小屋に来て以後のことを思い出そうとするが、母親が訪ねてきたこと、そして母親がまだ所帯を持っていない兄と彼のことを気に掛けながら死んだこと以外、全く何も思い出せない。それほど単調な日々だったのだ。もう四十に手が届こうという男が二十にもならない隣家の娘に抱く恋心は何とも切ない。

　　しかし馮二成子は何を見ても虚しかった。寂しげな秋の空に浮遊する蜘蛛の糸が彼の顔に飛んできて、鼻に掛かり、髪にからみついた。彼は手で糸をこすり取ったが、やはり前を見つめ続けていた。
　　彼の目にはきらきら光る涙がたまっていた。心に何ともいえない悲しみがわき起こった。
　　彼は思いのままに飛び回る元気な雀をうらやんだ。屋根の上でグルグル鳴いているのんびりした鳩を妬んだ。
　　彼の心は消えかかっているロウソクのように弱々しくなっていた。彼はこう思っていた。鳩め、おまえはどうして鳴くんだ。人の心をざわざわさせるためか。鳴かずにおけないのか。蜘蛛の糸め、おまえはどうして俺の顔のあちこちにひっかかるんだ。くそったれ！
　　（中略）
　　それからは、哀れな馮二成子は恋の病にかかってしまった。顔色は青白く、目の周りにクマができ、お茶も飲みたくなかったし、ごはんも喉を通らなかった。彼はひたすら隣の娘のことを考えていた。　　　　　　　　　　　　　　　　（「後花園」）

しかし彼は自分の身分をおもんばかり、ついにその気持ちを打ち明けることはない。間もなく娘は他家へ嫁いでいく。その後彼は娘の母親の趙老太太を親戚のように感じて行き来するようになるが、やがて彼女も娘のもとに越していってしまう。彼はその引越しを手伝い、趙老太太を途中まで送って行く。なぜか趙老太太との別れは実の母親と別れたときよりも辛いのだった。その心の虚しさは、これまで思いもしなかったような考えを彼に抱かせる。

　　人は生きているとき、なぜ別れなければならないのだろう、と思った。永遠に別れるのならば、最初にどうして会う必要があるだろう。人と人との間が結ばれるには誰がきっかけを作るのだろう。きっかけを作るのなら、誰がそのきっかけを取り消すの

だろう。

そして帰る道筋で目にする平凡な働く人々を見て思う。

  おまえたちは何も知らないのだ。おまえたちは自分の女房や子供のために、一生を牛馬のように過ごすことしか知らない。おまえたちは無駄に生きているんだ。自分でも知らないうちに。食べたいものは口に入らないし、着たいものには袖を通せない。何のために生きているんだ、そんなに必死になって。

彼と趙老太太の娘を結ぶすべての糸が断たれてしまったことに気づいた彼は、幽霊のようになって粉挽き小屋に戻ってくる。仕事が手に付かない彼は町へ行って夜までうろつき、人が皆家に帰って眠る頃、明かりを頼りに繕い物をして暮らす三十過ぎの寡婦、老王の家に立ち寄る。単衣の繕いを頼んであったからだが、意気消沈した彼を見た老王は焼餅や醤油漬けの肉、そして酒を買ってきてやる。酒を飲みながら彼女がいう。

  「人が生きていくってのはこんなもんだねえ、子供がいれば子供のために忙しいし、女房がいれば女房のために忙しい。一生が牛や馬みたいだ。若いときは誰だって若い木みたいなもんだろう、大きくなれば、その先に沢山の黄金が待ってるみたいに思うのさ。だけど何年もしないうちに、力はなくなるし、髪も黒いものは黒いけれど、白いものは白くなっちまう……」

二人の気持ちが不思議とぴったり寄り添う。帰りかけた馮二成子は、心がすっかり解放されたのを感じた。老王の家にまだ明かりがついているのを見た馮二成子は戻って、再び老王の家の戸を叩く。二人はその夜結ばれた。

  世界のどんな人が結婚するのとも違っていた。ダンスもしなかったし、客を呼ぶこともなく、礼拝堂にも行かなかった。隣の娘みたいに銅鑼を鳴らしたり太鼓を叩いたりもしなかった。だが二人はとても荘厳な気持ちだった。万感胸に迫り、互いに泣いた。

翌年、馮二成子は父親になった。しかしそれから二年後、子供の母親は死に、間もなく子供も死ぬ。そうこうするうちに裏庭の主人が年取って死んだが、彼は相変わらずそこで

粉を挽いて暮らしている。

　この話が、「呼蘭河伝」ではかなり改編される。「呼蘭河伝」の馮歪嘴子は、夏はキュウリやカボチャのツルに閉じこめられたような粉挽き小屋で一日臼を挽きながら、窓の外の人々と話をする。時には人がいなくなったことにも気づかずに話を続ける。秋に新しい粟ができると彼は粟餅を作って売りに出る。この粟餅は「祖父」や「私」の大好物だった。ある時、「母」にいいつけられて粟餅を買いに行った「私」は、馮歪嘴子の狭い炕にカーテンが降りているのに気づき、それをめくって中に女性と赤ん坊が寝ているのを発見する。「呼蘭河伝」は馮歪嘴子がこの女性と知り合い、子供をもうけるようになった経緯については一切語っていない。

　子供と女房のことが知れてしまったからだろうか、馮歪嘴子が「祖父」の所へ許しを求めに来る。

　　　馮歪嘴子は肘掛け椅子に腰掛けたままもぞもぞしていた。犬皮の帽子を取り、手の中でいじくり回していた。まだ何もいい出さないうちから顔は笑っているみたいにくしゃくしゃになっていた、しばらくそうしていて、ようやくぽつりとこういった。
　　「世帯を持ちましたんで」
　　　そういいながら馮歪嘴子の目から涙が流れた。
　　「お願い致します、大旦那様。今女房たちは粉挽き小屋におりますんです。女房たちは寝るところがないんでございます」
　　（中略）
　　　祖父は彼に、粉挽き小屋の南のまぐさ小屋にしばらくは住んだらよかろうといった。
　　　馮歪嘴子は、それを聞くと、ぴょこんと立ち上がった。
　　「ありがとうございます。ありがとうございます」
　　　そういいながらも、また目には涙があふれてきた。それから帽子をかぶり、涙ぐみながら出て行った。
　　　　　　　　　　　　　　　　　　　　　　　　　　　　　　　（第七章－二）

　馮歪嘴子の「旦那」夫婦は彼が世帯を持つことを許そうとしないが、彼はそれに屈しない。馮の女房になった女性は、かねがね近所でも評判の娘だったが、彼女が馮歪嘴子と一緒になったことがわかると、人々は手のひらを返したように彼女の悪口をいい立てる。「ちゃんとした娘が粉挽き風情に惚れるとは」。それは人々にとって団円媳婦が死んだあと久しくして訪れた気晴らしの事件だった。毎日のように彼の家の前に「探偵」が立ち、あることないこと、様々な情報が飛び交う。赤ん坊が死んだとか、馮歪嘴子が首を吊ったと

か、彼が自分の首を切るために包丁を買ったのだとか。しかしそういった様々の情報はあくまでもデマで、一年たったが子供はちゃんと育っていた。すると周囲の人々は何とかいいながらも、彼の「若旦那」のために食べ物を余分に分けてやったりする。彼は悪びれもせずにそういった親切を受け入れ、そして二人目ができるが、女房はその子を産んだあとすぐ死んでしまう。女房が死んだあと、周囲の人々はいよいよ馮歪嘴子に起こるはずの不幸を予想し、待ち受ける。

　　しかし馮歪嘴子自身は、はたの者が期待するほどには絶望していなかった。彼は自分が絶望に打ちのめされているなどとは露ほども感じていないばかりか、自信に満ちて生きているように見えた。彼は自分の二人の子供を見ると、かえって落ち着いたのである。彼はこの世界に、自分は何としてでも根を下ろさねばならない、と思っていた。しっかりといつまでも。自分にそれだけの能力があるかないかではない。人もみんなそうしているのだから、自分だってそうしなければならない、と思っていた。
　　そこで彼はこれまで通りこの世界に生きていたし、これまで通り自分の責任を果たしていた。
　　（中略）
　　彼は世間で、人々が皆絶望のまなざしで自分を眺めていることを知らなかったし、自分がどんな苦しい立場に追い込まれているかも知らなかった。彼は自分がすでに破局に立っていることを知らなかったし、そう思ったこともなかった。　　（第七章－十）

馮歪嘴子の二人の息子たちは、恐ろしく成長が悪かったが、それでも何とか育っていく。

　　人々の考えでは、この子たちは死ぬべきなのだった。だからこの子たちがずっと死なずにいることは、驚異だった。
　　しばらくすると、人々は狐につままれたような気持ちになった。馮歪嘴子のこの子たちが死なずにいることに、人々は恐怖さえ覚えた。こんなことがあるだろうか。こんなことが世の中にあっていいのだろうか。　　　　　　　　　　　　（第七章－十）

　馮歪嘴子の行為は、社会に対する、また歴史に対するあまりにも大胆な挑戦であった。しかし彼は人々の「期待」を裏切り、意外にも次々に難関を乗り越え勝利をおさめていく。彼の行為と成功は人々の既成の概念を疑わせる。前章で落ちぶれた知識人有二伯の悲哀を描いた蕭紅が、ここでは何の教養も知識もない、ありふれた、むしろ人々から蔑まれてい

る粉挽き職人の明るい未来を読者に予測させる。白執君「《呼蘭河伝》幾個人物的原型」によれば馮歪嘴子も実在していたらしいが、主人が死ぬとそのまま行方が分からなくなったという。有二伯にしろ馮歪嘴子にしろ、同じ人物をモデルにした他作品との比較検証を通じて、「呼蘭河伝」が必ずしも事実そのままではないこと、作者が意図的に手を加えた痕跡が見えてくる。

## 八

　これまで「呼蘭河伝」を肯定的に批評しようとする人々は、北の大地の豊かな風土とそこに暮らす人々の古来変わることのない生活が蕭紅独特の美しい表現によって描き出され、彼らの封建性が暴き出された、という点にこの作品の価値を求めた。そして作品に漂うノスタルジックな哀愁を蕭紅の望郷の念に起因すると解釈してきた。かつて筆者もその一人であったことを否定しない。確かに「厳しい冬が大地を閉じこめると、凍り付いた大地は至る所でひび割れる」という書き出し、「生、老、病、死にも全く無反応だ。生まれれば自然に育っていくに任せる。育つものは育つだろうし、育たないものはそれでおしまいだ」という北の人々の生き方は心にしみる。第一章第八節は「火焼雲（夕焼け雲）」と題され、中国の作文教育の手本として使われてもいるらしい。だが特に有二伯と馮歪嘴子の物語について見られたように、この作品が蕭紅の幼い頃のノスタルジーだけを基盤に書かれたものでないことは明らかだ。

　団円媳婦にしても馮歪嘴子にしても、その生き方は決して自覚的ではない。しかし彼らの生き方がほかの人々と違っていたのは、無自覚ではあったが「人」として生きたいと希求し続けたことにある。それは周囲の人々から見れば社会に対する、また歴史に対する無謀な挑戦であり、それゆえに恐怖すら感じさせるものであった。幼い団円媳婦が人間を超越した「神」によってねじ伏せられようとするのはそのためである。しかし彼女はそれに屈しなかったがために、不幸にして命を落とした。それは周囲の人々にとって当然の帰結であったに違いない。しかし彼女の死後周囲の人々に及んだ数々の不幸に関して、人々は予測し得ただろうか。

　馮歪嘴子、またその原型としての馮二成子は、女性と結ばれたいという、「人」として当然持つべき感情すら押し殺して生きていかなければならない階層の人々であった。彼らが自らの衝動のままに行動したことは、即ち彼らが自分たちも「人」であることを世の中に宣言したことにほかならない。馮二成子が老王と結ばれた夜、「荘厳な気持ち」になり、「万感胸に迫り、互いに泣いた」のは、それだからこそである。それは彼らにとって「人」

としての尊厳を勝ち取ったその荘厳な瞬間であったのだから。

　しかしその挑戦は大いなるが故に、完全な勝利の獲得は容易ではない。馮二成子は女房と子供を失い、また独り身に戻る。しかし馮歪嘴子は、女房は失ったが子供は残った。作者は馮二成子に、馮歪嘴子が得たいと願って得られなかったものを与えた。それは希望といい換えてもいい。

　蕭紅は馮歪嘴子の希望を描くために、この物語を書いたのではないだろうか。大きな泥の坑がどれほど危険で、どれほどじゃまなものであっても、それを埋めようとはいい出さない人々、古い家の中で、古いものに囲まれながら安穏に生きている善良な家族。そこに沈殿する空気を蕭紅は「私の家の前庭は荒涼としていた」と表現する。その空気を一掃するためにまず選ばれたのが幼い団円媳婦であった。彼女が彼女の挑戦に敗れたことは、しかし無駄ではなかった。彼女は死後、人々の中にこれまで考えられもしなかったさざ波を起こしていった。しかし作者はその次に第二の挑戦者馮歪嘴子の物語を配さない。落ちぶれた知識人有二伯の物語を挿入することにより、滅び行く者の姿を示してみせた。そのために「家族以外的人」の有二伯は旧知識人の風貌を与えられた。彼も首を吊ろうとしたり、井戸に飛び込もうとしたりして、「人」としての存在をアピールするが、彼の行為は何も生み出さない。滅び行く者の哀感がすでに示されていればこそ、馮歪嘴子の挑戦の成果はより明るく、力強く、読者の印象に刻まれる。一方この三人の登場人物の行為の結末が次第に明るい方向に向かっていることは、馮歪嘴子の希望をより明るく際だたせることを助けている。団円媳婦は死んだが、有二伯は生き続け、馮歪嘴子は妻を亡くすという犠牲は払わねばならなかったものの、二人の息子と共に生きていく。息子が生きていることにより、未来に希望は引き継がれていく。彼の心の中に確固として根付いた「他人がそうしているのだから自分もそうしなければ」という信念は、「人」として認められなかった彼が、「人」として生きようとすることへの輝かしい決意表明である。

　取り立ててストーリーがないように見えるこの作品が、ある明確な意図のもとに巧みに構成されたことは明白である。またこの作品のテーマが「人」として生きることにあるのは、「生死場」以降の蕭紅の問題意識が一貫していることを物語るだけでなく、「生死場」以降六年半の創作活動の中で蕭紅がより明確に問題の所在を見定めたことを示してもいる。更に、この作品に現れた有二伯の形象は、絶筆となった「馬伯楽」が彼女のそれまでの一連の作品と決して断絶していないことを示してもいる。

注

1　蕭紅が最後に呼蘭を離れたのは遅くとも1931年10月、蕭軍と共に東北を脱出したのが1934

年6月。
2　民国5年（1916年）に民有地を買い上げて作ったもので、民国16年（1927年）に設備を増設、康徳元年（1934年）に温室増築、また猿や鹿園、各種運動器具を整備した。呼蘭河に望む自然の丘陵を利用したもので、設計はイギリス人である（『濱江省呼蘭県事情』）。
3　石人城は県城の郊外にある、金代のものとされる城である。城外の丘に二基の石人があったためこの名がついたとされる。西崗公園に移されたのはこの石人である（『濱江省呼蘭県事情』）。
4　蕭紅の通った第一初高両級小学校は県城「北関」にあった（『満洲国各県視察報告』）。
5　水野清一他『北満風土雑記』には小屋掛けの田舎芝居に興じたという記述がある。
6　蕭紅が東北を脱出したのが1934年6月、1935年にはすでに上海にいた。この原稿はどのような経緯により東北で発表されたのだろうか。
7　実際の蕭紅の生家については、第一章第一節で述べた。
8　幼くして母親を失った有二伯が羊の乳で育てられたことと関係があると思われる。
9　「後花園」の連載は4月25日まで。なお、鉄峰「蕭紅生平事蹟考」は連載を4月10日〜25日とし、続編が〈中学生〉戦時旬刊三十二号に発表されたとしているが、続編も含め、未確認。

## 三 「馬伯楽」の世界

### 一

　蕭紅の絶筆となった長編小説「馬伯楽」は、1940年春香港で書き始められ、1941年1月に大時代出版社から、蕭紅自身がデザインした表紙（p.42　**写真7**）をつけて単行本として出版されている。しかし長い間、この作品には続編があるといわれてきた。それが蕭紅の死後四十年近い時を経てようやく発見され、「馬伯楽第二部」として、すでに発表されていた「第一部」と併せ、改めて単行本となったのが1981年のことである。この間の経緯は1981年版『馬伯楽』の「前言」に詳しい。それによれば、長年未発見だった「第二部」は香港〈時代批評〉の第六十四期（1941年2月1日）から第八十二期（1941年11月1日）に連載されている。蕭紅の病が深刻になったために中断されたものの[1]、現存の全九章、合計約八万字というボリュームは、「第一部」の約十万字に迫るものである。現存する部分だけを見ても、蕭紅の作品の中では最も長い。

　良好とはいえないコンディションの中で書き続けられた「馬伯楽」は、蕭紅の全作品群の中において見たとき、以下の三点において特徴的である。

　　（一）　一人の人物を軸に物語が展開する長編であること
　　（二）　登場人物に作者の同情や共感が反映していないこと
　　（三）　諷刺の効いた社会小説を意識していること

　「『生死場』読後記」で「生死場」に対して高い評価を与えた胡風は、1946年1月22日、重慶で開かれた蕭紅逝世四周年記念会（東北文化協会主催）で講演し、「蕭紅は晩年、人民と生活から離脱する方向に歩み始めたが、それは自己の創作の道を破滅させることにほかならず、私たちはこれを沈痛な教訓とすべきだ」と発言しているし[2]、また石懐池「論蕭紅」は、馬伯楽という人物が、批判という点では成功していると認めながら、蕭紅の友人の柳無垢が「馬伯楽」を、「蕭紅の描写は細かすぎて、彼女がもともと持っていた新鮮で反抗的な、潑剌としたところが失われてしまっている」と評した言葉を引き、それに賛意を示しつつ、蕭紅は「坂を下った」と評した。即ち抗日戦の高潮の中で、馬伯楽のような消極的な人物を描くことは百害あって一利無し、というのが、当時の人々の大方の評価であった。ところが後年第二部が出版されると、抗日戦の中で消極的な面を描くことで却って当時の社会の真実を鋭く諷刺し批判した、と、俄かにこの作品の評価が高まる[3]。第一部が主人公の青島時代の放蕩生活を描き、第二部が抗日の戦火の中での主人公一家の「避

「難」の有様を描いているという内容的な要素に加え、第二部の発見が第一部出版の四十年後であるという時間的な要素ももちろんその背景にはあるだろう。しかしどちらの側の評者も「抗日戦」という状況の中で作家は何を書くべきか、どう書くべきかという題材論や方法論に重点を置いて批評している、という点で大きな違いはない。多くの研究者が、蕭紅の作品における「馬伯楽」の特異性の故に、「馬伯楽」を蕭紅のそれまでの作品と切り離して考えようとする中で、艾暁明「女性的洞察――論蕭紅的〈馬伯楽〉」が、それまでの作品との関連性に注目しつつ、この作品の特異性を一人の作家の内面の問題として考えようとしている点において評価できる[4]。確かに「生病老死にもことさら騒ぎ立てない。生まれたら自然に任せておく。育つものは育つし、育たないものはそれきりだ」（「呼蘭河伝」）という一種の自然観を基調とする作家の作品として「馬伯楽」を評価しようとすれば、困惑を禁じ得ない。しかし、体調を崩しながらも渾身の力をこめて書かれたと思われる、極めて長いこの作品において、本来の蕭紅の考え方、或いは持ち味が完全に覆い隠されるはずはない。「馬伯楽」は蕭紅の創作活動全体の中で一体どういった意味を持つのか、この作品を我々はどう読めばよいのか、どう評価したらよいのか。

## 二

　「馬伯楽」の第一部と第二部は時間的連続性を持つが、テーマは異なる。第一部のテーマは馬伯楽とその父親との確執であり、第二部は抗日戦開始後の社会のありさまと、それに直面することでいよいよ露呈する馬伯楽の利己的で愚かな小人物ぶりであるといえる。
　主人公の馬伯楽は青島の資産家の長男である。中学を出てから特に職にもつかず、ぶらぶら暮らしている。苦労して今の財産を築いた父親は、この頼りない長男に湯水のように使えるほどの金は与えないが、しかし彼は友人たちとそこそこ遊ぶ金には窮していない。
　馬伯楽の父親は数年前にキリスト教に改宗したというが、三十近くになる道楽息子に「保羅（パウロ）」という、いかにも「聖書」から取ったような外国風の名前をつけていることから（息子はそれを嫌って「伯楽（ボロ）」と改名したが）、キリスト教への接近はもっと以前であったと思われる。彼は「八国連合軍が中国を攻めたのも、中国にとってはよかった、外国人は中国人の模範だ」といってはばからない、無邪気な外国崇拝者だ。中国は何でも外国にはかなわない、だから自分も外国語を学んだし、息子たちにも外国語を学ばせ、洋服を着せて育てた。そしてついにはキリスト教に改宗し、部屋ごとに聖像を祭り、金粉を塗った高価な装丁の聖書を開いて家族にそれを読み聞かせるのを日課とするようになる。
　馬家の伝統を「聖書と外国語」に定めた馬伯楽の父親は、しかし外見的には全く「生粋

の中国の老人」であった。爪を長く伸ばし、中国の伝統的な服を着ている。本当は外国の眼鏡をかけたいのだが、鼻が低くて落ちてしまうため、仕方なく乾隆時代の古い眼鏡をかけている。この眼鏡といい、年画のように年に一回貼りかえられる使用人たちの部屋の聖像といい、「中体西用」を皮肉った、切れのいい諷刺と読める。

　息子の馬伯楽はそういう父親と父親が牛耳る家を忌み嫌っている。「平凡で、静か過ぎて、生気がなく、若者が長いことそこにいると体中にコケが生えて腐ってしまう」と毒づく。ことあるごとに家中で聖像の前に跪き祈りをささげるこの家を、「道徳もないし、信仰もない」と批判し、「こんなんでいいのか？　子供のうちから外国人を見たら一元銀貨を見たみたいに目を輝かせることを教えるなんて！　ちくしょうめ、人民の血と汗をやつらはみな吸い取っちまうのに、それでも尊敬するのか」と憎悪する。しかし一方で、外国の店に一歩足を踏み入れればとても「荘厳」な感じがするし、中国の小説よりは外国の翻訳小説の方が格段に面白いと思っている。彼は「外国人を尊敬しているのではないが、どうしようもない」のだ。街を歩いていてぶつかった相手が中国人ならば「この出来損ないの中国人め」と悪態をつく彼だが、外国人にぶつかると慌てて「sorry」という。がそれは「外国人が怖いのではなく、外国人は気性が荒いから」なのだった。外国名はよくないからと自分で考えて改めた「伯楽（ボロ）」も、「保羅（パウロ）」と大同小異だ。その上彼の三人の子どもにも「大衛（ダヴィデ）」、「約瑟（ヨセフ）」、「雅格（ヤコブ）」という、「パウロ」同様「聖書」にも度々登場するような外国風の名がつけられている。何かあるとすぐ「出来損ないの中国人め」と罵るのが彼の口癖だ。挙句の果てに「中国人は外国人になおしてもらわなければ駄目だ、外国人が訳もなく蹴飛ばしても、奴は声も出せまい」という始末。

　蕭紅がキリスト教信者であったという記録はないし、キリスト教について言及した文章も残ってはいない。彼女とキリスト教との接点といえば、まず思い当たるのが生まれ故郷の呼蘭にそびえ立っていた天主堂と哈爾濱のシンボルであった中央寺院である。呼蘭に天主教が伝わったのは1889年、フランス人によってであるらしい[5]。端木蕻良の母親は、フランス人宣教師に病気を治してもらったことがきっかけで、仏教からキリスト教に改宗している。また、1941年初めに香港を訪れたアグネス・スメドレーが蕭紅を訪ね[6]、その体調の思わしくないことに驚き、香港で最も信頼の高かったイギリス系の瑪麗病院を紹介すると共に、蕭紅をイギリス人の香港司教の家でしばらく療養させたことと、その後瑪麗病院に入院した蕭紅が聖書を通読していたという袁大頓の回想（「憶蕭紅――紀念她的六年祭」1948年1月22日）が残っている。しかし香港における以上の接点はいずれも、時期的には「馬伯楽」の第一部がすでに完成した後のことである。

　「馬伯楽」に登場する人名の由来が「聖書」にあるという確証はないが、馬伯楽の父親

が息子につけた「パウロ」という名は、例えば「新約聖書」の重要人物、使徒パウロを想起させる。彼はローマ帝国でキリスト教の勢力を磐石のものにするという偉大な功績をたてた。馬伯楽の長男の名前となった「ダヴィデ」は、「旧約聖書」では勇猛果敢なイスラエルの王であるが、長男は学校では毎日立たされている、血の気のない顔の、神経質で用心深い、わがままいっぱいに育てられた子供である。次男「ヨセフ」は髪が茶色かったので、まるで外国人のようだと祖父にかわいがられている。彼はどうしようもない乱暴者だったが、それは幼い頃から人を見たら殴れと教育されてきたためであった。三番目の「ヤコブ」は一日中泣きもしない、可愛らしくおとなしい女の子である。ヤコブが本来男性名であることはいうまでもない。だが「聖書」に見えるこれらの名を持つ人物の物語が蕭紅のこの物語の複線として諷刺をより強烈なものとする一助となっているという証拠を発見することはできない。むしろ欧米の精神の根幹である「聖書」上の人物の名を借りることで、欧米を形ばかりまねようとした清末中国知識人の軽薄さと、その猿まねの裏に隠された卑小な劣等意識、民族の自尊心の欠落を、より痛烈に諷刺しようとしたのではないだろうか。

　馬伯楽は父親に反発してはいるが、それは実は自分に主導権がないことへの不満の発露でしかない。彼も父親と同じ旧い体制にしっかりと組み込まれており、何とかいいながらもその恩恵なしに生きる術を持たないため、父親への反発が彼のアイデンティティとはなり得ない。外国と外国人に対する卑屈な態度が、自分をも含めた中国人に対する劣等意識に基づくことにおいてもこの二人は同質である。「優勝劣敗」の法則に照らせば、中国人は諸外国の中では「劣」に属するということを、父親も息子も共に認めている。しかし馬伯楽は、「そのときになったらどうするんだ」という危機感を持つ自分は、その危機感を持ち続けるが故にこそ、「優勝劣敗」の法則に照らし、中国人という劣等の群れにおいてもなお勝者としての道を保証されているのだと考える。そしてそれはいつの間にか、この世界で自分が絶対的な勝者として生き残る道を保証されているのだという確信にすりかわっていく。「そのとき」がどういうときなのか、実はわからない。しかし本当は来るべきでない、忌むべきときであることは確かだ。しかしその本来来るべきでない、来て欲しくないはずの「そのとき」が到来することで、「優勝劣敗」の勝者であることが確定するのであれば、むしろ「そのとき」は来なくてはならない。「そのとき」が来てこそ、彼は父親をも含む全ての「出来損ない」の中国人を凌駕し、勝者としての祝福を受けるのだから。現代の多くの研究者がこの思考パターンを魯迅の描いた阿Qの「精神勝利法」に結びつけ、この小説を魯迅の阿Q像の継承であると見ている。

　研究者たちが馬伯楽を阿Qに重ねるのにはほかにも理由がある。聶紺弩が『蕭紅選集』（1981年12月）の「序文」で、西安か臨汾にいたとき、蕭紅が、散文作家としては優秀だ

が小説は書けないと批評されたことに憤慨し、「"阿Q正伝"や"孔乙己"みたいなものを！しかも長さはそれよりも長いものを！」意地でも書く、と話したというエピソードを紹介していることも影響を与えているに違いない。

　「そのとき」を希求して上海に単身「避難」してきた馬伯楽がとりあえず借りた部屋は、窓もなく、周囲の音も聞こえない。この設定も馬伯楽と彼を取り巻く現実社会との関係において象徴的である。

　　　彼の部屋は暗黒の世界だった。（中略）馬伯楽の部屋だけではない。下の部屋には全部窓がなかった。（中略）
　　　一日中電灯をつけておかなければならなかった。その部屋は全く暗黒の世界だった。一日中、天地がひっくり返ろうと、風が吹こうと雨が降ろうと、一向にわからなかった。外で雷が鳴っても、部屋の中の馬伯楽は肝をつぶすこともない。車の音や街のあらゆる喧騒は、この部屋にいると何も聞こえなかった。世界から音がなくなったかのようだった。世界が声を失ったかのようだった。時折路地のいたずらっ子がボールを壁に投げつける。そんなとき、馬伯楽は部屋の中で壁がトントンと鳴るのを聞く。それはまるで数百里の彼方から伝わってくるような感じだった。子供の頃、井戸に小石を投げ込んでから井戸縁に耳を押しあてて水音を聞いたときの、あのはかり知れない深さと同じだった。子供たちが棒で外の壁をこすって行くこともあった。そんなときはバリバリとか、シャッシャッとか、ゴロゴロとか……そんな風に聞こえた。どこから聞こえてくるのだろう？何の音だろう？馬伯楽は一生懸命耳を澄ませるが聞き分けられない。その音がはるか彼方で起こっているような気がするだけだった。結局馬伯楽のこの部屋は、全世界が声を失ってしまったかのように静かだった。また深い淵の中に住んでいるかのように、暗く、静かだった。

馬伯楽の生活は現実から全く隔絶されているが、この情景はそのまま彼の内面世界のメタファーでもある。
　これまで、蕭紅の作品中の主要な登場人物は、ほとんどが金にも教養にも縁の薄い人々であった。必死に日々を生きているにもかかわらず、いつのまにか時代や社会に押しつぶされていく、そういった知識も教養もない貧しい弱者に与えられる理不尽な哀しみを描くことで、蕭紅は作家としての地位を確立したといってもよい。そしてそういった弱者を代表するものとして、蕭紅は往々にして女性を選択する。それはこの時代に蕭紅自身が女性であることによる様々の負荷を担わざるを得なかった事実を考えれば当然ともいえ、彼女

自身が体験した哀しみをそういった女性たちに反映させることで、蕭紅は今日でも多くの読者の心をつかんでいるといっていい。しかしここで作者が選んだ主人公は都市の小資産階級の若旦那である。学問というほどではないにしても、中学を卒業し、自分がひとかどの人物であることを父親に誇示するためではあったが、上海の大学の聴講生となったりするような男である。登場する女性はほとんどが影が薄く、馬伯楽と武漢で恋愛関係を持つ王桂英に幾分の存在感を見出すに過ぎない。十歳で母をなくし、十五歳で嫁に行き、三年で三人の子を産んだものの、夫は三人目が生まれる前に関東（東北）に出かけたまま行方知れずとなっているという梗媽、二歳のときに貧しい母親に大通りで子羊を売るように売られた小丫環、腸チフスであっという間に家族を失い、馬伯楽の父親に拾われた車引きといった馬家の使用人たちの像に、これまでの作品の登場人物たちの名残がうかがえるものの、それも物語全体から見れば、本筋とは特に関係のない、短い挿入部にしか過ぎない。

　蕭紅が残した作品中、「呼蘭河伝」（約十三万六千字）、「馬伯楽」（約十八万字）という晩年の二作品は突出して長い。その次に長い作品は「生死場」（約六万八千字）である。このうち「呼蘭河伝」と「生死場」が、いずれも特定の主人公を設定せず、ある土地に強く結びついた人々の集団の物語としているのに対し、「馬伯楽」は土地に根付かない一人の知識人の、浮き草のように流れ歩くさまを執拗に追っている。主人公の馬には「中国」という土地に生かされているという意識はなく、自分の育った家や土地にアイデンティティを感じてはいない。土地との宿命的な結びつきの中でもがき、苦しみ、その中からついには「俺は亡国奴にはならない。中国人として生まれ、中国人として死ぬ」という意識を獲得するに至る「生死場」の「愚夫愚婦」（胡風「『生死場』読後記」）たちとは全く異質の人物だ。「生死場」や「呼蘭河伝」に見られるように、人間に土地との宿命的な結びつきを見ている蕭紅にいわせれば、どこでも生きていける、ということは、どこにも生きる場所はないということを意味する。例えば彼女は「八一三」直後の上海で、一篇の文章を書いている。風が早くも秋の気配を運んでくる頃だった。故郷は秋が一番よかった、という思いが彼女の胸を切なく満たしていく。

　　昨日、友人たちのところへ行ったとき、たくさんの願いを耳にした——そのたくさんの願いは、まとめてみればみな同じ願いなのだ——今度本当に満洲に帰れたら、ある者はいう、コウリャンのおかゆを作って食べよう。ある者はいう、俺んちのジャガイモはこんなにでかいんだぜ！　そういいながら手で示して見せる。御椀ほども大きい。トウモロコシは、ひねたやつを煮ると花みたいに開くんだ、長さは一尺もあるんだぜ。またある者はいう、コウリャンのお粥に、塩豆だ。またある者は、もし本当に

満洲に帰れたら、三日二晩何も食べずに、大きな旗を振って家に走って行くさ。家に着いたらもちろんまずコウリャンのお粥か塩豆を食べなきゃあな。

　コウリャンなどは、普段は食べたいとも思わない。硬いし、渋みがあるし（恐らく私は胃が悪いからだろう）、だが、彼らがそういうのを聞くと、やはり食べずにはいられない気持ちになる。（中略）

　だが私は私たちの家の前のヨモギ草のことを思う。あの裏庭に咲いていたナスの紫色の小さな花を、キュウリが這い上がった棚を思う。朝日が露といっしょにやってくる、あのすがすがしい朝！（中略）

　故郷という意識は、私の中ではそもそもさほど切実なものではなかった。だがほかの人がそれを話題にすると、私の心も俄かに波立つのだ！あの土地が日本の物になる前から、「家」は私にとってなくなってしまったようなものだったのに。

　夜明け前までずっと眠れなかった。高射砲の音の中に、故郷と同じような、原野に震える鶏の声を聞いた。　　　（「失眠之夜（眠れない夜）」1937年8月22日）

こういった思いは馬伯楽にはない。

## 三

　これまでの蕭紅の作品は、登場人物の苦しみや哀しみに対する共感、もしくは同情がその基盤にあった。しかし「馬伯楽」ではそれがない。登場人物を容赦なく批判し、嘲笑しようとする態度を、多くの研究者は蕭紅の優れた「諷刺」の才能の開花であると評価する。しかし蕭紅自身も地方都市の小資産階級の家に生まれ、多くの女性が教育の機会を与えられなかった時代に、中学まで進学して勉強することを許されたことを考えれば、馬伯楽という人物に自分が避難したと同じ経路をたどらせ、その卑小さと愚かさを徹底的に揶揄しようという行為は、かえって自虐的ではないのか。

　蕭紅は主人公の馬伯楽とほぼ同じ時期に、蕭軍と共に上海を脱出し、武漢に行く。その頃の作家たちの最大の関心事は、抗日戦にどのように自分たちの文学活動を絡ませていくのか、ということであった。銃を取ればペンは取れず、ペンを取れば銃は取れない、中国人として行動することと、作家として行動することを一致させることはできないのだろうか。しかし、そういった人々の焦りの中で、蕭紅は比較的淡々としていたように見える。上海脱出直前、上海に集結していた東北出身の作家たちはしばしば会合を開いていたようだが[7]、その時の蕭紅の様子を、参加者の一人であった張琳は次のように回想している。

私が初めて蕭紅に会ったのは、「八一三」の二ヶ月後、上海のフランス租界の東北作家たちが集まっていた家でだった。当時皆はどのようにして抗戦の烽火の中に身を投じたらよいのか模索していたが、蕭紅は慌ててはいなかった。彼女の顔色がとても黄ばんでいたし、やつれた様子でもあったので、私は彼女には阿片の悪癖があるのだと思った。
　だが後に彼女が阿片を吸わないこと、しかしタバコは大好きだということがわかった[8]。
　まさしくその夜も、彼女はタバコを手から離さなかった。彼女の傍に座っていた蕭軍の方はあまり熱心に吸ってはいなかった。ちょうど彼女が一心に煙草を吸っていた時、二階のベランダで六、七歳の女の子が叫んだ。「見て、きれいよ！」蕭紅はその声を聞くと、すぐに荷作りをしていた白朗に声をかけた。「ねえ、聞こえる？」そして上を向いてその子に声をかけた。何かうれしそうだった。
　　　　　　　　　　　　　　　　　（「憶女作家蕭紅二三事」1942年5月6日）

　武漢で、蕭紅が蕭軍と共に、胡風が提唱した〈七月〉の創刊に携わったことはすでに述べたが、1938年の初め、同人によって一つの座談会が開かれた[9]。若い作家たちは、抗日戦争という時代の中で、文芸がどのような役割を担って行けるのか、また担って行くべきなのか、という当面の最大の関心事について切迫した心境を語り合う。何を題材にすべきか、どう書くのか、密着しなければならない生活とは何なのか。男性作家たちが軍隊について前線に行くべきかどうかを視野に入れつつ悩んでいるのに対し、蕭紅はたとえ前線に行ったとしても、この戦争の全体を把握しきれていなければ、いくら自分の体験を書いたとしてもそれは空虚な文字にしか過ぎないと発言する。そしてレマルクの「西部戦線異常なし」を例に引き、「戦争して、故郷に帰ってみれば友だちもいない、職もない、寂しく孤独になって、そこで以前の生活を思い出す」ことにより、初めて本当に戦時の生活が描けるのだという。その言葉は日本の侵入により故郷の東北を追われ、そして今また上海を追われて流浪の身となった蕭紅の経歴を重ねてみれば、よりいっそう重く切実である。またここで彼女が、愛国的スローガンによって戦争を美化することを批判したとされるレマルクの作品を例に引いたことも興味深い。蕭紅は続けて、戦時下の生活は自分たちの周りにいくらでもある、それを考えると気持ちは押さえきれないほどに高ぶって、むしろ静めることができないのだ、と発言している。
　「馬伯楽」には蕭紅自身の体験と思われる場面が何ヶ所か書き込まれているが、初めに第二次上海事変が始まって間もなく、上海に負傷兵が続々と送り込まれてくる場面を例に

挙げよう。

> 「八一三」の翌々日、上海は雨になった。しかも風が強かったので、街中落ち葉で埋まった。フランス租界の病院はどこも負傷兵でいっぱいだった。これらの負傷兵はトラックに乗せられてきた。トラックの上は木の枝で覆われ、一目で戦場から来たのだとわかった。看護婦の腕には赤十字の腕章が巻かれ、戦士の体は赤い血で染まっていた。戦士たちは何のために血を流したのか。帝国主義の殺戮に抵抗するためだ。負傷兵の車が到着すると、遠くの者も近くの者も皆そこに立ったまま、尊敬のまなざしで厳粛にそれを見守っていた。（中略）
> 　彼は前方の街角に人だかりのあるのを見た。人々は一台の大きなトラックを取り囲んでいた。車の上から何かを担ぎ下ろそうとしているようだった。馬伯楽は街角に赤十字の看板があるのを見てようやくそれが病院で、負傷兵を臨時に収容しているのだということがわかった。
> 　　　　　　　　　　　　　　　　　　　　　　　　　　　　　　　　　（「馬伯楽」）

この場面は「八一三」の四日後に書かれた蕭紅の散文「火線外二章・窓辺（戦場外の二章・窓辺）」（1937年11月1日）の以下の記述と重なる。

> 　彼らは貨物を運ぶ車の上にいた。車の周囲には緑の草が挿し込まれ、車が走るのにつれ、赤十字の旗が車の上で炎のように踊っていた。その車は金神父路を南へ向かって行った。遠くには車体に大きな赤い十字を描いた白い救急車がいて、木の葉のようにひらひらと走り回っていた負傷兵の車はそこで停まった。通行人もその後を追って押し寄せて行った。だがその車はちょっと停まっただけで、また引き返してきた。一番近い交叉点まで戻ると、金神父路と交叉している道の方へ曲がっていった。この道は莫利哀路だ。
> 　この時私もちょうど莫利哀路にいた。歩道を歩いているところだった。その草を挿したトラックは、ちょうど私の前で停まった。そこは病院で、入り口には赤十字の看板がかけられていた[10]。

散文には戦争に傷ついた人々に対する、また人々を傷つける戦争に対する蕭紅のやりきれない思いが書き込まれているが、しかし物語の中で馬伯楽はこのことに全く関心を示さない。彼はうつむいたまま落ち葉を踏んで歩き続ける。彼はどこへ逃げたらいいかを思案しているのだ。負傷兵が多いということは、中国側の戦況が思わしくないのではないか。

思わしくなければやはり一刻も早く逃げなければならない。

また「馬伯楽」には上海から南京に向かう途中にある淞江橋の描写がある。

淞江橋は上海から南京に向かう列車が必ず通る場所である。その橋は八一三後間もなく日本の飛行機に爆撃された。しかも一度ではない、繰り返し繰り返し爆撃されたのだ。もうそれ以上はないほどひどかったそうだ。あの広大な前線で、毎日何千何万の人が死んでいくのと比べても更に悲惨だったということだ。新聞には毎日記事が出て、日本の爆弾で怪我をしたり死んだりした人の写真も載った。傍にこう書かれていた。「悲惨だ、悲惨だ！」（中略）

淞江橋は真っ暗だった。爆撃されてから、汽車は橋を通れなくなった。橋が爆破されてしまったからだ。

上海を出発した汽車は淞江橋で停まり、それ以上は進めない。汽車に乗っていた避難民たちは、真夜中の暗闇の中で橋を渡らなければならない。日本の飛行機は夜爆撃に来ることもある。夜爆撃されれば、そのありさまはもっと悲惨だ。何千何万の人が爆撃されて泣き叫ぶ。

上海から淞江橋に向かう汽車は、飛行機の爆撃を恐れ、皆夜出発する。淞江橋に着くのはちょうど真夜中だ。月がなければよいが、月があれば日本の飛行機が爆撃しに来るに違いない。

この何百何千の人が橋を渡るときは、あちらで叫びこちらでわめき、天地を揺るがすほどの大騒ぎだ。

「お母さん、ここよ！」

「父さん、ここだよ！」

「兄さん、こっちへ来て！」

「姉さん、私の服を離さないで！」

淞江橋は一キロメートルに欠けるくらいだ。真っ暗な橋の下、橋の下には白く光る豊かな水があった。空に月はなく、星だけが輝いていた。老人や子供を連れた人々は、互いに大声をかけ合いながら、川に落ちないように、別れ別れになってしまわないように、服をつかみ手を引いていた。だが淞江橋の橋板は一枚きり、一人が通れるほどの幅しかない。少しでも油断すると川に落ちてしまう。そこで老いも若きも皆別々に行くことになる。速く行く者もあれば、ゆっくりの者もある。そこで散り散りになり、暗闇の中で見失う。だからとにかくつながりを保つためには声を掛け合うしかないのだ。（中略）

「淞江橋に着いたぞ、着いたぞ！」人々は一斉に叫ぶ。「早く！　早く！」

　年寄りや弱い者、子供以外の人々は、なぜか生き生きとして底力を発揮し、速く歩ける者はどんどん歩き、走れる者は突進して行く。他人を踏み倒せば、自分はもっと前に行ける。良心にかまってはいられない。他人を踏み倒して、自分は前に走るのだ。

　避難民の中には、猛り狂った牛や馬のように頑強な者もいたし、カタツムリのように年老いたり弱ったりしている者もいた。頑強な者たちは、やみくもに牙をむき爪を立てて突進していく。老人は手足が効かないので、橋から押し落とされ、溺れ死ぬ。子供も時には落とされて溺れ死ぬ。

　だから淞江橋は生死の境目のごとく、何とも恐ろしげに言い伝えられているのだ。

　だから淞江橋では、毎晩橋を渡る者たちの天を震わせるような叫び声が聞こえるのだ。叫び声には泣き声も混じっている。それは単純な泣き声ではなく、板で押しつぶされて出たもののようだった。小さな箱の中から搾り出されてくるような、巨大な力に押さえつけられ、やっとのことで発することができたといったもののようだった。その声は重かった。何千何百の人が一つの楽器を演奏しているような、とてつもなく大きなエネルギーだった。
　　　　　　　　　　　　　　　　　　　　　　　　　　　　（「馬伯楽」）

　実はこれは、馬伯楽が上海西駅で汽車を待ちながら、来るべき淞江橋での困難を予想している場面で、彼の実体験ではなく、馬伯楽一家がこの橋を渡る場面は描写されていない。淞江橋の手前でトラブルに巻き込まれるものの、その後はあっさりと南京に到着してしまう。淞江橋の場面の描写はこの後もまだ延々と続くが、この具体性と執拗さは作品の中でも突出しており、作者自身の体験が反映されればこそではないだろうか。ただし、現在手元の地図では松江橋の所在は確認できない。

　王徳芬「蕭軍簡歴年表」によれば、蕭軍と蕭紅が上海を離れたのは９月上旬、武昌に到着したのは10月10日のことだった。二人が武昌に到着した当時のことを、蔣錫金が「乱離雑記」（1986年11月）で回想している。当時武漢（漢口）に〈戦闘〉（旬刊）という雑誌があり、蔣錫金は、財政庁に形ばかり勤務しながら、馮乃超、孔羅蓀らと一緒にその編集の任に当たっていた。印刷関係の仕事を担当していた蔣は対岸の武昌に住んでいたため、十二時を過ぎるようなことがあれば船もなくなり、帰れなくなる。そこで税関で医務官をしていた友人の宇飛[11]に頼み込み、検疫船「華陀」で夜を過ごすことがしばしばあった。蔣が蕭軍・蕭紅に最初に会ったのも、こうして一夜を明かした翌朝のことだった。

　その日、目が覚めると船が揺れている。すでに岸を離れていたのだ。原稿を届ける

ために岸に上がらなければ。私は慌てたが、宇飛は港に入って来る船があるから検査して新しい避難民を上陸させなければならないという。我々の船は千トンにも満たない黒い小さな船に横付けし、船べりの縄梯子から甲板に上った。宇飛は検査に行き、私は甲板で雑多な難民の群れを見ていた。私の目の前に一人の若い女性がいた。自分の荷物の上に座り、ひざに肘をつき、頭を支えていた。足の間には吐瀉物があった。彼女の傍に、背のあまり高くない精悍な男が両手を腰に当てて立っていた。

（「乱離雑記」）

　二人に気づいた宇飛が驚いて声をかけ、蒋の手を借りて検疫船に迎え入れた。その二人が蕭軍と蕭紅であるということを蒋が知ったのは次に彼が華陀号に泊まったときのことだった。彼は「八月的郷村」と「生死場」を読んだことはなかったが、上海の雑誌に発表された作品は読んで知っていた。当時の武漢は、空から、川から、陸から、戦乱を避けて多くの難民が押し寄せ、混乱を極めていた。波止場には至る所に尋ね人だの、部屋探しだののビラが貼られていたという。住むところを探すのは至難の技だった。蒋は宇飛から、彼ら二人を蒋の家に一緒に住まわせてくれないかと頼まれる。蒋は武昌水陸前街小金龍巷二十一号のまだ新しい一戸建てを、同郷の同僚四人と共同で借りていた。蒋が使っていたのはその中の二部屋で、一部屋を二人に提供することにした。蒋は留守が多く、三人の生活に格別の支障は生じなかった。蕭紅は蒋が毎日食事をきちんとしていないことに気づくと、時々手料理を食べさせてくれたという。洗濯のついでに、蒋の洗濯物を洗ってくれることもあった。蒋が外出している間、二人はそれぞれ創作に励んでいた。この時蕭軍は「第三代」[12]を、蕭紅は「呼蘭河伝」を、それぞれ書き始めていたという。

　二人の南京から武漢に至る船の旅がどれほど過酷なものであったのかは、「馬伯楽」からも想像がつく。南京にたどり着いた馬伯楽一家はそこから船に乗るが、彼らが乗った船はひどく汚い小さな船で、もともと百人ほどの定員であったところへ、戦時ということで四百人余りをつめ込んでいた。そのために台所やトイレまで人で埋まっており、コレラやマラリアが蔓延していた。この船は航行のたびにねじくぎをいくつか紛失したり、手すりが取れたり、甲板の板が割れたりしていた。しかしそれをその都度応急処置でしのぎながら、南京と漢口を休みなく往復しているのだった。

　漢口に着いた馬伯楽一家は旅館に二泊した後、武昌に移る。漢口から武昌までは渡し船で三十分ほどだと蕭紅は小説の中に書いている。父親の青島時代の友人の王氏が家を世話してくれたのだった。二部屋ばかりのこの新しい住居は、ネズミだらけのボロ屋だったが、馬伯楽は「避難」にふさわしい様であることにすっかり満足する。家の近所に「未必居」

という愛想のない肉まん屋があった。そこの肉まんが気に入った馬伯楽は、それを買いに行くのが日課となった。

　　「未必居」と言う肉まん屋は、角を二つ曲がればいい。入り口に看板がかけてある。白い看板に黒い字だ。看板はもう古色蒼然としていて、古びた文字は大通りにはそぐわなかった。（中略）
　この肉まん屋には席がなく、食べるも食べないも自由、買うも買わないも自由、昔気質の商売で、全ては悠久の歴史の摂理のままだった。だから熱いのを食べたければ立ったまま食べる。上辺だけ愛想よくして後で心づけを要求するようなことは決してない。
　この店の商売は全く昔気質だった。お客が来ても挨拶もしないし、却って冷たいくらいだ。買う買わないはあんた次第だといった風だ。
　入って行ってこういう。
　「肉まんください。」
　台の上で両手で粉をこねていたおかみさんが目だけ少し上げて、「お待ちください。」
　そういうと、台の上から出来上がった皮を一枚取り上げ、それから餡の入れ物の上をぶんぶん飛び回っているハエを手で追い払う。ハエが餡にいっぱいにたかっているのだ。
　逃げ遅れた何匹かは余命幾ばくもない。餡の中に混ぜ込まれ、皮に包み込まれてもだえ死ぬのだ。
　客は端の方に立って待っている。おかみさんは肉まんを何個か包むと、ようやくゆっくり立ち上がり、鼻に止まろうとするハエを追い払いながら、こっちへやって来る。何度追い払っても、ハエは決して逃げて行かない。おかみさんが立ち止まると、ハエはまた彼女の鼻の上に止まる。
　おかみさんがいう。
　「幾つ？」
　この時、鍋の上の蒸籠はまだ蓋をしたままだ。
　客が三個とか五個とかいう。それを聞くとおかみさんは手を伸ばし、代金を先に取ってからようやく蒸籠を開ける。（中略）
　蒸籠を開けてみると、肉まんは一個しか残っていない。
　そこでまた金を返し、鼻の上のハエを叩き落す。全く時間をかけて、その一個の肉まんはようやく蒸籠から出されることになる。　　　　　　　　　　　　（「馬伯楽」）

蒋錫金の回想によれば、この肉まん屋は実在の店である。近所では有名な店で、商売も繁盛しており、物語と同じように年取った未亡人と二人の娘が店をきりまわしていた。だがこの店は大通りに面しているのではなく、「未必居」という名前でもなかった、と蒋は書いている（「乱離雑記」）。

　1938年に入ってすぐ、民族革命大学に招かれて武漢を離れ、丁玲の率いる西北戦地服務団と出会い、彼らと共に西安に行った蕭紅が、その地でついに蕭軍と別れ、4月下旬武漢に戻って端木蕻良と結婚したことは既に述べたとおりである。端木との生活に関しては、蕭紅の多くの友人たちが、その結婚は失敗であり、彼女の不幸であったといっている。例えばこのような文章がある。

　後に蕭紅は私たちから離れ、端木と新しい生活を始めた。不幸なことに、まさに私たちが案じていたように、これは彼女の新生活の一歩にはならなかった。端木は友人たちの前で彼女と結婚したことをなぜ否認し続けたのだろう。にもかかわらず、彼女の彼に対する従属性は日一日と強まっていったのだ。彼女の大きな丸い目を見、彼女のよく通る声を聞く機会も次第に少なくなっていった。そして間もなく、彼らは北碚で二人だけの小さな世界に閉じこもってしまったのだ。創作に専念していたのだろうか——知る術はない。ただ彼らは訳のわからないまま香港に行ってしまったのだ。
　　　　　　　　　　　　　　　　　　　　　　　（緑川英子「憶蕭紅」）

　ある時期彼女（蕭紅）はあのDという人（端木）と小さな家に住んでいたことがあった。窓はみな紙が貼られていた。そのDという人は、何から何まで芸術家風だった。髪を長く伸ばし、暗くなるとすぐ床に入り、朝は十二時に起きてきて、食事をするとまた一眠りする。炎天下を走り回るのは彼女、あの起伏のある山の中の街を上ったり下ったりして友人を訪ねるのも彼女だった（中略）。また彼は四川の向こう気の強い女中を殴っていざこざを起こしたことがあったが、それをおさめたのも彼女だった[13]。
　（中略）私はほとんど彼らの家に行かなかったが、行ったときはいつも彼はベッドに丸まって寝ていた。（中略）私は低い声で彼女に尋ねた。
　「何を書いているの？」
　彼女は少し顔を赤らめて、原稿用紙を隠すようにしながら、低い声で答えた。
　「魯迅先生を回想する文章を書いているの」
　その小さな声が寝ていた人の関心を引いたらしく、目をこすりながらごろりと起きあがり、やや軽蔑したように、

「君はまたそんな文章を書いているの、どれ、見せてごらん……」

　彼は少し目を通すと、果たしてさげすむように笑い出した。

「こんなの書くようなことか。書く値打がどこにあるの……」

　彼は人を不愉快させるのもかまわず、ずる賢そうに笑った。蕭紅はいよいよ顔を赤らめ、怒りを含んでいった。

「あなたは私に干渉するのね。あなたがうまく書けるならそれを書いたらいいわ。私もあなたのことは邪魔しない。あなたはどうしてそんな風に笑うの？」

　彼は何もいわなかったが、笑うことはやめなかった。

（靳以「悼蕭紅和満紅」1944年4月15日[14]）

　蕭紅が生家を出て以来の短い生涯のほとんどを、「保護者」と共に過ごしてきたのは、彼女自身の選択によっている。彼女の「保護者」となったのは、従兄の陸振舜であり、婚約者の王恩甲であり、蕭軍であり、端木蕻良であった。蕭紅が精神的自立を希求していることを、蕭軍も端木もそれなりに理解していた。だが蕭紅はあまりにも性急に時代の先端を目指した。女性一人で歩いていくことがほぼ不可能な時代であることを知っていればこそ、蕭紅は「保護者」としてふさわしい人物を自ら選択してきた。だが蕭紅が求める「保護者」と彼らが思い描く（あるいは蕭紅が自分に対して求めていると思い込んだ）「保護」とは同じではなかった。このようないいかたは蕭紅にとって酷であることを承知の上で敢えていえば、蕭紅は彼らの存在を自身の自立への歩みの風よけ、あるいはカモフラージュにしようとした。ところが現実には彼女は彼らよりも一段も二段も弱い者、子どものような未熟な者としての地位に甘んじなければならなかったのだ。蕭紅はもっと早く、彼らが引きずっている歴史的、社会的枷に気づくべきであった。その上で彼らと共に歩むべきか否かを選択すべきであった。許広平はこのように書いている。

　　恐らく彼女は魚のような自由を好んだのだろう。新しい思潮が、旧礼教からの解放を希求した少女の脳裏に浸透し、人生への突撃が開始されたのだ。古くからの束縛をふりほどき、人としての自由を得ようとしたので、継母によく思われなかったのももっともなことであった。
（「追憶蕭紅」）

　また蕭軍は『蕭紅書簡輯存注釈録』にこのように書いている。「私は子供に対するように彼女を"保護"するようになっていた。そして一人の"保護者"としての立場にいることに誇りと自信を持っていた」（第九信注釈）。また「彼女が最も反感を持ったのは、私が

意識的、或いは無意識的に女性の弱点や欠点をからかって攻撃することだった」（第十九信注釈）とも書いている。

彼女は彼らのために料理を作り、服を縫い、日常の細々とした雑事をこなし、時には原稿を清書してやったりもした。だがそういった行為自体は蕭紅にとって本来不本意なことでなかったようだ。

> 蕭紅女史は東北の人だったので餃子を作ってくれたが、素晴らしく上手だった。早いしうまいし、茹でて皮が破れたりしたことはこれまでに一度もない。そのほかには焼いたアヒルを食べるときによく一緒に出てくる二層の薄いマントウも上手だった。もし安定した、ちゃんとした家庭があって、蕭紅女史が家事を取り仕切るなら、彼女は素晴らしい気配りを見せたに違いない。彼女が四川や香港にいたとき、そんな日々を送りたいと思ったそうだ。それから服装についても、後から聞く所ではたいへんに気を遣っていたそうだ。
> 　　　　　　　　　　　　　　　　　　　　　　　（許広平「追憶蕭紅」）

「四川や香港にいたとき」というのは端木との結婚生活の期間である。

しかし、それが「保護」してやることの当然の「見返り」だという奢りが相手の中に生まれていくのを知るたび、蕭紅はやり場のない嫌悪感、屈辱感に苛まれたに違いない。蕭軍との別離の後、西安で聶紺弩は蕭紅とこのような会話を交わしている。

> 「飛ぶんだ、蕭紅！　金色の羽を持つ大鵬のように、高く、遠くへ、空をかけて行け、自由に、誰も君を捕まえられはしない。君はこの世の籠の中の食客ではないし、君はもう飛んでいるんだよ」（中略）
> 「わかっている？　私は女よ。女の空は低い、羽も薄い、それに持っている荷物の何て重いこと！　それに本当に嫌になるけれど、女には自己犠牲の精神がありすぎる。勇敢ではなく、臆病者になったのは、長いこと何の助けもない犠牲的状態の中で培われた、自分から犠牲に甘んじようとする惰性なの。わかっているけれどこう思わずにいられない。私は一体何？　屈辱が何？　災難が何？　死だって何？　わからないのよ、自分が一人なのか二人なのか、こう考えているのが私なのか、ああ考えているのが私なのか。そう、私は飛ぼうとして、でもそのときわかるの……落ちるだろうって」
> 　　　　　　　　　　　　　　　　　　　　　　　　（聶紺弩「在西安」）

彼女が生涯を通じて断ち切りたかったもの、それは「保護」する者とされる者との間に

生じる絶対的な力関係、いい換えれば男女の間に暗黙のうちに生じる権力構造（そしてそれは往々にして男性の側には「守る」という美名、或いは大義名分の下に問題意識とすらされない）であったが、それを求めるには歴史的にあまりに早く、その手だてのきっかけすら見出せないまま、彼女はその生涯を終えなければならなかった。

　恐らく不覚にも宿してしまった蕭軍の子を産むしかなかった彼女にとって[15]、精神的、経済的に支えてくれる人は必要であったに違いないが、彼女が端木を伴侶に選んだのはそれだけの理由ではあるまい。許広平が、四川や香港で蕭紅は穏やかな家庭生活を送りたいと思っていたらしいと語っているように、蕭紅は、蕭軍とは異なる個性を持つ端木に希望を持ったのかもしれない。端木の作品に見える細やかで優れた風景描写は蕭紅の個性に非常に近い。最初の夫、蕭軍が武人であるなら全く文人肌の、身体の強壮なことを自らの誇りとし、それを頼んで常に優位に立とうとする蕭軍に比して、持病のリューマチに悩む端木に対し、蕭紅は一種の親近感を抱いたのかもしれない。端木の身体的な弱さが、或いは二人の対等なあり方と、それによって保障される精神の自由をもたらすかもしれないという期待を持ったのかもしれない。しかしそうして始まった新しい二人の生活は、蕭紅にとっては残念ながらやはり不本意なものであったのかもしれない。

　すでに述べたように、端木は魯迅の死後、茅盾を通じて胡風と知り合い、〈七月〉に参加するよう誘われたのだった。その後同人たちは次々と上海を離れ武漢に集結する。〈七月〉の武漢における創刊は1937年10月16日のことだ。その頃、蒋錫金の家に居候していた蕭軍・蕭紅を訪ねて端木がやって来た。当時流行の肩の張った洋服[16]にブーツ、もみ上げを長く伸ばし、後ろは首が隠れるほどの長髪、元気のない顔つき、恥らうような物腰だったと、蒋は端木の第一印象を記録している。蒋は彼の名前（Duan mu Hong liang）から四つの音をとり、Domohoroというあだ名をつけたが、普段は更にそれを省略してDomoと呼んだという（「乱離雑記」）[17]。当時の写真が何枚か残っているが、背が高く、痩せ型で、ちょっとはにかんだような笑みを浮かべた心やさしそうな若者の風貌は、背が高く、痩せていて、哀しげな目をした、肝の小さい馬伯楽と重なる。

　また「馬伯楽」には、明らかに蕭軍と思われる人物が登場する。馬伯楽一家がやっとの思いで南京に到着したときのことだ。旅館で、隣の部屋の男が憲兵の尋問を受けているのが耳に入る。その男は遼寧出身の三十歳の編集者で、以前は遼寧の講武堂で勉強していたのだが、「九一八」の後上海にやって来て、そして今漢口に行こうとしているのだった[18]。それを聞いた憲兵は、

　　「おまえは軍人なのに、どうして軍隊に入らないのだ。今わが国では抗戦が始まっ

ている。前線では人材が必要だ。おまえは軍人なのに、なぜ軍隊に入らないのか」
　尋問されている人が答えた。
「随分前に職換えをしたんです。武人から文人になりました」
　憲兵がいう。
「おまえは軍人なのだから、軍隊に入るべきだ。前線に行くべきだ。後方にいるべきではない。今我々中華民族は一番危険なところなんだぞ」
　馬伯楽は更に耳をすませましたが、何も聞こえなかった。恐らく終わったのだろう。馬伯楽がドアから顔を出して探ると、憲兵はもう外にいた。三人の憲兵が並んで、その中の一人がまだぶつぶついっていた。
「あいつは遼寧の出身だ。遼寧人は漢奸が多い」

この男の前に尋問を受けた馬伯楽も「山東人は漢奸が多い」といわれていた。この後に以下のような文が続く。

　「各省の人間がなぜ皆漢奸になるんだ？」馬伯楽はそれを聞くと、すぐさま飛んでいってその憲兵に一発びんたを食らわせてやるような気概はなかったが、口には出さずにこう罵ってやった。
「全く出来そこないの中国人め」

　ところで、当時の仲間内で、上記の文章を読んで蕭軍に思い当たらない者は恐らく一人もいなかっただろう。果たして蔣錫金もそれが蕭軍であると断じている（「乱離雑記」）。蕭軍はかつて蕭紅に、自分は作家として生きるより銃を取って戦いたい、といったことがある[19]。それを想起すれば「おまえは軍人なのだから、軍隊に入るべきだ。前線に行くべきだ」という言葉は、蕭紅が憲兵の口を借りて蕭軍に投げ返したものとも考えられる。しかも蕭紅は、ゲリラ隊に入るといっていた蕭軍が再び家庭を持ったことを知っていた。胡風「悼蕭紅――代序」[20]によれば、胡風は 1938 年 9 月に武漢を離れ、やはり重慶の復旦大学で教鞭を取っていた。蕭紅はしばしば彼の家を訪ねたが、ある時、ちょうど胡風が不在で、夫人の梅志が蕭軍から送られてきた新婚の写真を見せたところ、蕭紅はしばらく無言でいたが、胡風が帰宅するのを待たずに帰ってしまい、以後彼の家を訪れなかったという。
　馬伯楽が武漢に腰を落ちつけた後恋愛関係となる王桂英にも、蕭紅の身近な人物の影が見える。端木の三番目の兄の婚約者であった劉国英は、端木と同じ時期にやはり上海の親戚の家に寄留していたが、第二次上海事件の後、父親に呼ばれて一足先に武漢に行く。端

木が上海を発ったのはそれから半月余り後のことである（李興武「端木蕻良年譜」）。劉国英は武漢で武漢大学に学び、友人の竇桂英と連れ立ってよく端木を訪ねてきたという。『端木與蕭紅』によれば、端木と蕭紅が結婚したあとも、彼女たち二人との交流は続いたようだ。竇桂英という女性の姿を具体的に知る資料はないが、馬伯楽の恋人となった、武漢大学を卒業して間もない王桂英が、武漢大学の学生であった竇桂英と、全く無関係に設定されたとは考えにくい。ただし実在の竇が端木と恋愛関係にあったという事実はないことを断っておく。また王桂英が馬伯楽とは昔馴染みで、父親に従って武漢に来た、という経歴を考えれば、劉国英との関連も疑われる。桂英（Gui ying）と国英（Guo ying）とは音がやはり似る。

　身近の多くの人々にモデルをとり、自身の体験をかぶせるという手法は「呼蘭河伝」にも見られた。しかし「呼蘭河伝」のモデルが場所も時間もすでに遠く離れた人々であったのに対し、筆者の予測が正しければ、「馬伯楽」のモデルは当時蕭紅の極めて身近にいた人々であった。しかも端木に似た主人公を徹底的に卑小な人物として描き、それを嘲笑するという行為は、極めて挑戦的である。楊剛の発言に抗するように「呼蘭河伝」を発表したことといい、彼女をこの激しい挑戦へと駆り立てたエネルギーはどこから生まれたものかを考える時、この時蕭紅の中には周囲の人間関係を清算し、自分を新しい方向に導きたいという強烈な思いが湧き上がっていたようにも思われる。

## 四

　すでに述べたように、この物語の主人公馬伯楽には、これまで蕭紅がこだわり、描いてきた土地へのアイデンティティがない。彼を育てたのは、アヘン戦争以来の植民地化された中国の社会であり、歴史である。その社会、歴史を蕭紅は馬伯楽の父親など、主人公を取り巻く人びと、或いは抗戦期の現実などを描くことによって表現しようとした。抗戦が勃発したというのに着飾って宝くじにうつつを抜かす上海の人々、北四川路を逃げてくる難民の群れ、淞江橋での阿鼻叫喚、南京から武漢に向かう船上の人々の、我が身大事のそれぞれの思いなどに作者の筆は冴えている。

　ところでこの作品にも前作がある。「逃難（避難）」と題されたこの短編は、重慶で発表された[21]。抗日戦開始前は南京で小学校の教師をしていた何南生は、避難先の陝西で偶然知り合いに会い、中学校の教師になる。そして今また西安に避難しようとして妻と二人の子供、それから膨大な荷物と共に駅にいる。彼の荷物が古新聞や空き箱、着古したズボンなどといったがらくたばかりであること、彼の口癖が「そのときになったらどうする」で

あることなど、何南生は馬伯楽の前身といってよい。しかし何南生には馬伯楽の持つ哀愁がない。何南生も馬伯楽も、どちらも利己的であることに変わりはないが、馬伯楽は利己的であるが故に、こと自分の保身に関しては周囲の動静に敏感である。「大事なときになると、一番安全な場所を見つけてじっとして」いようとする馬伯楽は、進退窮まると「悲観したり絶望したりする病にかか」ってしまう。この病にかかると、周囲のことは全く目にも耳にも入らなくなる。なぜか一人だけ車内に押し込まれた娘を救出するために、馬伯楽はスピードを上げていく汽車について五十尺余りも走る。本来は家族で汽車に乗るために駅に行ったのだが、彼は娘を救い出せたことでとても幸福な思いに満たされて再び宿に戻る。荷物の一部がなくなり、ようやく三本目の汽車に乗って西安にたどりつき、「汽車は混まなかったか？」という友人の問いに「混まないよ、物は少しなくなったがね」と強がってみせる何南生は、その小人物ぶりにおいて馬伯楽に遙かに及ばない。

　作品が未完である以上、この作品が成功か否か、という判断を下すことは控えたい。しかしこの作品は、同時代の批評家が酷評したような「坂を下った」作品といえるだろうか。今日の我々があの時代を想像する時、馬伯楽という人物はいかにも現実的であるように見える。同時代の人々が酷評すればするほど、人々が見ていなかった、或いは見ようとしなかった現実がそこに描かれているようにも思える。

　馬伯楽は、「呼蘭河伝」で蕭紅が提示して見せた滅び行く者＝旧知識人＝有二伯の次世代である。抗日の戦火を避けて避難する過程で、蕭紅は様々な人々の生活を目の当たりにし、どこへでも逃げて行ける自分たちこそ根を持たない馬伯楽の世代だという思いを強く抱くようになったのではないだろうか。だからこそ蕭紅は馬伯楽に「明るい結末」を用意しようとしていたのだ。それは恐らく抗戦期に知識人が取るべき態度への彼女の答えとなり、同時にペンか銃かと悩む根無し草の知識人に新たな希望を指し示すものとなったに違いない。彼女にその構想は既にあったのだろうか。

**注**

1　端木蕻良の仕事を手伝っていた当時二十歳の袁大頓が瑪麗病院に入院中の蕭紅を見舞い、連載中の「馬伯楽」の原稿のストックがなくなったがどうしたらいいかと相談したところ、蕭紅はぼんやりと彼を見て、「大頓、私は書けないわ。雑誌に私は病気だと書いてくれればそれでいいわ。とても残念。あの憂いに満ちた馬伯楽に明るい結末を見せていないのに」といったという（袁大頓「憶蕭紅」）。

2　「胡風回憶録」（〈新文学史料〉1984年一期〜1990年三期）による。なお本書には、1941年6月6日に香港を訪れた胡風が蕭紅を訪ねたときの印象も書かれている。「彼女の暮らし向きもその

精神状態も何もかもが生気のない病弱な白さとして私には映った。（中略）私は思わず深いため息をつかずにはいられなかった。"北方の人々の生に対する頑強さと死に対する抗争"を描き、"読者に頑強さと抗争する力を与えることのできる"作者を、陳腐な勢力の代表者たちがこんな状態にまで突き落としてしまい、精神の"健全さ"——"明るさと新鮮さ"というものを完全にかき消し、しぼませてしまったのだ」

蕭紅の死後、胡風は「悼蕭紅」でこういっている。「彼女は突然、誰にもいわずにT（端木蕻良）と一緒に飛行機で香港に行ってしまった。彼女はなぜあの頃の抗日の大後方を離れたのだろうか？ なぜ彼女をよく知っているたくさんの友人や群衆から離れたのだろうか？ なぜ見知らぬ、よそよそしい、言葉も通じないような所へ行ったのだろうか？ 私にはわからない。どう考えても彼女の本当の目的と心づもりは誰にもわからないのではないだろうか？ こうして彼女は私たちと遠く離れてしまい、彼女の様子も我々には知る術がなくなった」

曹2005は二人が香港へ飛んだことを知った後、胡風が許広平に宛てた手紙に、「（蕭紅と端木は）秘密裏に香港に飛び、行き先もいわなかった」と書き、それを知った二人が激怒したというエピソードを紹介している。

3　筆者が知る範囲では、現代の研究者のうち、抗戦期の評価を継承しているのは鉄峰『蕭紅文学之路』のみである。

4　艾暁明は女性主義の立場から、主人公の馬伯楽ではなく、彼の妻の存在に注目する。混乱の中で妻が如何に毅然と自分たちの立場を確保しようとしているか、そのことからこの作品はこれまでの蕭紅の作品同様、弱者の目から社会を描写しようとしたものだといい、その背景には「蕭紅が中国現代知識分子の有している現代性に対して大いに疑問を抱いていた」ことがあるとする。「中国現代知識分子の有している現代性」に関してはともかく、妻に対する評価はやや強引であるように思う。

5　「天主教の伝道は明治22年（1889年）より佛人の行へるところで、現在の司鐸は何林、丁樹と満洲名を呼ぶ二人の佛人であって、信名は約一千人である。この地では稀しい三階建の天主堂が県城の東北隅に聳えて居るが、隆盛期は既に過ぎて、衰退に赴きつつあるとのことである。キリスト教は東西二ケ所に礼拝堂を有して居るが、信者は百七十人内外で布教は比較的新しい」（『満洲国各県視察報告』）。

「満洲に基督教が布教されたのは1866年ウキリヤム氏によってである。（中略）満洲に於ける基督教は主として天主教にて全国に教会網を張つてゐる」（『満洲国概覧』1936年8月、国務院総務庁情報處）。

6　スメドレーとは1936年、魯迅の家で会っている。

7　東北出身の作家、李輝英の回想「蕭紅逝世三十周年」（1972年1月17日）によれば、その頃彼らは金人の家に集まって集体創作「保衛大上海」の相談をしていたという。集まったのは李のほかに羅烽、白朗、舒群、蕭軍、蕭紅、楊朔、陳白塵で、一人四千字を担当し、羅烽が総編集の任に当たることが決まった。この企画は結局日の目を見なかったようだが、李は蕭軍・蕭紅夫妻

とは初対面であった。彼は蕭紅について、すらりとした体つきで色白の顔、哈爾濱の女学生のような雰囲気があったと記している。

8　蕭軍は蕭紅はタバコを吸わなかったといっている（『人與人間』）。この頃は吸うようになっていたのだろうか。

9　参加したのは艾青、邱東平、聶紺弩、田間、胡風、馮乃超、端木蕻良、蕭紅、楼適夷、王淑明の十名。蕭軍は病気のため参加できなかったと付記がある。記録は〈七月〉第七期（1938年1月16日）に掲載された。「胡風回憶録」によれば、具体的な討論のテーマは掲げず、自由に意見交換を行うことで問題意識を高めようとしたが、準備不足のために深い分析ができず、その後に開かれた二回の討論会も含め、読者の希望を満たすにはほど遠いものだったという。座談会の期日は『端木與蕭紅』による。

10　このあたりには現在盧湾区医院がある。

11　本名宇浣非。吉林省出身の作家、詩人、画家。1896年頃の生まれ。孔羅蓀と陳紀瑩が中心となって組織した哈爾濱「蓓蕾社」の同人。

12　第一部が〈作家〉一巻三期～六期（1936年6月～9月）に、第二部が〈作家〉二巻一期～（1936年10月～）に連載され、それぞれ1937年2月と3月に上海文化生活出版社から出版されている。王徳芬の年譜によれば、蕭軍は1940年に延安に行った後「第三代」の第三部を書き続けていたという。

13　端木が四川出身の女中を殴り、蕭紅がその後始末に奔走したというエピソードは、蕭紅と端木の結婚が誤りであったという証拠の一つとして必ずといっていいほど持ち出されるものだが、それについて曹2005は異を唱えている。曹によれば、当時復旦大学の体育の教授であった陳丙徳は左翼系の教授たちの動向を常に監視していた。陳の家の女中も、主人の威光をかさにきて威張り散らし、他家の女中を抱き込んで左翼系の教授たちを敵視した。彼女は醬油の瓶だの、靴や靴下だのを始終蕭紅たちの住居の窓の台に置くので、どうしたって窓を開けて空気を入れ換えざるを得なくなる。端木は何度もそれを注意したが効果はなく、ある時女中が干していた靴を廊下にはたき落としたことがあった。女中はこのときとばかり泣きわめき、陳にそそのかされて役所に訴え出た。後に文協が間に入ってようやく事が収まった、ということだ。

14　靳以は復旦大学で端木の同僚だった時期があり、端木・蕭紅と隣同士に住んだこともある。

15　蕭紅は端木と結婚するときにその事実を打ち明け、中絶するといったが、月が進んでいたために果たせず、産むしかなかったという。この子供（男子）が結局出産後間もなく死んでしまったことはすでに述べた（『端木與蕭紅』）。

16　ほとんど両方の肩が平らに見えたので、その後彼らはふざけて彼に「一字平肩王」というあだ名をつけたという（「乱離雑記」）。

17　蔣は端木蕻良が武漢に来たのは〈七月〉の創刊号が発行されて以後のことだというが、これは上海で創刊された〈七月〉と混同しているのだろう。李興武「端木蕻良年譜」によれば、端木が武漢に到着したのは10月の初めである。

18 　遼寧省出身の蕭軍は、作家になる前、東北講武堂に在籍していたことがある。また1907年生まれの蕭軍とこの人物は年齢もほぼ一致する。

19 　「我々は1938年に西安で決定的に別れたのだが、それよりも早く、山西臨汾で、我々は別れの時を迎えたのだ——私は臨汾に留まり、彼女は西安に行った。問題はやはり旧いものだ。私は学生たちと一緒に抗日戦争のゲリラ隊に参加しようとした。彼女は私が今まで通り"作家"であって欲しいと希望した（彼女も間違ってはいない）。しかし当時、私はすでに"作家"としての気持ちを失ってしまっていたのだ！"ペン"に対して興味を失い、銃を取りたいと切望していた！」
（蕭軍「蕭紅書簡輯存注釈録」第二十七信注釈）

20 　『蕭紅』（1984年2月、人民文学出版社）所収。季紅真『蕭蕭落紅』（2001年1月）所収。

21 　重慶で発表された短編「逃難」（〈文摘〉戦時旬刊四十一号・四十二号、1939年1月21日）は「馬伯楽」のストーリーの一部と重なっているが、登場人物の名前などには相違がある。

# 終章　蕭紅の作品世界
――「抵抗から遠い現実」を見つめる目――

## 一

　蕭紅の作品に登場する人々の多くは、日々の生活をありのままに受容し、愚直なまでに誠実に、懸命に生きている。にもかかわらずある日その生活は急変する。それが中国に襲いかかっている民族的危機に由来することを多くの人々は知らない。よし知っていたとしても、その急変にただ翻弄される中で、家族の離散や死に直面しなければならない。その予測のつかない事態を乗り越えるため、彼らはとりあえず現実を所与のものとして受容し、その中で懸命に、生きる道を探そうとする。なぜ黙って受容するのか、なぜ抗わないのか。彼等はこれまで抵抗という手段を持たなかったし、そういう手段があることも忘れているか、あるいは知らなかった。抗うことが自分たちの生存を保証しないこと、それどころか自分たちの未来を閉ざしかねないことを、彼らは代々の営みの中で学んできたのだ。彼らは何をおいてもまず生きていかなければならない。

　　春夏秋冬、季節が繰り返しやってくるのは昔から変わらない。風霜雨雪、耐えられる者は耐えていくし、耐えられない者は自然の結果を待つだけのこと。その結果はあまりかんばしくはない。一人の人間を、声もたてぬままこの世から引き離してしまう。
　　　　　　　　　　　　　　　　　　　（「呼蘭河伝」1940年12月20日、第一章－九）

　蕭紅はまずそのような人々の生きるさまをありのままに見つめようとするが、その態度は初期のうちから作品中に発見することができる。
　例えば最初の短篇集『跋渉』（1933年10月）収録の「看風箏（凧を見る）」（1933年6月9日）では、三年前に別れたまま消息が途絶えていた息子に会いたい一心で老人は街道をひた走る。

　　「劉成はあんたの息子じゃねえか？　今晩俺んちに泊まってるぜ」。老人はそれを聞くと髭が震えた。三年前に家を出た息子が、目の前で踊った。彼の胸に無数の蝶が生まれた。白い蝶が、羽を金色に輝かせて空中を舞っていた。そして耳元の空気は大小の音の波紋となった。彼にはその波紋を見ることができたし、聞くこともできた。い

つもはびくともしない村や草の山が、今はどれも動いていた。沿道の大木を頼りに彼は夢中で歩いた。王大嬸の家へ、彼の息子の方へ。老人は母親に会いたがる子どものように、そういった気持ちに追われるように街道を走った。だが彼は子どもではなかった。髭は震え、足は重く、顔中皺だらけだった。

しかし革命運動に身を捧げる決意を固めている息子は、無数の父親の救済のためにたった一人の父親を捨てていた。父親が自分をたずねてくることを察しながら、顔も見ないまま立ち去ったことが、息子の固い決意を表している一方、血のつながりの断ちがたさ、それを敢えて断って立ち向かう抵抗運動の崇高さを唱っている。しかし老人に残されるのは失望と深い哀しみだけだ。息子の目的が如何に崇高なものであっても、老人にはそれを理解するチャンスも与えられない。人々をオルグするために村を渡り歩く息子が肉親の情に流されることを恐れて父親の村を訪れないなら、老人は息子の抵抗のために自身の抵抗への道を閉ざされていることになる。抵抗から取り残された老人は、これまでそうしてきたように現実を受容し、淡々と自身の生への道を探るしかない。それがこの作品の最後の部分に象徴的に表されている。

　　それはある初春の正月の朝であった。村の広場に子どもたちが群れ集まっていた。空には鮮やかな彩りの凧が舞っていた。三つ、五つ、近くには大きな凧、遠くには小さな凧、子どもたちは手を打ち鳴らし、笑っていた。老人――劉成の父親も、広場で杖にすがって子どもたちと一緒に凧を見ていた。そのとき、報せはやって来た！
　　劉成が捕まったという報せが、老人の耳に届いたのだ！

この静かで美しい幕切れは、報せを聞いた老人が哀しみを抱えながらやはりこれまでのように淡々と自分の人生が終わるまでを生きていくしかないことを暗示している。
「清晨的馬路上（清々しい朝の道で）」（1933年11月5日～11月12日）では小林という少年とその家族の離散が描かれる。小林の父親は新聞を売って生計を立てていたが、ここ一ヶ月は咳がひどくて仕事をしていない。その代わりに小林が煙草を売っているのだ。小林には兄が一人いるが、兄の大林は一ヶ月に一、二度家に帰ってくるだけで、家で寝ることはない。何を生業としているのかわからないが、家に帰ってくると母親にまとまった金を渡したりする。ある晩不吉な夢を見て胸騒ぎを覚えた大林は、急いで家に帰る。

　　大通りの賑やかな一角、豆乳売りの王老頭の頭が白いテントからぬっと出て、大林

に中にはいるよう声を掛けた。

「小林は今わしの家にいるよ。おまえの親父とお袋は前の晩、四、五人に連れて行かれちまった。理由はおまえだ。北鐘はもう何日も家には戻れないでいる」

北鐘は王老頭の息子で、大林の中学の同級生だった。今は隣に住んでいる。彼も大林と同様、ほとんど家に帰らず、両親たちを訳がわからないままに心配させていた。

小林が母親を失ってしまったので、煙草売りの子供たちも彼を失った。街にもう彼の幼い声を探すことはできなかった。

しかし大林の受けた衝撃、また哀しみは、小林のそれには到底及ぶまい。大林はこういった事態を招いた原因が自分にあることを、老人に指摘されるまでもなくわかっている。恐らくこの事件はその後、彼の活動への意志をより堅固にさせるに違いない。しかし懸命に家族の生活を支えていた努力が水泡に帰した小林の絶望を、大林は救えるのだろうか。姿を消した小林の未来は語られない。語られないことによってむしろ彼の行く末の暗闇が予測される。蕭紅の目は抵抗を知った者の未来よりも、それを知らない者の未来に注がれているようである。抵抗を知った者たちはどのようにして知らない者たちにそれを伝えるのか、どのような美しい未来を見せることができるのか。

「啞老人（口のきけない老人）」（1933年8月27日〜9月3日）は、聾啞の老人が主人公である。彼は物乞いをしている所を仲間の老人二人に助けられ、何とか雨露をしのぐことができているが、右半身が不自由なため、一人では自分の口を養うことができない。工場に勤める孫娘が面倒を見に帰ってきてくれるのを待つ日々である。しかしその孫娘は、老人の面倒を見るため度々家に帰ることがもとで女工頭に殴られ、死ぬ。なぜ孫娘が帰って来ないのかわからないまま、老人は生きるために再び物乞いに出る決意をするが、こわばった体はすでにいうことを聞かない。二人の仲間の勧めに従って小屋に留まった老人は、唯一の楽しみである煙草の火がむしろに移り、焼死するのである。

蕭紅は社会の下層に生きる人々の哀しみの根源と、彼等の生存の権利すらも奪っていく張本人を見極めようとしている。それは彼等の抵抗の対象を、抵抗の手段を見極めることでもある。蕭紅の視野には当然満洲国と、それを操っているものが映っている。しかしそれは市井に生きる人々の現実の日々からはあまりに遠い。老人の孫娘を殴り殺したのは女工頭であった。彼等はまず自分たちが属している被抑圧者の階層内にも存在する抑圧、被抑圧の権力構造を知らなければならない。

ところで、蕭紅が実際に暮らしていたのも彼らと同じ町であった。

ぬかるんだ道。沿道の屋根は蜂の巣みたいにひしめき合っている。平屋の屋根の上にまた平屋の屋根が積み重なっている。板を釘で打ち付けてあって、二階建ての建物のように見える。窓は閉まったまま、ドアも使われていない。だがその建物で生きているのは人ではない。豚たちだ。薄汚れた群れだ。（中略）
　　この落ちぶれた町に、私たちは一年もいなかった。私たちの生活の技術は彼らより高く、彼らとは違って泥の中からはい出したのだ。だが彼らは永久にそこに留まり、そこに自分たちの一生を埋没させていくのだし、子々孫々をそこに埋没させていくのだ。だがそれはいつまで？
　　私たちだって犬だ。ほかの犬と同じように心なんかない。私たちは泥の中から自分ではい出したのだ。ほかの人のことは忘れて、ほかの人のことは忘れて。
　　　　　　　　　　　　　　　　　（「破落之街（落ちぶれた街）」1933年12月27日）

　この文中には、自分の力で泥の中からはい出したという自負と、はい出したところで「豚」が「犬」になるだけのことでしかないという自虐とが混在している。しかも自分が「豚」でなくなるためにはほかの「豚」のことを考える余裕はないのだ。劉成（「看風筝」）も大林（「清晨的馬路上」）も。
　にもかかわらず、蕭紅は「生死場」（1934年9月9日）において抵抗に立ち上がる農民たちを描いた。「看風筝」の劉成も、「清晨的馬路上」の大林も、自分の家に戻り、あるいは自分の家に身を潜め、家族を含む人々をオルグし、最後には立ち上がらせる李青山や王婆の息子に姿を変える。息子が死んでも、その屍を乗り越えよと娘を励ます王婆がいる。その群像は確かに感動的ではあるが、現実感に薄い。それは恐らく蕭紅が、東北を追われるかもしれないという切迫した状況の中で、書かなければならないという使命感に押され、抵抗に至る過程、また手段について具体的なイメージを持たないまま書いたことによるのだろう。それについては第三章第二節で詳述したとおりである。

## 二

　「破落之街」が収録された短編集『橋』（1936年11月）には、都市で生活する人々の不幸を描く作品が集中しているが、十三篇の収録作品中十一篇が女性を主人公に据えている。

　　すべて昨日と同じだった。何も変わってはいなかった。太陽も、空も、塀の外の樹も、木の下で餌をついばんでいる二羽の赤毛の鶏も。小六の家の屋根には穴が開き、

泥の塊が水桶に落ちた。太陽の光は窓やドアから、めくられた屋根からどっとさしこんできた。太陽の光が小六の家のたらいや桶や人、一切の物を追い出した。

（「小六」1935年3月）

小六の家族は家の建て直しのために前庭の台所に移らなければならない。だが間もなくそこも追い出されることになる。貧しい一家は行く当てがない。引っ越しをきっかけに夫婦の諍いは日ごとに激しくなり、二人の間で小六はただ泣きわめくだけだ。ついに母親は精神がおかしくなる。

「小六が海に飛び込んだ……小六が海に飛び込んだ……」
　長屋中の人が小六を見に出てきた。あの女が子どもを抱いて湾に飛び込んだのだ（湾というのは道端の臭い泥沼だ）、海に飛び込んだのではなかった。彼女は石造りの塀を狂ったように蹴飛ばした。全身びしょぬれで震えている小六も泣いていた。女は夜中まで泣き叫んだ。長屋の子どもたちは恐ろしくなり、小六もおかしくなったといい合った。母親が泣き叫ぶのをやめると、漸く塀の根元でコオロギが鳴いているのが聞こえた。母親は濡れたズボンのまま眠った。

抵抗を知らないまま追いつめられていく者たちの最後の救いは「おかしくなること」なのだろうか。このことは蕭紅「呼蘭河伝」の次の部分を想起させる。

　人々はいつも不幸な人たちを「おかしい」とか「馬鹿」だとか、ひとまとめにして同じように扱った。
（第一章－二）

「呼蘭河伝」では不幸な人たちを代表して東通りの端に済んでいたもやし売りの後家が紹介される。彼女は一人息子を川で失ってからおかしくなったのだが、「もやしを売ることだけは忘れずに、相変わらずひっそりと生きている」。
　最愛の家族を失う哀しみは「橋」（1936年）にも描かれている。
　子どもを産んだばかりの黄良子は、川向こうのお屋敷の乳母に雇われる。川には橋がなかったので、向こう岸で我が子が泣いていても、すぐに傍に飛んで行ってやれない。我が子が少し大きくなると連れてきて、同い年のお屋敷の坊ちゃんと一緒に面倒を見ることができるようになったのだが、子どもの世界にも厳然として入り込んでくる階級構造に従わせるため、彼女は我が子を殴るしかない。そのうちようやく、彼女が待ちに待った新しい

橋が完成した。子どもが自由に橋を往き来できるようになったということは、階級構造によるいざこざに巻き込まれたくなければ、自分の家のある向こう側にいればいいという自由を手に入れたことを意味していた。だが子どもはまさしくその自由のために命を失う。

　　あの日、黄良子は息子が落ちたと聞いて、慌てて水辺に駆けつけた。岸に引き揚げられた息子がすでに息もないのを見ると、彼女は立ち上がり、取り囲んでいる人々の頭越しに橋を眺めた。
　　あの震える橋、あの赤い橋、朦朧とした中で彼女には橋が二つに見えた。
　　彼女の胸の中で肺が震え、ふくれあがった。そして彼女は心の底から泣いた。

黄良子の描かれていないその後は想像に難くない。
　不幸は中国人ばかりに訪れるのではなく、失うものも家族ばかりではない。国際都市哈爾濱ではロシア人を始め、様々な国の人々が生活を共にしていた。ある日、友人を訪ねた「私」は、家主のロシア人女性に引き留められ、友人の帰りを待ちながらお茶を飲む。久々に話し相手を得た家主の話は尽きない。

　　「……何年か前は刺繍を教えていたのよ、でもだんだん人が減って……今は誰も私に振り向きもしない……私が中国に来て十八年……いえ、十九年だわ、あの年、私は二十二歳だった。結婚したばかりで……でも今は刺繍を教えています……そう……刺繍をね……」
　　窓の上の隅に、星がひとつ、カーテンの隙間から見えていた。彼女はカーテンを少し開けていった。「これはロシアの星ではありません、どうか私を照らさないで……」彼女は頭を振った。彼女の大きなイヤリングがその細い首のところで何度も揺れた。そして彼女は手を伸ばし、その青白い手でその星を覆い隠した。
　　　　　　　　　　　　　　　　　　　　　　　　（「訪問」1936年1月7日）

　この少し後に書かれた「亜麗」（1936年11月16日）という作品がある。以前「私」の隣に住み、母親から常々口汚く罵られていた亜麗という娘が、あるとき「私」に別れを告げに来る。彼女の告白によれば、彼女は実は朝鮮人で、父親は朝鮮では最も過激な「×××」であったために妻と引き離され、別の女性と無理矢理結婚させられた後、娘と共に中国に追放されたのだという。その父親も彼女の義理の母親の密告によって再び収監され、今は生死もわからない。亜麗は父の意志を引き継ぐために、実の母親に会うために、「故国」

に帰る決心をしたのだ。当時朝鮮は満洲と同様日本の支配下に置かれていたが、この短篇には、彼らと連帯して共同の敵に立ち向かおうという決意は見られない。抵抗の決意を表明する亜麗の力強い手紙を読みながら、「私」ただ落涙するだけである。新たな戦場に向かおうとしている亜麗にしても、「美しかった亜麗はほとんど見分けがつかないくらいに痩せて、顔は白い紙のように青ざめ、目は赤く腫れ、黒い髪は秋の風にばらばらに吹き乱れていた。すさんだ様子で、戦場で傷ついた駿馬のように悲しげ」で、「私」は思わず涙がこぼれそうになるのである。咳をする彼女の姿に胸を病んでいることをにおわせもし、たとえ「声は悲しげに震えていたが、気持ちはとても安定しており、精神は戦場の勇士のように、熱い血が彼女のその細い血管の中で破裂して流れ出さんばかりにあふれているのがよくわかった」にしても、なぜ高潔な決意のもとに光明を求めて新たな戦場に赴こうとしている人物をそこまで憔悴させなければならなかったのか。過酷な戦場にはとても耐えられまいと思われる姿にしたのか。そして見送る「私」は彼女の苦しみや哀しみを、ほとんど自分のもののように理解し、受け止めているにもかかわらず、なぜそれは単なる感動にしか終わらないのか。

　人々が抵抗に至る過程はかくも苛酷で容易ではないことを、蕭紅は周囲の人々から、また自身の置かれた立場から身をもって知った。それにより、「生死場」で「俺たちは中国人だ」と叫んで力強く立ち上がった農民たちの形象をそれ以後引き継ぐことは困難になった。

## 三

　抗日戦が始まり、武漢に避難した頃に書かれた散文に、哈爾濱で行われたある示威行動に参加した体験を記した「一九二九年的愚昧」（1937年12月13日）がある。募金活動を任務として与えられた女学生の蕭紅は、その責任を果たすべく一生懸命だが、自分が募金を求めるその行動が町の乞食とさほど変わりはしないこと、一緒に募金活動をしている学生たちの消極的な態度、更に、前回の活動で叫んだ「打倒日本帝国主義」というスローガンがなぜか今度は「ソ連打倒」に代わっていることなど、次第に彼女の中で疑問が大きくふくらんでいく。彼女は訝しむ。「ソ連はなぜ打倒されなければならないのだろう、帝国主義でもないのに」。

　蕭紅はこの前年、哈爾濱で行われた日本の吉敦路建設反対の示威行動に参加している。この活動は、軍警の発砲により百五十名余の学生が負傷したことで、「一一・九惨案」として記念されるようになったものである。一年後、その一周年を記念する示威行動が行わ

れているが、蕭紅が参加したのはこれであったのかもしれない。この間、東北では爆殺された父親の後継となった張学良の易幟断行（1928年12月29日）という大きな事件があった。これによってソ連との関係は悪化、国民政府東三省当局により東省鉄路の電報、電話は没収され、ソ連の貿易会社などが軒並み封鎖、ソ連の職工連合会などの民間組織も解散され、ソ連人二百余名が逮捕されるという事態に至った（1929年7月10日、中東路事件）。ソ連はこれに抗議し、国民政府に対して国交断絶を通告してきたのだった。

　蕭紅は幼い頃、自分の周囲の人々が「ルーブル」を買いあさっていたことを思い出す。ロシア革命前夜のことだ。彼女の生母が一番たくさん買ったが、その行為には何かうさんくささがつきまとう。母はコックと「相場」だとか「上がった」「下がった」などとひそひそ話をし、コックのために煙草を詰めてやったり、酒をついでやったり、およそ今までは考えられないような行動を見せるようになったのだ。しかし「ルーブル」はある日、一瞬にして紙くずとなった。祖父に馬賊と同じだといわれた「貧乏党」が権力を握ったからだった。誰が権力を握るかでころころ変わる「敵」、しかし市井の人々にとって誰が「敵」になるかは問題ではない。少し元手があればその狭間で私腹を肥やそうとする愚かさ。募金の対価として胸に付けられた花をすぐさま引き抜きねじりつぶしてしまう中国人。募金箱にはロシア人の金も混じっていた。「何てすばらしいんでしょう、この人たちは募金して"正義"のために自分たちの本国を打つんだから」という言葉を蕭紅は呑み込む。今回の示威運動に対しても、「どんなに一生懸命やっても自分にはやはり中心となる思想がない」と感じざるを得ない。

　蕭紅の疑問を決定的にしたのは、一緒に募金をした男子学生が後にラブレターをよこしたことだった。「今思えば、彼と私はもともと同じように馬鹿だったのだ」という一文で締めくくられるこの散文は、当時の自分たちの幼稚さを恥じるだけでなく、そもそも自分の生存を賭けることがなく、確固とした思想や信念に裏付けられることのない、形だけの抵抗活動に対するうさんくささを告発するものでもある。

　前に述べたように、1938年初め、武漢で雑誌〈七月〉主催の「抗戦以後的文芸活動動態和展望（抗日戦争勃発後の文芸活動の現状と展望）」と題する座談会が行われた。ここでは、現実を描くために、作家はたとえ創作の時間が確保できなくても軍隊と行動を共にすべきではないのか、というテーマについて意見が交換される。「生活」を把握し、その上で優れた作品を創作するためにはどうしたらいいのか、という問題提起に作家たちは自らの苦悩を語る。抗戦開始以来、報告や通信の類ばかり増えたが、これらは文学として認めるべきか、だが認めなければ文学は将来消滅してしまう、と危惧する邱東平、今は現状とタイアップできる新しい形式が必要とされており、それが将来の偉大な作品へのステップにな

ると主張する楼適夷。これに対して司会役でもある胡風は次のように発言する。

　　新しい形式に対して、一般の人々は往々にして拒絶の態度を取ります。例えば蕭紅の散文は、当初は一部の人々には理解されなかったし、田間の詩は今も非難されています。しかし私は新しい形式に対して、それが生活を表現するためのものであり、しかも発展の要素を持っていれば、それがたとえ多くの欠点を持っていたとしても、肯定的な態度で見るべきだと思います。

これに対し蕭紅は、自分の散文の形式は、実際には古いものだとし、作家が（戦時の）生活から離れてしまっているために作品も（戦時の）生活から離れ、作家の想像力が現実生活の深奥にまでたどり着けないのだという艾青の意見に対し、こう発言する。

　　私たちはまだ生活から離れていないと思います。例えば警報を聞いて隠れたりするのも戦時の生活だし、私たちが把握しきれていないだけなのではないでしょうか。

そして

　　例えば大家のおばさんが警報に驚き、震えながら息子の身の上を案じる、これだって戦時の生活でしょう。

と発言する。これに対しては賛否両論が展開されるが、蕭紅の中には、当時の人々が重んじた、あるいは期待した抵抗のあり方に対する疑念があったのではないか。それは丁玲の西北戦地服務団への誘いも断り、筆を棄てて剣を取るため延安に行こうとする蕭軍とも袂を分かって武漢に戻ってきたその行動からも察せられる。そしてその後の蕭紅の作品には、日常の生活の中にいつの間にか抗戦という状況が入り込んできて、これまでの人間関係や生活そのものが否応なく変化させられてしまう民衆の現状が多く描かれるようになる。

　その一つの例が「汾河的圓月」（1938年8月20日）と題した作品である。蕭紅は1938年1月、蕭軍と共に民族革命大学に招かれ、汾河のほとりの町臨汾で一ヶ月ほどを過ごしたことがあるが、この作品はその折に題材を得たものであろう。戦争によって大きく変わってしまったある家族の生活を淡々と描いたこの短篇の主人公は、強いていえば小玉という子供の祖母である。小玉の父、つまり祖母の息子は抗日戦に参加し、一ヶ月も経たないうちに病死した。その時から祖母は少しおかしくなったのだが、完全に精神を病んで訳がわ

からなくなったのは小玉の母親が再婚して家を出てからのことである。家には小玉とその祖父母だけが残された。祖母は息子がまだ生きていると信じている。

　「おとっつあんは、おとっつあんはまだ帰らないのかい」彼女は小さな路地を左の方に歩いて行く。近所の人は皆彼女はおかしいのだといっていた。だから彼女が誰かの家の前を通ると、紙を貼った窓の中からくすくすという笑い声が聞こえる。「あんたの息子は兵隊に行ったかね」と聞かれるときもあった。
　「行きましたとも。そうでしょう？ あの蘆溝橋のせいですよ……後になって皆はそうじゃない、"三一八"だとか、"八一三"だとかのせいだっていうんだけどね……」と彼女は答える。
　「あんたの息子は兵隊に行ってどんな奴と闘うのさ」
と重ねて聞けば、こう答える。
　「誰って……日本人さね……」
　「日本人を見たことがあるのかい」
　「日本人はな……見たことはない。どっちみち黄色い目で、髪はくるくる巻いて……デラドラとかしゃべるような奴らじゃあないのかい……人のようで人でない、獣のようで獣でもない」

一方幼い小玉の方は、母親がいなくなってからしょっちゅう、そのあたりの人が水を汲むために必ずやってくる井戸のあたりに姿を現すようになる。特に夕暮れ時、「まだ帰らないの」と聞く者がいると、その子は

　真っ黒な小さな手で額にかかる髪をかきあげ、返した手のひらを外に向け、手の甲で顔を押すようにしたり、目を押さえるようにしたりして、
　「おっかあがいなくなっちゃったんだ」という。

取り残された二人にはなぜ取り残されたのか、その理由がわからない。大人である祖母にはその遠い理由として「日本人」の影を見ているが、それは一向に具体的な姿を結ばない。またそれは周囲の者たちにとっても同じことで、ただ今のところ自分にその災難が降りかかってこないというだけのことだ。降りかかってくるまではそれが何かはわからないし、降りかかったところで特に手だてを思いつくわけでもない。

黄色い葉が地面一杯に散る秋になるまで、小玉はいつも井戸端に立っていたし、祖母は口の中でぶつぶついいながら、汾河の方へ探しに出かけるのだった。
　　汾河は相変らず寂しげに、さらさらと流れていく。真ん中に一片の砂地を残し、高い城壁の下を流れていく。満月の夜は、城壁の向こう側に深い青色の空が映えた。柴で造った浮き橋が河にかかり、砂地には昼間行進していった戦士たちの足跡が印された。空は遠く、高く、とても届かないくらい遠く、満月の向こう側に、城壁の上に広がっていた。
　　小玉の祖母は川辺に腰を下ろし、両膝を抱えて、また息子のことを話そうとしているように見えた。そのとき彼女は犬の声と拍手の音を聞いた。だが彼女は拍手の音を聞いたことがなかったので、耳を震わすほどの蛙の鳴き声だと思った。
　　救亡の小さな団体の話劇が村で上演されていたのだ。
　　だが、汾河のほとりには相変わらず小玉の祖母が座っていた。満月が彼女の黒い影を地面に落としていた。

　小玉とその祖母の生活を変えたのは抗戦だが、彼らの現実はそこから遠いことが、最後の数行に象徴的に表される。
　　抗戦から遠い民衆の現実はまだある。1940年に発表された「山下（山のふもと）」は、重慶近郊で長江に注ぐ嘉陵江のほとりの小さな町、東陽鎮に住む人々が描かれる。蕭紅は1938年9月から香港に行く1940年1月まで、重慶から嘉陵江を少し北にさかのぼった北碚に住んだ。
　　抗日戦が始まって以来、四川省のこの山の中の町にも、重慶から「下流の人（四川の言葉で東側の人の意）」たちが避難してくる。それはこのひなびた山里ではちょっとした事件だった。続々と波止場に到着する色とりどりの汽船を見て喜んでいた林姑娘の生活も大きく変わった。十一歳になったばかりの林姑娘は足の悪い母親と二人、貧しいなりに「穏やかで、平穏で、単調」な日々を送っていた。父親と兄は長いこと煉瓦職人として外で働いているらしい。その生活が大きく変化したのは、林姑娘が「下流の人」の家に手伝いに行くようになってからのことだ。林姑娘は忙しくなったが、家で家事をする足の悪い母親は手持ちぶさたになった。林姑娘が「下流の人」の食事の残りものを持って帰ってくるため、食事の支度をすることもなくなったのだ。林姑娘が持ち帰る食事は、これまで見たこともないものばかりだった。これまで皮ごと挽いた麦の粉を、ただそのまま煮て食べていたのが、白米のご飯に肉の千切り炒めや鶏肉の入った豆のスープなどが食卓に上るようになった。近所の人まで珍しがって食べに来たが、それでも余るほどの食事だった。母親の仕事

は娘の足を洗うお湯を沸かすことくらいしかなくなった。

　　こんな生活が半月も続くと、林姑娘の母親も漸く慣れてきた。
　　が、林姑娘はこの頃になると、少し天狗になり始めていた。遊び仲間の中で、彼女だけ月に四元稼げるのだ。母親も彼女のおかげで食べているのだ。でも遊び仲間たち、飛三とか小李、二牛、劉二妹たちは、……相変わらず山へ行って薪を拾っているではないか。あの王丫頭だってもう十五歳になるのに、下流の人の洗濯をしてやって、月に一元にもならないし、ご飯ももらえない。
　　だから林姑娘は皆の妬みをかっていた。

　一方もともと娘をかわいがっていた母親の方は、この娘が別の意味で何にも代えがたい価値のあるものだと思うようになっていった。マラリアにかかった娘を救うため、彼女は痛む足を顧みず、薬を求めて歩く。がそれは突き詰めた所、娘が「下流の人」から首にされないための行動だった。病気が癒えた後、再び「下流の人」のところで働き始めた林姑娘は旦那様から麦わら帽やサンダルを買ってもらうようになる。それは彼女の遊び仲間からすれば妬みを通り越して羨ましいことだった。子供たちは林姑娘の後について回り、時には仕事を手伝ってやったりもする。林姑娘は次第に言葉まで「下流の人」風になってきた。林姑娘は次第に「小さな主人」のように振る舞うようになった。
　そのうち「下流の人」が家にコックを置くようになったので、これまでよそに頼んでいた賄いを林姑娘に取りに行ってもらう必要がなくなった。仕事の減った彼女の給料は半減する。母親はさんざん悩んだ末、旦那様に給料の交渉に行くが、結局交渉は決裂、林姑娘は仕事を失ってしまう。また元通り籠を背負って芝を刈りに行く娘の後ろ姿を見送った母親は久しぶりに夕食の支度をしようと思う。

　　鍋を見ると表面は錆だらけだ。柴の山を調べたが、ひょろひょろしたのがほんの少し残っているだけだった。しかもその下には毛虫がわいていて、彼女は肝をつぶした。こんなに肝っ玉が小さいはずはないのに、と思い、冷静になって更にひっくり返してみた。下の方にはミミズが一匹、くねくねとうごめいていた。そんなもの怖いはずはない。つまむことだってできるし、手でいくつにもちぎることだってできた。小さい頃、父親が川で魚を釣るとき、いつもそうやって手伝っていたのだから。だが今日はそれが怖いのではなく、いやだったのだ。これは何だ、頭もないししっぽもない、醜いったらない。彼女は足を上げるとそれを踏みつぶそうとした。何度もやってみたが

足がそこに行かない。彼女がつぶそうと持ち上げていたのが障害のある左足の方だったからだ。その足はふらふらしていうことを聞かなかった。振り返って麦を入れた素焼きのかめを開けたときには本当にびっくりして、蓋が手から滑り落ちた。彼女は目を見張り、口をあんぐりと開けた。これは何だ。かめ中に青々と草が生えていたのだ。
　（中略）
　かめの中のものをひっくり返してみると、小さな虫がいっぱいはい回り、彼女の周りを逃げまどった。彼女はそれを指ですりつぶし、使える方の足で踏みつけた。いつもならこんな小さな虫を傷つけることはしないのだ。小さな虫にも小さな命があるように思え、それぞれ生かしておいてやろうと思うのだった。だが今日は押さえつけることのできない憎しみで、それらを敵視した。
　彼女は竈の所に並べてある、以前はいっぱいに米を入れていたことのある空のかめも、恐る恐る開けてみると、中にはいっぱいに水がたまっていた。仰向いて天井を見ると、頭の上に明るい隙間が見えた。そこで漸く雨が降ると雨漏りがすることを思い出したのだった。
　（中略）
　彼女は鍋をこすりにかかった。鍋の赤さびはネジアヤメの葉っぱみたいに厚かった。

　抗戦によって、母親や林姑娘の心も変化した。これまでつまんだりちぎったりすることのできたミミズが醜くていやらしいものに見え、命をいとおしんだ小さな虫たちさえ憎いのは、母親の心の変化の象徴である。そしてミミズや小さな虫は過去の自分たちの生活の象徴でもある。過去の生活は新しい生活によって消去されたのではない。ただ片隅に追いやられ、忘れられていただけだったのだ。新しい夢のような生活が目の前から消えた今、醜い過去の生活を、彼女たちはもう一度思い出し、再現しなければならない。母親の苛立ちとやり場のない怒りを、蕭紅は執拗に描く。そこに抵抗の芽はあるのかもしれない。だが彼女たちには抵抗する相手が見えていない。だからやはり現状を現状として容認して生きていくしかない。「下流の人」がこの山の中の町に住むようになったのは、そもそも抗日戦が始まったからなのだが、物語の中では抗日戦に直接触れる部分はない。小さな汽船の航行する大きな音を「警報の後で日本の飛行機が頭の上に飛んできたかのようだった」と形容する一文がそれを思い出させるに過ぎない。林姑娘は病気になって一ヶ月以上床に伏した後、「完全に娘になった」。以前のように川で目にする様々なもの、重慶から登ってくる外国の船や洗濯物にまぶされる黄色い砂、砂を投げて川面にできるたくさんの輪などに心を奪われることもなく、仲間の呼ぶ声に応じることもなくなった。この物語の最後を

蕭紅は「林姑娘は小さな大人になった。近所の人たちや彼女の母親はみんなそういった」と締めくくる。林姑娘の代わりに「下流の人」のところで働くようになったのは彼女の仲間の王丫頭だった。こうして恐らく王丫頭も変わっていき、また次の村人が変わっていき、次々に起こる連鎖は恐らく最後はこの村全体を変えてしまうに違いないが、しかしそれはこの村の人々にとっては相変わらず堪え忍んでいかねばならない現状でしかない。こうして人々は様々な変化の中を生きぬいてきたし、またこうしてこれからも生きぬいていくにちがいない。

## 四

　抗日戦開始後のこういった作品の中で、「曠野的呼喊」（1939年1月30日）は抵抗する息子と、息子の抵抗を理解しているかどうかはさておき、ある程度気づいているその親を描いている。抵抗が見える数少ない作品である。
　息子が黙って家を出たままもう三日になるので、父親の陳公公は息子が義勇軍について行ったのではないかと気をもんでいる。ところが突然息子がキジを持って帰ってくる。彼はそれを自分で撃ったというのだが、実際は三日間日本人の鉄道工事現場で働いて得た給金で買ってきたのだ。翌日また息子は黙って出て行き、その後は数日ごとに帰ってくる。両親は安心するが、実は息子は日本人の汽車を転覆させる工作をしていたのだ。その仕業が明るみに出て逮捕された三百人の鉄道労働者の中に、息子も含まれていた。陳公公は息子が鉄道工事で稼いで持って帰った金を全部取り出す。それを息子の保釈金にできるとでも思っているのだろうか。彼は真っ暗な夜をも顧みず、一人強い風の中を息子のいる方へ向かって走り出す。彼の耳には必死に引き留める女房の声も届かない。彼は何度も転んでは立ち上がる。

　　彼の膝からは血が流れ、あちこち肉が見えていた。耳付きの帽子は飛ばされてしまっていた。目はちかちかしていた。全身が痙攣し、震え、血は凍りついていた。鼻からは澄んだ冷たい鼻水が流れ、目からは涙が流れ、両足はこむら返りを起こしていた。彼の袷は木の枝に引き裂かれ、ズボンには半尺の長さの大きな口が開いた。土や風がそこから吹き込み、全身がたちまち冷たくこわばった。彼は懸命に喘ぎ、胸が熱くなったとたん、倒れこんだ。
　　彼は再び起きあがると、また広野に向かって走り出した。彼は狂ったように叫んでいた。自分でも何を叫んでいるのかわからなかった。風が四方から彼をもてあそんだ。

風は街道の上を飽くことなく吹き続けた。木は揺さぶられ、根こそぎ抜けて、道端に放り出されていた。地平線は混沌とした中で完全に消えてしまっていた。風がすべてを支配していた。

　陳公公は日本人が自分たちの生活の中に無理矢理入り込み、自分たちの生活を乱し始めたことを知っており、それに腹を立てていた。最近村に日本兵がやってきて駐屯し、柴を大量に取り上げて行ったのだ。日本軍の駐屯地に立てられた旗に向かって彼は罵る、「日本人の奴らめ……」。彼は息子が黙って出て行ったのも、駐屯する日本人と関係があるのではないかと疑っている。日本人が来てから何かが変わったのだ。息子も変わった。「やらなければならないことはやらなければならない」という息子に彼は尋ねる、「おまえは何をしたいんだ」。しかし息子はこう答える、「親父、何をすべきか考えろ」。しかし父親の考えはそれから先はどこへも行かない。行きようもない。息子を変えた日本人を罵りはするが、彼らが何をしに来たのか、何をしようとしているかについてはわからないままだ。ただ自分たちの生活の平安を乱すものとして罵るに過ぎない。夫がそのことでいらついているのを、女房の陳姑媽はわかっている。が、彼女は息子が出て行ったことも不安なのだが、そのことで夫がいらついて問題を起こすことの方が心配で、内心うろたえている。「陳姑媽は大風の威嚇に抵抗し、息子が行ってしまったという恐怖に抵抗し、陳公公が息子のために行ってしまうという心配に抵抗していた」。

　この作品がこれまでと異なるのは、陳公公が捕えられた息子のために行動を起こすということだ。しかしそれは彼自身の抵抗に変わるのだろうか。真っ暗闇の夜の中で大風にもてあそばれながら力の限り叫び続ける陳公公の姿は、抵抗の方法を探しあぐねる人々の苦悩を象徴するかのようだ。そして息子のことより夫が取り乱してこれまでの生活に何らかの支障をきたすことを心配する陳姑媽は、何としても現状を維持しながら生きていくことを最優先とする、あるいはせざるを得ない中国の大衆を象徴しているように見える。「生死場」では、無知な農民たちが李青山の演説に感動し、「俺たちは中国人だ」という意識に目覚め、抵抗に立ち上がったが、それが現実ではあり得ないことを蕭紅は知った。それは彼女の成長でもあり、挫折でもあった。

　蕭紅は西北戦地服務団に加わったわずか九歳の少年、王根を主人公にした短篇「孩子的講演」（1940年3月）を書いている。五、六百人を集めた歓迎会で、人々は落花生や果物をほおばりながら笑いざさめき、次から次へと演壇に上がる講演者の話に耳を傾けようという者はいなかった。「そこで話されている悲惨な出来事はみな代わり映えしなかったから」だった。突然、食べ物に目を奪われていた王根におはちが回ってくる。彼は自分の話

さなければならないことはしっかりと把握していた。自信もあった。だが彼はこんなにたくさんの人間を見たことはかつてなかった。

　　血管の中で血液が異様に流れ始めた。全身、耳まで虫が入り込んだみたいに熱っぽく目がちかちかした。

その場で椅子の上に立たされた彼は話し慣れた話を始める。

　「俺が家を出たとき、家にはまだ三人残っていました。おとっつあんとおっかさんと妹です。今趙城は敵に占領されています。家に何人残っているのか、俺は知りません。俺が服務団に入ったとき、おとっつあんは服務団まで俺を連れ戻しに来ました。おっかさんが連れて帰れといったらしいんです。おっかさんは俺のことを心配していました。でも俺は帰りませんでした。日本人が来て俺を殺すかも知れないんだぞ、っていってやりました。俺はこうして服務団でおつとめするようになったんです。俺は小さいけれど、日本人をやっつけるのに男も女も、年寄りも子供もありません。俺はおつとめをし、宣伝するときは、俺も台に上がって蓮花落を歌います……」
　おつとめをするとか、蓮花落を歌うとかいうところで笑う人がいないわけではなかった。だがどうしてかわからないが、かえって静かになっていった。広間の人々の呼吸と空気中に浮かんでいるほこり。蠟燭が各テーブルで揺れていた。唇を咬んでいる者もいたし、爪を咬んでいる者もいた。ある者は人の頭越しに窓の外を見ていた。後の方に立っている一群の灰色の人たちは、木に刻まれた像のように、ずっしりと、荒削りで、そして完全に同じ形をしていた。彼らの目はみな、海面に映った空のように深く、底が見えなかった。窓の外には冷たく静かな月があった。
　（中略）
　1938 年の春、月は山西のある都市を訪れていた。いつもの春と同じように。だが今夜は一人の子供の前で、月も一人の偉大な聴衆となっていた。

しかしすっかり緊張した王根は、人々の盛んな拍手の意味がわからない。彼のどぎまぎするさまに笑い声さえ起こると、いよいよ何が何だかわからなくなり、とうとう泣き出して話し続けることができなくなってしまう。

　　なぜみんなは笑ったのだろう。自分ではあまりよくわからなかった。たぶんどこか

でいい間違いをしたのだ。だけど思い当たらない。家は趙城にある、これは間違ってない。服務団に来た、これも間違ってない。おつとめをする、これも間違ってないし、日本帝国主義を打倒する、これも間違ってない……自分自身でも確信が持てなかった。そのとき、笑い声の中で、完全に我を見失っていたのだったから。

　結局その後一週間、「服務団におつとめをしていたことで、自分を大人だと思いこもうとしていた」幼い王根は、「おつとめをする」というところまで来るとそれ以上話し続けられなくなる夢を見続ける。そしてそのたびに母親に寄り添って身体を丸めた思い出がよみがえるのだ。
　1938年の春といえば、ちょうど蕭紅が丁玲の率いる西北戦地服務団と行動を共にしていた時期である。彼女はこの幼い少年の体験を通じて何をいわんとしたのだろうか。服務団に参加する人々、そして彼らの来訪を歓迎する多くの人々、彼らの周囲には確かに悲惨な現実があるが、それらはいずれもすべて聞き慣れた話でしかない。悲惨な現実はすでに人々の日常と化し、人々はそれを所与のものとして受容しようとしている。
　王根が服務団に入ったのは、恐らく生きていくための彼なりの選択であったのだろう。彼は「おつとめ」をする先として服務団を選んだにすぎない。しかしその後、「代わり映えのしない言葉」によって彼の選択の正当性は裏付けられていく。裏付けられることによって彼らはそこに居場所を見つけてゆく。だが彼の正当性はあくまでも後から裏付けられたものだ。彼らは初めからその行動の正当性を信じ、それに心を動かされて行動しているのではない。それは王根の演説で静まりかえった広間を描写する「何かの宗教的な儀式が行われているようだった」という一文で察することができる。彼らは一つの宗教のように「日本帝国主義打倒」を信じようとしているにすぎないのかもしれない。しかしいたいけな少年王根の話は彼らに家族を思い起こさせた。確かに存在している悲惨な現実と民族の危機を、彼ら一人一人の、個人の現実とリンクさせていくにはそれしかないのかもしれない。蕭紅は「寄東北流亡者（東北の漂流者たちへ）」（1938年9月18日）の中で「失われた土地のコウリャンや穀物のために頑張りましょう。失われた土地と年老いた母のために、頑張りましょう。失われた土地に染みこんだあらゆる哀しい記憶のために頑張りましょう」と呼びかけているが、聴衆の反応は幼い王根に、忘れていた母のぬくもりを思い出させてしまう。これ以後、母への追慕の念を超越し、より強い意志と明確な目標を持って抵抗の活動を続けていくには、王根はあまりに幼すぎる。これ以後、王根はどんな気持ちで「おつとめ」を続けるのだろうか。
　また蕭紅は「北中国」（1941年3月26日）と題した短篇に、関内へ行って日本と闘うと

いい残したまま消息を絶った息子の身を案じる老夫婦を描く。「満洲国」で暮らす耿大先生は外国にも留学したことのある知識人で、初級小学堂が開校されるとすぐに子供たちをそこに入れて学ばせたような人だ。その夫人もかつて私塾で学んだ経験を持つが、行方知れずになった息子のことになると心配でたまらない。耿夫人は息子が家を出る兆候を見抜けなかったことを悔い、「もしそのことがわかったなら、あの子を見張って、行かせることはしなかったのに」と悔やむ。耿大先生は息子の所業を若気の至りとしか考えていなかった。だから息子から一度金を無心する手紙が来たときも、どうせいつか戻ってくるものとたかをくくっていたから、「戻りたいのなら戻ってこい、自分に主張があるなら今後は手紙をよこすな」と書き、金を送らなかった。しかし本当に息子の便りが途絶えてから、彼はそれを後悔している。夫婦のもとにはどれを信じたらいいのかわからないほどのたくさんの噂ばかりがもたらされたが、ついに三年後の旧暦の12月、息子が軍隊に入って戦死したという知らせがもたらされる。それ以後耿先生は「はっきりしたりぼんやりしたり」する病にかかる。はっきりしているときには日本人に渡さないために、敷地内の大きく育った木をみな切り倒すように命じた。

「伐採しろ、切らなければ無駄になるだけだ」
木はみな鋸で小さく挽かれた。彼はいう。
「焼いてしまえ。焼かなければ無駄になる、残しておいても日本人の奴らのものになる」
彼がぼんやりしているときは、筆や墨を要求して手紙を書こうとした。そういった手紙はどのくらい書いたかわからない。封筒だけ書いて、中身は書かないのだ。
封筒にはいつもこう書く。

　　大中華民国抗日英雄
　　耿振華吾児収
　　　　父　字

彼がこの手紙をどこに出そうとしているのかはわからなかった。ただ、客があるとこういった。
「ちょっとお待ち下さい。ここにある手紙を私の代わりに持って行ってくださらんか」
街へ行く人なら誰でも、彼に見つかると一通の手紙を託された。

「抗日英雄」などと書いてあることが日本人に知れることを恐れた家族によって、耿大先生は一番奥の部屋に幽閉されるようになる。それでもいつの間にかそこを抜け出してしまうため、更に奥の、もとは妾の部屋だった小部屋に移され、ついには花壇のすみの四阿に鍵を掛けて押し込められる。その四阿には火鉢があった。「彼は寂しくなると、火鉢に炭を加えた。火鉢からは青い煙が上り、彼はその煙を見ながらぼんやりと座っているのだった」。そしてある日、彼はその青い煙のためにひっそりと、眠るように落命するのである。

すべては「日本人が来てから変わってしまった」ことにみな気づいてはいる。しかしそれによってもたらされる家族離散や肉親、友人の死は、彼らの哀しみの淵源ではあっても、それが抵抗のエネルギーに変わっていかない。哀しみは憎しみに変わり切らないまま、諦めに姿を変えてしまう。息子の死後、耿大先生が「はっきりしたりぼんやりしたり」する病気になるのは、彼の哀しみが憎しみと諦めの間を逡巡しているからに違いない。ぼんやりしているときに彼が手紙を書くのは、彼に多少なりとも現状に対する認識があるからだ。しかし中身のない手紙は、彼の認識が抵抗への道を探りかねていることを象徴している。結局耿大先生はぼんやりした状態のまま死んでしまうが、それは恐らく耿大先生の家族によって望まれたことであった。ここに描かれている家族は知識人階層のそれである。だが彼等の生き方、身の処し方は、「山下」などに描かれた民衆のそれと基本的に変わらない。それは階層を問わず、中国人が代々引き継いできた生き方そのものなのだ。

## 五

しかし蕭紅は抵抗に対し、希望を棄てていたのではない。「寄東北流亡者」の中で、彼女は上海の陥落を機に、満洲国に対して沈黙していた中国政府がようやく積極的に抗戦を開始したことを歓迎して、こう書いている。

> あなたたちの希望は、秋の満月のたびに、幻想の中で七回も反故にされました。毎年、月は時期が来ると丸くなりましたが、あなたたちの希望はコウリャンの葉と一緒にしおれてしまいました。しかし八一三以後、上海で砲声が響いてから、中国政府は積極的に抗戦を展開しています。九一八の、習慣となっていた、未来に対する暗澹とした思いと愁いは、砲声が響き合う中で感動と興奮と感激に変わりました。そのとき、あなたたちもきっと涙したことでしょう。それは感激の涙、興奮の涙、感動の涙です。

またその三年後、彼女は、「九一八致弟弟書（九一八に弟に宛てて）」（1941年9月26日）

で、弟の張秀珂にあてた形を取りながら、こう書いている。

　　可弟、私たちは二人とも小さいときは海を見たことのない子供でした。でも海に沿って南に下って行きたいと思ったのです。海は見たことがなくて、怖かったけれど、船に乗ってゆらゆらと、行く手に決まった目的は何もなかったけれど、とにかく前に向かったのです。
　　あのとき海に出たのは、あなたたちではなく、私が最初でした。変なことを思い出しました。私たちが小さかった頃、おじいさんがよく私たちに話してくれましたよね。私たちは本当は山東の人間だ、私たちの祖先は、一切合切担いで天災を逃れ、関東にたどりついたのだ、と。私たちはまた未来の祖先になるのだわ。私たちの後の世代の者たちはこういうでしょう。昔一人の祖先がいた、漁船に乗って天災を逃れ、南にたどりついたのだと。

抗戦勃発後、抗日軍に身を投じた弟の身を案じながら、山西で出会った若い戦士たちの生き生きとした様子に弟の姿を重ね、「中国にあなたたちがいる限り、中国は滅びないでしょう」と断言する。
　しかしその希望を作品の中で具体的に表明することがなかったのは、抵抗から遠い人々の現実をまず虚心に認識することから始めなければならないという思いがあったのだろう。蕭紅が1941年5月に発表した「骨架與霊魂」というごく短い文章はその決意表明であるといえよう。

　　「五四」の時代がまたやってきた。
　　（中略）
　　私たちは「五四」を離れてもう二十年余りになる。凡そこの間、文章を書く者は書き、儀式を行う者は行い、勇敢な祖先を拝むように敬ってきた。
　　しかし今日、もう二十年余りも敬ってきたというのに、自分で刀や槍を取り、同じようにしなければならないとは、思いもしなかった。
　　（中略）
　　誰がその旧い骨なのか、それは「五四」だ。誰がその骨の魂なのか、それは私たちだ、新しい「五四」だ！

「五四」に新しい魂を吹き込むために、今一度自分たち知識人が立ち上がらなければな

らない。だがそのためには民衆だけでなく、知識人の現実も認識し、問題を明らかにしておかねばならない。「呼蘭河伝」の中の「私の家」と有二伯、「北中国」、知識階層の若い男女の悲恋をテーマとした「小城三月」（1941年）、「馬伯楽」（第一部：1941年1月、第二部：1981年9月）などはこのような意図のもとに書かれた一連の作品と見てよいだろう。病が進行する中でやむなく「馬伯楽」の連載を断念した蕭紅が袁大頓に語ったといわれる「残念だわ、あの愁いに満ちた馬伯楽に光明の結末を見せられなくて」（袁大頓「懐蕭紅」）という言葉が事実なら、筆者の以上の予測を裏付けるものとなろう。

## 六

　抗日の戦火の中を転々とし、香港で短い一生を終えなければならなかったことは、蕭紅にとって全く不本意なことであったに違いない。だが香港で「呼蘭河伝」、「馬伯楽」という、これまでにない長編に取り組んだこと、この二作がこれまで検証してきたように、蕭紅の作品世界の連続の中に、更にそれを発展させる形で位置づけられていることなどから見れば、香港は蕭紅に対し、やはり一つの充実した創作環境を提供していたのではないか。そのような観点に立って改めて蕭紅の創作の生涯を見直してみるとき、これまでいわれてきたものとは異なる、新しい蕭紅の姿が浮かび上がるのではないか。

　蕭紅を、中国の抗日の時代を生きた一人の女性の姿として、総体的にとらえ、理解しようとするとき、女権主義（フェミニズム）は確かに有用な観点を提供してくれた。女権主義の提言により、我々はほとんど初めて蕭紅の文学を一人の女性の自立的な営みとして、歴史や社会に対する果敢な挑戦として、女性の前衛として歴史の上に明確に位置づけ、理解することができたといってよい。女性の歴史的、社会的、文化的なさまざまな営みを、これまでの、男性性の支配下にあり、彼らのために構築されてきた言説から解き放ち、女性性を新たに肯定的にとらえていこうとする試みは魅力的であるしエキサイティングでもある。だが蕭紅に関していうならば、女権主義が女性性に対して肯定的かつ同情的であろうとするその本質的な性格の故に、従来多くの好意的な読者によって紡ぎ上げられてきた、蕭紅の女性としての、また女性であればこその苦難や不幸に対する篤い同情や共感に裏打ちされたイメージ（例えば蕭紅記念館前の座像のような）と融合し、新たな偶像を作り上げてしまう危険性を筆者が感じていることもまた事実である。

　それは例えば、蕭紅の作品の何を、どの部分を評価するかということに関して、女権主義が登場する以前と以後においてさほど大きな変化が見られないことに端的に現れている。例をあげるなら、「生死場」において、確かに女性たちのさまざまな苦難に関する描写が

突出してはいるが、それに絡む男性に関して言及されることはこれまでない。散文集『商市街』は、蕭紅が蕭軍という伴侶を得て、抗日作家として新たな道を歩み始めた頃の美しく懐かしい回想としてしか読まれず、本稿で指摘したような、そこに彼女の自立への強い希求が見られるという読み方はされてこなかった。従って『商市街』は往々にして研究対象からははずされてきた。また「呼蘭河伝」に関しては、女権主義の登場によって初めて、この作品が寂寞に閉じこめられ、抗日への意欲を失った、それまでの作品群とは一線を画す消極的な作品であるという評価を脱し、蕭紅の一連の作品群の中に然るべき場所を得ることができたのだが、このさまざまのエピソードに彩られた魅力的な作品の中で専ら団円媳婦の悲劇のみが問題にされ、有二伯や馮歪嘴子の物語は、前作が存在するにもかかわらずほとんど言及されることがないという状況は従来と変わりがない。

　更に蕭紅の苦難や不幸に関して、彼女の身近にいた男性、特に蕭軍にその責任の大部分があると見なされたため、彼が彼女の作家としての出発に大きく貢献したにもかかわらず、その影響関係については専ら負の面ばかりが強調されてきた。それは蕭軍という人物の強烈な個性に関わるところが大きいとはいえ、粗暴な蕭軍と病弱な蕭紅という対比を作ることにより、従来の好意的な読者たちは彼女の悲劇に対してより深く感情を移入することができたし、女権主義者たちもそれを前提とすることで自分たちの論理をより強力なものとすることができた。しかしそれは実は、男性の従属物であった女性は弱くてはかないからこそ美しいという従来の女性観を一歩も出るものではなく、たとえそれが故意ではなく、あくまでも蕭紅に対する好意的な心情によるものであったとしても、対する男性作家たち、特に蕭軍に関してはフェアとはいえず、却って蕭紅を自立した作家として評価することを妨げ、結果として蕭紅に対する評価を引き下げるものといわざるを得ない。また端木蕻良に関しては、蕭軍が専ら男性の「陽性」の部分を代表させられたのに対し、「陰性」の部分を担わされた。彼の行動の一つ一つが自分勝手な「男らしくない」ものとされ、従って蕭紅を守りきれなかった、と。それもまた端木に対してアンフェアな態度ではないだろうか。

　筆者が本書で女権主義の観点を高く評価しつつもそれに依拠することに慎重であり、多くの資料や作品に依りながら、蕭紅という一人の作家とその創作の営みを、でき得る限り客観的に見つめようと努めた理由はまさにそこにある。だがそれは蕭紅や、現在に至るまでの女性たちの苦難の歴史や過酷な闘いを軽んじてのことでは決してなく、むしろそれを重んじればこそであること、筆者自身もその先達たちの切り開いた輝かしい道を更に大きく、更に遠くまで、切り開いていきたいと考えるものであることを、改めてここで強調しておきたい。女権主義は文学研究においても確かに新しい地平を切り開いた。しかしそれ

は女性性の肯定と権利回復という歴史的社会的な大きな使命によって、女性に対して寛容であり、男性に対していささか苛酷であるという、一方に偏した観点をこれまでは持たざるを得なかった。だが女権主義の観点が社会的に一定の認知を受けた今、それらの成果をふまえた上で更に高いステージへと昇って行くことを求められているのではないだろうか。そのとき恐らく問題は「個」のありように行き着くのではないだろうか。そしてそれこそ、蕭紅が最終的に追求しようとしたテーマであるように思えるのである。

　例えば「呼蘭河伝」はこれまで、蕭紅の望郷の念に満ちた回想録として専ら読まれてきた。しかしそこに数々の意図的な作為が見られることは、既に指摘したとおりである。彼女が「呼蘭河伝」で描いた「私」の家族像は、あくまでも呼蘭河という旧い街の停滞した空気を描くための背景の一つとして創造されたものであり、必ずしも蕭紅の実在の家族の姿をそのまま映すものではない。また「私」の周囲の貧しい人々に関しても、彼らの物語の中に作者の作為の痕跡が見出されることは既に述べた。作者に強い望郷の念があったことをもちろん否定はしないが、それはこの作品の主要なテーマではない。この作品のテーマはすでに述べたように、「荒涼とした前庭」の住人たちのそれぞれの抵抗とその成果である。だがその抵抗は当時の人々が期待した、侵略者に対する民族としての抵抗ではない。団円媳婦は「一個の人間」としての自分を最後まで棄てようとしなかったために、死に至った。有二伯は自分を「一個の人間」として認めない現実から逃避することで「一個の人間」であることを守ろうとした。馮二嘴子は自分が望んだ「一個の人間」としての幸福を実現させることに成功し、更にそれを守り通そうとしている。貧しく弱い人々にとっては、そもそも自身の生存自体の危うさにより、生きようとする努力自体がそのまま抵抗につながっていくのかもしれない。その一つ一つの「一個の人間」としての抵抗を、どのようにすれば全体の抵抗へ、即ち民族の抵抗へと昇華させていけるのか。

　戦火に追われて中国各地を歩く中で見聞した人々の抗戦から遠い現実が、すでに自身のテーマとして持っていた「一個の人間」の問題に対して、それを人々の間に普遍化していくという着想を与えたのかもしれない。弱く、貧しく、知識も教育もない、すべてを宿命として容認しながら淡々と生きている人々に「一個の人間」としての意識がなければ、抗戦は彼らにとって何の必然性もない。「一個の人間」であることを発見し、「一個の人間」としての意識を持ち、「一個の人間」としての権利と幸福を追求して初めて、これまで宿命と思われていたものの実態が明らかとなり、彼らの抵抗によって宿命は打ち砕かれるのである。そしてそれは必然的に民族の抵抗に向かうはずである。それは恐らく女性として「一個の人間」という問題に常に直面せざるを得なかった蕭紅であればこそ持ち得た視点であり、例えば〈七月〉の座談会のメンバーや、あるいはペンを銃に持ち替えようとする

蕭軍とは相容れない視点であったのではないだろうか。たとえ最終的な目標は彼らと同じであったとしても。

　蕭紅にとって最大の、そして結果的に最後の課題となったのは、この事態に至ってもなお抗戦から遠い知識人の問題であった。戦火を避けて各地を流れ歩く根無し草の彼らは、そもそも自分を土地や家族に縛りつける宿命という意識を持たない。彼らに「一個の人間」としての自覚と誇りを持たせるために、取り戻させるために、蕭紅は徹底的に利己的で卑小な人物、馬伯楽を設定した。自身の生存の危うさを根本的に感じたことのない馬伯楽だが、同胞を「出来損ないの中国人め」と罵る行為から、彼の中に、「中国人」を外国人から相対化する意識がすでに存在していることが明らかである。そうであるからには、彼の課題は「中国人」を劣等民族と見る彼自身の根拠がいずれにあるのかを見極めること、そして自分自身がその劣等「中国人」の群れの紛れもない一員であるという事実を自覚することにあるといえよう。それはやはり馬伯楽にとっての「一個の人間」の発見といえるのではないだろうか。そう考えることで初めて、蕭紅の作家としての生涯が一本の柱によって貫かれたものであることを知ることができ、すべての作品を一つの連続する線上に、連続する精神の営みとして位置づけることができるのではないだろうか。ただ一つ残念に思うのは、「馬伯楽」が未完に終わったことで、蕭紅の壮大なプランの行方を見定めるチャンスが我々から永遠に奪われてしまったことである。

# 付章　蕭紅の死とその後

最後に蕭紅の死の状況とその後の改葬問題についてふれておく。

## 一

　1940年1月に香港に来て間もなく蕭紅は体調を崩し、蕭紅の弟の友人で東北出身の新進作家駱賓基が翌年11月に九龍の家に彼女を訪ねたときには、すでに立つこともできないほど衰弱していた。曹2005によれば蕭紅と端木は本土に戻ろうと考えていたらしいが、折あしく皖南事変（1941年1月）が起こり、本土から多くの作家や文化人が南下してきたため、計画を断念したらしい。その後駱賓基は蕭紅の死まで、蕭紅夫婦と他の誰よりも濃密な時間を持つこととなった。当時のことを駱賓基は「蕭紅小伝」（1946年）に記録しているが、それと端木側の記録との間には大小の食い違いが見られる。その食い違いは主として当人同士しか知り得ない、互いの個人的な、感情的なもつれに起因していると思われ、検証は難しい。ここでは可能な限りそのいちいちには触れないで話を進めることとする。

　7月に肺結核と診断され、手術を受けていよいよ衰弱した蕭紅は、〈時代文学〉に連載中の「馬伯楽」第二部の中断を決意。11月下旬には一旦退院したものの、病状は好転しないまま、ついに太平洋戦争が勃発する。十二月八日のその日の朝、香港の啓徳空港は日本の空爆に遭い、午前中には九龍から香港への海上交通は完全に封鎖された。危険を感じた端木と友人たちは、人々が寝静まる3時すぎを待って、蕭紅を当時東北救亡協会香港分会の責任者だった于毅夫が用意した漁船に乗せ、香港島に運んだ。時代書局が用意した担架で、蕭紅はまず前東北大学校長の周鯨文の半山の別荘に入り、更にその日のうちに香港島の各処を転々としたあげく、夕暮れ前にようやく市街地の中心にある思豪大酒店に落ち着くことになった[1]。翌9日には香港―九龍間の海運がとだえ、まさに間一髪の脱出劇であった。しかし12月18日、このホテルも爆撃に遭い、結局蕭紅は再び各処を転々とし、最終的に時代書局の職員宿舎に落ち着くこととなる。

　年が明けた1月12日、蕭紅は跑馬地の養和病院に移る。名のある作家ということで、院長が自ら診察し、喉の腫瘍切除の必要があるとの診断を下したが、実はこれが誤診であったことが事後に判明する。手術に難色を示す端木を押し切るように、蕭紅が自ら承諾書にサインをした。

18日、手術のために声を失った蕭紅の意志で、彼女は瑪麗病院に移される。1月21日、ずっと彼女に付き添っていた駱賓基は、四十四日ぶりに身の回りの物を取りに九龍の自宅に戻るが、そこはすでにもぬけの殻で、翌朝香港に戻った時には瑪麗病院は日本陸軍に接収され、ようやく探し当てた赤十字の臨時病院、聖士堤反女校(セント・ステファン)で、蕭紅が明け方6時に意識不明になったと聞かされる。亡くなったのはその日の昼11時のことだった。

手術に先立ち、蕭紅は端木にいくつかの後事を託したという。まず自身の作品に手が加えられないよう守って欲しいこと、そして版権はすべて端木にゆだねること。第二に死んだら魯迅の墓のそばに埋めて欲しいこと、しかしそれが難しい今は海の見える美しい場所に、白い布で包んで葬って欲しい。第三に、もし哈爾濱に行くことがあったら彼女が産んだ王恩甲の子どもを探して欲しいこと。そして第四に、最後まで献身的につくしてくれた駱賓基にお礼をして欲しいこと。これについて蕭紅は将来「生死場」が再版されるならその版権を贈りたいといったが、すでに版を重ねている「生死場」よりも「呼蘭河伝」の版権の方が利が厚いという端木の意見を聞き入れたという（曹2005）。

駱賓基によれば、声を失った蕭紅が最後に筆を執って彼に書き残したことばは「半生尽く白眼冷遇に遭い、身は先んじて死す、甘んぜず、甘んぜず」であったというが（「蕭紅

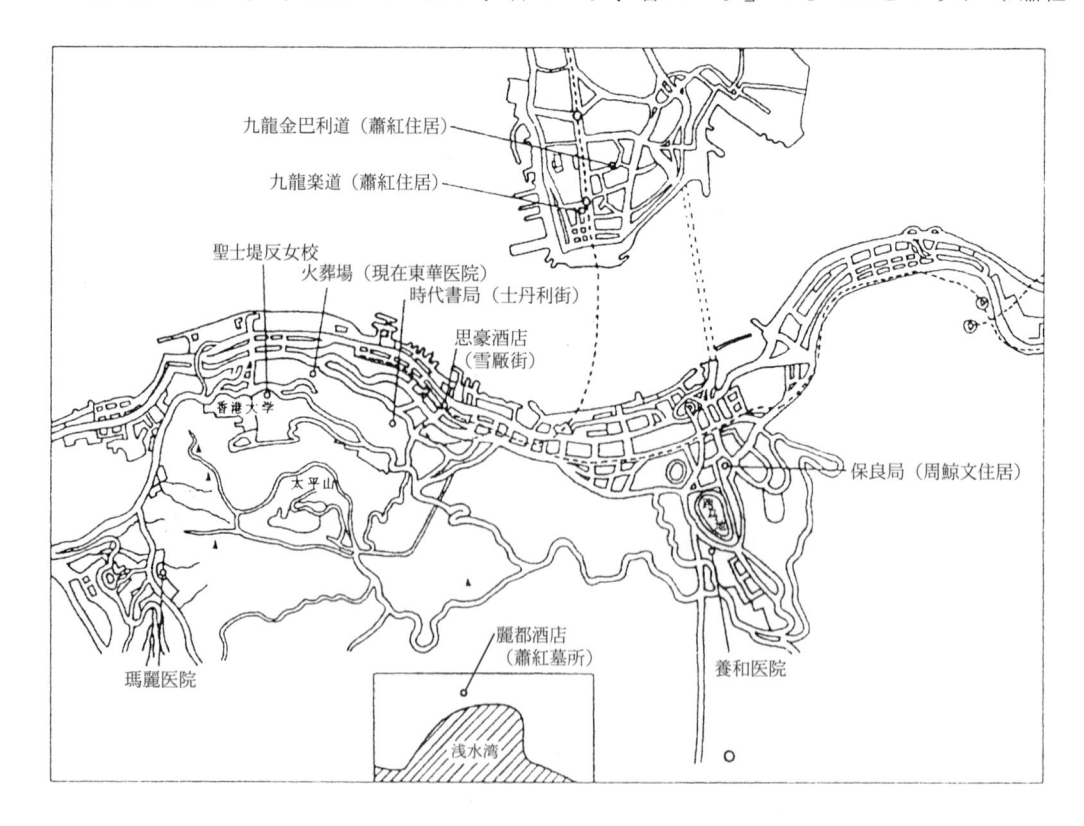

**図10** 香港における蕭紅の足跡（曹2005より）

小伝」)、曹 2005 によれば、蕭紅は端木に「魯迅」、「大海」などの文字を書き残したという。

蕭紅の死後、端木は写真屋に蕭紅の遺容を撮影させ、髪を一束切り取った。当時は墓地に限りがあることから合葬が原則だったが、香港政府の埋葬関係の責任者、馬超棟がたまたま蕭紅の読者であったことから、破格の処置が取られた。馬はまず端木に小椋という日本人記者を紹介[2]、彼を通じて日本軍政府から死亡証明書を発行してもらい、蕭紅を荼毘に付す手続きをとった。その頃、死体には服を着せず、男女も分けず、一括して死体運搬車に載せて埋葬場所に運んでいたが、馬は病院から借りた白い毛布で蕭紅の遺体を包んだ上、運搬車の特別の場所にそれを安置し、他と区別した上で、日本人の火葬場で荼毘に付した（1月24日）。それから端木は骨董の陶器の壺を二つ買い、蕭紅の遺言に従い一つを浅水湾に埋めた。もう一つは手元におくつもりであったが、結局翌日最期の地、聖士堤反女校の木の下に埋めた。

その後、駱賓基は1月25日に香港を離れ、マカオを経て、3月、桂林にたどり着く。端木は2月、日本の「白銀丸」に乗って広州に向かうが、広州湾がすでに日本軍の支配下にあったため迂回し、マカオから上陸、同じく3月に桂林に到着している。端木は、「白銀丸」にはほかに駱賓基ともう一人の友人が乗っていた、というが、駱賓基はそのことには一切触れていない。

## 二

1957年7月22日、中国人作家葉霊鳳は、香港市政局の職員と共に、香港島南の海水浴場、浅水湾の土を掘り返していた。探しているのは十五年前にこの地に埋葬された蕭紅の遺骨だが、歳月は三尺の木の墓標も、そこに植えられたはずの木も、全て失わせていた。唯一頼りとなる当時の写真は葉霊鳳自身が撮ったものだが、その時同行した詩人、戴望舒もすでにこの世の人ではない[3]。

10時から開始された作業は午後になっても何の成果もなく、最悪の場合は周辺の土の保存も考えたとこ

**写真23** 浅水湾の蕭紅の墓（1942年11月　戴望舒撮影）
　　　　墓碑（木）の文字は端木蕻良

写真24　広州銀河公墓の蕭紅の墓（1977年撮影）

ろへ、3時になってようやく丸い黒い陶器の瓶が姿を現わした（端木の回想によれば白い壺である）。中には焼き切れていない顎の骨のようなものと布の燃えかすが入っていた。

　それからおよそ十日後の8月3日10時、香港文芸界の人々により、簡単な送別会が開かれた。会場には蕭紅の像が飾られ、その下に、香港政府から贈られた明るい褐色の木の箱に収められた遺骨が、花に囲まれて置かれた。時間、場所などの制約により広く通知を出さなかったにもかかわらず、六十余名が参加し、その後深圳まで遺骨を送る代表（葉霊鳳、曹聚仁等六名）に、更に数十名が同行した。

　深圳では中国作家協会広州分会によって組織された「蕭紅同志遷葬委員会」のメンバー（黄谷柳、陳蘆荻等）が出迎えたが、そこには端木蕻良の姿もあった。蕭紅の死後香港を離れた端木はその時北京にいたが、折りしも胡風に対する批判の嵐のただなかに、胡風と親交のあった端木も立たされていた。そういった時期に、広州作家協会から、蕭紅の遺骨を改葬したいという手紙を受け取ったのである。きっかけは、浅水湾に建つホテルが、蕭紅の墓地のあたりを海水浴場として整備しようとしたことだった。ここはもともと墓地として認められた場所ではなかったが、端木が特別の許可を得て遺骨の一部を埋葬したのである。墓が失われようとしている、というニュースはたちまち香港の文化人たちの間に広まり、改葬の声がにわかに高まったのだった。8月15日午後、改葬の儀式の後、遺骨は広州郊外の銀河公墓に埋葬された。

　文革の嵐が過ぎ去った1987年11月4日、端木は広州の蕭紅の墓を訪れ、その二年後には香港の聖士堤反女校のもう一つの墓地も訪れる計画を立てていたが、病が重くなったため果たせないままとなり、またその場所も当時とはすっかり様変わりしたため、結局蕭紅

のもう一つの遺灰は現在まで発見されないままとなっている。

## 三

　「半生尽く白眼冷遇に遭い、身は先んじて死す、甘んぜず、甘んじず」。1942年1月18日、瑪麗病院に移った蕭紅が、翌日の夜の12時にC君（駱賓基）に筆を要求し、書きつけた〈蕭紅小伝〉、といわれているこの言葉が真に蕭紅の言葉なのか、「蕭紅小伝」やそれが依った「呼蘭河伝」がどこまで「史実」に忠実なのか、また蕭紅が最後の何日かの間にC君に打ち明けたといわれることも、「史実」としてどれほど確かなものなのか、確かめる術はすでにない。にもかかわらず、蕭紅という一人の女性の像は、それらの記述をよりどころとしてその死後ずっと、人々の中に確かなものとして生き続けてきたことはすでに述べたとおりである。それには恐らく二つの理由がある。

　一つには、蕭紅の歩んだ道筋が、当時の歴史的社会的状況の中の覚醒した女性のたどったものとしてあまりにも象徴的であったということだ。父親に反発して家を出たが、そのきっかけが旧式の封建的婚姻を強要されたことにあり、加えて生家が当地ではそこそこの地主であったことで、彼女の行動は五四以来のテーマであった「反封建」という理屈によって正当化された。かつて中国でイプセンの「人形の家」が、新しい時代の新しい女性の生き方を示唆するものとして話題を呼んだとき、魯迅は主人公のノラに自身の反抗と自立を支えるだけの現実的な基盤がないことを指摘し、理想に踊らされる危うさを指摘したのであった。どのような経緯があったのかわからないが、父親の決めた婚約者と同居し、妊娠した後置き去りにされ、万事窮した蕭紅の姿は、まさに魯迅が危惧した、家を出た後の惨めな「ノラ」の姿であった。その窮地を救った蕭軍の行動は、ノラの自立を支援する開明的な行いとして高く評価され、二人の出会いは高潔な魂の革命的結合であり、その結合は更に創作という優れた戦闘方法に昇華していったとして称えられることとなった。しかしその称賛の裏に、弱い女性を強い男性が救い守るという、一種のパターン化された旧社会の美学が隠されていることも見逃してはならず、それが現実生活の上だけでなく、精神的自立が不可欠であるべき創作生活の上においても顕在化したことが彼女の不幸の始まりであった、ということも、当時極めて今日的な問題であった。いや、それは今日においてもいまだまさに今日的問題として君臨しているといってよい。

　蕭軍との最初の創作集『跋渉』が発禁となり、それを機に侵略された故郷から脱出したこと、魯迅にその才能を認められ、彼の援助により上海で出版された「生死場」が、構成の稚拙さを忘れさせるほどの力強い描写力と新鮮な題材を示して見せたことで、蕭紅は蕭

軍と共に抗日作家としての地位を一挙に不動のものとした。そしてその後の結婚生活における苦しみは、男尊女卑の封建的な因習がまだ根強く存続することの証左とされ、革命的出会いも、結局は封建制度の呪縛から自由ではなかったことを人々に強く印象付けた。蕭軍との出会いに比して端木との出会いが多くの友人たちから評価されることがないのは、端木と出会って以降の蕭紅の作品からいわゆる革命的な闘争の精神が消えていったことが一つの大きな要因であろう。そして蕭軍との別離と端木との新たな出会いは、蕭紅の女性としての同情すべき弱さと解釈された。英雄人物を自らの理想とした蕭軍とは対照的に文人然とした端木のキャラクターは、抗日の風潮の中で必ずしも歓迎されなかったのかもしれない。だからこそ当然の帰結として端木との新しい生活の中でも苦悶が消えなかったとされ、にもかかわらず彼女が端木と最後まで行動を共にしたことは、やはり彼女の女性としての、愛すべき弱さに帰されたのであった。

　もう一つは蕭紅を早々に抗日作家として高く位置づけてしまったことで、その後期の作品をどのように評価するか、「生死場」と「呼蘭河伝」との間にある落差をどのように解釈するかという課題が生まれた。抗日文学として高い評価を得た「生死場」が闘争を主張する作品であるのに対し、自分の幼年時代を回顧する、抗日を一切排除した「呼蘭河伝」は、闘争に対する一種の諦観とも読める。この二つの作品が、一人の作家から、わずか七、八年の間をおいて生み出されたことに対し、どう説明をつけたらよいのか。「生死場」によって抗日作家として脚光を浴び、また期待された蕭紅に、「呼蘭河伝」はふさわしくなかったのである。しかし、人々は蕭紅の稀有な才能を惜しむが故に、また彼女が波瀾に富んだ人生の中で、妥協を許さず、真摯に生きようとした事実を知るだけに、彼女が「呼蘭河伝」を書かなければならなかった理由を考えた。そして多くの困難な闘争の中で疲れ、傷ついた結果、彼女が行きついたのが、帰りたくても帰れない、遠い故郷の回顧であった、という理由にたどり着いたとき、蕭紅の死はよりドラマチックに人々の脳裏に焼き付けられたのである。そして「馬伯楽」は、あまりにもこれまでの作風とは異なっていたために、これまでの作品群からは切り離し、蕭紅が最後の力をふりしぼって現状を打開し、新しい創作の方向を見出そうとした証であると解釈された。

　人々は蕭紅という作家の才華を惜しみ、その人物を愛すると同時に、彼女の時代に翻弄された運命を同時代に生きる自分に重ねずにはいられなかった。誰もが大なり小なり共有している運命の中で、自分がこれから何としてでも生きていくためには、彼女の死に納得できる理由づけが必要だった。その結果、蕭紅は美しくも哀しい物語のヒロインとして人々に語り継がれるようになったが、それは蕭紅を鎮魂するためというより、むしろ残された人々の、自分自身に対する鎮魂であったといった方がいいのかもしれない。

1992年10月31日、蕭紅の生まれ故郷呼蘭で、蕭紅の記念碑と墓の落成式が行われた。墓に納められたのは、端木が五十年の間保管していた蕭紅の頭髪であった。蕭紅は今、彼女の流転の人生を象徴するかのように、香港、広州、呼蘭の三つの地に眠っている。

注

1　周鯨文は張学良と密接な関係があり、また中共地下党の責任者の一人、于毅夫の指導する香港東北同郷会の責任者の一人だった。当時周は自ら〈時代批評〉雑誌を運営し、主編を務めていた。また発行元の時代書店社長でもあった。彼は自分で費用を負担して〈時代文学〉を発行し、端木に主編を任せた。また〈時代婦女〉雑誌を起こして蕭紅に主編を依頼するという計画も持っていた。
　　思豪酒店の経営者夫婦は共に東北出身で、張学良の弟張学銘もよくここを使っていた（以上、曹2005）。
2　曹2005によれば、端木が養和病院から瑪麗病院に蕭紅を移す方法を考えていたとき、たまたま英語で話している日本人記者に出会い、一縷の望みをかけて声を掛けた。それが朝日新聞社の小椋であったという。
3　1942年11月、香港に留まっていた戴望舒と葉霊鳳は日本人の付き添いのもとに軍関係の立ち入り禁止区域となっていた浅水湾に入り、墓地に参拝している。二年後の1944年11月1日、端木は香港の戴に手紙を書き、香港に行けない自分の代わりに墓参をして欲しいと依頼、また墓を西湖に移そうと考えていることを明らかにした。戴は12月20日、蕭紅の墓を訪ね、赤い山茶花の花束を供えた。**写真23**（p.317）はこのときのものである。1948年11月、端木は香港を訪れたが、祖国が解放されれば改葬のチャンスも巡ってくるに違いないと考え、その時は二ヶ所の墓所の写真を撮っただけにとどめたが、結局新中国誕生後、彼らを翻弄した政治的荒波のため、改葬は果たせないままとなっていた（曹2005）。

# 主要参考文献

　文献は中国語のものと日本語のものに分け、著者・編者順に並べ、著者・編者が明確でないものはその後に書名順に並べている。中国語のものはピンイン順、日本語のものは五十音順に並べる。なお、蕭紅の作品及び蕭紅に関係する著作、論文については『蕭紅作品及び関係資料目録』（2003年1月、汲古書院）にまとめているので、ここには記さない。

◆中国語

　　　蔡栄芳『香港人之香港史』　2001年　OXFORD
　　　蔡志勇『上海都市民俗』　2001年3月　学林出版社
　　　曹革成主編『端木蕻良和蕭紅在香港』　2000年12月　白山出版社
　　　曹革成『我的嬸嬸蕭紅』　2005年1月　時代文芸出版社
　　　陳伯海『上海文化通史』　2001年11月　上海文芸出版社
　　　陳麗風・毛黎娟等『上海抗日救亡運動』　2000年12月　上海人民出版社
　　　陳青生『抗戦時期的上海文学』　1995年2月　上海人民出版社
　　　丁淦林主編『中国新聞事業史』　2002年8月　高等教育出版社
　　　董鴻揚『東北人：関東文化』　1994年12月　黒龍江教育出版社
　　　方厚枢『中国出版史話』　1996年　東方出版社
　　　　　　　　邦訳：『中国出版史話』（前野昭吉訳）　2002年11月　新曜社
　　　関礼雄『日占時期的香港』　2000年5月　三聯書店
　　　韓文敏『現代作家駱賓基』　1989年4月　北京燕山出版社
　　　賀聖遂・陳麦青編『淪陥痛史』　1999年7月　復旦大学出版社
　　　黒龍江省社会科学院地方党史研究所・東北烈士紀念館『東北抗日烈士伝（第一輯）』
　　　　　　1980年7月　黒龍江人民出版社
　　　黒龍江省文史研究館編『黒土金沙録』　1993年7月　上海書店
　　　黄暁娟『雪中芭蕉』　2003年11月　中央翻訳出版社
　　　姜世忠主編『呼蘭県志』　1994年12月　中華書局
　　　解学詩『偽満洲国史新編』　1995年2月　人民出版社
　　　孔海立『憂郁的東北人　端木蕻良』　1999年12月　上海書店出版社
　　　来新夏等『中国近代図書事業史』　2000年12月　上海人民出版社
　　　藍海『中国抗戦文芸史』　1984年3月　山東文芸出版社
　　　雷良波等『中国女子教育史』　1993年5月　武漢出版社

李成・王長元主編『老満洲』　1998 年 11 月　中国民族撮影芸術出版社

李春燕主編『東北文学総論』　1997 年 10 月　吉林文史出版社

李春燕主編『東北文学史論』　1998 年 9 月　吉林文史出版社

李桂林『中国教育史』：1989 年 7 月、上海教育出版社

李剣白編『東北抗日救亡人物伝』　1991 年 12 月　中国大百科全書出版社出版

李述笑編著『哈爾濱歴史編年』　2000 年 3 月　哈爾濱出版社

李頌鸞・温野主編『東北解放戦争烈士伝（一）』
　　　　　1986 年 11 月　黒龍江人民文学出版社

遼寧省委員会文史史料委員会編『「九・一八」記実』　1991 年 8 月　遼寧人民出版社

劉登翰主編『香港文学史』　1999 年 4 月　人民文学出版社

劉寧元主編『中国女性史類編』：1999 年 11 月、北京師範大学出版社

陸安『青島近現代史』　2001 年 9 月　青島出版社

馬清福『東北文学史』　1992 年 5 月　春風文芸出版社

馬仲廉編著『「九・一八」到「七・七」』　1985 年 9 月　中国青年出版社

梅志『花椒紅了』　1995 年 9 月　中国華僑出版社

孟悦・戴錦華『浮出歴史地表』　1989 年 7 月　河南人民出版社

潘亜暾・汪義生『香港文学史』　1997 年 10 月　鷺江出版社

逢増玉『黒土地文化与東北作家群』　1995 年 8 月　湖南教育出版社

彭放主編『黒龍江文学通史』一～四　2002 年 12 月　北方文芸出版社

斉衛平・朱敏彦・何継良『抗戦時期的上海文化』　2001 年 5 月　上海人民出版社

饒良倫・段光達・鄭率『烽火文心』　2000 年 5 月　北方文芸出版社

《上海百年文化史》編纂委員会編『上海百年文化史』
　　　　　2002 年 5 月　上海科学技術文献出版社

上海社会科学院文学研究所編『三十年代在上海的「左連」作家』
　　　　　1988 年 4 月　上海社会科学院出版社

沈衛威『東北流亡文学史論』　1992 年 8 月　河南人民文学出版社

盛英主編『二十世紀中国女性文学史』　1995 年 6 月　天津人民出版社

石白『中国才女』　2003 年 1 月　中国婦女出版社

石方『黒龍江区域社会史研究』　2002 年 4 月　黒龍江人民出版社

孫福山『歴史回眸　哈爾濱史話』　1998 年 10 月　哈爾濱出版社

譚譯主編『東北抗日義勇軍人物志』　1987 年 1 月　遼寧人民出版社

王秉忠・孫継英主編『東北淪陥十四年大事記』　1990 年 12 月　遼寧人民出版社

王承礼主編『中国東北淪陥十四年史綱要』
　　　　　1991年12月　中国大百科全書出版社出版
王文英主編『上海現代文学史』　1999年6月　上海人民出版社
蕭軍『人與人間──蕭軍回憶録』　2006年6月　中国文聯出版社
熊明安主編『中国近代教学改革史』：1999年7月、重慶出版社
薛理勇『上海閑話』　2000年1月　上海社会科学院出版社
楊栄秋・謝中天『哈爾濱中央大街』　2000年1月　解放軍文芸出版社
葉成林編著『戦闘在淪陥区』　2000年1月　黒龍江教育出版社
于学斌編『東北老招幌』　2002年5月　上海書店出版社
張毓茂主編『東北現代文学大系』全十四巻　1996年12月　瀋陽出版社
曾一智『城与人──哈爾濱故事』　2003年1月　黒龍江人民出版社
鄭士徳『中国図書発行史』　2000年10月　高等教育出版社
中共東北軍党史組編『東北軍与抗日救亡運動』　1995年3月　中共党史出版社
中共東北軍党史組編著『中共東北軍党史概述』　1995年3月　中共党史出版社
中共東北軍党史組編著『中共東北軍党史已故人物伝』1995年3月　中共党史出版社
中共東北軍党史組編『中共東北軍地下党工作回憶』　1995年8月　中共党史出版社
中共遼寧省委党校党史教研室編『遼寧抗日烈士伝』　1982年11月　遼寧人民出版社
中共遼寧省委党校党史教研室編『満洲省委烈士伝』　1981年5月　遼寧人民出版社
中共上海市委党史研究室編『上海抗日救亡史』　1995年7月　上海社会科学院出版社
中国人民政治協商会議・遼寧省委員会文史史料委員会編『「九・一八」大事記』
　　　　　1991年8月　遼寧人民出版社
中国人民政治協商会議・遼寧省委員会文史資料委員会編『「九・一八」烽火』
　　　　　1991年8月　遼寧人民出版社
中華全国婦女連合会編著『中国女性運動史　一九一九－四九』
　　　　　（中国女性史研究会編訳）1994年3月　論創社
『白朗文集』一～五　1983年11月～1986年4月　春風文芸出版社
『不朽英名：東北烈士記念館』　1998年12月　中国大百科全書出版社
『東北烈士事跡選』　1984年　共青団黒龍江省委
『東北淪陥時期文学国際学術研討会論文集』　1992年6月　瀋陽出版社
〈東北現代文学史料〉第一輯～第九輯　1980年3月～1984年6月
〈東北文学研究叢刊〉第一輯～第二輯　1984年8月～1985年12月
〈東北文学研究史料〉第三輯～第六輯　1986年9月～1987年12月

『端木蕻良』 1988年11月 三聯書店
『端木蕻良文集』一～四 1998年6月～1999年5月
「胡風回想録」:〈新文学史料〉1984年一期～1990年三期
『黄源回憶録』 2001年9月 浙江人民出版社
『魯迅先生紀念集』 1979年12月 上海書店（1937年初版の複印）
『魯迅全集』 1981年 人民文学出版社
『駱賓基』 1994年12月 三聯書店
『羅烽文集』一～四 1983年8月～1990年10月 春風文芸出版社
『舒群文集』一～四 1982年2月～1984年12月 春風文芸出版社
『蕭軍紀念集』 1990年10月 春風文芸出版社
『中国話劇運動五十年史料集』 1985年11月 中国戯劇出版社
『中国抗日戦争時期大後方出版史』 1999年10月 重慶出版社
『中国淪陥区文学大系 史料巻』 2000年4月 江西教育出版社
『中華全国文芸界抗敵協会史料選編』 1983年12月 四川省社会科学院出版社
『作家戦地訪問団史料選編』 1984年1月 四川省社会科学院出版社

◆日本語
　秋山洋子・江上幸子・田畑佐和子・前山加奈子編訳『中国の女性学』
　　　　　1998年3月 勁草書房
　内山完造『花甲録』 1960年9月 岩波書店
　岡田英樹『文学にみる「満洲国」の位相』 2000年3月 研文出版
　夏暁光『纏足をほどいた女たち』（藤井省三監修、清水賢一郎・星野幸代訳）
　　　　　1998年6月、朝日新聞社
　鹿地亘『「抗日戦争」のなかで』 1982年11月 新日本出版社
　鹿地亘『火の如く風の如く』 1958年12月 講談社
　川村湊『文学から見る「満洲」』 1998年12月 吉川弘文館
　関西中国女性史研究会編『ジェンダーからみた中国の家と女』
　　　　　2004年2月 東方書店
　岸辺成雄編『革命の中の女性たち』 1976年7月 評論社
　越沢明『哈爾濱の都市計画』 1989年2月 総和社
　越沢明『満洲国の都市計画』 1988年12月 日本経済評論社
　滬友会監修『上海東亜同文書院大旅行記録』 1991年12月 新人物往来社

阪口直樹『十五年戦争期の中国文学』 1996年10月　研文出版
実藤恵秀『中国人　日本留学史（増補版）』 1970年10月　くろしお出版
澤地久枝『もうひとつの満洲』 1982年6月　文藝春秋
白水紀子『中国女性の20世紀――近現代家父長制研究』 2001年4月　明石書店
瀬戸宏『中国演劇の二十世紀』 1999年4月　東方書店
大同学院編『満州国各県視察報告』 1933年　大同学院
武田昌雄『満漢礼俗』 1936年　金鳳堂書店（1989年11月　上海文芸出版社影印）
田中恒次郎『「満州」における反満抗日の研究』 1997年11月　緑蔭書房
陳青之『近代支那教育史』（柳澤三郎訳）：1939年7月、生活社
寺岡健次郎編『濱江省呼蘭県事情』 1936年4月　満洲帝国地方事情体系刊行会
東亜同文書院『中国を歩く』（中国調査旅行記録　第二巻）
　　　　　1995年8月　愛知大学（影印）
東京文理科大学・東京高等師範学校『現代支那満洲教育資料』
　　　　　1940年11月、培風館
西澤泰彦『「満洲」都市物語』 1996年8月　河出書房新社
日本社会文学会編『近代日本と「偽満洲国」』 1997年6月　不二出版
日本社会文学会編『植民地と文学』 1993年5月　オリジン出版センター
日本上海史研究会編『上海人物誌』 1997年5月　東方書店
平野日出雄『松本亀次郎伝』 1982年4月　静岡教育出版社
満洲国通信社『満洲国現勢』 2000年　クレス出版（復刻）
満洲事情案内所編『満州国各県事情』 1939年　満洲事情案内所
満洲事情案内所編『満州国の習俗』 1939年2月　満洲事情案内所
水田宗子『フェミニズムの彼方』 1991年3月　講談社
水野清一他『北満風土雑記』 1938年　座右寶刊行会
山田敬三・呂元明編『十五年戦争と文学』 1991年2月　東方書店
呂元明著『中国語で残された日本文学』（西田勝訳）2001年12月　法政大学出版局
〈アジア遊学〉四十四　特集：日中から見る「旧満州」 2002年10月　勉誠出版
〈植民地文化研究〉特集：《満洲国》文化の性格　2002年6月　植民地文化研究会
『満洲帝国概覧』 1936年8月　国務院情報処

◆その他

Judith Stacey "Patriarchy and Socialist Revolution in China"
　　1983. Univercity of California Press
　　邦訳:『フェミニズムは中国をどう見るか』(秋山洋子訳)
　　　　　1990年7月　勁草書房

Burton Pike "The Image of the City in Modern Literature"
　　1981. Univercity of Princeton press
　　邦訳:『近代文学と都市』(松村昌家訳)　1987年11月　研究社出版

Rey Chow "PRIMITIVE PASSIONS—Visuality, Sexuality, Ethnography, and Contemporary Chinese Cinema"
　　1995. Columbia University Press
　　邦訳:『プリミティヴへの情熱——中国・女性・映画』
　　　　　(本橋哲也・吉原ゆかり訳) 1999年7月　青土社

# あとがき

　蕭紅と初めて出会ったのは大学の学部生時代だから、もうかれこれ三十有余年のつきあいになる。これほど長いつきあいになるとは予想もしなかった。蕭紅はなぜ私をかくも長い間捉えて離さなかったのだろうか。

　自分の怠慢による研究の遅滞はとりあえずおいて考えれば、そもそも女性の生き方に強い関心があった。小学校に上がる前までは、「大きくなったら何になりたい？」という大人の問に、人並みに「お嫁さん」（「おばあさん」と答えたこともあったらしい）と答えていたが、その答えが自分の中から消えたのはかなり早い時期だったような気がする。結婚して子供を産み育てるという、極めてノーマルな生き方を否定したわけではなかったが、いつの間にか、将来は職業を持って自立するものと決めていた。それは恐らく小学校の教員として精力的に働いていた母の姿を見ていたからだと思う。しかし成長するにつれ、母が父にこぼす愚痴が耳にはいるようになり、世間では男と女の扱いが違うことを自分自身でも経験していく中で、女性とは何か、という疑問が次第に大きくなっていった。遠い海の彼方で起こっていた「ウーマン・リブ」の影響も多少は受けていたのかもしれない。

　先達となった女性たちの生き方に強い関心を抱くようになり、大学の卒業論文でも女性作家を選ぶつもりでいた。謝冰心、丁玲、蕭紅の中から蕭紅を選んだのは、駱賓基「蕭紅小伝」に影響されてのことだった。能力はあるのに世間からなかなか認めてもらえない女性、様々な圧力に押しつぶされそうになりながらも、それでもひたすら前進し続けようとする健気でか弱い女性、という図式に見事にはまりこんだそのときの私であれば、蕭紅記念館の前の白亜の像を全く何の抵抗もないどころか、称賛をもって受け入れたかもしれない。

　大学を卒業し、大学院に進んでからは、基本的には幸運な人生であったと思うが、それなりに山も谷もあった。思いもかけず結婚し、思いもかけず子宝に恵まれた。子供を産み育てながら研究を続けていくこと自体は、体力にまかせ、それほど辛くはなかったが、研究室や学会などで顔を合わせる同世代、更には後の世代の人々が次々と就職し、成果を発表していくのを見ているのは辛かった。どんどん自分が後方へ取り残されているような気がして、焦燥感にかられた。一度だけ、本当に真剣に研究をやめようと思ったことがある。自分は研究には向いていないと思うのでやめたい、と宣言するため、恩師の故丸山昇先生を大森の御自宅にお訪ねした。なぜそうしたのかは今でもよくわからない。引き留めて欲しいと思っていたわけではないことは確かだった。先生に「そうですか」と頷いていただ

くことで、自分の気持ちにけりがつくという魂胆だったように思う。ところが先生は案に相違して、やや困惑したような表情で「向いているかいないかでなく、好きかどうかだと思います」といわれた。そしてしばらく何かを考えておられたが、急に思いつかれたようにやや高い明るい声で、「今、何をしたいですか？」と聴かれた。そのときなぜ反射的に「学位を取りたいと思います」と答えたのだろう。だが心は急に軽くなった。学位を取ってやめることが、やめるための実に正当な理由だと思いついたのだ。今から思えば丸山先生の見事なマジックだった。

　しかしそれから更に何年かのインターバルがあり、幸いにも大正大学に職を得たとき、五年以内に学位を取ることが条件とされた。やはり恩師の一人である故伊藤虎丸先生にそのことを含めて就職のご報告をしたところ、蕭紅の研究史を序論として五十枚程度にまとめ、見せるように、と早速お電話をいただいた。伊藤先生は私の卒業論文を「作文がうまいだけだ」と酷評された方である。ところがそれをお目に掛けないうちに伊藤先生は突然他界された。論文の基盤となる『蕭紅作品及び関係資料目録』が完成した直後のことだった。

　五年以内の約束も結局延び延びになり、ようやく学位論文を提出できたのは、就職して七年後のことだった。学位論文を書く決心をして以後、改めて蕭紅の作品を読み直してみて、作品に対する理解や感慨が微妙に変化していることに気づいた。それは私自身の女性としての経験と成長がもたらしたものに違いない。そう気づいたことで、私はこれまで研究という方面から見れば実質足踏み状態だった長い年月も無駄ではなかったことを知り、新たな力を得ることができた。

　学位論文は激しいめまいも含め、私に様々のことを残した。一番の重大事は、研究生活をやめるという目論見が完全に外れたということだ。論文を書いていく過程で、自分の知識の足りなさ、読み込みの浅さを痛感した。いつだったか、自分の論文を自己批判したとき、丸山先生に「自分の欠点に気づくということは、まだ成長しているということです」といわれたことがある。そのときは自己批判をその通り認められてしまい、大いに意気消沈したのだが、今はその言葉を虚心に受け止められるような気がする。学位論文は到達点ではなく一つの里程標に過ぎないことを知った。本書も校正のたびに理解の浅いところ、足りないところを発見し、可能な限り加筆、訂正を行ったが、なお修改の余地はあると思う。虚心に世間の叱正を待ちながら、やり残した部分は、今後の課題、テーマとして大切にあたためていきたい。

　今思えば、丸山先生はいつも大事なポイントで、短い適切なことばで導いて下さっていた。その先生に学位論文を読んでいただけなかったのが最大の心残りである。大森駅前の

病院に入院された先生をお見舞いしたとき、持参した論文を、まるで幼い子どもを慈しむように撫でさすって下さったが、そのときはすでにもう目がほとんど見えておられなかったことを、亡くなった後で奥様から伺った。

今回幸いにも独立行政法人日本学術振興会平成 19 年度科学研究費研究成果公開促進費によって出版の機会を得た。汲古書院は私が唯一相談できる出版社であるが、資料集に続き、今回も快く引き受けて下さった。石坂叡志社長をはじめ、編集の小林詔子さんには資料集のときからお世話になった。心より感謝致します。また本書の出版に至るまでには多くの方々から情報提供をいただいたり、また励ましをいただいたりした。特に端木蕻良の甥にあたる曹革成氏からは、その著書より貴重な資料の転載をこころよく許可していただいた。そのほか蕭軍氏、駱賓基氏をはじめ、すでに故人となられた方も多く、本書を読んでいただけないのが残念でならない。そのほかにもお世話になった本当に多くの方々に、心より感謝を捧げます。ありがとうございました。

本書はすでに述べたように、2005 年 12 月、お茶の水女子大学より学位を認められた論文を基盤にしているが、その後入手した資料などに基づき、相当の加筆、訂正を行った。なお、基盤とした論文の初出は以下の通りである。

## 初出一覧

序　章　「蕭紅形象的塑像」（中国語）：第二回国際蕭紅学術研討会（2001 年 9 月）発表論文
第一章
　　一　（書き下ろし）
　　二　「二十世紀初頭の哈爾濱における女子教育に関する初期的考察——民国初期の女子教育に関するノート」（2002 年 3 月、〈大正大学研究紀要〉第八十七輯）
　　　　「蕭紅と哈爾濱」：『満洲国の文化——中国東北のひとつの時代』
　　　　　　（2005 年 3 月、せらび書房）
第二章
　　一　「ハルビンにおける抗日文芸運動緒論——金剣嘯の活動を中心に」：〈人間文化研究年報〉第九号（1986 年 3 月、お茶の水女子大学人間文化研究科）
　　二　「"フィクション"と"ノンフィクション"の交差——蕭紅《子捨て》を読む」：『宮澤正順博士古稀記念　東洋——比較文化論集』（2004 年 1 月、青史出版）
　　　　「蕭紅の初期作品に関する考察——『跋渉』について」
　　　　　　：〈お茶の水女子大学中国文学会報〉第四号（1985 年 4 月）

第三章
　　一　「上海における蕭軍・蕭紅の文学活動に関する考察――魯迅の両蕭あて書簡について」：〈大正大学研究紀要〉第八十五輯（2000年3月）
　　二　「再論『生死場』」：〈大正大学研究紀要〉第八十八輯（2003年3月）
　　三　「蕭紅『商市街』の世界」：〈野草〉三十六号（1985年10月、中国文芸研究会）
　　　　「私は"エンジェル"ではない――蕭紅と蕭軍の文学的個性に関わる試論」：『佐藤正順博士古稀記念論文集　仏教史論集』（2004年4月、山喜房仏書林）
　　四　「蕭紅の東京時代」：〈アジア遊学〉第十三号（2000年2月、勉誠出版）
　　　　「蕭紅の蕭軍宛書簡を読む――別離の予感」：〈野草〉第六十四号
　　　　　　　（1999年8月、中国文芸研究会）
第四章
　　一　「無言劇『民族魂魯迅』」：〈お茶の水女子大学中国文学会報〉第二十号
　　　　　　　（2001年4月）及び書き下ろし
　　二　「蕭紅『呼蘭河伝』論」：『魯迅と同時代人』（1992年9月、汲古書院）
　　三　「『馬伯楽』論――抗日戦争期の蕭紅研究（一）」：
　　　　　　　〈大正大学研究紀要〉第八十六輯（2001年3月）
終　章　（書き下ろし）
付　章　「身は先んじて死す」：『ああ哀しいかな――死と向き合う中国文学』
　　　　　　　（2002年10月、汲古書院）

# 索　引

索引は蕭紅及びその周辺の人々を研究する上で必要と思われる項目に絞って作成した。

(1)　蕭紅作品索引……335
(2)　人名索引…………337
(3)　文献索引…………341
(4)　事項索引…………347

## ⑴ 蕭紅作品索引

**凡例**　配列はピンイン順とした。

### 中国語

#### B

跋渉　27, 74, 78, 80〜82, 84〜86, 89, 92, 93, 95, 96, 98, 101, 128, 151, 153, 158, 170, 171, 291, 319
八月天　84
白面孔　94, 171
搬家　166
北中国　307, 311

#### C

冊子　82, 83, 171
長安寺　224
出嫁　69
春曲　78, 95
春意挂上了樹梢　171

#### D

度日　157
蹲在洋車上　247, 248

#### E

餓　156, 157, 171

#### F

訪問　69, 196
汾河的圓月　69, 299

#### G

感情的砕片　189, 251
公園　171
孤独的生活　69, 179, 189, 190
骨架與霊魂　210, 310
広告副手　69, 75, 78, 80, 84, 98, 171
広告員的夢想　171
過夜　110

#### H

海外的悲悼　188, 189, 192, 208
孩子的講演　69, 305
紅的果樹園　189
後花園　260, 261, 267
呼蘭河伝　13〜18, 21, 23, 25, 26, 31, 33, 50, 89, 150, 190, 208, 224, 236, 237, 242〜244, 246〜248, 250〜252, 255, 257〜260, 263, 265, 269, 273, 279, 286, 287, 291, 295, 311〜313, 316, 319, 320
滑竿　224
幻覚　84
黄河　69
回憶魯迅先生　12, 113, 120, 122, 123, 197, 224, 229
火焼雲　265
火線外二章・窓辺　276
火線外二章・小生命和戦士　214

#### J

寄東北流亡者　307, 309
幾個歓楽的日子　73, 159
記鹿地夫婦　130
家庭教師　171
家族以外的人　69, 189, 190, 208, 255〜260, 266
進城　99
九一八致弟弟書　309
劇団　94, 158, 171
決意　94

#### K

看風箏　80, 84, 89〜92, 98, 291, 294
苦杯　122, 177, 178
曠野的呼喊　89, 304

#### L

離去　69
両個青蛙　84, 98
林小二　224
魯迅先生記　130

#### M

馬伯楽　23, 24, 26, 42, 235, 237, 260, 266, 268〜270,

273〜280, 284, 286, 287, 290, 311, 314, 315, 320
馬伯楽第二部　　　18, 27, 268
馬伯楽第一部　　　27, 268
麦場　　　　　　　150
民族魂魯迅　225〜229, 231, 232
民族魂魯迅付記　　231
民族魂魯迅付録　　231

### N
南方姑娘　　　　　95, 122
牛車上　　　69, 89, 189, 190
女子装飾的心理　　189

### O
欧羅巴旅館　　　　171

### P
拍売家具　　　　　171
破落之街　　　　　294

### Q
棄児　　　66, 69〜71, 78, 84
牽牛房　　　　　158, 159
橋　　　　　　98, 294, 295
清晨的馬路上　　292, 294

### S
砂粒　　　　　　　189
山下　　　　　　301, 309
商市街　69, 73, 81, 82, 92, 93, 95, 98, 115, 122, 124, 129, 153, 158〜160, 167, 168, 170, 171, 211, 312
生人　　　　166〜168, 170
生死場　3〜5, 7, 16, 18〜20, 25, 26, 42, 50, 86, 88, 89, 92, 98〜101, 115, 116, 123, 127〜129, 131〜137, 139, 141, 149〜153, 173, 186, 236, 266, 268, 273, 279, 294, 297, 311, 316, 319, 320
失眠之夜　　　　　274
十三天　　　　　　171
十元鈔票　　　　　159
手　　　7, 41, 69, 98, 207

### T
他去追求職業　　　155
太太與西瓜　　　　84
逃難　　　　　　286, 290
同命運的小魚　160〜162, 171
腿上的繃帯　　　84, 98

### W
王阿嫂的死　80, 84, 87, 90〜92, 98
王四的故事　189, 190, 208

### X
小黒狗　　69, 80, 84, 86, 98
夏夜　　　　　　　171
小城三月　　17, 69, 98, 311
蕭紅全集　27, 95, 189, 226, 231
小六　　　　　　110, 295
小偸車夫和老頭　81, 92, 162, 163, 165
新識　　　　　　　158
雪天　　　　　　　155

### Y
牙粉医病法　　　　223
啞老人　　　　84, 98, 293
亜麗　　　　　69, 189, 296
夜風　74, 80, 82, 84, 91〜93, 98
葉子　　　　　　　84, 98
異国　　　　　　189, 192
一九二九年的愚昧　98, 297
一条鉄路底完成　41, 45, 46
永久的憧憬和追求　189
又是冬天　　　　　94

### Z
在東京　179, 183, 185, 189, 191, 197
祖父死了的時候　47, 244
最後的一星期　94, 129, 171

### 日本語
私の文集　　　　　207

## (2) 人名索引

**凡例** ①配列は、中国人はピンイン順、日本人及び外国人については五十音順とした。
②採録に関しては以下の基準を設けた。
　　※蕭紅の血縁、あるいは姻戚関係にある人物
　　※蕭紅の生前に直接関係のあった人物
　　※蕭紅の生前に直接関係はなかった、あるいは関係を確認は出来ないが、間接的に影響を及ぼしたであろうと思われる人物（例えば満洲省委のメンバーなど）

### 中国

#### A

艾青　　　　　　　　　233, 289, 299
安娥（田漢夫人）　　　　　　　　221

#### B

巴来→金剣嘯
白朗（劉東蘭）　　7〜9, 19, 62, 64, 73, 76, 97, 119, 221, 223, 234, 275, 288
白濤　　　　　　　　　　63, 73, 75
白薇　　　　　　　　　　　24, 119
鮑冠澄　　　　　　　　　　　　77

#### C

C君→駱賓基
曹靖華　　　　　　　　　　　224
曹京平→端木蕻良
曹聚仁　　　　　　　　111, 116, 318
陳白塵　　　　　　　　　　　288
陳丙徳　　　　　　　　　　　289
陳華　　　　　　　　　　　74, 79
陳紀瑩　　　　　　　　　　　289
陳涓　　　　　　　　　12, 82, 83, 95
陳蘆荻　　　　　　　　　　　318
陳明　　　　　　　　　　　　217
陳幼寶　　　　　　　　　　　81
陳正清　　　　　　　　　　　218

#### D

D→端木蕻良
D.M.→端木蕻良
Domo→端木蕻良
Domohoro→端木蕻良
戴望舒　　　　　　　　225, 317, 321
丁聡　　　　　　　　　　228, 229
丁玲　　　6, 7, 20, 24, 25, 206, 216〜218, 220, 234, 281, 299, 307
董必武　　　　　　　　　　216, 233
竇桂英　　　　　　　　　　220, 286
杜宇　　　　　　　　　　　　17
端木蕻良（D、D.M.、Domo、Domohoro、T、曹京平）
　　　6, 8〜11, 17〜19, 23, 26, 205, 206, 208, 213, 214, 216〜218, 220〜224, 227〜229, 232〜234, 281〜284, 286〜289, 312, 315〜318, 320, 321

#### E

二郎→方未艾

#### F

范氏　　　　　　　　　　　31, 32
範士栄→範世栄
範世栄（範士栄）　　　　　　222, 223
方未艾（二郎、琳郎）　　64, 65, 75, 78
馮乃超　　　　　　　214, 223, 278, 289
馮乃超夫人→李声韻
馮雪峰　　　　　　　　　　　11
馮亦代　　　　　　　　　226〜229, 232
馮咏秋　　　　　　　　63, 72, 75, 158
馮占海　　　　　　　　　　　172
馮仲雲　　　　　　　　　　　77
傅乃琦→羅烽
傅世昌→傅天飛
傅天飛（傅雲翼、傅世昌）　　　63, 74, 77, 97
傅秀蘭　　　　　　　　　　　53
傅雲翼→傅天飛

#### G

高昆→高仰山
高嵩　　　　　　　　　　　　127
高仰山（高昆）　　　　42, 44, 54, 79
高誉民→商誉民
耿媽　　　　　　　　　　　49, 50

郭沫若　　　　　　　　11

## H

海嬰→周海嬰
河慧　　　　　　　　218
何君　　　　　　　　229
黒人→舒群
侯小古　　　　　　　75
胡風　3, 6, 7, 11, 13, 16, 20, 89,
　　　106, 113, 114, 116〜118,
　　　128, 131, 132, 134〜139,
　　　208, 213, 214, 216, 220,
　　　224, 233, 235, 268, 275,
　　　284, 285, 287〜289, 299,
　　　318
華夫人→許粤華
華少峰→華崗
華石峰→華崗
華崗（華少峰、華石峰、林石
　　　父、西園）
　　　　　　224, 225, 234, 235
黄谷柳　　　　　　　318
黄淑芳　　　　　　　42
黄淑英　　　　　　64〜71, 78
黄田（黄之明）　63, 72, 128
黄新波　　　　　　　109
黄源　111, 112, 118, 124, 129,
　　　130, 173, 174, 186, 188,
　　　194, 207, 208
黄源夫人→許粤華
黄之明→黄田

## J

健碩→金剣嘯
姜椿芳　　　　　　　79
姜文選　　　　　　　32, 36
蔣錫金（錫金）　208, 214, 216,

　　　220〜222, 234, 278, 279,
　　　281, 284, 289
姜玉鳳　　　　　　　32
姜玉環　　　　　　　32
姜玉蘭　　　　　32, 33, 35, 36
金承栽→金剣嘯
金剣嘯（巴来、健碩、金承栽）
　　　62, 63, 73〜76, 79, 81, 97,
　　　99, 127, 128, 226
金人　　　　　　　　111, 288
靳以→章靳以

## K

孔大牙→孔煥章
孔煥章（孔大牙）　　45〜47
孔羅蓀（羅蓀）　9, 47, 214,
　　　223, 234, 278, 289

## L

老張→楊靖宇
李公僕　　　　　　234, 205
李輝英　　　　　　16, 17, 288
李潔吾　　　　48〜50, 52, 89, 97
李金村　　　　　　　234
李声韻（馮乃超夫人）　9, 222,
　　　223
李書堂→舒群
李文光　　　　　　　74
李旭東→舒群
梁山丁（山丁）　　116, 125
梁氏　　　　　　　　52
梁文若　　　　　　　214
梁亜蘭　　　　　32, 33, 35, 36
琳郎→方朱艾
林石父→華崗
劉（劉師傅）　　　　252
劉蓓力→蕭軍

劉東蘭→白朗
劉国英　216, 220, 221, 285,
　　　286
劉鴻霖→蕭軍
劉俊民　　　　　　　51, 52
劉均→蕭軍
劉軍→蕭軍
劉師傅→劉
柳無垢　　　　　　　268
劉秀瑚　　　　　　216, 220
劉毓竹　　　　　　　73
劉昨非　　　　　　　63
楼適夷　　　　　234, 289, 299
魯迅　3, 5〜7, 12, 16, 20, 23,
　　　25, 43, 44, 54, 56, 97, 99,
　　　101〜108, 110〜118, 120〜
　　　138, 149, 151, 152, 173,
　　　177, 179, 184, 185, 190〜
　　　192, 195〜198, 208, 219,
　　　224, 226〜232, 235, 271,
　　　281, 284, 288, 316, 317,
　　　319
陸振舜　40, 48, 49, 51, 52, 282
陸宗虞　　　　　　　55
駱賓基（C君）　6, 9〜13, 15, 17,
　　　18, 21, 26, 315〜317, 319
羅登賢　　　　　　　59, 62
羅烽（傅乃琦）17, 62, 63, 72〜
　　　77, 79, 97, 117, 119, 127,
　　　130, 221, 223, 233, 234,
　　　288
羅蓀→孔羅蓀

## M

馬超棟　　　　　　　317
馬夢熊　　　　　　　42
馬尚徳→楊靖宇

(2) 人名索引 中国M～Y 339

馬占山　　　　　　　53, 54
茅盾　6, 11, 13, 14, 16, 18, 21,
　　　106, 107, 213, 214, 221,
　　　222, 233, 236, 284
梅林→張梅林
梅志　　　　　　　128, 285
孟希　　　　　　　　65, 78
明福→張明福
明貴→張明貴
明義→張明義
穆木天　　　　　　　　214

**N**

倪魯平　　　　　　　　128
聶紺弩　12, 106, 107, 110, 205,
　　　213, 217, 218, 220, 271,
　　　283, 289
寧推之　　　　　　　　127

**P**

裴馨園　52, 63～69, 71, 77～
　　　79, 89, 97
彭柏山　　　　　　　　213
朋楽→孫楽文

**Q**

邱東平　　　　　　289, 298

**S**

S→蕭軍
塞克　　63, 76, 119, 217, 218
三郎→蕭軍
山丁→梁山丁
商誉民（高誉民）　　75, 79
沈玉賢　　43, 44, 47, 48, 51
施蟄存　　　　　　　　225
舒群（黒人、李書堂、李旭東）

　　　6, 7, 17, 19, 62～64, 66,
　　　73, 75～78, 81, 97, 99, 102,
　　　117, 119, 126～128, 233,
　　　234, 288
宋毅　　　　　　　　　117
孫寒冰　　　　　　223, 225
孫科　　　　　　　　　221
孫楽文（朋楽）　101, 102, 127
孫陵　　　　　　　　　17

**T**

T→端木蕻良
田漢　　　　6, 213, 223, 228
田漢夫人→安娥
田間　　　　　　　289, 299
田軍→蕭軍

**W**

王徳芬　　　　　　　　220
王殿甲→王（汪）恩甲
王（汪）恩甲（王殿甲）　41, 48,
　　　50～54, 56, 71, 72, 79, 282,
　　　316
王関石　　　　　　　63, 75
汪林　　　　　　　　　95
王明　　　　　　　224, 235
王岐山　　　　　　　　81
王淑明　　　　　　　　289
王（汪）廷蘭　　41, 52, 53
王蔭芬　　　　　　　42, 54
王瑩　　　　　　　　　234
温紹筠　　　　　　　　63
文選→姜文選

**X**

錫金→蒋錫金
西園→華崗

夏公→夏衍
夏衍（夏公）　　　227, 229
蕭軍（S、三郎、田軍、劉蓓力、
　　　劉均、劉軍、劉鴻霖）
　　　5, 7, ～9, 11～13, 16, 17,
　　　19～21, 23, 24, 27, 52, 54,
　　　57, 62～69, 71～80, 82, 83,
　　　85, 86, 89, 90, 92, 93, 95,
　　　97～99, 101～104, 106～
　　　111, 113～132, 134, 136,
　　　137, 149～151, 153～155,
　　　157～160, 165, 166, 168～
　　　171, 173～179, 186, 187,
　　　189, 191, 192, 194, 199～
　　　203, 205～208, 211, 213,
　　　214, 216～220, 266, 274,
　　　275, 278, 279, 281～285,
　　　288～290, 299, 312, 314,
　　　319, 320
蕭夢田　　　　　　63, 64, 66
熊子民　　　　　213, 214, 233
徐遅　　　　　　228, 229, 235
許地山　　　　　　　25, 228
許広平　104～108, 113, 115,
　　　120～125, 128, 130, 134,
　　　174, 178, 207, 219, 220,
　　　224, 282, 284, 288
徐微（徐淑娟）　43, 44, 46, 47
徐雅志　　　　　　　　54
許粤華（黄源夫人、華夫人）
　　　173, 174, 178, 183, 188, 207
徐志　　　　　　　73, 74, 159

**Y**

厳辰　　　　　　　　　214
楊範　　　　　　　　　42
楊剛　　6, 224, 227～229, 237,

286
楊靖宇（張貫一、馬尚徳、老張）
　　　　62, 63, 74, 75, 77, 97
楊朔　　　　　　　　17, 288
葉霊鳳　　　　　317, 318, 321
葉以群　　　　　　　　　214
葉紫　　20, 23, 106〜111, 115,
　　　　116, 129, 131
有二伯→張延臣
郁達夫　　　　　　　173, 208
宇飛　　　　　　　　278, 279
宇浣非　　　　　　　　　289
于嘉彬　　　　　　　　　 42
玉蘭→姜玉蘭
于毅夫　　　　　　　315, 321
袁大頓　　　　　　　270, 287
袁時潔　　　　　　　　72, 73

## Z

臧運遠　　　　　　　　　216
張岱→張岱之
張岱之（張岱）　　　　29, 30
張富貴　　　　　　　　　 32
張貫一→楊靖宇
章靳以（靳以）10, 223, 234, 289
張連富　　　　　　　　32, 33
張連貴→張秀珂
張琳　　　　　　　　224, 274
張明福　　　　　　　　29, 30
張明貴　　　　　　　　29, 30
張明義　　　　　　　　　 30
張瑞宝　　　　　　　　　 36
章氏　　　　　　　　　　 29
張庭恵　　　　　　　　　 29
張廷挙→張庭挙
張庭挙（張廷挙）　29, 31〜33,
　　　　35, 36, 41, 50, 52, 56, 251,
　　　　252
張廷献　　　　　　　　　 53
張梅林（梅林）6, 99, 102, 104,
　　　　127, 128, 221
張維岳　　　　　　　　　 31
張維禎　　　　29〜32, 34, 48, 54
張秀珂（張連貴）32〜36, 174,
　　　　176, 178, 183, 192, 208,
　　　　251, 252, 310
張秀玲　　　　　　　　　 36
張秀民　　　　　　　　　 36
張秀琢　　32, 36, 39, 245, 248,
　　　　250, 251
張延臣（有二伯）250, 251, 267
張智忠　　　　　　　　　127
鄭振鐸　　　　　　　　　116
鐘耀群　　　　　　　213, 234
周鯨文　　　　　　11, 315, 321
周海嬰（海嬰）105〜108, 115,
　　　　118, 124, 125
周文　　　　　　　　　　  6
周揚　　　　　　　　　　119
周穎　　　　　　　　　　107
周玉屏　　　　　　　　　 47

## 日本
### ア行

池田幸子　119, 130, 220, 221,
　　　　223
内山完造　　　　　　　　128
小椋　　　　　　　　317, 321

### カ行

鹿地亘　117, 119, 123, 129,
　　　　130, 220, 223

### ハ行

長谷川テル→緑川英子

### マ行

緑川英子（長谷川テル）
　　　　　　　　9, 223, 234

### その他外国

シンクレア　　　　　　　 97
スメドレー　　　　　　　288

## (3) 文献索引

**凡例** ①配列は、中国語の文献はピンイン順、日本語の文献は五十音順、英語の文献はアルファベット順とした。
②採録に関しては以下の基準を設けた。
※蕭紅に関する回想録、研究論文など（ただし文学史の類は除く）
※蕭紅と関わりのあった人物の作品
※その他、蕭紅の生きた時代について知るために特に有効と思われる参考文献

### 中国語

#### A

| | |
|---|---:|
| 阿Q正伝（魯迅） | 228 |
| 愛路跋渉　蕭紅伝（丁言昭） | 27, 229, 235, 290 |
| 愛之播種（蕭軍） | 84 |
| 喑啞了的三弦琴（蕭軍） | 85 |

#### B

| | |
|---|---:|
| 『跋渉』第三版序言（蕭軍） | 84, 95 |
| 『跋渉』第五版前記（蕭軍） | 80, 82, 83, 95 |
| 『跋渉』複製本説明 | 95 |
| 八月的郷村（蕭軍） | 5, 19, 77, 92, 96, 99, 100, 103, 109, 115, 116, 118, 123, 127〜129, 131〜135, 150, 173, 186, 279 |
| 『八月的郷村』序（魯迅） | 5 |
| 白的羔羊（蕭軍） | 84 |
| 白朗的生平和創作道路（陳震文） | 76, 79 |
| 白朗文集 | 76 |
| 暴風雨中的芭蕾（蕭軍） | 78, 84 |
| 保衛大上海 | 288 |
| 鮑魚之市（蕭軍） | 77 |
| 波頭底落葉（蕭軍） | 84 |
| 不逝的記憶（黄新波） | 129 |

#### C

| | |
|---|---:|
| 参加左連前後（胡風） | 233 |
| 曹2005→我的嬸嬸蕭紅 | |
| 側面（蕭軍） | 206, 209 |
| 「《側面》第一章摘録」注釈（蕭軍） | 77, 78, 219 |
| 重版前記→『生死場』重版前記 | |
| 重読《呼蘭河伝》回憶姐姐蕭紅（張秀琢） | 40, 56, 246, 248, 250, 251, 257 |
| 重読蕭紅的『生死場』（王勤） | 149 |
| 初秋的風（蕭軍） | 110 |
| 従臨汾到延安（蕭軍） | 209, 217, 218 |
| 従『生死場』談起（鉄峰） | 149 |
| 従星星劇団的出現説到哈爾濱戯劇的将来（羅烽） | 73 |

#### D

| | |
|---|---:|
| 大地的海（端木蕻良） | 213, 233 |
| 搭客（貨船）（蕭軍） | 110, 111, 129 |
| 大連丸上（蕭軍） | 99 |
| 打針（蕭軍） | 77 |
| 党與両蕭——蕭軍蕭紅在青島——（党與両蕭）（魯海・龔或藻） | 102, 127 |
| 第三代（蕭軍） | 279, 289 |
| 悼蕭紅（胡風） | 285, 288 |
| 悼蕭紅和満江（靳以） | 11, 282 |
| 東北抗日救亡人物伝（李剣白編） | 76 |
| 東昌張氏宗家譜（家譜） | 29, 35, 56 |
| 読後記→『商市街』読後記 | |
| 読詩（蕭軍） | 84 |
| 読書漫記（蕭軍） | 85 |

端木蕻良（鐘耀羣編） 233
端木蕻良創作道路初探（李興武） 233
端木蕻良年譜（李興武） 233, 286, 289
端木蕻良小伝（鐘耀羣） 233
端木蕻良伝略（李興武） 233
端木與蕭紅（鐘耀群）223〜225, 228, 235, 286, 289

### E

二蕭與裴馨園（黄淑英） 64, 65, 67, 68, 71, 77, 79

### F

反新式風花雪月――対香港文芸青年的一個挑戦
　　　　（楊剛） 237
訪老人　憶故人（丁言昭） 128
瘋人（蕭軍） 80, 85, 86
豊収（葉紫） 115, 116, 131
風雨中憶蕭紅（丁玲） 7, 217, 220
浮出歴史地表（孟悦・戴錦華） 24, 211
『跋渉』付記（蕭軍） 83

### G

関於詩人的話（蕭軍） 85
故巣的雲（蕭軍） 84
孤雛（蕭軍） 80, 84, 86, 90, 97, 151
関於蕭紅的未婚夫汪恩甲其人（何宏） 51
国統区抗戦文芸運動大事記（文天行） 26

### H

哈爾濱大観 30
哈爾濱歴史編年（李述笑） 39, 54, 59, 75, 79, 95
哈爾濱牽牛坊（馮羽） 79
哈爾濱史話（張福山） 53, 54, 75, 77
黒龍江　呼蘭県志（姜世忠主編） 237, 240
黒龍江区域社会史研究（石方） 29
黒土金沙録 77
胡風回憶録（胡風） 13, 129, 131, 135, 213, 214,
　　　233, 235, 287, 289
《呼蘭河伝》幾個人物的原型（白執君）
　　　251, 254, 256, 265
『呼蘭河伝』序（論蕭紅的《呼蘭河伝》）（茅盾）
　　　6, 14, 26, 236
黄源回憶録（黄源） 207
回憶我的姐姐――蕭紅（張秀珂） 34, 208
回憶蕭紅（沈玉賢） 45, 54, 55

### J

寄病中悄悄（蕭軍） 85
金剣嘯年譜（劉樹声・里棟） 74, 76
記蕭軍（閻純徳・白舒栄） 77
束友（蕭軍） 84
江上（蕭軍） 124
将睡着的心児（蕭軍） 84
蕉心（蕭軍） 84
金剣嘯烈士生平事略（鄧立） 76
金剣嘯與星星劇団（里棟・金倫） 79
金人伝略（里棟・金倫） 129
居住二楼的人（小偸）（シンクレア） 74
涓涓（蕭軍） 43, 85, 95
軍中（蕭軍） 115

### K

開除以後（蕭軍） 84
抗戦以後的文芸活動動態和展望（胡風他） 298
可憐的舌頭（蕭軍） 85
可憐的眼風（蕭軍） 84

### L

離合悲歓憶蕭紅（高原） 188
留別（蕭軍） 84
魯迅給蕭軍蕭紅信簡注釈録（蕭軍） 126, 175
魯迅全集（1981年版） 113, 131
魯迅日記 101, 103, 105, 111, 115, 128
魯迅先生的宴会→我們第一次応邀参加了魯迅先

生的宴会
魯迅先生和蕭紅二三事（端木蕻良） 221
魯迅先生紀念集 208
魯迅與我七十年（周海嬰） 119, 124, 220
緑葉底故事（蕭軍） 85, 101, 116, 126, 129
乱離雑記（蔣錫金） 278, 279, 281, 284, 285
論蕭紅的《呼蘭河伝》→『呼蘭河伝』序
論蕭紅（石懐池） 268
駱賓基 26
駱賓基年表（張小欣） 11
羅烽伝略（董興泉） 127, 130
羅烽伝略（里棟・金倫） 76

## M

『馬伯楽』前言 268
碼頭夫（蕭軍） 85
馬振華哀史（蕭軍） 84
茅公和〈文芸陣地〉（楼適夷） 233
没有祖国的孩子（舒群） 119
"没有祖国的孩子"照片並簡略説明（舒群） 77
《民族魂魯迅》之錯漏（丘立才） 225, 235

## N

農民対命運掙扎的郷土文学（邢富君） 136, 149
女性的洞察──論蕭紅的〈馬伯楽〉（艾暁明）269
女作家蕭紅少年時代二三事（傅秀蘭口述・何宏整理） 53
懦（蕭軍） 76, 84

## P

飄落的桜花（蕭軍） 84

## Q

"牽牛房"軼事（金倫） 79
浅談『生死場』的主題和人物（馬懐塵） 136
全是虚假（蕭軍） 85

## R

譲他自己……（蕭軍） 110, 128
人鳥低飛─蕭紅流離的一生（王小紬） 27
壬申年哈爾濱大水（喬徳昌） 79
人與人間（蕭軍） 107, 289

## S

塞克同志與西北戦地服務団(陳明) 217, 218, 234
三個奴隷的解放（伊之美） 129
三十六棚工人的抗俄闘争──哈爾濱車輛工廠廠史片断（哈爾濱車輛工廠廠史編写組・哈爾濱師範学院歴史系写作組） 75
殺魚（蕭軍） 81, 160, 162, 171
上海拉都路→在上海拉都路我們曾経住過的故址和三張画片
『商市街』読後記（読後記）（蕭軍） 115, 129
『生死場』版本考（丁言昭） 135
『生死場』重版前記(重版前記)(蕭軍) 96, 132, 149, 150, 152
《生死場》的情節結構、人物塑造和語言特色（李重華） 138, 171
『生死場』読後記（胡風）5, 89, 137, 138, 268, 273
石懐池文学論文集（石懐池） 224
世界的未来（蕭軍） 85
十年 188, 190
十月（蕭軍） 115
十月十五日（蕭軍） 79, 171
舒群和他的一個老師（董興泉） 77
舒群年譜（董興泉） 127, 128
舒群與蕭軍（董興泉） 77
舒群伝（里棟・小石） 76
説什麼──你愛？我愛？（蕭軍） 85

## T

桃色的線（蕭軍） 80, 84
田軍蕭紅的滑稽故事 77

突撃（塞克他） 218, 225

## W

王研石（公敢）君（蕭軍） 77, 79
為了愛的縁故（蕭軍）166〜169, 171, 200, 206, 207
為了活（蕭軍） 111
為了美麗（蕭軍） 85
未完成的構図（蕭軍） 74, 75
我的父親金剣嘯（金倫） 76
我的嬸嬸蕭紅（曹2005）(曹革成) 29, 30, 32, 33, 35, 36, 39, 41, 42, 47, 50, 51, 53, 54, 78, 79, 95, 119, 122, 127, 128, 159, 183, 207, 208, 216, 220, 221, 223〜225, 233〜235, 237, 246, 288, 289, 315〜317, 321
我的同学蕭紅（劉俊民講述・何宏整理） 54
我的小伝（胡風） 233
我第一次生孩子時的幾件事——懐念魯迅先生給予的幫助（梅志） 128
我們第一次応邀参加了魯迅先生的宴会（魯迅先生的宴会）（蕭軍） 107, 108
我所認識的金剣嘯同志（蕭軍） 63
無銭的猶太人（蕭軍） 85

## X

西北戦地服務団第一年紀実（陳明） 234
西行散記（白朗） 234
下等人（蕭軍） 80, 85, 86, 92, 93
香港文学史（劉登翰主編） 225, 228
蕭紅（王凌） 100
蕭紅被開除族籍前後（王連喜） 35, 251
蕭紅創作体裁説（李重華） 69
蕭紅的朋友和同学——訪陳涓和楊範同志（丁言昭） 43, 54, 79, 95
蕭紅父親自署門聯（姜世忠） 35, 252
「蕭紅和她的《呼蘭河伝》」(蒋錫金) 35, 208, 221
蕭紅家庭情況及其出走前後（張抗1982）（張抗） 32, 34〜36, 41

蕭紅夢還呼蘭河（司馬長風） 18
蕭紅評伝（陳隄） 35
蕭紅全集（1991年版） 226
蕭紅身世考（姜世忠等） 31, 32, 36
蕭紅生平年表（丁昭年・蕭耘） 214, 220, 222〜224, 233, 234
蕭紅生平事蹟考（鉄峰） 36, 50, 53, 54, 79, 95, 252, 267
蕭紅逝世三十周年（李輝英） 288
蕭紅逝世四月感（駱賓基） 10
蕭紅書簡輯存注釈録（蕭軍） 207, 209, 282, 290
蕭紅文学之道（鉄峰） 27, 288
蕭紅蕭蕭（劉慧心・松鷹） 27
蕭紅蕭軍（蕭鳳） 27
蕭紅小論—紀念蕭紅逝世四周年（駱賓基） 13
蕭紅小説簡論（鉄峰） 98
蕭紅小説研究（陳宝珍） 136
蕭紅小伝（駱賓基） 15, 16, 25, 315, 316, 319
『蕭紅小伝』自序（駱賓基） 16
『蕭紅小伝』修訂版自序（駱賓基） 26
『蕭紅選集』序文（聶紺弩） 271
蕭紅與蕭軍（秋石） 27
蕭紅遇難得救（孟希） 65, 78
蕭紅與舒群（趙鳳翔） 81
蕭紅在北京的時候（李潔吾） 48〜51, 56
丁1981→蕭紅在上海事跡考
蕭紅在上海事跡考（丁言昭） 102, 110, 115, 127〜130
蕭紅知友憶蕭紅——初訪徐微同志（李丹・応守岩） 44, 46, 47
蕭紅著作編目（王述） 110
蕭紅伝（季紅真） 27
蕭紅伝（丁言昭） 27
蕭紅伝（鉄峰） 27
蕭紅伝（蕭鳳） 27, 64, 77
蕭軍紀念集（梁山丁主編） 76, 117
蕭軍簡歷年表（王徳芬） 74, 76, 78, 79, 90, 94,

| | |
|---|---|
| 102, 111, 115, 121, 124, 127, 128, 129, 172, 217, 219, 220, 233, 234, 278 | |
| 蕭軍精神不死（梁山丁） | 117, 125 |
| 蕭軍蕭紅外伝（蘆湘） | 27 |
| 蕭軍已出版著作目次年表（金倫・曹稗予・丁言昭・蕭耘） | 129 |
| 消息（蕭軍） | 101 |
| 蕭蕭落紅（季紅真） | 290 |
| 蕭蕭落紅情依依——蕭紅的情與愛（丁言昭） | 27 |
| 蕭紅作『生死場』序（魯迅） | 4 |
| 星星劇団之歌（蕭軍） | 73 |
| 修訂版自序→『蕭紅小伝』修訂版自序 | |

## Y

| | |
|---|---|
| 啞劇的試演《民族魂魯迅》（馮亦代） | 225, 232, 235 |
| 延安文芸運動紀盛（艾克思） | 26 |
| 羊（蕭軍） | 117, 120, 129 |
| 薬（蕭軍） | 85 |
| 遙祭（白朗） | 8, 9 |
| 咬緊顎骨（蕭軍） | 85 |
| 夜深時（蕭軍） | 85 |
| 一封公開的手紙（蕭軍） | 85 |
| 一毛銭飯館（支援） | 77 |
| 憶女作家蕭紅二三事（張琳） | 224, 275 |
| 一勺之水（蕭軍） | 79, 85 |
| 憶蕭紅（許広平） | 105, 106, 108, 121, 122, 125, 128, 177 |
| 憶蕭紅（孔羅蓀） | 9, 222 |
| 憶蕭紅（梅林） | 6, 99, 109, 216, 222 |
| 憶蕭紅（緑川英子） | 9, 223, 234, 281 |
| 憶蕭紅——紀念她的六年祭（袁大頓） | 270, 287, 311 |
| 一只小羊（蕭軍） | 110, 111 |
| 桜花（蕭軍） | 110, 111, 129 |
| 有関蕭紅在東京事跡調査（平石淑子） | 179 |
| 又見香港（馮亦代） | 229 |
| 憂鬱的東北人——端木蕻良（孔海立） | 233 |

| | |
|---|---|
| 獄外集（白朗） | 62 |

## Z

| | |
|---|---|
| 在上海拉都路我們曾経住過的故址和三張画片（上海拉都路）（蕭軍） | 102, 103, 109, 114, 128, 129 |
| 在西安（聶紺弩） | 12, 283 |
| 早年的影（舒群） | 77 |
| 張抗1982→蕭紅家庭況及其出走前後 | |
| 這不是常有的事（蕭軍） | 165, 171 |
| 這是常有的事（蕭軍） | 78, 80, 85, 86, 92, 162, 163 |
| 職業（蕭軍） | 110, 111, 129 |
| 中国現代散文史稿（林非） | 21, 70 |
| 中国現代文学史上的"東北流亡文学"（沈衛威） | 23 |
| 周年祭（蕭軍） | 214 |
| 注釈録→魯迅給蕭軍蕭紅信簡注釈録 | |
| 燭心（蕭軍） | 80, 85, 89, 97 |
| 追憶蕭紅（許広平） | 105, 122, 123, 174, 219, 282, 283 |
| 走向生活第一歩（陳隠） | 35 |

### 日本語

#### カ行

| | |
|---|---|
| 学生学級別人員（東亜学校） | 184 |
| "牽牛房"をめぐって——蕭紅『商市街』より——（平石淑子） | 79 |
| 『抗戦』と『逃戦』の間（下出鉄男） | 210 |
| 「抗日戦争」のなかで（鹿地亘） | 130, 223 |
| 孤独の中の奮闘——蕭紅の東京時代——（岡田英樹） | 177, 179, 184, 207 |

#### サ行

| | |
|---|---|
| 作家蕭軍に聞く（下出鉄男） | 114, 125 |
| ジャングル（アプトン・シンクレア） | 98 |
| 蕭紅伝—ある中国女性作家の挫折（尾坂徳司） | 27 |

蕭軍と蕭紅（鹿地亘） 118
『蕭紅書簡輯存注釈録』と『郁達夫詞抄』の編集ミス（鈴木正夫） 208
生死場論（平石淑子） 136, 137, 152

### タ行

端木蕻良初探――その初期文学活動について（平石淑子） 233
中華留学生教育小史（松本亀次郎） 184
中国人日本留学史（実藤恵秀） 174
東亜学校沿革概評 184

### ナ行

二十世紀初頭の哈爾濱における女子教育に関する初期的考察――民国初期の女子教育に関するノート――（平石淑子） 54

### ハ行

哈爾濱の都市計画（越沢明） 54
濱江省呼蘭県事情（寺岡健次郎篇） 34, 240～242, 267
プリミティヴへの情熱――中国・女性・映画――（レイ・チョウ、本橋哲也・吉原ゆかり訳） 25, 27
北満風土雑記（水野清一・駒井和愛・三上次男） 238, 267

### マ行

松本亀次郎伝（平野日出男） 184
満洲国概覧 288
満洲国各県視察報告（大同学院） 37, 237, 267, 288
満洲国の風俗 242
満洲帝国大観（佐藤定勝編） 238, 241

### ヤ行

『夜哨』の世界（岡田英樹） 79, 96

### ラ行

魯迅先生の思ひ出（内山完造） 128

### ワ行

我が父魯迅（周海嬰、岸田登美子・瀬川千秋・樋口裕子訳） 129

### 欧文

Hsiao Hung (Haward Goldblatt) 27, 77, 136
PRIMITIVE PASSIONS ――Visuality, Sexuality, Ethnography, and Contemporary Chinese Cinema (Ray Chow) 27

## (4) 事項索引

**凡例**　①配列は五十音順とした。
　　　　②採録に関しては以下の基準を設けた。
　　　　　　※蕭紅が直接関わった事件、あるいは強く影響を受けたと思われる事件（ただし「満洲事変」「抗日戦争」など、当時の基本的な歴史状況を表す事件は除く）
　　　　　　※蕭紅が直接関わった事件でなくても、蕭紅と関係のあった人物に深く関わった、あるいは強く影響を及ぼしたと思われる事件（ただし蕭紅の死後についてはこの限りでない）
　　　　　　※蕭紅自身、あるいは蕭紅と関係のあった人物が関わった団体、文芸刊行物など（ただし蕭紅の死後についてはこの限りでない）

### ア行

| | |
|---|---|
| 一一・九惨案 | 297 |
| 一毛銭飯店 | 63 |
| 〈五日画報〉 | 75 |
| 五日画報社 | 64 |
| 〈五日画報〉威納斯助賑画展特集 | 79 |
| 内山雑誌公司 | 103 |
| 内山書店 | 101, 104, 115, 116, 127, 128, 134, 135 |
| 易幟 | 298 |
| 益智書店 | 117 |

### カ行

| | |
|---|---|
| 〈海燕〉 | 126 |
| 〈改造〉 | 117, 129 |
| 〈科学新聞〉 | 233 |
| 〈学生界〉 | 260 |
| 学聯 | 47 |
| 皖南事変 | 235, 315 |
| 吉敦路建設反対の示威行動 | 297 |
| 紀念魯迅逝世両周年 | 226 |
| 義務教育委員会 | 32, 36 |
| 〈救亡日報〉 | 229 |
| 共青団満洲執行委員会 | 54 |
| 共青団満洲省委員会 | 77 |
| 月曜会 | 233 |
| 牽牛房 | 63, 72～74, 79, 89, 128, 158, 159, 170 |
| 検査宣伝赤化書籍暫行弁法 | 59 |
| 公益中学→哈爾濱市立男子第一中学 | |
| 〈抗戦文芸〉 | 214 |
| 荒島書店 | 101, 127 |
| 〈好文章〉 | 189 |
| 〈光明〉半月刊 | 17 |
| 〈国際協報〉 | 52, 57, 62～65, 77～79, 81 |
| 〈国際協報・国際公園〉 | 95, 150 |
| 〈国際協報・児童特刊〉 | 77 |
| 五・三〇事件 | 39, 53, 75, 226 |
| コミンテルン | 63, 64 |
| 呼蘭県立第二小学女子部 | 37 |

### サ行

| | |
|---|---|
| 査禁普羅文芸密令 | 133 |
| 〈作家〉 | 188～190, 289 |
| 左翼作家連盟（左連） | 20, 21, 113, 114, 119, 133 |
| 左連→左翼作家連盟 | |
| 三十六棚 | 75 |

| | | | |
|---|---|---|---|
| 三十六棚工業維持会 | 59 | 生活書店 | 115, 133, 213, 221, 222 |
| 〈詩歌総合叢刊〉 | 214 | 〈盛京時報〉 | 76 |
| 思豪酒店 | 321 | 〈盛京時報・東三省新聞〉 | 40 |
| 思豪大酒店 | 315 | 星星劇団 | 63, 73, 74, 94, 158, 159, 170, 226 |
| 時代書局 | 315 | 生長の家 | 182 |
| 時代書店 | 321 | 〈星島日報〉（香港） | 260 |
| 〈時代批評〉 | 268, 321 | 盛福西餐館 | 115 |
| 〈時代婦女〉 | 321 | 西北戦地服務団 | 206, 216〜218, 234, 281, 299, 305, 307 |
| 〈時代文学〉 | 315, 321 | | |
| 〈七月〉 | 189, 213, 214, 216, 218, 227, 233, 275, 284, 289, 298, 313 | 〈戦火文芸〉 | 213 |
| | | 全国文協臨時機関 | 223 |
| 〈詩調〉 | 214 | 浅水湾 | 14, 26 |
| 師範大学女子附属中学 | 49 | 〈戦地〉 | 234 |
| 従徳女子中学→東省特別区女子第一中学校 | | 戦地服務団→西北戦地服務団 | |
| 従徳中学→東省特別区女子第一中学校 | | 宣伝品審査標準 | 133 |
| 出版法 | 133 | 〈戦闘〉（旬刊） | 214, 278 |
| 松花江大洪水 | 64, 65, 74 | 聖士提反女校 | 26, 316〜318 |
| 松花江大旅社 | 77 | | |
| 〈哨崗〉 | 234 | **タ行** | |
| 蕭紅記念委員会 | 6, 7 | | |
| 蕭紅記念館 | 30, 246, 311 | 第一初高両級小学校 | 37, 267 |
| 蕭紅逝世四周年記念会 | 13, 268 | 第一回反日大会 | 62 |
| 蕭紅生誕七十周年記念会 | 19, 27, 78 | 〈大滬晩報〉 | 189 |
| 蕭紅追悼会 | 6 | 〈大公報〉（香港） | 6, 225, 227, 260 |
| 蕭紅同志遷葬委員会 | 318 | 〈大公報〉 | 222, 234 |
| 蕭紅の追悼集会 | 11 | 大時代書局 | 225 |
| 商市街 | 71, 79, 82, 89, 94, 157 | 大時代書店 | 225 |
| 商市街25号 | 95, 153 | 大東酒店 | 225 |
| 〈商報〉 | 64 | 大同飯店（大同酒家） | 220 |
| 新華芸術大学 | 76 | 〈大同報〉 | 74, 79, 80 |
| 〈新華日報〉 | 224, 235 | 〈大同報・大同倶楽部〉 | 66, 80, 81, 171, 244 |
| 〈新教育〉雑誌社 | 36 | 〈大同報・夜哨〉 | 74, 79, 80, 96 |
| 〈晨光報・江辺〉 | 76 | 〈太白〉 | 111 |
| 〈新女性週刊〉 | 127 | 〈中学生〉 | 267 |
| 新生事件 | 133 | 中華全国文芸家抗敵協会 | 224 |
| 〈新生〉週刊 | 133 | 中華全国文芸界抗敵協会北碚聯誼会 | 224 |
| 〈生活〉週刊 | 133 | 中華全国文芸界抗敵協会香港分会（香港文協、文協香港分会） | 225〜229 |

| | | | |
|---|---|---|---|
| 中華全国木刻協会香港分会 | 228 | 東北民衆自衛軍 | 59 |
| 中共地下党 | 76 | 東北陸軍講武堂 | 64, 76, 290 |
| 中共中央東北局 | 83 | 図書雑誌審査弁法 | 133 |
| 中共哈爾濱特別支部 | 59 | 〈吶喊〉 | 213, 233 |
| 中共北満地方委員会 | 59 | 奴隷社 | 115, 116 |
| 中共満洲執行委員会 | 54 | | |
| 中共満洲省委 | 59, 62, 63, 74, 75 | ナ行 | |
| 中国共産党哈爾濱独立組 | 59 | 南開中学 | 222, 228, 234 |
| 中国共産党北方局 | 59 | 南国社 | 76 |
| 〈中国新詩〉 | 214 | 日華学会（財団法人日華学会） | 184, 197 |
| 中国青年新聞記者学会香港分会 | 228 | 日華同人共立・東亜高等予備学校 | 184 |
| 中国文学研究会 | 173 | | |
| 中東路事件 | 298 | ハ行 | |
| 中日民商合築五路条約 | 54 | 蓓蕾社 | 289 |
| 〈中流〉 | 79, 189, 190, 208, 213 | 哈女中→東省特別区女子第一中学校 | |
| 著作権法 | 133 | 八路軍西安弁事処 | 218 |
| 青島「左連」 | 127 | 哈爾濱市立第一医院 | 52 |
| 〈青島晨報〉 | 99, 102, 127 | 哈爾濱医科専門学校 | 76 |
| 天馬広告社 | 75, 94 | 〈哈爾濱五日画報〉 | 95 |
| 東亜学校 | 173, 183～186 | 哈爾濱五日画報社 | 80, 81 |
| 東亜補習学校 | 186 | 哈爾濱一中 | 45 |
| 東興順旅館 | 51, 52, 57, 64, 74, 77, 78, 86 | 哈爾濱学生維持路権連合会 | 45 |
| 〈東三省商報・原野〉 | 78 | 〈哈爾濱公報〉 | 64, 95 |
| 東省特別区警察総管理処便衣隊 | 59 | 〈哈爾濱公報・公田〉 | 80 |
| 東省特別区女子第一中学校（従徳女子中学） | | 哈爾濱三育中学 | 76 |
| | 41, 45～47, 53, 79, 95 | 哈爾濱三中 | 45 |
| 東省特別区第二女子中学 | 52 | 哈爾濱商船学校 | 77, 127 |
| 〈当代詩刊〉 | 214 | 哈爾濱女子一中→東省特別区女子第一中学校 | |
| 〈東方雑誌〉 | 111 | 哈爾濱市立男子第一中学（公益中学） | 63 |
| 東北救亡協会香港分会 | 315 | 哈爾濱大旅社 | 77 |
| 〈東北現代文学史料〉 | 19, 27, 54, 226, 231 | 哈爾濱二中 | 45 |
| 東北抗日義勇軍 | 91 | 〈哈爾濱日報〉 | 59 |
| 東北講武堂→東北陸軍講武堂 | | 磐石抗日義勇軍 | 63, 75, 148 |
| 〈東北省商報〉 | 95 | 磐石の革命軍→磐石抗日義勇軍 | |
| 東北文化協会 | 11, 268 | 反帝大同盟 | 49 |
| 〈東北文学研究史料〉 | 27 | 威納斯（ヴィーナス）助賑画展 | 74 |
| 〈東北文学研究叢刊〉 | 27 | 復旦大学 | 10, 223～225, 234, 285, 289 |

〈婦女生活〉 116
〈文学〉 110, 111, 119, 131, 213
〈文学月刊〉 224
文学社 111
〈文学叢刊〉 116, 120
〈文化報〉 83
〈文季月刊〉 189
文協 222, 228, 289
文協香港分会→中華全国文芸界抗敵協会香港分会
〈文芸群衆〉 129
文芸月会 7
〈文芸月報〉 7
〈文芸陣地〉 214, 221, 234
〈文芸叢刊〉 117
〈文芸報〉副刊 26
文抗作家倶楽部 6
〈文萃〉 26
〈文叢〉 189, 213
〈文摘〉 224
〈文摘戦時旬刊〉 223, 234
北京小飯店 78
便衣偵探単行規則 59
〈烽火〉 233
〈報告〉 189
法政大学 45
北方左連 216, 233
ボルシェヴィキ 59
香港東北同郷会 321
香港文協→中華全国文芸界抗敵協会香港分会

### マ行

摩登社 76
瑪麗病院 287, 316, 319, 321
漫画協会（漫協） 226, 228
満洲省委→中共満洲省委
満洲特委 234

満蒙新五路協約 54
「満蒙新五路」建設 45
民光印刷所 115
民衆教育館 74, 158, 159
民族革命大学 205, 208, 216, 217, 234, 281, 299
明月飯店 63
〈明報〉（香港） 226

### ヤ行

〈訳文〉 111, 213
〈夜哨〉→〈大同報・夜哨〉
容光書局 115
養和病院 315, 321
欧羅巴旅館 52, 71, 79, 153〜155

### ラ行

梁園豫菜館 106, 151
良友→良友公司
良友公司 110, 111
冷星社 72
黎明書店 223
〈磊報〉 128
〈魯迅〉 224
魯迅記念会 228
魯迅逝世記念会 229
魯迅博物館 226
〈魯迅風〉 224
魯迅六十誕辰紀念会 226

**編者略歴**

平石　淑子（ひらいし　よしこ）
1952年東京都出身。
和光大学卒業後、お茶の水女子大学大学院修了。
中国現代文学専攻。大正大学文学部教授。博士（人文科学）。


蕭紅研究──その生涯と作品世界

平成20年（2008）2月29日発行

著　者　　平　石　淑　子
発行者　　石　坂　叡　志
製版印刷　モリモト印刷
発行所　　汲　古　書　院
〒102-0072　東京都千代田区飯田橋2-5-4
電話03(3265)9764　FAX03(3222)1845

ISBN978-4-7629-2834-5　C3098
Yoshiko HIRAISHI©2008
KYUKO-SHOIN, Co., Ltd. Tokyo.

# 蕭紅作品及び関係資料目録

大正大学教授
平石淑子 編

「まえがき」より

　本目録は、現代中国の女性作家、蕭紅（1911～42）の作品及び関係資料を集めたものである。

　蕭紅は中国東北部の哈爾濱近郊の町、呼蘭に生まれた。本名を張廼瑩という。祖先は山東から流れてきた農民であったが、当地で成功を収め、蕭紅の祖父の代には、没落しかけていたとはいえ、かなりの地主となっていた。祖父には息子がなく、蕭紅の実父は養子である。地元ではなかなかの名士であった教育家の父親との確執や、幼くして実母を失ったことなどが、蕭紅の作品の一つの原点となっており、また幼い蕭紅を育んだ東北の自然や人々が、蕭紅の作品の基盤となっている。一時は絵画を志したという蕭紅の豊かな感性は作品にも反映しており、今日に至るまで多くの読者を獲得している。また父親のすすめるいわゆる封建的結婚に反発して家を出たこと、哈爾濱で出会った新進作家蕭軍（1907～88）との同居は、新時代の新しい女性の生き方として注目を集め、更に哈爾濱で中国共産党の反日地下活動に加わったことは彼女の作品に対する「抗日文学」としての価値と期待を高めたといえよう。しかし彼女の生涯は波瀾に富んだものだった。抗日戦の戦火に追われるように哈爾濱、青島、上海、東京、武漢、重慶と流浪し、その中で蕭軍と別れ、新しいパートナーとなった端木蕻良と共に、落ちついた創作環境を求めて香港へ行くものの、体調を崩したまま、日本軍占領下の当地で31年に満たない生涯を終える。その決して幸福とはいい難い道程が、更に彼女の作品に対する味わいを深め、後世の読者の心をつかんで離さないといえよう。わずか10年の文学生活であったにもかかわらず、彼女の生涯に関する文献、また作品に関する評論の数の多さがそれを十二分に物語っている。

　編者はすでに1980年、「蕭軍・蕭紅著作及び関係資料目録稿」（〈野草〉26号：中国文芸研究会）をまとめたが、その後20余年を経て、研究者たちのたゆまざる努力の結果、更にいくつかの作品や資料が発見され、また多くの関係論文が発表されている。本書は「蕭軍・蕭紅著作及び関係資料目録稿」にこれらの新たな作品、資料などを加え、再編集したものである。現時点で可能な限り正確を期すべく努力した。蕭紅研究、東北作家研究に貢献できることを祈念する次第である。

【内容目次】
まえがき／凡例
目録　（1）蕭紅作品　　単行本／作品
　　　（2）蕭紅資料　　単行本／文献資料／写真資料
索引　（1）蕭紅作品
　　　（2）蕭紅資料　　著者名索引／文献名索引
あとがき

◇Ｂ５判上製カバー／210頁／定価　本体2500円＋税　2003年1月刊
　ISBN978-4-7629-1175-0 C3000